Peter Gerdes

Zorn und Zärtlichkeit

LEDA

Peter Gerdes
Zorn und Zärtlichkeit
Kriminalroman

1. Auflage 2011

ISBN 978-3-939689-64-5

Leda-Verlag, Kolonistenweg 24, D-26789 Leer
info@leda-verlag.de
www.leda-verlag.de

Lektorat: Maeve Carels
Titelillustration: Andreas Herrmann
Gesamtherstellung: Bercker Graphische Betriebe GmbH & Co.KG
Printed in Germany

PETER GERDES

Zorn und Zärtlichkeit

KRIMINALROMAN

LEDA

Handlung und Personal dieses Romans sind erfunden. Allerdings basieren beide zum Teil auf historischen Ereignissen, Zeitzeugenberichten und Erzählungen. Ähnlichkeiten mit tatsächlichen Geschehnissen und realen Personen sind also kaum zu vermeiden. Alle Namen – außer denen, die sowieso in den Geschichtsbüchern stehen – wurden jedoch verfremdet.
Einzelne Personen, die sich wiederzuerkennen glauben, sind ohnehin nicht gemeint. Sondern wir alle.

Für meine Eltern

1.

»Nun guck dir bloß mal diese Sauerei an!« Heinz Ulferts blieb in der Kellertür stehen, stemmte die Arme in die Hüften und besah sich die ganze Bescherung. Dann steckte er sich erst mal eine an. »He, Justin«, rief er laut über die Schulter, mehr zur Seite als nach hinten, »komm ran, Junge!« Danach rührte er sich ein paar Züge lang nicht von der Stelle, als nähme ihn die Verarbeitung des Gesehenen dermaßen in Anspruch, dass an irgendeine Bewegung überhaupt nicht zu denken war.

Justin Dettmann näherte sich schlurfend, drängte sich an Ulferts vorbei, dessen massige Gestalt den Türrahmen fast ganz ausfüllte, und peilte unter halb geschlossenen Lidern hervor die Treppe entlang nach unten. »Boah!« Das war alles, was er über seine wie immer herabhängende Unterlippe brachte.

Ulferts schüttelte den Kopf. Sein strafend gemeinter Blick drückte vor allem Resignation aus. »Und? Wie konnte das passieren?«, fragte er, ohne auf eine Antwort zu hoffen. Noch einmal sog er heftig an seiner Zigarette, so dass die Glut hell aufleuchtete und beängstigend schnell seinen verhornten Fingerkuppen zustrebte. Dann warf er die Kippe in den Keller. Es zischte, als die Glut in dem See erlosch, der sich unten gebildet hatte. Winzige, ringförmige Wellen leckten an der hölzernen Stiege.

»Bestimmt ein Meter Wasser«, brummte Ulferts und rammte Justin den Ellbogen zwischen die Rippen. »Los, hol die Tauchpumpe. Und vergiss den Schlauch nicht!«

Während sein Praktikant loszottelte, drehte der Klempnermeister erst einmal das Hauptventil ab. Sein Blick schweifte über die Baustelle. Alte Häuser machten grundsätzlich mehr Mühe als neue, stellte er zum wiederholten Male fest, und dieses hier war ein sehr altes Haus. Womöglich sogar eines der ältesten von ganz Leer. Dass es ausgerechnet an der Neuen Straße stand, war eine Ironie, die Ulferts gar nicht auffiel, war ihm diese Straße nahe beim Rathaus und der historischen *Waage* doch als Bestandteil der malerischen Altstadt seit Langem vertraut.

Ein Glanzstück dieser Altstadt war das Haus derzeit gerade nicht, sollte es aber wieder werden. Nach mehrjährigem Leerstand hatte es den Besitzer gewechselt, gerade noch rechtzeitig, um vor dem vollständigen Verfall gerettet zu werden. Hinter der imposanten Fassade jedoch verbargen sich Zustände, die jedem anständigen Handwerker die Haare zu Berge stehen ließen. Nicht nur, dass es in dem ganzen Gebäude keinen einzigen rechten Winkel gab. Der Giebel, der außen nicht einen einzigen Riss zeigte, sah von hinten so aus, als wäre er aus wild durcheinander vermauertem Schutt errichtet worden, und einige der Balken, die die Zwischendecken trugen, lagen direkt auf den Fensterstürzen auf. Ein Wunder, wie das all die Jahrhunderte lang halten konnte, dachte Heinz Ulferts, während er die Tauchpumpe an ihrem dick gummierten Kabel in den Keller hinabgleiten ließ und sich nach einer Steckdose umblickte.

»Wohin damit?«, fragte Justin und hielt das Schlauchende hoch.

Ulferts war darüber froh, denn ohne solche unterstützenden Gesten hätte er seinen Praktikanten kaum verstanden, so nuschelig sprach der Junge. Als hätte er statt einer Zunge einen Klumpen rohe Leber im Mund, dachte der Klempnermeister, wohlig schaudernd über diesen unappetitlichen Vergleich. »Ins Klo«, antwortete er.

»Hä?« Der schlacksige Junge glotzte verständnislos. Einen Moment lang hoben sich seine Augenlider fast vollständig, und seine Unterlippe hing noch etwas weiter herab als gewöhnlich. Dann kapierte er endlich und schlurfte los in Richtung Badezimmer.

Ulferts seufzte. Wirklich schön, dass die Arbeitslosenzahlen endlich sanken, aber dass er sich deswegen jetzt mit solchen Gestalten als Praktikanten, später womöglich sogar als Lehrlingen abgeben musste, war mehr als lästig. Und dabei war das sogar noch ein Realschüler! Nach außen hin lehnte Ulferts die Idee dieses durchgeknallten Wirtschaftsministers, immer noch mehr ausländische Fachkräfte ins Land zu holen, bei jeder Gelegenheit mit drastischen Worten ab. Im Stillen aber dachte er anders darüber, seit er versuchen musste, Jungen wie diesem Justin das Arbeiten beizubringen.

Endlich fand Ulferts eine Steckdose, eine altmodisch runde, hohe und schon ziemlich brüchige, zu der eine ebenfalls über Putz verlegte Leitung führte, und steckte den Stecker mit gemischten Gefühlen ein. Aber nirgendwo sprang eine Sicherung heraus, stattdessen begann es aus dem Keller zu schlürfen und aus dem Bad zu gurgeln. Die Pumpe arbeitete also. Dieses Badezimmer bereitete Ulferts ebenso viel Kopfzerbrechen wie der stumpfsinnige Junge. Natürlich nachträglich eingebaut, hatte das Bad einen schlauchartigen Grundriss, war völlig unzureichend beleuchtet und belüftet, die Leitungen waren kreuz und quer verlegt, und nach dem Bild, das sich dem Betrachter schon auf den ersten Blick bot, mochte der Klempnermeister gar nicht daran denken, wie es innerhalb der Wände und unter den Bodenfliesen aussah. Abreißen und neu bauen ist das einzig Vernünftige, dachte Ulferts. Aber das ging hier natürlich nicht, da waren der Denkmalschutz und die Leeraner Tourismusinteressen vor.

Wie das mit dem Keller passiert sein musste, darauf hatte sich Ulferts inzwischen seinen Reim gemacht. Bestimmt kein Frostschaden, trotz des zurückliegenden harten Winters. Immerhin war es schon Anfang Juni, da wäre ein Rohrbruch lange vorher aufgefallen. Nein, wahrscheinlicher war, dass die Wasserleitungen einfach von Grund auf marode und gleich an mehreren Stellen durchgegammelt waren, ein Prozess, der schleichend begann und sich dann langsam steigerte. Begünstigt natürlich durch den Leerstand des Gebäudes, sonst hätte sicher schon früher jemand die Wasserlecks bemerkt und Alarm geschlagen.

Der Wasserspiegel im Keller sank nur langsam; der gewölbeartige Raum schien ziemlich ausgedehnt zu sein. »Nun hol doch schon mal den Bautrockner rein!«, herrschte Ulferts den Praktikanten an, der bewegungslos neben der Badezimmertür stand, den leeren Blick auf einen Punkt weit links vom Gesicht seines Meisters gerichtet. Erst nach einigen Sekunden schlurfte Justin los. Wo hat der bloß seinen Kopf, dachte Ulferts. Sollte vielleicht nachts mal schlafen, zur Abwechslung.

Der weiße *Middent-Manssen*-Kastenwagen stand direkt vor der Haustür. Ulferts hörte Justin darin poltern und rumoren, während er langsam die Kellertreppe hinabstieg. Das raue Holz der Stiege war schwarz vor Nässe. Faulig schien das Holz aber nicht zu sein; der typische Camembertgeruch fehlte, und auch das Knarren der Stufen klang vertrauenerweckend.

Unten war es nicht so dunkel wie befürchtet. Das Kellergewölbe hatte einen Hintereingang. Oberhalb einer kurzen steinernen Treppe befand sich eine Tür mit kleinen blinden Fensterscheiben, von denen einige eingeschlagen waren. Die Tür stand einen Spalt offen. Ulferts verzog den Mund. Hatten sich auch hier schon die Penner breitgemacht? Seit die Saufbrüder vom Bahnhofsvorplatz vertrieben worden waren, schienen sie überall in der Stadt aufzutauchen. Der Anblick dieser abgerissenen Gestalten machte den Klempnermeister aggressiv, und so war er oft unfreundlicher zu ihnen, als es seiner Natur entsprach. Aber wenn er an seine eigenen Sorgen dachte, seine ungebärdigen Söhne, das teure Haus und das ständig überzogene Konto, dann machte ihn die Nähe von Obdachlosen nun einmal sehr unruhig. Wer konnte schon wissen, was die eigene Zukunft brachte?

Die Tauchpumpe begann Luft zu ziehen und zu röcheln. Ulferts hatte den Kellerboden erreicht, seine schweren Arbeitsschuhe patschten durch tiefe Pfützen, an die die Pumpe nur noch schwer herankam. Gab es hier vielleicht einen Pumpensumpf? Im Rheiderland jenseits der Ems, wo er geboren war und immer noch wohnte, wo auch sein Segelboot im Jemgumer Hafen lag, hatten viele ältere Häuser eine solche Vertiefung im Kellerboden, in der sich eingedrungenes Wasser sammelte und bequem abgepumpt werden konnte. Aber dort, in der tief gelegenen, stets feuchten Marsch, war Wasser im Keller auch ein häufiges Problem. Die Leeraner auf ihrem Geestrücken hatte diese Sorge normalerweise nicht. Hier jedenfalls konnte Ulferts keinen Pumpensumpf entdecken.

Dafür allerhand anderes. Das eingedrungene Wasser hatte allen möglichen Krempel aus den verstecktesten Winkeln hervorgespült. Torfstücke lagen herum, Holzabschnitte, Eierkohlen, alte Schuhe, fleckiges Arbeitszeug, ein Gartenschlauch, sogar ein paar schrumpelige, ausgekeimte Kartoffeln waren zu erkennen. Stapel aufgeweichter Zeitungen und Illustrierten waren in Auflösung begriffen; zum Glück hatte die Schnürung den halbfesten Brei noch so weit zusammengehalten, dass er die Pumpe nicht verstopfte.

Mit routiniertem Blick machte der Klempnermeister die am tiefsten gelegene Ecke des unebenen Kellerbodens aus und ließ die Pumpe so viel von dem restlichen Wasser absaugen, wie ohne Sumpfloch möglich war. »Stecker raus!«, brüllte er dann die Treppe hoch. »Und bring jetzt den Trockner!« Die Pumpe schlürfte noch ein Weilchen, bis alles erreichbare Wasser abgesogen und fast überall der bucklige Zementboden zum Vorschein gekommen war, dann erst kam sie zur Ruhe. Ulferts hatte Justins Reaktionszeit genau richtig eingeschätzt.

Wenig später kam der Praktikant die Treppe heruntergepoltert, den ungeschlachten Bautrockner vor dem Bauch. Das Ding war eigentlich nichts anderes als ein großer Heizlüfter mit extrastarkem Gebläse. Oder, wenn man so wollte, eine Art Wäschetrockner, nur dass er die Feuchtigkeit nicht aus gewaschener Kleidung zog, sondern direkt aus der Raumluft. Ulferts registrierte, dass Justin ein schwarz glänzendes Stromkabel hinter sich herzog, das er offenbar bereits oben eingestöpselt hatte. Ein Punkt für ihn, dachte der Klempnermeister. Hier unten fand sich bestimmt keine funktionierende Steckdose mehr.

Justin blieb stehen und schaute seinen Meister fragend an: »Wohin?«

Tja, wohin das Ding? Ulferts rieb sich das Kinn. In das Knistern seiner Bartstoppeln mischte sich ein anderes Geräusch. Irgendwo plätscherte es leise. Der Klempner drehte sich um, vorsichtig, als fürchtete er, ein scheues Lebewesen zu verscheuchen. Da waren die Frischwasserrohre, offen verlegt, bestimmt unendlich lange nach dem Bau dieses alten Kastens. Aber auch das war bestimmt schon wieder eine Ewigkeit her. Dort, wo die Rohre aus der äußeren Wand in den Keller mündeten, sickerte ein Rinnsal hervor. War das bloß Nachlauf, oder befand sich mindestens eine der Leckstellen genau dort, wo man am schlechtesten herankam? Das wäre ja wieder mal typisch.

Dann sah er den Wasserhahn mit dem ausgeblichenen Gartenschlauch daran. Auch aus dem Schlauchende lief Wasser heraus, wenig nur, aber kontinuierlich; jemand hatte den Hahn nicht richtig zugedreht. Mit kräftigem Griff holte Ulferts das nach. So eine Nachlässigkeit, dachte er. Auch das könnte sehr wohl die Ursache für diese Schweinerei hier sein.

»Dahin«, sagte Ulferts und zeigte in Richtung Außenwand. »Aber nee, setzt erst mal ab. Da steht was im Weg.«

Eine Kiste war es, die da stand, triefend nass wie alles in diesem Keller. Vielleicht auch ein umgefallener Spind, dachte der Klempner, eintürig, die Form könnte passen, lang und schmal. Aber dann hätte das da oben drauf ja die Tür sein müssen, und eine Tür war das eindeutig nicht, sondern ein Deckel, bestehend aus zwei rissigen Brettern mit darübergenagelten Lattenenden und mit einem primitiven Verschluss gesichert. Was hatten die früheren Hausbewohner wohl in dieser Kiste aufbewahrt? Hoffentlich nichts Schweres, dachte Ulferts, das Ding muss nämlich da weg. Prüfend trat er gegen das ihm zugewandte Ende der Kiste.

Es gluckste laut, und aus einem Loch im Deckel schoss eine kleine Wasserfontäne hervor. Ulferts, der gerne Tiersendungen guckte, fühlte sich an einen auftauchenden Wal erinnert. Zugleich registrierte er, dass die Kiste sich keinen Millimeter gerührt hatte.

»Hä?« Ach ja, Justin war ja auch noch da. »Der Strahl, wie geht das denn?«, nuschelte der Schüler.

Ulferts holte Luft, wollte ansetzen zu einer Erklärung, die mit Physik zu tun hatte, schüttelte jedoch nur den Kopf und winkte ab. »Das Ding ist voll Wasser«, sagte er. »Vollgelaufen, wie der ganze Keller hier. Stell den Trockner lieber erst mal auf die Treppe, wir müssen das Ding hier ausleeren, sonst kriegen wir's bestimmt nicht von der Stelle.« Zum Beweis bückte er sich und versuchte, die Kiste mit beiden Händen zur Seite zu ziehen. Auch auf diese Art war sie kein Stückchen zu bewegen. »Siehst du?«

Ulferts richtete sich auf. Justin stellte sich neben ihn. Ehe der Meister ihn daran hindern konnte, hatte er schon mit voller Wucht zugetreten. Wieder spritzte Wasser aus dem runden Loch nahe der entfernten Schmalseite des Deckels. »Geil!«, murmelte der Praktikant, ein abwesendes Lächeln auf den auseinanderklaffenden Lippen.

»Du spinnst doch«, schalt Ulferts. Aber er tat es halbherzig, denn der Großteil seiner Aufmerksamkeit galt dem Verschluss des Deckels. Ein einfacher rechtwinkliger Überwurf, der über eine Öse an der Längsseite geklappt und dort mit einem Stückchen Holz arretiert worden war. Ein simpler Verschluss aus schwarz lackiertem Blech. Ziemlich verrostet, genau wie die beiden Scharniere. Kam das von der Feuchtigkeit? Aber wahrscheinlich war die Kiste einfach schon ziemlich alt.

Der Zementboden rundherum begann bereits abzutrocknen. Dort, wo das Wasser aus dem Loch im Deckel gespritzt war, hatte sich ein neuer dunkler Fleck auf dem Untergrund gebildet. Nur dort – ansonsten schien die Kiste, die randvoll mit Wasser sein musste, dicht zu halten. Das war erstaunlich, handelte es sich doch um ein Behältnis aus schlicht zusammengenagelten, rauen, schon deutlich verwitterten Brettern. Konnten die im Wasser aufgequollen sein und ihre Stöße sich dadurch von alleine geschlossen haben, wie ein gut gebautes hölzernes Boot? Nicht sehr wahrscheinlich, dachte Hobbysegler Ulferts. Der Deckel jedenfalls schloss nicht wasserdicht, lag nur einfach auf der oberen Kistenkante auf, und seine Bretter standen leicht über. Die Scharniere waren nicht eingelassen, sondern einfach von oben aufs Holz geschraubt. Außerdem war da dieses kleine runde Spritzloch. Insgesamt war diese Kiste ein merkwürdiges Ding, auf das sich der Klempner keinen Reim machen konnte. Obwohl es ihn an irgendetwas erinnerte.

Er bückte sich und löste den rostigen Verschluss. Warum er

sich danach aufrichtete und Justin mit einer Kopfbewegung anwies, den Deckel anzuheben, anstatt das selbst zu tun, vermochte er sich später nicht zu erklären.

In der Kiste war tatsächlich Wasser. Außerdem war da ein Mensch. Er schien in dem klaren, unbewegten Wasser zu schweben, so knapp unterhalb der Oberfläche, dass seine Nasenspitze sie gerade eben nicht durchstieß. Der Mensch war ein Mann, ein alter Mann, seinem weißen Haar nach zu schließen, das seinen Kopf umschwebte wie eine Wolke. Seine Augen waren dunkel, was man sehen konnte, weil sie weit geöffnet waren und starr zur Kellerdecke blickten. Der Mann war tot, auch das kam Ulferts zu Bewusstsein, als eine in einer ganzen Reihe von Beobachtungen, die sein praxisgeschulter Verstand nahezu selbstständig traf, solange ihn das Entsetzen, das parallel dazu aufquoll, noch nicht lahmgelegt hatte. Der Mann war tot, ein toter alter Mann in einer Holzkiste voll Wasser im Keller dieses uralten Hauses. Der Tote trug Unterwäsche, weiße Trikotunterwäsche, wie auch Ulferts sie trug, sonst nichts. Seine Hände waren nicht zu sehen, und seine bloßen Füße …

»Das ist Kabelbinder.« Das war Justins Stimme. Mein Gott, der Junge, dachte Ulferts, der arme Junge, der guckt das jetzt alles mit an. Den Gedanken an seine Fürsorgepflicht als Ausbilder begrüßte er dankbar. Ein rettender Gedanke schien das zu sein, einer, an den er sich klammern konnte, der ihm Anlass gab, seinen Blick von diesem Grauen abzuwenden, ehe er in Panik verfiel. Ulferts schaute zu Justin.

Aber als er bemerkte, wie die Augen seines Praktikanten glitzerten, als er sah, dass sich Justins Mund mit der hängenden Unterlippe zu einem Grinsen verzerrt hatte, packte ihn die Panik erst recht.

2.

Jetzt grinst er schon wieder so blöd, dachte Erika und bückte sich tiefer über ihre Ackerfurche. Doof, dass sie überhaupt hingeguckt hatte, als sie das Schutzblech klappern hörte, und auch noch so ungeschickt, dass ihm der Blick nicht entgehen konnte! Jetzt plierte sie zwischen ihren gespreizten Beinen hindurch, gedeckt durch die schwingenden Falten ihres weiten Rocks. Wie angeberisch er daherkam auf seinem schwarzen Fahrrad! Dabei war das natürlich gar nicht seins, sondern das seiner Mutter, und er konnte auch nur deshalb damit fahren, weil es ein Damenrad war, im Stehen, denn den breiten, blanken Ledersattel mit den großen Spiralfedern darunter konnte er gar nicht so tief einstellen, dass er mit dem Popo draufgekommen wäre. Stinus war ziemlich klein für seine dreizehn, fast schon vierzehn Jahre. Ihn aber focht das nicht an, er stampfte stehend in die Pedale, die Hände am Lenker knapp unter Nasenhöhe, Schulter zurück, Wirbelsäule kerzengerade am Sattelhorn. Stolz, immer so stolz. Und natürlich in Uniform.

»Wat kickst du denn alltied na de dösige Fent daar hen? Sall ik hum torüggropen?«

Omas kratzige Stimme rief Erika zur Ordnung. Stinus zurückrufen, von wegen! Schnell machte sie sich wieder daran, das Unkraut zwischen den noch zarten Kartoffelpflänzchen auszurupfen. »Nee, nee, bloß nicht«, rief sie, ohne den Kopf zu heben, damit ihre Oma nicht sah, wie rot sie geworden war. Erika hörte sie lachen. Nein, Oma war ihr nicht böse. Sie wusste, wie schwer es ihr fiel, in der Nachmittagshitze hier auf dem Acker zu stehen und ihr bei der Arbeit zu helfen. Aber es nützte ja nichts, hatte Mama gesagt, Oma schaffte es nun einmal nicht mehr alleine, und Opa war ja weg. Mama hatte zu Hause selbst genug zu tun, Vater war in Hamburg, in der Kaserne, und sonst war ja keiner da, der Oma zur Hand gehen konnte. Also musste Erika ran, und wenn ihr noch so langweilig war und der Rücken vom ewigen Bücken lahm wurde. Außerdem half sie Oma ja gerne, im Prinzip. Oma war immer lieb zu ihr.

Warum war Opa eigentlich weg? Sie mochte die Frage nicht mehr stellen. Oma hatte geweint, als sie das zuletzt getan hatte, Mama hatte nur leise »schscht!« gemacht und sie nach oben geschickt, und Vater hatte gedroht, ihr den Hintern voll zu hauen, wenn sie nicht Ruhe gäbe. Nichts davon wollte sie noch einmal erleben, also fragte sie nicht mehr. Aber der Gedanke ging ihr trotzdem nicht aus dem Kopf. Opa war ein großer, starker Mann mit riesigen Händen und einem ganz breiten Schnurrbart, das wusste sie noch genau, obwohl es drei Jahre her war, dass sie ihn zuletzt gesehen hatte, und damals war sie erst zehn gewesen. In der Ziegelei hatte er gearbeitet, da hinten am Jemgumer Hafen, und war dort irgendwas Besonderes gewesen. Nicht Chef, nein, das nicht. In Erikas Familie waren alle Arbeiter oder Hausfrauen, außer Oma, die aus einer Bauernfamilie stammte und immer Bäuerin geblieben war, obwohl sie das Stück Land, auf dem sie heute Kartoffeln und anderes anbaute, lächerlich klein fand. »Blot een Taskendook vull Eer«, sagte sie immer und lachte. »Kiek di daartegen blots maal an, wat de Polderfürsten hebben!«

Ihre Oma sprach fast immer Platt, und Erika verstand jedes Wort, auch wenn sie selbst fast immer Hochdeutsch sprach. Ihre Mutter hatte ihr das Plattsprechen verboten, tat es auch selber kaum noch, weil Erikas Vater es nicht konnte. Er war nicht von hier, stammte aus Hannover und fühlte sich in Ostfriesland immer noch fremd. Vielleicht deswegen.

In der Schule hieß es immer, die Zeit der Fürsten und Grafen sei vorbei. Und die der roten Bonzen auch. Warum wohl gab es diese Polderfürsten immer noch? Erika überlegte, wen sie das wohl fragen konnte, ohne Schläge angedroht zu bekommen. Ist aber auch nicht so wichtig, dachte sie. Wenn Oma und sie mit einem Taschentuch voll Erde schon so viel Mühe hatten, wie viel Arbeit hatte dann wohl erst so ein Polderfürst mit seinen riesigen eingedeichten Marschbodenflächen?

Obwohl, die Arbeit verrichteten ja andere für ihn. Stinus' Vater arbeitete bei solch einem Polderfürsten. War Verwalter oder Aufseher, irgendwas Besseres jedenfalls. Ihn konnte sie fragen. Aber das kam natürlich überhaupt nicht in Betracht. Der würde sich doch sonst was einbilden, wenn sie das tat!

»Kumm her, mien Tüt.« Oma stand plötzlich dicht vor Erika und strich ihr, als sie sich aufrichtete, zärtlich über den dichten braunen Haarschopf. In der Hand hielt sie die gläserne Flasche ohne Etikett, die in der Sonne verheißungsvoll rot funkelte. Johannisbeersaft war da drin, von Oma selbst gekocht, stark mit Wasser verdünnt, aber immer noch süß genug. Erika kannte nichts Besseres.

»Drink man even 'n Kluckje«, sagte Oma, und Erika trank dankbar. In der Flasche war mal Schnaps gewesen, das wusste sie, auch wenn man es nicht mehr schmeckte und das Etikett sorgfältig abgeweicht worden war. Für ihren Vater stand zu Hause auch immer so eine bereit. Diese hier stammte bestimmt von Opa.

Wo war Opa nur? Bloß nicht fragen, dachte das Mädchen, obwohl Oma doch direkt vor ihr stand und niemand sonst in der Nähe war. Nicht fragen, sonst weint sie wieder. Stattdessen nahm sie noch einen Schluck von dem süßen, fruchtigen Saft und reichte die Flasche mit einem Lächeln zurück.

»So, nu geiht dat weer, wat?« Noch einmal strich Omas hornige Hand über ihren Scheitel, diese harte Hand, deren Finger ganz krumm waren und innen dunkel von der Erde, die gar nicht mehr ganz aus all den Rissen und Falten herausging. Dann stapfte die alte Frau zurück zu ihrer Ackerfurche und machte sich wieder an die Arbeit. Erikas Blick ruhte noch ein paar Sekunden auf ihren grau bestrumpften Beinen, die der beim tiefen Bücken hochrutschende Rocksaum ein Stückchen weit freigab, auf den kantigen Knöcheln, den dünnen Fesseln und den knotigen Waden. Ihre Füße in den alten Holzpantinen waren weit gespreizt, um den Rücken etwas zu entlasten. In kleinen Schritten arbeitete sie sich voran, während sie das Unkraut so schnell und zielsicher rupfte, dass es klang, als fräße dort eine hungrige Kuh. Über diesen

Vergleich musste Erika grinsen, aber ihr schmales Gesicht wurde gleich wieder ernst. Warum musste Oma eigentlich immer noch so hart arbeiten? War sie nicht eigentlich schon zu alt dafür?

Und wo war Opa? Irgendwann hatte sie doch mal etwas aufgeschnappt, konnte sich aber nicht mehr erinnern. Was war das nur gewesen?

Manchmal schien es ihr, als könnte sie nur Fragen stellen, für die es Ohrfeigen gab oder Tränen oder beides. In der Schule war das genauso. Dabei hatten ihr die ersten Schuljahre doch so viel Spaß gemacht. Bei der Einschulung hatte sie schon lesen können, Mama und Opa hatten ihr viel vorgelesen, da war ihr das so zugeflogen. Schnell war sie der Liebling ihrer Klassenlehrerin gewesen. Dass es dafür in den Pausen manchmal Hauereien gab, aus Neid, hatte sie nicht weiter gestört, denn austeilen konnte sie auch ganz gut, obwohl sie so schmal und zierlich war. Aber dann hatte sich plötzlich alles so verändert. Vor allem die Lehrer. Die redeten auf einmal ganz anders, und was vorher richtig gewesen war, hatte nun Anschnauzer, Ohrfeigen und schlechte Noten zur Folge. Ihre alte Klassenlehrerin änderte sich nicht, aber sie verließ die Schule. Sie müsse sich jetzt ganz ihren Pflichten als deutsche Hausfrau und Mutter widmen, hatte der Rektor verkündet. Und verboten, dass die Klasse ihr zum Abschied ein Lied sang. *Die Gedanken sind frei* hatte Erika vorgeschlagen, weil Opa das so gerne mochte. Dafür hatte sie einen Klassenbucheintrag bekommen, den ersten ihres Lebens. Abends war der neue Lehrer bei ihnen zu Hause gewesen und hatte lange und sehr ernst mit ihren Eltern gesprochen, und Erikas Vater hatte sie anschließend mit dem Rohrstock verprügelt.

Ihre Lehrerin hatte sie seither nur einmal wiedergesehen, nämlich als sie eines Abends bei ihnen zu Hause erschienen war und versucht hatte, Erikas Eltern davon zu überzeugen, ihre begabte Tochter nach Leer aufs Gymnasium zu schicken. Damit aber biss sie bei Vater auf Granit. Erikas Enttäuschung hielt sich in Grenzen; sie hatte nichts anderes erwartet. Das

Gymnasium war etwas für reicher Leute Kinder, und sie waren arm. Nicht umsonst wohnten sie in der Arbeitersiedlung Neu-Jemgum.

Schön war das alles nicht. Was sie aber wirklich nicht verknusen konnte, war, dass in ihrer Klasse seit Kurzem plötzlich Stinus Plöger Primus und Lehrers Liebling war. Ausgerechnet Stinus, der doch bis vor drei Jahren nur in Sport und Religion Einsen gehabt hatte und sonst nur Dreien und Vieren!

Wie auf Bestellung hörte sie wieder das Schutzblech klappern. Tatsächlich, da kam Stinus schon wieder angeradelt auf seinem viel zu großen Fahrrad, mit seiner viel zu großen kurzen Hose und dem kinderkackebraunen Hemd mit den Schulterstücken und diesem lächerlichen Riemen quer über der Brust. Erika achtete diesmal darauf, ihn nur aus den Augenwinkeln zu beobachten, ohne ihre Arbeit zu unterbrechen. Hatte das Jungvolk denn gar keinen Dienst oder Appell oder wie die ihr lächerliches Herumgeschreie und -gestampfe nannten? Anscheinend nicht. Interessiert mich ja auch überhaupt nicht, dachte Erika und riss wütend an der nächstbesten Pflanze. Erschrocken stellte sie fest, dass sie eine Kartoffelstaude in der Hand hielt. Kleine Knollen hingen an den bleichen Wurzeln, richtige Kartoffelbabys, die jetzt nicht mehr groß werden würden. Die Erdklumpen dazwischen sahen bräunlich aus, wie der Torf, den Oma im Küchenherd verfeuerte und der so intensiv roch. Der Torf, der aus dem Moor kam.

Und jetzt fiel es ihr wieder ein. Moor, das war das Wort. Mama hatte mit Oma geflüstert, nachdem einer von Vaters Freunden zu Besuch gewesen war, ganz kurz nur und sehr verstohlen, als dürfte Vater nichts von seiner Anwesenheit wissen. Aber Vater war gar nicht zu Hause gewesen, sondern in der Kaserne in Hamburg, wie meistens. Erika hatte hinter der Tür gestanden, hatte Mama flüstern gehört und Oma weinen. Moor. Moorlager. Und dann noch irgendwas mit Ems. Emsland?

Erika drückte die Kartoffelbabys zurück in ihr Bett aus Erde, deckte sie vorsichtig zu. Ob das noch etwas nützen würde? Vielleicht nicht. Aber einfach nur nichts tun, das ging doch auch nicht!

Ruckartig richtete Erika sich auf. Warum tat denn bloß keiner was? Sie wohnten hier doch dicht an der Ems, der Fluss war gleich da drüben, hinter dem Deich. Richtung Norden waren Ditzum, der Dollart und Emden, dahinter die Nordsee, und in der anderen Richtung lag das Emsland. So weit weg war das nicht, also musste es doch möglich sein, Opa zu finden! Aber es traute sich ja keiner, ihn zu suchen. Warum waren denn alle nur so feige?

»He, Erika!« Plötzlich stand Stinus vor ihr wie aus dem Boden gewachsen. »Mensch, hast du schon gehört? Wir haben schon wieder Gold! Schon die achte Goldmedaille!« Er packte sie an den Oberarmen, als ob er mit ihr tanzen wollte, und begann herumzuhopsen. Erika aber stand stocksteif vor Überraschung, und weil sie fast einen Kopf größer war als Stinus, schaffte er es nicht, sie mitzureißen.

Klar, in Berlin waren ja gerade Olympische Spiele, und Stinus' Eltern hatten natürlich ein Radio. Erikas Vater hatte auch schon davon gesprochen, wenigstens einen Volksempfänger anzuschaffen, aber noch war daraus nichts geworden. So erfuhren sie immer erst einen Tag später von den Erfolgen der deutschen Athleten in Berlin, nämlich aus der *Rheiderland-Zeitung*. Erika fand das früh genug.

»Na und?«, gab sie zurück und ruderte mit den Schultern, um Stinus' Griff abzuschütteln. »So toll sind deine Helden auch nicht. Die werden ja nicht einmal mit diesem Neger fertig, diesem Jesse Owens. Von wegen Übermenschen!« Erika erschrak über ihre eigenen Worte, kaum dass sie ihr entschlüpft waren, getrieben von Ärger und von Zorn, der tiefere Ursachen hatte als bloß Stinus Plögers Dreistigkeit. Mit solchen Bemerkungen war nicht zu spaßen, das wusste sie, da durfte man schon eher den lieben Gott lästern. Wenn Stinus sie nun verpetzte?

Aber der schien gar nicht richtig zugehört zu haben. »Ich mache jetzt regelmäßig Leibesübungen!«, verkündete er strahlend. »Das Fahrradfahren gehört auch dazu. Die richtigen Anlagen habe ich, sagt Herr Köster, und der war immerhin schon mal Riegenführer der deutschen Turnerauswahl! Wenn ich nur fleißig genug bin und an meiner Form arbeite, dann bin ich in acht Jahren auch mit dabei. Mensch, Erika, ist das nicht toll?«

»Wo willst du dabei sein?« Erika schüttelte den Kopf. In acht Jahren – wer dachte denn schon so weit voraus? Dann waren sie beide einundzwanzig, also erwachsen. Stinus hatte dann sicher schon einen Beruf, und sie war bei irgendeiner Bauernfamilie in Stellung, den Haushalt führen und lernen für ihr künftiges Leben als Hausfrau und Mutter. Erika schauderte bei diesem Gedanken. Wenn man Pech hatte, dann waren diese Jahre beim Bauern eine einzige Tortur, das erzählten sich die älteren Mädchen im Dorf. Sieben Tage die Woche schuften, frei nur zur Kirche und über Weihnachten, und wenn der Bauer zudringlich wurde, durfte man noch nicht einmal den Mund aufmachen. Kein Wunder, dass viele Mädchen heirateten, sobald sich jemand fand, irgendwer, nur um dieser Schinderei zu entkommen! Nein, so weit mochte Erika nicht denken, noch nicht. An die Zukunft denken, das sollten ruhig die Jungs tun, die hatten davon sowieso mehr zu erwarten.

»Na, wo will ich dann wohl sein? Bei den Olympischen Spielen!« Stinus warf sich in die magere Brust, was unter seinem weiten Jungvolk-Hemd nur zu erahnen war. »Turner oder Leichtathlet, kommt drauf an, wie viel ich wachse, sagt Herr Köster. Können tu ich beides! Bin ein richtiges Bewegungstalent.«

Sportler bei Olympia! Das war so vermessen, dass Erika nicht einmal darüber lachen konnte. Und verglichen mit dem, was ihr selbst bevorstand, fand sie Stinus' Hirngespinste sogar zum Heulen. »Wo sind denn die Spiele in acht Jahren überhaupt?«, fragte sie, um überhaupt etwas zu sagen.

Der kleine Pimpf zuckte die Achseln. »Was weiß ich? Irgendwo halt. Wenn Deutschland bis dahin die Welt beherrscht, wie der Führer sagt, dann bestimmt wieder in Berlin. Wenn's damit länger dauert, dann eben woanders. Ich schaffe es überall!«

Und ehe Erika noch etwas erwidern konnte, hatte Stinus seine Hände an ihre Wangen gelegt, sich auf die Zehenspitzen gestellt und ihr einen Kuss aufgedrückt. Auf den Mund! Erika stand starr vor Ekel und Entsetzen, während der kleine Pimpf lachend über die Ackerfurchen zu seinem Fahrrad rannte. Auch Oma lachte. Sie stand zwar weit entfernt, denn sie hatte sich inzwischen einen großen Vorsprung beim Jäten erarbeitet, aber den entscheidenden Augenblick hatte sie nicht verpasst. Schelmisch drohte sie mit dem Zeigefinger.

Erika machte sich wieder an die Arbeit. In ihren Wangen pochte die Schamesröte. Mit jedem Rupfer aber ließ das Gefühl des Ekels nach. Immerhin, sie hatte ihren ersten Kuss bekommen. Zwar von Stinus, diesem Dreikäsehoch, dem sie das von allen ihren Klassenkameraden am wenigsten zugetraut hätte. Aber – wenn schon!

Und je länger sie darüber nachdachte, desto interessanter kamen ihr die Möglichkeiten vor, die sich daraus ergeben mochten.

Leise summend, begann sie den Vorsprung ihrer Oma aufzuholen, rhythmisch und gleichmäßig arbeitend wie eine Maschine. Erst nach einiger Zeit wurde ihr bewusst, was sie da summte: *Die Gedanken sind frei.*

3.

»In diesem Sinne – nochmals alles Gute!« Wieder war eine Ansprache zu Ende, wieder wurden die Gläser erhoben, wurde vielmundig am Orangensaft oder am alkoholfreien Schaumwein genippt. Die Zeiten, als zu Verabschiedungen und anderen Feierlichkeiten in Polizeidienststellen noch Bier und Sekt in Strömen flossen, waren längst vorbei, und mit der verordneten Nüchternheit nahm man es in Leer äußerst genau. Lag es daran, dass ihm die ach so launigen Reden der Führungskräfte von Mal zu Mal banaler vorkamen? Hauptkommissar Stahnke sinnierte in seine Champagnerflöte hinein, ohne sich von der schalen, kaum noch prickelnden Flüssigkeit darin eine Antwort zu erhoffen.

Dabei lag diese Antwort doch so nahe. Genau genommen lag sie nicht, sie stand – aber auf jeden Fall nahe. Zu nahe. Und wie es aussah, würde das auch so bleiben.

Jetzt war Manninga an der Reihe; als guter Gastgeber hatte er hochrangigen Vertretern über- und nebengeordneter Dienststellen den Vortritt gelassen. »Eigentlich war ich ja davon ausgegangen, dass mein eigener Abschied der nächste sein würde, den wir hier feiern«, sagte der breit und schwer gebaute, väterlich wirkende Polizeidirektor. »Aber du, mein lieber Gerd, konntest ja wieder mal nicht abwarten.«

Stahnke fand den Spruch des Inspektionsleiters reichlich unsensibel, immerhin ließ sich Gerd Plöger ja beileibe nicht deshalb vorzeitig pensionieren, weil er gewollt hätte, sondern weil es nicht anders ging. Der scheidende Leiter des Zentralen Kriminaldienstes war krank, schwer krank. Man sah es ihm nicht an; Plöger sah aus wie das blühende Leben, war schlank, meist tief gebräunt und immer gut gelaunt. Aber seine Lunge funktionierte einfach nicht mehr richtig, schon seit Jahren, und so hatten seine Kräfte immer mehr nachgelassen. Erst konnte er keine Treppen mehr steigen, dann nicht einmal drei Zimmer weit über den Flur gehen, ohne sich zwischendurch abzustützen und zu verschnaufen.

Zuletzt waren seine krankheitsbedingten Fehlzeiten so lang geworden, dass er beruflich kaum noch in Erscheinung trat. Der Abschied war die unvermeidliche Konsequenz.

Er war mein direkter Vorgesetzter, rief sich der Hauptkommissar in Erinnerung. Praktisch hatte er gar keinen gehabt, jedenfalls keinen wahrnehmbaren, einmal abgesehen von Manninga, der gelegentlich selbst in die Bresche gesprungen war, wenn Stahnke als Leiter des Fachkommissariats I wieder einmal zu selbstherrlich agiert hatte. Stahnke selbst hatte sein Kollege und engster Mitarbeiter Kramer als Korrektiv stets vollkommen ausgereicht. Aber Kramer, sosehr er ihn auch schätzte, war eben sein Untergebener, zwar eine wichtige Instanz, aber nicht weisungsbefugt. So war Stahnke all die Jahre sein eigener Herr gewesen.

Damit war es jetzt vorbei. Jetzt hatte er wieder einen direkten Vorgesetzten, einen aktiven, dienstfähigen. Dort stand er, klein und hager, das Saftglas zwischen den nikotingelben Fingern, einen misstrauischen Ausdruck auf seinem grauen Gesicht. Unruhig zuckte sein Blick durch den Raum und zwischen seinen künftigen Kollegen hin und her, von denen sich ihm noch keiner genähert hatte – außer Manninga, der ihm gerade betont herzlich die Hand entgegenstreckte. Anscheinend hatte er Gerd Plögers Verabschiedung inzwischen beendet und war zur Begrüßung seines Nachfolgers übergegangen, ohne dass Stahnke seit der Einleitung auch nur ein Wort mitbekommen hätte.

Dedo de Beers rechte Hand zuckte vor, ehe sich ihr Besitzer an das Saftglas darin erinnerte; gelber Saft schwappte über den Rand und suppte über gelbe Finger. Schnell wechselte der frisch ernannte Kriminalrat das Glas in die Linke, streckte die Rechte aus, bemerkte gerade noch rechtzeitig, wie nass und klebrig sie war, und wollte rasch nach seinem Taschentuch angeln, was aber nicht ging, da Klebesaft und Glas nun seine beiden Hände blockierten. Hilflos und bedeppert stand de Beer da, während die tief eingekerbten Falten zwischen Nasenflügeln und Mundwinkel, die seine ungewöhnlich hohe Oberlippe vom Rest des Gesichts abteilten, immer noch tiefer wurden und seine künftigen Untergebenen sich das Lachen nur mühsam verkneifen konnten.

Der alte Manninga war es schließlich, der die Situation entschärfte, indem er de Beer sein eigenes, noch sauber gefaltetes Taschentuch reichte und ihn mit derselben unauffälligen Handbewegung von seinem Glas befreite, während er gleichzeitig seine Begrüßungsansprache mit ein paar seichten, aber verbindlich klingenden Floskeln zum Abschluss brachte. Endlich konnte er doch noch seinen gefürchteten Händedruck anbringen. Stahnke sah deutlich, wie de Beers schmale Rechte in Manningas Pranke verschwand, die grauen Gesichtszüge des Kriminalrats schmerzhaft zuckten und er seine farblosen Augen zwischen zusammengekniffenen Lidern in Deckung brachte. Während der Inspektionsleiter seinen Arm bearbeitete, als wäre er der Schwengel einer Regenwasserpumpe, zuckte de Beers Blick zu Stahnke hinüber. Der schrak zurück wie vor einer Geschossgarbe; blanker Hass flammte ihm da entgegen. Für seinen missglückten Start in neuer Position schien der neue Kriminaldienstleiter ihn ganz allein verantwortlich zu machen.

Der Moment war kurz, und er ging vorbei. Schon war de Beer von seinen neuen Mitarbeitern umringt und in kollegiale Gespräche verwickelt. Nur Stahnke stand da wie festgewachsen. Die schlimmen Befürchtungen, mit denen er diesem Tag, dieser Stunde entgegengesehen hatte, waren klar übertroffen worden.

Der Hauptkommissar sah sich unauffällig nach Kramer um, entdeckte ihn inmitten der Traube, die sich um de Beer geballt hatte. »Judas«, knurrte Stahnke leise.

Eine breite Silhouette schob sich in sein Gesichtsfeld und füllte es aus. »Na, amüsieren wir uns denn auch?«, fragte Manninga und schaute Stahnke forschend an, die Stirn in wulstige Dackelfalten gelegt.

Der Hauptkommissar hob anerkennend die Augenbrauen und deutete eine Verbeugung an. »Pluralis majestatis, schau an, schau an. Da ist mir wohl eine kürzliche Beförderung Eurer Person entgangen, Hoheit. Aber wenn Eure Hoheit selbst nicht wissen, ob Hoheit sich amüsieren, wer dann?« Sein Verhältnis zu seinem Inspektionsleiter hatte sich in den letzten Jahren mehr und mehr entspannt, sicherlich auch angesichts der Annahme, Manninga werde in absehbarer Zeit ohnehin in den Vorruhestand gehen. Inzwischen aber wurde gemunkelt, Manningas Jüngster hätte erneut ein Studium abgebrochen und benötige noch auf Jahre hinaus finanzielle Unterstützung, weshalb sich der Kriminaldirektor das Pensionärsdasein noch gar nicht leisten könne. Infolge dessen war das vertraute Du, das längst fällig gewesen wäre, noch nicht erklärt worden, während das Sie, das einfach nicht mehr angemessen erschien, nach Kräften vermieden wurde. Ein merkwürdiger Eiertanz, den beide widerwillig tanzten, weil keiner ihn beenden mochte.

»So eine Beförderung hätten bestimmte Leute hier auch haben können«, erwiderte Manninga ungerührt. »Schon vergessen? Der neue Vizekönig und Herrscher des Zentralen Kriminaldienstes hätte nicht unbedingt de Beer heißen müssen. Aber gewisse Anwesende mussten ja unbedingt den Steert einkneifen.« Er drosch Stahnke kameradschaftlich auf den Rücken, dass es dröhnte und schmälere Gestalten als der massige Hauptkommissar unter der Wucht dieses Hiebes eingeknickt wären. Dann überließ er ihn seinen grüblerischen Gedanken.

Er hat ja recht, dachte Stahnke, der das Brennen oberhalb seines rechten Schulterblatts viel leichter ignorieren konnte als den nagenden Schmerz in seinem Inneren. Das Angebot war ja dagewesen. Lag praktisch vor mir auf dem Tisch, dachte er. Hätte nur zugreifen müssen. Habe ich aber nicht gemacht. Und jetzt habe ich den Salat.

Inzwischen war ihm auch klar geworden, warum er die verlockende Offerte zurückgewiesen hatte. Aus Angst vor zu viel Verantwortung nämlich. Und weil er sich an den Zustand der zumeist abwesenden übergeordneten Hierarchie-Ebene gewöhnt hatte. War ja auch unglaublich bequem gewesen, meist tun und lassen zu können, was ihm beliebte, und sich nur ausnahmsweise rechtfertigen zu müssen, solange die

Resultate nur stimmten. Was bei Stahnke zumeist der Fall war – nicht zuletzt dank eines Oberkommissars Kramer, der korrekt, gründlich und selbstlos die gelegentlichen Schnitzer seines Vorgesetzten auszubügeln pflegte.

Ja, das war es wohl: dass er ein bequemes Machtvakuum einfach als gegeben und dauerhaft hingenommen hatte. Ein Vakuum jedoch übte stets einen großen Sog aus, neigte einfach dazu, gefüllt zu werden. Und ein Machtvakuum lockte unweigerlich diejenigen an, die auf Macht geil waren. Wie zum Beispiel einen Dedo de Beer. Ihn draußen zu halten, wäre einfach gewesen; Stahnke hätte das Vakuum nur selbst zu füllen brauchen. Das aber hatte er unterlassen, und jetzt war es zu spät.

Wieder peilte de Beer zu Stahnke herüber, das Gesicht grau wie eine Bunkerwand, die Augen schmal wie Schießscharten. Sie beide verband eine jahrelange, gut gepflegte Feindschaft. Als de Beer noch FK-Leiter in Wittmund gewesen war und die Insel Langeoog zu seinem Beritt gehört hatte, war Stahnke ihm mehr als einmal in die Quere gekommen. Die Konflikte, die sich daraus ergeben hatten, waren nicht mehr als lästig gewesen, hatten dem Leeraner zuweilen sogar Spaß gemacht – solange sie beide dienstgradmäßig gleichgestellt waren und ihre getrennten Rückzugsbereiche hatten. Damit aber war es jetzt vorbei.

Rache, dachte Stahnke, ist etwas für kleine Geister. Und damit genau passend für Dedo de Beer. Besser, ich richte mich gleich darauf ein.

Kramer stand immer noch in der Gruppe rund um den neuen Kriminalrat, aber etwas hatte sich verändert. Die hagere Gestalt des Oberkommissars hatte alle Lockerheit verloren, war plötzlich gerade und gespannt wie eine Bogensehne. Jetzt machte Kramer eine Vierteldrehung, und Stahnke konnte sehen, dass er sein Handy am linken Ohr hatte. Bestimmt etwas Dienstliches, und keine Routine.

Kramer beendete das Gespräch, und Stahnke wollte sich schon in Bewegung setzen, als er sah, dass de Beer seinen Kollegen am Arm griff und ihn ansprach. Knapp, präzise und unhörbar forschte er ihn aus, erteilte dann seine Anweisungen. Kramers Blick irrte noch einmal zu Stahnke herüber, die schmalen Schultern zuckten, dann verließ der Oberkommissar den Raum, gefolgt von einigen Kollegen des Kriminaltechnischen Dienstes. Stahnke wollte ihnen nach, zögerte aber eine Sekunde zu lange, denn auf einmal stand Gerd Plöger vor ihm, um sich zu verabschieden. Der Hauptkommissar wechselte ein paar Sätze mit ihm, das war er ihm schuldig. Danach waren Kramer und die anderen verschwunden.

Der Rachefeldzug hat schon begonnen, dachte er. Aber warte nur, Dedo, du graue Eminenz. Dies hier ist mein Territorium. Das wirst du schon noch merken.

Das Handy in Stahnkes Hosentasche kitzelte am Oberschenkel. Kramer hatte eine SMS geschickt, wie erwartet. Gespannt und verstohlen rief der Hauptkommissar den Text auf.

4.

Regen prasselte an die Fenster, der Wind pfiff um die Ecken. Typisch, dachte Erika, immer, wenn ich Geburtstag habe, geht der Sommer zu Ende und das Wetter wird schlechter. Wenn andere Kinder Geburtstag hatten, konnten sie mit ihren Freunden im Garten spielen und draußen Kuchen essen und Saft trinken. Oder sie feierten, wie Stinus, im tiefsten Winter, dann konnten sie immerhin Schlitten fahren oder auf den zugefrorenen Kanälen schöfeln, meistens jedenfalls. Mitte September aber war einfach nur Schietwetter, da ging weder das eine noch das andere.

Wenigstens war es in Omas Küche warm und gemütlich. Das Torffeuer im Stangenherd verbreitete seinen typischen Geruch, und der große Kessel mit den Einmachgläsern bullerte vor sich hin. Manchmal begann es darin zu scheppern, dann eilte Oma hin und rückte den Kessel ein wenig mehr zum Rand der Ofenplatte, damit die Gläser mit den Pflaumen, Gurken oder Bohnen keine Sprünge bekamen. »Glaub mir man, das Einkochen ist eine Wissenschaft für sich«, sagte Oma dann und zwinkerte Erika zu.

Erika zwinkerte ebenso fröhlich zurück. Sie liebte ihre Oma, und sie liebte auch die feuchtwarme Küche mit ihrem Torfgeruch, den wackligen Stühlen mit ihren ausladenden, abgegriffenen Armlehnen und den durchgesessenen, buckligen Polstern, dem groben Spülstein mit den beiden großen kupfernen Schwengelpumpen, von denen eine schon ewig kaputt war, der trüben Lampe mit dem gelben Schirm, den grobmaschigen Gardinen und den kleinen Fensterscheiben, an denen jetzt das Wasser herunterlief. Sogar der klebrige Fliegenfänger, vom Sommer noch voller winziger Leichen, schreckte sie hier nicht, sondern gehörte eben dazu. Ja, sie war gerne hier, viel lieber als zu Hause. Erika bekam einen Schreck, als ihr das klar wurde, schließlich hatte sie gelernt, dass der liebe Gott alles sah und alles wusste, und so etwas zu denken, gehörte sich bestimmt nicht. Aber es war die

Wahrheit, und wenn Gott so weise war, wie der Pastor im Religionsunterricht immer sagte, dann wusste er das auch.

War es wegen ihres Vaters? Der hatte sich so verändert in letzter Zeit. Zwar war er nur noch selten zu Hause, aber wenn, dann hatte Erika regelrecht Angst vor ihm. Vor allem, wenn er am späten Abend aus der Kneipe wiederkam. Einmal war sie aus dem Bett geklettert, um ihn freudig zu begrüßen, da hatte er sie verdroschen. Nicht nur so ein paar Klapse auf den Po, das war ja normal, sondern richtig schlimm, so dass Erika vor lauter Schluchzen kaum noch Luft kriegen konnte. Dazu hatte Vater furchtbar geschimpft und gedroht, er werde ihr schon noch Benehmen beibringen, Gehorsam und Disziplin, wie sich das für ein deutsches Mädel gehörte. Mitten im Schimpfen hatte er laut gerülpst und dabei nach Schnaps und Mettwurst gerochen, und fast hätte Erika gelacht, nur hatte sie dazu nicht genügend Luft bekommen. Später wurde ihr klar, dass das wohl ihr Glück gewesen war.

Aber es lag nicht nur an Vater allein. Auch Mama war jetzt anders. Sie lachte kaum noch, schaute niemanden mehr richtig an, war ganz verschlossen und verhuscht. Meist ging sie gebückt, als ob ihr eine schwere Last die Schultern nach vorne drückte, dabei war sie doch noch ziemlich jung, und wenn man sie etwas fragte, dann zuckte sie zusammen, selbst wenn es nur um ganz harmlose Sachen ging. Dabei hatte es kaum Zweck, sie irgendwas zu fragen, denn meistens machte sie nur »Scht!« und wedelte mit den Händen wie ein lahmes Huhn mit den Flügeln. Je lauter ihr Vater wurde, desto leiser wurde ihre Mutter, fiel Erika plötzlich auf. Ob das etwas miteinander zu tun hatte?

Sie trat ans Fenster, hob die Gardine und wischte mit der Hand über die feuchte Scheibe. Draußen dämmerte es schon, und durch das unebene, verschmierte Glas war kaum etwas zu erkennen. Jedenfalls keine Bewegung. Wenn er nicht bald kam, dann wurde das heute wohl nichts mehr, denn wenn es erst richtig dunkel war, ließ seine Mutter ihn bestimmt nicht mehr auf die Straße, und bis nach Neu-Jemgum schon gar nicht.

»Na, hältst du schon wieder nach ihm Ausschau?« Auf einmal stand Oma hinter ihr. In ihren ausgetretenen Hausschuhen konnte sie sich fast lautlos bewegen. Zärtlich strich sie ihr mit ihren dicken, harten Fingern durchs Haar.

»Ach, Oma!« Erika drehte sich ärgerlich weg. »Was du immer redest! Jungs sind doch doof. Und der ganz besonders.«

Omas Grinsen verstärkte sich noch. »Aha, der besonders, was? Glaub mir, so fängt das immer an.« Ein leichter Klaps auf Erikas Rücken, dann ging sie wieder an die Arbeit.

Erika schnaufte vor Empörung. Was dachte Oma eigentlich von ihr? Sie war doch erst dreizehn – na gut, schon fast vierzehn, in einer Woche hatte sie ja Geburtstag. Aber trotzdem, mit Jungs hatte sie noch nichts im Sinn, das kam doch erst später. Klar, es gab so ein paar Frühreife, vor allem Klaasina, die dicke Sitzenbleiberin, die knutschte schon mit Jungen rum. Jedenfalls erzählten sie das. Erika fand das unmöglich. Allein der Gedanke, furchtbar.

Andererseits ... Erika interessierte sich für alles, was Erwachsene sagten und taten, das war nicht zu leugnen. Natürlich wusste sie genau, was sich für Kinder gehörte, das sagten ihr die Großen ja oft genug. Aber sie empfand ihr eigenes Kindsein dabei nur als Übergangsphase, wie das Puppenstadium zwischen Larve und Falter. Eine Schmetterlingspuppe war hässlich und plump, aber ohne ihr beschränktes Dasein gab es nun einmal keine Metamorphose. Die Kindheit sah Erika genauso. Man konnte noch wenig, man durfte fast nichts, aber da musste man eben durch, um erwachsen zu werden. Das, nur das war das Ziel.

Dass solches Denken wenig kindgemäß war, wusste sie selbst; frühere Versuche, sich Mitschülern, Lehrern oder Eltern anzuvertrauen, hatten ihr das klargemacht. Altklug und naseweis hatte man sie genannt. Das war zwar etwas anderes als frühreif, aber irgendwie lief es aufs selbe hinaus: Sie war anders als die anderen. Das war immer besorgniserregend, und in letzter Zeit ganz besonders. Also hielt sie lieber den Mund. Außer hier bei Oma. Die verstand sie noch am ehesten.

Oma hatte auch gesehen, wie Stinus sie geküsst hatte. Klar, dass sie sie jetzt damit aufzog. Dabei hatte das mit Stinus doch einen ganz anderen Grund. Einen, von dem Oma nichts wusste und den sie auch nicht wissen durfte. Obwohl er sie doch mindestens ebenso viel anging wie Erika.

»Hast du deine Schularbeiten denn schon fertig?«, fragte Oma vom Herd herüber.

Erika zuckte die Achseln. »Hausaufgaben heißt das jetzt. Ja, schon lange. Wir haben ja kaum was auf. Heute in der Schule haben wir die meiste Zeit gesungen und Vorträge angehört, erst vom Rektor und dann vom Biolehrer. Aufgekriegt haben wir nur Abschreiben. Anderthalb Seiten über die Juden.« Sie verzog das Gesicht. »Rassenlehre. Ich dachte immer, das Judentum wäre eine Religion.«

Oma wischte sich den Schweiß von der Stirn. Sie grinste nicht mehr. »Tja, Olympia ist um«, sagte sie leise. »Jetzt geht es wieder härter zu. War ja abzusehen.« Versonnen nickte sie ein paarmal, den Blick ins Nirgendwo gerichtet. Ein paar helle Haarsträhnen, die ihrem strengen Dutt entwischt waren, umschwebten ihr Gesicht und ließen es abgehärmt und älter als sonst wirken. Ein paar Momente nur, dann lächelte Oma wieder, als wäre nichts gewesen. Man musste schon so genau hinschauen wie Erika, um zu erkennen, dass die frühere Schalkhaftigkeit fehlte, dass dieses Lächeln nur Fassade war.

Etwas knallte von außen gegen die Scheibe. Erika fuhr zusammen und stieß einen hellen Schrei aus. Oma griff nach einem der langen, schweren Kochlöffel, die neben dem Herd an der Wand hingen.

Draußen lachte es laut und hämisch. »Ha! Da habt ihr euch ganz schön erschrocken, was?« Natürlich Stinus. Nicht nur die Stimme, vor allem diese selbstzufriedene Dreistigkeit war unverkennbar, dachte Erika. Viel eindeutiger als das helle, triefnasse Oval, das da verzerrt durch die gewellte Scheibe schimmerte, eingerahmt von der Kapuze eines glänzenden Kleppermantels, der dem Knirps viel zu groß war.

»Koom man rin, du lüttje Undög«, rief Oma und drohte

scherzhaft mit dem Holzlöffel. »Aber hintenrum, durchs Swienhuck! Lass Mantel und Schuhe gleich da, sonst machst du mir noch den ganzen Flur nass.« Leise fügte sie hinzu: »Und wir haben ja kein Gesinde wie gewisse Leute, das wir mal eben saubermachen schicken können.«

Eine Minute später huschte Stinus in die Küche, trotz des Wetters in kurzen, speckigen Lederhosen, Uniformhemd und feuchten Wollstrümpfen, eine Zusammenstellung, die Erika höchst lächerlich fand, was sie aber nicht zeigen mochte. Oma deutete ihr bewegtes Mienenspiel falsch. »Geht ruhig in die Vorderküche«, sagte sie mit verschwörerischem Augenbrauenzucken. »Da ist es auch warm. Ich kann hier jetzt nicht weg, die Einweckgläser sind gleich so weit.«

Die Vorderküche war eigentlich keine Küche, sondern das Wohn- und Esszimmer für den alltäglichen Gebrauch. Gegenüber lag die gute Stube, die nur zu besonderen Anlässen genutzt wurde. Dort war Erika erst zwei- oder dreimal drin gewesen und hatte die mächtigen geschnitzten Schränke bewundert, die Truhenbank mit den Löwenköpfen, die Bilder an den Wänden, den langen Tisch mit den hochlehnigen, ebenfalls mit Schnitzereien verzierten Stühlen und den großen Ofen, dessen weiß-blaue Kacheln ein Segelschiff in Seenot zeigten. Mit diesem Prachtzimmer konnte die Vorderküche natürlich nicht mithalten, aber auch hier gab es Möbel mit geschnitzten Reliefs und eine weiche, tiefrote Samtdecke auf dem ovalen Tisch. Ein kleiner Kanonenofen sorgte für wohlige Wärme. Das war das Wichtigste, fand Erika; drüben in der guten Stube war es jetzt bestimmt lausig kalt, und die Luft roch muffig und feucht.

»Und?«, bestürmte sie Stinus, kaum dass sie die Tür hinter sich geschlossen hatte. »Hast du gefragt? Hast du etwas erreicht?«

Stinus antwortete nicht. Er schaute sie nicht einmal an. Stattdessen blickte er sich ausgiebig in der Wohnstube um, als gäbe es nicht Interessanteres auf der Welt. »Mensch«, sagte er, »das hätte ich nicht gedacht. So toll verzierte Möbel haben wir ja nicht einmal! Und das Schiff da ist erste Klasse.«

Er wies auf das maßstabsgetreue Modell eines eleganten, glattdeckigen Zweimastseglers, das unter einem Glassturz auf einer hohen Kommode stand, die mit ihren säulenartig geschnitzten Eckpfosten wie ein Altar aussah. »Wie kommen deine Großeltern denn an so was? Ich dachte, dein Opa war bloß Arbeiter.«

»Opa *ist* Arbeiter«, fauchte Erika. Die naive Geringschätzung, die aus Stinus' Worten klang, tat ihr weh. »Und zwar Vorarbeiter in der Ziegelei! Da kommt er gleich nach dem Chef, weil er sich nämlich so gut auskennt mit allem. Sein Chef hat mal gesagt, ohne meinen Opa könnte er überhaupt nicht auskommen.« Sie verstummte abrupt, als ihr bewusst wurde, was sie da gerade gesagt hatte. Sie konnte die zwangsläufige Antwort schon hören: »Anscheinend ja doch!«

Aber der kleine Pimpf erwiderte nichts dergleichen, blickte sich nur weiter um, breitbeinig, die Daumen in den Hosenbund gehakt. »Verdient ein Vorarbeiter denn so viel?«, fragte er.

»Opa schnitzt selber«, erklärte Erika. »Er kauft sich Möbel ohne Verzierungen, da schnitzt er dann Bilder hinein, nach Geschichten aus der Bibel meistens. Manchmal tauscht er auch Teile aus, wenn er für die Schnitzereien dickeres Holz braucht. Und dann verkauft er die meisten Sachen wieder, natürlich für mehr Geld, als sie gekostet haben. Auch von den Modellen hat er schon welche verkauft. So verdient er sich Geld dazu.« Einnahmen, die ihrer Oma jetzt ebenso fehlten wie Opas Lohn aus der Ziegelei, dachte das Mädchen. Und so war, seitdem Opa weg war, auch manches Stück der Einrichtung verschwunden.

Stinus nickte anerkennend. Mehr Geld für etwas zu bekommen, als man dafür bezahlt hatte, schien ein Prinzip zu sein, das ihm gefiel.

Erika aber verließ endgültig die Geduld mit Stinus und seinem breitspurigen Auftreten. »Was ist jetzt?«, zischte sie. »Weißt du was, oder gibst du hier bloß an wie eine Tüte Mücken?«

Endlich wandte er sich ihr zu. Sofort erkannte sie das

triumphierende Grinsen, das seine Mundwinkel umspielte. Trotzdem zuckten seine Augäpfel nach rechts und links, ehe er antwortete: »Erst musst du mir versprechen, dass du den Mund hältst, klar? Keiner darf irgendwas davon erfahren.«

»Ja, aber ... aber Oma!« Erika rang die Hände. »Es ist doch vor allem wegen ihr!« Dann kam ihr ein furchtbarer Gedanke. »Opa ist doch nicht ... ich meine, ist er am Leben?«

Stinus starrte ihr in die Augen. Das freche Grinsen war wie weggewischt, und Erika fürchtete schon das Schlimmste, als der Junge nickte, langsam und kaum merklich. »Ja, er lebt«, flüsterte er. »Das kannst du deiner Oma auch sagen, aber verrate ihr auf keinen Fall, woher du das weißt! Sag einfach, ein Scherenschleifer hätte es dir erzählt, verstanden? Es ist gerade einer im Rheiderland unterwegs, in Jemgum ist er schon durch und will weiter nach Leer. Sag, der hätte den Namen am Haus gelesen und dich darauf angesprochen, während deine Oma auf dem Acker war. Merk dir das, hörst du?«

Ihr Opa am Leben! Erikas Herz schlug so stark, dass ihr ganzer Körper davon zu zittern schien. Was würde ihre Großmutter sich freuen! Obwohl – vor allem würde Oma sie mit Fragen überschütten, wenn sie ihr das erzählte. Und sie, Erika, durfte nichts verraten! Sie musste lügen. Und es war mehr als ungewiss, ob Oma das Märchen vom Scherenschleifer schlucken würde.

»Wo ist mein Opa eigentlich?«, fragte sie. »Und warum kommt er nicht endlich nach Hause? Andere Männer waren doch auch ein oder zwei Jahre weg, und viele von denen sind inzwischen wieder zu Hause.«

»Dein Opa ist in Börgermoor«, sagte Stinus wichtig, aber leise. »In einem Moorlager bei Esterwegen. Da sind lauter Männer, die sich etwas gegen die Partei haben zuschulden kommen lassen. Kommunisten, Sozis, Gewerkschafter, Zeitungsfritzen, auch ein paar bescheuerte Christen, so Leute eben. Die werden dort umerzogen. Sollen mal lernen, wie es ist, richtig zu arbeiten, sagt Janssen.« Erschrocken schlug er sich die Hand vor den Mund. Offenbar hatte er den Namen seines Informanten für sich behalten wollen.

»Richtig arbeiten zu lernen? Mein Opa?« Erika musste sich sehr zusammenreißen, um nicht laut zu werden. »Der weiß, wie man arbeitet, das kannst du mir glauben! Bestimmt besser als du und deine ganze ... Bande von Polderfürstenknechten!« Im Flüsterton hervorgestoßen, kam ihr dieses Schimpfwort noch verletzender vor. Bestimmt würde Stinus jetzt empört aus dem Haus stürmen. Aber so etwas konnte Erika einfach nicht auf ihrem Opa sitzen lassen.

Der kleine Pimpf aber zuckte nur die Achseln. Entweder gab er nicht viel auf das Ansehen seiner Familie, oder er war selber Erikas Ansicht. »Das ist nun mal das, was so gesagt wird«, erwiderte er. »Alle sagen das. Aber natürlich weiß jeder, worum es wirklich geht. Der Führer hatte alle seine Feinde doch gewarnt. Sogar schriftlich! Jeder wusste, was passieren würde. Jeder konnte *Mein Kampf* lesen, und viele haben das auch getan. Bloß geglaubt haben sie es nicht. Tja, ihr Pech! Jetzt passiert es eben. Wer nicht hören will, muss fühlen.«

»Fühlen? Wieso fühlen?« Erika schwante nichts Gutes.

Wieder dieses Achselzucken von Stinus. »Im Moorlager geht es ziemlich rau zu, hat Janssen erzählt. Morgens raus zum Torfstechen, mit Holzspaten und Holzschuhen, kilometerweit marschieren, dann den ganzen Tag nasse, schwere Soden stechen und verladen, und abends zurück. Dann sind die Leute natürlich kaputt, die meisten kommen ja aus der Stadt und sind so was nicht gewohnt, anders als dein Opa.« Vorsichtshalber erhob der Junge beschwichtigend die Hand. »Aber Ruhe bekommen die Häftlinge auch am Abend nicht. Sie müssen immer wieder antreten, stundenlang beim Appell strammstehen, auch im strömenden Regen, und immer mal wieder müssen welche durch die Prügelgasse. Janssen sagt, die Wachen wollen nichts riskieren, schließlich sind die Häftlinge weit in der Überzahl, und man müsste sie immer schön am Boden halten, damit sie gar nicht erst hochkommen. Hat er so gesagt.«

Janssen hießen viele in Ostfriesland, aber Erika glaubte den Janssen zu kennen, den Stinus meinte. Ein grober, versoffener

Kerl mit brutalem Kiefer und gierigem Blick, der zur Arbeit nicht recht taugte und deshalb schon früh zur SA gegangen war, weil man dort gut zu essen bekam, wenn man Leute verprügelte. Inzwischen trug er, wenn er sich mal wieder in Jemgum blicken ließ, keine braune Uniform mehr, sondern eine schwarze. Auch seine Mütze war schwarz, und das Abzeichen daran war ein Totenkopf. Erika schauderte. Ja, in diesem Punkt hatte Stinus recht, die Nationalsozialisten machten wirklich kein Geheimnis daraus, was sie vorhatten. Jeder konnte es sehen. Diese Leute wollten Menschen töten.

Stinus hatte sich wieder dem Modellschiff zugewandt. Seine Finger wanderten über den Glassturz wie Matrosen, die begierig darauf waren, in die Wanten zu entern. Das gab Erika Zeit, die Worte des Jungen zu Bildern umzuformen. Marschieren in Holzschuhen! Sie wusste, wie weh das tat, wenn die Klompen nicht genau passten. Torf stechen mit einem Holzspaten! Draußen im Schuppen lag so ein klobiges Ding, es war schwer und nur mit viel Kraftaufwand zum Graben in die Erde zu bekommen. War man da nicht schon nach einer halben Stunde fix und fertig? Antreten kannte sie, das machten sie in der Schule auch, manchmal sogar im Regen. Wenn man müde war, fiel einem das bestimmt nicht leicht, schon gar nicht stundenlang. Und Prügelgasse? Dieses Wort hatte sie noch nie gehört, aber sie konnte es sich ausmalen. O Gott, dachte Erika, lieber Gott, wie kannst du das nur zulassen!

Was, wenn sie selbst all das ertragen müsste? Sterben würde sie, früher oder später. Wahrscheinlich früher, wenn sie befürchten musste, dass solches Leid kein Ende hatte. Wenn es keine Hoffnung gab. Bestimmt starben dort im Moor viele Menschen, jeden Tag, und je länger es dauerte, desto mehr. Ihr Opa lebte noch, hatte dieser Janssen gesagt. Wann? Wie lange war das schon wieder her? Was war seitdem passiert?

Sie wollte Stinus fragen, wie viele Menschen in diesem Lager schon gestorben waren. Vielleicht hatte Janssen ja sogar damit geprahlt. Aber sie fragte lieber nicht, hatte Angst, dass er noch einmal die Achseln zucken würde. Das könnte sie nicht ertragen.

Vermutlich hatte dieser Janssen aber doch nicht mit Toten geprahlt. Darüber wurde nicht offen gesprochen. Merkwürdig eigentlich, wenn man bedachte, wie laut und unverblümt gedroht und angekündigt wurde. Warum zögerte man bei der Vollzugsmeldung? Glaubte man, irgendjemanden damit täuschen zu können? Lächerlich, es weiß doch sowieso jeder, was läuft, dachte Erika. Sie jetzt auch.

Was konnte man tun? Was konnte sie tun? Sie war nur ein Kind, und die Nazis waren mächtig und überall, selbst das andere Kind in diesem Raum gehörte zu ihnen. Wer sich gegen die Nazis stellte, spielte mit seinem Leben. Was blieb? Erika wusste, was ein Märtyrer war, das hatte sie in Religion gelernt. Märtyrer gingen sehenden Auges in den Tod, wenn sie an etwas glaubten. Erika aber hatte nie begriffen, wozu ein Märtyrertod gut sein sollte. Sie liebte ihren Großvater, aber was konnte ihr Tod ihm helfen? Wie konnte der ihn retten, ihm wenigstens einen weiteren Monat verschaffen, eine Woche, einen Tag?

Hoffnung. Das Wort stand ihr plötzlich vor Augen. Ohne Hoffnung starb man schneller. Mit Hoffnung – später? War Hoffnung nur Trug, eine unnötige Verlängerung unerträglicher Leiden? Das konnte man nicht wissen. Und das war vielleicht schon alles, worauf man hoffen konnte.

»Ich möchte meinem Opa eine Nachricht zukommen lassen«, sagte Erika leise, aber mit fester Stimme.

»Was?« Stinus fuhr herum. »Bist du wahnsinnig? Weißt du, was passiert, wenn das rauskommt?« Er schien sich das gerade vorzustellen, denn seine Augen quollen hervor.

Jetzt war es an Erika, die Achseln zu zucken. »Auch nicht mehr als jetzt schon, denke ich«, sagte sie leichthin. Janssen hatte Stinus etwas erzählt, das ihr wichtig war; dafür müsste sie ihm dankbar sein. Stattdessen erwog sie, den Mann unter Druck zu setzen, ebenso wie Stinus, ohne Gewissensbisse, denn beide hatten sich schuldig gemacht.

Himmel, dachte Erika, was tue ich hier? War ich nicht vor ein paar Wochen noch ein Kind?

Stinus starrte und schwieg, schien ihren Gedankenpfaden

zu folgen und zum gleichen Ergebnis zu kommen. Er nickte nachdenklich. »Habt ihr Schnaps?«, fragte er dann unvermittelt.

»Glaube schon«, antwortete Erika. In der Speisekammer standen bestimmt noch ein paar Flaschen. Oma hatte immer auf Vorratshaltung geachtet, und seit Opa weg war, trank hier ja keiner mehr Korn.

»Gut«, sagte Stinus. »Wir können es versuchen. Janssen kommt ja ziemlich oft nach Jemgum, wenn er frei hat. Mit Schnaps wird es gehen. Schreib du was auf. Aber keine Namen, verstanden? Schreib so, dass dein Opa weiß, von wem es ist, aber sonst keiner.« Er verschränkte seine Arme vor der schmalen Brust und richtete sich zu seiner ganzen, bescheidenen Größe auf. »Und ich will etwas dafür.«

Nicht das Schiff, dachte Erika, bitte, bitte nicht das Schiff. Was soll ich bloß Oma erzählen? Und kann ich etwa nein sagen? Bitte nicht das Schiff!

»Du musst mit mir nächsten Sommer zum Müggenmarkt gehen«, verlangte Stinus. »Und auch zum Gallimarkt nach Leer. Nächsten Monat! Ich in Uniform, du mit Zöpfen. Mit Händeanfassen! Sonst mache ich es nicht. Na, was ist?«

Gott sei Dank. Erika strahlte vor Erleichterung. Nur ein paar Jahrmarktsbesuche, was war das schon! »Abgemacht«, sagte sie.

Jetzt strahlte auch Stinus. So, als hätte er einen überraschend guten Preis erzielt.

5.

Wäre er bloß nicht noch einmal in sein Büro gegangen! Und hätte er, einmal dort, nur die Finger vom Telefon gelassen! Gegen antrainierte Reflexe aber kam auch ein Stahnke nicht an, und so hatte er Schmitz am Ohr gehabt, den Kollegen Schmatzeschmitz aus Emden mit der erbetenen Info in diesem zähen, überlagerten, vielleicht schon erkalteten Fall von Brandstiftung, auf dem er seit Wochen uninspiriert herumkaute, weit uninspirierter als dieser Schmitz auf seinen ewigen Lakritzen. Klar, dass er seinen Kollegen nicht mit zwei Worten abfertigen konnte, schließlich erwies der ihm ja einen Gefallen. Also kaute ihm Schmatzeschmitz ein Ohr ab. Hörbar. Stahnke hatte ein paar Notizen auf seine Schreibunterlage gekrickelt, sich mehrmals bedankt und es schließlich doch noch geschafft, das Gespräch zu beenden, ohne die freundschaftlichen Kontakte zum Emder Ableger der Inspektion entscheidend zu gefährden. Trotzdem, eine Viertelstunde hatte ihn das gekostet.

Und jetzt war er zu spät.

Als er den feuchten, gewölbeartigen Keller betrat, war Dedo de Beer schon da. Wie ein Feldherr ohne Hügel stand er inmitten geschäftiger Overall-Träger, die er dirigierte wie ein eingespieltes Orchester, das seine Partitur im Schlaf beherrschte und vielleicht alles Mögliche brauchte, bestimmt aber keinen Dirigenten. Auch Kramer war da, wie Stahnke mit aufwallender Eifersucht feststellte. Immerhin aber hielt er Abstand zum neuen Chef.

»Ja, genau dahin. Sehr gut, sehr gut.« De Beer begleitete die Aufstellung einer dieser neuartigen Rundum-Kameras, die ein geradezu plastisches Abbild des gesamten Tatortes festzuhalten vermochten, mit einem steten Fluss von Kommandos. Dass sich keiner der Techniker darum kümmerte, scherte ihn überhaupt nicht. »Jawoll, so muss das gehen. Das ist die neue Zeit, was, Kollegen? Genau das brauchen wir hier. Keine veralteten Methoden aus der Mottenkiste.« Beifallheischend schaute de Beer um sich. »Fossilien. Ab damit ins Museum! Die alten Zeiten sind vorbei. Einen Stahnke zum Beispiel kann hier wirklich keiner gebrauchen.« Dass sein Blick im selben Moment auf den Träger dieses Namens fiel, hätte kein Dramaturg wirkungsvoller arrangieren können. De Beer verstummte und erstarrte, und mit ihm verstummte und erstarrte jeder andere im Raum.

Warum Stahnke gerade jetzt breit zu lächeln anfing, hätte er selbst nicht zu erklären vermocht. Vielleicht, weil es nun offensichtlich war. Die Fehde war erklärt, die Duellforderung ausgesprochen, es gab kein Zurück, jedenfalls nicht mehr zu vernünftig-friedlicher Kooperation. Fein, dachte der Hauptkommissar, dann also herunter mit den Handschuhen. Und jeder hier konnte bezeugen, dass *er* nicht angefangen hatte.

Ob de Beer das ähnlich sah? Sein Blick jedenfalls zuckte zurück wie Finger von einer heißen Herdplatte, blitzartig und doch zu spät, und sein grauer Teint zeigte eine leichte rosa Beimischung. Vergeblich versuchte der Kriminalrat, in die Feldherrnrolle zurückzufinden; seine Befehlsgesten gerieten zu einem hilflosen Rudern der Hände, während ein plötzliches Stottern seinen ohnehin überflüssigen Kommandos jede Überzeugungskraft raubte. Einige Sekunden lang ertrug de Beer die ausdruckslosen Blicke seiner Untergebenen, dann brach er mit einem fahrigen »Na, Sie wissen dann ja Bescheid!« seine Versuche ab, wirbelte herum und stürmte dem Ausgang zu. Dabei musste er dicht an Stahnke vorbei, und es war sicherlich nicht einfach, den Hauptkommissar dabei keines weiteren Blickes zu würdigen, aber de Beer brachte das fertig. Stahnke glaubte seine Zähne knirschen zu hören, konnte jedoch nicht ganz ausschließen, dass das Wunschdenken war.

Die Hände tief in den Hosentaschen, tapste er zu Kramer hinüber, peinlich darauf bedacht, nichts zu berühren, was bereits markiert war oder auch nur eventuell als Spur in Frage kam. »Danke für die Nachricht«, murmelte er.

Kramer zuckte nur die Achseln. Wortlos reichte er dem Hauptkommissar ein Paar Latexhandschuhe.

Während Stahnke die widerspenstigen Dinger überstreifte, nahm er die ihn umgebende Szene in sich auf, wie er es vor Jahrzehnten gelernt hatte, lange vor der Erfindung dieser elektronischen Rundum-Kameras. Der Kellerboden sah aus, wie man es nach einer Überschwemmung erwarten konnte, übersät mit allerlei aus den Ecken gespülten, eingeweichten Gegenständen und kleinen Pfützen, die sich in den Löchern und Vertiefungen des unebenen, abgenutzten Bodens hielten, obwohl die Flächen bereits abgetrocknet waren. Was fehlte, waren Schlamm oder größere Mengen Erde und Sand; hier hatte sauberes Leitungswasser gestanden, keine Dreckbrühe aus dem Abwasserkanal oder der heruntergewirtschafteten Ems.

Ganz am Rand des Gewölbes und doch im Zentrum aller Aktivitäten stand die Kiste. Ein Sarg – das war Stahnkes erster Gedanke, aber immerhin wusste er auch bereits, was sich darin befand. Eine Leiche. Und Wasser. Dieses Wasser wurde gerade von zwei Beamten in gazeartigen weißen Overalls vorsichtig abgepumpt; offenbar sollte die Flüssigkeit noch gründlich untersucht werden. Sicherlich eine richtige Maßnahme, dachte Stahnke, auch wenn er bezweifelte, dass man etwas Signifikantes darin entdecken würde. Aber zweifeln hieß nicht wissen, und auf Wissen kam es an.

Der Körper war der eines alten Mannes, der wohl nicht sehr groß gewesen war, sofern man das von einem Liegenden überhaupt bestimmt sagen konnte. Der Tote trug weiße Unterwäsche, war weder dick noch dünn. Sein nasses, weißgraues Haar war halblang und noch sehr dicht, nur in der Stirn ein wenig gelichtet. Die Augenlider waren geöffnet, die Augen dunkelbraun. Die Nase war kräftig, der Mund breit, die Lippen waren schmal, das Kinn war rund, aber breit, weder fliehend noch vorstehend. Kein besonders auffälliges Signalement, musste Stahnke sich selber eingestehen.

»Hatte er etwas bei sich?«, fragte er Kramer, der wieder einmal neben ihm aufgetaucht war wie aus der Erde gewachsen. Stahnke wies auf den Boden: »Hier liegt ja allerhand rum, auch Kleidung.«

Kramer schüttelte den Kopf. »Eher unwahrscheinlich, dass etwas davon dem Toten gehört hat, die meisten Sachen müssen hier schon lange gelegen haben. Kommen auch von der Größe her nicht hin. Auf alle Fälle keine Spur von Papieren jeder Art, Ausweis, Führerschein, Geldkarten, nichts. Irgendwer hat ihn gründlich gefilzt.«

»Wurde er schon gedackelt?«

»Nein.« Ein *Wie denn auch?* schwang unhörbar mit. Klar, zunächst einmal musste die Leiche ja aus dem Wasser und der Kiste heraus, ehe man eine Daktyloskopie vornehmen konnte. Eine Maßnahme, deren Erfolg angesichts der aufgeweichten Haut und der verschrumpelten Fingerspitzen des Toten zudem recht zweifelhaft war. Bloß gut, dass de Beer nicht in Hörweite gewesen war! Aber wie auch immer, Fingerabdrücke würden nur dann etwas nützen, wenn der Tote bereits in der Kartei erfasst war.

»Glaubst du denn, dass er Akte hat?«, fragte der Hauptkommissar.

»Sieht nicht aus wie einer, der bei uns arbeiten lässt«, erwiderte Kramer.

»Wieso glaubst du das?«

»Nur so ein Gefühl.« Kramer wandte sich wieder ab; so bekam er nicht mit, dass Stahnke leise durch die Zähne pfiff. Sieh an, Kramer hat nicht nur ein Gefühl, er äußert es auch! So was gehört im Kalender angekreuzt, dachte Stahnke, und zwar rot.

Ein Fotograf mit konventionell aussehender, aber natürlich ebenfalls digitaler Kamera schoss eine Fotoserie, ehe der Körper aus der entleerten Kiste gehoben wurde, und der Hauptkommissar vergewisserte sich, dass auch Porträtaufnahmen darunter waren. Dann musterte er die Plastikriemen, mit denen der Tote an Händen und Füßen gefesselt war. Kabelbinder aus weißem Kunststoff, die lange Version, allem Anschein nach in handelsüblicher Ausführung. Konnten überall gekauft worden sein, aber immerhin, wieder ein Detail, an dem man ansetzen konnte und musste.

Das Innere der sargähnlichen Kiste sah verwittert aus.

Zahlreiche tiefe Schrammen und Kerben deuteten auf intensive, vermutlich langjährige Nutzung hin. Nutzung als was? Die Wasserreste am zerfurchten Boden der Kiste schienen Spuren von Sand aufzuweisen, mit dunklen Beimischungen. Hatte der Sand an dem fast nackten Körper gehaftet, oder befand er sich schon länger in dem Behältnis? Stahnke riet auf Letzteres. Vielleicht war in dieser Kiste etwas gelagert worden, Kartoffeln etwa oder andere Vorräte, dabei sammelten sich leicht Sand und Erdkrümel an. Andererseits machten Kartoffeln keine Schrammen ... Werkzeuge vielleicht? Oder Gartengeräte. Ja, das war es wohl. Damit wäre auch das sargartige Format der Kiste zu erklären.

Nicht aber das, was sich in den Ecken und Ritzen befand. Stahnke beugte sich weiter vor, die Hände auf dem Rücken, um nur ja keine Spuren zu gefährden. Alle Winkel und Stöße innerhalb der Kiste waren mit einer weißen Masse abgedichtet. Vermutlich Silikon, sauber aus einer Patrone in alle Ritzen gedrückt und glattgestrichen. Da hatte einer sorgfältige Vorbereitungen betrieben. Warum eigentlich? Und *wie* sorgfältig? Vielleicht hatte der Täter die Silikonwürste ja mit dem Finger geglättet.

Mit einer Kopfbewegung wies Stahnke einen der Techniker auf die Dichtungen hin. Die Antwort bestand aus einem müden Nicken und einem Rollen der Augen. Man sollte den Leuten eben nicht ihren eigenen Job erklären, dachte der Hauptkommissar. Es reichte, wenn de Beer das tat.

Die Leiche war inzwischen auf eine Plane gebettet worden, und Dr. Mergner hatte mit einer ersten, flüchtigen Inaugenscheinnahme begonnen. »Fitter alter Knabe«, meinte der Mediziner und zwinkerte hinter seinen flaschenbodendicken Brillengläsern. Seine eigenen Haare waren deutlich spärlicher und weißer als die des Toten, dafür sträubten sie sich in alle Richtungen. »An die achtzig Jahre, würde ich sagen, vielleicht älter. Kriegsgeneration. Da, eine Narbe an der Schulter. Dies hier am Unterarm könnte eine weitere sein. Und wer weiß, was da noch alles unter der Wäsche ist.«

»Diese Narben scheint er ja wohl auf jeden Fall überlebt

zu haben, richtig?«, unterbrach Stahnke den Pathologen. »Mich würde vor allem die mutmaßliche Todesursache interessieren.«

Mergner rollte seine Augen exakt so wie zuvor der Kriminaltechniker. »Nun geht das wieder los! Stahnke, werden Sie nicht albern. Wurde dieser Corpus nicht eben erst aus einer wassergefüllten Kiste gezogen? Einer verschlossenen noch dazu, wie der Leichenfinder zu Protokoll gegeben hat? Da werden Sie ja wohl nicht erwarten, dass ich vorschnell diagnostiziere, der Mann sei ertrunken. Denn wenn das stimmt, wäre dafür kein Ruhm zu ernten. Falls das aber nicht stimmt, und dafür bleiben ja immerhin ein paar Prozent Restwahrscheinlichkeit, hätte ich mich mit einer vorschnellen Festlegung gründlichen blamiert. Sie verstehen?«

»Natürlich«, erwiderte Stahnke in beschwichtigendem Ton. »Zumal der ganze Keller ja völlig unter Wasser stand.«

Diesmal war Mergners Blick voller Verachtung, und der Doktor würdigte den Hauptkommissar keines weiteren Kommentars.

»Eine Kiste mit Wasser, ein gefesselter Mann«, murmelte Stahnke vor sich hin. »Woran erinnert mich das?«

»Waterboarding«, antwortete Kramer, der wieder einmal direkt neben Stahnkes rechtem Ellenbogen aus dem Boden gewachsen zu sein schien, ohne zu zögern. »Folter durch scheinbares Ertränken. Wird von den Amerikanern gerne angewandt. Gewöhnlich aber nicht hier bei uns.«

»Waterboarding?«, fragte Stahnke. »Geht das nicht anders?«

»Stimmt schon«, bestätigte Kramer. »Bei den Amis wird der Delinquent rücklings auf ein schräges Brett geschnallt, so dass der Kopf tiefer liegt als die Füße, dann wird ihm Wasser so übers Gesicht und in Mund und Nase geschüttet, dass das Opfer zu ertrinken glaubt. Was meistens nicht geschieht, aber die Möglichkeit reicht ja, um Panik auszulösen.« Der Oberkommissar zuckte die Achseln. »Anders, klar. Aber mit dieser Kiste ginge das auch. Siehst du das kleine Loch da im Deckel? Das wurde kürzlich erst hineingebohrt, die Ränder sind frisch. Der Durchmesser entspricht dem eines Gartenschlauchs. Stell dir mal vor: Delinquent da hinein, Deckel zu, Schlauch ins Loch, und dann Wasser marsch. Nicht zu schnell natürlich, damit das Opfer auch Zeit hat, vor Angst fast wahnsinnig zu werden.«

Stahnke bekam eine Gänsehaut. Er starrte Kramer mit großen Augen an. »Du bist ja richtig zu Spekulationen aufgelegt! Und dann auch noch zu so brutalen. Gab es gestern einen James Bond im Fernsehen?«

»Nein«, erwiderte Kramer ungerührt. »Aber eine Doku aus dem Irak.«

Stahnke nickte. Seine Gänsehaut blieb. »Was die Details angeht, sind solche Typen bestimmt nicht kleinlich«, sagte er betont forsch. »Andere Länder, andere Foltersitten, nicht wahr? Und wer foltert, nimmt immer auch billigend in Kauf, dass der Gefolterte Schaden nimmt oder stirbt. Was meinst du – war dies hier ein versehentlicher Tod? Irgendwer versuchte von diesem Mann eine Information zu erzwingen, und er ist ihm unter den Händen weggestorben? Sozusagen ein Betriebsunfall?«

»Nicht unbedingt. Vielleicht hat der Täter ja auch alles bekommen, was er wollte, und hatte keine Verwendung für einen lästigen Zeugen.«

»Ertränkt also, nicht ertrunken«, konstatierte Stahnke.

Kramer nickte.

Stahnke schaute auf das Gesicht des Toten, dessen Schädel gerade von Mergner befingert wurde. Sah der womöglich aus wie ein Iraker? Eher nicht – allerdings mochte die Blässe des Todes den Eindruck verfälschen. Wie auch immer, Kramers Agentenphantasien waren doch sehr weit hergeholt. Immerhin befanden sie sich hier in Leer, einer Kleinstadt im äußersten Nordwesten der Bundesrepublik, gleich hinterm Deich und vor der holländischen Grenze. In dieser Ecke tummelten sich gewiss keine gewalttätigen Islamisten und deren Gegenspieler, die Geheimdienste gewalttätiger Großmächte. Oder?

»Aha.« Das war Mergner. Gegen seinen Willen hatte er sein Protestschweigen gebrochen. »Schwellungen am Hinterkopf!

Unter dem beneidenswert dichten Haarschopf nicht zu sehen, sondern nur zu ertasten. Mehrere Schwellungen. Der Mann wurde also vermutlich bewusstlos geschlagen.«

»Während er in der Wasserkiste lag?«, fragte Stahnke. »Oder vorher?«

Mergner stemmte die Hände in die Hüften und wackelte mit dem Kopf. »Vorher, nachher, vielleicht auch zwischen zwei Anwendungen!«, keifte er mit verstellter Stimme. »Mann, Stahnke! Lernen Sie es denn nie?«

»Wer weiß?«, raunte der Hauptkommissar und wandte sich wieder Kramer zu. »Als Erstes müssen wir wissen, wer der Tote ist. Irgendwelche Anhaltspunkte?«

»Keine Papiere, wie gesagt«, resümierte Kramer. »Die beiden Handwerker, die den Mann gefunden haben, kennen ihn nicht. Hier gibt es keine Hausbewohner, die man fragen könnte; das Gebäude steht leer. Sowie wir die Fotos haben, klappern wir die Nachbarn ab, vielleicht hat ihn einer von denen schon mal gesehen. Parallel Abnahme und Abgleich der Fingerabdrücke. Wenn das alles nichts bringt, müssten wir an die Presse gehen.«

Stahnke nickte. Mehr fiel ihm dazu auch nicht ein; Kramer war wieder einmal perfekt. Man konnte ihn getrost in Eigenregie machen lassen. Der Hauptkommissar nickte versonnen, dann zuckte er plötzlich zusammen. De Beers Worte waren ihm wieder eingefallen. »Einen Stahnke kann hier wirklich keiner gebrauchen!« – Hatte der Mann damit womöglich recht?

6.

Zum Gallimarkt durfte sie, das hatte Mama ihr erlaubt. Aber von Stinus abholen lassen wollte sich Erika auf keinen Fall, wenigstens nicht zu Hause. Mama würde die Augen zusammenkneifen, Fragen stellen und womöglich ihre Erlaubnis im letzten Moment widerrufen. Das durfte nicht passieren. Der Handel musste erfüllt werden. Stinus hatte seinen Teil erledigt; es blieb abzuwarten, was dabei herauskam. Aber jetzt war erst einmal sie dran.

Also wartete sie bei ihrer Oma auf ihn. Nicht, dass die nicht auch ihre Bemerkungen machte! Sicher noch mehr als Mama. Aber sie moserte nicht, sondern stichelte höchstens. Und auf gar keinen Fall verbot sie etwas. Auch wenn sie von dem Handel zwischen Erika und Stinus überhaupt nichts wusste. Und schon gar nicht, dass dieser Handel auch für sie selbst von größter Bedeutung war.

»Moi süchst du ut, mien Tüt!«, lobte sie Erika. Tatsächlich entsprach ihre Enkelin in ihrem langen Rock, der weißen Bluse unter der dunkelroten Jacke und mit der Schneckenfrisur ziemlich genau dem Schönheitsideal ihrer Jugend. »Moi Tüch! Tja, da kann man mal sehen, es kommt doch alles wieder.«

Erika verzog ihren Mund. »Na toll! Ich laufe rum wie beim BdM, weil der Hitler das so will und Mama mich sonst nicht aus dem Haus lässt, bin angezogen wie eine alte Frau, und dir gefällt das auch noch! Und ich dachte, du kannst die Nazis nicht leiden! Hast du dich etwa bekehren lassen?«

Erikas Großmutter hob abwehrend ihre Hände. »Geh mir bloß weg mit Hitler!« Ihre Weltanschauung war fest gefügt, und zwar schon lange vor der Weimarer Republik und den Nationalsozialisten – allerdings aus ziemlich widersprüchlichen Komponenten. Da war zum einen der Geist der Kaiserzeit, den sie in ihrer Jugend mit der Muttermilch eingesogen hatte. Zum anderen gab es die Ideale der Arbeiterbewegung, für die ihr Ehemann sie begeistert hatte.

Und dann war da noch die allgegenwärtige Kirche mit ihrer allsonntäglichen Indoktrination. Für die Nazi-Ideologie gab es da keinen Platz mehr; sie war einfach zu spät gekommen.

Außerdem hatten die Nazis ihr den Mann genommen. Die Braunen hatten bei ihr verspielt, gründlich und für immer. Dieser Abneigung machte sie gelegentlich Luft, obwohl sie wusste, wie riskant das war. Auch jetzt musste ein saftiger Fluch her. »Hitler!« Sie spuckte den Namen förmlich aus. »Hitler, de oll Jööd!«

»Aber Oma!« Erika schlug sich die Hände vor den Mund, teils vor Schreck über solchen Leichtsinn, teils, um nicht laut herauszuplatzen. »Weißt du eigentlich, was du da sagst?«

Es pochte an der Tür. Die alte Frau und das Mädchen, das wie eine alte Frau angezogen war, fuhren erschrocken zusammen. Und gleich darauf noch einmal, denn das laute, fordernde Pochen wiederholte sich. Schutzsuchend drückte sich Erika an ihre Großmutter. Sie konnte spüren, wie Oma zu zittern begann.

Dann flog die unverschlossene Tür auf, und lautes, helles Lachen ertönte. Zweistimmiges Lachen, denn außer Stinus drängte sich noch ein weiterer Junge in den Korridor. Er war etwas größer als der Pimpf, der wieder seine Uniform trug, allerdings mit langen Hosen und einem Mantel darüber. »Ha!«, rief Stinus übermütig. »Rollkommando! Darauf wart ihr nicht gefasst, was? Aber keine Angst, alles nur Spaß.« Er grüßte Erikas Großmutter flüchtig, ohne ihr richtig ins Gesicht zu blicken, und wenn ihm auffiel, dass sie leichenblass war, dann zeigte er es nicht.

Erika hatte sich von ihrer Oma gelöst und starrte den anderen Jungen an. Er wirkte kräftig, hatte braunes Haar, schmale Hände und ein freundliches Gesicht. Sieht nicht schlecht aus, dachte sie. Aber wer ist das, und was macht er hier? Schließlich hatte sie ein Abkommen mit Stinus und mit niemandem sonst.

»Das ist Fritz«, sagte Stinus, der ihren Blick bemerkt hatte. »Er wohnt jetzt bei Fleischhauers. Ich hab gesagt, er kann mit zum Gallimarkt nach Leer. Hast doch nichts dagegen, oder?«

Erika schüttelte nachdenklich den Kopf. Evert Fleischhauer war Schuster, trotz seines Namens und seiner Erscheinung. Er war der größte und breiteste Mann, den Erika jemals gesehen hatte, hatte das finsterste Gesicht, das sie sich vorstellen konnte, und schien nur aus Muskeln zu bestehen. Es fiel leicht, sich auszumalen, wie dieser Fleischhauer ein totes Schwein oder auch ein Rind mit einem langen Beil in Hälften und Viertel teilte, ohne sich anzustrengen. Tatsächlich aber hockte der Riese von morgens bis abends zusammengekrümmt in seiner Schusterwerkstatt im Tiefparterre unter seiner Wohnung, hantierte mit Leder, Ahle und Garn, reparierte Schuhe und fertigte neue an. Mittags und abends ging er die Stiege hoch in seine Wohnung, wo ihn seine Frau und nicht weniger als neun Kinder erwarteten, davon sieben Jungen. Erika kannte sie alle aus der Schule, wilde Burschen, die keiner Rauferei aus dem Wege gingen, ohne wirklich bösartig zu sein. Keiner davon ähnelte diesem Fritz auch nur entfernt. Na ja, trotzdem konnte er ja ein Verwandter sein, vielleicht ein entfernter. Warum sonst sollte einer bei Fleischhauers wohnen, wo es bestimmt sehr eng und schrecklich laut zuging, noch enger und lauter als in anderen wenig betuchten Familien?

Stinus drängte sich an Erika vorbei und stiefelte ganz selbstverständlich den Flur entlang zur Vorderküche, Fritz im Schlepptau. Offenbar hatte er ihm von dem wunderbaren Schiffsmodell unter dem Glassturz erzählt und wollte es ihm zeigen, ganz so, als sei er hier zu Hause. Fritz schenkte Erika immerhin einen entschuldigenden Blick, während er Stinus hinterhertrottete.

Erikas Großmutter schien sich inzwischen wieder einigermaßen gefangen zu haben. »Machst du uns noch einen Kakao?«, fragte das Mädchen. »Dann haben wir wenigstens etwas Warmes im Bauch, wenn wir gehen. Ist ja schon ziemlich kalt draußen.« Immerhin war es bereits Mitte Oktober.

»Kannst mir helfen dabei.« Oma lächelte schon wieder, stellte Erika erleichtert fest. Wenn auch etwas dünn. Aber das war ja nach dem Schreck kein Wunder.

Erika fischte ein Steertpanntje aus dem Topfschrank, goss etwas Milch hinein, stellte es auf die heiße Platte und ließ es nicht aus den Augen, während ihre Großmutter das exotisch bedruckte Paket mit dem kostbaren braunen Pulver aus dem Küchenschrank holte. Kakao war Luxus, wie alles, was aus Übersee kam, und er schien immer teurer zu werden. Angeblich waren die Engländer schuld, hieß es, weil sie den Deutschen die afrikanischen Kolonien weggenommen hatten, die ihnen doch rechtlich zustanden, und damit den Platz an der Sonne. Die Strafe dafür werde das *perfide Albion* schon bekommen, hatte Erikas Schulleiter erst kürzlich wieder verkündet. Erst nach und nach hatte sie verstanden, dass Albion England bedeutete und Strafe wohl Krieg. Da hatten ihre Schulkameraden schon lauthals gejubelt.

Oma gab mit einem Teelöffel Kakaopulver und Zucker in die schnell wärmer werdende Milch und wies Erika an, immer kräftig zu rühren, damit nichts anbrannte. Dann angelte sie Becher von den Haken unter dem Tellerbrett und wischte sie mit einem Tuch aus. Dabei zwinkerte sie Erika verschmitzt zu. »Zwei gleich, was?«, raunte sie. »Du gehst ja ran wie Blücher an der Katzbach!«

»Was meinst du?« Erika braucht einen Moment, ehe sie die Anspielung verstand. Dann lief sie tiefrot an. »Also Oma, nun hör mal! Was denkst du denn von mir? Ich hatte doch keine Ahnung!«

Erikas Großmutter lachte gutmütig. »Mach dir bloß keine Gedanken! Was glaubst du denn, wie ich früher war! Zugegeben, ganz so früh wie du habe ich nicht angefangen. Aber dafür dann richtig. Als ich siebzehn war, da habe ich mich zum Gallimarkt nämlich gleich mit drei jungen Männern verabredet.«

Erika bekam runde Augen. »Drei? Etwa am selben Tag?«

Ihre Oma kicherte wie ein Backfisch. »Na klar, am selben Abend, zur selben Zeit. Sie hatten mich alle drei gefragt, und ich dachte, na ja, wenn sie so gerne wollen, warum soll ich sie enttäuschen?«

Fast hätte Erika den Zeitpunkt verpasst, als die erhitzte

Kakaomilch zu schäumen begann. Im letzten Moment zog sie den Stieltopf zum kühleren Rand des Herdes, goss Milch nach und rührte energisch. »Und … und was dann?«, fragte sie atemlos. »Sind die dann alle drei gekommen? Und was haben sie denn dazu gesagt?«

»Keine Ahnung.« Erikas Großmutter nahm ihr das Steertpanntje aus der Hand und verteilte den Inhalt auf drei Becher, ohne auch nur einen Tropfen zu verschütten. »Ich war pünktlich am vereinbarten Treffpunkt«, sagte sie dann, »und bin mit dem ersten der drei, der dort auftauchte, mitgegangen.«

»Aber Oma!« Erikas Ohren waren immer noch heiß. »Wie das klingt. Was hätte Opa wohl dazu gesagt?«

»Kindchen, der Erste, der kam, war doch dein Opa!«

Die Küchentür flog auf. »Ah, lecker!« Stinus kam hereingepoltert, griff ohne Umstände nach einem der dampfenden Becher und trank, ohne sich an der Haut zu stören, die sich bereits auf der braunen Flüssigkeit gebildet hatte. Fritz schien besser erzogen zu sein, er wartete, bis ihm ein Becher angeboten wurde, und bedankte sich höflich. Die Milchhaut schob er mit einem Löffel beiseite. Nach dem ersten Schluck zog er anerkennend die Augenbrauen hoch. Wie erwachsen das aussah! Und so … kultiviert. Gar nicht so, wie es bei den Fleischhauers zugehen musste, wenn man Stinus Glauben schenkte.

Stinus, bei sich zu Hause der einzige Junge, hielt sich gerne bei der Schusterfamilie auf, weil es dort an Spiel- und Raufkameraden nie mangelte. Und er aß auch öfter am großen Tisch mit, Milchsuppe mit Haferflocken oder Karmelkbreei, Arme Ritter oder, wenn es hoch kam, Speckendicken. Daheim auf dem Polderhof wartete weit edleres Essen auf ihn, zubereitet von einer Köchin, die ihr Handwerk verstand. Stinus aber hatte lieber bei karger Kost seinen Spaß, als zu Hause mit steifem Rücken Filet oder Lammbraten zu speisen, immer wieder zurechtgewiesen von seinen gestrengen Eltern, die sich, trotz ihres bescheidenen Wohlstands, ihrer eigenen Herkunft schämten. Was ihr Sohn ausbaden musste.

Manchmal aber, wenn es die Jungs bei Fleischhauers zu toll

trieben, verdunkelte sich das ohnehin meist finstere Gesicht des Hausherrn noch mehr. Dann erhob er seine imposante Gestalt vom Kopf der langen, aus selbst gehobelten Brettern gezimmerten Tafel und nahm unter dem Türrahmen Aufstellung, den Kopf geduckt, um überhaupt Platz zu finden. »Alle Mann raus!«, knurrte er dann mit tiefer Stimme; jeder tat gut daran, diesem Kommando ungesäumt Folge zu leisten. Und jeder, der sich an dem Riesen vorbei nach draußen drückte, erhielt eine krachende Kopfnuss, egal ob mehr oder minder schuldig, ob eigener Sohn oder Gast. Auch Stinus bezog stets seinen Anteil, nicht selten hochverdient. Und trotzdem kam er immer wieder.

Obwohl Stinus gierig trank, hatte Fritz seinen Becher als Erster leer. »Vielen Dank, Frau Albers«, sagte er so wohlerzogen, dass Erikas Großmutter erstaunt blinzelte. »So was Feines bekommt man nicht alle Tage.«

Stinus knallte nur seinen leeren Becher auf den Tisch; bei ihm zu Hause schien Kakao keiner Erwähnung wert zu sein. »Los jetzt, kommt!«, rief er. »Wir müssen endlich aufbrechen, sonst wird es dunkel, ehe wir überhaupt in Leer sind.«

Das war zwar weit übertrieben, denn noch war es früher Nachmittag, aber inzwischen hatte das Gallimarktfieber auch Erika gepackt. Sie griff nach ihrem Mantel – und stellte überrascht fest, dass ihre Großmutter im Begriff war, Kopf und Schultern in ein großes schwarzes Umlegetuch zu hüllen. »Was ist, willst du auch noch los?«

»Ich bringe euch natürlich bis zur Fähre«, erklärte die alte Frau bestimmt. »Was sollen denn sonst die Leute denken.« Auch lautes Stöhnen konnte sie von diesem Entschluss nicht abbringen. Reichte es nicht, dass Stinus verdonnert worden war, gleich nach der Ankunft seinen in Leerort wohnenden Onkel aufzusuchen, der sie zum Gallimarkt und anschließend zurück zur Fähre begleiten sollte? Als ob sie noch Kleinkinder wären, die ständiger Aufsicht bedurften! Dabei behaupteten die Nazis doch stolz, Deutschland so viel sicherer gemacht zu haben.

So schoben sie denn ihre Räder, anstatt zu fahren, denn

Erikas Oma besaß kein eigenes Rad. Auch Erika nicht; ihre Großmutter hatte für sie eins bei einem Nachbarn erbettelt, der in Ditzum auf der Werft arbeitete und täglich dorthin radelte. Weil er an diesem Samstag frei hatte, konnte er darauf verzichten, wenn auch nur zögernd; gleich mehrmals hatte er Erika und ihrer Großmutter eingeschärft, das gute Stück ja nicht zu beschädigen oder sich etwa stehlen zu lassen. Zum Glück handelte es sich um ein altes Damenrad, und der Sattel ließ sich niedrig genug einstellen, dass Erika mit den Zehenspitzen an die Pedale kam.

Beim Ausprobieren hatte sie festgestellt, dass sie seit letztem Jahr beträchtlich gewachsen sein musste. Ein Gedanke, der sie mit einer Zufriedenheit erfüllte, die sie nicht recht zu deuten wusste. Wie sich auch ihre Vorfreude auf den Gallimarkt zwiespältig und verwirrend anfühlte. Einerseits war ihr nach Hüpfen und Juchzen zumute, andererseits wäre ihr das albern und kindisch vorgekommen. Also ging sie gesittet neben ihrem Fahrrad her. Aber ihre Wangen brannten.

Was es wohl auf dem Jahrmarkt alles zu sehen und zu erleben gab? Klassenkameradinnen, die letztes Jahr mit ihren Eltern nach Leer gefahren waren, hatten in höchsten Tönen geschwärmt. Bodenkarussells und Schiffsschaukeln, Kettenkarussells und »Lustige Tonnen«, in denen sich einem der Boden unter den Füßen wegdrehte, sollte es dort geben, außerdem Schieß- und Losbuden, Ringewerfen, Rhönräder, Ponys und Buden mit Schmalz- und Honigkuchen und Zuckerzeug. Glänzende Augen hatten die Mädels beim Erzählen gehabt – und sie hatten auch damit geprahlt, wie viel Geld sie dort in wie kurzer Zeit ausgegeben hatten.

Erika fand das alles teils mehr, teils weniger interessant. Was sie aber wirklich faszinierte, waren die abenteuerlichen, die exotischen, die kuriosen Attraktionen. Zauberkünstler zum Beispiel, ein Marionettentheater oder gar Liliputaner. Von *Lebendem Meissner Porzellan* war die Rede; was das wohl zu bedeuten hatte? Und ob man auch Tiere mit zwei Köpfen zur Schau stellte oder Damen mit Vollbärten?

Bloß gut, dass sie genug Taschengeld gespart hatte, um

sich das eine oder andere leisten zu können, dachte Erika. Von ihrer Großmutter hätte sie für den Gallimarkt bestimmt keinen Pfennig bekommen. Als echte Rheiderländerin war Oma »sühnig«, was so viel wie sparsam bedeutete. So nannte sie das jedenfalls selbst. Andere, vor allem die Leeraner von jenseits der Ems, nannten ihre Nachbarn unverblümt »grannig«, nämlich geizig. Was sicherlich ungerecht war, denn die Rheiderländer waren in der Mehrzahl schlicht arm und hatten nichts zu verschenken. Ihre Oma allerdings, das musste Erika im Stillen zugeben, konnte zuweilen schon ziemlich grannig sein. Dem Mädchen war es jedes Mal unheimlich peinlich, wenn die alte Dame in einem Geschäft das gesamte Sortiment ausgiebig musterte, nur um dann zu erklären: »Schade, dass ich mein Knippke heute nicht einstecken habe.«

Wenn ihre Oma etwas außer der Reihe kaufte, dann oft beim »Koffermann«, einem Juden, der als fliegender Händler öfters nach Jemgum kam und Wolle, Garn, Nähnadeln und allerhand andere Kurzwaren günstig auf der Straße anbot. In letzter Zeit schien sie das sogar besonders oft zu tun, überlegte Erika. Dabei war das direkt gefährlich geworden, seit Jan de Bruin, ein fanatischer Nazi, alle Kunden des »Koffermanns« fotografierte und drohte, sie als Judenfreunde anzuprangern: »Morgen stehst du im *Stürmer*!« Auch ihre Großmutter hatte dieser Kerl schon bedroht. Trotzdem ging sie immer wieder zu dem Juden, als sei das ein riskantes, aber reizvolles Spiel. Oder vielleicht eine Mutprobe? Aber wem wollte ihre Oma denn etwas beweisen?

Das Wetter war genau richtig für den Gallimarkt, recht kalt, aber sonnig; der Septemberregen war klarer, herber Spätsommerwitterung gewichen. Das Haus von Erikas Großeltern lag praktisch auf der Grenze zwischen Neu-Jemgum und dem alten Ortskern, so war es zur Emsfähre nicht weit.

Doch kaum hatten sie die Oberfletmerstraße erreicht, wurden sie durch einen Menschenauflauf gestoppt. »Nun mal Platz hier, wir müssen zur Fähre, die wartet nicht«, rief Stinus laut mit heller, schon befehlsgewohnter Stimme. Niemand achtete auf ihn, auch nicht, als sich der Pimpf mit Hilfe seines Rades durch den Pulk zu drängeln begann; die Leute traten ohne sich umzublicken gerade weit genug beiseite, um ihre Mäntel in Sicherheit zu bringen. Erika und die anderen hielten eilig Anschluss. So peinlich ihnen Stinus' Verhalten auch war, ihre Neugier überwog.

Vor ihnen auf der Straße stand ein großes schwarzes Auto, ein Personenwagen mit langer Motorhaube, hohem Kühlergrill und rundem Kofferraumbuckel. So etwas sah man in Jemgum nicht alle Tage. Das allein aber war es nicht, was die Leute so zum Gaffen brachte. Auch nicht, dass der Wagen schräg auf der Fahrbahn stand, als hätte sich die Besatzung an keinerlei Regeln zu halten. Vor dem Auto stand eine Gruppe von Männern, einige in braunen SA-Uniformen mit Hakenkreuz-Armbinden, andere in Zivil. Erika erkannte Janssen in seiner schwarzen SS-Kluft, der weit ausholend gestikulierte, den drohenden Blick ebenso unstet wie seine Haltung, den Mund von gehässigem Lachen verzerrt. Anscheinend hatte er mal wieder dienstfrei, und er war betrunken, obwohl es heller Nachmittag war. Ebenso wie der Mann neben ihm. Erika zuckte zusammen, als sie ihn erkannte. Es war ihr Vater. Seit wann war der denn aus Hamburg zurück?

Sie spürte die Hände ihrer Großmutter auf ihren Schultern, fühlte sich vorwärtsgedrängt. Aber sie kamen nicht an Stinus und seinem Rad vorbei. Der Junge besah sich die Szene mit großen Augen, als sei sie die Ouvertüre des Jahrmarktprogramms, und dachte gar nicht daran, den Weg fortzusetzen oder freizugeben.

Ob alle Männer angetrunken waren oder nur die beiden, konnte Erika nicht ausmachen. Jedenfalls wurde mit erhobenen Stimmen geredet, erregt, wütend und durcheinander. Zu verstehen war nicht viel. Die Männer bildeten einen Halbkreis vor dem großen Auto und wandten ihrem Publikum zumeist den Rücken zu. Warum? Erika stellte sich auf die Zehenspitzen. Da waren noch zwei Männer; sie standen mit dem Rücken zum Auto, so dass Erika einen Blick auf ihre Gesichter werfen konnte. Gesichter, die sie hier noch nie gesehen hatte. Gesichter, aus denen die nackte Angst sprach.

»Die haben zwei Juden am Wickel«, sagte ihre Großmutter mit unterdrückter Stimme. »Los, seht zu, dass wir weiterkommen. Stinus, mach voran!«

»Aber wieso denn?«, fragte der Junge störrisch und rührte sich nicht vom Fleck. Auch Fritz starrte wie gebannt auf das Geschehen.

Gerade war Janssens Lachen besonders laut zu hören. Der SS-Mann taumelte, fuchtelte scheinbar unkontrolliert. Im nächsten Moment zuckte seine rechte Hand vor und klatschte einem der beiden Bedrängten ins Gesicht, so hart, dass dem sein kleines Käppchen vom Hinterkopf flog. Erika hörte Stöhnen, schnell übertönt von lautem, beifälligem Gelächter. Verspätet hob der Geschlagene seine Arme vors Gesicht, Arme in langen weißen Ärmeln mit schwarzen Schonern über den Manschetten. Ein Bürohengst, dachte das Mädchen, unwillkürlich den Ausdruck benutzend, den sie von ihrem Vater kannte. Was machte der hier? Und wie sollte sich so einer gegen diese vierschrötigen Kerle wehren?

Die Männer, die den Wagen umstanden, schienen sich durch das Gelächter angefeuert zu fühlen. Weitere Ohrfeigen, Schläge, Stöße, auch Tritte prasselten auf die beiden in die Enge Getriebenen ein, die sich so gut es ging zu decken versuchten, ohne sich ernsthaft zu wehren. Dann wäre es ihnen gewiss noch schlimmer ergangen. Oma hat schon recht, dachte Erika, die Olympischen Spiele sind vorbei, niemand muss sich mehr für das Ausland verstellen, jetzt zeigt Deutschland, wie es wirklich ist.

Die Schläger johlten wie spielende Jungen. Und genau wie kleine Jungs schienen sie die Lust an ihrem Spiel schnell wieder zu verlieren. Prügeln allein führte offenbar zu nichts – etwas Neues musste her. »Raus mit den Kerlen!«, brüllte Janssen los. »He, ihr Judenbengel, jetzt schmeißen wir euch raus aus dem Dorf!« Erika lief es kalt über den Rücken, als sie hörte, wie ihr Vater grölend mit einstimmte.

»Ja, raus mit ihnen, aber richtig!«, schrie ein braun Uniformierter. Erika kannte ihn nur flüchtig. War das nicht der Holz- und Kohlenhändler? Alle nannten ihn nur Hackes, keine Ahnung, wie der richtig hieß. »Wir schicken die beiden auf Transport! Hier, mit dem Auto. Und zwar so, dass wir die ein für alle Mal los sind.«

»Mit dem Auto? Du spinnst wohl!«, rief ein Mann, der Erika unbekannt war; vermutlich der Fahrer des großen Wagens. »Die kommen mir nicht da rein. Glaubst du, ich lasse dreckige Juden auf die guten Polster?«

»Wer redet denn von deinen Polstern?« Der Uniformierte schlug auf die Kofferraumhaube, dass es dröhnte, und lachte noch dröhnender. »Die kommen natürlich hier hinten rein! Abteilung für Gepäck und Viehzeug, da gehören sie hin!«

Wieder lautes Gelächter, diesmal in der ganzen Runde. Die beiden Juden, die anscheinend schon gehofft hatten, das Schlimmste überstanden zu haben, tauschten einen schnellen Blick. Dann rannten sie los, die Köpfe gesenkt. Ein verzweifelter Fluchtversuch, der zum Scheitern verurteilt war. Im Nu waren die beiden von zahllosen Händen ergriffen und zu Boden gezerrt. Auch viele der Zuschauer beteiligten sich jetzt, hielten die beiden Männer fest, schlugen und traten sie, während Janssen und Erikas Vater ihnen Gürtel und Hosenträger abnahmen und sie damit fesselten. Die Kofferraumklappe des Wagens öffnete sich wie ein gefräßiges Maul, und die beiden Gefangenen wurden hineingestopft wie die Opfer eines blutrünstigen Molochs. Zwei der SA-Männer drückten die Klappe herunter.

»Passt nicht«, rief einer der beiden. »Das Ding geht nicht zu!« Zwar steckten die Körper der Gefesselten im Frachtraum, ihre Köpfe jedoch schauten noch durch einen Spalt heraus, am Hals eingeklemmt zwischen Klappe und Karosserie.

»Haut ihnen welche auf den Dassel!«, schrie jemand aus der Menge. »Dann passen sie schon rein, wetten?« Und eine andere Stimme grölte: »Schneidet ihnen die Rüben doch einfach ab!«

Wieder lachte der Kohlenhändler dröhnend. »Wieso denn? Sieht so doch gut aus. Kann wenigstens jeder sehen, was Juden blüht, die sich in Jemgum blicken lassen.« Er fixierte die Kofferraumklappe mit einem Stück Seil am Griff, so fest, dass die Hälse der beiden Gefangenen schmerzhaft gequetscht wurden. Einer von ihnen schrie auf; die Gaffer antworteten mit höhnischem Geheul. Der andere, dem das Blut aus der zerschlagenen Nase lief, biss die Zähne zusammen und schwieg.

Umso mehr johlten die Umstehenden. Der Fahrer setzte sich hinters Steuer, die anderen Nazis drängten sich auf Vorder- und Rücksitze, und wer keinen Platz mehr fand, stellte sich auf die äußeren Trittbretter und hielt sich an den Fensterrahmen fest. Eine Qualmwolke quoll aus dem Auspuff, als der Motor dröhnend ansprang. Langsam und auf dem unebenen Pflaster schwankend, setzte sich der Wagen in Bewegung. Jetzt schrien beide Geschundenen laut auf; ihre Hälse wurden mit jedem Schaukeln stärker und schmerzhafter zwischen den Metallkanten gescheuert und gequetscht. Einige Halbwüchsige und auch ein paar erwachsene Männer trabten hinterher, als hätten sie Sorge, auch nur einen Moment dieser schaurigen Prozession zu verpassen.

Erika schaute auf Stinus, der sich nur mit Mühe zu beherrschen schien, um sich nicht stracks in den Sattel zu schwingen und dem Auto mit den Gefolterten zu folgen. Sein Mund stand vor Begeisterung halb offen, und sein gespannter Blick verriet keine Spur von Mitleid.

Ganz anders Fritz. Überrascht bemerkte Erika, dass dessen Unterlippe bebte, dass sich der Junge sogar über die Augen wischte. Keiner außer ihr schien das gesehen zu haben, alles starrte immer noch dem Wagen nach, der sich langsam entfernte.

»Disse Düvels«, zischte Erikas Großmutter halblaut. »Disse naare Düvels.«

Stinus nickte, ohne sich umzudrehen. »Ja, das ist wahr«, stimmte er zu. »Die Juden sind Deutschlands Unglück, das steht mal fest.«

Gott sei Dank, dachte Erika und hoffte, dass ihre Großmutter nicht daran denken mochte, Stinus' Irrtum aufzuklären.

»Nun macht mal voran«, sagte die stattdessen. »Sonst verpasst ihr noch die Fähre.«

Die Leute um sie herum gingen noch nicht auseinander, sondern besprachen laut und erregt das Geschehene, hämisch zumeist und ohne einen Ton des Bedauerns. Trotzdem kamen sie jetzt mit ihren Fahrrädern leichter durch. Schnell brachten sie die Oberflethmerstraße hinter sich und erreichten den Fährpatt. Schon hatten sie die Deichlinie hinter sich; vor ihnen glitzerte das Hafenbecken in der kalten Oktobersonne. Allerhand Boote dümpelten an ihren Festmachern. Die Fähre lag abfahrtbereit.

Erika war sich nicht sicher, ob sie überhaupt noch Lust auf den Jahrmarkt hatte, so voll war ihr Kopf von den fürchterlichen Bildern, die noch kaum verblasst waren. Sollte sie einfach umkehren? Aber da war diese Abmachung mit Stinus, so bindend wie ein Vertrag. Gut, sie konnte Übelkeit vorschützen, ein plötzliches Unwohlsein. Unterleibsbeschwerden. Da würde Stinus nicht nachfragen, das würde er sich nicht trauen. Alle Jungs hatten eine heilige Scheu vor den Mysterien des weiblichen Körpers, das wusste Erika genau. Zwar brannten sie alle darauf, mehr, viel mehr darüber zu erfahren, aber fragen würden sie nie. Lieber sich die Zunge abbeißen.

Unwillkürlich war sie langsamer gegangen. Stinus, dem es nach dem spannenden Aufenthalt nun nicht schnell gehen konnte, hatte schon ein paar Meter Vorsprung. Auch vor Fritz, der ebenfalls seinen Schritt verhalten hatte, den Blick zu Boden gerichtet. Dieser Fritz kam Erika immer eigentümlicher vor. Warum benahm er sich so ... so ... anders als andere Jungen?

Als erneut Motorengeräusch ertönte, dachte Erika zunächst, es käme von der Fähre, die gleich abfahren würde. Dann erst registrierte sie, dass das Geräusch von hinten kam. Und lauter wurde. Das große Auto war wieder da, hatte seine Rundfahrt durch den kleinen Ort offenbar beendet. Dröhnend bog es in den Fährpatt ein, die Nazis immer noch auf den Trittbrettern, die beiden Geschundenen immer noch eingeklemmt im Kofferraum. Direkt am Hafenbecken, nur wenige Schritte von Erika und ihren Begleitern entfernt, hielt der Wagen an. Sekunden später hatte sich auch die Traube der Gaffer wieder versammelt.

Der Kohlenhändler stieg aus, ein aufgeschossenes Tau über dem Arm. Woher hatte er das plötzlich? Mit breitem, fettem Grinsen wandte sich der Mann an die Umstehenden. »So, Volksgenossen«, tönte er, »jetzt wollen wir diesen Judenlümmeln mal zeigen, wie wir Ostfriesen mit solchen Schädlingen umgehen. Vorwärts, holt die Schweine mal raus da!«

Eifrige Helfer lösten die provisorische Vertäuung des Kofferraumdeckels. Die beiden Gefesselten, die aus Schnitt- und Schürfwunden am Hals bluteten und kaum noch bei Bewusstsein waren, wurden herausgezerrt, auf die Füße gestellt und unsanft aufrecht gehalten, Rücken an Rücken. Der Kohlenhändler nahm ein Tauende in die Hand und reckte den Arm in die Höhe. »Passt alle gut auf!«, brüllte er. »Jetzt werden die beiden Juden hier mal mit Emswasser Bekanntschaft machen! Nachher werden sie sauberer sein als vorher, denn so gründlich haben die sich bestimmt noch nie gewaschen! Vor allem aber wird Ostfriesland hinterher viel sauberer sein. Wir spülen den Dreck weg, und zwar endgültig, das verspreche ich euch.« Mit diesen Worten bückte er sich, schlang das Tau den beiden bereits Gefesselten um die Leiber und knotete die Schlinge fest zusammen. »Janssen, was ist nun mit dem Boot?«, rief er über seine Schulter.

»Kommt!«, ertönte die militärisch knappe Antwort. Janssen treidelte bereits eine schlanke Motorbarkasse die Kaimauer entlang in Position, unterstützt von Erikas Vater, der, nachdem er den achteren Festmacher provisorisch belegt hatte, den Glühkopf des schweren Diesels mit einer Lötlampe auf Temperatur brachte.

»Sie wollen die beiden hinter das Boot binden!« Stinus' Gesichtsausdruck wechselte zwischen Unglauben und Gier. »Sie wollen die Juden durchs Wasser schleifen! Mensch, die meinen es ernst.«

»Das überleben die beiden nicht«, stöhnte Erikas Großmutter und verbarg ihr Gesicht in den Handflächen.

Fritz schwieg. Tränen liefen über seine wachsbleichen Wangen.

7.

Als Stahnke zu Kramer hinüberging, stand Dr. Mergner bei ihm, die weißen Haare unternehmungslustig gesträubt, in der Hand einen Stoß zusammengehefteter Kopien. »Fertig!«, verkündete er stolz. »Na, war das schnelle Arbeit?«

Der Hauptkommissar zuckte die Achseln. »Mal gucken. Wenn's uns schlauer macht, war's schnell. Wenn nicht, dann hat es noch zu lange gedauert.«

Mergner schickte Stahnke einen vernichtenden Blick, der allerdings durch seine dicken Brillengläser einiges an Sprengkraft verlor. Dann wandte er sich demonstrativ wieder Kramer zu. »Zunächst einmal steht die Todesursache jetzt eindeutig fest«, referierte er. »Die Obduktion hat ergeben, dass der Mann ertrunken ist.«

Stahnke schnaubte. »Kunststück! Wenn man eine Leiche in einer wassergefüllten Kiste findet, dann ist es ja wohl kein Wunder, wenn die Lunge voll Wasser ist.«

»*Das* habe ich nicht gesagt«, korrigierte Mergner scharf. »Im Gegenteil. Natürlich hatte der Tote keine wassergefüllten Lungen. Vielmehr waren sie voll mit sogenanntem Schaumpilz, also feinen Blasen aus Schleim und Luft, vermischt mit *etwas* Wasser. Wie es eben typisch ist für einen Ertrunkenen.« Wieder so ein giftiger Blick auf Stahnke: »Das sollten Sie aber wirklich wissen.«

Stahnke spürte aufsteigende Hitze im Nacken. Klar, eigentlich wusste er das auch. Hatte auch schon einschlägige Befunde in der Hand gehalten, in denen von *ballonierten Lungen* die Rede war, Lungen, die gebläht waren von diesem Schaum und in die man Dellen drücken konnte, weil sie ihre Elastizität verloren hatten. Er mochte gar nicht daran denken, wie es zuging, wenn während des Ertrinkens solcher Schaum entstand.

Nachdem Mergner aber Stahnkes Erinnerung nun einmal auf die Sprünge geholfen hatte, fielen dem gleich noch ein paar Details mehr ein. »Wie sieht es denn mit dem Magen des Toten aus? War da Wasser drin?«

Der Mediziner runzelte die Stirn und blinzelte über seine Brillengläser hinweg. »In der Tat, ja«, antwortete er verblüfft. »Das könnte jedoch …«

»… auch postmortal dorthin gelangt sein«, unterbrach Stahnke. »Ist bekannt. Und was ist mit dem Dünndarm?«

»Ebenfalls Wasser«, erwiderte Mergner und nickte anerkennend. »Womit wir einen eindeutigen Beweis für Tod durch Ertrinken hätten.«

»Wurde das Wasser analysiert?«

»Was denken Sie denn? Natürlich! Es ist mit dem Wasser in der Kiste identisch. Beziehungsweise mit dem Wasser, das diesen Keller halb geflutet hatte. Wobei es sich um hiesiges Leitungswasser ohne signifikante Beimischungen handelt. Als Beweis, dass der Betreffende nicht anderweitig ertränkt wurde, würde ich das aber gelten lassen.«

Stahnke begann breit zu grinsen. »Aber, aber, Herr Doktor! Jetzt fangen Sie ja doch an, unsere Arbeit zu machen. Erst bewerten Sie Indizien und befördern sie zu Beweisen – und dann machen Sie aus *Ertrinken* plötzlich *Ertränken*! Kann es sein, dass Sie irgendwo einen Trumpf stecken haben, den Sie eigentlich noch ausspielen wollten?«

Jetzt war es an Mergner, zart zu erröten. »Tja, äh … Sie wissen ja, diese Schwellungen am Hinterkopf des Toten. Ich wollte da ganz sichergehen. Aber es steht zweifelsfrei fest, dass dem Mann diese Verletzung vor seinem Tod zugefügt worden ist. Und dass die Schläge hart genug waren, um ihm das Bewusstsein zu rauben.«

Stahnke wechselte einen stummen Blick mit Kramer. Von gewaltsamer Tötung waren sie ohnehin schon ausgegangen, das ganze Arrangement dort in diesem Kellergewölbe, die gefesselten Hände und Füße ließen gar keine andere Schlussfolgerung zu. Jetzt schied wohl die Möglichkeit eines Unfalls aus, etwa bei einem schiefgegangenen *Waterboarding*. Wenn dem Ertränken dieses alten Mannes tatsächlich eine peinliche Befragung vorausgegangen war, dann hatten die Täter diese wohl als beendet erachtet. Entweder, weil sie die Hoffnung aufgegeben hatten, an Informationen zu kommen – oder weil sie schon alles erfahren hatten, was sie wissen wollten. Womit ihr Opfer verzichtbar geworden wäre. Fester Schlag auf den Kopf, noch einer zur Sicherheit, Klappe zu. Mit anderen Worten: Mord.

»Wie lange ist die Tat in etwa her?«, erkundigte sich Kramer.

»Zwischen sechsunddreißig und achtundvierzig Stunden vor dem Auffinden«, erwiderte Mergner prompt. »Das Leitungswasser war kalt, die Kellerluft ebenfalls, das hat den Zersetzungsprozess verlangsamt. Haben wir beides in Rechnung gestellt.«

Der Tatzeitpunkt war demnach weder auf einen Wochentag noch auf eine Tageszeit genau zu bestimmen. Vor allem Letzteres fand der Hauptkommissar ärgerlich.

»Was ist mit dieser Silikondichtung?«, fragte er. »Wie alt ist die eigentlich?«

»Nicht sehr alt«, warf Kramer ein. »Sogar fast frisch, Lösungsmittel teilweise noch nicht ausgegast, also nicht ganz durchgehärtet. Die Masse dürfte erst kurz vor dem Tod unseres Unbekannten aufgebracht worden sein.«

Stahnke runzelte die Stirn. »Und zu genau diesem Zweck vermutlich«, ergänzte er. »Warum nur dieser Aufwand?«

Kramer zuckte die Achseln.

»Bleibt die Frage aller Fragen.« Der Hauptkommissar wandte sich wieder Mergner zu. »Nämlich die, mit wem wir es hier zu tun haben.«

Mergner nickte. »Richtig. Weshalb wir der Leiche auch erstklassige Fingerabdrücke abgenommen haben, was ich einmal lobend erwähnen möchte, denn aufgrund der fortgeschrittenen Waschhaut des Toten war das keine kleine Herausforderung.« Beifallheischend huschte sein Blick zwischen Stahnke und Kramer hin und her. Die aber hielten sich mit Anerkennung zurück, ahnend, was folgen würde. Der Mediziner seufzte. »Hat aber leider nichts genützt. Der Tote ist nicht in unserer Kartei. Auch beim Bundeskriminalamt wurde alles abgerufen und verglichen, aber ohne positiven Befund.«

Stahnke rieb sich die Augen; obwohl sie noch am Anfang

vermutlich langwieriger Ermittlungen standen, fühlte er sich bereits müde. Der Jüngste war er wahrlich nicht mehr. »Da die Befragung der Nachbarn ebenfalls negativ verlaufen ist, stehen wir in puncto Identifikation also nach wie vor bei null«, knurrte er.

»Und die DNA?«, fragte Kramer

»Diese Hoffnung bleibt uns noch«, entgegnete der Doktor.

Stahnke brauchte eine Sekunde, ehe er begriff. »Wie! Soll das heißen, der genetische Fingerabdruck wurde noch nicht abgeglichen?«

»Na hören Sie mal!« Mergners zerzauste Haare schienen sich im Zorn noch mehr zu sträuben. »Wofür halten Sie mich? Für einen Zauberer?« Irritiert hielt er inne, denn Stahnkes verkniffene Miene gab ihm Rätsel auf. Wie hätte der Gerichtsmediziner auch wissen können, dass sein Gegenüber ihn in Gedanken gerade eben genau mit einem Hexenmeister verglichen hatte und sich das Lachen jetzt nur mit Mühe verbeißen konnte?

»So schnell ist das LKA nun einmal nicht«, assistierte Kramer dem Doktor. »Das wissen wir doch zur Genüge.«

»Nach Hannover haben Sie die Proben zur Analyse geschickt?« Stahnke schüttelte den Kopf. »Das darf doch nicht wahr sein! Gegen das Landeskriminalamt sind Schnecken die reinsten Rennpferde. Die lassen uns doch warten, bis wir schwarz werden.«

»Nicht in Mordsachen«, widersprach Mergner. »Machen Sie mir die Kollegen dort nicht schlechter, als sie sind. Die wissen auch Prioritäten zu setzen.«

»Tja, wenn die *Bildzeitung* drängelt und ein Skandal droht! Dann vielleicht.« So leicht war der Hauptkommissar nicht zu besänftigen. »Haben Sie die Sendung denn wenigstens entsprechend gekennzeichnet?«

Mergner schluckte und schwieg.

Stahnke stöhnte. »Los, Mann, sorgen Sie mir dafür, dass eine zweite Probe in ein privates Labor gegeben wird, mit Eilvermerk. Wir müssen hier endlich von der Stelle kommen.«

Der Mediziner schnappte nach Luft. »Ohne offizielle Anordnung? Und wer zahlt das? Soll ich die Rechnung gleich an Sie persönlich schicken lassen?«

Stahnke wandte sich Kramer zu. »Ruf Manninga an, sag, dass der Laborbefund eilt und dass wir grünes Licht brauchen. Schönen Gruß. Ach ja, und wenn du ihn schon an der Strippe hast: Er soll doch bitte auch in Hannover Druck machen. Doppelt hält besser. Mal gucken, wer am Ende das Rennen macht.« Er drehte sich zurück, legte Mergner einen Arm um die Schultern, schob ihn wie beiläufig zur Tür: »Schönen Dank so weit, dann sehen wir mal zu, dass es weitergeht, wir beide, nicht wahr?«

Etwas später tauchte Kramer vor Stahnkes Schreibtisch auf. »Läuft alles, so wie gewünscht«, teilte er mit, knapp und effizient wie immer. Dann verharrte er stumm, bis der Hauptkommissar sich bequemte, den Blick zu heben. »Dass die Anzahl deiner Freunde gerade um einen halben geschrumpft ist, weißt du ja wohl, oder?«

»Ein halber Freund? Was kann man damit schon anfangen.« Stahnkes Schmunzeln fiel dünn aus. »Schöntuerei bringt keine Resultate, und Resultate sind das Einzige, was mich interessiert. Das war doch schon immer so.«

Der Oberkommissar nickte. »Stimmt, du hattest hier noch nie viele Freunde.«

Stahnke zuckte die Achseln. »Sollen sie ruhig auf mich schimpfen, solange sie in der Sache funktionieren. Hauptsache ... wir haben Erfolg.«

Kramer blickte ernst auf seinen Vorgesetzten herab. Dass der sich erst im letzten Moment besonnen und vom »Ich« zum »Wir« gewechselt war, war ihm nicht entgangen. »Die Zeiten haben sich geändert«, sagte er leise. »Vielleicht sind demnächst auch halbe Freunde verdammt wichtig.«

Stahnke hielt Kramers Blick nicht stand. Er senkte den Kopf, wischte ein paar imaginäre Krümel von seinem Schreibtisch und erwiderte schroff: »Hör auf zu unken. Sag mir lieber, wie wir weiter vorgehen. Geben wir das Foto des Toten nun an die Presse oder nicht?«

Das Bild war ganz manierlich geworden; das markante

Antlitz war nicht auf den ersten Blick als das einer Leiche zu erkennen.

»Wenn der Mann hier aus der Gegend stammt, müsste ihn jemand erkennen«, sagte Kramer. »Andererseits hat die Vermisstenstelle keine Anzeige vorliegen, die auf unseren Toten passt. Also könnte er auch ganz woanders herstammen. Dann bringt die regionale Veröffentlichung nichts. Aber der Täter weiß dann, dass wir die Leiche gefunden haben, was von Nachteil sein könnte.«

»Theoretisch ja; praktisch wüsste ich nicht, welcher Nachteil das sein sollte, da wir ja noch nicht einmal einen Anfangsverdacht haben«, erwiderte Stahnke. »Andererseits sollten wir vielleicht doch den DNA-Abgleich abwarten.«

»Den haben wir hoffentlich morgen, so oder so«, sagte Kramer.

»Morgen also. Bis dahin warten wir noch ab.« Immerhin eine Entscheidung, dachte Stahnke. Wenn schon kein Ergebnis.

8.

Niemand hatte den Riesen kommen sehen. Plötzlich war er da wie aus dem Boden gewachsen.

Der Kohlenhändler sah ihn als Erster. Hackes hatte das lose Ende des Taus, das er den beiden Gefesselten um die Leiber geschlungen hatte, schon zu Janssen ins Boot gereicht, und der war gerade dabei, einen Palstek hineinzuknüpfen und es an der eisernen Heckklampe der Motorbarkasse zu befestigen. Jeder seiner Handgriffe wurde erwartungsvoll beäugt. Das Pochen des Bootsdiesels beschleunigte sich. Gleich würde die Barkasse ablegen, die Leine würde sich unter dem Zug straffen und den beiden Männern den Boden unter den Füßen wegreißen. Sicherlich würde ihnen die Kante der Kaimauer noch einen harten Schlag verpassen, ehe das Boot sie unter Wasser zog. Der Zug der Leine würde sie anschließend wieder an die Oberfläche befördern, wo sie verzweifelt nach Luft schnappen würden, ehe es wieder abwärts ging, wieder und wieder. Am Ende würden sie quälend langsam ertrinken, ertränkt von einer Mörderhorde, die heute früh noch eine Ansammlung ganz gewöhnlicher rheiderländer Ostfriesen gewesen war. Letzter Gruß von Jemgum, der Perle des Rheiderlandes, schoss es Erika durch den Kopf. Zum ersten Mal in ihrem Leben schämte sie sich ihrer Heimat.

Aber sie schämte sich auch ihrer selbst. Warum schrie sie nicht, warum rief sie nicht »Halt, ihr Mörder!«? Weil sie wie gelähmt war vor Angst. Weil niemand sonst es tat. Und warum tat es wohl niemand? Weil kein anderer es tat? Ja, dachte Erika, wahrscheinlich funktioniert es so.

Es funktionierte wirklich gut.

Aber dann war der Riese plötzlich da. Hoch ragte er auf vor Hackes, dem Kohlenhändler, der den Kopf in den Nacken legen musste, um ihm ins Gesicht zu sehen. Ein finsterer Blick Fleischhauers trieb den Nazi einen Schritt zurück. Der Riese riss ihm das Tau aus den Händen, ruckte am losen Ende.

Janssen, der die Palstek-Schlaufe gerade über die Klampe streifen wollte, griff ins Leere.

Ein Raunen ging durch die Gaffermeute. Was fiel dem Schuster ein, sich mit den Nazis anzulegen, mit der ersten und inzwischen längst einzigen Gewalt im Staate? Was gingen ihn diese Juden an, dass er sein Leben für sie riskierte? Denn sein Leben, so viel stand fest, hatte er verwirkt. Jeder, der den Nazis Widerstand leistete, starb. Das glaubte, das wusste jeder. Entweder er starb an Ort und Stelle, oder er verschwand und blieb verschwunden.

Fleischhauer trug seine blaue Arbeitsschürze über seiner Alltagskluft. Für Markt und Müßiggang schien er keinen Sinn oder keine Zeit zu haben. Die Hemdsärmel hatte er hochgekrempelt, und auf seinen Unterarmen traten Muskeln hervor, dicker als das Tau, das er in seinen Händen hielt. Kein Wunder, dass dem Kohlenhändler das Herz in die Hose gerutscht ist, dachte Erika.

Der erste Schreck aber war schnell überwunden. Die Nazis hatten zwar lange keinen Widerstand mehr erlebt, aber sie erinnerten sich schnell daran, wie man welchen brach. Die erste Regel hieß Überzahl, und die war hier eindeutig gegeben. Zudem trugen einige der Uniformierten Pistolen, während der Schuster allein und unbewaffnet war. Beste Voraussetzungen also, um mutig zu werden.

Janssen sprang aus der Barkasse, die rechte Hand an der Pistolentasche. Von Trunkenheit war nichts mehr zu bemerken. »Wer bist du denn?«, brüllte er Fleischhauer an. »Was bist du denn für einer? Judenfreund, was? Willst deinen Freunden wohl Gesellschaft leisten?« Er beugte sich vor und starrte den Schuster drohend an, verfehlte jedoch die beabsichtigte Wirkung, weil auch er, obgleich größer gewachsen als der Kohlenhändler, zu dem Riesen aufblicken musste. Auch aus einem anderen Grund wirkten seine Worte eher komisch. Fleischhauer und Janssen waren beide in Jemgum aufgewachsen, und jeder wusste, dass der heutige SS-Mann seine Schuhe und Stiefel seit Jahr und Tag beim selben Schuster reparieren ließ wie alle anderen auch. Ihn zu fragen, wer er denn sei, löste trotz der herrschenden Anspannung ein paar Gluckser in der Menge aus.

Erika war nicht nach Lachen zumute. So also geht es zu in den Moorlagern, dachte sie und stellte sich vor, wie Janssen und seine Komplizen ihren Großvater auf diese Weise angingen, um ihn einzuschüchtern und gefügig zu machen. Und was danach wohl noch alles kam. In diesen Lagern gab es ja keine Zeugen, niemanden, der berichten konnte, wie es dort zuging. Nur Täter und Opfer. Die Täter hielten dicht, um sich nicht selber reinzureißen. Und die Opfer …

Das Mädchen schaute zu den beiden gefesselten Juden. Auch sie starrten den tapferen Schuster an, wie alle anderen auch. Auf ihren Gesichtern war keine Hoffnung zu erkennen, schon gar keine Freude über die unerwartete Hilfe. Erika sah nur Traurigkeit. Als hätte sich die Zahl der Opfer gerade um eins erhöht.

Die Nazis hatten sich jetzt alle von ihrem Schock erholt, machten Front gegen Fleischhauer, griffen nach dem Seil, versuchten es dem Schuster wieder zu entwinden. Der Riese hielt eisern fest, musste aber zurückweichen. Janssen tänzelte ein paar Schritte seitwärts, versuchte in Fleischhauers Rücken zu gelangen. Es sah schlecht aus für den mutigen Mann.

Fritz stieß einen eigenartigen Laut aus, wie ein getretenes Kätzchen. Niemand achtete darauf. Niemand außer Erika. Er schluchzt, dachte sie. Ihr Blick streifte wieder die Gesichter der Gefesselten. Und traf genau auf den des Mannes mit den Ärmelschonern. Jedenfalls glaubte sie das einen Moment lang. Tatsächlich aber schaute der Mann zu Fritz, der direkt vor ihr stand. Sie sah den Mann seine Stirn runzeln und leicht, fast unmerkbar den Kopf schütteln.

Und Fritz verstummte.

»Was soll das denn werden hier? Düvel noch mal, seid ihr denn jetzt ganz und gar van d' Padd of?« Eine neue Stimme zerteilte den Tumult, der sich gerade aufs Neue erheben wollte. Eine trainierte, befehlsgewohnte Stimme, deren Besitzer durch die Gaffermeute pflügte und auf die Gruppe zuhielt, die den Kreis um Fleischhauer schon fast geschlossen hatte. Heinz Lüchte war es, der Dorfgendarm, allem Anschein nach direkt vom Küchensofa hochgeschreckt, auf dem er gewöhnlich seinen Mittagsschlaf hielt, denn sein spärliches Haar hing ihm wirr um den Kopf, und seine Finger hatten noch damit zu tun, die letzten Jackenknöpfe über dem Bauch zu schließen. Lüchte war ein bekennender Nazi, mindestens ebenso glühend wie der Kohlenhändler, und Erika stöhnte innerlich auf. Wie schlimm sollte es denn noch kommen?

Lüchte stieß Janssen beiseite, ignorierte dessen empörten Protest und stellte sich neben Fleischhauer. »Zurück«, sagte er leise, aber unerwartet bestimmt. »Alle zurück. Das Tau loslassen. Sofort.«

Fleischhauer wechselte einen Blick mit dem Gendarm, dann ließ er los. Als Erster. Wie geschickt das war, ging Erika erst nach und nach auf. Formal war der Ortspolizist nach wie vor die höchste Autorität am Platz, auch wenn er seine Befehle längst von der Partei bekam, deren Repräsentanten ihm hier gegenüberstanden. Diese Partei jedoch verkündete Gehorsam gegenüber der Obrigkeit als eines der obersten Prinzipien. Der Schuster hatte, scheinbar brav, Folge geleistet. Wer sich jetzt etwa weigerte, setzte sich ins Unrecht, und zwar in aller Öffentlichkeit.

Der Kohlenhändler löste seinen Griff, hob mit übertriebener Geste die Hände halbhoch, Flächen nach vorn. Die anderen folgten seinem Beispiel. Das Tau fiel zu Boden.

»So, und jetzt macht die beiden hier los.« Lüchte strich sich die Haare glatt, war jetzt eindeutig Herr der Lage. »Schluss mit dem Blödsinn. Hier ist Deutschland, hier herrschen Recht und Ordnung. Wenn hier jeder machen würde, wozu er gerade Lust hat, wo kämen wir dann hin!« Er stemmte seine Fäuste in die Hüften und wandte sich halb der Nazigruppe, halb den Zuschauern zu: »Was wir von den Juden zu halten haben, wissen wir, und zwar alle. Die werden kriegen, was sie verdienen, das könnt ihr mir glauben! Da wird der Führer schon für sorgen. Früher oder später. Aber das wird ordentlich geschehen, verstanden? Nach Recht und Gesetz. Nicht wie bei den Hottentotten. Geht das in eure Köpfe?!«

Erika sah die wütenden Mienen, aber sie sah auch gesenkte Häupter und verlegene Blicke. Zumindest für den Moment hatte der Gendarm erreicht, was er wollte. Wer die beiden Juden losgebunden hatte, sah Erika nicht. Aber als sie das nächste Mal dorthin blickte, wo sie gestanden hatten, waren die Männer fort. Das Seil lag schlapp am Boden. Sie spürte eine Hand auf ihrer Schulter. »Komm, lass uns nach Hause gehen«, sagte ihre Großmutter leise. Erika nickte. Die Lust auf einen Jahrmarktsbesuch war ihr gründlich vergangen. Fritz und Stinus ebenfalls, wenn auch wohl aus unterschiedlichen Gründen.

Als Erika noch ein letztes Mal zu der Gruppe bei dem großen Auto schaute, blickte sie genau in die wütenden Augen ihres Vaters.

9.

Kühe, ganz viele Kühe. Schwarz-weiß auf grün, fast weiß auf grün, braun-weiß auf grün, braun. Braun war in, braun war im Kommen, oh Baby, Baby. Cooler Checker. Was geht ab, Alda. Beweg dein' Aasch, Alda.

Laute Stimmen, ärgerlich, wütend, hart. Drängend. Aufdrängend. Wie hieß das noch? Irgendwie anders. Alter, eh. Scheiß doch auf Deutsch, scheiß doch, Alter. Kühe glotzten ihn an. Bewegten ihre Mäuler, glotzten ihn an. Laute Stimmen, wütend, drängend. Kühe brüllten ihn an. Stinksaure Kühe, echt jetzt mal, ey, Alter. Was hatten die denn genommen? Was für Milch gaben die denn wohl, saure? Und was hatten ihn denn wohl Kühe anzubrüllen, jetzt hier, echt mal?

Justin stemmte mühsam seine Augenlider hoch; sie waren verklebt, sein Mund war ausgetrocknet, seine Zunge rollte in der Mundhöhle herum wie mit Sandpapier bespannt. Sollte doch mal nachts bisschen was mehr schlafen, dachte er, ey Alter, dachte er. Und hatte es sofort wieder vergessen. Die lauten, wütenden, harten, drängenden Stimmen waren immer noch da, dröhnten aus seinen Earplugs. HipHop, irgendwas von *Bözemann*, wieso, vorhin war es doch noch *Massiv* gewesen? Egal, Mann, Hauptsache Drive, Hauptsache cool. Wütend und aggressiv und voll respektlos war cool. Fresse, Alda, is' doch alles nur Spaß!

Justin gähnte ausgiebig. Dann zupfte er sich den Soundknopf aus dem rechten Ohr. Aber die laut brüllenden, aggressiven Stimmen wurden dadurch eher noch lauter.

Scheiß Tagesfahrt, dachte Justin, scheiß Schule auf Rädern. Stundenlang nur Gewackel im Doppeldecker und stumpfe Kühe auf der Weide vor dem Fenster und drinnen Gebrüll. Nicht mal richtig schlafen konnte man. Dann fiel ihm auf einmal das Wort ein: aufdringlich. Nur, wozu sollte das gut sein? Justin zuckte die Schultern.

»Was 'n, Alter, machste Sitzpogo?« Hadid plumpste auf den freien Platz neben Justin, grapschte nach dem baumelnden Earplug. »Was' das denn, *Bözemann*? Is' doch Schwachmatenkram, ey! Hör dir lieber *Alba Kingz* an. Kann ich dir downloaden, wenn du willst, kost' nix. Oder *Bass Sultan Hengzt*. Alles doch nur Spaß!« Hadid lachte, es klang hysterisch. Justin zog ihm den Ohrhörer aus der Hand und antwortete nicht, seine Miene unbewegt bis auf die hängende Unterlippe, die jede Bewegung des Busses nachzitterte. Was der Typ sich einbildet, dachte er, hab ich doch alles längst!

Hadid grinste, die krause Tolle über seiner schmalen Stirn wippte. Dann katapultierte er sich aus der Bank, irgendwo anders hin.

Eine verzerrte Stimme krächzte aus den Buslautsprechern, durchdrang das Schülergetöse nur ansatzweise. Fast niemand hörte hin, die Lehrer saßen sowieso alle unten. Irgendwas mit »Gurte anlegen, während der Fahrt nicht die Plätze wechseln« oder so. Plögers Stimme, ach, gepfiffen, auf den hörte ja eh keiner. Knack, aus.

Dann, nach ein paar Sekunden, wieder knack: »Sofort das Kaugummi von der Kamera entfernen, oder ich komm rauf!« Oha, das klang nach Käpt'n Iglo! Justin richtete sich ein wenig auf, linste nach vorne. Aha, natürlich Max. Pulte schon den Gummiqualster von der Linse, schön von der Seite, toter Winkel. Wollte keinen Ärger, der Max. Aber mit Käpt'n Iglo wollte ja keiner Stress. Der war fast so schlimm wie Knoppers, der Sportlehrer, und Knoppers konnte einen richtig fertigmachen. Drei, vier Runden um den Platz, den Alten mit seiner Pferdelunge dabei immer im Nacken, das brauchte echt keiner. Voll krass waren die Typen, echt, ey.

Jetzt ging Max in die Hocke, zog sich seine Hood über den Kopf und tauchte unter der Kamera hindurch zurück auf seinen Platz. Natürlich neben Dunja, war ja klar. Verdammt heiße Schnecke, wenn man auf Ölaugen stand. Wilde schwarze Locken bis über den halben Rücken, Ohrringe wie umgedrehte Weihnachtsbäume, auch sonst geile Optik, aber ihr Mund stand nie still. Justin würde so was rasend machen. Aber eine wie Dunja kam für ihn ja sowieso nicht in Frage.

Trotzdem, geiler Mund.

Knack, wieder der Lautsprecher. Plöger, ihr Geschichtslehrer. »So, liebe Schülerinnen und Schüler, wir erreichen jetzt gleich das Lager Westerbork. Ihr wisst ja Bescheid, Westerbork wurde ursprünglich 1938 von der niederländischen Regierung errichtet, um die vielen Flüchtlinge aus Deutschland und Österreich, vor allem natürlich Juden, aufzufangen und unterzubringen, denn integrieren wollte man sie auf keinen Fall, schon um das Verhältnis zu Deutschland nicht zu belasten. So galten die Juden als unerwünschte Ausländer.«

»Na logo!«, schrie Hadid dazwischen. »Wo denn auch nicht? Die waren ja nicht dumm, die Holländer, was, Caro?«

Die Angesprochene, eine hübsche, hochgewachsene Blondine, deren Eltern aus Drenthe stammten, lächelte nur, irgendwas zwischen geschmeichelt und peinlich berührt. Einige andere johlten laut und beifällig. Auch Dunja lachte, dass ihre Ohrgehänge schepperten.

»Nach dem Einmarsch am zehnten Mai 1940 übernahmen die Deutschen das Kamp Westerbork«, fuhr Plöger ungerührt fort. Er kriegt unten wohl nur ansatzweise mit, was hier oben im Bus abgeht, dachte Justin. Unten war es ruhiger, da saßen sowieso nur die Braven. »Aus Internierten wurden damit automatisch Gefangene. So gesehen, haben die Holländer den Nazis die Arbeit sehr erleichtert.«

Wieder Beifallsrufe oben im Bus; Hadid beugte sich zu Caro vor und klopfte ihr demonstrativ auf die Schulter. Das wurde der Blonden nun doch zu viel. Ärgerlich schüttelte sie die Hand des Libanesen ab.

»Auch die Familie Frank, deren Haus in Amsterdam wir später noch besichtigen werden, wurde nach ihrer Gefangennahme hierher gebracht«, erzählte der Geschichtslehrer weiter. »Inzwischen war aus dem sogenannten Flüchtlingslager ganz offiziell ein Judendurchgangslager geworden. Durchgang bedeutet Zwischenstation auf dem Weg zu den Vernichtungslagern. Aber das wisst ihr ja hoffentlich noch aus dem Unterricht, hatten wir ja alles schon.« Knack. Gelangweiltes Genöle machte sich breit, während der Bus abstoppte und schwankend auf einen Museumsparkplatz einbog. Knack: »Und kommt natürlich im nächsten Test dran.« Knack. Genervtes Stöhnen mischte sich ins Genöle.

»Scheiß Judentest!« Das kam von ganz hinten. »Nix wie Ärger hat man mit dem blöden Pack.« Ach, Erol. Sollte wohl komisch sein, jedenfalls lachte der Lange selbst, und seine Kumpels stimmten ein, Hadid allen voran. Dunja lachte nicht, das konnte Justin deutlich sehen, denn sie hatte sich umgedreht und starrte nach hinten. Ihre Augen funkeln, stellte Justin fest. Scharf. Aber blaue fand er trotzdem schöner.

Zischend öffneten sich die Türen, die Schüler quollen ins Freie, alle drei neunten Klassen der Leeraner Friesenschule, Fünfzehnjährige überwiegend, aber auch schon Sechzehn-, Siebzehn- und Achtzehnjährige. »Überlagerte« nannte Plöger die Wiederholer. Justin war sechzehn, spät eingeschult, einmal backen geblieben, genau wie Hadid, der war zwar schlauer als er, aber früher genauso faul, tja, war halt so. Wen kümmerte das? Seine Mutter jedenfalls nicht. Vater hatte er eh keinen.

Während draußen schon die Gruppen eingeteilt und Bögen mit Aufgaben verteilt wurden, schob sich Justin noch die Wendeltreppe runter. Eilig hatte er es nicht, Geschichte war noch nie sein Ding gewesen. Musik schon eher, jedenfalls HipHop. Er schob den zweiten Earplug wieder hinein. *Ich ficke deine Mutter hier langsam gang und gäbe / dank mir, kein Problem, das war im Handumdrehn / ich sperre Mädchen in meinen Keller ein / sag, was kann man für ein Penner sein / und kick den Neugeborenen die Schädel ein ...* Krass. Justin musste grinsen. Tja, *Bass Sultan Hengzt*, solche Leute trauten sich was. Fand er geil, auch wenn er die eigentlich nicht mochte. Komisch eigentlich. Aber auch egal.

Dunja tänzelte auf Plöger zu und schnappte sich eines der letzten Klemmbretter mit Fragebögen, strahlend wie immer. Fingerlang Ehrgeiz, pah. Justin beeilte sich, an ihre Seite zu kommen, quetschte sich zwischen Max und Hadid, rempelte dabei Thang zur Seite, ohne sich zu entschuldigen. Der Schlitzi war eifrig genug, der konnte sich sehr gut selber helfen.

»Immer vier arbeiten zusammen!«, rief Plöger. Justin hörte

nichts, sah nur die vier Finger, die sein Lehrer in die Höhe hielt. Na prima, das passte doch. Dunja würde das schon machen, notfalls mit Max' Hilfe. Er und Hadid mussten nur lässig dabeistehen. Perfekt.

Sie wollen mich hinter schwedischen Gardinen / die Kids sind seelisch labil, ich als Vorbild rede vom Dealen / und habe all diese Mädchen zu Huren gemacht / ich bin das wahre schlechte Vorbild und hab die Juden vergast!

Hinter den anderen her taperte er an Bahngeleisen entlang, stillgelegten offenbar, jedenfalls waren sie verrostet. Einige waren total verbogen, die Enden standen hoch, stachen ins Leere. Sah aus wie der Schrott bei Firma Heeren am Hafen in Leer. Justin glotzte verständnislos. Da war auch ein Prellbock, davor waren Blumen gepflanzt. Hä?

»He, mach gefälligst auch mal mit hier!« Dunja riss ihm die Ohrstöpsel heraus, beide gleichzeitig. Tat richtig ein bisschen weh.

Ärgerlich grunzte Justin auf und stoppte den Player. »Wassn?«

»Pass auf, Frage vier: Wie viele Züge mit deportierten Juden verließen Westerbork zwischen 1942 und 1944 in Richtung Osten?« Dunjas dunkle Augen fixierten ihn ungeduldig.

Justin hob die Schultern. »Keine Ahnung. Eine Million?«

Dunja schlug ihm das Klemmbrett gegen die Brust. »Blödmann. Penn weiter!«

»Hier!« Hadid hatte eine Infotafel entdeckt. »Da steht's. 65 Züge nach Auschwitz, 19 nach Sobibor, acht nach Bergen-Belsen und sechs nach Theresienstadt. Macht zusammen, äh, 98 Stück. Richtig?«

»Klasse!« Dunja trug die Zahl ein, benutzte dabei Max' Rücken als Schreibunterlage. »Damit hätten wir auch gleich die Antwort auf Frage vier: Welche Konzentrationslager waren die Ziele? Vier Kästchen, prima, das passt!«

»98 Züge, gar nicht so viele, oder?«, fragte Max.

»Nur aus Holland? So groß ist das Land ja nicht«, erwiderte Hadid. Er reckte den Hals, konnte Caro aber nirgends entdecken. »Komisch, so 'n kleines Land und so große Frauen!«

»In diesen 98 Zügen saßen aber insgesamt über hunderttausend Menschen«, sagte Dunja. »Guck, das war doch Frage zwei. 107 000 genau. Also über tausend pro Zug.« Sie legte nachdenklich den Stift an ihre vollen Lippen und blieb vor einem offenen Waggon stehen. *Westerbork – Auschwitz, Auschwitz – Westerbork* stand auf einem verwitterten Schild neben der Schiebetür.

»Gesessen haben die da drin wohl eher nicht«, sagte Max leise. »Das ist ein Viehwaggon.«

»Jetzt kapier ich auch das mit den Schienen«, platzte Justin heraus. Und ärgerte sich, weil ihm aufging, dass sein Lehrer mit seinen Fragen genau das hatte erreichen wollen. Zum Glück achteten die anderen gar nicht auf ihn.

»Frage fünf: Wie viele der Deportierten haben die KZs überlebt?«, las Dunja vor. »Wieso überlebt? Ich denke, die sind da alle ermordet worden.«

»Die meisten, ja«, warf Max ein. »Und viele auch sofort. Aber viele kamen auch erst in Arbeitslager, mussten schuften, die Männer ersetzen, die als Soldaten in den Fabriken fehlten. Hart arbeiten. Dass sie sich dabei schnell zu Tode arbeiteten, war gewollt und einkalkuliert.« Max rieb sich die Stirn, hob dann den Zeigefinger: »Am Ende hat in den Arbeitslagern einer von fünfhundert überlebt. In den Vernichtungslagern war es nur einer von 75 000.«

»Gewollt und einkalkuliert. Soso.« Auch Hadid hob den Finger, rieb sich die Stirn, äffte seinen Mitschüler nach. »Da haben wir aber recht gut aufgepasst, sehr schön, sehr schön, Herr Plöger junior. Dafür dürfen Sie einmal in Ihres Vaters Sessel pupsen.«

Dunja und Justin lachten gleichzeitig los. Hadid hatte sowohl Max als auch seinen Vater gut getroffen. Das Mädchen aber wurde schnell wieder ernst. »Mensch, hört auf zu geiern, das passt hier doch wohl gar nicht. Die Leute gucken schon.«

»Na und?« Hadid blickte sich provozierend um. Keiner der Besucher, die nicht zu den Leeraner Schülern gehörten, schien auf die Gruppe zu achten. »Wenn schon. Was ist denn mit den Leuten, die von den Juden verfolgt und ermordet werden? Was ist mit Palästina und dem Libanon? Massenmord in Palästina, Holocaust durch die Rabbiner! Macht sich darum etwa einer von euch hier einen Kopf? Nee, die Menschen da sind euch doch völlig egal. Nur um die Juden, da wird andauernd ein Gejammer und Geschrei gemacht, ewig und drei Tage! Ist ja nicht auszuhalten.«

Justin nickte beifällig. »Genau. Und immer stehen wir Deutschen als Täter da. Mann, geht einem das auf die Nerven! Dabei waren die Juden doch selber schuld. Hätten ja nicht immer so gierig sein müssen.«

Max zog seine Stirn in Falten. Dunja schnappte nach Luft. Hadid grinste breit. Justin zuckte die Achseln. Ganz genau wusste er auch nicht, wo er das jetzt herhatte. Das Internet bot ja so allerhand.

»Los, weiter.« Dunja blätterte energisch um, las die nächsten Fragen vor. Justin hörte nicht hin. Felder rötlicher Backsteine nahmen seine Aufmerksamkeit gefangen. Sie standen aufrecht, waren unterschiedlich hoch, und jeder trug einen glänzenden Davidstern auf der oberen Seite. Wenn man genauer hinsah, waren auch Namen und Daten zu erkennen. Konnte es sein, dass jeder dieser Steine für einen Menschen stand, der von hier aus in den Tod geschickt worden war?

Hunderttausend, das war bloß so eine Zahl. Das hier, die Steine, das waren so unglaublich viele. Justin fühlte sich unbehaglich. Er sehnte sich nach seiner Musik, um das ungewohnte Gefühl in seinem Kopf zu betäuben, traute sich aber nicht, die Ohrhörer wieder einzustöpseln. Überall schwirrten Lehrer herum. Jetzt ärgerte er sich doch, dass er sein Haar so kurz hatte schneiden lassen.

Der Fragebogen führte sie vom Freigelände in die Ausstellungsräume. Große, körnige Schwarzweißfotos zeigten Menschen in altertümlicher Kleidung, Erwachsene und Kinder. Begleittexte nannten die unterschiedlichsten Geburtstage. Aber die Todesdaten, die waren irgendwie alle sehr ähnlich.

Haufen von Koffern, die die Leute hatten zurücklassen müssen. Briefe und Karten mit verzweifelten Botschaften, teilweise aus bereits fahrenden Zügen geworfen. Ein Teddy in einem gestreiften Schlafanzug.

Zwischen den Exponaten fühlte Justin sich unbeobachtet. Er stöpselte sich wieder ein und fuhr den Song weiter ab. *Menschen sterben jeden Tag auf der Welt / sie haben Pech! / Es ist doch alles nur Spaß, Boy!*

Eine eng beschriebene Postkarte ohne Briefmarke drehte sich in einer Glasvitrine, als schwebte sie mit dem Fahrtwind davon. Eine Mädchenstimme sagte: »Mein Gott, was tun mir die Leute leid.«

Justin hörte es nicht. Justin stand wie angewurzelt, die Unterlippe noch weiter herabhängend als sonst, den Blick starr zu Boden gerichtet. In dieser Abteilung gab es Utensilien der Gestapo zu sehen, darunter auch Foltergeräte, zusammen mit Bildern und Texten, die zeigten, wie sie benutzt wurden. Mitten drin eine Kiste, lang und schmal, mit hochgeklapptem Deckel. Justin brauchte nicht erst zu schauen, wie die Nazis sie eingesetzt hatten.

Solch ein Ding hatte er schon einmal gesehen. Im Einsatz.

10.

Auf dem glatten Linoleumboden des hell erleuchteten Labors nahm sich die Kiste ganz anders aus als in dem finsteren Kellergewölbe, wo Stahnke sie zuerst gesehen hatte. Zudem war sie jetzt trocken und enthielt keine Leiche. Trotzdem blieb ein Eindruck von Bedrohlichkeit. Bedrohlich wie ein Sarg eben.

»Die früheren Besitzer des Hauses leben nicht mehr«, referierte Kramer aus seinen Unterlagen. »Es gibt aber Aussagen von Nachbarn, denen zufolge diese Kiste tatsächlich zur Lagerung von Gartengeräten benutzt worden sein soll. Das erklärt die vielen Macken an den Innenseiten und den Sand.«

»Eigentlich unsinnig«, wandte Stahnke ein. »Gartengeräte hängt man doch besser an die Wand, zumal, wenn im Keller so viel Platz ist. Dann muss man nicht lange suchen, wenn man irgendwas braucht. In so einer Kiste liegt doch alles wirr durcheinander, und das, was man gerade benötigt, ist grundsätzlich unten. Außerdem, wenn etwas fehlt, bemerkt man es nicht gleich. Unpraktisch, wenn du mich fragst.«

Kramer blätterte in seinen Unterlagen. »Stimmt«, sagte er. »Allerdings besaßen diese Leute außer dem Garten hier noch eine Parzelle in einem Schrebergarten draußen im Hammrich. In der Kiste wurden die Geräte hin- und hertransportiert.«

»Hm. Na denn.« Stahnke beugte sich vor, musterte das Kisteninnere, die Hände auf dem Rücken verschränkt. »Was haben die lieben Kollegen denn noch so alles herausgefunden?«

»In dem Loch im Deckel hat ein Schlauch gesteckt«, antwortete Kramer. »Abriebspuren lassen den Schluss zu, dass es sich um denselben Gartenschlauch handelt, der im Keller gefunden wurde. Weitere Spuren fanden sich an dem Schlauch leider nicht.«

»Nach der Tat zurückgelassen? Oder schon dort vorgefunden?«

»Vermutlich Letzteres. Das Schlauchende ist auf einen Wasserhahn aufgeschraubt, und Korrosionsspuren weisen darauf hin, dass diese Verschraubung seit Jahren nicht mehr gelöst worden ist.«

Wie mochte das sein, wie mochte es sich anfühlen, gefesselt in einer verschlossenen, engen, dunklen Kiste zu liegen, die sich langsam mit Wasser füllte? War der alte Mann mit der Beule am Kopf bis zum Schluss betäubt gewesen, oder hatte das eiskalte Wasser ihn wieder zu Bewusstsein gebracht, lange genug, um den eigenen Todeskampf voll auszukosten? Stahnke erschauderte.

»Der Klempnermeister hat ausgesagt, der Wasserhahn sei nicht ganz geschlossen gewesen«, fuhr Kramer fort. »Damit ist die Überflutung des Kellers zu erklären. Ob das Absicht war oder ob die Täter gestört wurden und überstürzt flüchteten, ist ungewiss.«

»Wie so vieles«, seufzte Stahnke.

Kramer blätterte. »Auffällig ist, dass der Sand, der sich in der Kiste befand, mit Spuren von Kohlenstaub durchsetzt war. Das betreffende Haus hat eine Gasheizung, keine Kohleöfen. Vermutlich war das früher anders. Wir überprüfen das.«

»Alles gut und schön«, knurrte Stahnke. »Aber wieder nichts, das uns konkret weiterhilft.«

»Eine Sache wäre da noch«, sagte Kramer. Ganz beiläufig, mit stoischer Miene.

Na Gott sei Dank, dachte Stahnke. Dass wir nicht mit völlig leeren Händen dastehen. Und dass auf Kramers Hang zu kleinen Spielchen immer noch Verlass ist. »So«, erwiderte er ebenso gelassen. »Lass mich raten. Ein Fingerabdruck in der Dichtmasse.«

»Genau«, bestätigte Kramer. Falls er enttäuscht darüber war, dass Stahnke seinen dramaturgischen Kniff hatte verpuffen lassen, so ließ er sich auch das nicht anmerken. »Das Silikon ist überall mit dem Finger glattgestrichen worden, der Täter jedoch hat entweder Latexhandschuhe getragen oder aber Kunststofffolie benutzt. Dabei ist er ziemlich sorgfältig vorgegangen.«

»Einen Fehler aber macht jeder«, soufflierte Stahnke, dem es jetzt doch zu langsam ging.

Kramer nickte. »Folie verrutscht, Handschuh aufgescheuert und gerissen – so was in der Art. Am Tatort gefunden haben wir keins von beiden. Dafür aber einen sauberen Zeigefingerabdruck. Genau dort.« Er zeigte in einer der unteren Kistenecken. Dann blickte er auf. »Merkwürdig, nicht wahr? Da macht sich jemand so viel Mühe – und dann das.«

»Was willst du? Ich beschwere mich jedenfalls nicht«, sagte Stahnke. »Jetzt muss uns dieser Abdruck nur noch weiterbringen.« Er dachte an die Fingerabdrücke des Toten, die sich in keiner Kartei gefunden hatten.

»Abgleich läuft«, sagte Kramer.

Also wieder warten! Stahnke rammte die Fäuste in die Hosentaschen. »Und sonst? Was haben wir noch?«

»Ich habe mir Mergners Bericht noch einmal genauer angesehen«, sagte Kramer. »Er schreibt allerhand zu den alten Narben des Toten. Irgendwie bringe ich das nicht auf einen Nenner. An der Schulter eine vernarbte Schussverletzung, möglicherweise auch Splitterverletzung. Angesichts des vermuteten Alters des Toten, nämlich etwa achtzig Jahre, könnte die aus dem Zweiten Weltkrieg stammen. Auf dem Rücken aber befindet sich noch eine Brandverletzung, Größe etwa DIN A3. Das steht da wirklich! Und dann steht da noch, sie stamme vermutlich von Napalm.«

»Napalm?« Mit diesem Teufelszeug, das sich so gern in menschliche Haut biss und selbst unter Wasser noch weiterbrannte, hatten die Amis in Vietnam ganz Dörfer abgefackelt, samt allen Bewohnern von Greis bis Säugling. Auch im Zweiten Weltkrieg war dieser Kampfstoff schon eingesetzt worden, allerdings unter anderer Bezeichnung.

»Und dann ist da noch diese vernarbte Stelle am rechten Unterarm«, fuhr der Oberkommissar fort. »Keine Verletzung, sondern die Überreste einer Tätowierung. Anscheinend ist dort ein Tattoo zunächst übertätowiert und dann entfernt worden. Mit deutlichen Spuren.«

»Was für ein Motiv war es denn? Kann man noch etwas erkennen?« Vielleicht ja doch ein altes Knast-Tattoo, dachte Stahnke, obwohl der Mann keine Akte bei uns hat. Trotzdem könnten wir mal bei den JVAs rumfragen, wer weiß, wie lange das her ist. Oder der Tote war mal Seemann. Vielleicht Rocker? Nein, falsche Altersgruppe. Obwohl, ausgeschlossen ist gar nichts. Wer in dieser Altersgruppe trug denn früher mal ein Tattoo? KZ-Insassen. Und SS-Leute. Hm. Die volle Bandbreite.

»Über ein Tattoo-Motiv steht hier nichts. Ich hake noch mal bei Mergner nach.« Kramer machte sich eine Notiz. »Dann gibt es noch diese Blasen.«

»Brandblasen?«

»Kutane Blasen an den Fersen, entstanden durch intensive Reibung«, zitierte Kramer. »Offenbar hatte unser Mann neue oder ungewohnte Schuhe getragen. Die Blasen waren geöffnet, die Oberhaut entfernt. Klebespuren von einem Heftpflaster rund um die halbwegs abgeheilten Stellen.«

»Geöffnet? Das soll man doch eigentlich nicht. Das Flüssigkeitspolster in solchen Blasen ist doch der beste Schutz gegen Infektionen. So heißt es wenigstens.«

Kramer zuckte die Achseln. »Tja. Alte Schule eben.«

»Pflasterspuren.« Stahnke rief sich die Bilder vom Tatort ins Gedächtnis. »Die Pflaster selbst trug der Tote nicht mehr, richtig?«

»Richtig. Es heißt ja auch *halbwegs abgeheilt*.«

»Und in dem Keller lagen die Dinger nicht herum.«

»Sind zumindest nicht aufgelistet.« Wieder blätterte Kramer, aber er schaute gar nicht richtig hin. Vermutlich hatte er solche Details im Kopf. »Woran denkst du?«

Stahnke öffnete den Mund. Hinter ihm platzte eine Tür auf. »Hier sind Sie also!«, schnauzte es schneidend. De Beer stürmte in den Raum, zwei Faxausdrucke in der Hand, das graue Gesicht eine einzige Maske der Empörung. »Wie kommen Sie dazu, eine Gen-Analyse bei einem teuren Privatlabor in Auftrag zu geben, ohne meine Genehmigung einzuholen! Kennen Sie den Dienstweg etwa nicht? Oder glauben Sie, Sie hätten es nicht nötig, sich an Vorschriften zu halten?« Er fuchtelte mit etwas herum, das eine Auftragsbestätigung zu sein schien. Kramer schien für ihn Luft zu sein; der Raubvogelblick des frischgebackenen Kriminalrats war allein auf Stahnke gerichtet.

Verdammt. Natürlich hatten sie eine Erlaubnis eingeholt, aber von Manninga, eben wie gewohnt. De Beer hatten sie dabei übergangen, es war also sein gutes Recht, sich aufzuregen. Also schwieg Stahnke, und Kramer tat es ihm gleich.

De Beer hätte auch gar nicht zugehört. Er präsentierte das andere Papier, schlug klatschend mit dem Handrücken darauf: »Und während Sie lustig Steuergeld vergeuden, hat das LKA seine Arbeit bereits getan! Doppelter Unfug also. Ich sage ihnen, *Herr* Stahnke, das wird Folgen haben. Auch Sie haben eine Personalakte! Mal schauen, wie viel da noch hineinpasst. In dieser Sache hören Sie noch von mir, darauf können Sie sich verlassen. Für die Zukunft untersage ich Ihnen solche Alleingänge ausdrücklich. Das ist ein dienstlicher Befehl!« Er ließ das Fax einfach fallen und rauschte aus dem Raum.

Kramer schnappte sich das Papier aus der Luft. Während er es eilig überflog, schlug seine Stirn Falten.

»Nicht gespeichert? Keine Übereinstimmung?«

Kramer schüttelte nur den Kopf.

Verflucht, wieder nichts! Liefen sie denn hier nur in Sackgassen hinein? Und was de Beer über Stahnkes Personalakte gesagt hatte, gab ihm mehr zu denken, als er vor sich selbst zugeben mochte. Jungfräulich und schlank war die nicht mehr, und der Kriminalrat hatte sich ganz bestimmt schon davon überzeugt. Jetzt würde er daran gehen, sie zu mästen, und zwar gründlich. Irgendwann, fürchtete Stahnke, würde ihn dann auch seine gute Aufklärungsbilanz nicht mehr retten.

Zumal er im gegenwärtigen Fall meilenweit von jedweder Lösung entfernt war.

»Wie verfahren wir also jetzt mit dem Foto? Herausgeben an die Presse?«, fragte Kramer.

Stahnke nickte: »Ja. Ruhig an den großen Verteiler.« Dann fügte er, einer Eingebung folgend, noch hinzu: »Außerdem ein Foto von dieser Kiste hier. So wie sie hier steht. Mit einer kurzen Erläuterung.«

Ehe Kramer nachfragen konnte, schlug sein Handy an. Die Titelmelodie von *Derrick*, schau an, dachte Stahnke, die Serie kannte der noch? Na ja, die Vierzig hatte auch ein Kramer schon hinter sich, obwohl man ihm das nicht ansah. Schon gar nicht jetzt gerade, da ein zufriedenes Lächeln seine Züge glättete.

Der Oberkommissar bedankte sich und schob sein Handy wieder zusammen. »Endlich ein Treffer«, sagte er trocken.

»Der Fingerabdruck?«

»Genau. Es gibt eine Übereinstimmung. Sogar hier bei uns.«

»Und? Haben wir einen Namen?«

Kramer schüttelte den Kopf. »Das leider nicht. Aber es wurde ein identischer Abdruck gesichert, vor einigen Wochen schon. Im Zusammenhang mit einer mutmaßlichen Brandstiftung, eventuell sogar einer kleinen Serie. Ich soll mich mal an den zuständigen Ermittler wenden, sagt der Kollege. Einen gewissen Hauptkommissar Stahnke.«

11.

»Sie haben jetzt mit der neuen Brücke angefangen«, sagte Fritz.

»Ich weiß«, antwortete Erika. Sie streckte beide Beine aus und spürte das Kitzeln der Grashalme an ihren Waden, die sich unter ihrem langen Rock hervorschoben. Ein aufregendes Gefühl, vor allem zusammen mit der Wärme der Sonnenstrahlen auf Gesicht und Unterarmen. Und der Nähe von Fritz.

Sie lagen nebeneinander am Deich, weit genug weg vom Jemgumer Hafen und von neugierigen Blicken, außer denen der Schafe, die sie verständnislos musterten. Ein herrlicher Spätsommertag, fand Erika. Die Ems, die sich träge vorüberwälzte, war wie ein Spiegelbild ihrer müßig dahinfließenden Gedanken. Immer wieder wurde der glatte Wasserspiegel von Böen gekräuselt, als bekäme er eine Gänsehaut. Entspannt und kribbelig zugleich, genau wie sie sich fühlte.

»Angeblich werden sie bald Arbeiter suchen«, fuhr Fritz fort.

Erika stemmte ihren Oberkörper mit den Ellenbogen hoch. »Du willst doch wohl nicht … hör mal, Erdarbeiter! Das ist doch nichts für dich. Und was ist mit der Schule?«

»Die ist sowieso bald vorbei«, murmelte der Junge, einen Grashalm zwischen den Zähnen. »Das eine Jahr noch. Was macht das für einen Unterschied?«

Mit der Gelassenheit war es vorbei. Erika suchte nach Worten. Durfte sie sagen, wie sehr sie sich in dem vergangenen Jahr an Fritz' Gegenwart gewöhnt hatte? Wie sehr sie ihn vermissen würde? Auf gar keinen Fall durfte sie das. Nicht nur, weil es sich nicht schickte, sondern weil er es unmöglich begreifen konnte. Sie verstand es ja selbst kaum, dieses Gefühl, das just in diesem Moment aufwallte, da sie begriff, dass die Dinge sich ändern würden. Und zwar bald.

Theoretisch war ihr das natürlich längst klar. Nächsten Montag würde sie fünfzehn werden, Fritz war es schon, ebenso wie Stinus. Auch für sie war das, was die Erwachsenen so hochtrabend »Ernst des Lebens« nannten, bedrohlich nahe gerückt. Längst verhandelte sie mit ihrer Mutter, um bloß nicht zu einem Bauern in den Haushalt geschickt zu werden. Die Chancen standen recht gut auf eine Lehre als Verkäuferin, vielleicht sogar in Leer. Immerhin etwas. Angeblich florierten ja die Geschäfte, seit die jüdische Konkurrenz verdrängt worden war.

»Aber warum willst du denn einfacher Arbeiter werden?«, fragte sie weiter. »Du hast doch gute Noten. Hättest aufs Gymnasium gehen können, genau wie ich. Willst du dich nicht wenigstens um eine Lehrstelle bemühen?« Ihr selbst war die Oberschule verwehrt geblieben, weil sie ein Mädchen war; Fritz war schlicht zu arm, seine Familie konnte das Schulgeld nicht aufbringen. Das hatte er ihr einmal erzählt, ohne dass sie gefragt hätte, kurz nach dem Vorfall vergangenes Jahr zur Gallimarktzeit. Sonst gab Fritz nur wenig über sich preis. Eigentlich gar nichts. Das, was sie über ihn wusste, stammte zumeist aus der Schule. Zum Beispiel, dass er sehr gut rechnen konnte. »Du könntest doch ins Büro gehen«, schlug sie vor. »Buchhalter werden oder so. Bei einem Kaufmann oder sogar bei einer Bank.«

Sein Kopf fuhr zu ihr herum. Es war, als habe sich ein Vorhang geöffnet, als sei eine Maske verrutscht, als könnte sie ihm für einen Moment bis tief in seine Seele blicken. Sie erschrak vor dem, was sie da sah. Es war purer Schmerz.

Sie hatten nie darüber gesprochen, was sie letzten Herbst gemeinsam erlebt hatten. Kein einziges Wort. Fritz trug eine schwere Bürde mit sich herum, ein großes Geheimnis, das zu bewahren wichtiger sein musste als alles andere. Erika hatte das damals am Jemgumer Hafen erkannt, im Bruchteil einer Sekunde, aus einem einzigen Blick. Einem Blickwechsel, genauer gesagt, dem zwischen Fritz und diesem Mann, den sie nie zuvor gesehen hatte und der danach spurlos verschwunden war. Erika hatte eine Vermutung, wer dieser Mann war. Eine Vermutung, die sich seither, in langen Stunden des Grübelns, zur Gewissheit verdichtet hatte. Und sie hatte auch begriffen, dass sie Fritz niemals danach fragen durfte, wenn ihr an seiner Freundschaft, überhaupt an ihm etwas lag. Daran hatte sie sich gehalten.

Bis jetzt.

»Du weißt es doch«, flüsterte er. »Das habe ich dir angesehen. Gott, was habe ich Angst ausgestanden damals! Aber du hast nichts gesagt. Dafür danke ich dir.«

Es stimmte also. Er hatte alles bestätigt mit diesen wenigen Worten. Er hatte sich damit in ihre Hand gegeben, rückhaltlos. Jetzt konnte auch sie die Bürde spüren.

Die beiden schauten sich an, so intensiv, wie sie es sich noch nie getraut hatten. Tauchten förmlich ein in des anderen Augen. Sein Vertrauen, ihre Verantwortung, ihrer beider Schicksal, alles in diesem Blick.

»Wir sind deutsche Juden«, sagte er, immer noch leise, als wären sie nicht nur von Deichschafen umgeben. »Vor allem Deutsche. Vater deutsch, Mutter deutsch, ich ebenfalls. Was wusste ich denn von Judentum, als ich klein war! Niemals bin ich in einer Synagoge gewesen. Mein Vater ging nicht zum Beten, sondern zu den Versammlungen der Sozialdemokraten, und meine Mutter zum Literaturzirkel. Als Hitler anfing, gegen Juden zu hetzten, dachten meine Eltern tatsächlich, sie wären gar nicht gemeint. Kann man sich so was vorstellen?« Fritz schüttelte den Kopf, lächelte dabei jedoch mit liebevollem Verständnis. »Mein Onkel war sogar im Kriegerverein. Weltkriegsveteran, Eisernes Kreuz! Vater war damals noch zu jung. Wenn die beiden sich stritten, dann immer über Politik. Onkel Sigismund war nämlich stramm deutschnational.«

Sie starrte mit offenem Mund, so dass er lachen musste. »Ja, kaum vorstellbar, was? Aber so war es. Die meisten Juden in Deutschland fühlten sich längst als Deutsche jüdischen Glaubens, viele auch nur als Deutsche. Bis man uns klargemacht hat, dass wir damit nicht durchkommen. Weil ein Glaube ja eine Rasse ist.«

Erika schloss den Mund, räusperte sich, dachte dann: Jetzt ist es auch egal. »Heißt du eigentlich wirklich Fritz?«, fragte sie.

Er lächelte. »Klar. Fritz für Friedrich. Friedrich August Salomon, um genau zu sein. Friedrich nach meinem Vater, August nach August Bebel, einem der Gründer der SPD. Und Salomon ... tja, aus Tradition, nehme ich an.«

»Und wer ist Fleischhauer? Ich meine, ist das auch ein ... Onkel von dir?«

»Ich nenne ihn nur so«, erwiderte Fritz. »Onkel Evert. Verwandt bin ich in Wirklichkeit aber nicht mit ihm. Er ist ein Kamerad von Onkel Sigi. Sigismund, meine ich. Die beiden waren zusammen an der Front und haben später über ihre Kriegervereine Fühlung gehalten. Onkel Evert war Onkel Sigi wohl einen Gefallen schuldig. Einen großen. Hat wohl mit dem Krieg zu tun gehabt. Tja, und so kamen meine Eltern und mein richtiger Onkel darauf, mich hier bei ihm unterzubringen.« Er schluckte. »Zu verstecken, genauer gesagt.«

Erika nickte. Der Druck auf die deutschen Juden, der im Olympia-Jahr 1936 etwas gemildert worden war, hatte in letzter Zeit wieder mächtig zugenommen. Die Nürnberger Gesetze von 1935, die die Juden für rassisch minderwertig erklärten und ihnen alles Mögliche verboten, wurden jetzt immer massiver umgesetzt, und man munkelte von noch finstereren Plänen, die von Zwangsaussiedlung bis hin zur vollständigen Ausrottung reichten. Was natürlich reine Bangemacherei war, trotzdem wurde das Leben für Juden in Deutschland immer schwieriger.

»Warum seid ihr denn nicht ins Ausland gegangen?«, fragte Erika. »Das haben doch schon so viele getan.«

»Weil wir Deutsche sind«, sagte Fritz. »Wir sind hier aufgewachsen, wir sprechen diese Sprache, meine Eltern arbeiten hier, verstehst du? Natürlich kennen wir Leute, Freunde von uns, die ausgewandert sind. Wollten in die Schweiz, aber dort bekamen sie kein Visum. Dann nach Amerika, aber die Überfahrt ist sehr teuer, wenn man drüben niemanden hat, der einem die Fahrkarten bezahlt. Schließlich sind sie nach Holland gegangen, nach Amsterdam. Mussten dort noch einmal ganz von vorne anfangen, die Sprache lernen, schlecht bezahlte Arbeit annehmen, in kleinen, feuchten Wohnungen leben. Und weiß du, wie die Holländer sie nennen?«

Erika zuckte die Achseln. »Keine Ahnung. Jöden?«

»Nee. Doofe Deutsche!« Fritz lachte bitter. »Wie du siehst, alle kapieren es, nur die Nazis nicht.«

Erika schüttelte den Kopf. »Wenn es nur allein die Nazis wären! Aber seit die an der Macht sind, drehen doch alle regelrecht durch. Als ob sie nur darauf gewartet hätten, endlich ihren ganzen Hass rauslassen zu dürfen! Mein Vater, Janssen, Stinus, unsere Lehrer, dieser blöde Kohlenhändler, alle! Ob Nazis oder nicht, das erkennt man wohl an der Uniform oder am Parteiabzeichen, aber sonst an gar nichts mehr. Alles nur noch eine einzige braune ...« Erschrocken über ihre eigene Wut schlug sie sich die Hand vor den Mund.

»Tu den Leuten nicht Unrecht«, sagte Fritz sanft. »Denk doch nur mal an Lüchte, den Gendarm. Ohne den wäre mein Vater jetzt nicht mehr am Leben. Und dabei ist der Mann sogar in der NSDAP!«

»Toll. Da war er also einmal nicht völlig schlecht, und da sagst du gleich, er wäre gut? Das ist doch nicht dein Ernst. Der hat bestimmt nur Schiss gehabt, dass ein öffentlicher Doppelmord in seinem Zuständigkeitsbereich irgendeine Vorschrift verletzt. Warte nur ab bis zur nächsten Vorschriftenänderung, dann rührt der bestimmt keinen Finger mehr.«

»Mag ja sein, dass du recht hast.« Fritz wandte sich wieder dem Fluss zu, der glitzernd und unbeirrt zwischen den Deichen seine Bahn zog. »Wie auch immer. Jedenfalls ist Vater noch am Leben, und das ist es doch, was zählt.«

Ja, das zählt tatsächlich, dachte Erika. Ihr Großvater lebte auch noch. Jedenfalls hatte Stinus das vor ein paar Tagen behauptet. Janssen hatte wieder einmal Nachricht gebracht und seinen Schnaps bekommen. Maulig sei er gewesen, hätte mehr haben wollen, berichtete Stinus. Es würde immer gefährlicher, außerdem sei es im Moorlager schon aufgefallen, dass der alte Ziegler plötzlich den Kopf nicht mehr hängen ließ, seit er wusste, dass es seinen Leuten draußen gut ging und dass sie ihn nicht vergessen hatten. Eine gute Nachricht, und gefährlich dazu. Woher sollte sie das Geld für noch mehr Schnaps für Janssen nehmen?

Großvaters Überleben war ihr wichtig, so wie das seines Vaters für Fritz. Was war sie bereit, dafür zu ertragen?

Hinter ihnen blökte ein Schaf, erhielt mehrstimmige Antwort. Schafe, dachte Erika. Mit denen kann man alles machen. Die folgten ihrem Schäfer überall hin und waren auch noch dankbar dafür, wenn die Hunde sie trieben. Bis hin zum Schlachter. Immer brav, immer sanft, machten keinen Ärger, bis zum Schluss. Fritz war genau so ein Schaf. War noch froh, wenn man ihn nur schor, statt ihm das Fell über die Ohren zu ziehen. Schafe! Und die anderen? Schweine. Fraßen alles, was man ihnen vorsetzte. Suhlten sich im eigenen Dreck. Grunzten, dass man sein eigenes Wort nicht verstand, wurden fett und fetter, und wenn man nicht aufpasste, bissen sie einen.

Dabei fiel ihr etwas ein. »Hast du das mit den Schweinen gehört? Was da bei der Beerdigung passiert ist?«

»Seit wann werden Schweine beerdigt? Höchstens im Magen. Sogar in meinem, obwohl Schwein eigentlich nicht koscher ist.« Fritz zuckte im Liegen mit den Schultern, ohne sich umzudrehen. »Meine Eltern haben sich darum aber nie gekümmert. Ich auch nicht. Sonst könnte ich bestimmt nicht bei den Fleischhauers leben. Obwohl, so viel Fleisch gibt es bei denen gar nicht …«

»Blödsinn«, unterbrach Erika ungeduldig. »Ich meine, als die Jemgumer Juden eine Beerdigung veranstalten wollten. Einen Trauerzug hinaus zum jüdischen Friedhof, der liegt doch da im Westen.«

»Woher soll ich das wissen? So was sagt mir ja keiner. Weil hier keiner weiß, was ich bin. Außer dir. Hoffe ich wenigstens.«

»Jedenfalls durften die Juden mit dem Leichenwagen nicht den guten gepflasterten Dukelweg benutzen. Reine Schikane natürlich, denn der Speckfenneweg, der parallel läuft, ist unbefestigt und dauernd verdreckt, weil dort Vieh getrieben wird. Dort musste die Trauergemeinde also lang. Und als ob das nicht entwürdigend genug wäre, haben die Nazis den Juden auch noch Schweine entgegengetrieben! Die Trauernden kamen überhaupt nicht durch und mussten umkehren.«

»Und was wurde aus der Beerdigung?« Jetzt richtete Fritz sich doch wieder auf, schaute sie gespannt an. »Bei Juden müssen die Toten immer so schnell wie möglich unter die Erde. Wie haben die das denn bloß gemacht?«

»So, das interessiert dich plötzlich! Ich dachte, so jüdisch bist du überhaupt nicht. Aber wo dein guter Nazi Lüchte war, als das alles passierte, das fragst du nicht.«

Er schwieg, betrachtete sie nur mit seinen nachdenklichen, sanften Augen. Nein, Schafsaugen waren das nicht, trotz des undefinierbaren Brauntons. Fritz war weder dumm noch feige, wurde Erika klar. Er war einfach nur so, so – anders als die anderen Jungen. Nicht so aufbrausend und rauflustig wie die Fleischhauer-Bengel, auch nicht so leichtfertig und überheblich wie Stinus. Vielmehr besonnen und beherrscht. Viel zu erwachsen für sein Alter.

Sagte man das nicht auch von ihr?

Immer tiefer tauchte sie in diese sanften Augen ein, immer näher kamen die beiden einander, bis sich ihre Lider senkten und ihre Lippen sich berührten. Ein unglaubliches, ein atemberaubendes Gefühl war das, elektrisierend und heiß von den Haaren bis zu den Zehenspitzen, wahnsinnig stark und doch so unendlich zart. Das also ist er wirklich, mein erster Kuss, dachte Erika, als sich ihre Lippen wieder voneinander lösten. Was war dagegen Stinus' Dreistigkeit!

Scheu lächelte er sie an, ängstlich fast, als habe er sich bei etwas Verbotenem erwischen lassen. Schnell aber wich die Sorge aus seiner Miene, und er strahlte ebenso glücklich wie das Mädchen, tauschte lange, frohe Blicke mit ihr, das Erlebte auskostend, ohne auf Wiederholung zu drängen. Erika fand das sehr anständig von ihm, edel geradezu, hätte er sie doch jetzt leicht überrumpeln können, aufgewühlt, wie sie war.

Aber ein ganz kleines bisschen enttäuscht war sie doch.

Irgendwann löste Fritz seinen Blick von ihrem, und als sie sich das nächste Mal in die Augen schauten, war der Schleier wieder da, dieser Vorhang aus Ernsthaftigkeit, hinter dem sich Schmerz und Traurigkeit verbargen.

»Wo sind deine Eltern denn jetzt eigentlich?«, fragte sie, den alten Gesprächsfaden wieder aufnehmend, als sei inzwischen gar nichts geschehen.

»Weiß ich nicht«, antwortete er. »Wirklich nicht, das kannst du mir glauben. Irgendwo in Deutschland jedenfalls. Wechseln oft den Wohnort und den Namen. Mein Vater arbeitet tageweise, wann immer es geht.« Er lachte auf, ansatzlos und bitter. »Mag ja sein, dass die meisten Deutschen Juden hassen. Aber hohe Löhne zahlen hassen sie noch viel mehr! Vater ist ein erstklassiger Buchhalter, und er versteht sich aufs Steuerrecht. Die Leute, für die er arbeitet, sparen also doppelt. Vielleicht sind sie ihm ja dankbar dafür« – wieder diese verwundete Lachen – »und denunzieren ihn nicht sofort, sondern erst ein paar Tage später.«

»Jetzt redest du ja doch so wie ich!« Erika spürte rechthaberischen Triumph in ihrer Stimme. Zum ersten Mal hatte sie den Verdacht, dass es dieser Ton sein könnte, der Mitschüler und Erwachsene so häufig gegen sie aufbrachte.

12.

Das Bad war so hell, dass es an Körperverletzung grenzte. Der Spiegel strahlte ihn so grell an wie eine Verhörlampe, die Morgensonne reflektierend, deren Strahlen ungehindert durch das ostwärts weisende Fenster hereinfielen. Osten – lag dort nicht Mekka? Stahnke zuckte die Achseln. »Bin ich etwa Moslem?«, knurrte er und ließ die Jalousie herunter.

Nein, ein Moslem war er eindeutig nicht. Süßer Tee erzeugte gewiss nicht solchen Nachgeschmack im Mund. Der Hauptkommissar gurgelte ausgiebig. Dann beugte er sich vor und musterte sein Gesicht aus nächster Nähe. Die Tränensäcke waren nicht zu ignorieren, geschweige denn zu leugnen. Noch kein Derrick-Format, aber bis zur Pension war es ja auch noch ein paar Jahre hin. Seine Haut wirkte welk, die Stirn schuppte. Und die klobige Nase wurde durch den keimenden Pickel auch nicht schöner. Stahnke seufzte, dann griff er ins Regal und cremte sich das Gesicht mit diesem teuren Zeugs, das Sina ihm neulich mitgebracht hatte. Kosmetik speziell für den Mann, um Gottes willen! Demnächst würde er sich vielleicht noch den Pickel mit einem Abdeckstift zutünchen.

Während er sich noch das Hemd zuknöpfte, eilte er in die Küche. Das Lebenselixier, frisch durchgelaufen, lockte mit betörendem Duft. Nichts gegen Tee, den trank er tagsüber gerne und becherweise. Morgens aber musste es die volle Kaffeedröhnung sein. Er langte sich eine seiner Lieblingstassen aus dem Schrank, kelchförmig, feinrandig und extra groß, und füllte sie zu drei Vierteln. Etwas Zucker dazu, Milch nicht zu knapp. Stahnke gierte förmlich nach dem ersten Schluck.

Es läutete an der Tür. Der Hauptkommissar verschluckte sich, hustete und hätte sich um ein Haar das frische Oberhemd bekleckert. Wer konnte das sein, so früh am Morgen? Sicher kein Kollege, der hätte vorher angerufen.

Vor der Tür stand ein Mann, der ihm vage bekannt vorkam, obwohl er sich nicht erinnern konnte, ihn schon einmal gesehen zu haben. Knapp einsachtzig groß, damit etwas kleiner als Stahnke, und deutlich schlanker; seine schmalen, bebrillten Augen waren in strahlenförmige Faltenfächer eingebettet, wodurch er so aussah, als lächelte er unausgesetzt. Sein gestutzter Vollbart war grau meliert, sein voller, etwas wirrer Haarschopf dagegen bis auf wenige Strähnen noch dunkelbraun. Ein gut erhaltener Sechziger, dachte der Hauptkommissar. Aber woher kenne ich ihn?

»Plöger«, stellte sich der Mann vor, »Friedrich Plöger. Mein Bruder hat mir Ihre Adresse verraten. Bitte entschuldigen Sie die Störung, aber ich glaube, es könnte wichtig sein.«

»Ach.« Stahnke trat beiseite und bat den Besucher mit einer Handbewegung herein. »Sie sind ein Bruder von Gerd?«

»Richtig. Sein älterer Bruder.« Er trat ein, blieb aber im Flur stehen. »Viel Zeit habe ich nicht, muss selber auch zur Arbeit. Im Gegensatz zu Gerd bin ich noch nicht im Ruhestand. Nicht, dass ich ihn darum beneide. Wahrlich nicht.«

Stahnke nickte, während er den Mann taxierte. Lockeres Auftreten, eloquent, trug Freizeitkleidung, obwohl er zur Arbeit musste. Typ etablierter Spät-Achtundsechziger. »An welcher Schule sind Sie denn Lehrer?«

»Friesenschule.« Jetzt lächelte Plöger wirklich; die Strahlen seiner Faltenkränze vertieften sich. »Ich unterrichte GSW und AW. Deshalb bin ich auch hier.«

»Wie bitte?« Offenbar neigte jede Berufsgruppe dazu, sich hinter einem Wall unverständlicher Abkürzungen zu verbarrikadieren. Selbst Beamte untereinander verstanden sich schon nicht mehr.

»GSW heißt Gesellschafts- und Sozialwissenschaften«, erläuterte Plöger. »Also Geschichte, Erdkunde und Politik. AW heißt schlicht Arbeit/Wirtschaft. Das umfasst Werken ebenso wie Arbeitslehre. AW-Lehrer betreuen unter anderem unsere Schüler während des Praktikums. Als Geschichtslehrer wiederum war ich gestern mit unseren Neuntklässlern auf Exkursion nach Holland. Und als ich heute früh in die Zeitung geschaut habe, traute ich meinen Augen kaum.«

Zeitung. Es dauerte einen Moment, bis Stahnke seine eigene Pressemitteilung wieder einfiel. Der Schnellste war er morgens wirklich nicht. Jetzt aber durchzuckte ihn Hoffnung. »Aha. Haben Sie den Mann auf dem Foto erkannt? Können Sie etwas zu seiner Person sagen?«

»Den Mann? Nein. Die Kiste habe ich wiedererkannt.«

Stahnke fuhr sich mit der Hand über die Augen. Wenn dieser Plöger, wie hieß er noch mit Vornamen? Ah ja. Wenn dieser Friedrich Plöger also wirklich der Bruder seines ehemaligen Vorgesetzten war, und daran war kaum zu zweifeln, er sah ihm nämlich wirklich recht ähnlich, dann würde er kaum am frühen Morgen hierher zu ihm nach Hause kommen, um ihn zu veralbern. Die Kiste wiedererkannt. Was konnte das bedeuten? Hatte er sich als junger Mann mit Gartenarbeit etwas nebenbei verdient? »Kommen Sie, setzen wir uns«, sagte der Hauptkommissar dann. »Ich hole Ihnen auch einen Kaffee. So viel Zeit muss sein.«

Plöger nahm seinen Kaffee schwarz, das erleichterte die Sache. »Eigentlich habe ich meine Morgenration schon intus«, sagte er, schlürfte dann aber doch genussvoll. »Ich brauche immer meine halbe Stunde nach dem Aufstehen mit Kaffee und Zeitung, sonst komme ich nicht richtig in die Gänge. Daher bin ich auch auf die Fotos gestoßen.«

Es war seine eigene Entscheidung gewesen, auch die Kiste mit abbilden zu lassen, erinnerte sich Stahnke. Jetzt würde sich ja erweisen, ob das eine gute Idee gewesen war. »Wo haben Sie diese Kiste denn schon einmal gesehen?«, fragte er.

»Nicht dieselbe Kiste«, antwortete Plöger. »Aber eine, die offenbar dem gleichen Zweck gedient hat.« Er berichtete von der Tagesfahrt, die neben dem Anne-Frank-Haus in Amsterdam auch das Durchgangslager Westerbork zum Ziel gehabt hatte. »Natürlich wusste ich vorher schon, dass Justin als Praktikant an der Auffindung eines Ermordeten beteiligt war«, ergänzte er. »Er ist ja in meiner Klasse. Seine Eltern haben mir gleich am Telefon die Hölle heiß gemacht. Wie ich so etwas denn zulassen könnte! Für die bin ich als Lehrer natürlich immer an allem schuld.« Bei diesen Worten schien er zu grinsen. Vielleicht aber täuschten seine Faltenkränze das auch nur vor.

»Im Ernst?«, fragte Stahnke nach. »Kommen Eltern tatsächlich mit solchen Vorwürfen in die Schule? Denken die denn vorher gar nicht nach?«

»Natürlich nicht alle, aber einige«, sagte Plöger. »Aber die kommen nicht zu uns, sondern rufen an. Sonst müssten sie ja erst mal den Jogginganzug ablegen.« Jetzt grinste der Lehrer wirklich, sardonisch und ziemlich freudlos. »Obwohl, manche machen sich nicht einmal bei Disziplinarkonferenzen gegen ihre Sprösslinge diese Mühe.«

»Justin hat Ihnen also erzählt, wie der Tote aufgefunden wurde?«

»Was heißt mir. Jedem! Das war doch mal was. Etwas Besonderes, womit man auftrumpfen konnte. Justin steht nicht allzu oft im Mittelpunkt.«

Stahnke trank seinen Kaffeebecher leer. Mittelpunkt, dachte er. Gutes Stichwort. Irgendwie kommt der gute Mann hier nicht zum Punkt. »Die Kiste«, erinnerte er.

Plöger nickte. »Im Lager Westerbork, also im heutigen Museum, steht eine Kiste, mit der die Nazis seinerzeit Leute gefoltert haben. Bei Verhören, nehme ich an, denn ein Vernichtungslager war Westerbork ja nicht, das Morden fand woanders statt. Die verhörte Person wurde in die Kiste gelegt, der Deckel geschlossen und dann Wasser in die Kiste gefüllt. Der Mensch da drinnen hatte natürlich das Gefühl zu ertrinken und bekam Todesangst. Dabei sollen Leute ihre Angehörigen verraten haben und Widerstandskämpfer ihre Verbündeten. Eine sehr wirksame Methode also.«

»Waterboarding«, ergänzte Stahnke. »Die Amis haben sich aus dem Nachlass der Nazis schon die guten Sachen herausgepickt. Nicht nur Wernher von Braun und seine Raketen, sondern auch die ausgefuchste Folter.«

»Tja, Qualität setzt sich eben durch«, erwiderte Plöger ungerührt. »Wissen Sie, bei so einer Klassenfahrt hat man als Verantwortlicher alle Hände voll zu tun. Spätestens zehn Minuten nach Zielankunft fängt die Hälfte der Schüler an, sich zu verpissen, entweder um zu rauchen, um Alkohol zu trinken oder einfach nur aus Prinzip. Ich hatte wohl gesehen, dass Justin lange bei dieser Kiste stehen geblieben war, mir aber nichts dabei gedacht. Auch nicht, als der Junge während der weiteren Tour nach Amsterdam und zurück noch schweigsamer als gewöhnlich war. Erst heute Morgen, beim Zeitunglesen, kam ich drauf.« Er breitete seine Arme aus: »Das ist genau so eine Kiste.«

Stahnke blickte in seinen noch warmen Becher; die Neige begann bereits auszutrocknen. Längst wäre die zweite Füllung fällig gewesen. Aber das ging jetzt nicht. Ärgerlich schüttelte er den Kopf. »Wenn ich Sie recht verstehe, ist die Kiste im Museum ein historisches Exponat«, sagte er. »Sie stammt also aus den vierziger Jahren oder ist noch älter. Ob das auf unsere Kiste hier auch zutrifft, ist völlig ungeklärt. Wie kommen Sie darauf, dass sie bereits in der Nazizeit im Einsatz gewesen sein könnte?«

Plöger starrte ihn an, ungläubig und ungnädig, als wäre Stahnke ein begriffsstutziger Schüler. »Das ist ja auch nicht der Punkt«, tadelte er. »Es geht mir nicht darum, wie alt das Holz ist, das ist völlig gleichgültig. Es geht um die Absicht, die dahintersteht, nicht wahr? Die Geisteshaltung. Die zugrunde liegende Ideologie. Die Leute, die hier in Leer diese Kiste zum Einsatz brachten, müssen genauso gedacht haben wie die Nazis in Westerbork. Verstehen Sie, worauf ich hinauswill?«

Es dauerte eine Weile, ehe Stahnke reagierte. Als er dann nickte, war er selbst ein wenig überrascht.

13.

Erst dachte sie, es sei der Regen, der gegen das Fenster ihrer Schlafkammer trommelte. Denn das tat er, heftig und laut wie jedes Jahr im September kurz nach ihrem Geburtstag. Dann aber registrierte sie ein ungewohnt hartes Pochen, das sich unter die Wetterlaute mischte, und erschrak. Was hatte das zu bedeuten? Ihr Zimmer lag doch im ersten Stock!

Sie wartete ab, hellwach und mit dröhnendem Puls, die Hände um die Bettdecke gekrallt, die sie sich bis zur Nasenspitze gezogen hatte. Aber das Pochen hörte nicht auf, ebenso wenig wie das Klatschen des Regens. Irgendwann würde ihre Mutter wach werden, die unten allein im Ehebett schlief, und Krach schlagen. Die bringt es fertig und ruft die Polizei, dachte Erika, seufzte und schlug die Bettdecke nun doch zurück. Denn allzu viele Möglichkeiten, wer das da draußen sein konnte, gab es ja nicht. Und mit denen sollte sich die Polizei auf keinen Fall befassen.

Vorsichtig lugte sie durch den Vorhangspalt. Hatte sie es sich doch gedacht! Sie schob die Gardine zurück und öffnete leise den Fensterriegel. »Bist du jetzt völlig durchgedreht?«, zischte sie die dunkle Gestalt draußen an, gerade so laut, dass der Regen ihre Worte nicht verschluckte. »Wie kommst du hier überhaupt hoch?«

»Der Holzschuppen!«, zischte es ebenso gedämpft zurück. »Ich steh auf dem Dach. Du kennst wohl euer eigenes Haus nicht! Aber jetzt mach mal Platz und lass mich rein.«

»Du hast sie ja wohl nicht alle!«, rief Erika empört und so laut, dass ihre Mutter sie vielleicht gehört hätte, wenn der Wind nicht genau in diesem Moment kräftig zugenommen hätte. Eine Böe trieb einen Schauer Regen ins Zimmer, und Erika, nur im Nachthemd, sprang mit einem unterdrückten Aufschrei zwei Schritte zurück.

Im nächsten Augenblick stand Stinus im Zimmer.

In den letzten Monaten hatte er sich stark verändert. Er war gewachsen, wenn auch nicht so viel wie mancher seiner Altersgenossen; immerhin war er zwar noch unterer Durchschnitt, aber nicht mehr auffallend klein. Was ihm an Körperlänge fehlte, machte Stinus durch Athletik wett. Die Uniform der Hitlerjugend, die er seit seinem vierzehnten Geburtstag trug und die ihm jetzt klatschnass am Körper klebte, bildete einen breitschultrigen, muskulösen Oberkörper, sehnige Arme, schmale Hüften und kräftige Oberschenkel ab. Stinus hatte seinen Vorsatz, fleißig zu trainieren und ein erstklassiger Sportler zu werden, in die Tat umgesetzt. Sein Sportlehrer und seine Übungsleiter im Verein waren des Lobes voll und wurden nicht müde, ihn seinen Mitschülern als leuchtendes Vorbild eines »echten deutschen Jungen« anzudienen: »Hart wie Kruppstahl, zäh wie Leder, schnell wie ein Windhund.«

Klar, dass solche Hymnen auch Neider auf den Plan riefen. Mehr als einmal schon war Stinus von deutlich größeren Jungen herausgefordert worden. Zuletzt von Armin, dem Sohn des Kohlenhändlers, der ihn um einen ganzen Kopf überragte. Mit blutender Lippe hatte Armin sich auf dem Hosenboden wiedergefunden. Der aufsichtführende Lehrer hatte breit gegrinst und Stinus den Kopf getätschelt. Seitdem hetzte Armin gegen Stinus, nannte ihn hinter seinem Rücken einen »Windhund der Röhm-Rasse«. Erika verstand nicht recht, warum Stinus sich darüber so aufregen konnte.

»Spinnst du jetzt völlig?«, zischte sie ihn an. »Was ist, wenn meine Eltern dich gehört haben? Mein Vater verhaut dir den Hintern!«

»Dein Vater ist doch überhaupt nicht zu Hause.« Stinus zeigte das überlegene Lächeln, das er sich in letzter Zeit angewöhnt hatte. Selbst gegenüber den Lehrern, die nicht Sport unterrichteten und bei denen er nicht ganz so gut angeschrieben war. Aber was sollten die machen, Sport war Hauptfach, an Stinus' Gesinnungsaufsätzen war nur sprachlich etwas auszusetzen, und der Schulleiter mit dem bonbongroßen Parteiabzeichen am Revers gab ihm sowieso jede Rückendeckung, die er brauchte.

»Aber meine Mutter.« Erika musste sich sehr beherrschen,

um nicht mit dem nackten Fuß aufzustampfen. »Mensch, wenn die mich hier mit einem Jungen erwischt, mitten in der Nacht! Was soll die denn von mir denken?«

Stinus lächelte noch selbstzufriedener. Der Gedanke schien ihm zu gefallen. »Dann bin ich wohl der Erste, den du hier hereingelassen hast?«, fragte er.

Erika schluckte eine scharfe Erwiderung hinunter. Wenn Stinus erst einmal in Fahrt kam, dann hielt ihn nichts und niemand auf, schon gar keine Selbstbeherrschung. Besser, sie provozierte ihn nicht. Missachtung war immer noch das beste Mittel, Großmäulern wie ihm den Wind aus den Segeln zu nehmen.

»Also, was willst du?«, fragte sie so kühl, wie sich die Dielen unter ihren Fußsohlen anfühlten. »Und schnell, bitte. Ich will wieder ins Bett.«

Sein Grinsen wich, mit Verzögerung, aber immerhin. »Die Brücke«, sagte er. »Die Baustelle. Du weißt, wovon ich rede?«

Erika verdrehte die Augen. »Ja, die Arbeiten haben begonnen. Tolle Sache, echt großdeutsch! Und deshalb weckst du mich?!«

»Die Erdarbeiten sind wohl umfangreicher als gedacht«, fuhr Stinus fort. »Man hatte sich auf den Arbeitsdienst verlassen. Aber die Leute sind überall im Einsatz, Autobahnen und so. Außerdem floriert die Industrie, und jeder, der kann, sichert sich einen Arbeitsplatz, der besser bezahlt wird. Also stehen im Moment nicht genügend Arbeitsdienstler zu Verfügung.«

Erika starrte den Jungen an. Sie begann zu begreifen, schwieg, schluckte trocken.

»Also holen sie Gefangene aus den Arbeitslagern«, sagte Stinus. Seine Stimme wurde fast tonlos, war nur noch ein Hauchen. »KZ-Insassen. Übermorgen sollen welche aus Börgermoor kommen.«

Börgermoor. Das Wasser schoss ihr so heftig in die Augen, dass die Tränen nur so über ihre Wangen perlten. Ihr Großvater war in Börgermoor, so viele Jahre schon. Noch lebte er, aber Erika wusste inzwischen, was die unmenschlich harte Arbeit, das schlechte Essen und die ständige Quälerei aus den

Menschen dort machten. Machen sollten, denn das war der Plan. Opa ist stark, dachte sie, aber wie stark musste man sein, um all das lebend zu überstehen? Und jetzt musste er auch noch als Erdarbeiter in den Brückenbau. Konnte man dem alten Mann nicht wenigstens das ersparen?

Sie stellte fest, dass Stinus sie gespannt beobachtete. Als lauere er auf eine Reaktion. Erwartungsvoll, fast gierig. Was hatte der Bursche denn jetzt wieder im Sinn?

Dann dämmerte es ihr. Ihr Körper, gerade noch von Gänsehaut überzogen, schien plötzlich zu brennen. Was für ein Wahnsinn! Welch unglaubliches Risiko! Wie konnte man auch nur daran denken, sich dermaßen in Gefahr zu bringen!

Die beiden Juden im Kofferraum fielen ihr ein, gefesselt und eingeklemmt, den Tod vor Augen. Und tot wären sie jetzt, wenn damals keiner bereit gewesen wäre, sich in Gefahr zu bringen.

»Wird ...« Ihre Stimme versagte. Sie räusperte sich, setzte neu an. »Wird mein Opa auch dabei sein?«

Ein Leuchten ging über Stinus' Gesicht. »Das hängt ganz von dir ab«, sagte er.

»Von mir?« Sie begriff nichts. Nur, dass etwas sehr, sehr Schweres im Begriff war, sich auf ihre Schultern zu senken. Schon wieder.

Stinus begann zu zittern. »Verdammt, in diesen nassen Klamotten hole ich mir noch einen Schnupfen«, sagte er. »Das darf auf keinen Fall passieren. Am Wochenende sind Ausscheidungswettkämpfe.« Er blickte sich suchend um, stapfte dann an Erika vorbei zu ihrem Bett, griff sich die Bettdecke und legte sie sich um Kopf und Schultern. Mit größter Selbstverständlichkeit ließ er sich auf dem Bett nieder, die Decke eng um sich geschlungen. Provozierend grinste er sie von unten her an. »Wenn dir auch kalt ist, kannst du ruhig mit unter die Decke kommen.«

Sie reagierte nicht, stand nur da, begriff nicht, wie dieser Junge mit ihrer beider Leben spielen und gleichzeitig an Sport denken und Schabernack mit ihr treiben konnte. »Warum von mir?«, wiederholte sie.

»Das läuft so«, sagte Stinus, »die Bauleitung beantragt den Zwangsarbeitereinsatz bei der Kreisleitung der Partei, also hier. Wie viele Leute, wie lange und so. Die Kreisleitung leitet den Antrag weiter nach Börgermoor. Dort werden die Kolonnen zusammengestellt und in Marsch gesetzt. Natürlich mit Bewachung. Dazu werden bevorzugt Ortskundige eingesetzt. Tja, und damit wäre wieder Janssen im Spiel.«

»Janssen?« Dieser brutale Arbeitsscheue mit dem gierigen Gesichtsausdruck. Viel zu oft schon hatten sie sich in letzter Zeit auf ihn verlassen müssen. Erika hatte das deutliche Gefühl, dass sich das irgendwann rächen würde.

Stinus nickte. »Das Gute ist, dass Janssen nicht nur säuft, sondern auch spielt. Siebzehn und vier. Und zwar schlecht. Steht bei seinen Kameraden mit sechshundert Mark in der Kreide. Das Geld hat er nicht, und seine Gläubiger sind keine Betschwestern, die brechen ihm erst die Nase und lassen ihn dann hochgehen, wenn er nicht löhnt. Jetzt schiebt er Panik. Für sechshundert Mark würde er alles tun.«

Sechshundert Mark! Was für eine ungeheure Summe, dachte Erika. Wie lange musste ein Mensch arbeiten, um solch eine Summe zu verdienen! Und dieser Janssen riskierte so viel Geld beim Kartenspiel, einfach mal so. Ohne es überhaupt zu besitzen. Wie konnte man nur! Das wollte ihr nicht in den Kopf.

Sechshundert Mark für ein Menschenleben, ein zweiter Gedanke, der gleichzeitig mit dem ersten aufkeimte. Sechshundert Mark, was war das schon, wenn man damit ihren Großvater retten konnte? Nichts war das, rein gar nichts, ein Fliegendreck. Jederzeit hätte sie so viel Geld für ihren Opa hergegeben, ohne auch nur eine Sekunde zu zögern.

Nur hatte sie dieses Geld nicht. Und auch niemand sonst, den sie kannte, besaß solch einen Reichtum. Aus ihrer Familie hatte vermutlich noch keiner jemals so viel Geld auf einem Haufen gesehen. Was half es also? Janssen mochte imstande sein, sechshundert Mark zu riskieren, ohne sie zu besitzen. Anders herum aber würde das bestimmt nicht funktionieren. Das brauchten sie gar nicht erst zu versuchen. Erika sah Janssen vor sich, wie er seine Hand ausstreckte, ein gieriges Grinsen im Gesicht. Jetzt fröstelte sie wieder. Zitternd schlang sie ihre Arme um ihre Brust.

»Ich könnte das Geld beschaffen«, sagte Stinus leise. Er hob die Bettdecke seitlich an und klopfte mit der flachen Hand neben sich auf die Matratze. »Komm her, setz dich hin. Wärm dich.«

Wie in Trance kam sie seiner Aufforderung nach. Unter der Decke war es warm und feucht von Stinus' Ausdünstungen. Sie scherte sich nicht drum, ließ sich das Deckbett um die Schultern legen, kreuzte die Beine und zog die Füße an. Jetzt hocken wir hier wie zwei Indianer am Lagerfeuer, dachte sie. Schmieden Pläne für den großen Kriegszug gegen die Bleichgesichter. Vielmehr gegen die Braunhäute. Sie musste wahnsinnig geworden sein.

»Woher willst du das Geld denn nehmen?«, fragte sie tonlos.

»Von Hackes«, antwortete Stinus.

»Du willst den Kohlenhändler beklauen?« Der war mittlerweile ein hohes Tier in der örtlichen Partei. Noch gefährlicher ging es kaum.

»Hackes klaut selbst«, fuhr Stinus fort. »Gewissermaßen. Und zwar bei Juden. Bei denen, die auswandern, verstehst du? Die können ja kaum etwas mitnehmen, wenn sie Deutschland verlassen. Daher versuchen sie, möglichst viel von ihrem Besitz zu verkaufen. Aber weil jeder Bescheid weiß, bekommen sie nur Spottpreise geboten. Bruchteile des Wertes. Tja, was sollen die Juden machen? Beschweren geht ja nicht. Also verkaufen sie. Hackes kauft ihnen alles ab, was nicht niet- und nagelfest ist, und verkauft es mit riesigem Gewinn weiter. Das ist doch genau wie Klauen, oder?«

Erika zuckte die Achseln. »Klauen ist verboten.«

»Was Hackes macht, ist auch nicht erlaubt«, behauptete Stinus. »Eigentlich nämlich geht aller Besitz ausgewanderter Juden an den Staat. Und der Staat ist auch ziemlich scharf auf dieses Geld, weil er es dringend braucht, sagt mein Vater. Also beklaut Hackes genau genommen beide Seiten, kapiert? Darum redet er auch nicht groß drüber. Und das Geld, das er dabei verdient, bringt er auch nicht zur Bank, sondern er versteckt es in seinem Kohlenlager.« Er schnippte mit den Fingern. »Schmutziges Geld, verstehst du? Was glaubst du, was er tun wird, wenn das plötzlich weg ist? Was er tun *kann*? Gar nichts!«

Judengeld. Nazigeld. Gestohlenes Geld. Erika fühlte sich wie in einem Strudel, der sie unwiderstehlich in die Tiefe riss. Sie schauderte, zog sich die Decke fester unters Kinn. Als Stinus seinen Arm schützend um sie legte, ließ sie es geschehen.

»Woher weißt du das denn?«, fragte sie.

»Von Fritz«, antwortete der Junge leichthin. »Der arbeitet doch jetzt bei Hackes. Als Kohlenträger. Belädt die Lieferwagen, fährt mit beim Ausliefern, schaufelt Kohle in Weidenkörbe und trägt sie auf dem Buckel die Kellertreppen runter. Oder er schaufelt Kohle und Koks direkt vom Wagen in die außen liegenden Schächte mit den Rutschen. Harte Arbeit, aber er meint ja, das ist gut für ihn. Hat die Kiste entdeckt, als er mal an der falschen Stelle Eierkohlen in Körbe geschaufelt hat. War ganz aufgeregt, als er mir davon erzählt hat.« Stinus schnaubte verächtlich. »Ist ja doch ein Trottel, irgendwie. *Ich* hätte bestimmt niemandem davon erzählt. Sondern gleich mal reingegriffen.«

Das hatte Fritz natürlich nicht getan. Ausgerechnet Fritz! Ob er wusste, woher das Geld in dieser ominösen Kiste stammte? Und was würde Hackes sagen, wenn plötzlich das Geld aus seinem Versteck verschwunden war? Wen würde er als Ersten verdächtigen? Und was, wenn er herausbekam, wen er da beschäftigte! Oh Himmel, dachte Erika, wenn wir nun Opa retten und dabei Fritz ins Verderben stürzen?

»Sechshundert Mark«, sagte Stinus. »In dieser Kiste muss viel mehr Geld sein. Natürlich nehmen wir nicht alles. Wenn wir Glück haben, merkt der Kerl das nicht sofort. Und mit noch mehr Glück weiß er überhaupt nicht, wie viel genau da drin ist, weil er ja dauernd kauft und verkauft. Wie auch immer, Anzeige erstatten kann er jedenfalls nicht.«

»Und wer soll das Geld … holen?« Erika hatte das Kohlenlager einmal gesehen, vor vielen, vielen Jahren, als Opa noch hier gewesen und einmal mit ihr dorthin spaziert war. Riesig war es ihr vorgekommen, düster und dreckig, und einen unheimlichen Geruch hatte es ausgeströmt.

»Ich natürlich«, erwiderte Stinus.

Puh, dachte Erika. »Und dann? Wie soll es dann weitergehen?«

»Dann«, sagte Stinus, »bekommt Janssen Geld. Erst mal nur zweihundert, das reicht, damit kann er seine Gläubiger eine Weile ruhigstellen. Wenn er gleich alles zahlen könnte, wäre das nur verdächtig. Und dann muss er sich den Rest verdienen.«

»Er soll meinen Großvater freilassen?«

»Zunächst einmal muss er dafür sorgen, dass der zu diesem Arbeitseinsatz überhaupt eingeteilt wird«, erklärte Stinus. »Das kann er, vorausgesetzt, dein Opa liegt nicht gerade in der Krankenbaracke. Hoffen wir also, dass es ihm noch gut genug geht.«

Das sagte er so kalt, dass es Erika den Magen zusammenzog. Sie wollte von ihm abrücken, aber sein muskulöser Arm lag um sie wie eine Klammer, die nur mit Gewalt zu lösen war. Also hielt sie still.

»Inzwischen muss ich rauskriegen, wo die Leute untergebracht werden«, fuhr Stinus fort. »Vermutlich in einem der stillgelegten alten Ziegeleigebäude. Wahrscheinlich packen die denen nur ein bisschen Stroh dort hinein, und fertig. Vielleicht kriege ich es ja mit, wenn dieses Stroh geliefert wird. Oder die HJ wird sogar zum Abladen eingeteilt, das wäre natürlich noch besser. Dann könnte man sich dort schon mal umgucken und vielleicht etwas vorbereiten. Ansonsten müssen wir abwarten und uns ganz auf Janssen verlassen.« Er drückte Erika fester: »Keine Sorge, der macht das schon. Der will ja das Geld, um seine Haut zu retten.«

»Und was ist mit deiner Haut?«, fragte Erika. »Was, wenn sie dich erwischen? Hast du überhaupt schon mal über das Risiko nachgedacht?«

»Natürlich habe ich das«, sagte Stinus ernst, seine Augen halb hinter den Lidern verborgen. »Ich tue es ja nicht umsonst. Ich will etwas dafür.«

Erika schluckte. »Was denn?« Sie musste wieder an das Segelschiff unter dem Glassturz denken. Bitte nicht, dachte sie. Nicht das.

»Ich will ein Versprechen«, erwiderte Stinus. Er schaute hoch, und sein Blick fing ihren ein, hielt ihn ebenso fest wie sein Arm ihre Schultern.

»Ein Versprechen?« Erikas Stimme bebte. »Von mir?«

»Von dir.« Stinus nickte ernst. »Du musst mir versprechen, dass du mich heiratest. Wenn wir beide achtzehn sind. Also in drei Jahren, dann haben wir 1940. Versprichst du mir das?«

Erika erstarrte. Dachte dran, wie lange drei Jahre dauerten. Und wie viel Zeit danach kam. Sie dachte an Fritz, an diesen Kuss auf dem Deich. Sie dachte an ihren Großvater. An ihre Großmutter, die so stark und tapfer war und doch so oft weinte, wenn sie dachte, dass keiner es merkte. Sie starrte Stinus an, der sich so sehr verändert hatte, der schon halbwegs ein Mann geworden war, ebenso wie sie schon fast eine Frau. Sein Körper drängte sich an ihren, warm und fest, sie konnte ihn fühlen und riechen, und sie fand es nicht schlimm.

Das lässt sich bestimmt ertragen, dachte sie. Was heißt schon Liebe?

»Ich verspreche es«, hörte sie sich sagen.

14.

»Nazis also?« Kramer guckte skeptisch, sofern man das bei seiner steinernen Miene überhaupt sicher sagen konnte.

»So direkt kann man das sicher nicht rückschließen.« Stahnke breitete die Arme aus. »Gerd Plögers Bruder sprach von einer ›zugrunde liegenden Geisteshaltung‹, wenn ich das richtig verstanden habe. Da sieht er wohl Ähnlichkeiten. Glaube ich.«

Kramer verschränkte die Arme. »Dieser Friedrich Plöger ist Lehrer, richtig?«

»Richtig. Wieso?«

»Nun stell dir mal vor, du müsstest über das, was der dir erzählt hat, einen Test schreiben. Wie wäre das?«

»Schwierig.« Stahnke stemmte beide Ellbogen auf seinen Schreibtisch und bettete seine runden Wangen in die Handflächen. »Dafür war das, was er sagte, nicht konkret genug. Es war mehr so ...« Der Hauptkommissar zögerte, suchte nach dem passenden Begriff.

»Schwammig?«, half Kramer aus. »Oder unkonkret?«

»Du magst keine Lehrer«, kombinierte Stahnke. »Das wird jedenfalls konkret deutlich.«

»Du etwa?« Kramer spuckte diese Worte förmlich vor Stahnke auf den Schreibtisch, der erschrocken zurückzuckte und seine angestammte Nachdenkhaltung aufgab. Au weia, dachte er, da gibt es aber noch mächtige Traumata aufzuarbeiten! Und das mit über vierzig Jahren.

Der Oberkommissar blätterte die Akte auf, die er aus dem Nachbarraum mitgebracht hatte, und legte sie vor Stahnke auf den Tisch. »Schauen wir uns das lieber noch einmal an«, sagte er. »Zwei Brandstiftungen, eine versuchte. Ein Fall in Emden, zwei in Leer. In Emden wurde auch der Fingerabdruck sichergestellt, der mit unserem identisch ist.«

Stahnke brauchte sich die Schriftstücke gar nicht anzuschauen; längst hatte er sich die verdrängten Fälle wieder ins Gedächtnis gerufen. Eine Emder Buchhandlung, vielmehr ein Antiquariat, war am frühen Samstagmorgen vor vier Wochen weitgehend ausgebrannt, nachdem eine Brandflasche durch die zuvor eingeschlagene Scheibe geworfen worden war. Das Geschäft war alles andere als eine Goldgrube gewesen und zudem gut versichert, so dass der Verdacht auf »warme Sanierung« bei den Ermittlungen mitschwang. Die gewaltsame Mitwirkung Dritter war jedoch eindeutig nachweisbar, während der Ladenbesitzer ein ebenso einwandfreies wie unauffälliges Alibi hatte. Am Boden der zersplitterten Brandflasche, der durch die Explosion weit in den hinteren Ladenbereich geschleudert worden war, den das Feuer nicht mehr erreichte, hatten die Emder Kollegen die besagte Spur gesichert.

Der Fall in Leer hatte sich genau eine Woche später ereignet, ebenfalls in der Nacht zu Samstag. Im Ortsteil Heisfelde war ein Pkw in Flammen aufgegangen, ein Carport ausgebrannt, beides Totalschaden. Auch hier konnte nur ein größerer Feuerwehreinsatz verhindern, dass das Feuer auf benachbarte Gebäude übergriff. Und auch hier waren Brandflaschen verwendet worden, genau wie in Emden. Verwertbare Spuren hatte man keine gefunden.

Stahnke schaute noch einmal auf die Adresse und runzelte die Stirn. Das war doch ganz bei ihm in der Nähe, keine zwei Straßen entfernt! In dieser Nacht musste er zu Hause gewesen sein. Warum hatte er nichts von der ganzen Aktion mitbekommen? So tief war sein Schlaf doch von Natur aus nicht. Lag's am Rotwein?

Apropos. Jetzt blätterte er doch. Aha, dort: *Zur Herstellung des Brandsatzes kamen Ketchupflaschen zur Anwendung.* Was es nicht alles gab. Darauf hätte er nie getippt.

Immerhin ergab sich hier eine Übereinstimmung zwischen den Brandanschlägen, die es angebracht erscheinen ließ, die Ermittlungen in diesen beiden Fällen zusammenzufassen, trotz der räumlichen Entfernung und der unterschiedlichen Ziele. Und noch ein weiterer Anschlag passte in diese Reihe, diesmal ein missglückter. Wieder war ein Pkw das Ziel gewesen, diesmal einer in Leer-Loga, wieder war ein Brandsatz in einer Ketchupflasche geworfen worden. Dabei jedoch musste etwas schiefgegangen sein, jedenfalls hatte der Molotow-Cocktail nicht gezündet. Die Scherben der Flasche waren erst Tage später in einer Ecke des Carports gefunden worden, ebenso die Zündschnur, ein zusammengerolltes Stück von einem billigen, handelsüblichen T-Shirt. Der Brandbeschleuniger war längst verdunstet. Zwei zu eins für Leer, was die Tatorte anging; so war die Akte auf Stahnkes Tisch gelandet.

»Für mich sieht das nicht nach Neonazis aus«, sagte Kramer.

Stahnke blickte hoch; er brauchte einen Moment, dann fiel ihm wieder ein, worauf sich sein Kollege bezog. »Lehrer Plöger sprach ja auch nicht von Nazis, sondern von einer verwandten Geisteshaltung«, wiederholte er schwach und ohne Überzeugung.

»Aber worin sollte die sich hier ausdrücken?« Kramer ließ nicht locker. »Die Art und Weise der Brandanschläge weist eher auf autonome Linke als auf Rechte hin. Bei den Linken ist es doch geradezu Mode, Bonzenautos anzuzünden!«

Wieder blätterte Stahnke in der Akte, tippte auf den Heisfelder Fall. »Ein acht Jahre alter Passat Kombi ist ja wohl kein Bonzenauto«, widersprach er.

»Aber ein Volvo XT 90«, beharrte Kramer. »So einer war Ziel des missglückten Anschlags in Loga.«

»Und was ist mit dem ersten Fall? Bücher verbrennen ist doch eher ein Nazi-Hobby. Oder führte unser Antiquar etwa rechtslastige Literatur?«

Demonstrativ zuckte der Oberkommissar die Achseln. »Keine Ahnung. Ich habe diese Fälle ja bisher nicht bearbeitet.«

Stahnke warf ihm einen bitterbösen Blick zu. Mach du mich nur auch noch fertig, dachte er. De Beer wird sich ganz bestimmt freuen, wenn ihm einer das Faule-Eier-Werfen abnimmt.

Irgendwo in seinem Kopf wurde ein Glöckchen angeschlagen. Ganz fein und zart, aber ausreichend, dass da etwas zum Klingen kam. Stahnke legte seine Hände über der Nase zusammen und schloss die Augen. Was war das gewesen?

»Eier«, murmelte er.

»Bisschen früh für die Mittagspause«, erwiderte Kramer. »Oder hast du wieder nicht richtig gefrühstückt? Aber ausgerechnet Eier ... denkst du denn gar nicht an dein Cholesterin?«

»Quatsch.« Unwillig schüttelte Stahnke den Kopf. »Da war doch neulich etwas mit Eierwerfen. Irgendwo hier im Landkreis. Nicht weit weg. Rheiderland, glaube ich. Erinnerst du dich?«

»Nee ... oder warte mal, doch, vage.« Kramer verstummte. Er war von seinem vorgesetzten Kollegen wilde Gedankensprünge schon zu sehr gewohnt, als dass ihn die noch großartig wundern oder aufregen konnten. Gelegentlich führten die ja sogar zu etwas. Wenn auch längst nicht immer.

»Krieg doch mal raus, wann und wo das war, ja?«, bat Stahnke, die Augen wieder geöffnet.

»Vermutlich Rheiderland, sagst du«, wiederholte Kramer. »Und letzte Woche; so viel weiß ich noch. Aber findest du nicht, dass der Unterschied zwischen Eiern und Mollis ziemlich groß ist?«

»Selbstverständlich«, wiegelte Stahnke ab. »Aber mach dich trotzdem mal schlau, ja?«

Sein Telefon klingelte. Während der Hauptkommissar nach dem Hörer griff, drehte sich Kramer auf dem Absatz um und verließ das Büro.

»Erstes Kriminalkommissariat, Stahnke.«

»Moin, Strohmann hier. Ich rufe aus Hamburg an, aber ich bin in Leer geboren, müssen Sie wissen.«

»Aha.« Ein Butenostfriese also, dachte Stahnke. Das sind ja bekanntlich die größten Fanatiker, wenn es um Heimatliebe geht. Aber wieso muss ich das wissen?

»Ich arbeite jetzt schon seit bald dreißig Jahren in Hamburg, aber mit dem Herzen bin ich doch immer noch ganz und gar Ostfriese. Einer wie ich wird eben im Leben kein Pfeffersack. Verstehen Sie, was ich meine?«

»Vollkommen«, log Stahnke. Die breiten Finger seiner freien Hand trommelten ungeduldig auf dem Schreibtisch herum.

»Darum lese ich auch noch jeden Tag die *Ostfriesen-*

Zeitung«, fuhr der Anrufer fort. »Die lasse ich mir mit der Post schicken.«

Schlagartig kamen Stahnkes Finger zum Stillstand. Der Hauptkommissar richtete sich in seinem Stuhl gerade auf. »Und?«, fragte er gespannt.

»Das Foto habe ich sofort erkannt«, sagte Strohmann. »Weil, der hat seine Kiste ja immer noch hier. Zwei Wochen sind das inzwischen schon.«

Der Hauptkommissar verstand überhaupt nichts. »Sie haben die Kiste erkannt? Und, äh … wer soll diese Kiste wo haben?«

»Ach was, nein. Sie meinen das zweite Bild in der Zeitung, nicht? Damit konnte ich gar nichts anfangen. Den Mann habe ich erkannt! Den auf dem Foto, das die OZ heute veröffentlicht hat. Der soll ja tot sein, heißt es da, ermordet. Also, ich kenne den. Vor vierzehn Tagen habe ich den noch hier gesehen.«

»Vor zwei Wochen in Hamburg?« Hastig machte Stahnke sich Notizen. »Wo genau? Und dürfte ich mal Ihren vollständigen Namen und Ihre Adresse haben?«

Bereitwillig machte der Anrufer die gewünschten Angaben. »Gesehen habe ich den Mann hier am Grünen Deich«, fuhr er fort. »Hier arbeite ich nämlich.«

»Alles klar.« Stahnke kritzelte die Angaben in einen Block, notierte auch die Telefonnummer vom Display, obwohl die sowieso gespeichert wurde. Hamburger Nummer, die Angaben schienen zu stimmen. »So. Und jetzt noch einmal zurück zum Anfang. Was war das vorhin, was sagten Sie da von einer Kiste?«

Der Mann lachte. »Ach, das war nur so dahingesagt. So nenne ich die Dinger eben. Kisten. Obwohl, die Kunden hören das ja nicht so gerne.«

Ein lautes Hintergrundgeräusch schwoll an, bis es die Telefonstimme fast ganz überlagerte und Strohmann schreien musste, um verständlich zu bleiben. Ein Dieselmotor, registrierte Stahnke. Lastwagen. »Sie haben also beruflich mit Lkw zu tun?«, fragte er, als sich die Lärmquelle wieder entfernt hatte.

»Mit Wohnmobilen«, korrigierte der Anrufer. »Ich arbeite beim WoMo-Stellplatz Grüner Deich. Ist ein ganz beliebter Platz, fast mitten in der Stadt. Wir haben hier eine Menge Touristen.« Ein neues Geräusch fuhr ihm in die Rede; diesmal schien es eine Hochbahn zu sein. Strohmann lachte wieder. »Wenn Sie was Ruhiges suchen, sind Sie hier natürlich nicht gerade an der richtigen Adresse. Aber um Hamburg zu erkunden, gibt es keinen besseren Platz.«

»Und genau dort haben Sie den alten Herrn vom Foto also gesehen? War er auch einer von Ihren, äh, Kunden?«

»Ja, ganz genau. Alt, aber rüstig, so kam er mir vor. Wohnmobilisten sind häufig schon etwas höher in den Jahren. Ist ja ein Hobby, für das man Zeit braucht, nicht? Er hat sich angemeldet, wir haben ein bisschen geschnackt, ich habe ihm einen Stadtplan gegeben und seinen Platz gezeigt. Nummer vierunddreißig. Da hat er auch ganz exakt eingeparkt. Ich lege da nämlich Wert drauf, wissen Sie, dass es hier immer ordentlich aussieht.«

Typisch Platzwart, dachte Stahnke. Für diesen Job brauchte man wohl eine ganz bestimmte Mentalität, genau wie als Hausmeister. Für einen Kripo-Ermittler waren solche Leute Gold wert. »Angemeldet, sagten Sie«, hakte Stahnke ein. »Melden sich Ihre Gäste mit Namen an?«

»Mit Namen?«, fragte Strohmann unsicher zurück. »Sie meinen, wie im Hotel? Nein, so ist das hier nicht. Vielleicht hat er sich vorgestellt, möglich, aber daran kann ich mich nicht mehr erinnern.«

Ein Name, verdammt! Sie brauchten endlich einen Namen! Stahnke war kurz davor, seinen Kuli in die Ecke zu pfeffern, als ihm noch etwas einfiel. Etwas Naheliegendes. »Aber das Autokennzeichen, das schreiben Sie sich doch auf, nicht? Um zu kontrollieren, wer bezahlt hat und wer nicht?«

»Aber selbstverständlich!« Sofort klang Strohmann wieder selbstzufrieden. »Kontrolle muss ja sein, nicht wahr? Wir müssen ja schließlich zu unserem Recht kommen.«

»Könnten Sie mir diese Nummer dann vielleicht geben?«

Strohmann hatte sie schon parat, diktierte zackig und wichtig. Eine Karlsruher Nummer, registrierte Stahnke nickend. Endlich etwas Handfestes. »Wann ist der Mann denn wieder abgereist?«, fragte er weiter.

»Abgereist? Gar nicht.«

»Gar nicht? Was heißt denn das nun wieder?«

»Dass der Wagen hier immer noch steht«, antwortete Strohmann. »Also das Wohnmobil von diesem Herrn auf dem Foto. Von dem Toten. Immer noch auf Platz vierunddreißig. Er hatte ja im Voraus bezahlt und auch gesagt, dass er ein paar Tage unterwegs sein würde, mit der Bahn raus und wandern, hat er gesagt. Unter anderem deshalb hat er den Wagen ja auch hier bei uns abgestellt, obwohl wir ja nicht wirklich billig sind, ich meine, das muss man verstehen, bei der Lage! Er bat mich noch, ein Auge auf sein WoMo zu haben, während er weg ist. Dann ist er los mit seinem Rucksack und den Wanderschuhen.«

»Wie lange im Voraus hatte er denn bezahlt?«, fragte Stahnke.

»Bis vorgestern.«

»Okay, ich kümmere mich drum«, sagte der Hauptkommissar. »Einstweilen achten Sie bitte weiter auf den Wagen, auch darauf, dass niemand irgendwas daran berührt, ja? Wir melden uns wieder.« Er verabschiedete sich und legte auf.

Das Telefon klingelte fast augenblicklich aufs Neue.

»Stahnke.«

»Kramer hier«, meldete sich sein Kollege, den er eigentlich im Nebenzimmer vermutet hatte. »Bin gerade im FK sechs, Jugenddelikte. Die haben hier deinen Eierschmeißerfall. Leider noch nicht die Eierschmeißer. Es war wirklich im Rheiderland, nämlich in Jemgum. Was wolltest du sonst noch wissen?«

»Wer das Opfer war«, antwortete Stahnke.

»Moment, hier. Von mehreren geworfenen Eiern getroffen und verschmutzt ... Adresse ...« Kramer pfiff durch die Zähne. »Hier steht der Name.«

»Und?«

»Das besagte Haus gehört einem gewissen Friedrich Plöger.«

15.

Justin rutschte unruhig hin und her. Ganz egal, wie er es auch versuchte, er fand keine bequeme Sitzposition. Seine Beine waren einfach zu lang geworden, zu lang für diese lächerlichen Stühlchen mit den harten Rückenlehnen und den viel zu glatt lackierten Sitzen. Vielleicht mal die Beine übereinanderschlagen? Er versuchte es und schlug sich dabei die Kniescheibe am eisernen Querholm seines Tischchens an. Ärgerlich schrie er auf, während der Tisch fast umkippte. Seine Federmappe fiel klatschend zu Boden und verstreute ihren Inhalt laut rappelnd über den Boden.

»Na, wie ich höre, ist auch der Herr Dettmann inzwischen aufgewacht. Ich muss schon sagen, lieber Justin, allein dadurch übertriffst du meine Erwartungen um Längen. Nur weiter so, junger Freund!« Plöger hatte sich direkt vor ihm aufgebaut. Justin ertrug seinen Spott ebenso regungslos wie den höhnischen Beifall seiner Klassenkameraden. Plöger war kein harter Hund, am Ende würde er ihn doch wieder mit einer Vier minus durchrutschen lassen, so wie immer. Natürlich durfte man ihn auch nicht zu sehr verärgern. Daher hielt Justin die Klappe. Auch den Gedanken, seinen Kopf seitlich abzuwenden und ungesehen einen der Ohrhörer einzustöpseln, um sich mit einer weiteren Ration *Bass Sultan Hengzt* abzulenken, stellte er zurück. Die nächsten Minuten passte er besser mal auf, zur Abwechslung.

Keine dumme Entscheidung, konstatierte er Sekunden später, denn Plöger erklärte gerade den Ablauf der mündlichen Prüfungen. Grundsätzlich konnte man in jedem Hauptfach geprüft werden, wenn man am Ende zwischen zwei Noten stand. Wenn man Glück hatte, stand man überall glatt und ersparte sich so das Vorbeten. Eine mündliche Prüfung aber war Pflicht. Dazu konnte man ein Nebenfach auswählen, und die allermeisten wählten Geschichte, Erdkunde oder Politik, die Laberfächer eben. Und das hieß dann in der Regel: Prüfung bei Plöger.

Der Lehrer zählte typische Prüfungsthemen und -fragen auf, und überall flitzten die Kulis über Papier. Auch Justin bequemte sich, ein paar Stifte vom Boden aufzuklauben und nach seinem Block zu angeln. Solche Tipps konnten Gold wert sein. Echt fair von Plöger. Hatte wahrscheinlich keinen Bock, sich mit lauter Versagern vor den Kollegen zu blamieren.

He, was war denn das für ein Themenbereich? »Weltmächte entstehen und vergehen.« Hm, das hatte er ja gar nicht auf dem Schirm. Wohl verpasst. Letzten Februar war er länger krank gewesen, hatte deswegen auch sein Praktikum nicht zur üblichen Zeit machen können. Immerhin waren die bei *Middent Manssen* bereit gewesen, ihn das in den letzten Wochen nachholen zu lassen, während die anderen Unterricht machen mussten. Gerade passend für die Sache mit der Leiche. Boah, wenn er da nur dran dachte! Aber was war nun mit diesen »Weltmächten«? Sollte er sich melden und nachfragen? Nee, besser nicht, entschied Justin. Nachholen konnte er das auf die Schnelle sowieso nicht. Außerdem gab es ja noch andere Themen zur Auswahl.

Zum Beispiel die Nazis. Logisch, dass Plöger schon wieder davon anfing! Seit Anfang des Schuljahres nervte er sie schon damit. Hitlerputsch, Machtergreifung, Nürnberger Rassengesetze, Olympia als Täuschungsmanöver, Aufrüstung, Sudetenland, Anschluss Österreichs, Angriff auf Polen, auf Frankreich, auf Russland, Bomben auf England, mehr Bomben auf Deutschland, alles kaputt, aus. Okay, actionreiches Thema, nicht völlig uninteressant. Aber diese ewigen Wiederholungen! Das Ganze noch einmal, verpackt als Judenverfolgung. Dann noch einmal in Politik, diesmal als Extremismus. Und als ob das nicht reichte, jubelte Käpt'n Iglo ihnen in Deutsch alles noch einmal unter, bloß in Buchform. *Der Vorleser*, fing ja geil an, der Roman, Schüler bumst scharfe Alte, das war schon gut gewesen für ein paar fingertechnische Anregungen. Aber natürlich war die Alte 'ne ehemalige KZ-Aufseherin, das war es dann schon wieder. Aus die Maus mit Spaß. Und lesen konnte die Frau auch nicht. War angeblich 'n Riesenproblem für sie. Als ob man zum Bumsen lesen können musste!

Einen Vorteil hatte diese Überfütterung immerhin; in der Prüfung konnte er jede Menge von dem Zeug wieder hochwürgen und den Paukern auf den Tisch göbeln. Zwanzig Minuten und mehr, ganz easy. Hauptsache, man hatte genug zu erzählen und die Prüfer kamen gar nicht erst dazu, karierte Fragen zu stellen. Das war auf jeden Fall besser als etwa Erdkunde, womöglich Klimawandel, da kriegte er immer Ozonkiller und Treibhausgase durcheinander. Oder dieses blöde Thema *Hungergürtel*! Da musste man dann diese Jammergeschichten von wegen ungerechter Verteilung erzählen, statt klarzustellen, dass diese Bimbos einfach zu faul und zu blöd waren, ihren eigenen Kram auf die Reihe zu kriegen! Nee, lieber nicht, bloß nichts riskieren.

Was war denn jetzt da vorne schon wieder los? Ach, Hadid natürlich, das Ölauge. Der Typ wusste genau, dass er sich bei Plöger eine Menge rausnehmen konnte, von wegen schweres Schicksal und so. Das nutzte der schamlos aus, um Punkte zu machen.

»Wieso sind denn eigentlich nach 1933 nicht mehr deutsche Juden ins Ausland gegangen?«, fragte Hadid gerade. »Sie mussten doch wissen, was die Nazis mit ihnen vorhatten.«

»Das haben die meisten nicht wirklich ernst genommen«, erwiderte Plöger. »Außerdem war das Vertrauen in die deutsche Gerechtigkeit und Korrektheit sehr groß. Man glaubte einfach an die preußischen Tugenden. Außerdem wurde ihnen das Einwandern von den Nachbarstaaten auch nicht so leicht gemacht.«

»Und warum?«, fragte Dunja dazwischen. Wenn es um Immigration ging, war sie immer hellwach.

»Diese Staaten wollten sich eben nicht mit den Deutschen anlegen«, erklärte Plöger. »Außerdem herrschte damals fast überall in Europa ein latenter Antisemitismus, in dem einen Land mehr, in dem anderen weniger.«

»Wie konnte das denn sein? Was waren die Gründe dafür?« Hadid klang hochinteressiert, aber Justin kannte ihn inzwischen zu gut, um ihm das abzunehmen. Entweder schleimt der Typ sich wieder mal ein, dachte er, oder er hat etwas vor.

»Na ja, die Rassenlehre war eben weit verbreitet. Die war ja nicht von den Nazis erfunden worden.« Plöger breitete die Arme aus. »Die haben sie nur benutzt, um einen Sündenbock zu haben für alles, was in Deutschland nicht stimmte. Eine Gruppe von Leuten, die an allem schuld sein sollten, was im Lande schiefgelaufen war.«

»Und wie kam man gerade auf die Juden?« Hadids Augen funkelten verdächtig. »Irgendeinen Grund musste es dafür doch geben! Was haben die sich denn zuschulden kommen lassen?«

»Na ja, da war auch viel Neid dabei. Viele Juden waren wohlhabend, besaßen Firmen, Banken und Kaufhäuser, oder sie waren als Intellektuelle erfolgreich.«

»Das heißt also, sie hatten die Schlüsselpositionen besetzt und kontrollierten das ganze Land! War es nicht so?« Triumphierend blickte Hadid sich um. »Genau wie heute in den USA! Die ganze Großmacht haben sie im Griff, einschließlich Armee und Atombomben, und unter deren Schutz können die Israelis natürlich im Nahen Osten machen, was sie wollen. Zum Beispiel mit den Palästinensern oder mit uns Libanesen. So ist das nämlich! Das erklärt einiges. Dann haben die deutschen Juden ihr Schicksal also selbst verschuldet!«

Plöger fiel die Kinnlade weg. Justin stimmte in das hämische Lachen seiner Klassenkameraden ein. Hatte der clevere Hadid ihren Pauker also mal wieder vorgeführt! Ob der Typ recht hatte oder nicht, war ihm komplett egal. Hauptsache, sie bekamen die Stunde auf diese Weise locker herum.

Rechts von ihm lachte Erol am lautesten. »Jawoll!«, rief er und schlug mit der flachen Hand auf seinen Tisch. »Da haben diese Juden letztens in Hannover ja noch Glück gehabt, dass sie nur mit Steinen beschmissen worden sind, was, Hadid? Das nächste Mal nimmst du Handgranaten, stimmt's?« Er wieherte höhnisch. Dann verstummte er schlagartig, als er bemerkte, dass alle sich nach ihm umgedreht hatten.

»Stimmt das?« Plögers Stimme hatte sich verändert,

klang plötzlich dumpf und scharf zugleich. »Hattest du etwas mit diesem Vorfall zu tun, der in der Zeitung stand?« Auch seine Miene, sonst freundlich-spöttisch, war nicht wiederzuerkennen. Justin bekam einen Schreck, den er sich selbstverständlich nicht anmerken ließ. Natürlich ging es um den Vorfall von letzter Woche, als eine jüdische Tanzgruppe bei einem Kulturfest von Jugendlichen mit Steinen beworfen worden war. Einige hatte man erwischt; teils Araber, teils Libanesen, alle muslimisch. Aber auch einige Deutsche. Die meisten Steinwerfer waren entwischt. Sollte Hadid wirklich … ?

»Warst du dabei?«, insistierte Plöger.

Hadid riss seine Augen auf, breitete die Arme aus. »Hallo? Wie kommen Sie darauf? Erol spinnt doch! Ich schwöre!« Justin konnte sein Gesicht im Profil sehen: voll die gekränkte Unschuld, sehr überzeugend. Aber wer ihn kannte, wusste, dass man darauf nichts geben konnte. Hadid war ein erstklassiger Schauspieler, und er hatte schon früher damit geprahlt, dass es für ihn keine Sünde sei, Ungläubige zu belügen.

Plöger drehte sich abrupt weg, griff nach seinen Unterlagen, blätterte ziellos, den Blick gesenkt. Justin schaute zur Uhr: noch zehn Minuten. Die konnten sehr lang werden, wenn Plöger wirklich sauer war. Jetzt hieß es die Füße stillhalten. Hoffentlich schnallten die anderen das.

Aber nee, natürlich nicht. Erol musste schon wieder sein Maul aufreißen. »Wenn Steine nicht in Ordnung sind, dann könnte man ja auch etwas anderes nehmen«, tönte der Lange. »Wie wäre es denn zum Beispiel mit Eiern?«

Jetzt brüllten sie alle los vor Lachen, auch die, die sich – wie Justin – eigentlich bedeckt halten wollten. Plöger mit Eiern zu kommen! Nachdem sein eigenes Haus erst kürzlich mit Eiern bombardiert worden war! Jeder wusste, wie sehr ihn das gekränkt hatte, wo er sich doch als einen Lehrer sah, der stets und aus Prinzip auf Seiten der Schüler stand. Trotzdem hatten sie ihm die Fassade versaut. Dass es Schüler gewesen waren, war klar, aber wer genau, das hatten die Pauker noch nicht rausgekriegt, trotz scharfer Verhöre durch die

Schulleitung und Drohung mit der Polizei. Das Anti-Petzer-System der Schulhof-Machthaber funktionierte und schützte die Täter unfehlbar. Auch wenn die sogar schon mit ihrer Heldentat prahlten und längst nicht jeder ihrer Mitschüler mit dieser Aktion einverstanden war.

Plöger knallte seine Mappe auf den Tisch. Sein Kopf ruckte hoch, seine Augen blitzten. Scheiße, dachte Justin. Das gibt eine Strafarbeit, und zwar eine fette. Herzlichen Dank auch, Hadid! Außer, Max ließ sich noch etwas einfallen. Justins Blick wanderte hinüber zu dem Lehrersohn, der dicht bei Dunja saß. Gewöhnlich war Plöger mit Max eher strenger als mit seinen anderen Schülern, aber sein Sohn kannte ihn natürlich am besten, das verschaffte ihm gelegentlich trotzdem Vorteile, die er dann für alle auszunutzen verstand. War ein sozialer Typ, dieser Max, dachte Justin, ganz schön bescheuert natürlich, aber jetzt ihre letzte Hoffnung.

Max aber hielt den Kopf gesenkt, machte sich klein, als hätte er die Eier persönlich aufs eigene Haus geworfen. Aus dieser Richtung war keine Hilfe zu erwarten.

Justin seufzte leise und notierte sich die Aufgabe, die Plöger diktierte. Klang nach sehr, sehr viel Arbeit. Na warte, dachte er, bei Aldi gibt es noch mehr Eier. Jetzt kaufen, warm lagern. Warte nur.

16.

Erika lag in dem schmalen Bett in der kleinen Dachkammer, wie immer, wenn sie bei ihrer Großmutter übernachtete. Hier waren das Heulen des Windes und das Trommeln des Regens besonders laut zu hören, und obwohl die Lücken zwischen den Dachpfannen sorgfältig mit Heidekraut verstopft waren, spürte sie stoßweise kühle Zugluft auf ihrem Gesicht. Das schwere Deckbett aber, das sie sich bis ans Kinn hochgezogen hatte, war lange erprobt und vermochte sie gewöhnlich auch unter solchen Bedingungen warm zu halten.

Jetzt aber waren Erikas Hände und Füße eiskalt, ihre Zähne schlugen laut aufeinander, und ihr Herz raste. Mitternacht war lange vorbei, an Schlaf jedoch war nicht zu denken, natürlich nicht. Nicht in dieser Nacht.

Stinus würde sie abholen kommen, so war es besprochen. Sie hatte ihm extra den Schlüssel für die Hintertür zugesteckt und ihn vor der knarrenden Diele bei der Garderobe gewarnt. Bloß nicht die Oma wecken! Die würde sterben vor lauter Angst um sie. Oder vor Verzweiflung, wenn sie erfuhr, um wen es ging, wenn sie entscheiden musste zwischen dem Leben ihres Mannes und dem ihrer Enkelin. Womöglich würde sie dann lieber selber gehen. Das mochte Gott verhüten!

Erika schüttelte sich. Gott! Der verhütete doch gar nichts. Wie konnte man noch auf den bauen, auch nur noch ein einziges Wort an ihn verschwenden, wenn man sich anschaute, was in Deutschland geschah? Dieser Gott ließ doch alles geschehen, jedenfalls alles, was die Mächtigen, die Bedenkenlosen und Brutalen taten. Alle anderen, vor allem die, die sich an seine Gebote hielten, waren doch gekniffen. Gnadenlos im Stich gelassen! Wie Opa und all die anderen, die da litten. Als Gerechte den Ungerechten ausgeliefert. Wenn es diesen Gott wirklich gab, dachte Erika, dann war er entweder verrückt, oder er interessierte sich nicht für sie.

Grund genug, die Dinge in die eigenen Hände zu nehmen. Wo Stinus nur blieb?

Die Sachen, die sie unter der Bettdecke trug, stammten von ihm. Die dunkle Arbeitshose und die Ärmel des alten Uniformhemdes hatte sie umgekrempelt, darüber würde sie einen halblangen schwarzen Mantel von ihm ziehen und eine dunkle Mütze, die sie sich selbst gestrickt hatte. Robuste Winterschuhe standen auch parat. Ob sie sich wirklich auch die Gesichter schwärzen mussten? Stinus hatte gefeixt, als er davon erzählte, und seine Augen hatten abenteuerlustig gefunkelt, trotzdem hatte Erika das Gefühl, er meinte es ernst. Ihr Herz begann noch stärker gegen ihre Rippen zu donnern, ihr Puls schmerzhaft zu dröhnen. Todsicher würde es Wachen geben, und wenn die sie sahen, dann würden sie schießen. Vielleicht sogar mit einem Maschinengewehr! Dessen Kugeln, als Garbe abgefeuert, konnten einen Menschen mittendurch sägen, hatte Stinus behauptet. Was für ein Blödmann, was für ein Angeber! Erikas Angst aber wurde trotzdem fast übermächtig.

Alles war haarklein abgesprochen. Ohne Janssen aber hatten sie von vornherein keine Chance. Janssen, dieses Schwein. Als sie ihm das Geld gegeben hatten, das Stinus aus der Kiste im Kohlenlager geklaut hatte, natürlich nur einen Teil davon, wie geplant, da hatte er sie aus seinen verschwiemelten Äuglein angepliert und sie »mein kleines Frauchen« genannt. Aus seinem Mund klang das richtig dreckig. Von wegen, seins! Dabei war er doch verheiratet. Kaum zu glauben. Welche Frau mochte sich denn mit solch einem Drecksack abgeben?

Tatsache aber war, dass sie ohne ihn aufgeschmissen waren. Vielleicht steckte er das Geld ja einfach nur ein, lachte sich eins und legte sich schlafen! Und sie konnten nichts dagegen tun. Wie denn auch? »Herr Gendarm, wir möchten Herrn Janssen anzeigen, weil er keinen Verrat begangen hat, obwohl wir ihn doch bestochen hatten.« Da konnten sie auch gleich in die Ems springen.

Oder, noch schlimmer, Janssen zeigte sie seinerseits an. Zwei Volksverräter ans Messer geliefert, das gab doch bestimmt eine Belohnung, und damit konnte er seine Schulden ebenso gut abtragen. Vielleicht wussten Polizei und Gestapo in diesem Moment schon Bescheid, vielleicht hatten sie Stinus schon verhaftet und waren gerade unterwegs, um auch sie zu holen! Erika brach der Schweiß aus, obwohl ihre Füße immer noch kalt waren wie Eis. Dreh jetzt nicht durch, sagte sie sich, verfalle bloß nicht in Panik. Du hast einfach zu viel Phantasie, das sagen doch alle. Es wird alles genauso anlaufen wie geplant, gleich wird Stinus auf Socken die Treppe hochkommen und leise die Kammertür öffnen, wir werden uns aus dem Haus schleichen und rüber zur alten Ziegelei, und alles wird gut gehen, alles wird klappen, Opa wird leben.

Sie holte tief Atem, zweimal, dreimal. Der Panikanfall ging vorüber, und ihr Herzschlag begann sich langsam wieder zu beruhigen.

In diesem Moment dröhnten unten harte Schläge gegen die Haustür. »Aufmachen!«, schrie eine raue Männerstimme. »Sofort aufmachen, oder wir schlagen die Tür ein!«

Erikas Herz setzte aus. Ich werde sterben, dachte sie.

17.

»Danke, Kollegen«, sagte Stahnke und legte den Hörer auf. Dann verschränkte er seine Arme vor sich auf dem Schreibtisch und ließ seinen Kopf darauf sinken. Pest, dachte er, was für eine verdammte Pest. Da hat man schon mal etwas, wenn schon keinen Namen, so doch wenigstens ein Autokennzeichen, da sind die Karlsruher Kollegen so hilfsbereit und ermitteln den Halter in Rekordzeit, und was kommt dabei heraus? Eine Autovermietung! Und wer hat das Wohnmobil gemietet? Eine Frau! Eine alleinstehende Frau noch dazu. Und was ist mit der? Momentan nicht auffindbar ist sie, vermutlich im Ausland, auf Urlaub. Stahnke seufzte laut. Es war wirklich zum Verzweifeln.

»Ach nee.« Eine wohlvertraute Stimme ertönte von der Tür her. »Der Herr Stahnke nimmt sich wohl gerade eine Auszeit! Kleines Schläfchen im Dienst, was? Das nenne ich mal eine lockere Berufsauffassung.«

Stahnke hob den Kopf nur so weit, dass er de Beer unter seinen hochgezogenen Brauen hervor mit einem Blick bedenken konnte, in den er das Konzentrat all seiner Frustration packte. Eigentlich müsste der Kerl jetzt tot umfallen, dachte er, übersät mit Pestbeulen. Aber de Beer lachte nur kalt. »Legen Sie sich ruhig wieder hin!«, rief er übertrieben laut, wohl, damit es auch die Kollegen in den benachbarten Büros auf jeden Fall mitbekamen. »Hauptsache, es stört Sie nicht, dass wir anderen derweil weiterarbeiten.« Triumphierender Blick, flotter Abgang.

Stahnke richtete sich auf und schüttelte den Kopf, als gelte es, eine böse Erinnerung zu verscheuchen, und widmete sich wieder seinen Unterlagen, als sei tatsächlich nichts geschehen. Irmgard Rosenbohm, zweiundsechzig Jahre, frühpensionierte Lehrerin. Sie besaß eine kleine Eigentumswohnung in einem gutbürgerlichen Karlsruher Stadtteil. Und sie war alleinstehend. Der Hauptkommissar schüttelte den Kopf. Da passte auch gar nichts.

Natürlich kamen Partnerschaften ohne Trauschein auch unter älteren Semestern vor, sicherlich nicht zu knapp, die Zeiten änderten sich schließlich. Der mutmaßlich erhebliche Altersunterschied zwischen der Ex-Lehrerin und dem unbekannten Toten musste ebenfalls kein Ausschlussgrund sein, auch wenn Frau Rosenbohm eindeutig allein wohnte; die Karlsruher Kollegen aber hatten die Nachbarn befragt, das Apartementhaus war ein ordentliches, man kannte sich – den Toten kannte man nicht. Und man wusste auch, warum Frau Rosenbohm nicht zu Hause war. Auf Reisen war sie, das war sie oft und gern, nach Frankreich oder Italien, im Sommer auch gerne im hohen Norden. Wo genau? Nein, das könne niemand sagen. Frau Rosenbohm wähle ihre Reiseziele immer ganz spontan aus. Und natürlich fahre sie mit der Bahn und wohne im Hotel. Von einem Wohnmobil habe man sie noch nie sprechen hören. Das passe auch gar nicht zu ihr, Camping und so. Frau Rosenbohm sei eine Frau mit Niveau.

So, so, Niveau. Und warum hatte sie sich dieses Straßenschiff dann gemietet? Oder hatte das jemand anderes in ihrem Namen getan, womöglich mit geklautem Ausweis? Nicht sehr wahrscheinlich, entschied Stahnke; wer ständig durch Europa reiste, der passte gewöhnlich gut auf seinen Pass auf. Was Diebstahl keineswegs ausschloss, das Risiko aber deutlich minderte.

Er schaute auf die Liste, die er sich aufgestellt hatte. *Befragung Plöger*, die hatte er sich selbst vorbehalten. *Befragung Brandanschlagopfer Leer Nummer eins und zwei*, das hatte er Kramer aufgedrückt. *Befragung Emder Antiquar* – das konnte Schmitz übernehmen. Der Hauptkommissar klammerte die Zeile ein und kritzelte die Worte *WoMo Hamburg* darunter. Schauen wir uns das Ding wenigstens einmal an, dachte er, während er rasch eine E-Mail an seinen Emder Kollegen tippte. Und sei es auch nur, um für ein paar Stunden aus de Beers Dunstkreis wegzukommen.

18.

Die Dachkammer war wie eine Falle. Es gab keinen anderen Weg hinaus als die Treppe zum unteren Flur, einmal abgesehen von der Luke, die auf das steile, glitschig-nasse Dach führte. Aber draußen vorm Haus standen bestimmt Bewaffnete, die nur auf tollkühne Fluchtversuche warteten. Sowie Erika wieder einen klaren Gedanken fassen konnte, sprang sie aus dem Bett und riss sich Stinus' Klamotten vom Leib, fuhr in das lange Nachthemd und verwuschelte sich die Haare noch einmal extra. Dann tappte sie barfuß zum Treppenabsatz und spähte blinzelnd hinunter, eine Hand über den zusammengekniffenen Augen, ganz so, als sei sie gerade aus dem Schlaf gerissen worden.

Der Flur war voller Männer, die meisten in Uniform mit Hakenkreuz-Armbinden, aber auch zwei in langen, dunklen Ledermänteln. Die beiden waren ihr unbekannt, während die meisten anderen aus dem Dorf zu stammen schienen. Auch der Kohlenhändler war dabei, ungewohnt polternd, aber ziemlich unterwürfig in Gegenwart der Mantelträger. Das mussten Gestapo-Leute sein.

Zwei der Uniformierten trugen Maschinenpistolen vor dem Bauch, die Mündungen auf die einzige Frau in ihrer Mitte gerichtet. Erikas Großmutter.

Auch sie trug ein dickes Nachthemd, das bis auf den Boden reichte. Ihr Haar hing ihr offen bis über die Schultern. So hatte Erika sie noch nie gesehen. Normalerweise trug ihre Großmutter die Haare zu einem straffen Dutt gebunden, und dann sahen sie grau aus und das Gesicht hart und streng. Offen aber wirkten sie fast blond, und das Antlitz, das sie umrahmten, schien erstaunlich jung, weich und verletzlich. Was sicher auch an den weit aufgerissenen Augen und der Blässe der Haut lag. Erikas Großmutter war zu Tode erschrocken.

»Du da, komm runter!« Einer der Mantelträger hatte Erika oben an der Treppe entdeckt und machte eine knappe, herrische Handbewegung, als beordere er einen Hund zu sich. Folgsam setzte sie sich in Bewegung. Die Erschrockene brauchte sie nicht zu spielen.

Zwei weitere Männer tauchten jetzt in der Küchentür auf, der eine war der Dorf-Gendarm, der andere – Erika musste all ihre Beherrschung zusammennehmen, um nicht laut aufzuschreien: Der andere war Janssen! Er musste sie tatsächlich verraten haben. Was konnte seine Anwesenheit hier sonst bedeuten?

»Da ist niemand«, meldete der Polizist. Der größere Ledermantelträger nickte, wiederholte dann seine herrische Geste: »Rein da! Das Mädchen auch. Zwei Mann zur Bewachung. Die restlichen nehmen sich die anderen Zimmer vor. Stall und andere Nebengebäude nicht vergessen, Keller, Dachboden, Abseiten. Ihr wisst Bescheid.«

Erika fühlte sich am Oberarm ergriffen und in die Küche gezerrt, so dicht an Janssen vorbei, dass sie sich fast berührt hätten. Er beachtete sie gar nicht. Schaute er nicht sogar angestrengt an ihr vorbei? Sie begriff gar nichts mehr. Die kaum noch beherrschbare Panik erleichterte ihr das Denken nicht gerade.

Ihre Großmutter zog sie an sich. Erika konnte spüren, dass sie am ganzen Leib zitterte, sicher nicht nur wegen der Kälte. Sie setzten sich auf die beiden alten, wackeligen Stühle, die nebeneinander dicht beim Fenster standen, direkt gegenüber dem Spülstein mit den beiden hohen Messingpumpen, obwohl es dort deutlich kühler war als auf der anderen Seite des Tisches, näher beim Herd, in dem noch die Glut des vergangenen Abends glomm. Neben dem Herd aber standen die beiden Bewaffneten, und instinktiv hielten sie größtmöglichen Abstand.

Die beiden Bewacher schienen sich auf einen längeren Aufenthalt einzurichten. Der eine rückte sich einen Stuhl so zurecht, dass er sich setzen konnte, ohne Erika und ihre Großmutter aus den Augen und dem Schussfeld zu lassen. Der andere befühlte die Ofenplatte, öffnete dann eine der Luken, angelte sich zerknülltes Zeitungspapier und ein paar dünne Holzscheite aus der Kiste unter dem Backofen, nahm den Schürhaken und begann, aus der Glut ein neues Feuer zu entfachen. »Maak uns man 'n Koppke Tee«, wies er die Hausherrin an, nicht unfreundlich, aber ohne Zweifel darüber aufkommen zu lassen, wer hier das Sagen hatte.

Erikas Großmutter erhob sich und schlurfte zögernd zum Herd. Wenigstens hatte ihre Oma Hausschuhe an, registrierte Erika, während sie ihre eigenen, nackten Füße unter ihr Nachthemd zog. Gut so, sonst holte sie sich hier noch den Tod.

Als ob der ihr nicht sowieso drohte! Und niemand anderes als sie, Erika, hatte ihnen das eingebrockt. Tränen schossen ihr in die Augen. Wie durch einen Schleier sah sie, wie ihre Großmutter prüfend den Kessel anhob. »Ik mutt Water halen«, sagte sie so leise, dass ihre Worte fast vom Knistern der Scheite in den auflebenden Flammen verschluckt wurden.

Der Uniformierte nahm ihr den großen Kessel aus der Hand. »Laat man, dat kann ik wall doon«, grummelte er und kam herüber zu den Pumpen. Erika drückte sich noch tiefer in ihren Stuhl, als sie die drohende MP-Mündung auf sich zu baumeln sah. Die feuchte Kälte, die von den Fensterscheiben hinter ihr ausging, kroch durch den Stoff ihres Nachthemdes. Der Mann stellte den Kessel in den Spülstein und rückte ihn zurecht. Das schabende Geräusch ging Erika durch und durch, wie quietschende Kreide an einer Schultafel.

Auch hinter ihr kratzte es leise. Erst dachte sie, es sei der Regen, aber als sie sich vorsichtig umblickte, sah sie einen verschwommenen hellen Fleck hinter den unebenen Scheiben, so wie damals, als Stinus sie hier abgeholt hatte. Was war das? *Wer* war das?

Stinus. Keine Frage, das war Stinus. Und er machte ihr irgendwelche Zeichen, verstohlen, wollte offenkundig nicht gesehen werden. Warum lief er denn überhaupt noch frei herum? War er den Bewaffneten entkommen? Oder hatte Janssen etwa nur sie verpfiffen und nicht ihn, weil er ja auch in der Nazipartei war, als Hitlerjunge?

Der Mann mit der Hakenkreuzbinde hatte zu pumpen begonnen, aber aus dem Messingrohr röchelte es nur trocken. »Daar kummt ja heel nix!«, beschwerte er sich tumb. Vorwurfsvoll schaute er sie an.

»Da kommt nie etwas raus«, erwiderte Erika. Schnell richtete sie ihren Oberkörper auf, so weit es ging, um möglichst viel Fensterfläche zu verdecken. Oma hatte ihr einmal erklärt, dass dieses Haus über zwei Regenbacken verfügte, gemauerte Behältnisse unter dem Boden, in denen das Regenwasser vom Dach aufgefangen wurde. Einer der beiden war schon seit Jahren undicht und trocken; weil die Großeltern aber kein Vieh hielten, kamen sie mit dem Wasser aus einer Backe leicht aus, so dass Großvater den defekten Behälter nie repariert hatte. Sollte sie ihrem Bewacher das erklären? Nein, entschied sie. Zu viel der Ehre. Also sagte sie nur knapp: »Die Pumpe ist kaputt.«

»So.« Der Mann probierte den anderen Schwengel, und schon nach wenigen kräftigen Schlägen schoss Wasser in den Kessel. Zufrieden trug er ihn zurück zum Herd, wo Erikas Großmutter inzwischen die passenden Ringe über dem Feuerloch platziert hatte, und setzte ihn hinein. »Glieks gifft 't lecker Tee!«, schwärmte er und rieb sich die Hände.

Sein Kumpan lachte. »Weißt du, wie du jetzt gerade aussiehst? Wie ein Jude nach dem Schachern!«

»Dösbaddel«, schimpfte der Mann am Herd, stellte das Händereiben aber ein. Stattdessen beobachtete er die Hausherrin, die die Teekanne ausspülte und nach der Teedose griff. Auffallend wohlgefällig betrachtete er sie, fand Erika. Blicke dieser Art kannte sie gut, und sie war empört. Ihre Oma war doch eine alte Frau! Dann aber wurde ihr bewusst, dass ihre Großmutter trotz ihrer weit über fünfzig Jahre noch alles andere als unansehnlich war. Umso unglaublicher, dass man sie hier im Nachthemd herumfuhrwerken ließ!

Verstohlen schaute sie zum Fenster. Nichts mehr zu sehen als Regenschlieren, kein Gesicht, kein Stinus. Hatte sie sich nur eingebildet, dass er da war? Nein, sicher nicht, aller Panik zum Trotz. Erika atmete tief durch, so ruhig und langsam es ging, und versuchte ihre Nervosität niederzukämpfen. Denk nach, befahl sie sich selbst, denk nach. Was ist hier los?

Über ihr stampften schwere Stiefel über die Dielen. Das Haus wurde durchsucht, offenbar gründlich. Was aber suchten die Männer, wenn sie doch verraten worden waren, wenn sie ihr Vorhaben gar nicht hatten durchführen können? Beweise? Aber warum ließ man sie dann hier in der Küche herumsitzen, statt sie peinlich zu befragen, von Stinus ganz zu schweigen? Die Gestapo hatte so ihre Möglichkeiten, die Leute sprachen hinter vorgehaltener Hand davon, wenn sie sich trauten. Wenn nur die Hälfte davon stimmte, dann konnten sich die Männer ihre Sucherei auch sparen.

Die Haustür wurde unsanft geöffnet, knallte so hart gegen die Wand, dass der Kalk nur so rieselte, und krachte zurück ins Schloss. Eine Uniformmütze erschien in der Küchentür. »Im Stall ist er auch nicht«, rief eine heisere Stimme. »Wo sind denn die Herren aus Leer?«

»In d' Vörköken«, antwortete der Teedurstige und wies mit dem Daumen den Flur entlang. Die Küchentür wurde wieder geschlossen.

Inzwischen bullerte das Feuer im Herd kräftig, und der Teekessel fing an zu singen. Die beiden Bewaffneten ließen ihn nicht mehr aus den Augen; die Aussicht auf Tee schien sie weit mehr zu interessieren als die Resultate ihrer nächtlichen Suchaktion.

Erika umklammerte ihre Knie mit aller Kraft. Sie suchten Großvater! Sie suchten ihn hier! Und sie hatten ihn noch nicht gefunden. Himmel, wie war das möglich, wie konnte das sein?

Aber war das nicht herrlich!?

Stimmen im Flur, knallende Schritte, die Küchentür ächzte in ihren Angeln, als sie erneut aufgerissen wurde. »Du kommst mit! Los, beweg dich.« Hackes, dieser verdammte Schweinehund, zeigte mit dem Finger auf Erikas Großmutter. Ob er inzwischen bemerkt hatte, dass ein Teil seines ergaunerten Geldes aus der Kiste verschwunden war? Aus dieser langen Kiste, in der er früher immer seine Schaufeln untergebracht hatte, wenn er mit Pferd und Wagen Kohlen ausliefern fuhr, und die jetzt unter den Kohlehalden seines

Lagers versteckt war? Seiner Laune nach war das durchaus möglich. Die konnte aber auch am bisherigen Misserfolg der Durchsuchung liegen. Hier, wo die beiden Ledermäntel nicht in Sicht waren, traute er sich, sie herauszulassen. Was für eine Sau! Erika zitterte vor Wut und Angst. Was hatte er mit ihrer Oma vor?

Der Teedurstige mit der Maschinenpistole vor dem Bauch schob sich dem Kohlenhändler in den Weg. »Hackes, nu bedaar di man«, knurrte er ihn an wie einen alten Bekannten. »De Froo maakt uns nett 'n Koppke Tee. Musst du hör jüst nu halen?«

»Bist du wahnsinnig? Willst du hier Gegenbefehle erteilen?«, zischte der Kohlenhändler mit bebender Stimme. »Leg dich bloß nicht mit den beiden da vorne an, das rate ich dir. Wenn die dich aufs Korn nehmen, dann hilft dir auch keine braune Uniform mehr.« Hektisch schaute er sich um, entdeckte Erika am Fenster. »Da, die Kleine kann euch ja Tee machen. Die Frau kommt jetzt mit mir mit, keine Widerrede.« Er drängte den Bewaffneten zur Seite und griff Erikas Großmutter am Arm. Sie leistete keinen Widerstand, als er sie mit sich zog.

Der Teedurstige zuckte die Achseln. »Tscha nu. Wat mutt, dat mutt, is 't neet so?« Er blickte Erika auffordernd an: »Kannst du denn Tee maken?«

Erika nickte. Ein kleiner Löffel Tee pro Tasse, einer für die Kanne, in etwas kochend heißem Wasser ziehen lassen, dann aufgießen, so schwer war das ja nun nicht. Sie erhob sich. Und gab sich auch innerlich einen Ruck. »Was passiert denn nun mit meiner Oma?«, fragte sie mit dünner Kleinmädchenstimme. Ein günstigerer Moment würde wohl nicht mehr kommen.

Wieder ein Schulterzucken. »Fraagt word se, wat wall anners«, sagte er. »Verhört. Of se wat weet, waar hör Keerl blewen is. De is güstern Abend utbüxt, daar bi d' Baustee an de Eemse. Nu sünd de all rein vergrellt, waar he woll hen is. He is nargends to finnen, is reinweg neet to glöven.«

»He, spinnst du?«, unterbrach ihn sein Kumpan rüde.

»Quatsch keine Opern hier.« Und zu Erika gewandt: »Siehst du nicht, dass das Wasser kocht? An Böön un' Balken! Nun mach schon hin mit dem Tee. Willst uns wohl verdursten lassen!«

Erika verbrannte sich fast die Finger, weil sie den Topflappen vergaß, so fiel es ihr leichter, jeden Laut der Freude zu unterdrücken. Opa war geflohen, er war frei! Aber warum so früh, so überstürzt? Warum hatten die anderen nicht auf sie gewartet? Hatten die ihr etwa nichts zugetraut, weil sie ein Mädchen war?

Oder war irgendetwas ganz anders gelaufen als geplant?

Die Kanne dampfte, der Tee zog. »Habt ihr vielleicht auch etwas zu essen?«, fragte der zweite Bewacher, der immer noch breit auf seinem Stuhl saß, seinen Bauch, an dem ihm offenbar viel gelegen war, vorgewölbt. Wie dreist, dachte Erika empört, macht sich hier breit, bedroht uns – und dann will er auch noch von uns verpflegt werden! Aber dann ging ihr auf, dass ja genau das das Prinzip der Nazis war. Zu widersprechen wäre mehr als unklug gewesen, für sie wie für alle anderen.

So ging sie denn in die Speisekammer, wo der Estrich unbedeckt und noch kälter an den nackten Füßen war als in der Küche, wo immerhin raue Matten lagen, und holte Brot, Wurst, Butter und Käse. Brote zu schmieren brauchte sie wenigstens nicht; die beiden Männer zückten ihre Messer, bedienten sich ungeniert und bissen gierig von dicken Batzen Plockwurst und Gouda ab. »Hol gleich noch mehr!«, befahl der Sitzende mit vollem Mund. Zornig, aber gehorsam kehrte Erika in die Speisekammer zurück.

Und da hörte sie etwas.

Es war mehr ein Gefühl als ein Geräusch. Ein Kratzen am Gemäuer, das sich durch den Boden auf ihre Fußsohlen übertrug. So, als bewege sich etwas unterhalb des Estrichs, dort, wo eigentlich das Fundament des Hauses hätte sein sollen.

Erikas Gedanken rasten, und noch ehe sie nach dem nächsten Hartwurstring griff, hatte sie schon die Lösung. Der Keller war es nicht, der lag nicht hier, sondern unterhalb des Korridors, ein kleiner Keller nur, wie ihn viele Häuser hatten, hier, wo der Boden immer feucht und der Grundwasserspiegel hoch war. Das hier direkt unter ihr konnte nur eine der alten Regenbacken sein. Und zwar die kaputte, die, die schon so lange trocken lag!

Schnell kehrte sie in die Küche zurück, stellte Tassen hin, warf Kluntjes hinein, dass es nur so klirrte, und schenkte den inzwischen durchgezogenen Tee ein. Das kleine Schwenksieb in ihrer linken Hand pendelte stark, und sie hatte Mühe, es richtig in den Teestrahl zu halten, um die aufgequollenen Blätter aufzufangen. Ihre Bewacher spotteten laut über ihre Ungeschicklichkeit, bedauerten ihren künftigen Ehemann mit derben Worten. Sie grinste sogar darüber. Alles egal, Hauptsache, es war laut hier im Raum!

Laut wurde es auch im Nebenraum. Das Verhör von Erikas Großmutter fand offenbar in der guten Stube statt, die Wand an Wand mit der Küche lag. Verschiedene Männerstimmen brüllten abwechselnd, und Erika glaubte, ihre Großmutter durch die Mauer hindurch weinen und jammern zu hören. Sie weiß doch nichts, dachte sie verzweifelt, sie weiß nichts, warum lasst ihr sie nicht in Ruhe? Aber andererseits war genau das ihre Chance: dass Oma nichts wusste. Sie konnte gar nichts verraten.

Trösten würde sie das nicht, dachte Erika. Außerdem, was wusste sie selbst denn schon? Zu wenig, um sich über irgendetwas sicher zu sein. Genug, um tausend Ängste auszustehen. Und viel zu viel für ein Verhör.

Wieder schlug die Haustür, trampelten Stiefel über den Flur. Irgendwer stampfte sich auf der Fußmatte den Dreck von den Füßen; anscheinend hatte man auch den Garten durchsucht. Halblautes Gemurmel, jemand machte eine militärisch klingende Meldung, schwieg dann. Die Antwort war nicht zu verstehen.

Dann wurde die Küchentür erneut geöffnet. »Wir rücken ab!«, rief der Kohlenhändler. Er stutzte: »Wat, ji bünt hier an Freten un Supen, un wie mutten buten dat hele Wark doon?«

Der dickere der Bewacher lachte, den Mund voller halbzerkauter Plockwurst. »Tja, da guckst du, was? Nur kein Neid! Der brave Soldat denkt an sich selbst zuerst. Und Meinnutz geht vor Deinnutz, das steht doch auch immer in deinem *Stürmer*!«

»Das heißt: Gemeinnutz geht vor Eigennutz! Du Blödian!«, schrie der Kohlenhändler außer sich. »Und jetzt raus hier! Raus!!«

Gemächlich schoben sich die Bewaffneten aus der Küche, stellten vorher noch die leeren Teetassen zurück auf die Untertassen, nickten Erika jovial grinsend zu. Sie grinste zurück. Es kostete sie ihre letzten Reserven an Kraft und Selbstbeherrschung.

Eine Minute später war das Haus wieder still und leer. Leer bis auf Erika und ihre Großmutter, die gebückt in die Küche geschlichen kam, verweint und völlig verwirrt, und sich auf den Stuhl setzte, auf dem sich zuvor der Bewacher gefläzt hatte. Erika schloss sie in die Arme, fühlte das Flattern ihrer Glieder, das Beben ihrer Brust, sah, dass ihre Lippen sich lautlos bewegten. Sie strich ihr über die aufgelösten Haare, murmelte ihr beruhigende, sinnlose Worte ins Ohr, als sei sie die Große und ihre sonst so starke Oma das Kind.

Wieder klapperte es im Flur, wieder öffnete sich die Küchentür. Zwei Köpfe fuhren erschrocken herum.

In der Tür stand Stinus, die HJ-Uniform nass und verdreckt. »Die Luft ist rein«, sagte er und strahlte dabei über das ganze Gesicht.

19.

Sie haben sich verschworen, dachte Stahnke, gegen mich. Die Baustellen und mein Navigationsgerät. Und zusammen machen sie mich fertig. Kaum dirigiert mich ein Umleitungsschild in die eine Richtung, lotst mich das Navi unfehlbar wieder zurück, und ich stehe erneut vor denselben rot-weißen Baken. Verdammter Mist! Hätte ich doch bloß die Bahn genommen!

Obwohl – seine letzten Erfahrungen mit der Bahn, die zwar immer noch als deutsch, aber nicht mehr als rollende Bundesbehörde firmierte, waren alles andere als berauschend gewesen. Trotz der vielen Berauschten, die durch die Gänge torkelten, grölten, hemmungslos rauchten, Frauen jeden Alters belästigten und bisweilen zwischen die Bänke kotzten. Früher hatte es einmal eine eigene Bahnpolizei gegeben, heute war die sogenannte Bundespolizei zuständig, die vor allem durch Abwesenheit glänzte. Ebenso wie Zugbegleiter oder Fahrkartenkontrolleure. Schnaubend vor Wut hatte Stahnke auf seinem miefigen Polster gehockt, eisern darauf bedacht, sich bloß nicht in einen sinnlosen Disput mit einer Hundertschaft Suffköpfe verwickeln zu lassen, und höchst verärgert darüber, dass er sich überhaupt ein Ticket gekauft hatte, wo einem das Schwarzfahren doch derart nahegelegt wurde. Zu guter Letzt hatten sie dann mitten auf offenem Feld ohne ersichtlichen Grund einen zwanzigminütigen außerplanmäßigen Stopp eingelegt, und Stahnke hatte seinen Anschluss verpasst. Und damit den Termin. Toll.

Nein, dachte der Hauptkommissar, nicht alles war früher besser. Wirklich nicht. Aber die Bahn schon.

Ganz im Gegensatz zur Autobahn, denn die glich, vor allem zwischen Bremen und Hamburg, einer dichten Abfolge von Schikanen, deren einziger Sinn es war, jedem Autofahrer die völlige Sinnlosigkeit des Prinzips der individuellen Fortbewegung vor Augen zu führen. Denn weder war in dieser frisch gepressten Blechwurmmasse Individualität zu erkennen, noch konnte ernsthaft von Fortbewegung gesprochen werden.

Irgendwann war Stahnke trotz allem in Hamburg angekommen, aber damit hatte sich seine Laune kein Stück gebessert. Die allerorten vielspurige Verkehrsführung und die permanente Notwendigkeit schneller Richtungsentscheidungen machten ihn kribbelig, und er fühlte sich wie ein Landei in der Legebatterie. Der Wahnwitz der wuchernden Riesengeschwüre aus Asphalt und Stahlbeton, die ineinander griffen wie die Glieder einer Würgekette, zwang ihm die Frage auf, wo denn hier eigentlich noch Menschen leben sollten, jedenfalls außerhalb rasender Blechkisten. Und die schiere Ausdehnung des potthässlichen Gewerbegürtels, den es zu durchqueren galt, ehe man etwas erreichte, das halbwegs nach Stadt aussah, machte ihn melancholisch. Wie sollte man für den Schutz einer Gesellschaft arbeiten, die nicht einmal mehr selbst an sich und ihre eigene Zukunft zu glauben schien?

Der Name seines Zielortes schließlich, Grüner Deich, erschien ihm wie reiner Hohn. Asphalt, Schotter, Verkehrsgedröhn, eine donnernde Hochbahnstrecke, reichlich Beton, Zäune und Autos, Autos, Autos. Dazu allerhand Nutten entlang der Straße, an der der Wohnmobil-Stellplatz lag. Sozusagen der menschliche Faktor. *Fak-tor*! Er zerdehnte das Wort in seine beiden Silben, als er auf den Platz einbog.

Die Wohnmobile teilten sich das Gelände mit einer ganzen Herde doppelstöckiger Touristenbusse. Neben dem Eingang stand eine Ansammlung sauber lackierter Container, die offenbar als Büro, Toiletten und Waschräume dienten. Stahnke parkte, faltete sich aus seinem altmodisch flachen Mazda und reckte sich ausgiebig.

Immerhin schien seine generalstabsmäßige Planung funktioniert zu haben. Ehe er in Leer losgefahren war, hatte er sich eine richterliche Durchsuchungsgenehmigung für das gefundene Wohnmobil besorgt, diese an den Vermieter gefaxt, ihn dann angerufen und gebeten, einen Satz Zweitschlüssel per Eilkurier an die Hamburger Spurensicherung zu schicken –

gegen Kostenübernahme natürlich. Dies und die Aussicht, das schon vermisste Fahrzeug im Gegenzug recht schnell zurückzubekommen, hatte den Firmeninhaber kooperativ gestimmt. Die Hamburger Kollegen hatte Stahnke natürlich ebenfalls informiert. Und sich vorhin, noch von der Autobahn aus, ein zweites Mal bei ihnen gemeldet und seine demnächst bevorstehende Ankunft avisiert. Zu diesem Zeitpunkt waren die Schlüssel dort zwar noch nicht eingetroffen, wohl aber eine Meldung des Karlsruher Kurierdienstes, dass die Sendung pünktlich abgegangen sei. Man durfte also hoffen.

Kaum hatte Stahnke sich zu Ende gereckt, da kam auch schon ein blau-weißer Bulli über den Schotter gerauscht. Drei Mann Besatzung, zwei davon in weißen Überzieh-Overalls. Perfekt.

Jetzt tauchte auch Strohmann, der Platzwart, aus seinem Container auf. Eine hochgewachsene, nach allen Seiten ausladende Erscheinung, der man die sitzende Lebens- und Arbeitsweise ansah. Die Anzahl seiner Kinne war beträchtlich. Beflissen watschelte er den Beamten voran zur richtigen Parzelle. Oder besser Parkbucht, korrigiert Stahnke sich. Dieser Stellplatz hatte wirklich nichts Anheimelndes. Der Hauptkommissar bedankte sich höflich, nickte freundlich, und er nickte noch ein weiteres Mal, ehe Strohmann bemerkte, dass er seine Schuldigkeit getan hatte und seine weitere Anwesenheit nicht erwünscht war. Errötend walzte er zu seinem Container zurück.

Stahnke rieb sich erwartungsvoll die Hände. »Wie gehen wir's an, Kollegen?«, fragte er in die Runde. »Sind die Schlüssel eingetroffen?«

Einer der weiß Gekleideten, der eine prächtige Schifferkrause ums Kinn trug, ließ statt einer Antwort ein Schlüsselpaar, das mit einem Pappkärtchen markiert war, in der Handfläche hochhüpfen. Um es gleich wieder in seiner Faust zu verschließen. »Indem wir auf den Abschleppwagen warten«, erwiderte er. »Wir bringen das Ding in unsere Halle. Alles andere wäre zu riskant. Spuren könnten verwischt oder verfälscht werden. Eventuelle äußere Anhaftungen, Erde und so. Vielleicht auch nur ein Haar, das irgendwo pappt. Besser, wir gehen auf Nummer sicher.«

Stahnke atmete tief ein, dass es zischte. Wieder so eine Verzögerung! Wofür hatte er sich eigentlich so abgehetzt? »Dass dieses Fahrzeug als Tatort nicht in Frage kommt, ist Ihnen schon klar, oder?«, fragte er mühsam beherrscht.

»Schon.« Der beruhigende Tonfall des bärtigen Overallträgers signalisierte Verständnis. »Und ich verstehe auch, dass Sie in erster Linie daran interessiert sind, Hinweise auf die Identität des Opfers zu finden. Dabei werden wir Sie ja auf jeden Fall unterstützen. Wir müssen aber auch mit der Möglichkeit rechnen, dass Täter und Opfer sich gekannt haben, dass der Täter vielleicht mal hier an Bord gewesen ist und Spuren hinterlassen hat, einen Fingerabdruck, eine Schuppe oder eben ein Haar. Falls irgendetwas da ist, müssen wir es jetzt sichern. Später ist es zu spät.« Bedauernd hob er die Schultern: »Standardprozedur.«

Das kleine Einmaleins der Kriminaltechnik, dachte Stahnke, und er betet es mir vor, als ob ich ein störrisches kleines Kind wäre. Warum? Vielleicht, weil ich mich gerade so benehme. Tja. Wieder so eine unangenehme Wahrheit, die er nur selbst – und zwar bei sich selbst – aus der Welt schaffen konnte. Also machte er ein freundliches Gesicht und nickte bestätigend. »Na denn. Erfurt haben Sie bereits informiert?«

»Na klar. Der Abschleppdienst müsste längst unterwegs sein.«

Die Erfurt-Regelung. Ging es vielleicht noch umständlicher? Kein Polizist, der ein Kraftfahrzeug zur Beweissicherung irgendwohin bringen lassen wollte, durfte eigenmächtig einen Abschleppwagen rufen. Auf keinen Fall! Nicht einmal ein Dienststellenleiter war dazu befugt. Nein, man musste vielmehr die Zentralstelle in Erfurt verständigen. Die suchte dann aus dem entsprechenden Adressverzeichnung das nächstgelegene Unternehmen heraus – in der Regel dasjenige, das der betreffende Beamte sowieso verständigt hätte – und erteilte dem den Auftrag. Da hörte wohl jeder den Amtsschimmel in höchsten Tönen wiehern.

Tatsächlich aber hatte dieses scheinbar sinnlose Verfahren einen ziemlich vernünftigen, wenn auch für Staatsdiener wenig schmeichelhaften Hintergrund. Abschleppaufträge, schon gar von öffentlicher Hand, waren lukrativ, und mancher Abschlepper, der entlang der Autobahnen auf Unfallopfer geierte, wäre gerne bereit gewesen, für regelmäßige Aufträge von wohlmeinenden Beamten ein paar Scheinchen rüberwachsen zu lassen. Die Erfurt-Regelung sollte derartige Vorteilsnahme im Amt vereiteln und den guten Ruf der Polizei schützen. Gut gemeint, dachte Stahnke. Bloß etwas lästig. Und wer konnte wissen, ob die Kollegen in Erfurt auch wirklich unbestechlich waren …

Ein laut dröhnender Diesel ließ Stahnke erwartungsvoll herumfahren. Der Verursacher war jedoch nicht der erhoffte Kranwagen, sondern nur ein weiterer Doppeldecker-Touristenbus, der auf den Nachbarplatz rangierte. »Wie lange wird es denn dauern, schätzungsweise?«, fragte der Hauptkommissar.

»Bis der Abschlepper kommt? Nicht lange, schätze ich, höchstens ein paar Minuten noch«, antwortete der Overallträger. »Die Untersuchungen aber werden sich bestimmt hinziehen. Glaube kaum, dass wir damit heute noch fertig werden.« Demonstrativ schaute er zur Uhr; der Nachmittag war schon weit fortgeschritten.

Stahnke zerkaute einen Fluch. Was jetzt? Zurück nach Leer, sich telefonisch über die gesicherten Spuren informieren und Tatortfotos online zuschicken lassen? Auf keinen Fall, das brachte nichts, und das hielt er auch überhaupt nicht aus. Am besten blieb er die Nacht über hier und nahm gleich morgen Vormittag, sobald es ging, alles persönlich in Augenschein. Natürlich ging dabei ziemlich viel Zeit drauf, aber wenn er extra noch einmal nach Hamburg zurückkehren musste, war der Aufwand auch nicht geringer. Spesen fielen so oder so an, für ein Zimmer ebenso wie für zusätzliche Kilometer. De Beer würde also auf jeden Fall meckern. Amüsiert stellte Stahnke fest, dass ihm dieser Gedanke Spaß bereitete.

Wieder grollte ein Diesel, und diesmal war es der erhoffte

gelbe Abschleppwagen. Ein extra großer sogar, einer mit absenkbarer Plattform, der das Wohnmobil trotz seiner sechseinhalb Meter Länge einfach huckepack nehmen konnte. Die Overallträger streiften sich Einmalhandschuhe über, überwachten den Ladevorgang und erledigten alle Handgriffe direkt am Fahrzeug selbst. Die beiden verstehen ihren Job, dachte der Hauptkommissar anerkennend. Die Wartezeit versprach sich also wenigstens zu lohnen.

Als die Fuhre vom Stellplatz schwankte, die Hamburger Kollegen ihrem Bulli zustrebten und Stahnke noch unschlüssig herumstand, sprach ihn der bärtige Overallträger an. »Wofür haben Sie sich entschieden?«

Der Hauptkommissar zuckte die Achseln. »Ich bleibe über Nacht hier. Was sonst?«

Der Bärtige lächelte. »Klar, was sonst. Wir machen auch, so schnell wie wir können. Haben Sie schon eine Bleibe?«

Stahnke schüttelte den Kopf. »Hätten Sie einen Tipp?«

»Bei mir zu Hause ist viel Platz. Das Gästezimmer wäre frei. Wenn Sie möchten …«

»Äh … klar, besten Dank.« Stahnke war überrascht, hatte sich innerlich schon auf einen ruhigen Fernsehabend im Hotel eingerichtet. »Wie komme ich da denn hin?«

»Am besten mit mir«, erwiderte der Bärtige. »Es ist draußen in Övelgönne, für Ortsunkundige nicht leicht zu finden. Schlage vor, wir treffen uns um achtzehn Uhr bei der Fahrzeughalle. Vielleicht habe ich dann ja auch schon erste Resultate.«

»Gut, einverstanden. Wir können dann auch gerne mein Auto nehmen.« Stahnke wollte sich wenigstens ein bisschen erkenntlich zeigen.

Der Bärtige lächelte. »Das lassen Sie mal lieber auch in der Halle stehen. Ich glaube, ich weiß etwas Besseres.« Er grüßte, stieg in den Polizeibulli, dessen Fahrer ihm in seiner Ungeduld schon bis knapp vor die Füße gefahren war, und ließ Stahnke ratlos zurück.

20.

Dass sich hinter der Dachkammer, in der sie immer schlief, wenn sie bei ihrer Großmutter übernachtete, noch eine halbhohe Abseite befand, hatte Erika überhaupt nicht gewusst. Zum eigentlichen Dachboden gab es eine Tür auf der anderen Seite des Treppenabsatzes. Wer konnte ahnen, dass unter dem niedrigen, an der Nordseite schon etwas eingesunkenen Dach noch Platz war für einen weiteren Raum?

Niemand. Auch nicht die Männer, die das Haus auf der Suche nach Erikas Großvater durchkämmt hatten. Das Schränkchen, das den Zugang verbarg, war mit zwei verborgen angebrachten Riegeln fixiert, damit es nicht immer wackelte, wenn jemand über die nachgiebigen Dielenbretter ging. So wirkte es wie fest eingebaut, und das hatte ausgereicht, um das Rollkommando zu täuschen.

Genau deshalb hatte Erikas Großmutter ihren Mann jetzt hier einquartiert.

Ganz vorsichtig öffnete Erika die Türen des Schränkchens, löste die innen angebrachten Riegel und schob das Möbelstück beiseite. Dann nahm sie ihr Tablett wieder auf, ergriff den Teelöffel und schlug zweimal leicht an die Teetasse. Das verabredete Zeichen, um Großvater nicht in Panik zu versetzen. Danach erst öffnete sie die Tür zur Abseite, bückte sich tief und schob sich hindurch.

Der Mann, der dort auf dem Feldbett unter dicken Federbetten lag, hatte keine Ähnlichkeit mehr mit dem Großvater aus Erikas Erinnerung. Ein fast kahlköpfiger Greis, der Körper bis aufs Skelett abgemagert, das Gesicht ein mit Waschleder überzogener Totenschädel, die Wangen hohl, die Augen tief in dunklen Höhlen, der Mund fast zahnlos. Das Erschrecken über seinen Zustand hatte die Freude über seine Rettung stark getrübt, auch wenn Erika und ihre Großmutter das zu überspielen versuchten. Zunächst hatten sie geglaubt, er würde die erste Nacht nicht überleben. Das war jetzt schon zehn Tage her. Dieser Mann war zäh, unglaublich zäh, sonst wäre er wohl längst unter der Erde. Wie so viele andere.

Großvater atmete ruhig, aber das Rasseln hatte kaum nachgelassen. Schlief er? Erika stellte die Teetasse auf die Obstkiste, die als Nachttisch diente. Nur mit Mühe hatten Stinus und sie Großmutter davon abhalten können, richtige Möbel hierher zu schaffen. Der ersten Hausdurchsuchung mochten weitere folgen, und dann würde das Fehlen von Einrichtungsgegenständen auffallen. Und Ungenutztes besaßen die Großeltern nun einmal nicht.

Als die Tasse beim Abstellen leise klirrte, öffnete Großvater die Augen. Erika wollte sich entschuldigen, aber sein Lächeln kam ihren Worten zuvor. »Na, mien Muuske«, sagte er mit einer Stimme, die so dünn, zittrig und schwach war, dass Erika fast die Tränen kamen. »Hest mi weer wat Leckers brocht?« Mit den Augen deutete er auf die Tasse, machte aber keine Anstalten, danach zu greifen. Das Glas mit dem verdünnten Johannisbeersaft, das sie ihm schon vor Stunden auf die Kiste gestellt hatte, schien immer noch unberührt.

Seine Gesichtszüge erschlafften, und er schloss die Augen, als habe die Anstrengung des Lächelns schon all seine Kraftreserven verbraucht. Vorsichtig strich Erika ihm über Stirn und Wangen. Heiß fühlte er sich an und schwitzig. Auf der bleichen Haut zeigten sich rosa Flecken. Bestimmt hatte er wieder Fieber. Sie streichelte ihm den schütteren Haarkranz; er reagierte nicht, schien wieder in den unruhigen Halbschlaf gefallen zu sein, den er sich im Moorlager angewöhnt hatte. Immer wachsam bleiben, immer auf Alarm gefasst, auf prügelnde Wachen oder diebische Mitgefangene, auf besoffene Folterknechte, denen die Blutgier aus den Augen sprang, oder verhungernde Moorsoldaten, die für einen trockenen Brotkanten zu allem imstande waren. Viel hatte Erikas Großvater nicht erzählt von den Jahren hinter Stacheldraht, die er ertragen hatte, aber das Wenige hatte dem Wort Entsetzen eine neue Bedeutung gegeben.

Waren das noch Menschen, die anderen Menschen so etwas antaten?

Von seiner Flucht hatte er noch am genauesten berichtet. Dass er bei der Ankunft am Einsatzort seines Sträflingstrupps natürlich gleich gewusst hatte, wo sie sich befanden, und sich sofort entschlossen hatte, die Gelegenheit zu nutzen, und sei es auch nur für ein letztes Wiedersehen vor seiner scheinbar unausweichlichen Gefangennahme und Erschießung. Dass er im Dunklen losgekrochen war, allein, denn keiner derjenigen Mithäftlinge, denen er traute, war zu diesem Außenkommando eingeteilt worden. Wie er sich plötzlich einem Uniformierten gegenüber gesehen hatte, den er als Aufseher Janssen aus Jemgum erkannte, einen brutalen Hund, keinen Deut besser als all die anderen Bewacher. Und wie der durch ihn hindurchglotzte wie durch Luft und sich einfach abwandte. Das hatte er nicht verstanden, nicht verstehen können damals, erst jetzt, im Nachhinein. Aber es hatte ihn nicht geschert, er war einfach weiter, unter der Umzäunung hindurch und ab durch den Hammrich.

Mühsam hatte er sich vorwärtsgeschleppt, abseits der Straße, unterhalb des Deiches. Der Fußmarsch mit dem KZ-Arbeitskommando von Esterwegen nach Bingum hatte seine letzte Energie aufgezehrt; er war nur langsam vorangekommen, zusätzlich behindert durch die Dunkelheit. Die Nachricht von seiner Flucht war schneller gewesen. Als er Jemgum endlich erreicht hatte, waren die Häscher schon dort gewesen. Ehe er sich das klargemacht hatte, war er auch schon einem Hitlerjungen in die Arme gelaufen. Der hatte überraschenderweise nicht »Alarm!« geschrien, sondern stattdessen seinen Zeigefinger an die Lippen gehalten.

Es war Stinus gewesen. Ein wahrhaft unglaubliches Glück – aber eigentlich auch kein Zufall, denn Stinus war auf dem Weg zu Erika gewesen, wie verabredet. Er hatte das Rollkommando rechtzeitig entdeckt, seine Schlüsse gezogen und den Flüchtling noch abfangen können.

Das Versteck in der defekten Regenbacke war nun wieder die Idee von Erikas Großvater gewesen. Zur weiteren Flucht hatte ihm die Kraft gefehlt, außerdem hätte er nicht gewusst, wohin. Da war ihm die Backe eingefallen. Er hatte ja schon alles für die Reparatur vorbereitet, damals, ehe sie ihn abgeholt hatten. Der Zugang lag im Stall unter der Schweinebox, die seit Jahren nur noch zur Lagerung von Spaltholz genutzt wurde. Dieses Holz hatte er nach vorne geräumt und zu einem Wall aufgetürmt, dann den Zugang zur Regenbacke freigelegt. Danach hatte er sich um andere Dinge kümmern müssen. Bis er verhaftet und verschleppt wurde.

Die Wachtposten waren leicht zu umgehen; sie verdienten diesen Namen kaum, fühlten sich wohl zu sicher. Im Geräteschuppen gab es eine Tür zum Stall. Erikas Großvater hatte sich in der trockenen Backe versteckt, Stinus den Zugang hinter ihm verschlossen. Dann war der Junge hinter dem Brennholzwall hocken geblieben. Im Fall einer Entdeckung wollte er behaupten, er habe sich dem Durchsuchungskommando aus eigenem Antrieb angeschlossen, voller Diensteifer, Heil! Hinter dem Holz habe er gesucht, dort sei übrigens niemand.

»Du bist wahnsinnig«, hatte Erika gestöhnt, als er später davon berichtete, und den Kopf geschüttelt: »Damit wärst du doch nie durchgekommen!«

Stinus hatte nur breit gegrinst. »Wetten, doch? Frechheit siegt.« Wer ihn dabei anschaute, war geneigt, ihm zu glauben.

So hatten sie also Erikas Opa gerettet, Stinus allen voran, aber auch Erika mit ihren guten Nerven. Und natürlich Janssen, mit seinem Wegschauen. Das er sich teuer hatte bezahlen lassen. Schön, dachte Erika. Und jetzt liegt Opa hier unterm Dach und stirbt trotzdem. Weil wir keinen Arzt holen können, keine Medikamente haben und uns auch nicht trauen, jemanden um welche zu bitten. Das traut selbst Stinus sich nicht. Was also sollen wir tun?

Die Suche nach dem Flüchtling lief immer noch, aber in der Annahme, der Mann sei ihnen in der bewussten Nacht durch die Maschen geschlüpft, hatte die Gestapo den Suchradius erweitert. Derzeit wurden alle Häfen durchkämmt, alle leerstehenden Gebäude, verdächtige Lagerräume und Keller in Weener und Leer. Die Nazis waren hartnäckig. Niemand durfte glauben, dass man ihnen entkommen konnte.

Die Furcht, auf der ihre Macht gründete, durfte nicht durch Hoffnung beeinträchtigt werden.

Auch sie durften nicht hoffen, einfach in Vergessenheit zu geraten. Das war Erika klar.

Sie überzeugte sich davon, dass ihr Großvater wieder schlief, fiebrig und unruhig wie immer, nahm seinen Nachttopf samt Deckel, verließ die Abseite, schloss leise die Tür, rückte das Schränkchen wieder an seinen Platz und schob die Riegel vor. Dann stieg sie die steile Treppe hinab und ging hinaus zum Stall, um den Nachttopf in die Latrine zu entleeren.

Beim Brennholz wartete Stinus auf sie. »Wir müssen ihn wegbringen«, sagte er.

Sie betrachtete ihn schweigend. Wie stolz er dastand in seiner längst wieder tadellos sauberen, akkuraten HJ-Uniform, jeder Zoll das Wunschkind seines Herrn! Wie kam dieser Junge dazu, all seine Ideale, mit denen er es offenbar doch so ernst meinte, zu verraten? Wieso nahm er solche Risiken auf sich, wohlwissend, welche Strafen ihn erwarteten, wenn er damit aufflog? Was war der Grund dafür?

Dabei wusste sie es natürlich. Der Grund war sie. Vielmehr ihr Versprechen.

Sie seufzte leise. Stinus' Äußerung selbst überraschte sie kaum. Dass Großvater hier nicht bleiben konnte, war längst klar. Hier würde er mit Sicherheit sterben, wenn niemand etwas unternahm. Holte man einen Arzt oder Medizin, drohte die Entdeckung, und dann war sein Tod ebenfalls gewiss. Blieb nur die erneute Flucht. Die war tödlich riskant, doch bot sie wenigstens eine Chance.

»Aber wohin?«, fragte Erika.

»Nach Holland«, antwortete Stinus wie aus der Pistole geschossen. Mit Ablehnung hatte er eindeutig nicht gerechnet.

Klar, Holland lag nahe, buchstäblich. Aber zwanzig oder fünfundzwanzig Kilometer im streng kontrollierten Grenzgebiet kamen für einen kranken alten Mann und zwei Kinder einer Weltreise gleich. Unmöglich zu schaffen. Es sei denn …

»Mit einem Schiff?«, fragte Erika.

»Genau.« Stinus strahlte sie an. Voller Stolz, dachte sie. Stolz darauf, dass ich nicht begriffsstutzig bin. Voller Besitzerstolz.

»Hast du denn eins? Ich meine, weißt du jemanden?«

Er nickte eifrig. »Ja. Der hat ein Plattbodenschiff, transportiert alles Mögliche über die Kanäle und die Ems, von Großefehn bis hinter Groningen, schon seit dreißig Jahren. In den Häfen kennt den jeder, der fällt nicht auf. Dass er neuerdings Menschen transportiert, darauf ist noch keiner gekommen.«

Hm. Das klang nicht nach einem guten Samariter, einem selbstlosen Helfer. »Wie viel Geld wird der wollen?«, fragte sie.

Stinus verzog den Mund. »Nicht wenig. Und die Holländer, die deinen Großvater dann weiterbefördern, wollen auch noch welches. Dazu doppeltes Honorar für den Doktor. Als ob Flüchtlinge besonders ansteckend wären! Die Holländer haben anscheinend mächtig Muffe vor uns Deutschen.«

Jetzt grinst er wieder selbstgefällig, dachte sie. Ist wohl auch noch stolz darauf, dass alles vor den Nazis zittert! Und dann macht er – so was. Wie bringt der das in seinem Kopf bloß zusammen?

»Von Groningen muss er noch weiter nach Bergum, das liegt in West-Friesland«, erzählte Stinus weiter. »Da gibt es eine Gruppe deutscher Flüchtlinge, auch Politische, die sich weiter um ihn kümmern. Wenn er es bis nach Bergum schafft, hat er gute Aussichten. Aber der Weg dorthin ist lang. Und teuer.«

»Und woher willst du das Geld nehmen?« Sie ahnte es. Es gab nur eine Quelle.

Stinus zwinkerte ihr zu. »Woher nimmt man Kohle? Aus dem Kohlenlager natürlich.«

»Du musst wirklich verrückt sein«, flüsterte sie. »Du hattest doch mehr Glück als Verstand, dass das einmal gutgegangen ist. Wenn Hackes aber inzwischen den Diebstahl bemerkt hat? Wenn er sein Geld jetzt woanders versteckt? Oder, noch schlimmer, wenn er dir eine Falle gestellt hat?«

Stinus winkte ab, mit einer so nachlässigen Geste, dass es Erika schauderte. »Was du immer gleich denkst! Was einmal klappt, das klappt auch wieder. Außerdem sichere ich mich natürlich ab. Diesmal bin ich nicht alleine.«

»Nicht?« Oh Gott, dachte sie, ich soll Schmiere stehen. Das überlebe ich nicht.

»Nee«, sagte Stinus. »Fritz kommt mit. Er wird mir helfen.«

Jetzt erschrak Erika derart, dass es ihr einen Stich mitten durchs Herz versetzte. Und darüber erschrak sie womöglich noch mehr.

»Ich bin auch mit dabei«, stieß sie hervor. »Dass das klar ist.«

21.

Max und Hadid waren immer da, darauf konnte man sich verlassen, jedenfalls wenn es nicht gerade Winter war und kalt, dann hatten sie einen anderen Treff. Und kein Wochenende, dann war Disco angesagt und manchmal auch Action. Sonst aber waren die beiden abends immer hier, und mit ihnen meist noch andere. Max und Hadid zogen Leute an, das war einfach so. Wo sie waren, da kamen andere automatisch dazu, und schon waren die beiden voll im Geschehen. Meist taten sie gar nicht viel dazu, außer schlau schnacken natürlich, ansonsten waren sie einfach nur da. Justin beneidete die beiden glühend um ihren Status. Er hätte ihr Verhalten nur zu gerne nachgeahmt, wenn es nur etwas zum Nachahmen gegeben hätte. Gut aussehen, heitere Gelassenheit ausstrahlen, zur richtigen Zeit das richtige Wort fallen lassen oder zwei – wie sollte man das nachahmen?

Angeboren, dachte Justin. Alles angeboren. Von wegen, jeder kann alles, man muss nur mit dem Hintern hoch, Schwachsinn. In den Genen musst du es haben, im Blut, sonst kannst du dich auf den Kopf stellen.

Er schlenderte durch den dunklen Julianenpark, vom Logaer Weg her kommend, am Rodelhügel und den vollgekackten Hundewiesen vorbei bis zum großen Teich, dann links herum. Schrilles Handygedudel quäkte ihm schon von Weitem entgegen, leitete ihn besser als jeder Leuchtturm. Was war es? Irgendwie HipHop, die Worte unverständlich, aber egal, wichtig war nur die Haltung, der Tonfall, und der klang aggressiv. Das mussten sie sein.

In der *Multi*-Tüte unter seinem Arm steckte eine Flasche Wodka. Seine Eintrittskarte. Natürlich nicht aus dem Supermarkt, dort waren sie viel zu pingelig, sondern von der Tanke in der Friesenstraße. Da verkauften sie einem alles, was man wollte. Perso egal. Irgendwie fand selbst Justin das nicht richtig. Aber natürlich nutzte er das trotzdem aus.

Ja, da waren sie, Hadid und Max, Dunja natürlich, ihre

Schwester Darja, der lange Erol, Kenan und noch ein paar andere von der Schule, quetschten sich auf der Holzbank mit Blick auf den Teich oder hockten davor im Gras. Die Flaschen kreisten schon und die Kippen qualmten. Selbst Erol trank Hochprozentiges, nach jedem Schluck schuldbewusst lachend. Nur Hadid blieb konsequent, natürlich, wie auch anders. Dafür nuckelte er an einem dicken Joint. Na bitte, Stoff war Stoff, der Junge sollte bloß nicht so tun, als ob er was Besseres wäre.

»Guck mal, da ist ja unser Leichenfinder!« Dunja hatte ihn erspäht. Normalerweise nahm niemand Notiz, wenn Justin irgendwo dazustieß. Man ließ es zu, man tolerierte ihn, meistens jedenfalls, das war schon etwas. Seit der Sache mit dem Toten aber war sein Marktwert gestiegen. Er war so etwas wie eine kleine Berühmtheit geworden.

»Hallo, Totengräber!«

»Alles klar, Wasserkistenmann?«

»Was geht, Undertaker.«

»Na, du Leichenhund.« Das war natürlich Hadid. Der fand es nie gut, wenn irgendjemand außer ihm Beachtung fand, und ließ gerne jedem die Luft raus.

»Na super. Sind wir also mal wieder beim Niveaulimbo angelangt.« Dunja bot ihm Paroli, mehr beiläufig als nachdrücklich. Justin wäre aber auch so nicht auf dumme Gedanken gekommen. Er wusste ja, wer hier in Dunja-Aktien investiert hatte. Oder vielmehr investieren wollte.

Justin setzte sich ins Gras, in genau der Distanz, die seinem aktuellen Rang in der Gruppe entsprach, und schälte die Flasche aus der Tüte. Beifällige Rufe, ausgestreckte Hände. Er reichte Erol den Wodka, überließ ihm den ersten Schluck, quittierte seinen schuldbewussten Lacher mit einem schiefen Grinsen. Die Flasche wanderte von ihm weg. Kein Problem, sie würde schon wieder zurückgewandert kommen.

Jemand drückte ihm einen Joint in die Hand, einen echten Dumbo-Doobie, viel dicker als der von Hadid. Justin legte die Hände zusammen und nahm einen deftigen Hieb, kämpfte den Hustenreiz nieder. Kam die Tüte von Kenan? Jedenfalls fühlte er sich schlagartig genial entspannt, und seine Stimmung hob sich. Es musste also guter Stoff sein, der schnell und heftig reinhaute. Früher hätte er jetzt gekotzt, aber die Zeiten waren vorbei.

Er reichte das Rohr weiter, spähte nach seiner Flasche, die sich gerade weit weg im Orbit befand, bekam eine andere zu fassen, trank. Alkohol und Dope passten viel besser zusammen, als viele Leute sagten, fand er. Alles eine Sache der Übung. So fühlte er sich gut, so fühlte er sich warm, selbstbewusst, saustark und doch locker. Unverständlich, wie man überhaupt etwas gegen diese Kombination haben konnte.

Jedenfalls jetzt. Morgen würde das wohl anders aussehen. Aber wer wollte das jetzt schon wissen?

Mit einiger Verspätung registrierte er, dass Dunja ihn angesprochen hatte. Hey, seit wann nahm die ihn denn zur Kenntnis? Es kostete ihn keine Mühe, sein breitestes Grinsen aufzusetzen. »Wa'?«

»Ich fragte, wie das für dich gewesen ist, gestern in Holland, da in Westerbork. Als wir die Kiste gesehen haben. Was hast du da gedacht?«

Dunja und ihre Innerlichkeiten. Immer wollte sie wissen, was einer wann und wobei gefühlt hatte. Als ob man das selber immer wüsste! Justin zuckte die Schultern. »Ja wie. Weiß nicht, ich mein', war halt genau so eine Kiste. Schon krass, irgendwie.« Das Letzte kam halbherzig, war nur angehängt, um Dunja im Gespräch zu halten. Ein Gespräch mit Dunja war gut für den Status, je länger, desto besser.

»Aber hör mal!« Das Mädchen beugte sich vor, gestikulierte mit gespreizten Fingern. »Die gleiche Kiste, eine von damals! Und die Leute seinerzeit, also die Nazis, haben sie praktisch für den gleichen Zweck benutzt! Da sträuben sich einem doch die Haare, oder etwa nicht?«

Justins Schultern zuckten gegen seinen Willen. Ihm wollte dazu partout nichts einfallen. Dunja lehnte sich enttäuscht zurück.

»Wer weiß, vielleicht ist die Idee ja schon viel älter.« Das war Max. »Vielleicht gab es solche Kisten ja schon im Mittelalter. Oder bei den Römern. Gefoltert wurde doch schon immer, oder nicht? Und wart's nur ab, bei uns kommt das auch bald wieder in Mode.«

Das klang wie einer dieser sarkastischen Sprüche von Vater Plöger, dachte Justin. Ist doch bestimmt nicht auf Max' Mist gewachsen. Aber sein Ziel hatte der Junge erreicht; Dunja wandte sich wieder ihm zu, genervt zwar, aber immerhin. Ja, Max hatte es drauf, das musste Justin anerkennen.

»Folter bringt doch gar nichts, das ist längst erwiesen«, widersprach Dunja heftig. »Wenn man einen Menschen quält, dann gesteht der einem alles, was man hören will, und wenn der Schmerz vorbei ist, dann widerruft er es.«

»Dann foltert man ihn eben noch einmal«, warf Darja ein und kicherte albern. »Dann gesteht er doch wieder, oder?« Dunjas jüngere Schwester war ebenso hübsch wie sie, fand Justin, hatte aber nicht halb so viel auf dem Kasten.

Dunja knuffte ihre Schwester zwischen die Rippen. »Klar, und wenn du ihm nur genügend Angst machst, dann bleibt er auch dabei«, versetzte sie ärgerlich. »Aber du kannst dir doch niemals sicher sein, ob es auch die Wahrheit ist, kapierst du das nicht? Darum bringt das nichts. Und darum wird das in Deutschland auch bestimmt nicht wieder eingeführt! Von den Grund- und Menschenrechten ganz zu schweigen.«

»Na klar, *du* weißt das natürlich.« Darja gingen diese Ausführungen unüberhörbar hinten vorbei. Belehrungen ihrer großen Schwester hasste sie sowieso.

»Von wegen, das bringt nichts«, widersprach jetzt auch noch Erol. »Kommt ja ganz darauf an, was man damit bezweckt hat, also mit Folter, meine ich.«

»Wieso, was kommt worauf an? Die Wahrheit will man hören, oder? Darum geht es doch.« Dunja war ins Schleudern gekommen. »Oder etwa nicht?«

Max lachte; es klang etwas herablassend. Normalerweise nahm er sich das Dunja gegenüber nicht heraus. »Was heißt hier Wahrheit? Denk doch mal an die Hexenprozesse. Glaubst du, die wollten damals von den gefolterten Frauen wirklich wissen, ob sie es nun mit Dämonen getrieben hatten oder nicht?«

Johlen in der Runde; einer der anderen Schüler begann sich laut und trunken darüber auszulassen, wie er sich Sex mit einem Dämon vorstellte. Erol streckte kommentarlos ein langes Bein aus und trat den Sprecher kurz und trocken an den Hinterkopf. Der Sermon verstummte.

»Natürlich ging es nicht darum«, fuhr Max fort. »Die gebildeteren Chargen, die an solchen Prozessen beteiligt waren, glaubten sowieso nicht an Dämonen, wahrscheinlich nicht einmal an Gott. Sie waren schlicht und einfach darauf aus, vorwitzige Frauen mundtot zu machen. Im Mittelalter war das ja kein Problem gewesen, da lag die Macht der Kirche wie ein Sargdeckel auf allem. Aber mit der Aufklärung wurde alles schwieriger. Wissen an sich ließ sich plötzlich nicht mehr verteufeln, Entdeckungen und Erfindungen sprachen sich herum, und so waren die Menschen auf einmal nicht mehr ohne Weiteres zu beherrschen. Auch die Frauen nicht. Also gab es nur eins: Terror. Man brachte immer mal wieder ein paar von ihnen um, möglichst grausam auch noch, das versetzte die anderen in Angst und brachte sie dazu, die Klappe zu halten. Verstehst du? So war das.«

Jetzt guckt er genauso selbstgefällig wie sein Alter, dachte Justin. Redet ja auch genauso, manchmal. Ob er wirklich glaubt, auf diese lehrerhafte Art bei Dunja landen zu können? Die stand doch bestimmt auf andere Qualitäten. Taten die Weiber doch alle.

Er schwieg weiter, trank und sinnierte. Eins von Max' Worten ging ihm wieder und wieder im Kopf herum: Sargdeckel.

»Der hat's drauf, der Max, was?« Hadid schlug seinem Freund krachend auf die Schulter. »Der kennt sich aus! Wenn ich hier erst einmal die Macht ergriffen habe, dann mache ich ihn zu meinem Folterminister. Angst und Schrecken werden wir verbreiten! Kein Weib wird noch wagen, sich zu mucken! Und erst recht kein Jude!« Grinsend reckte er seine Fäuste zur Muskelprotz-Pose. Max protestierte lauthals, boxte Hadid in die Seite. Lachend begannen die beiden zu rangeln, dass die außen Sitzenden rechts und links von der Bank kippten.

»He, spinnt ihr! Passt auf die Flaschen auf!« Hilfreiche

Hände griffen nach Wodka und Korn. Die gestürzten Schüler suchten vergebens nach Halt. Einer rollte sich im Gras gleich für ein Schläfchen zusammen. Warm genug war es ja, er würde es überleben, dachte Justin leichthin.

Die kabbelnden Jugendlichen beruhigten sich schnell. Hadid wandte sich Dunja zu. »Hast du Onkel Max auch gut zugehört und brav gelernt? Morgen lässt er 'nen Test schreiben!« Geschickt wehrte er Max' Hand ab, die sich auf seinen Mund legen wollte. »Die Christenkirche hat die Frauen durch Folter und Mord eingeschüchtert, die Nazis haben es genauso mit den Juden gemacht. Und heute machen die Juden genau dasselbe mit den Palästinensern und den anderen Moslems. Das nenne ich Tradition!«

»Quatsch!« Max gab seine Versuche, Hadid zum Schweigen zu bringen, auf. »Scheinbares Ertränken ist doch gar keine Foltermethode des Mossad, sondern der Amis!«

»Weißt du's?« Hadid breitete theatralisch die Arme aus. »Außerdem sind die Amis doch auch bloß eine Art Juden! Warten ständig drauf, dass ihr Messias angeflogen kommt. Oder irgendwelche Engel! Bloß dass es manchmal keine Engel sind, die da heranfliegen, sondern die eigenen Flugzeuge.«

»Hadid!« Dunjas Stimme klang empört. Sie boxte nach dem Jungen. »Damit macht man keine Witze! Jetzt gehst du aber wirklich zu weit.«

»Zu weit? In der Geschichte kann man nie zu weit zurückgehen.« Hadid war von der Bank gesprungen, um Dunjas Knuffen auszuweichen, und ahmte Vater Plöger in Ton und Haltung täuschend nach. »Nehmen wir nur die Wasserfolter. Mit großer Sicherheit gab es die schon bei den Ägyptern. Nehmen wir nur das Kistenmotiv! Finden wir es nicht in den gefundenen Sarkophagen wieder?« Er lachte laut, überrascht und angetan vom eigenen Gedankenstrudel. »Sarkophage als Folterkisten! Das erklärt doch wirklich manches. Und wen haben sie darin gefoltert, die Ägypter? Natürlich die Israeliten! Also die Juden. Jaaa, die kannten sich aus, die Ägypter! Echte Trendsetter waren das!«

Dunja sprang auf die Füße und fauchte, als wollte sie Hadid

mit Gewalt zum Schweigen bringen. Der lachte nur noch lauter und wich leichtfüßig aus. Sie setzte nach, der rannte davon, gerade so schnell, dass sie ihm folgen konnte. Beide verschwanden kreischend in der Dunkelheit des Parks.

Justin starrte ihnen nach. Geile neue Sneakers hat der Typ, dachte er, bestimmt keine billigen Treter. Woher hat der nur die Kohle dafür? Vom Hartz-IV-Abzocken? Sicher, aber bestimmt nicht nur.

Er spürte, wie etwas an seiner Hand zerrte. Es war Max, der ihm die Wodkaflasche entwand. Er setzte sie an, warf seinen Kopf ruckartig in den Nacken und schluckte das Zeug wie Apfelschorle. Justin schaute zu, ohne einzugreifen, bis Max endlich keuchend nach Luft rang. Die Flasche entglitt ihm; Justin fing sie im Fluge. Gut so, Bürschchen, dachte er. Da wird einer heute Nacht gut schlafen. Vielleicht eine gute Gelegenheit für die nächste Ladung Flugeier? Obwohl, eigentlich war Käpt'n Iglo ja vorher dran. Die Sechs in Deutsch, das hatte der nicht umsonst getan.

Aber vielleicht, dachte Justin und suckelte die Wodkaflasche leer, vielleicht war es ja auch langsam mal wieder Zeit für ein paar andere Maßnahmen. Heißere Sachen. Ihm ging da schon etwas im Kopf herum. Mal schauen, was die Nacht noch so zu bieten hatte.

22.

Der Bärtige erwartete Stahnke am vereinbarten Treffpunkt, grüßte knapp und übernahm die Führung. Er brachte Stahnke aber weder zur Fahrzeughalle, worauf dieser gehofft, noch zur nächsten S-Bahn-Station, womit er gerechnet hatte. Vielmehr leitete er ihn direkt zum Hafen. Die vor Menschen wimmelnden Landungsbrücken, die *Rickmer Rickmers* mit ihren hoch ragenden Masten, die Rundfahrtschiffe aller Größen mit ihren weiß bemützten Märchenerzählern, die dreist Touristen ankoberten, als Hintergrund Schlepper, Frachter, Passagierdampfer und Kräne – eine Szenerie, für die Stahnke sich normalerweise begeistern konnte. Aber doch nicht gerade jetzt!

Die Situation bereitete ihm Unbehagen. In Leer wartete ein Haufen Arbeit auf ihn, kriminalistische Wühlarbeit mit ungewissem Ausgang, aber unter der Aufsicht eines ihm übel wollenden Oberaufsehers, während er hier seine Zeit vergeudete, indem er auf Untersuchungsergebnisse wartete, deren eventueller Nutzen höchst zweifelhaft war. Und statt sich wenigstens sofort an die Sichtung möglicher Resultate zu machen, trottete er hier hinter einem völlig unvertrauten Kollegen her, um gleich zwar nicht ungebeten, aber in Wahrheit doch bestimmt unwillkommen in dessen Privatsphäre einzudringen. Unproduktiv und unangenehm – das nannte er mal zwei Fliegen mit einer Klappe erlegt!

Schon die zurückliegenden Stunden hatten sich als vergeudete Zeit erwiesen, ebenso unproduktiv wie unangenehm. In einer eklig beschmierten und dreckigen S-Bahn war er ins Zentrum gefahren, hatte auf klebrigen Polstern zwischen teils verschleierten, teils nuttig aufgedonnerten, arabisch anmutenden Frauen und deren Männern gehockt, die ihn schweigend und finster musterten, als sei er hier der Ausländer. Zwei Bänke weiter hatte sich ein besoffener Jugendlicher lautstark zwischen die Sitze übergeben, und Stahnke hatte sich vor den Arabern für ihn geschämt. Fremdgeschämt? Nein, fremd nun gerade nicht.

Auf dem Weg zur Binnenalster – natürlich war es immer das Wasser, das ihn anzog – war er am Hauptbahnhof vorbeigekommen, mitgezogen von Menschenströmen, die sich hier teilten und turbulente Strudel bildeten. Jeder, der in einem der unzähligen Läden und Imbisse arbeitete, schien Ausländer zu sein; das laute und lebhafte Geplauder und die ausladenden Gesten erinnerten ihn stark an das wütende HB-Männchen in der alten Zigarettenreklame. Wer für ihn wie ein Deutscher aussah, zog still und eilig seine Bahn, Rollkoffer im Schlepp, Blick aufs schmutzige Pflaster gerichtet. Stahnke fühlte sich enteignet, wie aus der eigenen Heimat vertrieben, erschrak über diesen Gedanken, schämte sich. Und ärgerte sich sogleich auch darüber. Ein Gefühlswirrwarr, der seine Laune nicht besserte.

Die Idee, an der Alster mit Blick aufs Wasser einen Kaffee zu trinken, hatte sich auch nicht als hilfreich erwiesen. Die Alsterterrassen waren riesig und voll, der Kaffee war schlecht und die Bedienung desinteressiert. Leicht hätte er ohne zu zahlen verschwinden können, aber das wäre ihm denn doch zu sehr gegen den Strich gegangen. So drängte er der Rotgefärbten mit der durchlöcherten Oberlippe die Zeche geradezu auf, verzichtete allerdings aufs Trinkgeld. Nicht einmal das vermochte etwas an dem gelangweilten, fast angewiderten Blick dieser Kuh zu ändern. Eine Deutsche übrigens. Ein Trost? Eher nicht, hatte Stahnke gefunden.

Der Bärtige stiefelte auf eine breite Treppe zu, die direkt zum Wasser hinabzuführen schien. Was hatte er vor – etwa seinem Gast aus der Provinz eine große Hafenrundfahrt angedeihen lassen? Eine mit Drink und Foto und einem Fremdenführer Marke »He lücht«? Das musste er verhindern, darauf hatte er nun wirklich keine Spur von Lust! Unwillkürlich verhielt er seinen Schritt.

Sein Bärenführer wandte sich zu ihm um, deutete sein Zögern falsch. »Keine Angst, da unten, wo es so voll ist, steigen wir nicht ein«, sagte er und zwinkerte Stahnke verschwörerisch zu. »Das machen wir mit Trick siebzehn.« Er winkte auffordernd und bog nach links ab.

Was meint er bloß, dachte der Hauptkommissar, während er ihm folgte, den Blick Richtung Hafenkante abirrend. Dort unten waren allerhand Schiffchen und Boote unterwegs, die meisten mit An- und Ablegemanövern beschäftigt. Ein merkwürdig gedrungenes und doch flottes Fahrzeug mit hoch ragendem, achtern platziertem Steuerhaus erregte Stahnkes Aufmerksamkeit. Wie es da mit schäumender Bugwelle herangeschnaubt kam und einen perfekten Aufschießer am Anleger drehte, sah das sehr nach viel Routine und Platzhirschentum aus. Nur ein einziger Seemann an Deck, dafür Unmengen von Fahrgästen, die meisten stehend, und die Gangway klappte automatisch aus. Wenn das keine Fähre war, dann wollte er einen Besen fressen.

Endlich kam er drauf. Im Hamburger Hafen verkehrten die Fähren wie anderswo die Linienbusse. Querungen waren nur Nebeneffekte, diese Schiffe machten Strecke. Eine bequeme Art, sich innerhalb der Stadt zu bewegen, ohne im Autoverkehr steckenzubleiben oder sich in der S-Bahn ekeln zu müssen. Zünftig. Wenn auch reichlich voll. Aber das war in einer Großstadt wohl das geringste Übel.

Schön. Gute Idee von seinem Bärenführer. Aber warum stiegen sie dann nicht ein?

Stattdessen schien es wieder zurück in Richtung Zentrum zu gehen. Oder war dies der Weg zur Speicherstadt? Jedenfalls kam eine ganze Zeile dieser backsteinroten alten Speicher in Sicht, überkront, ja geradezu erdrückt von einem monströsen, formlosen Ding, das irgendein Verrückter dort obendrauf gebaut hatte. Vielmehr baute, denn fertig war dieser Klotz offenbar noch nicht. Was zum Teufel …

»Das soll mal die neue Elbphilharmonie werden«, erklärte der Bärtige ungefragt. »Wat 'n Name. Wenn's rund wäre, könnte man es wenigstens *Fass ohne Boden* taufen.«

Wieder steuerten sie eine Treppe an. Sie führte zu einem Anleger gegenüber und zu Füßen des unharmonischen Philharmonie-Trumms, wo gerade eben eine baugleiche Fähre eintörnte. Sie war fast leer, und auch die wenigen Passagiere eilten von Bord, kaum dass die Gangway ausgeklappt war.

Der Bärtige zwinkerte wieder. »Hier ist Start und Ziel, sozusagen. Sitzplätze zum Aussuchen. Paar Schritte laufen und dafür schön sitzen, das ist doch ein guter Deal, oder?« Er zückte zwei Scheine, die an Bustickets erinnerten. »Und billig dazu. Da.« Eins der Billets wanderte in Stahnkes Hand.

Eilig liefen sie die Stufen hinab, erreichten die Gangway gerade noch rechtzeitig. Hinter ihnen faltete sich der Übergang bereits wieder zusammen, und die Fähre brauste auch schon los, ihrem nächsten Stopp, den Landungsbrücken, entgegen. Die beiden Polizeibeamten stiegen die Metalltreppe hoch zum Oberdeck. Die Aussicht auf den Hafen war eindrucksvoll. Sie sicherten sich zwei Plätze ganz vorne an einem der runden Tische, auf denen Werbung für eine Spielbank prangte. Roulette. *Riens ne va plus* – eine Formel, die sich aufdrängte. Na, dachte Stahnke, nun schon etwas besser bei Laune, das musste nicht unbedingt stimmen. Nicht immer. Vielleicht ging in diesem Fall ja doch noch etwas.

Der Bärtige streckte ihm von der Seite die Hand entgegen. »Hab mich noch gar nicht vorgestellt. Janssen mein Name, Jan Janssen.«

Stahnke ergriff die Hand, schüttelte sie, wand sich innerlich. »Stahnke«, antwortete er, seinen verhassten Vornamen wie fast immer für sich behaltend. »Stahnke und du, wenn du einverstanden bist.«

Janssen nickte grinsend. Marotten schien er gewohnt zu sein, dachte Stahnke. Oder hatte er sich etwa schon telefonisch in Leer nach ihm erkundigt? Das wäre gar nicht einmal ungewöhnlich gewesen.

Recht jung sah der Mann aus, so von der Seite und aus der Nähe, viel jünger, als Stahnke zunächst gedacht hatte. Um die Vierzig vielleicht; durch die ergraute Schifferkrause wirkte er älter. Eine Beobachtung, die sich aber wohl nicht als Gesprächseröffnung eignete. »Klingt ostfriesisch«, sagte er stattdessen. »Jan Janssen, geradezu typisch. Janssen und Gerdes füllen bei uns das halbe Telefonbuch.«

»Weiß ich.« Janssen schmunzelte. »Ich komme ja auch von dort.«

»Ach, noch ein Butenostfriese! Nun sag bloß, du kommst auch noch …«

»Aus Leer, ganz richtig.« Janssen nickte bedächtig. »Aber allzu viele Erinnerungen habe ich nicht an die alte Heimat. Wir sind da weg, ehe ich noch in der Grundschule war. Richtig aufgewachsen bin ich in Övelgönne.«

»Das liegt direkt an der Elbe, richtig?«, fragte Stahnke. Er klopfte an die metallene Lehne seines fest installierten Sitzes: »Also deshalb.«

»Genau. Deshalb.«

Die Fähre hatte ihren ersten Zwischenstopp erreicht, und das Landungsbrücken-Publikum flutete nur so an Bord, füllte das Oberdeck im Nu. An der Reling standen die Passagiere dicht an dicht, aber immer wieder taten sich Lücken auf, weshalb sich dank des 360-Grad-Panoramas immer wieder interessante Ausblicke boten, ohne dass die beiden Polizisten ihre kostbaren Sitzplätze aufgeben mussten.

Merkwürdig, dachte Stahnke, während er sich sattsah, das war doch gerade ein schöner Gesprächsanfang. Aber jetzt schweigt Janssen wieder, schaut nicht einmal her. Sind eben doch wortkarg und stieselig, diese Ostfriesen. Wir Ostfriesen, verbesserte er sich. Und weil er wusste, dass dieses Klischee eigentlich gar nicht zutraf, wunderte er sich noch etwas mehr.

So ausgedehnt der Hamburger Hafen auch war, die Fahrt verging wie im Fluge. Fast schon zu bald für Stahnke legte die Fähre in Övelgönne an. »Endstation für uns«, sagte Janssen. Seine ersten Worte seit den Landungsbrücken.

Sie schoben sich mit dem Strom der verbliebenen Touristen über den Anleger, vorbei an einem Feuerschiff, das als Restaurant diente, und weiteren Restaurants mit ausgedehnten Freiflächen am Elbstrand. Einladend, fand Stahnke – vor allem die angebotenen Liegen mit Blick auf den Fluss. Und die Preise auf den ausgehängten Speisekarten waren nicht einmal furchteinflößend.

»Gehen wir unten lang?«, fragte Janssen und steuerte den Strand an. Der Hauptkommissar stapfte hinter ihm her durch den pudrigen Sand. Unglaublich, dachte er, solch ein herrlicher Strand, dabei sind wir doch immer noch in einer Großstadt!

In der Tat, wie sich umgehend herausstellte. Der weiße Sand war grau von Dreck, Hundekot und Holzkohleresten und die windgeschützten Sitzplätze waren von einer Rotte Obdachloser belagert, die grölend an ihren Flaschen und Dosen lutschten. Der auflandige Wind trug ihnen die Gerüche aller Sorten Käse herüber, einschließlich Camembert. Stahnke versuchte die Luft anzuhalten, doch das war schwierig, denn das Gehen im nachgiebigen Sand brachte ihn ziemlich aus der Puste.

Zum Glück steuerte Janssen bald wieder festen Boden an. Der Gehweg, dem sie folgten, führte sie mitten durch Gärten, die wohl zu den höher am steilen Ufer gelegenen villenartigen Häusern gehörten. Auch diese Gärten fielen zum Fluss hin ab, einige waren malerisch verwildert, einige kundig bepflanzt und hergerichtet, die meisten sahen mit ihren laubenartigen Freisitzen urig gemütlich aus. Was für ein Privileg, hier wohnen zu dürfen, dachte der Hauptkommissar. Für Beamtengehälter natürlich völlig unerschwinglich.

»Wir sind da«, sagte Janssen und deutete auf einen Treppenaufgang. Die Stufen führten hoch zu der schönsten Villa weit und breit.

Grinsend drehte der Bärtige sich um, während er die Tür aufschloss. »Nun frag schon!«, sagte er. »Ich seh's dir doch an. Sonst platzt du noch.«

»Tolle Erbschaft«, erwiderte Stahnke. »Anders kann ich mir das nicht erklären.«

Janssens Grinsen verschwand, ausgelöscht von einem schmerzvollen Ausdruck, der ebenfalls nicht von Dauer war. »Tja, ich hab's ja herausgefordert«, sagte er leise. »Du hast natürlich recht, irgendwo. Und irgendwie auch nicht. Komm erst mal rein.«

Sie betraten einen geräumigen Flur, der fast schon ein Empfangsraum war, ausgestattet mit Schachbrettfliesen, viel geschnitztem Holz an den Wänden und einer wuchtigen Garderobe. Janssen führte seinen Gast gleich nach oben, zeigte ihm sein Zimmer und ging dann voran in einen Raum, dessen Ausblick Stahnke den Atem verschlug. Ein vielsprossiges Panoramafenster nahm fast die gesamte Stirnseite ein; davor gab es ein Podest, auf dem zwei abgeschabte, unglaublich gemütlich aussehende Ledersessel und zwei kleine Tischchen standen. Von dieser erhöhten Position hatte man einen herrlichen, kilometerweiten Blick über das Flusspanorama. »Irre«, murmelte der Hauptkommissar, während er sich niederließ, ohne seine Augen von diesem Ausblick abwenden zu können. Janssen lächelte ebenso verständnisvoll wie geschmeichelt.

Stahnke bekam kaum mit, dass sein Gastgeber wieder verschwand. Mit einem Tablett, das mit Teekanne, Stövchen, Bechern und einem großen Stapel Wurstbroten beladen war, tauchte er nach einiger Zeit wieder auf. Er rückte eins der Tischchen, die aus Teakholz bestanden und Schiffsgrätings nachempfunden waren, in die Mitte und machte eine einladende Handbewegung. Dann setzte er sich ebenfalls.

Stahnke dankte und kaute ungeniert; er hatte gar nicht mitbekommen, wie hungrig er inzwischen war. Gelegentliche Seitenblicke auf Janssen zeigten ihm, dass dieser in die Ferne starrte, unfokussiert, leer. Tee und Brote beachtete er nicht. An dem frisst etwas, dachte der Hauptkommissar. Etwas, das ihn älter aussehen lässt, als er ist. Am Bart alleine liegt es nicht.

»Mein Schwiegervater war Lotse«, sagte Janssen, als sein Gast schon nicht mehr damit rechnete. »War schon Witwer, als ich Gertraude kennenlernte, meine spätere Frau. Er wollte, dass ich ihn Vadder nenne. Wir haben uns wirklich gut verstanden. Dass er Krebs hatte, haben wir erst zwei Monate vor seinem Tod erfahren. Gertraude war sein einziges Kind. Er hat sie mir anvertraut, so ollerweltsch unter vier Augen, richtig feierlich. Und das Haus auch.« Er machte eine Pause. Stahnke hörte ihn schwer atmen.

»Es dauerte danach eine Weile, bis ich mich an dem Haus richtig freuen konnte«, fuhr Janssen nach einer Weile fort. »Dann aber war ich sicher, einen Hauptgewinn gezogen zu haben. Gerti und ich haben uns immer vorgestellt, wie unsere Kinder hier aufwachsen, in dieser traumhaften Umgebung.«

Er schluckte. »Dass es nicht klappen wollte, dass Gerti nicht schwanger wurde, fanden wir erst ganz normal. Mit der Zeit dann nicht mehr. Gerti hat sich als Erste Sorgen gemacht, ging sich untersuchen lassen. Tja, und da hat man es dann entdeckt.« Wieder ein lautes Schlucken. »Genetische Krebsdisposition kann erblich sein.«

Stahnke blickte stur geradeaus, ohne noch viel zu sehen, hörte, dass sein Gastgeber den Kampf gegen die Tränen diesmal verloren hatte. Er ließ ihm Zeit, stellte sich vor, was er nicht zu erzählen vermochte.

»Gerti war eine Kämpferin«, sagte Janssen nach einer Weile. »Über ein Jahr lang hat sie gekämpft. Ein schlimmes Jahr. In der Zeit haben wir unten eine richtige Krankenstation eingerichtet. Seit ihrem Tod mag ich in den Räumen nicht mehr sein, gehe nur noch zum Lüften und Staubsaugen hinein. Ich wohne jetzt hier oben.« Zum ersten Mal, seit er zu reden begonnen hatte, wandte er sich wieder seinem Gast zu: »Ist ja auch ganz schön hier oben, nicht?«

»Wunderschön«, erwiderte Stahnke heiser. Er räusperte sich. »Tut mir leid.«

Janssen zuckte nur die Achseln. Nach Floskeln stand ihm wohl nicht der Sinn. »Eigentlich wollte ich dieses Haus ganz aufgeben«, erzählte er weiter, »aber ich kann mich nicht dazu durchringen. Käme mir wie Verrat vor, an Gerti und mehr noch an ihrem Vater. Würde bestimmt einen Haufen Geld bringen, aber es wäre trotzdem nicht leicht, wieder etwas Vergleichbares zu finden. Jedenfalls nicht in Hamburg. Und Hamburg gleich ganz verlassen ...« Er schüttelte den Kopf.

»Zurück nach Ostfriesland zieht dich nichts?«, fragte Stahnke. »Vielleicht zu Verwandten nach Leer?«

Das Kopfschütteln wurde energischer. »Auf keinen Fall. Erstens gibt es dort gar keine engeren Verwandten von mir mehr; in meiner Familie wird man offenbar nicht sehr alt, da muss ich mich wohl drauf einstellen. Und zweitens ... ich habe Dinge erfahren, die mir Leer noch im Nachhinein verleiden.«

Stahnke hob die Augenbrauen. »Wie das? Ist doch ein schönes Städtchen. Viel Kultur, dauernd Feste – und shoppen bis zum Umfallen, wenn man der Werbung glaubt. Zugegeben, das ist schon reichlich übertrieben. Aber es zwingt einen ja keiner.« Seine wasserblauen Augen waren jetzt direkt auf seinen Gastgeber gerichtet. Ein intensiver, saugender Blick.

Janssen erwiderte ihn lächelnd. »So fragst du also Leute aus. Interessant! Aber nee, lass mal, kannst du ruhig wissen. Es betrifft unser Haus. Also nicht dieses hier, sondern das, in dem ich meine ersten Jahre verbracht habe. Ziemlich altes Gemäuer. Mein Vater hat es von seinem Vater geerbt. Vielmehr von meiner Oma, seiner Mutter, denn der Großvater war bereits tot, als mein Vater auf die Welt kam.«

Stahnke rechnete kurz zurück. »Im Zweiten Weltkrieg gefallen?«

»Nein, er starb schon kurz vorher. Drüben in Jemgum. Da stammt meine Familie väterlicherseits nämlich her.«

»Trotzdem ein Haus in Leer? Waren anscheinend wohlhabende Leute.«

»Überhaupt nicht«, widersprach Janssen. »Das Leeraner Haus war – nun ja, ein Schnäppchen, kann man sagen, allerdings eins mit üblem Beigeschmack.«

Ein Schnäppchen, eine billige Immobilie kurz vor dem Krieg? »Vermutlich arisiert«, kombinierte Stahnke.

Janssen nickte. »Was für eine Verniedlichung«, sagte er, und es klang, als spuckte er die Worte aus. »Aber darin waren die Nazis ja groß. Arisierung für Diebstahl, Blitzkrieg für Raubüberfall, Endlösung für Massenmord. Nicht einmal die deutsche Sprache haben sie verschont.«

Demnach war sein Gastgeber nicht nur ein politischer, sondern auch ein moralischer Mensch, überlegte Stahnke. Ungewöhnlich in einem Polizeiapparat, der so sehr auf Pragmatismus setzte. »Na ja, andere haben es noch weit schlimmer getrieben«, entgegnete er. »Diese sogenannten Arier haben den Juden, die durch rassistische Gesetze und nackte Gewalt aus dem Land getrieben wurden und kaum etwas mitnehmen durften, nicht nur Wertsachen und Wohnhäuser spottbillig abgeluchst, sondern auch Geschäfte, Ladenketten, ganze Konzerne. Was glaubst du, wie unser Herrenreiter Neckermann damals an seine schönen Läden gekommen ist! Einige dieser Beutemacher haben sich sogar noch als Wohltäter aufgespielt, denn hätten sie nicht gekauft, hätte sich der Staat gleich alles angeeignet, und die Vorbesitzer wären völlig leer ausgegangen.«

Janssen schnaubte leise. »Klar hat es noch größere Gangster gegeben. Und der Staat war der allergrößte. Soll mich das jetzt trösten, oder was?«

Stahnke zuckte die Achseln, schwieg. Schwieriges Terrain, dachte er, dünnes Eis. Frische Wunden über alten Narben, das muss ja wehtun.

»Mein Großvater war es nicht einmal selbst. Ich meine, das mit der Arisierung. War gar nicht in der Position. Aber das macht ihn nicht besser, weiß Gott nicht. Er war tief verstrickt in die Naziverbrechen. KZ-Aufseher, gibt es etwas Widerlicheres? Er hat das Haus einem Arisierer abgekauft, einem hundertzehnprozentigen Nazi, der das Dritte Reich wohl als Selbstbedienungsladen verstanden hat. Sehr günstig erworben, hieß es immer. Erstaunlich günstig, wenn man bedenkt, dass dieser Mensch doch eigentlich Profit damit machen wollte. Entweder konnte mein Großvater sehr gut verhandeln, oder es war noch etwas anderes im Spiel.«

»Wie auch immer«, sagte Stahnke, »die Sünden unserer Väter und Großväter sind nicht unsere Schuld, oder?«

Wieder schnaubte Janssen. »Schuld wird nicht vererbt«, sagte er leise. »Schon gar nicht kollektiv. Wohl aber Verantwortung. Aus der können wir uns nicht herausstehlen.«

Erst dünnes Eis, jetzt Treibsand, dachte Stahnke. Bloß keine Debatte über Ethik und Moral! Zurück zur Realität, zu schlichten, harten Fakten. »Wo steht denn dieses Haus?«, fragte er. »Das heißt, steht es überhaupt noch? Es ist ja allerhand verändert worden in den letzten Jahrzehnten.«

»Aber in der Altstadt noch am wenigsten«, sagte Janssen. »Zwar hatte man in den siebziger Jahren mal vor, alles platt zu machen, um Schneisen für den Autoverkehr zu schlagen, aber zum Glück gab es eine Bürgerinitiative, die das verhindert hat. Mein Vater hat sich jahrelang die *Ostfriesen-*

Zeitung nachschicken lassen, so waren wir immer auf dem Laufenden.«

»In der Altstadt also«, hakte Stahnke nach. Eine logische, unverfängliche Frage, dachte er, gerade gut, um die Unterhaltung am Laufen zu halten.

»Neue Straße«, antwortete Janssen.

Der Hauptkommissar fühlte sich wie durch eiskaltes Wasser gezogen. »Welche Hausnummer?«

23.

Sie hatten sich die Gesichter geschwärzt, und das war gar nicht so einfach gewesen. Gartenerde wollte auf der Haut nicht halten, und an Schuhwichse trauten sie sich nicht heran, schließlich mussten am nächsten Morgen die Spuren beseitigt sein, und diese schwarze Creme kroch tief in alle Poren, war mit kaltem Wasser und Kernseife nicht einmal von den Fingern restlos zu entfernen. Schließlich waren sie auf Lehm verfallen. Der war zwar grau und fing an zu bröckeln, wenn er trocknete, aber er war eindeutig besser als nichts.

Jetzt, da sie das Schuppentor hinter sich hatten, musste Erika sehr an sich halten, um nicht vor Lachen herauszuplatzen. Hügel, Halden, ganze Berge schmierig schwarzer Kohlen erstreckten sich vor ihr, und alles, was sich innerhalb des großen Schuppens befand, war dermaßen mit Kohlenstaub eingepudert, dass man nichts berühren konnte, ohne sich anzuschwärzen. Warum hatte sie bloß nicht gleich an die Eierkohlen gedacht, die in Omas Stall lagerten? Oder an die vielen Ofenrohre voller Ruß, die es im Haus gab? Warum hatte man überhaupt die guten Ideen immer erst hinterher?

»Seht ihr«, flüsterte Stinus, »war doch ganz leicht.« Mit einem Schlüssel, der länger war als seine Hand und zur Waschküche seines Elternhauses gehörte, hatte er das Schloss an der Tür des Kohlenschuppens lautlos geöffnet. Diese einfachen Bartschlüssel waren untereinander wirklich sehr ähnlich. Stinus war ja schon einmal hier gewesen und wusste, dass der von der Waschküche am besten passte.

Fritz drückte das Tor hinter ihnen zu, bis auf einen Spalt, durch den trübes, kaltes Mondlicht hereinfiel. Stinus zündete eine Stalllaterne an, die mit Wellpappe notdürftig abgeblendet war, und ließ einen Lichtstrahl über die Kohlenhänge wandern, deren Schwärze den Schein fast verschluckte. »Dort!«, sagte er und zeigte auf eine Stelle nahe der rechten Seitenwand, die sich in Erikas Augen in nichts von den anderen Halden unterschied.

Rechts vom Eingang stand ein eisernes Fass auf einem halbhohen Podest. Aus einem Schieber, der nahe dem unteren Rand angebracht war, tropfte Wasser träge in einen Zinkeimer. Erika stellte sich auf die Zehenspitzen und langte über die Oberkante hinweg; das Fass war randvoll mit Wasser. Offenbar muss sich selbst ein Drecksack wie dieser Hackes hin und wieder reinigen, dachte sie.

Neben dem Fass lehnten Schaufeln an der Wand, breite Kohleschaufeln mit hohen Seitenrändern und solche für Koks, deren Schaufelflächen aus einer Art Gitter bestanden. Stinus und Fritz schulterten je eine Schaufel. »Du bleibst hier. Schön aufpassen!«, zischte Stinus Erika zu. Sie hatte schon mit so etwas gerechnet und protestierte nicht. So musste sie morgen wenigstens nicht erklären, warum ihre Sachen so schmutzig waren. Jungs hatten mit so was weniger Probleme.

Im gedämpften Lampenschein sah sie kaum mehr als zwei schwankende Schatten, die sich von ihr entfernten, hörte Kohlen unter den Schuhen der beiden Jungen rollen und rutschen. Dann traten die Schaufeln in Aktion, vorsichtig sondierend zuerst, dann herzhafter eingesetzt. Die Grabgeräusche wurden lauter und lauter; die Jungs schienen von Sekunde zu Sekunde unvorsichtiger zu werden. Erika war drauf und dran, warnend zu rufen, da ertönte ein dumpf polterndes Klopfgeräusch. Sie waren auf die Kiste gestoßen. Erika liefen Schauer über den Rücken. Genau so musste es klingen, wenn der Spaten eines Totengräbers auf einen Sarg traf.

Noch ein paarmal klopfte und polterte es, scheuerte Metall über Holz. Dann wurden die Schaufeln beiseitegelegt. »Und eins«, kommandierte Stinus gepresst. Wieder das prasselnde Geräusch rutschender, rollender Kohlen. Und das Scheuern von Holz über Stein und Erde. Die beiden Jungs schleiften die Kiste aus dem Kohlengebirge heraus wie einen Schlitten.

Als die Kiste zum Stillstand gekommen war, kehrte schlagartig Ruhe ein, nur durchbrochen vom Keuchen der beiden Jungen. Wieder wurde Erika bewusst, was für einen Lärm die beiden in den letzten Minuten erzeugt hatten. Und dass sie, die ja Schmiere stehen sollte, ihre Pflicht sträflich vernachlässigt hatte. Schnell drehte sie sich herum, um wenigstens jetzt einen Blick auf den Eingang zu werfen.

Das Tor stand halb offen. Kaltes Mondlicht fiel in einem breiten Streifen auf den staubigen Boden, ein glitzernder Rahmen für einen grotesk in die Länge gezogenen Schatten. Den Schatten eines Mannes, der dort im Tor stand, die Fäuste in die Seiten gestemmt.

Die beiden Jungen bemerkten ihn nur einen Sekundenbruchteil später. Sie erstarrten halb gebückt. Erika drückte sich hinter das Wasserfass, so weit es ging. Oh Gott, schoss es ihr durch den Kopf, Hackes kommt. Jetzt hat er uns, jetzt müssen wir büßen. Das überleben wir nicht.

Dann fiel ihr auf, dass die Silhouette im Eingang ein wenig höher war als die des Kohlenhändlers und auch ein wenig schmaler. Und dass sie leicht schwankte.

»Wusste ich's doch!«, schnarrte der Mann. »Hier habt ihr also eure Geldquelle. Das ist doch mal interessant.«

Es war Janssen. Er war wieder betrunken, das hörte man, und als er jetzt langsam in den Kohlenschuppen kam, waren seine Schritte unsicher. Das machte ihn eher noch gefährlicher. Zumal die Pistolentasche an seinem Uniformgürtel geöffnet war, und sie war nicht leer.

»Da drin, was?« Er trat mit der Stiefelspitze nach der Holzkiste, traf sie erst im zweiten Versuch. »Da hat Hackes also seine Kohle versteckt.« Er lachte grölend; eine mögliche Entdeckung schien ihm überhaupt keine Sorgen zu bereiten. »Ha, Kohle! Gut, was?« Schlagartig wurde er wieder ernst. »Hat gedacht, so kommt ihm die Partei nicht drauf. Wollte das Judengeld ganz für sich alleine. Hat sich für ganz schlau gehalten.« Er funkelte die beiden Jungen an. »Aber ihr beiden glaubt ja, dass ihr noch viel schlauer seid, nicht wahr?«

Erika spürte, dass sie zitterte. Er hat mich noch nicht gesehen, dachte sie, er weiß gar nicht, dass ich hier bin. Aber statt sie zu trösten, machte diese Erkenntnis alles irgendwie nur noch schlimmer.

»Hackes übervorteilt die Juden, nimmt sie aus wie die Weihnachtsgänse und zieht ihnen das Fell über die Ohren, und außerdem bescheißt er noch Partei, Führer, Volk und Vaterland«, fuhr Janssen fort. Seine Worte klangen jetzt artikulierter; er schien zusehends nüchterner zu werden. »Schwarzes Geld, buchstäblich! Und ihr denkt euch, das nehmen wir mal, der Hackes darf ja nichts sagen, nichts anzeigen, weil er dann selber dran ist. Und dann geben wir's dem Janssen, damit der etwas tut für uns, richtig? Etwas, worüber Partei und Führer auch nicht sehr glücklich wären, wenn sie's wüssten. Schlau, wirklich schlau. Bloß, dass die Sache einen Haken hat.«

Er richtete sich auf, jetzt wieder schwankend, und rülpste laut und anhaltend. »Der Haken ist nämlich, dass der Janssen nicht so doof ist, wie ihr wohl denkt. Dass dieser Janssen sich nämlich denken kann, woher ihr beiden Grünschnäbel auf einmal so viel Geld habt. Und dass der Janssen weiß, dass etwas von dem Geld in dieser Kiste sein eigenes Geld ist! Das ärgert ihn, den Janssen, dass er dafür nach eurer Pfeife tanzen soll, nur um sein eigenes Geld wiederzukriegen. Aber das ist ja nun vorbei.«

Die beiden Jungen standen da wie gelähmt, Augen und Münder vor Entsetzen aufgerissen. Sie schienen keins von Janssens Worten aufzunehmen, sondern nur die schiere Drohung, die von seiner Gegenwart ausging. Ganz anders Erika. Sie wusste von Janssens Hauskauf, hatte gehört, was im Dorf darüber getuschelt wurde. Wie billig er ein »Judenhaus« in Leer dicht beim Rathaus erstanden habe, wohl nur deshalb, weil er Hackes wegen dessen illegaler Aktivitäten »bei den Klöten gepackt« hätte. Deswegen sprach er von »seinem eigenen Geld« in der Kiste. Anscheinend glaubte er, das Haus stünde ihm eigentlich völlig kostenlos zu.

»Bloß wusste ich bis gerade eben nicht, wo Hackes sein schwarzes Geld versteckt hat«, fuhr Janssen fort. »Aber das hat sich ja nun geändert. Dank euch Radaubrüdern. Schönen Dank auch!« Er setzte einen Fuß zurück und schwang den rechten Arm aus, um einen höhnischen Bückling zu vollführen. Dabei geriet er ins Straucheln und musste um sein Gleichgewicht kämpfen. »Und jetzt werden hier andere Saiten aufgezogen«, fauchte er die beiden Jungen an, als seien sie schuld an seiner Ungeschicklichkeit. »Ab sofort tanzt *ihr* nämlich nach *meiner*

Pfeife, dass das klar ist! Stinus, du Großmaul, du hochgekommener Armleuchter! Und auch dein, dein ... Fritzig hier!«

In seiner Wut hatte Janssen die letzten Worte mehr gespien als gesprochen, aber Erika wusste zu gut, was er wirklich hatte sagen wollen und was das bedeutete. Itzig! Janssen wusste, dass Fritz ein Jude war.

In diesem Moment setzte Erikas bewusstes Denken aus. Es war, als trete sie aus sich heraus und schaute sich interessiert dabei zu, wie sie aus ihrem Versteck hinter dem Wasserfass herausglitt, eine der Schaufeln ergriff, die noch an der Schuppenwand standen, sie über ihren Kopf schwang und auf Janssen zulief. Er bemerkte sie erst, als sie bereits direkt hinter ihm stand, fuhr herum und schaute sie aus glasigen, ungläubigen Augen an. Es war wohl dieser Blick, der ihre letzten Zweifel beseitigte, und als sie zuschlug, war sie wieder vollkommen bei sich.

Wie ein gefällter Baum stürzte Janssen nach hinten, direkt auf den Deckel von Hackes' kohlenstaubgeschwärzter Geldkiste, der unter dem Aufprall bedrohlich knackte. Der Schwung des Sturzes riss die Kiste um, und sie warf den Mann ab wie ein bockendes Pferd. Ein Teil des gebündelten Geldes fiel heraus und verteilte sich auf dem Boden.

»Mann! Mann oh Mann!«, stieß Stinus hervor, und es blieb offen, ob sein anerkennender Ausruf nun Erikas Rettungstat galt oder der unglaublichen Menge Geldes. Anscheinend war es seit seinem ersten Raubzug noch deutlich mehr geworden. Kein Wunder, dass der Kohlenhändler den Diebstahl wohl gar nicht bemerkt und sein Versteck weiterhin benutzt hatte.

Fritz hingegen hatte nur Augen für Erika. Große Dankbarkeit sprach aus seinem Blick, vielleicht auch noch etwas anderes, über das sich beide keine Rechenschaft ablegen mochten. Er machte einen Schritt auf das Mädchen zu, hielt sich jedoch im Zaum. Schließlich stand Stinus zwischen ihnen, und Fritz wusste von Erikas Versprechen. Dafür hatte Stinus selbst gesorgt.

Stinus stieß Janssen mit der Fußspitze an. Als der sich nicht rührte, pfiff der Junge anerkennend. »Den hast du sauber umgehauen«, sagte er. »Der pennt noch ein Weilchen.«

Erika wurde bewusst, dass sie die Schaufel immer noch in den Händen hielt, und ließ sie fallen, als sei sie rotglühend. »Was machen wir jetzt?«, fragte sie mit zitternder Stimme.

»Was wir jetzt machen? Wir sacken das Geld ein, was denn sonst«, erwiderte Stinus. Er entrollte den alten Seesack, den er vorsorglich mitgebracht hatte, und begann, die Geldbündel hineinzustopfen. Nach kurzem Zögern bückte sich auch Fritz und half mit.

»Ja aber … Janssen?« So kühl sie den Uniformierten ausgeschaltet hatte, so nervös war Erika jetzt, und die Seelenruhe, mit der die beiden Jungen sich über das Geld hermachten, brachte sie mehr und mehr in Rage. »Was ist, wenn der wieder zu sich kommt? Er hat uns doch alle gesehen! Er wird uns bei Hackes verpfeifen, und der wird uns verhaften lassen! Überlegt doch mal!«

Stinus blickte hoch, unterbrach das Geldstopfen für einen Moment, und so unglaublich Erika das auch fand, er grinste breit. »Mensch, denk *du* doch mal nach! Wie will er uns denn was beweisen? Wenn der aufwacht, sind wir längst weg, vorausgesetzt, du hörst irgendwann noch mal auf zu quatschen. Und wenn der uns anzeigt – drei Aussagen gegen eine! Und in der Partei bin ich auch, damit muss der gar nicht erst kommen. Aber vor allem, und jetzt pass auf: Wie will Janssen denn erklären, was er in Hackes' Lager zu suchen hatte? Eierkohlen rund lutschen? Und soll er etwa zugeben, dass ihn ein kleines Mädchen umgehauen hat? Nee, nee, glaub mir, der wird schön die Fresse halten.«

Sie rafften weiterhin Geld zusammen, alles Geld, das da war, während Erika sich gedankenverloren das Gesicht rieb, von dem der trockene Lehm abbröckelte, während die Haut gleichzeitig vom Kohlenstaub immer dunkler wurde. Es war schön, dass Stinus die Führung übernahm. Er fand die richtigen Worte zum richtigen Zeitpunkt, er gab ihnen das Gefühl, dass sie das Richtige taten. Und außerdem: Was hätten sie denn anderes tun sollen?

Stinus lud sich den vollen Seesack auf und überließ Fritz die Stalllaterne, für die er keine Hand mehr frei hatte. Die Kiste ließen sie stehen, wo sie stand, das Schuppentor lehnten sie nur an; zum einen hatte es ja keinen Zweck, irgendetwas zu verbergen, jetzt, da Janssen alles gesehen hatte, zum anderen wollten sie nicht das Risiko eingehen, dass der Mann aus seiner Betäubung erwachte, ehe sie fort waren. Sie trennten sich gleich vor dem Tor, gingen nach kurzem Abschied in verschiedene Richtungen davon, genau wie zuvor verabredet. Treffen würden sie sich erst nächste Woche wieder, auch das war bereits vereinbart.

Erika aber war noch keine fünfhundert Meter weit gegangen, als ihr klar wurde, dass sie sich bloß etwas vormachte. Dass wohl Stinus seinen eigenen Worten geglaubt hatte und vielleicht auch Fritz, aber gewiss nicht sie. Denn alles, was Stinus über Janssen und dessen Gründe, lieber nichts zu verraten, gesagt hatte, mochte insgesamt wohl durchaus schlüssig sein, nur in einem Punkt war es das nicht. In einem ganz entscheidenden Punkt.

Sie hockte sich am Wegesrand unter einen Busch, um nachzudenken. Janssen hatte Fritz »Itzig« genannt; so beschimpften Nazis nur Juden. Verhört hatte sie sich ganz bestimmt nicht, das brauchte sie sich gar nicht erst einzureden. Der Mann wusste also, dass Fritz Jude war, dass er sich hier in Jemgum vielleicht nicht unter falschem Namen, aber doch unter einer falschen Identität aufhielt. Das aber stellte alles andere in den Schatten. Mit solch einer Information konnte Janssen jedes eigene Fehlverhalten erklären und brauchte nicht zu befürchten, wegen irgendetwas anderem belangt zu werden.

Mit anderen Worten, sowie Janssen wieder bei Bewusstsein war, würde er sie anzeigen, ob bei der Polizei oder der Partei, war völlig gleich. Und noch in derselben Stunde würde man sie holen. Für sie und Stinus würde das das Ende aller Zukunftshoffnungen bedeuten. Und für Fritz …

Erika erhob sich. Sie musste eine ganze Weile da gehockt und überlegt haben, denn ihre Beine waren richtig steif geworden. Sie fühlte sich vollkommen geschafft, wünschte sich so schnell wie möglich in ihr warmes Bett. Aber daran war überhaupt nicht zu denken. Im Gegenteil, sie musste zurück.

Und über das, was es zu tun galt, brauchte sie sich ebenfalls nicht selbst zu belügen. Das hatte ja doch keinen Zweck. Sie hatte die Hand gegen Janssen, einen Parteimann und Uniformträger, erhoben. Dafür würde sie büßen müssen, sie und ihre beiden besten Freunde mit ihr. Es sei denn, sie vollendete ihr Werk.

Es kam ihr ziemlich abartig vor, von einem geplanten Mord als von einem »Werk« zu denken. Aber das registrierte sie nur beiläufig, wie neben sich gehend. Sie fühlte sich wieder wie in dem Moment, als sie die Schaufel ergriffen und erhoben hatte. Nachher, nachher konnte sie zittern. Jetzt aber galt es zu handeln. Es gab einfach keinen anderen Weg.

Als sie den Schuppen erreichte, stand das Tor wieder einen breiten Spalt offen. Sie spähte vorsichtig hinein; war Janssen bereits wieder erwacht und auf dem Weg zur Polizei, um sie anzuzeigen? Dann musste sie hinterher, mit einer Schaufel in den Händen. Auf keinen Fall aber durfte sie sich überraschen lassen. Gebückt und auf Zehenspitzen schlich sie sich in das Kohlenlager.

Die Stelle, an der sie Janssen zurückgelassen hatten, war tatsächlich leer. Die Kiste war noch da, aber auch sie stand nicht mehr am selben Platz. Jemand hatte sie unter den Schieber des Wasserfasses gerückt und den Deckel zugeklappt. Der Eimer lag umgestoßen daneben, in einer großen Pfütze, die auch die Kiste umgab. Leises Plätschern war zu hören. Erika schlich sich noch näher heran. Tastete nach dem Rand des Kistendeckels, hob ihn an, beugte sich über die Öffnung, schaute hinein.

Janssen lag darin, Augen und Mund geöffnet, Gesicht und Körper unter Wasser. Erikas Hände begannen wieder zu zittern; kleine Wellen liefen kreuz und quer über den Wasserspiegel, reflektierten das schwache, kalte Licht des Mondes, das durch den Torspalt fiel, und erweckten Janssens totes Gesicht zu bleichem, nasskaltem Leben. Sein Mund schien sich zu bewegen, als wollte er reden, etwas sagen, aussagen. Aber das war nur eine Illusion, eine optische Täuschung. Janssen würde nie wieder etwas sagen.

Irgendjemand, dachte Erika, ist schneller gewesen als ich.

24.

»Ertrunken also.« Stahnke nahm einen weiteren tiefen Schluck aus seinem Rotweinglas. »Ertrunken in einer Kiste. Einfach unglaublich.«

Im grauen Dunkel des späten Abends war die Elbe als schimmerndes Band noch gut zu erkennen. Große Schatten und bunte Lichter bewegten sich auf dem Fluss. Ein Schauspiel, an dem sich der Hauptkommissar nicht sattsehen konnte. Auch wenn er es inzwischen wie durch einen Schleier sah.

»Ja, unglaublich, das stimmt.« Auch Janssen nahm einen Schluck Wein. »Aber wohl trotzdem wahr. Meine Großmutter hat mir die Geschichte wieder und wieder erzählt. Was für ein Schock das für sie gewesen ist, hochschwanger wie sie war, als man sie nachts aus dem Bett gerissen hat.« Er lachte kurz und bitter auf. »In ihren Erzählungen war immer *sie* die Hauptleidtragende. Das ist wie mit diesen ewigen Litaneien der Kriegsgeneration: Stets geht es nur um das Leid der Ausgebombten und Vertriebenen. Niemand verschwendet ein Wort darauf, warum es überhaupt dazu gekommen ist. Wer mit dem Morden, Brennen, Vertreiben und Vergasen angefangen hat. Mein Gott, sind wir wirklich solch ein Volk von Egoisten?«

Stahnke mochte darauf nicht eingehen. Das führte ihn zu weit weg von allem, was ihn jetzt mehr und brennend interessierte. Außerdem scheute er sich vor dem Eingeständnis, dass sein Gastgeber womöglich recht hatte.

»Jedenfalls behauptete sie, bei der Untersuchung des Mordes sei es nicht mit rechten Dingen zugegangen«, fuhr der Bärtige nach einer Weile von alleine fort. »Man habe keinerlei Spuren sichern können, was zumindest ungewöhnlich gewesen sei. Der Kohlenhändler hätte behauptet, mein Großvater habe ihn bestehlen wollen, und zwar nicht alleine, sondern mit mindestens einem Kumpan. Mit dem sei er dann in Streit geraten, vermutlich, weil er nicht ganz nüchtern gewesen sei, und dieser Komplice hätte ihn dann niedergeschlagen und ertränkt.« Janssen schüttelte den Kopf. »Andere hätten auch behauptet, mein Opa sei so betrunken gewesen, dass er von alleine in diese ominöse Kiste gefallen sei und dabei den Schieber des Wasserfasses aufgestoßen habe. Anschließend sei er quasi im Schlaf ertrunken.« Janssen setzte sein Weinglas ab, nachdem er zweimal vergeblich nach dem Tischchen getastet hatte. »Was aber keiner mit Sicherheit sagen konnte, war, was es in diesem Kohlenlager damals eigentlich zu stehlen gab! Noch war ja Frieden, den Leuten ging es relativ gut, wer klaute schon Kohle? Jedenfalls keiner, der einen krisensicheren Posten hatte.« Er verzog seinen Mund wie zum Grinsen, aber Stahnke konnte seine Zähne knirschen hören.

»Was war denn mit dem …« – Stahnke unterbrach sich kurz, unterdrückte ein Aufstoßen – »mit dem Besitzer dieses Lagers, dem Kohlenhändler? Der müsste es doch eigentlich gewusst haben.«

»Der Kohlenhändler, ja. Hackes wurde er allgemein genannt, keine Ahnung, wie er richtig hieß. Der sagte natürlich, er wüsste von nichts.« Janssen goss sich Wein nach, kippte die Flasche bis zur Senkrechten, stellte sie dann zu den anderen, die sie bereits geleert hatten. Es klirrte. »Oma meinte, das wäre natürlich gelogen, er wäre einer von denen gewesen, die sich an jüdischem Eigentum gesundgestoßen hätten. Du weißt schon, die Leute, die Flüchtlingen alles abgekauft haben, was die nicht mitnehmen konnten, natürlich zum Spottpreis.«

»Du meinst, der Mann hätte das Geld, das er unter der Hand verdient hatte, im Kohlenschuppen gebunkert?«

Janssen nickte.

»Dann hätte ich mir diesen Typen doch als Ersten vorgeknöpft. Ich meine, wenn ich damals bei der Kripo gewesen wäre. Stell dir vor, der Bursche kontrolliert sein Lager und findet deinen Opa …« Wieder unterbrach sich der Hauptkommissar. »Sorry, ich setze gerade voraus, dass dein Großvater tatsächlich dort eingebrochen ist. Nur 'ne Arbeitshypothese, ich meine, gesetzt den Fall. Will dir nicht zu nahe treten.« So langsam, stellte er fest, wurde es anstrengend, die eigenen Gedanken in der richtigen Spur zu halten.

Janssen winkte nachlässig ab, verfehlte sein abgestelltes Glas dabei nur um Millimeter. »Grundsätzlich habe ich da gar nichts gegen. Der Kerl war immerhin KZ-Aufseher. Esterwegen, Moorlager, weißt Bescheid? Zuzutrauen war dem bestimmt alles. Was ich nur nicht weiß: warum? Er hatte sich doch kurz vorher erst dieses Haus gekauft, von Hackes, zu einem lächerlich niedrigen Preis zwar, aber das Geld hatte er bereits bezahlt. Also warum?«

Bezahlt an diesen Hackes, dachte Stahnke. »Um es sich wiederzuholen?«

»Möglich.« Janssen angelte nach seinem Glas und trank. »Es soll aber noch eine ganz andere Vermutung gegeben haben, und die hat den Nazis solche Angst gemacht, dass sie auf keinen Fall wollten, dass etwas davon ans Tageslicht kam. Nämlich, dass die Tötung meines Großvaters ein Racheakt war. Dass Menschen, die er im Moorlager gequält hat, oder vielleicht auch Angehörige solcher Menschen, sich an ihm gerächt haben. Die Todesart würde passen, nebenbei bemerkt. Und wenn das stimmte« – Janssen erhob dozierend den Zeigefinger – »wenn sich tatsächlich Menschen gegen die Staats- und Parteiautorität zur Wehr setzen konnten und damit durchkamen, dann hätte das natürlich ein sehr gefährliches Beispiel gegeben. Ein Exempel, dass dieses Regime durchaus nicht so viel Rückhalt im Volk hatte, wie es immer behauptete. Und dass es schon gar nicht unangreifbar war.«

Erneut erhob Janssen sein Glas, etwas zu schwungvoll; dabei bekleckerte er sich sein Hemd. »Mann, Mist! Ich glaube, es wird langsam mal Zeit für die Koje. Morgen haben wir ja noch ein bisschen was vor.«

»Da hast du sicher recht.« Auch Stahnke trank aus. Das Aufstehen geriet zu einem komplizierten Manöver. Gerade noch rechtzeitig fiel ihm das Podest ein, auf dem die Sessel standen, sonst wäre er der Länge nach hingeschlagen.

»Gut möglich, dass sich mein Großvater einfach nur sein Geld wiederholen wollte«, murmelte Janssen, nachdem er

Stahnke zur Tür des Gästezimmers eskortiert hatte. »Möglich. Aber irgendwie glaube ich, dass da noch etwas anderes dahintergesteckt hat.«

»Das ist ja meistens so«, antworte Stahnke, ohne groß darüber nachzudenken. Seine Gedanken galten einer Frage, die nicht beantwortet worden war. Und einer Frage, die ihm auf der Seele gebrannt, die er aber trotzdem zu stellen vergessen hatte. Beides aber war im nächsten Moment weitaus weniger wichtig als dieses herrliche Bett, das da einladend für ihn bereitstand.

25.

Die Schule hatte er verschlafen, den Nachmittag vor dem PC verballert. Zwischendurch ein bisschen *World of Warcraft*, das war langweilig, wenn niemand da war, mit dem man eine vernünftige *Raid* machen konnte. Seiner Mutter war es egal gewesen, was er trieb, wie fast immer. Und der Typ, der wollte, dass er ihn »Dad« nannte, hatte den Versuch, ihn zuzutexten, schnell wieder aufgegeben. Was der sich wohl einbildete! Stank schlimmer als er selbst nach Tabak und Alk und kam den ganzen Tag nicht raus aus seinem Hartzer-Frack aus Aldi-Seide. Von so einem ließ er sich doch nichts erzählen.

Jetzt war es endlich wieder Abend, seine Zeit, und Justin war wieder auf der Straße unterwegs. Paar Schlucke zum Warmwerden und dann mal gucken, was ging.

Zuerst ging nicht allzu viel. Man konnte merken, dass das Schuljahr sich seinem Ende zuneigte und die Zeugnisse drohten. Da erinnerten sich manche Eltern daran, dass Kinder ja nicht nur dazu da waren, um sie vor dem Fernseher oder dem Computer zu parken, damit man Ruhe vor ihnen hatte. Sondern dass man auch eine Verantwortung hatte, was die Erziehung und Bildung der eigenen Bratzen anging. Sonst blieben die womöglich noch sitzen, und man hatte sie ein Jahr länger als nötig an der Backe.

Nicht auszudenken!

Max zum Beispiel war nirgendwo zu entdecken, nicht einmal, als Justin endlich Hadid, Erol und ein paar andere Vögel aus der Schule aufgetan hatte. Natürlich am Hafen, wo die Stadt ihnen freundlicherweise eine Steintreppe zum Abhängen gebaut hatte. Seine Frage nach Max rief nur Achselzucken hervor. Vermutlich hatte sein Papa mal wieder ins Klassenbuch geschaut, Rubrik »Nicht gemachte Hausaufgaben«.

Hm. Andererseits war Dunja auch nirgendwo zu sehen. Sollten die beiden etwa …? Aber nee, eher nicht. Diese Schnitte blieb für Max doch wohl mehr ein Wunschtraum.

Die durfte außerdem manchmal um diese Zeit nicht mehr raus, das hing ganz davon ab, ob ihr Vater oder ihre Mutter Spätdienst in der Dönerschmiede hatte. Papa ließ seiner kleinen Hübschen manches durchgehen, Mutter dagegen machte meist auf streng. Tja, so waren sie eben, die Kurden. Ihre Jungen ließen sie aufwachsen wie Unkraut, freuten sich noch, wenn sie besonders machohaft gerieten. Dieses Erziehungsdefizit mussten dafür die Mädchen ausbaden.

Lars hatte seinen üblichen Platz am Rand der Gruppe eingenommen und sich schon etwas intensiver mit seiner Abendration Wodka befasst, als plötzlich Bewegung aufkam. Hadid hatte sich erhoben, überragt vom langen Erol. Auch Kevin, Lars und Marco standen jetzt auf. Mit dem stoppelhaarigen Marco hatte Justin früher oft abgehangen, aber dann musste der zur Hauptschule abgehen. »Ich geh auf Haupt«, wie man das so ausdrückte. Ab in die Sackgasse. Aber eine, in der man wenigstens Spaß haben konnte, wenn man kein Weichei war.

»Hey, kommst du mit?«, rief Marco ihm zu, während er einen Arm durch einen Rucksackgurt steckte. Justin hob bestätigend die Hand und stemmte sich auf die Füße. Gut, gefragt zu werden. Wohin? Egal. Würde sich ja herausstellen.

Sie zogen die Hafenpromenade entlang Richtung Georgstraße, alberten herum, schubsten sich gegenseitig ans Geländer, spielten mit den Festmachern der Boote, die hier vertäut lagen. Je mehr sie sich dem Ende dieses Hafeneinschnitts näherten, desto ruhiger wurden sie, denn dort stand, breit und wie drohend geduckt, das Leeraner Polizeigebäude. Solange sie aber unten auf dem Spazierweg blieben und sich ein wenig zusammenrissen, drohte ihnen von dort keine Gefahr.

Sie bogen rechts ab, blieben an der Hafenkante. Hadid führte. Sie passierten den Anglerverein, neues Gebäude, kleine Boote. Dann wieder Yachten, sehr große jetzt. Sie waren auf der Nesse, der Halbinsel mitten in der Stadt, auf der in den letzten Jahren stillgelegte Werften und Betriebe durch teure Wohn- und Geschäftshäuser ersetzt worden waren.

Ein echtes Nobelviertel war das geworden, mit Preisen, die sich nur die Reichen leisten konnten. Hier also? Geil, fand Justin. Ein paar Eier täten diesen Protzfassaden richtig gut.

Die Gruppe bog nun von der Uferpromenade ab und steuerte zielgerichtet eins der neuen Mehrparteienhäuser an. Fette Autos standen davor geparkt, Mercedes, Audi und BMW, auch ein Volvo mit auffälligem Fisch-Silhouetten-Aufkleber. Hatte das was mit diesem Anglerverein da hinten zu tun?

Marco hielt an und setzte den Rucksack ab, die anderen scharten sich um ihn, als sei er der Nikolaus. Ah, Spraydosen! Das ist natürlich noch besser als Eier, dachte Justin. Leider bekam er keine mehr ab, die anderen waren schneller gewesen. Sie nahmen sich die Glastür, die edel aussehenden Platten rechts und links davon und den Volvo vor. Was machten die da, Tags? Dafür sah es zu gerade aus, fast geometrisch. Wurden das Dreiecke?

Tatsächlich, Dreiecke. Und noch einmal Dreiecke darüber, diesmal auf der Spitze stehend. Das waren doch … Endlich hatte Justin kapiert. Judensterne, wie die in Westerbork! Nur was das jetzt hier sollte, kapierte er nicht.

Dann ging alles sehr schnell. Während Marco noch ein X sprayte und die Balkenenden mit kurzen Strichen versah, ertönten Sirenen, ziemlich nah. »Vorsicht!«, schrie jemand, dann zerplatzte etwas vor der Eingangstür, und ein Feuerball blähte sich auf. Justin rannte, was er konnte, immer auf die Fußgängerbrücke zu, denn da hinüber würde ihm wenigstens kein Bullenwagen folgen können. Er wunderte sich noch, mit welcher Leichtigkeit ihn Hadid überspurtete, da riss es ihn plötzlich von den Beinen, und das Backsteinpflaster kam rasend schnell auf ihn zu.

26.

Gut, dass Fleischhauer, der Nenn-Onkel und Beschützer von Fritz, nicht nur so hieß, sondern auch einen kannte, der tatsächlich einer war. Folkert Bullwinkel war sein Name, und er war Schlachter in Ditzum. Außerdem war er noch alter Sozialdemokrat. Das hatte er eigentlich selbst nicht mehr wahrhaben wollen, war noch vor '33 aus der SPD aus- und in die SA eingetreten. Aber die braune Färbung war ihm außen in der Wolle hängen geblieben. Nach der Machtergreifung, die mehr eine eilfertige Übergabe der Macht in die Hände Hitlers gewesen war, war Bullwinkel innerlich zur alten Gesinnung zurückgekehrt. Die braune Fassade hatte er gelassen. Sie schien ihm ganz praktisch.

Praktisch war auch, dass Bullwinkel und Erikas Großvater einander kannten. Zwar nur von Maifeiern her, aber immerhin. So war er gleich bereit gewesen zu helfen. Wäre es auch wohl ohne schwarzes Geld gewesen. Aber zurückweisen tat er es nicht. Er war schließlich Rheiderländer und wusste Geld zu schätzen.

Natürlich war es zu riskant, Erikas Großvater von Jemgum aus per Schiff nach Holland zu bringen. Jemgum wimmelte von Leuten, die ihn kannten; auch wenn er sich selbst kaum noch ähnlich sah, weil das Moorlager einen alten, gebeugten Mann aus ihm gemacht hatte, so war doch das Risiko einer zufälligen Entdeckung, auch nachts, einfach zu groß. Außerdem war Jemgum seit dem ungeklärten Mord an Janssen ein heißes Pflaster. Auch zwei Wochen nach dieser Tat summte der ganze Ort förmlich vor unterdrückter Unruhe. Und die Erinnerung an diesen Flüchtling, der bis zum heutigen Tag noch immer nicht gefasst war, blieb dadurch natürlich frisch.

Außerdem schien es momentan nirgendwo in Deutschland so viele Nazis zu geben wie in Jemgum. Jedenfalls kam Erika das manchmal so vor. Wie war das möglich? Hatte der Ort vor 1933 nicht als »rotes Nest«, als Hort der Sozialdemokratie und Gewerkschaftsbewegung gegolten? Wo waren diese

Leute nur alle hin? Und wo kamen diese ganzen braunen Schreihälse jetzt her?

Erika war nicht dumm, sie konnte eins und eins zusammenzählen. Eine denkwürdige Verpuppung, dachte sie, bei der aus roten Larven braune Schmeißfliegen werden. Sie war gespannt, ob diese Metamorphose eines Tages auch andersherum gelingen mochte. Vorstellen konnte sie sich das nicht.

Bullwinkel also hatte sich bereit erklärt, Erikas Großvater einige Tage lang bei sich auf dem Dachboden über dem Schlachthaus versteckt zu halten, bis sich eine günstige Gelegenheit bot, ihn einzuschiffen. Der Fehntjer Schiffsführer, zu dem Stinus Kontakt hatte, konnte nur so ungefähr sagen, wann er Ditzum anlaufen würde. Wie viel Geld er dafür verlangte, damit mochte Stinus nicht herausrücken. Aber er fluchte jedes Mal lästerlich, wenn die Rede darauf kam.

Blieb die Frage, wie Großvater von Jemgum nach Ditzum kam. Und natürlich die, wie es den Kindern gelingen mochte, sich ein weiteres Mal nachts davonzuschleichen. Erika nämlich war beim letzten Mal ihrer Mutter in die Arme gelaufen. Ein unglücklicher Zufall, denn natürlich übernachtete sie immer, wenn eine Unternehmung anstand, bei ihrer Großmutter, die einen festen Schlaf hatte. In der bewussten Nacht jedoch war ihre Mutter zur Unzeit wach geworden, weil im Dorf große Unruhe und viel Gerenne herrschten. Sie hatte angefangen, sich Sorgen zu machen, ohne konkreten Grund eigentlich, aber die Tatsache, dass sich ihr Mann wieder einmal dienstlich in Hamburg aufhielt, hatte sie nur noch nervöser gemacht. Schließlich hatte sie sich zum Haus ihrer Eltern aufgemacht, um nach Erika zu sehen. Und war gerade rechtzeitig gekommen, um an der Hintertür auf ihre Tochter zu stoßen, die keineswegs mit gewaschenem Hals im Bett lag, sondern völlig verdreckt draußen herumlief.

Das Donnerwetter war gewaltig gewesen. Erika hatte ein paar saftige Ohrfeigen kassiert und anschließend noch den Hintern voll mit dem Rohrstock, und zusammen mit ihr hatte sich auch ihre Großmutter eine derbe Strafpredigt anhören müssen. Erika hatte alles weggesteckt, als gelte das gar nicht ihr. Auf Rückendeckung von ihrer Oma konnte sie zählen, das wusste sie; ihre Komplizenschaft verband sie fester als der heiligste Eid. Vor zwei Dingen nur hatte sie wirklich Angst gehabt: dass Mutter ihrem Vater davon erzählte. Und dass sie ihr womöglich verbot, jemals wieder bei Oma zu übernachten.

Das Erste war ihr relativ leicht auszureden gewesen. Erikas Mutter hatte die wachsende Brutalität ihres Mannes sehr wohl erkannt und wollte lieber kein Risiko für die Gesundheit ihrer Tochter eingehen. Das Zweite aber hatte sie sich in den Kopf gesetzt, es sollte eine Strafe für ihre Mutter und ihre Tochter gleichermaßen sein, denn sie wusste, wie eng die beiden miteinander waren, was sie ziemlich eifersüchtig machte. Es bedurfte langen Bittens und Bettelns; Erikas Großmutter ließ nicht locker und hatte auch keine Scheu, sich ihrer Tochter gegenüber hilfloser zu geben, als sie war. Sie wusste ja, worum es ging. Schließlich wurde das Verbot wieder rückgängig gemacht.

Stinus schien weniger Probleme zu haben, sich nachts davonzuschleichen. »Jungs sind eben wie Kater«, erklärte er grinsend, und mehr erklärte er nicht. Fritz wiederum hatte es umso leichter, je ernster die Situation war. Er und seine Gasteltern lebten ohnehin in der Illegalität. Regelverstöße waren für sie eine Frage des Überlebens.

Blieb die Frage des Transportes, denn laufen oder Fahrrad fahren konnte Großvater nach wie vor nicht, dazu war er zu schwach. Erneut war es Stinus, der die Lösung parat hatte. Die kostete wiederum Geld, aber davon hatten sie ja zur Genüge. Und die Lösung war zwar ziemlich anrüchig, dafür war die Tarnung perfekt.

Wer konnte schon Verdacht schöpfen, wenn bei einem Schlachter ein Viehtransport vorfuhr?

Wichtig war die Wahl des Zeitpunktes. Inzwischen war es wieder September, die Tage wurden kürzer, und in der Landwirtschaft war es ohnehin üblich, bis zum Anbruch der Dunkelheit zu arbeiten. Freilich nicht mehr bei stockdunkler Nacht. Die Fahrt wollte wohlberechnet sein. Zum Glück war einer von Fleischhauers Jungen inzwischen bei einem Spediteur in der Lehre. Für ihn, den sein Vater längst in alles eingeweiht hatte, war das Kutschieren des unhandlichen Gespanns kein Problem. Er verstand sich unbefangen zu benehmen, zu fluchen, wenn Flüche angebracht waren, und Grüße und neugierige Blicke geradeheraus zu erwidern. Als er bei fortgeschrittener Dämmerung Ditzum erreichte und in die enge Gasse neben der Schlachterei einbog, atmete er trotzdem erleichtert auf.

Nur zwei Tage musste Erikas Großvater, der in dieser Zeit zwar verköstigt, aber nicht gepflegt wurde, auf dem zugigen Dachboden des Schlachthauses aushalten. Dann brachte Stinus die ersehnte Nachricht: »Die *Talina* segelt heute Nacht.«

Erika und ihre Großmutter hatten sich längst eine Ausrede für ihre Abwesenheit von Jemgum zurechtgelegt. Für das Mädchen war das letzte Jahr in der Schule angebrochen, eine Lehrstelle musste her, und noch war keine Entscheidung gefallen. Erikas Mutter nämlich wollte ihre Tochter unbedingt im Rheiderland halten, fern der Stadt Leer am anderen Ufer der Ems, wo sie ihrer Kontrolle weitgehend entzogen wäre. Das erleichterte die Stellensuche nicht gerade. Als die Großmutter nun vorschlug, es doch mal in Ditzum zu versuchen, war sie Feuer und Flamme, auch wenn ihr die Vorstellung, ihre Tochter als Verkäuferin hinter einer Fleischereitheke zu sehen, gewöhnungsbedürftig erschien. Wenn Erikas Großmutter nun aber mal Kontakte hatte, dann sollten die auch genutzt werden, und zwar persönlich.

Erika rieb sich die Hände. Besser hätte es gar nicht laufen können.

»Laat dat«, raunte ihre Großmutter ihr zu. »Süchst reinweg ut as ’n Jööd.«

»Hä?«

»Das Händereiben!« Großmutter fiel ins Hochdeutsche, als könnte ihre Enkelin kein Platt mehr verstehen. »Das tun doch nur Juden. Mach dich nicht verdächtig.«

»Du spinnst. Wenn es draußen kalt ist, machst du das doch auch.«

Eine Kopfnuss beendete das Streitgespräch. Erika entschied, dass in diesem Punkt mit ihrer Oma nicht zu reden war.

Den größten Teil des Abends verbrachten die Großeltern ganz für sich auf dem Dachboden des Schlachthauses. Die Kinder spielten in einer der größeren Kammern Karten; der Knecht des Fleischers, der eigentlich in einem winzigen Verschlag gleich nebenan hauste, hatte frei bekommen und saß wohl im Wirtshaus. Großmutters geliehenes Fahrrad, das mit auf dem Wagen gewesen war, hatten sie im Stall hinter die Strohballen geschoben. Das Muhen der Kühe, die dort untergestellt waren, drang bis zu ihnen herauf. Ob die Tiere ahnten, was ihnen schon morgen bevorstand? Vermutlich nicht. Würden sie sonst so ruhig dastehen, fressen und einfach abwarten?

Tja. Vielleicht. Die Menschen taten es doch auch.

Die Kammer war mit zwei Betten und einem Schrank fast ganz ausgefüllt. Ihr Spieltisch war ein Pappkarton, der zwischen den Betten auf dem Boden stand. Irgendwann ließ Erika die beiden Jungs alleine weiterspielen und rollte sich auf einem der Betten zusammen. Als sie einige Zeit später kurz aufwachte, war es bis auf das Sternenlicht, das durch das Giebelfenster hereinfiel, dunkel. Die Jungen hatten sich auf das andere Bett gelegt und sich im Schlaf aneinandergekuschelt.

Erika stand auf und tappte auf Strümpfen hinüber zum Dachboden. Großvater war wach und allein. Er saß auf einer alten Matratze, den Rücken an einen Dachbalken gelehnt, lächelte ihr zu und klopfte einladend mit der Hand auf den freien Platz neben sich. »Kumm her, mien Tüt.«

Das tat sie, und er drückte sie an sich, streichelte ihr mit schrundigen Fingern die Wangen. Viele Worte hatte er nie gemacht, das war seine Sache nicht. Seine Dankbarkeit aber war auch so spürbar. Plötzlich wurde Erika bewusst, dass sie ihren Großvater heute und hier vielleicht zum letzten Mal sah. Die Nazis hatten sich gut eingerichtet in Deutschland, und die Stimmen, die zunächst verkündet hatten, der braune Spuk werde nicht von Dauer sein, die Kulturnation Deutschland werde sich seiner bald entledigen, waren längst verstummt. Das Volk der Dichter und Denker hatte sich als eines der Scharfrichter und Henker entpuppt. In dieses Land würde einer wie ihr Großvater kaum jemals zurückkehren können. Und der Gedanke, ihn selbst einmal im Ausland zu besuchen, hatte etwas Irreales. Wie sollte das gehen, wenigstens in den nächsten Jahren? Und wie lange würde Opa noch leben?

»Nicht weinen, Kind«, murmelte der alte Mann. Sein Arm, der sie hielt, war immer noch fest, auch wenn er leicht zitterte.

»Wenigstens ist Janssen tot«, stieß sie unvermittelt hervor. Und erschrak vor sich selbst. Hatte sie nicht gelernt, dass die Rache allein Gottes war? Und verachtete sie nicht diejenigen, die Gewalt als ganz normales Mittel zur Durchsetzung ihrer Interessen betrachteten? Ja, das tat sie, solange sie nicht selbst betroffen war. Auch bei ihr war Kultur offenbar nichts als eine dünne Schicht Tünche.

Großvater schwieg, hielt sie weiterhin fest, aber sein Zittern schwand. »Wart ihr das?«, fragte er leise. Natürlich hatte seine Frau ihm umgehend berichtet, dass sein Peiniger nicht mehr lebte. »Habt ihr ihn umgebracht?«

»Nein, nein!«, erwiderte Erika hastig und abwehrend. Aber warum so eilfertig? Hatte sie es nicht fest vorgehabt?

»Ihr also nicht«, konstatierte ihr Großvater. »Wer dann?«

»*Ich* nicht«, korrigierte Erika. Und biss sich auf die Lippen. Hatte sie die anderen beiden etwa ans Messer geliefert, weil sie mit ihren Worten andeutete, was ihr seit jener Nacht im Kopf herumging? Aber nein, dies hier war ihr Großvater, wem sonst sollte sie denn vertrauen, wenn nicht ihm.

Aber vertraute sie denn nicht auch Stinus und Fritz? Obwohl manches dafür sprach, dass einer von beiden in jener Nacht umgekehrt war und Janssen getötet hatte? Oder vielleicht auch beide zusammen?

Und wenn ja, änderte das etwas? Schließlich war sie selbst auch umgekehrt. Nur zu spät.

»Ich erzähl dir mal was über Janssen«, sagte ihr Großvater, nachdem er mehrere Minuten geschwiegen hatte. »Im

Lager, also in Börgermoor, da mussten wir jeden Tag raus, graben und Torf stechen. Marschieren in Holzpantinen, ohne Socken, mit hölzernen Spaten, ohne Eisenkante. Dabei gab es die mit Kante schon im Mittelalter! Bei Regen und Rött sind wir raus, ganz egal, und wenn die Sonne brannte, dann auch. Die Schuhe haben nicht gepasst, waren schlecht gearbeitet, und wer das Laufen nicht gewohnt war, der stand in seinem Blut. Glaub mir, ich habe dort viele leiden sehen. Und sterben, ja, sterben auch.«

Das Zittern war wieder da, und Erika spürte, dass ihrem Großvater auch das Atmen Schmerzen bereitete. Was musste er selbst gelitten haben, wie litt er jetzt noch! Aber davon sprach er nicht.

»Es gab keinen, der da nicht wegwollte«, fuhr der alte Mann endlich fort. »Ich selbst hatte ja noch Glück. Zwischendurch haben sie mich für über ein Jahr nach Neuengamme gebracht, das ist bei Hamburg. Weil ich etwas von Ziegeln verstehe. Die SS hat dort nämlich eine eigene Ziegelei errichtet, da habe ich gearbeitet, immer unter Dach, da war es trocken und warm.« Mühsam und rasselnd holte er Atem. »Du glaubst gar nicht, wie wichtig Trockenheit und Wärme sein können. Der Unterschied zwischen Leben und Tod! In Neuengamme gab es auch nicht mehr zu essen als in Börgermoor, und die Arbeit war ebenfalls hart. Trotzdem, als ich wieder zurück ins Moor musste, war das schlimm.«

Eine Weile schwieg er, um Kraft zu sammeln. »Flucht aus dem Moorlager war ganz ausgeschlossen«, fuhr er dann fort, »überall Zäune, vier Reihen hintereinander, hieß es. Einige haben es trotzdem versucht. Sind alle dabei umgekommen. Vielleicht wollten sie auch sterben, gut möglich. Von einem weiß ich es sicher. War immerhin auch eine Art, dort rauszukommen. Aber wer wirklich fliehen wollte, weil er vom Leben noch etwas erhoffte oder weil er draußen Frau und Kinder hatte, der musste es im Moor versuchen. Das war die einzige Chance. Jeden Tag waren wir woanders, natürlich unter Bewachung, aber da gab es immer Lücken, ganz anders als im Lager. Trotzdem war es gefährlich. Ich habe es auch dort nie versucht. Solange ich noch das Gefühl hatte, ich könnte die Quälerei irgendwie überstehen, wollte ich mein Leben nicht leichtsinnig riskieren. Erst, als es hieß, wir ziehen nach Bingum, konnte ich nicht widerstehen.«

Erika konnte fühlen, dass ihr Großvater schluckte. Auch das schien ihm wehzutun. »Aber mit Severin war das anders«, sagte er mit heiserer Stimme. »Severin stammte aus München, er war Drucker. Kommunist, hatte Flugblätter verteilt, wurde denunziert, wie das so geht. War noch nicht lange im Lager. Verlobt. Wurde schier verrückt bei dem Gedanken, dass seine Braut womöglich nicht wusste, wo er war. Ihn für tot hielt. Oder glaubte, er sei außer Landes geflohen, ohne an sie zu denken. Stellte sich vor, wie sie schwankend werden könnte in ihren Gefühlen. Sie muss wohl eine Menge Chancen gehabt haben, so wie er sie schilderte, in glühenden Farben. Jedenfalls, Severin hat es nicht ausgehalten, er wollte weg, unbedingt. Und dann hat er's auch gemacht.«

»Geflohen?«, flüsterte Erika. »Wie hat er es denn geschafft?«

Ihr Großvater musste husten; es dauerte lange, ehe er weitersprechen konnte. »Als wir wieder mal abgetorft haben, da hat er sich ins Moor gleiten lassen, kurz bevor es dunkel wurde und Rückmarsch befohlen wurde. Hat ein paar Halme abgerupft, die waren hohl, durch die konnte er atmen, das hatte er vorher ausprobiert. Hat sich hingelegt ins flache Wasser, das war braun und fast undurchsichtig, Gesicht nach oben, hat die Halme in den Mund genommen und sich dann ganz still verhalten. Abgewartet, bis wir alle weg waren.«

»Wie bei Karl May«, sagte Erika aufgeregt. »Da hat es der Old Shatterhand ...«

Aber ihr Großvater schüttelte den Kopf. »Natürlich wurde durchgezählt, ehe wir abmarschiert sind«, sagte er. »Janssen wusste sofort, wer fehlte. Den Severin hatte er sowieso auf dem Kieker, weil der so leicht wütend wurde, den hat er gereizt bis aufs Blut. Janssen wusste auch genau, wo Severin gearbeitet hatte. Er ist ganz leise da hin, Gewehr in Vorhalte. Es war schon fast dunkel, aber er hat gerade noch einen hellen Fleck im Wasser sehen können. Und darüber die Halme.«

Das Gesicht, dachte Erika, er hätte sich das Gesicht schwärzen müssen. So wie wir in dieser Nacht, als Janssen ... »Hat er ihn erschossen?«, fragte sie.

Wieder schüttelte ihr Großvater den Kopf. »Er hat ihm eiskalt ins Gesicht getreten. Hat seinen Stiefel draufgestellt und gedrückt, mit vollem Gewicht, so lange, bis das Wasser wieder ruhig war und keine Blasen mehr kamen. Er hat ihn kaltblütig ertränkt. Wir konnten vom Straßendamm aus alles mit ansehen. Als Janssen zurückkam, ist er fast geplatzt vor Stolz. Die anderen Wachen haben ihm auf die Schultern gehauen. Von uns haben viele geweint.« Er hustete wieder. »Das hätten wir uns besser verkniffen, denn alle, die Tränenspuren im Gesicht hatten, mussten die Nacht über draußen stehen, bei Regen und Kälte, Hände an der Hosennaht. Weil es für solche Mädchen keine Baracke gab, hieß es. Am nächsten Morgen waren noch zwei von uns tot.«

Seine letzten Worte erreichten Erika wie aus weiter Ferne. Ertränkt, dachte sie. Wenn das nicht ihr eigener Opa erzählt hätte, sie würde es nicht glauben. Jetzt war Janssen selber ertränkt worden. Gab es etwa doch einen Gott?

Sie dachte an die beiden Gefangenen, die die Nacht nicht überlebt hatten. Und an all die anderen, die gelitten hatten und immer noch litten. Nein, dachte sie, wenn es wirklich einen Gott gibt, dann muss er ein widerliches Ungeheuer sein, das Spaß daran hat, uns leiden zu sehen.

Die Tür zum Dachboden wurde leise geöffnet. Erika und ihr Großvater zuckten zusammen. Es war der Schlachter. »Geiht los«, sagte er mit gedämpfter Stimme.

Die beiden Jungen waren bereits wieder wach. Erika half ihrem Großvater die Treppe hinunter. Unten wartete ihre Großmutter. Eine feste, wortlose Umarmung, dann hielt sie ihm das Ölzeug hin und hängte ihm einen wohlgefüllten Proviantrucksack um. Die kleine Karawane setzte sich in Bewegung. Nicht direkt zum Hafen, das wäre auch nachts noch zu auffällig gewesen, sondern zum Sieltief. Dort lag ein Ruderboot bereit. Noch eine von Stinus' Anschaffungen, über deren Preis er beharrlich schwieg.

Draußen auf der Ems zog die Ebbe, es war halbe Tide, die Sieltore hatten sich geöffnet, das gesammelte Regenwasser aus dem Hinterland floss ab und erzeugte eine kräftige Strömung, die das Boot mühelos schulterte. Fast ohne einen Riemenschlag passierten sie das Siel. Auf den Hafenkais schien alles ruhig zu sein; Erika saß am Bug und wagte nur aus den Augenwinkeln zu schauen, hielt ihr helles Gesicht gesenkt, denn sie hatte Großvaters Erzählung nicht vergessen. Die anderen verhielten sich ebenso, Stinus und Fritz an den angehobenen Riemen, Großvater an der Ruderpinne. Das Hafenbecken war bald passiert, links sackte die Bültjer-Werft achteraus, und schon hatten sie die Ausfahrt erreicht, viel schneller und unkomplizierter, als das in Jemgum möglich gewesen wäre.

An Backbord war ein niedriger, aber massiger Schatten zu erkennen, unbeweglich in der Strömung, aber ohne Ankerlicht. Sie hielten drauf zu. Noch einmal fing Erikas Herz an zu rasen, weil sie sich ausmalte, was sein mochte, wenn dies nicht die *Talina* wäre, sondern ein Wachboot, voll mit grinsenden Uniformierten. Aber es war die *Talina*, und an der Schanz standen zwei Männer in dunklem Arbeitszeug und reichten schwielige Hände herüber.

Dass Neumond sein würde, hatten sie natürlich gewusst. Dass der Himmel voller Wolken war, die nur hin und wieder etwas Sternenlicht durchließen, war eine zusätzliche glückliche Fügung, die aber der ganzen Szene etwas Gespenstisches verlieh. Auf der Tjalk wurde das Ankertau geslippt, um laute Geräusche beim Lichten des teuren Ankers zu vermeiden – noch ein Posten auf Stinus' Kostenliste, dachte Erika automatisch. Lautlos sackte das Schiff achteraus, während die beiden Jungen das kleine Boot mit leichten Riemenschlägen gegen die leise murmelnde Strömung auf der Stelle hielten. Die Tjalk legte Ruder, das Heck drängte zur Strommitte, und man konnte noch erahnen, wie die schweren braunen Segel am stämmigen Mast emporkletterten. Dann war das Schiff in der Dunkelheit verschwunden, und Erikas Großvater mit ihm.

»So, jetzt geh nach achtern, ans Ruder«, zischte Stinus Erika zu. »Und halte uns dicht am Ufer, dass wir den Neerstrom nutzen. Dann müssen wir nicht so hart gegenan. Achtung, Fritz: und eins!«

Das Ruderboot nahm Kurs auf Jemgum, noch mühsam gegen die Strömung, die aber schon bald schwächer werden und dann kentern würde. Mit der Flut würden sie ihr Ziel bald erreichen, das Boot treiben lassen und sich nach Hause schleichen, ehe es hell wurde. Großmutter würde im Morgengrauen mit dem Fahrrad nachkommen. Und sie würde Erikas Mutter erzählen, dass es mit der Lehrstelle beim Schlachter leider nichts geworden sei. Was dieser auf Nachfrage bestätigen würde.

Schade um das Boot, dachte Erika. Mit der Flut würde es stromaufwärts treiben, vielleicht würde man es in Weener finden, wenn es nicht schon an der Brückenbaustelle hängen blieb. Der Finder würde sich wohl keine großen Gedanken machen, und wenn doch, dann sicher nicht die richtigen.

Erika korrigierte den Kurs. Die beiden Jungs vor ihr auf der Ruderbank wiegten sich im Rhythmus der Schläge vor und zurück. Beide lächelten ihr zu.

Auch sie hätte gerne ein Lächeln gezeigt. Aber sie wusste beim besten Willen nicht, welchem der beiden.

27.

Sie frühstückten zeitig, in demselben Zimmer, in dem sie am Abend zuvor versackt waren, mit demselben atemberaubenden, niemals völlig gleichen Ausblick. Dass sie beide problemlos aus den Betten gekommen waren und kein Wort über dumpfe Schädel und andere Folgen ihres Gelages verloren, zeichnete sie als erfahrene Zecher aus. Sofern das eine Auszeichnung ist, dachte Stahnke.

Er war froh, dass auch Janssen zum Frühstück Kaffee trank, Kaffee mit viel Milch aus großen Bechern. Dass sie viel tranken und wenig aßen, war denn doch eine Konzession an die angegriffenen Mägen.

»Wie war das denn nun eigentlich mit diesem Hackes und seinem Alibi?«, nahm Stahnke den Faden vom Vorabend wieder auf. Die Frage, die unbeantwortet geblieben war.

»Er hatte eins«, antwortete Janssen. »Das normalste von der Welt. War zu Hause, zusammen mit seiner Frau. Kinder schon aus dem Haus. Haben zusammen Radio gehört, Volksempfänger, er war ganz stolz darauf. Dann ist seine Frau ins Bett, und er hat noch ein bisschen in die Bücher geguckt.«

»Bildung? Der?«

»Nee. Geschäft.« Janssen machte eine wegwerfende Handbewegung. »Wenn's stimmt. Eher glaube ich ja, er wollte noch etwas trinken, ohne von seiner Frau angemeckert zu werden. Meine Oma sagte, die wäre so eine gewesen.«

»Also hatte er ein Alibi, und auch wieder keins«, fasste Stahnke zusammen. »Da aber die meisten Alibis so aussehen, weil die meisten Leute eben so leben, würden wir das wohl akzeptieren. Die Kollegen damals sicher auch.«

Janssen nickte. »Gegen Hackes ist nie ermittelt worden, soviel ich weiß. Später ist die Sache dann sowieso im Sande verlaufen. Und nach '39 krähte endgültig kein Hahn mehr danach.«

»Und wie kam es dazu, dass die besagte Kiste in Leer gelandet ist? In eurem Wohnhaus?« Die ungestellte Frage.

»Ach Gott.« Janssen rieb sich die Stirn, schien nicht zu wissen, wohin mit seinem Blick. »Meine Großmutter wollte damals nicht lockerlassen. Immer wieder ist sie bei der Polizei vorstellig geworden, bis die Kollegen so genervt waren, dass sie sich haben verleugnen lassen. Und auch bei Hackes ist sie immer wieder gewesen. Hat ihm Vorwürfe gemacht, hat ihn auch konkret beschuldigt, bis er sie rauswarf. Sie aber hat es immer aufs Neue versucht, selbst, als sie schon in dem Haus in der Neuen Straße in Leer wohnte, ganz egal, wie oft man ihr im Rheiderland die Türen vor der Nase zugeschlagen hat. Und einmal, so hat sie erzählt, kam sie mal wieder nach Jemgum, zu Hackes, und da lag die Kiste draußen vor dem Haus, zusammen mit allerhand anderem Abfall. Muss wohl kurz vor Ostern gewesen sein, und der ganze Kram sollte ins Osterfeuer, was weiß ich. Jedenfalls hat sie kurz entschlossen einen Wagen organisiert und das Ding zu sich nach Hause bringen lassen. Zum Gedenken an ihren Mann, sagte sie. Um das Unrecht, das ihm widerfahren ist, nicht in Vergessenheit geraten zu lassen. Und für den Fall, dass sich doch noch einmal jemand Vernünftiges mit der Angelegenheit befassen sollte.« Janssen breitete die Arme aus. »Als ob er sein Schicksal nicht selbst herausgefordert hätte, so oder so! Aber das ging meiner Oma natürlich nicht in den Kopf. Hat sie nicht so gesehen. Hat ihn geliebt. Das ist dann wohl die Art von Blindheit, die von Liebe kommt.«

»Gibt auch andere«, wandte Stahnke ein. Janssen nickte. Dann tranken beide schweigend ihre Kaffeebecher leer.

Auch auf dem Weg zurück ins Stadtzentrum gaben sich die beiden einsilbig. Zwar fand Stahnke das Elb-Ambiente nach wie vor grandios, aber vor die Begeisterung vom Vortag schien sich ein grauer Filter geschoben zu haben. Zu viel ging ihm im Kopf herum, Gedanken an und über Menschen und daran, was sie einander für Schmerzen zufügen konnten, mochten sie nun lieben oder hassen. Einsiedler sollte man werden, dachte er – keine Überlegung, die ihn für die Menschenmassen um ihn herum zu erwärmen vermochte.

Erst, als die beiden die Fahrzeughalle erreichten, hellte

sich Stahnkes Stimmung wieder auf. Klar, auch hier ging es um Mord, aber dieser Mord hier stellte in erster Linie eine Aufgabe dar, deren Lösung nun hoffentlich endlich ein Stückchen näher rückte. Eine Perspektive, die selbst einem Mord etwas Positives verleihen konnte.

Das erste Positive war, dass die kriminaltechnische Untersuchung schon recht weit gediehen war. Fingerabdrücke reichlich, darunter sehr viele des Opfers, wie ein Fernabgleich ergeben hatte; in diesem Punkt herrschte also Klarheit, der Unbekannte war tatsächlich mit diesem Fahrzeug gefahren und hatte es bewohnt. Allerhand Kleidung war gefunden worden, neue und auch abgetragene Sachen, Freizeitkleidung überwiegend, auch Wäsche genug für eine längere Urlaubsreise, alles von einheitlicher Größe. Reiseführer und Wanderkarten für die ganze Nordseeküste zwischen Cuxhaven und Ostfriesland, außerdem ein paar Kriminalromane. Kein Fernseher, nur Radio. Proviant reichlich, überwiegend in Tüten und Dosen, ein wenig Brot und Aufschnitt im Kühlschrank, der nicht mehr kühlte, weil die Gasflasche leer war. Zwei Flaschen Wein, davon eine angebrochen, keine Zigaretten, kein Tabak. Ein allein reisender alter Mann also, einer mit Hang zur bequemen Autarkie und dem Wunsch nach körperlicher Betätigung.

Aber keinerlei Papiere, keine Briefe oder Rechnungen, nichts, das einen konkreten Hinweis auf den Namen des Toten gegeben hätte.

An diesem Punkt, gerade als Stahnke die alte Verzweiflung wieder nahen fühlte, präsentierte einer von Janssens Kollegen zwei weitere Fundstücke. Das eine sah unspektakulär genug aus; es war eine zerknitterte Quittung, entdeckt in einer Plastiktüte hinter Konserven. Ein Hamburger Sportgeschäft, Datum von letzter Woche. Trekking-Sandalen, Größe 43. Hm. Stahnke fielen die Pflasterspuren an den Füßen des Toten wieder ein. Hatte der Mann seine Wander-Pläne etwa kurzfristig entwickelt?

Das andere Fundstück war eine kleine Fotografie, sechs mal neun Zentimeter, schwarz-weiß, mit gezacktem Zierrand.

Sie zeigte drei Kinder, zwei Jungs und ein Mädchen. Oder vielleicht Jugendliche. Wie alt mochten sie sein? Und wie alt mochte das Foto sein? Von vor dem Krieg, ziemlich sicher; Frisuren und Kleidung deuteten darauf hin. Stahnke rechnete rasch im Kopf. Könnte hinkommen, dachte er. Vielleicht ist einer dieser beiden Jungen unser Mann.

»Und sonst?«, fragte er.

Janssens Kollege zuckte die Achseln. »Allerhand Anhaftungen an Reifen, Fahrgestell und Aufbau. Staub auf dem Wagenboden und an einem Paar Straßenschuhe. Muss alles noch durch die Mühle. Und im Bad waren wir noch gar nicht.«

»Was soll das bringen? Der Wagen war doch gar nicht der Tatort«, wandte Stahnke ein.

Der andere wiederholte seine Geste. »Weiß man's?«

Da hat er mal recht, dachte der Hauptkommissar, während er sich verabschiedete und nach seinen Wagenschlüsseln kramte. Wissen konnte man nichts. Möglich war alles.

28.

»Zwei Meter fünfzig? Aber gerne, Frau Udenhoff, sofort!« Erika griff nach dem flachen Stoffballen und wirbelte ihn herum, sammelte das abgerollte Leinen geschickt in großen Falten über dem Arm, damit es nicht auf den Boden rutschte, nahm den hölzernen Maßstock und übertrug die verlangte Menge, markierte die abgemessenen Meter mit dünnen Strichen Schneiderkreide. Nicht zu knapp, so dass die Kundin zufrieden lächelte, aber auch nicht zu großzügig, damit die Chefin ihr nachher keine Vorwürfe machte. Dann legte sie die eiserne Schiene rechtwinklig über den Stoff, setzte die schwarze Schere an, schnitt einmal kurz ein und ließ das schwere Instrument dann zügig durch den Stoff gleiten, ohne die Klingen noch einmal zusammenzudrücken. Es surrte hell, als der Stoff entlang des Webfadens zertrennt wurde, ohne dass es Zacken oder Fusseln gab. Frau Weber, Erste Verkäuferin und mit Erikas Ausbildung betraut, die sie ständig beobachtete, nickte zufrieden. Erika strahlte, faltete den Stoff zusammen und trug ihn zur Kasse.

Ihre Ausbildung ließ sich wirklich gut an. Verkäuferin in einem Textilgeschäft – das war zwar nicht ihr Traumberuf gewesen. Aber andererseits, Träume waren eben Träume, und das Leben war eine ganz andere Sache. Wenigstens hatten ihre Eltern den Widerstand dagegen aufgegeben, sie nach Leer ziehen zu lassen. Und das allein war schon ein Wert an sich. Unglaublich, was diese wenigen Kilometer Distanz für einen Unterschied an Freiheit ausmachten! Dass die Ems zwischen Jemgum und Leer floss, kam noch hinzu. Zwar pendelten viele Arbeiter regelmäßig mit der Fähre, aber für ein junges Mädchen war es doch unzumutbar, den Fluss morgens und abends zu überqueren, und das sechsmal die Woche – davon hatte Erika jedenfalls ihre Mutter überzeugt. Welch ein Segen, dass diese neue Brücke noch nicht fertig war!

Natürlich war Leer nicht Hamburg, die Elbmetropole, die nach den Erzählungen ihres Vaters ein unglaublicher

Moloch sein musste, aber im Vergleich zu Jemgum war das Leben hier doch viel spannender. Mehr Trubel, mehr Verkehr, mehr fremde Gesichter, mehr Hochdeutsch. Hier galt es als normal, jeden Tag die Zeitung zu lesen und Radio zu hören, hier drehte man sich auf der Straße nicht mehr um, wenn eine glänzende Limousine vorbeirollte. Hier war es … eben einfach städtischer. Erika kam sich vor, als sei sie von einem Tag auf den anderen erst richtig wach geworden. Beziehungsweise erwachsen.

Dabei war sie erst sechzehn Jahre alt, und auch das erst seit knapp zwei Monaten. Aber was hatte sich nicht alles getan seit letztem Jahr! Ihr Schulabschluss, die Lehrstelle, der Umzug in die kleine möblierte Kammer bei der Witwe Kramer, unterm Dach ihres kleinen Hauses in der Heisfelder Straße, nicht weit weg von dem Geschäft in der Adolf-Hitler-Straße, in dem sie arbeitete. Die vielen neuen Erfahrungen, die sie bei der Arbeit machte, das Lob, das sie bekam, die Bestätigung, die sie erfuhr. Diese plötzliche Selbstständigkeit!

Sicher, auch Selbstständigkeit war relativ. Im ersten Lehrjahr verdiente sie ganze zwanzig Mark im Monat, das reichte nicht einmal für Unterkunft und Verpflegung; vorerst war sie also auf finanzielle Unterstützung ihrer Eltern angewiesen, die zudem noch Kindergeld für sie kassierten. Im zweiten Lehrjahr würde sie fünfundzwanzig Mark bekommen, im dritten dreißig – aber ihr Vater hatte schon angekündigt, nur neunundzwanzig beim Finanzamt anzugeben, weil es ab dreißig Mark Einkommen kein Kindergeld mehr gab. Wenn sie aber erst einmal richtige Verkäuferin war, dann verdiente sie achtundsechzig Mark brutto, und nach Abzug der Steuern würden ihr stolze achtundfünfzig verbleiben. Dann stand sie wirklich auf eigenen Füßen!

Momentan aber wurde ihr bei der Arbeit noch jeder Handgriff vorgeschrieben, und wehe, sie machte nicht alles genau so, wie es ihr aufgetragen worden war! Ihr Arbeitstag war lang, begann morgens um acht mit Saubermachen und endete erst abends nach neunzehn Uhr. Sie musste regelmäßig Dielen und Parkett mit geölten Holzspänen fegen, außerdem im

Wäschelager und bei den Vorhängen sauber machen und vor allem die Gardinenabteilung, die ihr persönlich anvertraut war, in Ordnung halten. Wenn sie zwischen den Regalen herumkroch und uralten Schmutz aus den hintersten Winkeln wischte, beobachtete ihr Chef sie stets ganz genau. Erika wusste, was das bedeutete, und war froh, dass die Chefin fast immer in der Nähe war. Die wusste das offenbar auch.

Und auch nach Feierabend stand Erika weiterhin unter Kontrolle. Witwe Kramer hielt sie wie ihre eigene Tochter, inspizierte regelmäßig ihr Zimmer und verweigerte ihr sogar einen eigenen Schlüssel. Dafür machte sie ihr Frühstück und Abendbrot und hielt immer mal wieder einen Klönschnack mit ihr, und manchmal war das Gefühl, nicht völlig auf sich allein gestellt zu sein, ja auch ganz schön.

Denn der Abschied von Jemgum hatte auch seine harten Seiten. Obwohl es eine Trennung war, die regelmäßig unterbrochen wurde. Erikas Eltern erwarteten sie jeden Sonntag zu Hause, beziehungsweise meistens nur ihre Mutter, denn Vater verbrachte nach wie vor die meiste Zeit in Hamburg oder – das war neu – in Kiel. Die Gespräche mit ihrer Mutter gerieten oft zu Verhören. Hatte Erika sich bei der Arbeit auch nichts zuschulden kommen lassen? Zeigte sie sich anstellig, sah sie selbst, wann und wo es Arbeit gab, oder musste man ihr etwa alles sagen und zeigen? Sprach sie mit männlichen Kollegen, und wenn ja, mit wem und worüber? Nahm sie sich ihrem Chef gegenüber auch keine Frechheiten heraus, hielt sie ihn andererseits aber auch gebührend auf Abstand? Hielt sie ihr Zimmer auch immer in Ordnung? Und hatte sie sich denn schon überlegt, für welche Stücke ihrer Aussteuer sie ihren Lohn zuerst anlegen wollte, schließlich bekam sie im Laden ja Prozente?

Ach ja, natürlich, die Aussteuer. Vorbedingung einer ordentlichen, einer zwangsläufig zu erwartenden Hochzeit. Nach wie vor stand sie bei Stinus im Wort, und ihr eigenes Wort war für Erika bindend, punktum, zum Henker! Zumal Stinus keinerlei Neigung zeigte, sie aus diesem Wort zu entlassen. Auch wenn er sich in letzter Zeit wenig um Erika kümmerte. Denn Stinus hatte viel zu tun. Stinus schwebte im siebten Sportlerhimmel.

Leichtathletik und Turnen betrieb er nur noch nebenbei; Fußball war in den Vordergrund getreten, Fußball, der Mannschaftssport, der immer populärer wurde, vielleicht, weil er der herrschenden Ideologie von einer kämpferischen Gemeinschaft am ehesten entsprach. Hier konnte Stinus mit seiner Schnelligkeit, Wendigkeit und seinem Durchhaltevermögen glänzen, hier konnte er schon als Jugendlicher die Bäder im Jubel des Publikums nehmen, die ihm so wichtig waren.

Außerdem betrieb Stinus jetzt Wassersport. Segeln, Rudern, vor allem Kutterpullen, auch den Umgang mit Motorbooten lernte er. Und zwar auf der SA-Seefahrtschule. Die Parteileitung hatte ihm den begehrten Lehrgang angetragen, und Stinus hatte lächelnd akzeptiert, als ob solch ein Privileg selbstverständlich ihm gebührte. Ein blendender Schwimmer war er ohnehin, und seine Parteiakte war ohne Fehl und Tadel. »Du wirst sehen, demnächst komme ich hier als Kapitän an!«, hatte er Erika stolz weismachen wollen.

Nein, Stinus als Kapitän, das konnte sie sich beim besten Willen nicht vorstellen. Wohl aber als Polizisten, vielleicht als neuen Dorfgendarm! Die SA-Seefahrtschule, so hieß es, führte nämlich unter anderem auf eine Laufbahn bei der Polizei hin. Stinus tat das achselzuckend ab. Was interessierte ihn überhaupt irgendein läppischer Normalberuf! Er sah sich als kommenden Sport-Helden der Nation, als Empfänger von Pokalen, Medaillen und Orden, nicht von Lohntüten. So was war Alltag, und mit Alltäglichkeiten hatte Stinus nichts im Sinn.

Auch Fritz schien nicht besonders daran interessiert zu sein, seine berufliche Zukunft zu planen. Damit allerdings erschöpfte sich die Übereinstimmung mit Stinus schon. Wo der sich in glanzvollen Phantasien erging, sah Fritz alles pechschwarz, und wo Stinus seine eigenen Möglichkeiten unbegrenzt glaubte, da konnte Fritz überhaupt keine erkennen. Hätte Fleischhauer sich nicht für ihn eingesetzt und ihm nach der Schule wenigstens eine Stelle als Bauhelfer in Rhauderfehn besorgt, wäre Fritz am Ende womöglich beim Arbeitsdienst gelandet. Und welche Folgen das gehabt hätte, mochte Erika sich gar nicht ausmalen.

So waren ihr Stinus und Fritz gleichermaßen aus den Augen geraten – wenn auch nicht aus dem Sinn. Und mit ihrer Großmutter ging ihr das nicht anders. Die bewohnte nach wie vor ihr Häuschen und beackerte ihren Garten, aber sie schottete sich mehr und mehr von allen anderen Menschen ab, einschließlich Tochter und Schwiegersohn. Selbst Erika gegenüber war sie bei ihren wenigen Treffen meist verschlossen, sprach wenig und sehr einsilbig, lächelte oft traumverloren vor sich hin, den Blick in die Ferne gerichtet, statt auf ihre Enkelin. Jetzt, da ihr Mann nach all den Jahren im Konzentrationslager endlich in relativer Sicherheit war, schien die Angst um ihn mehr denn je ihr Leben zu bestimmen.

Warum besuchte sie ihn nicht in Holland? »Jeder Besuch bringt ihn in Gefahr«, sagte sie knapp. Und zu ihm ziehen, ihm nach, in die Niederlande? »Noch viel gefährlicher«, erklärte sie bündig. »Jedes Wort, das wir auch nur darüber sprechen, ist ein Risiko.« Damit war das Thema ein für alle Mal tabu. Erika hatte danach manche Nacht geweint, hatte getrauert um diesen Verlust an Nähe und Vertrauen, den sie sich nicht erklären konnte. Die Gewöhnung hatte den Schmerz dumpfer gemacht, ihn aber nie ganz verschwinden lassen.

Je weiter der Nachmittag voranschritt, desto häufiger bimmelte die Ladenglocke. Verstohlen wischte sich Erika den Schweiß von der Stirn. Das Geschäft lief blendend, die Leute schienen Geld zu haben und auch bereit zu sein, es auszugeben. Anscheinend ging es Deutschland wirklich endlich wieder so gut, wie es ihr Vater und Stinus immer behaupteten. Vielleicht aber lag es auch daran, dass die jüdische Konkurrenz hatte zumachen müssen. Wie auch immer, Erika hatte alle Hände voll zu tun und das gute Gefühl, dass sie sich um ihren Arbeitsplatz keine Sorgen machen musste.

Endlich bimmelte die Glocke zum letzten Mal. Es war schon weit nach sieben Uhr abends – und das an einem Mittwoch! Eilig machten sich Lehrmädchen und Verkäuferinnen ans Aufräumen. Alle wollten so schnell wie möglich nach Hause und die Schuhe von den Füßen bekommen. Als Erika sich nach einem heruntergefallenen Stoffballen bückte, schielte sie unwillkürlich zum Kassentresen; nutzte ihr Chef wieder einmal die Gelegenheit für einen unziemlichen Blick? Aber nein, er war nirgends zu sehen. Dafür drangen durch den Vorhang, der den Kassenbereich vom dahinter liegenden Büro trennte, verzerrte Stimmengeräusche. Aha, der Chef stand also wieder vor seinem Radio und versuchte die neuesten Nachrichten hereinzubekommen. Als gäbe es nichts Wichtigeres!

Bestimmt ging es wieder um diesen Botschafter, dachte Erika, der vor zwei Tagen in Paris niedergeschossen worden war. Ernst vom Rath hieß er, kein Mensch hatte ihn bis dahin gekannt. Aber jetzt wurde ein Gewese um diesen Mann gemacht, als ob er ein Volksheld wäre. Natürlich nur aus einem einzigen Grund, nämlich weil es ein Jude war, der auf ihn geschossen hatte! Herschel Grynszpan, ein siebzehnjähriger Pole, dessen Familie in Deutschland gelebt hatte, bis die polnische Regierung ihre Pässe für ungültig erklärt und die deutsche Regierung sie dann bei Nacht und Nebel über die Grenze gejagt hatte. Eine erzwungene »Auswanderung« unter unmenschlichen Umständen. Und da sollte ein junger Mann nicht wütend werden?

Natürlich hütete Erika sich, solche Gedanken auszusprechen. Und sie war auch ehrlich genug, sich einzugestehen, dass sie wohl ganz anders über diese Sache denken würde, wenn es Fritz nicht gäbe. Vermutlich hätte sie sich nicht einmal die Mühe gemacht, sich zu informieren, sondern hätte einfach der allgemeinen Haltung beigepflichtet: »Jawoll, immer raus mit dem Pack, und wenn sie nicht kapieren, dass wir sie hier nicht wollen, dann muss es eben mit etwas Nachhilfe gehen!«

Ja, so dachten wohl alle. Jedenfalls die, die den Mund

aufmachten, dachten so, und das waren sehr, sehr viele. Offenbar dachten ja sogar die Polen so. Obwohl doch die Deutschen von denen auch nicht viel besser dachten und sprachen als von den Juden.

Anscheinend muss man nur anders sein, dachte Erika. Das reicht. Dann ist man automatisch schlecht, ganz egal, wie gut man ist.

Endlich war auch die Abendroutine beendet; eine Verkäuferin nach der anderen verließ das Geschäft, Erika als Letzte, wie es sich gehörte. Als sie die Klinke schon in der Hand hatte, brach das an- und abschwellend Gekrächze und Gepiepe aus dem Büro, das die ganze Zeit über im Hintergrund zu hören gewesen war, plötzlich ab. Ihr Chef tauchte hinter dem Vorhang auf, das Parteiabzeichen funkelnd am Revers, das Gesicht grau und matt. »Er ist tot«, sagte er tief erschüttert. »Herr vom Rath ist seinen Schussverletzungen erlegen.«

Erika hielt inne, zögerte, unsicher, was von ihr erwartet wurde, und sagte dann: »Das tut mir leid.« Ihr Chef schien sie gar nicht wahrzunehmen. Also drückte sie die Tür gerade so weit auf, dass die Glocke nicht anschlug, schlüpfte hinaus und zog die Tür leise hinter sich zu.

Draußen war es dunkel und kalt – November eben. Erika beeilte sich, nach Hause zu kommen. Erheitert stellte sie fest, dass sie schon angefangen hatte, ihre Schlaf- und Koststelle so zu nennen. Die Bindung an ihr Elternhaus verblasste bereits; allzu eng konnte sie nicht gewesen sein. Da war ihr Omas Haus schon eher ein Zuhause gewesen.

Frau Kramer hatte Rührei gemacht, mit Speck sogar, und es gab Schwarzbrot mit Butter und Tee dazu. Erika aß mit Heißhunger, und so fiel es nicht auf, dass sie zur Unterhaltung nicht eben viel beitrug. Auch ihre Wirtin nämlich hatte bereits vom Ableben des deutschen Diplomaten gehört und schimpfte wie ein Rohrspatz auf Polen und Juden gleichermaßen. Was die ihr wohl getan hatten? Erika hütete sich, danach zu fragen, blieb gerade so lange, wie es ihr schicklich schien, gähnte ausgiebig, half noch beim Abräumen des Esstischs und verabschiedete sich nach oben. Frau Kramer wünschte ihr eine gute Nacht: »Schlaf dich tüchtig aus, morgen ruft die Arbeit wieder!«

Eigentlich hatte sie vor, noch ein bisschen zu lesen. Aber nachdem sie sich gewaschen und das Wasser in den Eimer mit dem Trichterdeckel geschüttet hatte, fühlte sie sich plötzlich tatsächlich so müde, wie sie unten vorgespielt hatte. Sie löschte das Licht, drehte sich auf die Seite und war eine Minute später eingeschlafen.

Als sie wieder erwachte, hatte sie einige Mühe, sich zu orientieren. Hatte sie etwa verschlafen? Draußen war es ungewöhnlich laut, so als wälzte sich schon der morgendliche Strom von Arbeitern und Lieferanten durch die Heisfelder Straße. Dabei war es noch stockdunkel – obwohl, hin und wieder flackerte Lichtschein durch die Ritzen neben ihrem Rollo. Erika rieb sich die Augen und schaute auf den Wecker, der auf ihrem Nachttisch blechern tickte. Noch nicht einmal vier Uhr! Was war denn da draußen los?

Wieder ein Flackern. Mit einem Schlag war sie hellwach. Feuer! Erika sprang aus dem Bett, schnupperte, öffnete die Tür zum Treppenaufgang, spähte hinaus: nichts. Hier im Haus brannte es jedenfalls nicht. Aber vielleicht in der Nachbarschaft! Der Lärm draußen wurde jedenfalls lauter. Am besten zog sie sich an, um für alles gerüstet zu sein.

Zwei Minuten später stieg sie die Treppe hinab, ihren Brustbeutel mit ihrer geringen Barschaft und der Kette, die ihre Großmutter ihr zum letzten Geburtstag geschenkt hatte, um den Hals. Frau Kramer war auch schon auf, hatte sich in ihren dicken Morgenmantel gewickelt und klebte förmlich am Küchenfenster, das auf die Straße hinaus ging. »Jetzt ist es so weit!«, rief sie, ohne sich umzudrehen. »Jetzt kriegen sie, was sie verdienen. Wurde auch Zeit!«

»Wer kriegt was?« Erika begriff überhaupt nichts. »Ich denke, es brennt irgendwo.«

»Tut es auch.« Jetzt drehte Witwe Kramer sich um, und Erika zuckte vor dem bösen Grinsen in ihrem Gesicht zurück. »Jetzt wird den Jesusmördern ihr Tempel abgefackelt. Lange genug haben die uns geknechtet und ausgesaugt. Aber jetzt ist das Fass kaputt, und der Krug ist in den Brunnen gefallen. Die haben wohl gedacht, sie können sich alles erlauben! Damit ist Schluss. Erst haben wir ein Ende gemacht mit der Judenrepublik, jetzt machen wir ganz und gar Schluss mit den Juden!« Ihre Augen schienen zu flackern.

Erika schaute genauer hin: Tatsächlich, da war ein Flackern. Aber es war eine Spiegelung, der Flackerschein selbst kam von draußen.

So nach und nach begriff sie jetzt, wovon ihre Zimmerwirtin sprach. »Sie meinen den Mord an vom Rath? Von wegen Krug?«

»Natürlich meine ich den!« Die alte Frau wandte sich wieder dem Fenster zu, ängstlich besorgt, sie könnte etwas verpassen. Draußen sah man schattenhafte Gestalten vorbeihasten. Einige trugen Fackeln in den Händen. Aber das Flackern rührte nicht allein daher.

Was immer dort draußen geschah, Erika wollte es sehen. Unbemerkt von ihrer Wirtin, die gebannt aus dem Fenster starrte, huschte sie aus der Küche und betrat den Korridor. Der Hausschlüssel steckte innen im Schloss, wie vermutet. Lautlos drehte sie ihn um und trat vor die Tür.

Der Tumult draußen war überwältigend. Die ganze Straße war voller Menschen, und alle schienen nur in eine Richtung zu hasten: stadtauswärts, dorthin, wo eine hohe Rauchsäule schräg im Nachthimmel stand, unheimlich rot von unten angestrahlt. Erika schnappte nach Luft; keine Frage, das musste die Synagoge sein. Und wenn Frau Kramer recht hatte, dann war sie nicht durch einen unglücklichen Zufall in Brand geraten.

Noch während Erika wie angewurzelt dastand, eine Hand an der Türklinke, entsetzt und doch grausig fasziniert von dem dämonischen Anblick, der sich ihr bot, schlugen plötzlich helle Flammen in die Höhe, weit über die Dächer der umliegenden Häuser hinaus. Das Mädchen stieß einen hellen Entsetzensschrei aus. Und auch die Männer, die gerade vorbeiliefen, begannen zu schreien: »Bravo! So ist es gut! Jetzt wird die Sache richtig!«

Erika stolperte los, fühlte ihre Beine kaum, strebte dem Feuer zu wie eine Motte, wie all die anderen um sich herum. All die anderen, die ihr auf einmal fremder waren als je zuvor. Mussten Groll, Neid, Eifersucht, musste alle negative Voreingenommenheit nicht schweigen, wenn der andere in Not war? Schweißte ein großes Unglück denn nicht alle Menschen zusammen, ließ alle Unterschiede belanglos erscheinen? Half man einander denn nicht über alle Grenzen hinweg, weil das einfach menschlich war? Oder Pflicht, Christenpflicht?

Waren diese Menschen um sie herum, waren all diese ach so ehrbaren Ostfriesen denn etwa keine Christen? Aber was waren sie dann?

Die Synagoge brannte jetzt lichterloh. Auf der gegenüberliegenden Straßenseite, vor der Schlosserei von Abel Jürgens und dem Haus von Hanna Borchers, hatte sich schon eine große Menschenmenge angesammelt. Darunter auch Leute, die stumm und betroffen schauten – endlich welche, dachte Erika. Aber taten die denn etwas? Nein. Hatten vielleicht bloß Angst um ihre eigenen Häuser, die durch den zunehmenden Funkenflug gefährdet waren. Immerhin klatschten sie nicht Beifall.

Überhaupt, was tat denn die Feuerwehr? Erika sah einige Uniformierte, die Schläuche ausrollten und sie an Hydranten anschlossen. Derweil fraß sich das Feuer bereits in die Kuppel der Synagoge hinein; Flammen züngelten durch die zerborstenen Fenster. Drinnen brach irgendetwas zusammen, Schwaden von Funken quollen aus den Öffnungen wie Qualm aus Kanonenmündungen.

Endlich spritzte Wasser aus den Feuerwehrschläuchen. Auch von der Wilhelmstraße aus wurde jetzt mit dem Löschen begonnen. Allerdings, das bemerkte Erika schnell, wurden die Strahlen nur auf die Dächer der Nachbarhäuser gerichtet, um ein Übergreifen der Flammen zu verhindern. »Warum löscht ihr denn nicht die Kirche?«, rief eine Frau aus der Menge den Feuerwehrleuten zu. Woher nahm die Frau nur den Mut, fragte sich Erika. Sie selbst hätte das nicht gekonnt, und dafür schämte sie sich.

»Hier wird nicht gelöscht!«, schrie ein Mann und drängte sich durch die Menge. Die Umstehenden wichen ihm respektvoll aus, und wo nicht, rempelte er sie brutal beiseite. »Das Ding muss weg, hört ihr? Weg!«

»Das ist der Bürgermeister«, hörte Erika jemanden flüstern. Bürgermeister? Hatten sich die Leeraner einen Brandstifter zum Bürgermeister gewählt?

Der Mann neben ihr hatte Tränen in den Augen. Erika kannte ihn, er hieß Ernst Terborg, ein pensionierter Lehrer, der seine Frau gelegentlich beim Einkaufen begleitete. »Auch das ist Gottes Haus«, sagte er leise. »Sie haben sich an Gottes Haus vergriffen. Das geht nicht gut! Da kommt was nach!«

Was sollte da nachkommen? Hatte er Angst, die Juden würden sich rächen, so wie dieser junge Pole für die Behandlung seiner Familie? Aber natürlich, machte Erika sich klar, dachte dieser Mann an Gott. Und plötzlich kamen seine Worte ihr kleinlich vor, fast schäbig. Ihn drückte ja gar nicht die Sorge um die Menschen, denen hier Unrecht geschah, sondern lediglich die Angst vor Strafe für verbotene Taten. Letztlich also nur die Sorge um sich selbst.

Das Feuer und die vielen Menschen verursachten einen ohrenbetäubenden Lärm. Trotzdem drangen jetzt Rufe an ihr Ohr, neue Rufe, in einem anderen Ton. Klagend, hilfesuchend. »Sie holen die Juden weg!«, rief eine Frau, und eine andere: »Sie brechen die Türen auf! Sie schlagen alles kurz und klein!«

Jetzt kam Bewegung in die Menge, und der dunkle Block, der bisher wie eine fest gefügte Einheit gewirkt hatte, dumpf und bedrohlich, begann sich aufzulösen. Die einen vermochten sich nicht von der Faszination des Feuers zu lösen, traten kaum beiseite, um die Feuerwehr und andere Gaffer vorbeizulassen, die Augen fest auf das tosende Spektakel gerichtet. Andere rannten los, in verschiedene Richtungen, aber alle mehr oder weniger auf die Innenstadt zu; jeder schien zu wissen, wo Juden wohnten, und man wollte sich diese neuen Vorgänge nicht entgehen lassen. Möglich, dass mancher lief, weil er helfen wollte. Die Augen der Vorbeihastenden aber, in die Erika blickte, verrieten kein Mitleid, sondern nur Zerstörungslust und Gier.

»Da, da, guckt doch mal! Da haben sie welche!« Erika sah einen ausgestreckten Arm, folgte mit den Augen. Drei Menschen, ältere offenbar, ihrem Gang nach zu urteilen, wurden die Straße entlanggetrieben, von SA-Männern geschubst und gestoßen. Die drei, ein Mann und zwei Frauen, weinten bitterlich, ihre nassen Wangen glänzten im Widerschein des Feuers. Die Uniformierten prügelten sie erbarmungslos vor sich her.

»Von wegen Volkszorn«, knurrte jemand. »Da sieht man doch, wer dahintersteckt.« Erika drehte sich verstohlen um, konnte aber nicht erkennen, wer gesprochen hatte.

»Den Wolff haben sie auch geholt!«, schrie jetzt einer, der sein Gesicht nicht verbarg. »Ihn und seine ganze Brut! Und die Bude brennt schon.«

Zustimmendes Johlen ertönte als Antwort. »Haben sie den Wolff endlich in seiner Schlucht ausgeräuchert!«, rief einer triumphierend. »Genau, werft doch die Juden ins Feuer!«, kam es postwendend zurück.

»Wer ist denn dieser Wolff?«, fragte Erika vage in die Richtung, aus der sie zuvor das Knurren vernommen hatte. Die Antwort aber kam von anderer Seite. »Das weißt du nicht?«, keifte eine Frau, die einen schwarzen Pelzmantel trug, aus dem unten ein Nachthemdsaum und gefütterte Pantoffeln herausschauten. »Joseph Wolff, der jüdische Kantor, Anführer dieser ganzen Schweinebande! Wie kannst du denn so was bloß fragen!«

Erika sah eine spitze Nase anklagend auf sich gerichtet, sah Augenpaare unter zusammengezogenen Brauen, spürte die Bedrohung. Diese Leute waren erregt und aufgehetzt, die würden nicht lange fragen. *Werft doch die Juden ins Feuer!* Diese Leute sahen so aus, als würden sie das tun.

»Was weiß denn ich!«, schrie Erika, ohne nachzudenken. »Woher soll ich das denn überhaupt wissen? Bin ich etwa Jude? Hä?«

Die Spitznasige im Pelzmantel zuckte zurück. Die Augenpaare wandten sich ab, suchten und fanden andere Ziele.

Erikas Konter hatte gesessen, simpel wie er war. Was, wenn sie die Spitznasige ganz direkt als Jüdin bezeichnet hätte? Vielleicht würde die jetzt schon brennen, dachte Erika, mitsamt ihrem Pelz.

Sie keuchte, denn die Angst packte sie mit Verspätung. Und sie schämte sich, als hätte sie ihre eigene Überzeugung, als hätte sie sich selbst verleugnet. Vor allem natürlich Fritz. Tut mir leid, Fritz, dachte sie.

Fritz!

Arbeitete er nicht irgendwo in Leer? Noch war sie ihm hier nicht begegnet, hatte auch nie die Zeit gehabt, nach ihm zu suchen, so ausgefüllt waren ihre Arbeits- und Sonntage stets gewesen. Irgendwann aber hatte sie in Jemgum die Fleischhauers getroffen. Fritz wohnte nach wie vor bei ihnen, hatte das Ehepaar erzählt, jedenfalls offiziell, übernachte aber nur noch selten dort. Meist schlafe er in irgendwelchen Sammelunterkünften dicht bei den jeweiligen Baustellen. Heute hier, morgen dort, wie das eben so gehe in diesem ambulanten Gewerbe. Herr Fleischhauer hatte dabei grimmig dreingeschaut wie immer, Frau Fleischhauer dagegen besorgt.

Hoffentlich hat Fritz diese Nacht in Jemgum verbracht, dachte Erika. Hoffentlich, bitte, bitte! Bitte, lieber …

Ein paar junge Männer stürmten an ihr vorbei, rempelten sie an. »Alles offen, alle Scheiben kaputt!«, rief einer dem anderen zu. »Die Wohnungstüren auch! Freie Auswahl heute Nacht!«

»Denn man fix, die Braunhemden haben große Taschen!« Das Prasseln des Feuers verschluckte den Rest.

»Wo man die Leute wohl hinbringt?« Das war die mitleidige Frau von gerade eben.

»Zum Viehhof, habe ich gehört. Auf die Nesse.« Der Mann mit der Gottesfurcht.

»Oh Gott, zum Viehhof!«, jammerte die Frau. »Das sind doch Menschen! Das sind doch keine Tiere, die man …«

In diesem Augenblick neigte sich die schlanke Spitze der Synagoge zur Seite. In einem schaurigen Feuerwerk stiebender Funken stürzte sie herab.

Erika rannte los, rannte im Strom der Gaffer und Plünderer, rannte am Lyzeum vorbei, wo sich die siegestrunken und selbstgefällig johlende SA zu ballen schien, rannte in die Innenstadt hinein, Richtung Hafen, war plötzlich ganz allein in einer engen Gasse, wusste die Richtung nicht mehr, rannte einfach weiter, keuchend und stöhnend. Da, ein Straßenschild: Neue Straße. Jetzt wusste sie wieder, wo sie war. Aber immer noch nicht, was sie eigentlich wollte.

Als sie endlich das Hafenufer erreicht hatte, fiel ihr die Orientierung leichter. Über die Rathausbrücke musste sie, dann war es bis zum Viehhof nicht mehr weit.

Aber dorthin kam sie nicht. Vorher schon stieß sie auf Menschengruppen, die von Bewaffneten vorwärtsgetrieben und gestoßen wurden, von Schaulustigen begafft und verhöhnt. Verstörte, verängstigte, weinende Menschen, einige nur notdürftig bekleidet, viele mit verschwollenen, blutenden Gesichtern. Kinder und alte Menschen stolperten im Strom mit. Erika erinnerte sich, was die Frau vorhin hatte sagen wollen, ehe ihr der Lärm der umstürzenden Synagogenspitze das Wort abschnitt. Schlachten. Dies hier waren Menschen, und doch trieb man sie, als ob man sie schlachten wollte.

Und dann sah sie Fritz, einen kräftiger gewordenen, breitschultrigen Fritz in zerrissenem Hemd und Trägerhose, das Haar verklebt vom eigenen Blut, das ihm in breiter Spur über die Wange sickerte. Den Kopf hielt er vielleicht deshalb so aufrecht, damit ihm das Blut nicht ins Auge lief – vielleicht aber war es auch anders herum, vielleicht blutete er deshalb, weil er den Kopf zu hoch getragen hatte. Auch jetzt noch hielten ihn zwei Bewaffnete rechts und links gepackt.

»Fritz! Fritz!« Erika schrie wie von Sinnen, war auch von Sinnen vor Angst und Zorn, drängte sich durch das Gafferspalier, wollte dorthin, wollte zu ihm, ganz egal, ganz egal! Weil sie doch plötzlich fühlte, weil sie wusste, heiß und bestimmt, dass er ihr mehr bedeutete als ihr eigenes Leben. Fast war sie schon auf der Straße, von allen Seiten beäugt wie eine Aussätzige, als sie plötzlich untergehakt und herumgerissen wurde, dass sie beinahe gestürzt wäre. Sie taumelte, kämpfte um ihr Gleichgewicht, wurde geschubst, beidhändig und kräftig, stieß mit der Schulter gegen eine Mauer, knickte ein, sackte zu Boden. Jemand beugte sich über sie.

»Stinus! Um Gottes willen, was machst du denn …«

»Das fragst du mich doch nicht im Ernst, oder?« Stinus klopfte sich an die Brust seiner Uniformjacke. »Schon vergessen, was ich bin? Wir handeln hier auf Befehl, was glaubst du wohl. Bürgermeister Drescher hat um zwei Uhr einen Anruf von der Gauleitung in Oldenburg bekommen, danach hat er mit SA-Strandartenführer Friedrich Meyer alles geplant und abgestimmt, Meyer ist dann persönlich nach Weener, um Sturmbannführer Lahmeyer einzunorden. Anschließend wurden wir alle aus den Betten getrommelt, und seitdem heißt es: alle Juden zum Viehhof.« Er half Erika auf die Beine. »Und du, was machst du hier? Und was sollte das da gerade werden? Willst du dich unbedingt in Schwierigkeiten bringen?«

»Was ich will? Was das soll?« Erika starrte ihm ins Gesicht. Keine Frage, das war Stinus, der ihr da so unbefangen in die Augen schaute, immer noch jungenhaft, aber doch schon deutlich ein Mann. Einer, der zwischen sich und dem, was er da tat, keinen Konflikt zu erkennen schien. War das wirklich noch Stinus? Sie trat nah an ihn heran, ergriff seine Arme. »Mensch, das ist doch Fritz, du musst ihn doch erkannt haben! Er ist verletzt, und sie bringen ihn weg! Ich bitte dich!«

Sie hatte mit einer deutlichen Gefühlsregung gerechnet, aber nicht mit diesem unwilligen Stirnrunzeln, diesem Zusammenkneifen der Lippen. Als sei sie ein dummes Kind, das nichts begriff. »Ob ich ihn erkannt habe? Du stellst vielleicht Fragen!«, zischte er leise. »Was glaubst du wohl, von wem er die eingedetschte Rübe hat? Von mir! Und dafür kann er mir dankbar sein. Er wollte einem Kameraden an die Gurgel, der blöde Hund! Hätte nicht viel gefehlt, und die hätten ihn gleich an Ort und Stelle alle gemacht. Messer zwischen die Rippen und aus. Wegen mir lebt der Kerl überhaupt noch, kapiert?«

Wieder stolperte eine Gruppe verwirrt und verängstigt aussehender älterer Menschen und Kinder unter Bewachung vorbei, gefolgt von einem Trüppchen HJ-Bengel, gegen die

Stinus wie ein alter Kämpfer wirkte. Sie grölten etwas, es klang wirr und schräg, aber ungeheuer aggressiv. Erika verstand nur eine Zeile: »Wenn's Judenblut vom Messer spritzt.«

Stinus drückte sie schützend an sich. »He, Kamerad, nicht knutschen! Erst die Arbeit, dann das Vergnügen!«, schrie einer mit heller Jungenstimme zu ihnen herüber. Ein anderer, offenbar im Stimmbruch, krähte: »Komm lieber mit, da kannste beides haben!« Lachend zog die Gruppe weiter, den Gefangenen hinterher, nur durch die Rücken der Bewacher von ihnen getrennt.

Die Rohheit, die Skrupellosigkeit dieser Jugendlichen ließ Erika schaudern, und sie begann zu verstehen, was Stinus zu seiner Tat gegen Fritz bewogen hatte. Bewachung und Gewalt konnten manchmal auch Schutz bedeuten. Aber was waren schon solche Funken von Menschlichkeit in diesem Meer von verbrecherischem Wahnsinn?

»Sie bringen sie zum Viehhof, nicht?«, fragte sie, und, als Stinus nickte: »Was wird dort mit ihnen geschehen? Wird man sie ...« Sie brachte das Wort nicht über die Lippen.

Stinus musterte sie forschend. »Du denkst, wir bringen sie um? Denkst du das wirklich?« Er schüttelte den Kopf. »Anscheinend stimmt es doch, was man uns über Feindpropaganda erzählt hat. Das sind doch Gräuelmärchen, glaub mir! Die Juden werden nach Oldenburg gebracht und dann weiter nach Sachsenhausen, ins KZ. Dort wird man sie eine Weile behalten, aber nicht lange, höchstens ein paar Wochen. Dann kommen sie wieder frei.«

»Und was soll das Ganze dann?«, fragte Erika ungläubig.

»Letzte Warnung, sozusagen«, erklärte Stinus wichtig. »Verstehst du? Viele von den Juden sind doch inzwischen schon weg aus Deutschland, Gott sei Dank. Dies hier sind die, die uns bis jetzt offenbar nicht ernst genug genommen haben. Das wird sich jetzt hoffentlich ändern.«

Erika schüttelte den Kopf. »Du willst, dass ich dir glaube, dass diesen Leuten nichts geschieht. Und zugleich willst du, dass diese Leute genau das Gegenteil glauben. Sag mal, glaubst du dir selber eigentlich noch irgendwas?«

Stinus lachte. »Wie du redest! Wie so ein Rechtsverdreher. So eine wie du hätte wirklich aufs Gymnasium gehört. Ging ja leider nicht, da war ja nur Platz für Reiche und Juden. Aber warte nur, wenn die Juden erst alle weg sind und wir das Dritte Reich so richtig am Laufen haben! Dann wird sich das ändern. Unsere Kinder werden alle aufs Gymnasium gehen, das schwöre ich dir.«

Erika schnappte nach Luft. Nein, sie hatte ihr Versprechen ebenso wenig vergessen wie er. Irgendwie aber hatte es zu ihrer Kindheit gehört, und sie wurde doch langsam erwachsen. Das Versprechen jedoch wuchs mit, das hatte Stinus ihr gerade unmissverständlich vor Augen geführt. Es wuchs – in eine erschreckende Dimension.

Stinus lächelte, tätschelte ihr die Oberarme, las aus ihrer Miene wohl staunende Bewunderung. »Ich muss los, die vermissen mich bestimmt schon«, sagte er. »Außerdem muss ich nach Fritz gucken. Übrigens, hast du in letzter Zeit mal wieder was von deinem Opa gehört?«

Sie schüttelte den Kopf, bekam den Mund nicht zu. Wie kriegte Stinus das nur in einen einzigen Kopf hinein? Ihrem Großvater zu helfen, einem Feind der Regierung, sich um Fritz zu kümmern, wenn auch auf eine höchst gewalttätige Weise – und sich gleichzeitig am Terror gegen die Juden zu beteiligen, offenbar aus echter Überzeugung! Menschen in Konzentrationslager zu schicken, obwohl er doch wusste, dass viele dort umkamen, nachdem er ihren Opa aus einem KZ befreit hatte, aus eben diesem Grund. Was für Widersprüche! Musste dieser Junge, dieser junge Mann hier nicht an sich selbst zerbrechen?

»Seit wann weiß du, dass Fritz Jude ist?«, fragte sie.

Stinus zuckte die Achseln. »Schon lange. Wieso?«

»Und das hat dir nichts ausgemacht? Ich meine, weil ihr Nazis doch alle Juden hasst.«

Wieder diese Bewegung. »Das ist doch ganz etwas anderes. Hat miteinander überhaupt nichts zu tun.«

»Nicht? Warum nicht?«

»Weil Fritz einer von uns ist. Darum.« Er strich ihr mit

gekrümmten Fingerrücken über die Wange. »So, jetzt muss ich wirklich weg. Mach's gut. Und sieh zu, dass du nicht doch noch Schwierigkeiten bekommst.« Im nächsten Moment war er verschwunden, als hätte die Nacht ihn verschluckt.

Erika blieb noch eine Weile stehen, den Rücken an die Mauer gedrückt, und schaute dem nur noch tröpfelnden Menschenstrom nach. Vom Viehhof her waren Schreie zu hören, und der Schein der immer noch brennenden Synagoge war jenseits des Hafens gut zu erkennen. Auch anderswo in der Stadt schien es Aufruhr zu geben, riefen Menschen, brach Glas, flackerten Flammen. Unwahrscheinlich, dass irgendein Bürger in dieser Nacht ruhig schlafen konnte. Unvorstellbar, dass irgendjemand später einmal behaupten konnte, er hätte von all diesen Gräueln nichts mitbekommen.

Erika weinte leise. Sie dachte an ihren Opa, an Fritz und an Stinus. An all die anderen Menschen, die jetzt um ihr Leben fürchten mussten.

Und sie dachte an die Kinder, an die Stinus so fest glaubte.

29.

»Hakenkreuze?« Stahnke rieb sich das runde Kinn; es raschelte vernehmlich. Seine Rasur heute früh war schon einen halben Tag her und keine von der scharfen Sorte gewesen.

»Ja. Und Davidsterne.« Kramer fächerte ein paar Fotos auf Stahnkes Schreibtisch auf.

Natürlich hat er die Fotos dabei, dachte der Hauptkommissar. Und natürlich sagt er nicht Judensterne, sondern drückt sich korrekt aus. Perfektion, dein Name ist Kramer.

Eine schmale, graue Gestalt huschte draußen auf dem Gang vorbei. Stahnke blickte auf, sah nur die leere Türöffnung. Blinzelte zweimal und sah de Beer dort stehen. »Auch mal wieder hier«, tönte der Kriminalrat. »Scheint, als mieden Sie das Büro, was? Das Büro und die trockene kriminalistische Schreibtischarbeit.« De Beer lehnte sich mit der Schulter gegen den Rahmen, versuchte eindeutig, locker und souverän auszusehen. Beides misslang, er stand steif wie ein schiefes Brett. Gewachsene Souveränität jedoch schien er wirklich zu empfinden. Gut möglich, dass Stahnkes Abwesenheit dabei als Dünger gewirkt hatte. »Vielleicht meiden Sie sogar die Arbeit überhaupt«, schob de Beer nach. »Jedenfalls erwarte ich Ihren Bericht. Unverzüglich und ausführlich.« Er grinste verächtlich: »Und, wie ich Sie kenne, gewiss auch eine umfangreiche Spesenabrechnung.«

Stahnkes Augenbrauen wanderten in die Stirn, schoben die Stirnschwarte in dicken Falten vor sich her. Kramer, der mit dem Rücken zur Tür gestanden hatte, drehte sich auf dem Absatz um, die rechte Hand an der Hüfte, als greife er zum Colt.

De Beer hob den Finger, zielte auf Kramer. Vermutlich war genau dies der Moment, in dem er erkannte, dass er zu weit gegangen war, und zwar vor einem Zeugen. Er verharrte einen Augenblick bewegungslos, stieß dann den Finger nach vorn, als wollte er etwas bekräftigen, das er gar nicht gesagt hatte. In der nächsten Sekunde war er verschwunden, und

Stahnke wunderte sich ein bisschen, dass kein Staubwölkchen im Türrahmen verwehte.

»So langsam wird das ein Fall für den Personalrat«, sagte Kramer. Seiner stoischen Miene war nicht anzusehen, ob das eine ernst gemeinte Bemerkung war.

Stahnke winkte ab. »Das halten wir mal in petto«, brummte er, »für den Fall, dass es noch schlimmer kommt. Außerdem wüsste ich gar nicht, wer augenblicklich überhaupt im Personalrat ist. Du?«

Kramer schüttelte den Kopf. »Der Einzige, von dem ich es wusste, war Gerd. Gerd Plöger. Als Vertreter der Schwerbehinderten. Aber sonst? Keine Ahnung.«

»Zurück zum Thema.« Stahnke klatschte beide Handflächen auf den Tisch. »Einen von den Schmierfinken habt ihr also erwischt. Und, singt das Vögelchen?«

Kramer schüttelte den Kopf. »Bis jetzt noch nicht. Schulhofgestählt, könnte man sagen. Diese Typen würden sogar als Opfer noch jeden Täter schützen. Mehr noch als Mittäter. Aber wir bleiben dran. Vielleicht kochen wir den noch weich.«

»Sitzt er im Arrest?«

»Leider nicht. Fester Wohnsitz, keine Fluchtgefahr, Schulpflicht und so weiter. Er muss aber jeden Tag hier anrücken. Köcheln auf Raten, sozusagen.«

»Und wer war das Opfer? Also der, dem der Anschlag gegolten hat? Ein unbeliebter Lehrer?«

»Nein. Manfred Stinshoff ist Geistlicher. Pfarrer einer freien christlichen Gemeinde hier in Leer.«

»Freie Christen? Sitzen die nicht in Moormerland? Da haben die doch ihre Schule«, erwiderte Stahnke.

Kramer lächelte mild und herablassend. »Mein Lieber, du kennst dich offenbar vor deiner eigenen Haustür nicht aus! Eine freie Christengemeinde hat doch erst kürzlich ein neues Gotteshaus gebaut, und zwar nicht nur in Leer, sondern sogar in deinem eigenen Stadtteil! Hast du das denn noch nie gesehen, Ungläubiger? Das Gebäude ist Luftlinie keinen Kilometer von deinem Haus entfernt, schätze ich.«

»Ach.« Stahnke schlug sich gegen die Stirn. »Dieses Ding meinst du? Das aussieht wie ein überdimensionaler Wellblechschuppen mit einem Ku-Klux-Klan-Kreuz an der Stirnseite? Diese Gehirnwaschanlage mit Seelenabschussrampe?«

Kramer nickte. »Wie ich sehe, kennst du es doch. Nach dieser Beschreibung findet es jeder. Bloß, wieso KKK-Kreuz? Das verstehe ich nicht.«

»Du musst das Ding mal im Dunkeln sehen, wenn es von hinten beleuchtet ist. Dann noch etwas Phantasie, und du siehst es brennen«, erläuterte Stahnke.

»Verstehe. Einspruch zurückgezogen.« Kramer sammelte seine Fotos wieder ein, verharrte unschlüssig. »Und … wie war Hamburg?«

Stahnke machte eine wegwerfende Handbewegung. »Ach, weißt du – Großstädte sind was für Großstädter.« Er lehnte sich zurück, weidete sich einen Moment lang an der verständnislosen Miene seines Kollegen und fasste dann die mageren Resultate seiner Exkursion knapp zusammen. Zuletzt präsentierte er seine beiden Fundstücke, das Foto und die Kassenquittung.

Kramer schien, wie nicht anders zu erwarten, wenig beeindruckt. »Das Bild ist also weder datiert noch beschriftet? Na ja, immerhin könnten wir es ebenfalls veröffentlichen. Bin mal gespannt, wer dann so alles hier anruft.«

Stahnkes Telefon läutetet. Der Hauptkommissar hob erst die Augenbrauen, dann den Hörer. »Kriminalpolizei Leer, Stahnke«, meldete er sich halbwegs vorschriftsmäßig. Immerhin konnte ja de Beer dran sein.

War er aber nicht.

Zuerst hörte Stahnke nur Hintergrundgeräusche. Weit entfernte, unverständliche Stimmen, metallisches Klappern, viel Hall. Dann ein rasselndes Atmen, viel näher, dicht am Hörer. Jemand schien zu keuchen wie unter einer großen Anstrengung. Ein hohles, irgendwie geisterhaftes Geräusch.

»Hallo?«, sagte Stahnke im Frageton, betont ruhig und nicht unfreundlich. War dort jemand in Not? War dieser

Jemand verwirrt? Und wenn ja, warum war dieser Anruf auf seinem Apparat gelandet statt in der Notrufzentrale?

Er zog die Tischstation mit den vielen Kurzwahlknöpfen, die er immer noch nicht programmiert hatte, zu sich heran. Das Display zeigte eine Nummer, eine mit vielen Stellen. Stahnke griff nach einem Kuli, aber Kramer war schneller gewesen, notierte bereits.

»Hallo? Geht es Ihnen gut?«, fragte Stahnke in den Hörer.

»Nicht gut«, erwiderte eine dünne Stimme. Herrjeh, die klang ja wirklich wie aus der Gruft! »Nicht gut. Dem Fritz geht es nicht gut.«

»Dem Fritz. Was hat denn der Fritz?«, fragte Stahnke weiter, bemüht, den richtigen Ton zu treffen. Da war ein alter Mensch am anderen Ende, ob Mann oder Frau, vermochte er nicht herauszuhören, jedenfalls ein Mensch, der sich um einen anderen sorgte und mit dieser Situation kaum fertig wurde. Ein falsches Wort konnte den Kontakt abbrechen lassen.

»Der Fritz«, sagte die dünne Stimme, »der ist tot.«

»Tot.« Es schien doch eher eine Frau zu sein. Wie sollte er die wohl beruhigen, wenn es da wirklich eine Leiche gab? »Woher wissen Sie denn, dass er tot ist?«, fragte er so sachlich wie möglich.

»Aus der Zeitung«, sagte die Stimme. Stahnke schnappte nach Luft. War die Frau vollkommen verblödet? Oder sollte das etwa heißen …

Im nächsten Moment schälte sich ein rhythmisches Quietschen aus den Hintergrundgeräuschen heraus, und eine energische Frauenstimme sagte: »Also wirklich, Sie sollen doch nicht …« Es knackte und krachte im Hörer, dann ertönte das Freizeichen. Stahnke starrte das Gerät in seiner Hand entgeistert an.

»Was war denn das?«, fragte Kramer. »Hast du ein Gespenst gesehen?«

»Gehört«, murmelte Stahnke. Er spürte, wie sich seine sämtlichen Haare aufstellten. Kalte Schauer überliefen ihn, und er hauchte: »Ich höre es immer noch.«

Kramer öffnete den Mund. Und schloss ihn wieder. Auch er hörte jetzt das hohle, geisterhafte Keuchen, rasselnd wie von größter Anstrengung. Kramers Augen weiteten sich. »Es kommt von dort«, sagte er und wies auf die immer noch offen stehende Tür.

Der Türrahmen war leer. Und das blieb er auch noch sekundenlang, während das rasselnde Keuchen näher kam und stärker wurde. Dann endlich tauchte eine Gestalt auf, schlank, eindeutig männlich, freundlich, wenn auch etwas gequält lächelnd.

»Gerd!« Stahnke sprang auf und eilte seinem Ex-Vorgesetzten entgegen. »Gerd Plöger! Mensch, wie geht's dir? Wie schmeckt der Ruhestand? Was läuft so?« Während er Plöger die Hand schüttelte, biss er sich auf die Lippen und nahm sich zum unzähligsten Male vor, besser auf seine Wortwahl zu achten.

Plöger winkte nur ab und sank auf Stahnkes maroden Besucherstuhl, der direkt neben der Tür stand. Der pensionierte Polizist machte ganz den Eindruck, als hätte er es unmöglich weiter geschafft. Schwer rang er nach Luft, als hätte er mehrere Stadionrunden absolviert und nicht bloß die paar Meter Flur zwischen Fahrstuhl und Chefbüro der FK I. »Gab noch nicht so viel zu schmecken«, brachte er stoßweise hervor. »Bin ja erst ein paar Tage hier weg, weißt du nicht mehr?«

Auch Kramer schüttelte dem Besucher die Hand, dann setzte er sich an Stahnkes PC, während der Hauptkommissar bei Plöger stehen blieb, bis dessen Atmung sich wieder ein wenig beruhigt hatte. Seine Miene musste wohl schuldbewusst gewesen sein, denn Plöger nutzte seine wiedergewonnene Sprechfähigkeit gleich, ihn zu trösten. »Ach, ich weiß ja noch, wie es hier zugeht! Vor allem bei einer Mordermittlung. Da ist so viel los, dass du gar nicht glauben kannst, dass das alles in ein paar Tage passt.«

Er sieht jetzt wieder aus wie früher, dachte Stahnke, jünger als er ist, drahtig, richtig sportlich. Nur die graue Hautfarbe passte nicht zum Gesamtbild. Die erinnerte an de Beer. An den wollte Stahnke gerade nicht erinnert werden.

»Ich musste noch etwas im Personalbüro klären«, erzählte Plöger. »Dachte, ich schaue auf dem Weg mal bei euch rein. Fiel mir aber schwerer, als ich dachte. Man will's ja nicht wahrhaben, was? Von wegen *was läuft so*!« Er klopfte Stahnke auf den Arm und grinste. »Mach dir nichts draus, ich weiß ja, wie du's meinst. Es ist eben, wie es ist.«

Er schaute sich um, während Kramer mit den Tasten klapperte. »Und? Noch nichts auf dem Whiteboard, keine Tätervermutung, keine Fotos oder wenigstens Phantomzeichnungen? Scheint ja so, als kämt ihr nicht so recht voran.«

»Ist wohl so«, gab Stahnke zu. Was sollte er drum herumreden?

»Ich habe das Bild vom Opfer in der Zeitung gesehen«, fuhr Plöger fort. »Richtige Maßnahme, wenn sonst nichts geht. Gab es denn wenigstens darauf Resonanz?«

»Nicht so viel wie erhofft«, erwiderte Stahnke. »Immerhin ein Hinweis aus Hamburg.« Da er keinen Grund sah, seinem ehemaligen Vorgesetzten gegenüber Verschwiegenheit zu wahren, gab er auch ihm einen kurzen Abriss seiner Fahrt an die Elbe. »Das hier kam letztlich dabei heraus«, schloss er und zeigte Plöger die beiden in Plastiktüten verpackten Fundstücke.

Der griff sofort nach dem Foto, betrachtete es intensiv, schweigend und mit gerunzelter Stirn.

»Erkennst du jemanden darauf?«, fragte Stahnke schließlich.

Plöger hob den Blick, schaute ihn an, als kehrte er aus einem tiefen Traum an die Oberfläche zurück. »Ja«, sagte er dann heiser.

»Und? Wen?«

Plöger senkte den Blick wieder, tippte mit dem Zeigefinger auf die Mitte des Bildes. Die Hand, die es hielt, hatte zu beben begonnen. »Das Mädchen.«

»Und wer ist das?«

»Meine Mutter.«

»Deine Mutter!« Stahnke beugte sich vor, fixierte das helle kleine Oval des schwarz-weißen Mädchengesichts, versuchte irgendeine Ähnlichkeit mit seinem Ex-Chef zu erkennen, die ihm hätte auffallen müssen. Aber nein, nichts, keine Chance. Das kleine Foto war und blieb für ihn einfach ein Relikt aus vergangener Zeit.

»Was ist mit den anderen?«, fragte er, ohne auf Plögers unverkennbare Erregung Rücksicht zu nehmen. »Mit den beiden Jungs. Kennst du die auch? Oder vielleicht einen davon?«

»Der eine ist mein Vater«, antwortete er. »Der andere muss ein guter Freund der beiden gewesen sein.«

Stahnke atmete scharf ein. Er war so dicht an einem Namen, an der Identifizierung ihres Toten wie noch nie zuvor. »Lebt dein Vater noch?«, fragte er.

Plöger breitete die Arme aus und schaute ihn ratlos an. »Ehrlich gesagt, ich weiß es nicht«, flüsterte er, als sei er am Ende seiner Kraft. Vielleicht war er das auch. »Meine Eltern – das war furchtbar damals, wir waren noch Kinder, wir haben sehr unter all dem gelitten. Irgendwann ist Vater ausgezogen, und meine Mutter hat gesagt, jetzt ziehen wir alle einen Schlussstrich und fangen neu an.« Resigniert zuckte er die Achseln. »Mein Bruder und ich haben das nie in Frage gestellt, auch nicht, als wir erwachsen waren. Erst vor fünf oder sechs Jahren – weißt du, wenn man erst einmal selber nicht mehr der Jüngste ist …« Er verstummte, rang nach Atem. Seine überforderte Lunge rasselte und pfiff. »Da haben wir dann doch mal nachgehakt. Natürlich viel zu spät.«

»Deine Mutter ist also verstorben?«

Plöger starrte ins Leere, Mund und Augen aufgerissen, die grauen Wangen hohl. »Nein«, sagte er dann, als sei er selbst von dieser Tatsache überrascht. »Sie lebt. Sogar hier in Leer. Aber nicht bei uns, sondern in einem Pflegeheim.«

»Im *Haus Friede*?«, fragte Kramer.

Die beiden anderen schauten ihn erstaunt an. Stahnke hatte ganz vergessen, dass sein Kollege überhaupt noch im Raum war.

»Ja«, sagte Plöger. »Woher …?«

»Der Anruf vorhin«, antwortete Kramer und tippte auf den Bildschirm von Stahnkes PC. »Ich habe die Nummer überprüft; der Anruf kam von dort.«

30.

»Wie weit bist du denn nun eigentlich mit deiner Aussteuer?«

Erika stöhnte innerlich, hielt die Augen stur auf ihr Häkelzeug gerichtet, um sie ja nicht zur Decke zu drehen. Die Sonntage bei ihrer Mutter waren auch so anstrengend und öde genug, ohne dass das Gespräch immer und immer wieder auf das Thema Nummer eins kam. Natürlich vermied Erika es, so lange sie konnte. Irgendwann aber war es unfehlbar trotzdem so weit. So wie jetzt.

»Die gute Tischdecke von letztem Monat ist das neueste Stück«, wiederholte sie geduldig, was sie schon vor einer Woche erzählt hatte. »Ist aber erst halb bezahlt, der Rest wird von meinem Lohn einbehalten. Diesen Monat gibt es also nichts Neues, höchstens Kleinkram.« Sie hob ihre Häkelnadel mit dem halbfertigen Topflappen. Wie viele von den Dingern hatte sie inzwischen eigentlich schon hergestellt? Sie häkelte die Baumwollquadrate inzwischen, ohne hinzugucken, das grenzte ja schon an Massenproduktion. Bald konnte sie einen Handel damit aufmachen. »In meiner Truhe ist aber auch so schon allerhand drin. Also, die Kopfkissenbezüge …«

Ihre Mutter fuhr ihr ins Wort, ebenso unerwartet wie rüde. »Und was war nun gestern Abend, beim Tanz? Du warst ja recht früh wieder zu Hause.«

Wie vorwurfsvoll das klang! Erika hatte sich von ihrer Mutter schon alles Mögliche vorhalten lassen müssen; genau genommen meckerte sie eigentlich ständig an ihr herum. Aber ein solider Lebenswandel als Gegenstand der Kritik? Das war neu. Erika entschloss sich, nicht zu antworten, sondern lediglich überrascht zu gucken.

»Nun tu mal nicht so!«, fuhr ihre Mutter sie an. »Du weißt doch auch, was los ist, bist kein kleines Mädchen mehr, dem man noch was von Blümchen und Bienchen erzählt! Du hast das Alter, es wird langsam Zeit, und viele junge Männer sind doch jetzt weg, im Feld, in Polen oder in Frankreich, da ist die Auswahl hier nicht mehr so groß! Da darf man sich nicht so zieren, sonst bleibt man am Ende noch übrig. Willst du das denn, als alte Jungfer enden?«

»Aber Mutter!« Blies ihre Backen auf vor gespielter Empörung, dabei musste sie an sich halten, um nicht vor Lachen herauszuplatzen. »Ich bin doch gerade mal siebzehn, werde erst nächsten Monat achtzehn! Wie kommst du mir denn vor? Was erwartest du von mir? Also wirklich, hast du mich denn *dazu* erzogen?«

Tatsächlich hatte diese Erziehung vor allem aus Verboten und Schlägen bestanden, und die angebliche Aufklärung, auf die sich ihre Mutter offensichtlich große Stücke zugute hielt, hatte aus nichts als einem verdrucksten Gestammel ohne Blickkontakt und mit hektisch geröteten Wangen bestanden. Wäre ihre Oma nicht gewesen, hätte sich Erika wohl bloß in den Schulhofecken über Details der körperlichen Liebe informieren können, so wie ihre Altersgenossinnen auch. Oma wusste Bescheid, und sie kannte keine falsche Scham.

»Jetzt komm mir bloß nicht so!« Erikas Mutter ließ sich von der kleinen Posse ihrer Tochter nicht beeindrucken. »Du liegst uns jetzt schon lange genug auf der Tasche! Willst du denn deine Füße noch ewig unter unseren Tisch strecken? Wiebke von gegenüber ist keine zwei Monate älter als du, und die heiratet nächste Woche! Siehst du, was ich meine? Man muss auf Zack sein heutzutage, sonst schnappen einem die anderen die besten Brocken weg!«

»Von wegen beste Brocken!« Wütend warf Erika ihr Häkelzeug in die Sofaecke. »Wiebke heiratet Tönnjes, den Schloof, der die Vorarbeiterstelle in der Ziegelei nur gekriegt hat, weil sein Vater ihn schon in der Nazipartei angemeldet hat, ehe er piep sagen konnte! Was übrigens noch nicht so lange her sein dürfte. Seit wann ist so was denn ein *bester Brocken*? Und Wiebke, die heiratet den doch auch bloß, weil sie blöd genug war, sich von ihm ein Kind machen zu lassen. Ist es etwa das, was du von mir willst?«

Blitzartig stand ihre Mutter auf den Füßen und vor ihr, und ehe Erika noch die Hände zur Abwehr erheben konnte, brannten ihr schon beide Wangen. »Was fällt dir eigentlich ein, du undankbares Gör!«, zischte ihre Mutter sie an. »Und überhaupt, woher willst du das wissen, das mit dem Kind? Man sieht doch noch gar nichts! Bestimmt hat Oma dir das wieder gesteckt.« Sie keuchte wutentbrannt, stand leicht vorgebeugt, die Brust heftig pumpend, die Fäuste geballt wie ein Boxer, der nur auf die nächste Chance wartet, um wieder zuzuschlagen.

Trotzdem ließ Erika ihre Deckung sinken. Diese Frau, dachte sie, diese arme Frau, sie ist so verbittert. Vater missachtet sie, behandelt sie wie einen Scheuerlappen, genau wie mich, wenn er überhaupt mal in Jemgum ist. Und wenn er in Hamburg ist, dann treibt er es alle paar Wochen mit einer anderen, nach allem, was man so hört, dafür sorgen die lieben Nachbarn ja sehr zuverlässig. Und jetzt, wo er nach Polen abkommandiert ist, wird alles vermutlich nur noch schlimmer. Mutter ist zu bedauern, sie weiß ja nicht, wohin mit all ihrer Enttäuschung und ihrem Ärger. Ihr einziger Blitzableiter bin ich.

Vielleicht war es das Mitleid, das offen auf ihrem Gesicht lag, vielleicht war es ihre opferbereite Haltung, die so sehr an die Situation ihrer Mutter erinnerte – jedenfalls nahm die sich jetzt ein wenig zurück, öffnete ihre Hände, räusperte sich leicht verlegen, während ihr Blick im Zimmer umherirrte. Offensichtlich war ihr der eigene Zornesausbruch peinlich, und sie suchte nach einem unverfänglichen Thema, um die Konfrontation ohne Gesichtsverlust zu beenden.

Aber je friedfertiger ihre Mutter wurde, desto zorniger wurde Erika. Mutters Blitzableiter, dachte sie, ja genau, das bin ich. Und wenn ich nicht bald aus diesem Haus hier rauskomme, dann bleibe ich das auch, solange ich lebe. Oder wenigstens, solange sie lebt. Kommt ja gar nicht in Frage! Ich will hier raus, und ich komme hier raus. Ganz egal, was es mich kostet, aber so kann es nicht weitergehen.

Natürlich wusste sie, was dieser hohe Preis war. Nämlich, dass sie den größten Wunsch ihrer Mutter erfüllen musste, um von ihr loszukommen. Heiraten! Und das bald. Eigentlich kein Problem, denn, und das wusste ihre Mutter nicht, es gab ja durchaus einen Kandidaten.

Es gab sogar ein Versprechen. Und es war nur noch einen Monat Zeit, ehe dieses Versprechen einzulösen war. Erika stand zu ihrer Verpflichtung, nach wie vor, und die Vorstellung, den Rest ihres Lebens mit Stinus zu verbringen, war ihr nicht einmal unangenehm. So übel war Stinus nicht. Kein Vergleich mit Tönnjes, diesem Ochsen! Was konnte sie mehr verlangen?

Tja, was. Liebe natürlich. Die war da nicht, weder in ihren Gedanken noch in ihren Gefühlen. Eine verschworene Gemeinschaft würden sie bilden, so wie damals, als sie ihrem Opa das Leben gerettet hatten. Nicht weniger, aber wohl auch nicht mehr. Oder konnte man sich Liebe etwa antrainieren wie einen dicken Muskel?

Erika bemerkte, dass ihre Mutter im Begriff war, einen neuen Gesprächsfaden zu knüpfen. Mit einem Ruck erhob sie sich. »Ich geh noch vor die Tür. Brauch frische Luft«, sagte sie barscher als nötig. Bloß kein neues Geschwätz über Laken und Bettbezüge! Für diesmal hatte sie genug.

»Wo willst du denn hin?«, fragte ihre Mutter lauernd.

»Jedenfalls zu keinem Kerl, wenn du das meinst«, fauchte Erika sie an. »Ich gehe zu Oma. Oder meinst du etwa, sie sei nicht der richtige Umgang für mich?«

Im Gesicht ihrer Mutter arbeitete es, ihre Kiefer mahlten. Vielleicht möchte sie mir die Geschichte mit den drei Verabredungen am selben Abend auftischen, voll heiliger Empörung über Oma natürlich, dachte Erika. Na, die wird sich wundern, wenn ich herzlich darüber lache! Ihre Mutter aber schwieg, wandte sich ab und ging aus dem Zimmer. Wohl auch besser so, dachte Erika, während sie sich ihr Tuch umwarf und das Haus verließ.

Ihre Großmutter lebte immer noch sehr zurückgezogen, und immer noch bestimmte die Sorge um ihren Ehemann ihre Tage und Nächte. Anfang Mai, als die deutsche Wehrmacht ihren Blitzkrieg gen Westen mit dem Überfall auf die Niederlande begonnen hatte, war sie vor Angst fast gestorben. Auch Erika hatte das Schlimmste befürchtet. Erst Wochen später erfuhr sie durch einen Brief, geschrieben auf hauchdünnem, vielfach gefaltetem Papier, der sie auf verschlungenen Pfaden erreichte, dass sich ihr Opa zum Zeitpunkt des Einmarsches der deutschen Truppen gerade in Harlingen am Ijsselmeer aufgehalten hatte. Inzwischen ging es ihm gesundheitlich sehr viel besser, und er hatte entdeckt, dass er mit seiner einstigen Liebhaberei, dem Schnitzerhandwerk, in Holland gutes Geld verdienen konnte. Wohlhabende Bürger gab es dort genug, und viele davon hatten einen Sinn für schön verzierte Holzmöbel, Galerien und Treppengeländer. Der alte Deutsche, der ins Haus kam und für akzeptablen Lohn wirklich gute Arbeit leistete, brauchte seine Dienste schon bald nicht mehr selbst anzubieten; das besorgte die Mundpropaganda für ihn.

So hatte es ihn nach Harlingen verschlagen. Und als die Nachrichten von der Bombardierung Rotterdams durch deutsche Stukas und von der niederländischen Kapitulation bekannt wurden, hatte sich die Wut der Einheimischen zwar gegen die Deutschen insgesamt, nicht aber gegen den alten Holzschnitzer gerichtet. Im Gegenteil; als sein damaliger Auftraggeber erfuhr, dass im Hafen ein britischer Fischkutter lag, der eilends seeklar machte, um bei Nacht nach England durchzuschlüpfen, hatte er sich mit dessen Kommandant in Verbindung gesetzt, und es war ihm tatsächlich gelungen, dem KZ-Flüchtling eine Passage zu verschaffen. Etliche Flaschen Genever hatte ihn das gekostet. Die Überfahrt gelang, und seitdem lebte Erikas Großvater in Weymouth, einem Fischerort an der englischen Südküste.

Unglaublich, dachte Erika, während sie kräftig ausschritt und die laue Nachmittagsluft genoss, unglaublich, da verbringt Opa den Großteil seiner Existenz hier im Dorf, im Rheiderland, eingesperrt zwischen Ems und holländischer Grenze, kommt praktisch nie weiter weg als bis Leer, will das auch gar nicht – und dann packt ihn plötzlich das Leben beim Kragen und wirbelt ihn hinaus in die weite Welt! Erika empfand eine merkwürdige Mischung aus Furcht und Neid, wenn sie daran dachte. Zuerst hatte es Großvater in die Hölle verschlagen, sicher, aber dann weit über die Grenze und sogar bis nach England, und das, wo er doch gar kein Englisch konnte! In Holland, da kam man ja mit Hoch- und Plattdeutsch einigermaßen klar, das wusste sie, wenn auch nicht aus eigenem Erleben. Aber die Engländer konnten bestimmt kein Platt, auch wenn diese Sprache mit dem Englischen angeblich eng verwandt sein sollte. Ob man auf den britischen Inseln Verwendung für einen Holzschnitzer hatte?

Aber wohl kaum für einen deutschen. Die deutschen Armeen mussten wohl über Frankreich hinweggefegt sein wie ein Feuersturm, hatten die Engländer in die Flucht geschlagen und bei Dünkirchen ins Meer getrieben. Gut, die meisten englischen Soldaten waren entkommen, aber seither flogen deutsche Flugzeuge Angriff auf Angriff gegen die Briten, und wie man hörte, machten die Bomber keine großen Unterschiede zwischen militärischen und zivilen Zielen. Hoffentlich flogen sie nicht bis nach Weymouth! Aber auch wenn nicht, Großvater hatte es unter diesen Umständen jenseits des Kanals bestimmt nicht leicht.

Schneller als gedacht hatte Erika ihr Ziel erreicht. »In Gedanken, in Gedanken – up Sluren na Haag«, murmelte sie einen alten Spruch ihrer Großmutter vor sich hin. Ein liebevolles Lächeln spielte um ihre Lippen. Dieses Haus war ihr doch weitaus mehr ein Zuhause als das, in dem sie geboren worden war. Und auch Mutterliebe fand sie hier viel mehr als zu Hause, dachte sie leise seufzend.

Omas Haus lag da wie immer – und auch wieder nicht, denn die Tür stand einen Spalt offen, und von drinnen drang lautes Lachen zu ihr heraus. Nanu, was hatte ihre zuletzt immer so ernste und besorgte Großmutter denn so erheitert? Sie drückte die Tür auf, ohne anzuklopfen, und wusste sofort Bescheid.

Stinus!

Er sah sie im selben Moment wie sie ihn, und während sie noch versuchte, ihren Mund wieder zu schließen, hatte er sie schon um die Taille gepackt und wirbelte sie herum. Wie stark er geworden war, wie draufgängerisch, wie verwegen! Nicht, dass er all das nicht auch vorher schon gewesen wäre.

Aber sein Dienst als Soldat, seine Teilnahme am Westfeldzug hatten ihn noch selbstsicherer gemacht, noch – tja, männlicher war wohl das Wort.

»Menschenskind, wenn en maal an 't Erobern is, dann holt de daar so gau neet mehr mit up«, warf Erikas Großmutter trocken ein. »Nu laat hör man weer daal, se wehrt sük ja heel neet mehr!« Sie winkte in Richtung Vorderküche: »Tee word kolt.«

Und kaum hatte sie sich umgedreht und war in der Tür verschwunden, da setzte Stinus Erika ab, fasste sie noch fester und küsste sie. Sie ließ es geschehen, erwiderte den Kuss, fand ihn sehr gekonnt, genoss ihn. Wie viel hatte Stinus in Frankreich wohl geübt? Egal, dachte Erika, Treue war ja nicht Teil des Versprechens.

Als er von ihr abließ und sie anlachte, da leuchtete sein Gesicht vor ehrlicher Freude, vielleicht sogar vor Glück. Erikas Strahlen spiegelte die Freude wieder, ebenso ehrlich. Sie hätte es wahrlich schlechter treffen können.

Bei Tee und Kuchen, den Stinus von seiner Mutter mitgebracht hatte, erzählte er ausgiebig von seinen Erlebnissen. Wie er nach dem Beginn des Feldzuges nicht gerastet und geruht hatte, ehe er nicht eine Sondererlaubnis zum vorzeitigen Einrücken erwirkt hatte, »natürlich nur für die Etappe, nicht für die Front, aber was heißt das schon, wenn die Panzer erst mal rollen?« Dass man schließlich die Formal- und Waffenausbildung an der SA-Seefahrtschule als Ersatz für die Grundausbildung anerkannt und ihn einer motorisierten Einheit als Melder zugewiesen hatte. Und dann sei alles ganz schnell gegangen.

Stinus prahlte nicht mit ausgeschmückten Heldentaten und opulenten Schlachten. Er berichtete, wie er mit seiner Einheit über die neue Emsbrücke gerollt war, die man gerade pünktlich zur Invasion fertiggestellt hatte. Wie er dann später auf der Ladefläche eines holpernden Lastwagens auf steilen Ardennenstraßen auf und ab gehopst war wie eine aufgepumpte Schweinsblase, wie er vom Lärm vorbeirasender Tigerpanzer fast betäubt und vom aufgewirbelten

Staub fast erstickt worden wäre. Er erzählte, wie er Generäle und Obristen in verschwitzten Jacken mit aufgerissenen Kragen sich gegenseitig hatte anbrüllen hören, ob man nun den hirnrissigen Befehlen dieses »böhmischen Gefreiten« namens Hitler Folge leisten oder stattdessen nach eigenem taktischen Gutdünken diese unglaublich günstige Gelegenheit beim Schopfe packen und den Krieg vielleicht binnen Tagen entscheiden sollte. Wie es dann – gegen den Willen des Führers – zu diesem »Sichelschnitt« gekommen sei, der sämtliche Befestigungsanlagen der Franzmänner zur Wirkungslosigkeit verdammt, den ganzen Norden Frankreichs samt Belgien in deutsche Hand gebracht und den Engländern keine andere Option als die Flucht gelassen hatte.

»Und dann standen unsere Panzertruppen tagelang untätig am Straßenrand«, fuhr Stinus fort. Er beugte sich vor, und seine Stimme senkte sich zu einem verschwörerischen Raunen. »Einzig und allein deshalb, weil Hitler seinen Willen durchsetzen und zeigen wollte, wer im Dritten Reich das Sagen hat. Wenn wir durchgezogen hätten, dann wären die Tommys nicht aus Dünkirchen entkommen! Dann säßen Hunderttausende Engländer jetzt in deutschen Kriegsgefangenenlagern, und unsere Generalität würde im Buckingham-Palast die Waffenstillstandsbedingungen diktieren wie schon im Wald von Compiègne! Dann wäre Europa jetzt schon in deutscher Hand, nicht erst nächstes oder übernächstes Jahr.« Stinus lehnte sich zurück und dehnte die Brust, als könnte er die nächsten deutschen Siege bereits wittern. »Und wer weiß, vielleicht wirklich bald die ganze Welt.«

Erika und ihre Großmutter nickten eifrig, während sie es vermieden, einander in die Augen zu schauen. Gott sei Dank, dachte Erika, für diese Hahnenkämpfe in der deutschen Führung! So hatten Europa und die Welt vielleicht noch eine Atempause. Und ihr Großvater auch. Und Fritz ebenfalls.

Fritz. Zum ersten Mal heute ließ sie seinen Namen wenigstens in Gedanken zu. Und doch, das gestand sie sich ein, dachte sie oft an ihn. Sehr oft. Eigentlich fast immer.

Auch als sie vorhin Stinus geküsst hatte, hatte sie an Fritz gedacht. So ganz schaffte sie es eben doch nicht, das zu verdrängen, was sie wirklich fühlte, sosehr sie sich auch bemühte.

Schließlich hatte sich auch Fritz bemüht, aus ihrem Leben zu verschwinden. Woraus sie ihm keinen Vorwurf machen konnte, oh nein, nicht nach den Vorfällen jener furchtbaren Nacht im November 1938. Wie hatte sie sich geschämt, für ihre verbrecherischen Landsleute, für die gleichgültigen auch, nicht zuletzt für sich selbst. Und wie hatte sie gebangt um Fritz' Leben, hatte nächtelang wachgelegen und geweint. Bis Stinus endlich die erlösende Nachricht gebracht hatte: »Sie haben ihn wieder freigelassen, genau wie die anderen auch. War nur eine Warnung, das habe ich dir doch gleich gesagt.«

So ganz hatte das ja nicht gestimmt, denn etliche Juden hatten dieses November-Pogrom, das jetzt spöttisch und gehässig »Reichskristallnacht« genannt wurde, nicht überlebt. Noch viel mehr Menschen hatten in dieser Nacht alles verloren, ihre Habe, ihre geistige und seelische Heimat, ihren Glauben an Güte, Kultur und Verstand. Viele auch den Glauben an Gott, egal an welchen. Denn welcher Gott konnte existieren und so etwas zulassen?

Tja, Erika hätte es ihnen gleich sagen können. Aber Erika hielt sich fein still. Das immerhin hatte sie mit den allermeisten ihrer Landsleute gemein.

Fritz aber lebte, er war frei, und Erika wartete sehnlichst darauf, dass er nach Ostfriesland, nach Leer oder gar nach Jemgum zurückkehren würde. Aber Fritz kam nicht. Erika malte sich die Umstände aus, die ihn hatten aufhalten können, bis die Logik sie zwang, sich der mutmaßlichen Wahrheit zu stellen. Fritz hatte genug von diesem Stück Land mit diesen Menschen darauf. Er war gegangen, sich irgendwo eine neue Heimat zu suchen. Und wer konnte es ihm verdenken? Erika musste oft an ein Märchen denken, das sie als Kind so verstört hatte: »Etwas Besseres als den Tod finden wir überall.« Jetzt verstand sie den Esel, den Hund, die Katze und den Hahn.

Stinus erzählte längst weiter. In seinen Augen war ein abenteuerlustiges Leuchten, und seine Stimme wurde wieder zum verschwörerischen Raunen, als er von den angeblichen neuesten Plänen der Wehrmacht berichtete. »Sie nennen es *Unternehmen Seelöwe*«, verriet er. »In den kommenden Monaten wird alles, was schwimmt, an der französischen Nordküste zusammengezogen, Frachtkähne, Prähme, Tjalken und andere Segelfahrzeuge und natürlich Schlepper. Dann stopfen wir das alles voll mit Soldaten und Material, und bei passender Wetterlage – schwupps! – setzen wir über. Da werden die Tommys Augen machen, wenn deren kümmerliche Heimwehr plötzlich unserer siegreichen Wehrmacht gegenübersteht. Ihr werdet sehen, so entscheiden wir den Krieg.«

»Und was ist mit der englischen Flotte?«, wandte Erika ein. »Soviel ich weiß, haben die Briten mit ihren vielen Kriegsschiffen auf dem Wasser noch immer die Übermacht.«

»Ach was!« Stinus winkte großspurig ab. »Ich habe die Trümmer am Strand von Dünkirchen mit eigenen Augen gesehen. Die Engländer sind mit Fischerbooten abgehauen, das war eine wilde Flucht, kein geordneter Rückzug! Die ganze Ausrüstung mussten sie zurücklassen. Wo war denn da diese tolle Flotte, um diesen Verlust zu verhindern? Außerdem hat man doch im Frühjahr gesehen, wie die Dinge wirklich stehen, als wir uns Norwegen und Dänemark geschnappt haben. *Unternehmen Weserübung*, erinnert ihr euch? Auf dem Papier waren wir klar unterlegen. Aber die Tommy-Flotte hat uns trotzdem nicht daran hindern können. Außerdem haben wir doch unsere U-Boote, für die sind fette Schlachtschiffe willkommene Ziele. Und den Rest fegt unsere Luftwaffe aus dem Wasser. Hat Göring doch selbst gesagt!«

Wieder nickten die beiden Frauen, aber diesmal tauschten sie besorgte Blicke. Sicher, es klang aberwitzig, was Stinus da erzählte, aber dieser ganze Krieg erschien aberwitzig, die Zahl der gegnerischen Mächte war erdrückend, und doch eilten die deutschen Streitkräfte von Sieg zu Sieg. Erst das Sudetenland und Österreich, dann Polen, Dänemark und Norwegen, schließlich Holland, Belgien und ein großer Teil von Frankreich. Was, wenn auch England nicht widerstehen konnte, wenn es diese Handstreich-Pläne wirklich gab und wenn sie, entgegen aller Wahrscheinlichkeit, tatsächlich klappten? Was wurde dann aus Großvater?

»Ich mach uns mal neuen Tee«, sagte Erikas Großmutter, nahm die Kanne und eilte aus der Vorderküche, den Blick gesenkt. Sicher bewegten sich ihre Gedanken in ähnlichen Bahnen.

Jetzt waren sie also allein im Zimmer, Stinus und sie. Mit fliegenden Fingern strich sie das Tischtuch glatt, wischte ein paar imaginäre Krümel weg, schaute ihn aus den Augenwinkeln an. Er schaute zurück, lächelnd. Zufrieden lächelnd, wie es aussah.

»Nicht mehr lange hin bis zu deinem Geburtstag«, sagte er.

»Nein«, sagte sie und musste sich räuspern.

»Leider kann ich dann nicht hier sein«, fuhr er fort. »Ich werde auf einen Schlepper abkommandiert. *Unternehmen Seelöwe*, du weißt. Hab ja schon mein Steuermannspatent. Zweiter Steuermann werde ich, ganz schön für den Anfang. Wir werden in Cherbourg stationiert. Etwas weit vom Schuss für meinen Geschmack, aber es ist ja klar, dass sie die Schiffe über verschiedene Häfen verteilen müssen. Wenn es dann so weit ist, ziehen sie uns schon wieder zusammen.«

»Wenn man dich so hört, könnte man denken, du sprichst von einem Spiel«, sagte Erika. »Von einem sportlichen Wettkampf, nicht von Kämpfen auf Leben und Tod.«

Er lächelte noch zufriedener. »Du machst dir Sorgen um mich. Das finde ich schön. Aber glaub mir, so schlimm wird das alles nicht. Kein Vergleich mit dem Weltkrieg, als sich die Heere damals vier Jahre lang auf wenigen Quadratkilometern gegenübergelegen und sich gegenseitig mit Tonnen und Abertonnen von Granaten zermantscht haben. Heute geht das alles viel schneller, weiträumiger, eleganter. Denk nur an unsere Panzer, U-Boote und Sturzkampfbomber! Das ist höchstentwickelte Technik. Dem hat der Feind nichts entgegenzusetzen. Die Franzosen haben das schnell erkannt und sich ergeben. Die Engländer werden das auch bald einsehen müssen. Deren Volk hat sowieso mit Krieg nicht viel im Sinn, verweichlichte Demokraten, die geben bestimmt schnell auf. Und dann …«

»Und dann? Wer soll dann als Nächstes drankommen? Allzu viele europäische Länder sind ja nicht mehr übrig.«

Das Lächeln verschwand von Sinus' Gesicht wie Kreide von einer Schultafel. »Das habe ich gar nicht gemeint. Ich wollte eigentlich sagen, dass wir dann endlich heiraten können.« Er fixierte sie abwartend, sah gar nicht mehr so selbstsicher aus wie zuvor. »Was sagst du?«

»Du meinst … wir heiraten nach dem Krieg?«

»Wenn der Krieg gegen England zu Ende ist, ja, genau.« Er zuckte die Achseln. »Was danach kommt, wer weiß das schon. Aber ich glaube, nach dem Sieg über England gibt es erst einmal ein Weilchen Ruhe. Dann können wir das alles angemessen über die Bühne bringen. Jetzt, mitten im Krieg, wäre das doch nur eine einzige Hetzerei. Man weiß ja nie, wann man den nächsten Urlaubsschein bekommt und ob man den Urlaub dann auch wirklich antreten kann. Also, ich sage, wir warten noch ein bisschen. Einverstanden? Oder bist du jetzt enttäuscht?«

»Aber nein.« Sie streckte ihren Arm aus, langte über den Teetisch und strich ihm über die Haare. »Ich finde, du siehst das ganz richtig. Es soll ja auch alles wirklich schön werden. Etwas Besonderes eben.«

Ihre Großmutter kam mit der frisch gefüllten Teekanne herein, ehe Erika ihre Hand zurückziehen konnte, und griente. »Komme ich zu früh? Aber was sollte ich machen, das Wasser war schon heiß.«

»Ach, Oma!« Erika zog einen Schmollmund und guckte ihre Großmutter gespielt vorwurfsvoll an. Aber sie zog ihre Hand doch zurück. »Du hast es gerade nötig, irgendwas zu sagen!«, frotzelte sie. »Du bist doch ganz was anderes gewohnt. Stinus ist immerhin nur einer!«

Ihre Großmutter lachte, und Stinus, dem Erika die Geschichte mit den drei Verabredungen längst erzählt hatte, stimmte ein. Da fiel es kaum auf, dass Erika sehr schnell wieder ernst wurde. Ihre eigenen Worte hatten in ihr eine Saite angeschlagen.

Nein, nicht drei. Stinus war nur einer, klar. Aber waren es bei ihr denn nicht ganz im Ernst zwei? In ihrem Herzen?

Sie tranken noch ein Anstandstässchen Tee, dann brachen sie auf. Gingen ein Stückchen spazieren, an den Deich, nicht weit von der Stelle, an der Erika seinerzeit mit Fritz gelegen hatte. Schweigend bummelten sie nebeneinander her, die Blicke mal auf den Boden, mal in die Ferne und mal zum Himmel gerichtet, nur ganz gelegentlich und verstohlen mal aufeinander. Nur als in einiger Entfernung das große Schuppendach von Hackes' Kohlenlager zu sehen war, schauten sie einander länger als ein paar Sekundenbruchteile in die Augen. Tiefer Ernst lag da in ihren Blicken.

»Warst du das?«, fragte Erika unvermittelt, als das Lager längst weit hinter ihnen lag. »Damals, das mit der Kiste?«

Stinus zögerte einen Moment. »Und?«, fragte er dann zurück. »Wie ist es mit dir? Warst du es denn?«

Sie antwortete nicht, und auch Stinus schwieg.

Besser so, dachte Erika. Was wäre denn, wenn er mit »ja« geantwortet hätte? Könnte ich mit einem Mörder zusammenleben? Und was, wenn er verneinte? Was sollte ich dann sagen? Mein »Nein« wäre dann Verrat an Fritz, jedenfalls zusammen mit seinem. Außer, seins wäre gelogen. Wenn ich das annehmen würde, dann müsste ich einen Mörder heiraten. Ansonsten einen Denunzianten.

So aber standen die Chancen fünfzig zu fünfzig. Genau genommen nicht nur für sie, sondern auch für ihn. Und wenn er damit leben konnte, dann musste sie das ja wohl auch können.

31.

Dieser Bulle ist ja zwei Meter groß, dachte Justin und musterte den Beamten von der Seite. Trägt der wohl eine Uniform von der Stange? Und wie passt der in einen Streifenwagen? Na, vielleicht ist er ja klappbar.

Der Lange blickte auf ihn herab und runzelte die Stirn. Schnell schaute Justin zu Boden. Am liebsten hätte er vor sich hin gepfiffen, aber das ging nicht, sein Mund war zu trocken. Nur deshalb. Von wegen, er hätte sich das nicht getraut, hier auf dem Polizeiflur!

Der Lange öffnete eine dunkelweiße Tür und forderte Justin mit einer Kopfbewegung auf, einzutreten. Justin machte zwei Schritte in den Raum hinein und blieb dann unschlüssig stehen. Ein Tisch, drei Stühle. Welcher war seiner?

Die Tür wurde hinter ihm geschlossen. Ob der Lange draußen Wache hielt? Nein, seine Schritte waren zu hören, entfernten sich. Nicht einmal abgesperrt hatte der Mann. Nahmen die ihn hier etwa nicht ernst?

Er nahm sich einen der Stühle, den, von dem aus die Tür im Blickfeld lag, und fläzte sich hin, die Beine lang und breit, den Kopf zurückgelehnt. Sollten die ruhig sehen, was für ein cooler Bursche er war – die Frage war bloß, wie. Müsste es in so einem Raum nicht einen dieser berühmten Spiegel geben, die nur von hinten durchsichtig waren? Sollten dahinter nicht mehrere Beamte sitzen, die ihn beobachteten? Hier gab es nichts dergleichen, nur einen verschlossenen Aktenschrank und ein paar verschossene Poster. *Sei schlauer als der Klauer*, mein Gott, von wann war das denn?

Er nahm den Kopf lieber etwas mehr nach vorn, weil das Pflaster am Kinn spannte. Mann, da war er voll draufgeknallt! Bordstein übersehen, dumme Sache. Hadid mit seinen neuen Sneakers war leichtfüßig drüber hinweggehuscht, ihn hatte es hingehauen. Als er wieder zu sich gekommen war, hatten ihn die Bullen schon einkassiert gehabt.

Die Tür sprang auf, und Justin musste sich bremsen, um

nicht das Gleiche zu tun. Der Mann, der den Raum betrat, war aber keinen von denen, mit denen er bisher zu tun gehabt hatte, und er sah auch nicht besonders beeindruckend aus. Eher klein von Statur und grau im Gesicht, zerknittert, irgendwie auch verstaubt. Also behielt Justin seine coole Haltung bei.

Der kleine graue Mann setzte sich ihm gegenüber hin, ohne ihn zu beachten, und raschelte mit Papieren, die er mitgebracht hatte. Wohl die Protokolle von Justins ersten beiden Vernehmungen. Viel stand da nicht drin. Er hatte eisern dichtgehalten, hatte behauptet, durch Zufall an den Tatort geraten und panisch geflüchtet zu sein, hatte keinen einzigen Namen preisgegeben. Wie sich das eben gehörte.

Jetzt schaute der Mann plötzlich hoch, blickte ihn an. Unwillkürlich zog Justin die Beine an und schob seinen halb auf der Sitzfläche liegenden Körper höher. In diesem Blick lag eine Kraft, die er diesem kleinen Typen nicht zugetraut hätte, und er konnte nichts darin sehen, das diese Kraft im Zaum hielt.

»Was hast du gegen Christen?«, fragte der Mann leise, aber mit schneidender Stimme.

Christen? Justin zuckte die Achseln. Seine Eltern waren Lutheraner, nicht sehr kirchlich eingestellt, aber trotzdem. Sie hatten ihn in den Konfirmationsunterricht geschickt, und er hatte dort besser gelernt als in der Schule. Logo, dafür winkten ja auch die fetten Geschenke zur Konfirmation, viel Bargeld, das war geil gewesen. So gesehen hatte er nichts gegen das Christentum. Warum fragte der Typ das?

Ach ja, dieser Fisch.

»Ihr habt einen Angriff auf das Haus eines Pastors begangen«, fuhr der Graue fort. »Das ist keine Kleinigkeit. So was lassen wir uns nicht gefallen, kapiert? Außerdem auch noch Brandstiftung.« Er beugte sich, legte seine Unterarme auf den Tisch. Justin versteifte sich. »Dafür fährst du ein, Kleiner«, fuhr der Polizist fort. »So jung kannst du überhaupt nicht sein, dass du wegen so was nicht in den Knast musst.«

»Quatsch.« Das war ihm so herausgeflutscht. Hatte Hadid

nicht immer gesagt, als Minderjährige könnte ihnen überhaupt nichts passieren? Höchstens ein »Du, du, du!« mit erhobenem Zeigefinger und ein paar Sozialstunden. Ja, das hatte er. Trotzdem spürte Justin, wie ihm heiß wurde.

»Du bist sechzehn, Junge.« Die Stimme des Grauen verursachte ihm Gänsehaut. »Und kein wirklich unbeschriebenes Blatt. Außerdem sind da ja noch weitere Fälle, für die du als Täter in Frage kommst. Ebenfalls Sachbeschädigung und Brandstiftung, aber ich sage dir, daraus machen wir tätliche Angriffe. Tötungen billigend in Kauf genommen, verstehst du mich? Und wir trennen die Fälle voneinander ab. Dann bist du nach der zweiten Verurteilung schon ein Wiederholungstäter. Keine Bewährung mehr. Ich sage dir, im Knast gibt es ein paar harte Jungs, die in ihrem ganzen Leben kein Mädchen mehr zu Gesicht bekommen werden. Die warten schon auf dich.«

»Aber ... ich war doch ... das stimmt doch nicht!« Justin wusste selbst nicht genau, worauf sich seine Worte eigentlich bezogen, auf die unglaubliche Drohung oder auf die Tatsache, dass er bei den meisten der Anschläge, von denen dieser Bulle sprach, gar nicht dabei gewesen war. »Eier werfen ist doch kein Anschlag! Das ist doch bloß ...« Er biss sich auf die Lippen. Verdammt, was machte er hier, warum hielt er denn nicht sein Maul?

»Eier, ja? Fein. Dann haben wir das schon mal.« Der Graue kritzelte etwas auf ein Blatt Papier. »Danke für dieses Teilgeständnis. Ist zwar nur der kleinste Fisch, aber irgendwo muss man ja anfangen, nicht? So, und jetzt mal zu den schwereren Kalibern. Warum, und mit wem, bitte schön. Kooperation gibt Punkte, und Punkte ersparen dir vielleicht doch noch den Knast.« Der Graue grinste eisig. »Denk an die Kinderficker, mein Kleiner.«

Justin fühlte sich leer im Kopf. Sein Unterkiefer hing herab. Wo war er hier bloß reingeraten? Mitgegangen, mitgefangen, und jetzt sollte er hängen. Jetzt hatten sie ihn am Arsch, buchstäblich, wenn man dem Grauen glaubte. Und Justin hatte das klare Gefühl, dass dieser Mann meinte, was er sagte.

»Nun mach's Maul auf, Bursche!« Der Bulle brüllte plötzlich, brüllte mit einer Stimme, die viel zu groß war für seinen schmächtigen Körper. »Deine letzte Chance! Los jetzt. Warum willst du deinen Kopf für solche Ölaugen hinhalten?«

Gerade hatte er seinen Kiefer unter Kontrolle bekommen, da hing er schon wieder. »Woher wissen Sie denn ...« Ihm wurde klar, dass er in die Falle gegangen war. Mal wieder ein bisschen spät.

»Das Zauberwort heißt Videoüberwachung«, sagte der Mann langsam und genüsslich. »Wir wissen mehr, als du denkst. Aber keine Sorge, ein bisschen was kannst du immer noch beisteuern. Ein paar Punkte sind für dich drin. Na komm jetzt. Namen!«

Justin dachte an Hadids flinke Beine, die an der Hafenbrücke an ihm vorbeigesprintet waren, als er auf die Fresse geflogen war. Hadid, dieser eingebildete Spinner. War der etwa umgedreht, um ihm zu helfen? Nein!

Der Graue hat gar nicht mal so unrecht, dachte Justin. Wie geht dieser Spruch noch, der mit der Hose und der Jacke, von wegen, was einem näher ist?

Blöde Ölaugen.

Justin räusperte sich. »Also«, begann er.

32.

»Das konnte ja nicht gut gehen.« Erikas Mutter klang weinerlich, und tatsächlich schimmerte es feucht unter ihren Augen. »Nie und nimmer konnte das gut gehen. Habe ich das nicht schon immer gesagt? Immer! Aber nein, es musste ja unbedingt Russland sein. Dabei konnte das doch nun wirklich nicht gut gehen.«

»Nein«, sagte Erika unwirsch.

Ihre Mutter schaute sie überrascht an. »Was, nein? Du meinst, es könnte doch noch gut gehen? Dass es noch Hoffnung gibt?«

Erika atmete scharf ein. »Ich meine«, sagte sie dann mühsam beherrscht, »dass du das eben *nicht* schon immer gesagt hast. Dass du überhaupt noch nie etwas gegen Hitler und die Nazis gesagt hast. Nach der Reichskristallnacht nicht, beim Angriff auf Polen nicht, auch nichts gegen die Feldzüge im Norden und im Westen. Aber jetzt, wo es nicht so klappt wie versprochen, da hast du es plötzlich schon immer gesagt! Also wirklich!« Sie hatte sich in Rage geredet. Ungehörig für eine Tochter, wie sie ihre Mutter anschnauzte. Aber es wollte sich partout kein Schuldbewusstsein einstellen.

»Ja, aber, aber ...« Ihre Mutter glotzte fassungslos, wedelte hilflos mit den Händen. »Das ist doch ganz was anderes jetzt! Das kann man doch alles gar nicht vergleichen.«

»Natürlich nicht.« Erika schnaubte verächtlich durch die Nase. »Bisher waren es ja auch immer die anderen, die Prügel bezogen und ins Gras beißen mussten. Jetzt aber haben sie uns am Wickel. Klar, das ist ganz was anderes!« Wütend starrte sie ihre Mutter an. Diese beleidigte, quengelige Miene, dieses Ausmaß an Verständnislosigkeit! Sie spürte das starke Verlangen, in diese zerfließenden Gesichtszüge hineinzuschlagen, mitten hinein, mitleidlos, und erschrak vor sich selbst. Sie drehte auf dem Absatz um, eilte aus der Stube und ging in die Küche.

Dort saß ihr Vater.

Er hockte an der Schmalseite des Tisches, in Uniform, den Rücken gebeugt, die Schultern nach vorne hängend, die Unterarme auf der Tischplatte, die Hände rechts und links der Flasche, die dort stand, als wollte er sie umarmen. Sein Kopf war vornübergebeugt, als hätte der Hals keine Kraft mehr, ihn zu stützen, und seine Haare, obwohl akkurat gekämmt, hingen ihm ins Gesicht und ließen ihn verkommen aussehen. Dabei war die Schnapsflasche noch zu drei Vierteln gefüllt, und auch das vollgeschenkte Gläschen stand unberührt.

Erika setzte sich ihm gegenüber, als wollte sie den größtmöglichen Abstand wahren. Dabei fühlte sie sich ihm in letzter Zeit näher denn je. Vaters Panzer ist zerbrochen, dachte sie. Jetzt liegt etwas von ihm frei, und man kann sehen, dass dieser grausame Krieg auch bei ihm Spuren hinterlassen hat. Nicht mehr als das, und wohl auch zu spät. Aber immerhin.

»Wann musst du denn wieder zurück?«, fragte sie ihn.

Er schaute nicht hoch. »Morgen Abend«, sagte er heiser. »Übermorgen früh geht unser Transport von Oldenburg ab.« Er seufzte. Erika konnte sich nicht erinnern, solch einen Laut früher von ihm gehört zu haben.

»Und wohin geht es?«, fragte sie weiter, in der unsinnigen Hoffnung, es könnte sich etwas geändert haben.

»Wohin wohl?« Diesmal schaute er sie an. Vor wenigen Monaten noch wäre er über solch eine Frage wütend geworden, vor einem Jahr noch hätte er sie geohrfeigt. Jetzt lag nur noch Resignation in seinem Blick. »Nach Stalingrad natürlich«, antwortete er. »Zurück in die Eishölle. Wer weiß« – er lachte bitter – »vielleicht komme ich ja wenigstens mit dem Gefrierfleischorden zurück.«

»Mit dem *was*?«

»Eisernes Kreuz II. Klasse«, erklärte er. Das Grinsen war schon wieder aus seinem Gesicht verschwunden. »Die Landser nennen es nur noch den Gefrierfleischorden. Weil durch den Frost dort mehr Leute kampfunfähig werden als durch feindlichen Beschuss. Liegt natürlich an unserer Ausrüstung.« Er schüttelte den Kopf; seine Haarsträhnen wischten ihm über die Stirn. »Hat wohl keiner gewusst, dass es im Winter in Russland kalt wird.«

»Aber ... ich denke, die deutschen Truppen vor Stalingrad sind eingekesselt«, wandte Erika ein. »Wie willst du denn, ich meine, wie wollen die dich denn da hinbekommen?«

»Was glaubst du wohl. Die fliegen uns da rein«, erwiderte ihr Vater. »Der Kessel soll gesprengt werden, noch vor Weihnachten, und dazu braucht es Druck von innen.« Wieder dieses bittere Lachen. »Soviel ich weiß, ist auch ein Panzervorstoß geplant, quasi als Keil von außen. Aber das kann nur eine Unterstützung sein. Wenn sich die eingeschlossene Armee nicht selbst hilft, dann kann ihr keiner helfen. So sieht es aus.« Er griff nach dem Schnapsglas und hob es zum Mund, aber er nippte nur daran.

Erika konnte sich noch gut daran erinnern, dass sie ihrem Vater den Tod gewünscht hatte. Damals, als er sie im Suff wegen jeder Kleinigkeit zu verprügeln pflegte. Damals war sie ein hilfloses Kind gewesen, jedenfalls aus heutiger Sicht, der Sicht einer erwachsenen Frau. Auch jetzt schämte sie sich ihrer damaligen Gedanken nicht, nur dachte sie eben anders. Gerade jetzt, dachte sie, wo er anfängt, sich zu öffnen – warum schicken sie ihn gerade jetzt in den sicheren Tod?

»Glaubst du denn, dass ihr eine Chance habt, die Schlacht um Stalingrad noch zu gewinnen?«, fragte sie.

Ihr Vater zuckte die hängenden Schultern. »Wir müssen. Schlicht und einfach.«

Erika nickte. Sie las immer noch fleißig Zeitung. »Ich weiß. Wegen der Kontrolle über die Wolga, die ist ja ein wichtiger Nachschub-Transportweg. Dann natürlich schon wegen des Namens, Stalingrad, ein wichtiges Symbol. Und, weil die Wehrmacht dringend die Ölfelder in der Kaukasus-Region benötigt, um weiterhin mobil zu bleiben.«

Ihr Vater nickte und schüttelte zugleich den Kopf. Es sah aus, als hätte er jede Kontrolle über sich verloren. »Gut aufgepasst, Kind. Ja, das ist alles richtig, was du sagst. Und trotzdem ist es nicht die Wahrheit.« Er richtete sich unvermittelt auf, nahm Arme und Schultern zurück und schaute seiner Tochter ins Gesicht. Seine Augen, gerade noch stumpf und trüb, schienen zu brennen. »Wir müssen siegen, weil es keine Alternative gibt. Außer unserer totalen Vernichtung.«

Die altbekannten Nazi-Parolen, dachte Erika. Sieg oder Untergang. Unsere Ehre heißt Treue. Und ich dachte schon, er hätte sich geändert! Aber sie schwieg, denn diese brennenden Augen sagten ihr, dass das nicht alles sein konnte.

Und so war es.

»Wenn ihr wüsstet, was wir getan haben«, sagte ihr Vater, »wie wir gehaust haben, schon in Polen und später in Russland dann noch mehr. Wie wir die Leute zusammengetrieben haben, in die Gräben gejagt und erschossen, natürlich die Juden und die Kommunisten, aber auch jeden anderen, der uns verdächtig vorgekommen ist. Es wurde gefoltert und vergewaltigt und geplündert und gebrandschatzt, alles mit dem Segen von ganz oben. Das Land soll leer sein, wenn ihr damit fertig seid, hieß es, bereit für die arischen Siedler, die nach euch kommen. Die Herrenmenschen, die einzigen, die es wirklich verdient haben, Menschen genannt zu werden. Ein paar von den Minderen dürfen übrig bleiben, Hilfsvölker, bessere Sklaven. Die zweite Sorte eben, die geduldete. Die dritte Sorte aber, die Untermenschen, die sind wie Bazillen und Parasiten, Schmarotzer und Krankheitserreger, diese Sorte hat das Leben nicht verdient. Die müssen ausgemerzt werden.« Er holte tief Luft, und es klang, als tue ihm allein das Atemholen weh. »Ausmerzen, was für ein harmlos klingender Begriff! Aber soll ich dir mal erzählen, was das wirklich heißt? Wie dieses Ausmerzen aussieht, wenn du selbst mittendrin stehst, wenn du es *tust*?«

Seine Arme zuckten, seine Hände fuhren ziellos durch die Luft, die Schnapsflasche fiel um und wäre auf dem Boden zerschellt, wenn Erika sie nicht gedankenschnell aufgefangen hätte. Als sie wieder zu ihrem Vater schaute, hatte der sein Gesicht in seinen Händen vergraben. Er weint, dachte sie. Er hat sich wirklich verändert.

Und es ist wirklich zu spät dafür.

Sekunden später hatte er sich wieder im Griff, wischte

sich über die Augen, legte die Arme dann zurück auf den Tisch, diesmal verschränkt. »Wenn irgendwer das, was wir den Polen, den Russen und den Juden angetan haben, uns Deutschen angetan hätte, dann hätte ich nur noch einen Gedanken. Rache! Das Land verwüsten, die Männer töten oder versklaven, die Frauen schänden, die Kinder ... verstehst du?« Seine Augen brannten nicht mehr, aber seine Stimme klang eindringlicher denn je. »Und glaub mir, wenn wir bei Stalingrad verlieren, dann werden sie kommen. Dann werden sie Rache nehmen, und niemand wird sie daran hindern können. Darum, einzig und allein darum dürfen wir bei Stalingrad nicht verlieren.« Er griff nach dem Schnapsglas, kippte den Inhalt diesmal hinunter und füllte nach, mit einer flüssigen, routinierten Folge von Bewegungen. »Und nur darum lasse ich mich wieder in diesen verfluchten Kessel hineinfliegen. Aus keinem anderen Grund.«

Er trank erneut aus, schnaufte, schien sich ein wenig zu beruhigen. »Du kannst froh sein«, sagte er dann zu Erika, »dass dein Stinus immer noch in Frankreich stationiert ist. Der Westen ist doch das Soldatenparadies, verglichen mit dem, was wir im Osten durchmachen müssen. Stinus schippert doch bloß ein bisschen mit seinem Schlepper herum, säuft Rotwein und passt auf, dass die Franzmänner sich nicht mausig machen. Krieg spielen nenne ich das! Von wegen *Operation Seelöwe*. Hat sich was, der Zug ist doch längst abgefahren. England ist jetzt Amerikas unsinkbarer Flugzeugträger, wird mit allem gepäppelt, was es braucht, und die U-Boote können es nicht verhindern. Kein Gedanke mehr an Invasion. Eigentlich könnte das Oberkommando Stinus' Schiffchen einmotten und ihn und die restliche Besatzung nach Osten an die Front schicken. Könnten wir gut gebrauchen, glaube mir.« Er sah das Erschrecken auf ihrem Gesicht, und zum ersten Mal an diesem Tag brachte er ein freundliches Lächeln zustande. »Ach, ich rede doch nur so daher. Ich gönne es euch doch, dass er in Sicherheit ist.«

Erika sah das eigentlich genauso, trotzdem regte sich wieder einmal ihr Widerspruchsgeist. »Übertreib mal nicht«, sagte sie. »Immerhin eskortiert er mit seinem Schlepper Frachtschiffe durch den Ärmelkanal, direkt unter den Küstenbatterien der Engländer. Sie machen ihr Schiff an der von England abgewandten Seite des Frachters fest, geben Volldampf und erhöhen so die Geschwindigkeit. Ehe sich die englischen Kanoniere darauf einstellen können, ist die Beute meist schon entkommen. Manchmal aber auch nicht, dann fliegen ihnen die Granaten nur so um die Ohren! Also von wegen Druckposten.« Dieses Wort hatte sie von Stinus gelernt. Und, das musste sie sich eingestehen, es bezeichnete genau das, was ihr Vater gemeint hatte.

Der grinste wieder. »Unter Beschuss, ja? Bestimmt nur, weil sie so dämlich waren, für dieses Manöver Dampfschlepper zu nehmen statt Dieselfahrzeuge! Rauchfahnen zählen können die Tommys nämlich, so dumm sind die auch wieder nicht.« Er strich sich erneut die Haare aus der Stirn. »Als wir letztes Jahr gleichzeitig auf Heimaturlaub waren und ich ihn getroffen habe, hat er jedenfalls nichts von irgendwelchen Kämpfen erzählt. Sondern, wie sie auf der Insel Guernsey ein Motorrad geklaut haben, so ein schweres Ami-Teil. Und wie eine deutsche Komödiantentruppe in Boulogne ein Gastspiel gegeben hat. Landserbelustigung! Einer von den Schauspielern, den man auch aus dem Kino kennt, Rudolf Platte nämlich, hat sich anschließend dermaßen die Hucke vollgesoffen, dass sie ihn in einen Teppich einrollen mussten, damit er endlich Ruhe gab.« Wieder griff er nach der Flasche, ignorierte das Gläschen, trank einen tiefen Zug. »Lustig ist das Soldatenleben! Guter Stoff für den *Stürmer* wäre das gewesen. Dazu ein Grinsebild von deinem Stinus und eins von der Garbo. Damit halten wir glatt noch ein weiteres Jahr durch.«

Unvermittelt erhob er sich, strich sich die Uniform glatt und verließ ohne ein weiteres Wort die Küche, ohne zu schwanken. Erika horchte einen Moment; ging er in die Stube? Dann hörte sie die Haustür ins Schloss fallen. Aha. Also wieder das Gasthaus.

Erika blieb alleine am Küchentisch sitzen. Was ihr Vater

gerade erzählt hatte, war noch längst nicht verarbeitet. Sicher, manches hatte sie bereits von anderer Seite gehört. Man munkelte und raunte, dass die deutschen Soldaten im Osten durch Ströme von Blut wateten, dass weniger gekämpft als gemordet wurde. Vor allem in der ersten Zeit des Krieges gegen Russland nahm längst nicht jeder ein Blatt vor den Mund. Man prahlte förmlich damit, dass dort endlich einmal Tabula rasa gemacht werde. Bald sollten die Deutschen kein »Volk ohne Raum« mehr sein. Ein neues Wort machte die Runde. Es hieß »Endlösung«.

Schon Stinus, der das Berufsziel Polizist im Kopf hatte, obwohl ihm für die Zeit nach dem Krieg zunächst eine Laufbahn als Sportler vorschwebte, hatte ihr bei seinem letzten Besuch Verstörendes berichtet. Deutsche Polizisten, so hatten Kumpels von früher erzählt, seien in die eroberten Ostgebiete abkommandiert worden, um all die Exekutionen durchzuführen, die die Wehrmacht nicht schaffte. Es wurden nämlich derart viele Menschen hinter der Front erschossen, dass die deutschen Truppen deswegen nicht schnell genug vorrücken konnten. Die Soldaten kämen mit dem Morden einfach nicht nach, sie bräuchten professionelle Hilfe. Ein Ansinnen, das einige Polizisten stumpf erfüllten, während es anderen den Atem verschlug.

Noch unglaublicher aber erschien der zweite Teil dieses Berichts. Dass sich nämlich die menschlicheren unter den Polizisten nicht gewillt gezeigt hätten, für Führer, Volk und Vaterland zu Mördern zu werden. Sie verweigerten den Tötungsbefehl. Und taten damit das, was nach deutschlandweit verbreiteter Ansicht unmöglich war, weil es postwendend zum eigenen Tode führte. Und was geschah mit diesen Polizisten? Sie wurden nach Hause geschickt, um ihren normalen Dienst wieder aufzunehmen.

Widerstand war also möglich.

Und sie? Warum saß sie noch hier herum?

Die Haustür klappte abermals. Auch ihre Mutter hatte also das Haus verlassen. Wohin mochte sie gehen? Immerhin war Dezember, und es wurde schon dunkel. Sollte sie Licht machen? Ach, wozu, grübeln konnte sie auch im Dunkeln. Erika kannte die Freundinnen ihrer Mutter nicht, wusste nicht einmal, ob sie überhaupt eine hatte, zu der sie gehen und sich ausweinen konnte. Vielleicht ging sie ja auch zu ihrer Mutter. Was selten genug vorkam. Bitteschön, wenn sie durchaus nicht mit ihrer Tochter sprechen mochte. Jedenfalls nicht offen.

Schon wieder die Haustür. Ganz leise, aber eindeutig. Nanu? Kam Mutter schon zurück? Sie war doch erst ein paar Minuten weg. Sicher hatte sie etwas vergessen. Vater war das bestimmt nicht, der hätte mehr Krach gemacht, auch nüchtern, was er sicher nicht mehr war.

Die Küchentür war nur angelehnt. Jetzt öffnete sie sich einen Spalt. Dann schwang sie ganz auf. Im Türrahmen stand ein Mann, der Erika unbekannt vorkam. Mittelgroß, breitschultrig und schlank, aber kräftig, die Arme leicht abgespreizt, als könnte er sie vor lauter Muskeln nicht richtig anlegen. Er trug eine Schiebermütze, den Schirm tief ins Gesicht gezogen. Erika erhob sich halb von ihrem Stuhl. Sollte sie schreien?

Im Nacken, unterhalb der Mütze, kringelten sich Haare. Braune Haare, lockig, viel zu lang für den aktuellen, soldatisch geprägten Geschmack. Erika erkannte diese Haare zuerst.

»Fritz!«

Und ehe sie einen Gedanken fassen konnte, lagen sie sich in den Armen. Wie anders er sich anfühlte, so stark, so eindeutig ein Mann! Und wie er sie küsste, hemmungslos und fordernd, drängend, dabei aber voller Feingefühl, mehr weiche Lippen als Zähne und Zunge. Ein schier endloser Kuss, nach dem sie so lange gelechzt hatte, ohne es sich einzugestehen, ein lebensrettender Trunk, an dem sie sich nicht satt trinken konnte. Alles um sie herum versank in der Bedeutungslosigkeit, während ihre Hände über seine muskulösen Schultern fuhren, hoch zum Hals, zum Kopf, sich unter diese hässliche Mütze schoben und sich in seinen Haaren vergruben, diesen wundervollen, buschigen Haaren, die allein ihn schon von allen anderen unterschieden, ein Zeichen gewollter Andersartigkeit, des Protests.

Die Mütze rutschte ihm über die Stirn, fiel Erika auf den Kopf, purzelte über ihren Rücken hinab auf den Fußboden. Laut lachend lösten sie sich voneinander.

Schon war die Angst wieder da. »Wenn dich hier einer sieht!«, stieß Erika hervor. »Du weißt doch, dass die Nazis überall sind! Bist du wahnsinnig?«

Er schüttelte den Kopf, nachsichtig, überlegen. »Keine Sorge. Hast *du* mich etwa gleich erkannt? Außerdem ist es dunkel draußen, und ich habe gewartet, bis du allein im Haus warst. Lange bleiben werde ich auch nicht. Ich bringe dich schon nicht in Gefahr.«

»Als ob es mir darum ginge!« Sie boxte ihn gegen die Brust; er rührte sich nicht einmal. »Du bist derjenige, der in Gefahr ist! Seit wir im Krieg sind, gehen die Nazis mit euch Juden immer brutaler um. Es heißt, alle, die das Land bis jetzt noch nicht verlassen haben, sollen in die neuen Ostgebiete gebracht und dort angesiedelt werden. Und wer das nicht will, der soll sich eben zu Tode arbeiten. Mensch, weißt du das denn nicht?«

Seine Miene wurde härter, sein Gesicht, das viel stärker konturiert war als früher, wirkte abweisend. »Wir Juden, ja? Ich wusste, es färbt ab. Auf Dauer kann sich keiner dieser Denkweise entziehen.« Mit einer Handbewegung erstickte er ihren Widerspruch im Keim. »Ob ich das weiß? Davon kannst du wohl ausgehen. Ich weiß sogar noch viel mehr. Nämlich, was hinter diesen Ammenmärchen steckt, auf die sogar du hereinfällst.« Er fasste sie bei den Schultern, sanft, aber fest. »Sie bauen Lager dort im Osten, vor allem in Polen. Keine Siedlungen, natürlich nicht, und auch nicht nur Arbeitslager. Sie wollen ein Ende machen mit uns. Wir wollten es alle nicht glauben, dass eine Kulturnation wie Deutschland zu so etwas fähig ist, und viele glauben es auch immer noch nicht. Aber es ist so. Sie bauen Todeslager. Für uns Juden, für die Zigeuner, für die Schwulen. Für alle, die nicht einmal als Sklaven in ihr Weltbild passen. Dazu bauen sie extra eine ganze Tötungsindustrie auf. Ja, gründlich sind sie ja, die Deutschen.« Seine Hände glitten von ihren Schultern herab. »Oder soll ich sagen: ihr Deutschen?«

Erika stand wie erstarrt. Schon die Worte ihres Vaters hatten sie im Innersten erschüttert. Jetzt das. Sie wollte es nicht glauben, hätte alles darum gegeben, »Nein!« sagen oder wenigstens denken zu können. Aber stattdessen dachte sie an jene Nacht im November, an die hilflosen Menschen, die durch die Straßen getrieben wurden, ohne dass ihnen jemand beigesprungen wäre, an die feixenden, verrohten Jugendlichen, die an diesen Grausamkeiten ihren Spaß hatten. Da erstarb jeder Zweifel in ihr.

»Vater hat mir auch schon davon erzählt«, sagte sie mit brüchiger Stimme. »Von den Erschießungen in Polen. Es muss schlimm sein.«

»Erschießungen.« Fritz schnaubte durch die Nase. »Irgendein Pfennigfuchser hat ausgerechnet, dass Gewehrpatronen viel zu teuer sind. Immerhin geht es hier um viele Millionen! Und glaub nicht, dass diese Schweine sich wegen der Millionen Menschen den Kopf zerbrechen. Von wegen – aber wegen der Millionen Mark, die es kostet, die alle umzubringen! Jetzt wird schon experimentiert, wie es billiger geht. Ich habe gesehen, wie ein Lkw so umgerüstet wurde, dass die Abgase des Motors in den Laderaum geleitet werden. Wenn der Wagen fährt, muss jeder, der hinten drin ist, ersticken. Billiger geht's nicht. Genial gedacht, was? Ja, so sind sie, die Deutschen. Was sie machen, das machen sie richtig.«

Fritz trat einen Schritt zurück, schaute zur Seite, kämpfte seinen Zorn nieder. Immerhin hat er nicht »ihr Deutschen« gesagt, schoss es Erika durch den Kopf. »Oh Gott, Fritz«, stieß sie hervor. »Woher weißt du das alles?«

»Woher ich das weiß?« Breitbeinig stand er vor ihr, ein Schattenriss in der dunklen Küche, beide Hände in den Hosentaschen, die Schultern gestrafft, den Kopf gehoben. »Ich weiß es, weil ich dort war.« Er schob sich einen Küchenstuhl mit dem Fuß zurecht, setzte sich. Erika setzte sich ihm gegenüber.

»Sie haben mich in Holland gepackt, 1941, ziemlich bald nach dem Einmarsch«, berichtete er. »Gleich ab nach Westerbork, ins Durchgangslager, und von dort mit einem Sammeltransport Richtung Osten. Viehwaggons, kaum Wasser, nichts zu fressen, nur ein Eimer als Klo, und das tagelang, ich kann dir sagen! Aber verglichen mit dem, was uns erwartete, war das gar nicht so übel.« Er machte eine Pause, atmete hörbar, den Blick ins Nichts gerichtet. »Ich hatte noch Glück«, fuhr er dann unvermittelt fort. »Ich war jung und kräftig und außerdem Maurer, so was brauchten die. Das Lager war ja noch im Aufbau. Vielmehr die Lager, denn bei einem blieb es ja nicht. Seit Anfang dieses Jahres betreiben sie die Sache richtig ernsthaft, es muss da wohl in Berlin einen Beschluss gegeben haben. Im Oktober haben wir dann angefangen, auch in Auschwitz-Birkenau ein Lager zu bauen. Spätestens da wurde uns allen klar, worauf das alles hinausläuft.«

Wie lange war es her, dass ihr Vater genau dort gesessen hatte, wo Fritz jetzt saß? Keine Stunde, dachte Erika. Ihr Vater hatte ihr Ungeheuerliches gebeichtet. Jetzt saß Fritz dort, genau dort, und berichtete noch Ungeheuerlicheres.

»Es gibt Mord«, sagte Fritz. »Es gibt Massenmord. Und es gibt Ausrottung. Genau das beginnt gerade. Hier wie dort. Sie haben es wirklich vor, und sie meinen es ernst. Wir haben dort Öfen gemauert, riesige Krematorien. Ich habe versucht, mir auszurechnen, wie viele Tote man dort jeden Tag verbrennen kann. Diese Zahl werde ich nie mehr aussprechen können, so sehr habe ich geweint. Und doch, wenn man weiß, wie viele Menschen dort sterben und verschwinden sollen, dann werden die Feuer in diesen Öfen lange brennen müssen. Sie haben schon recht, die Deutschen: Solch eine Aufgabe muss man schon systematisch angehen, sonst wird das nichts.«

Er zog die Hände aus den Taschen, streifte die Jacke ab und begann, sich einen seiner Hemdsärmel hochzukrempeln. »Schau«, sagte er, und Erika beugte sich vor, um in der fast dunklen Küche etwas erkennen zu können. Da war etwas auf seinem Unterarm, knapp unterhalb der Beuge. Eine Zeichnung, dachte sie zunächst, und dann: Schriftzeichen. Aber es waren Ziffern. Dort stand eine vielstellige Zahl.

»Alles ganz systematisch«, wiederholte Fritz. »Wenn sie einen holen, verhaften und verschleppen, ehe sie einen versklaven, bei der Arbeit verbrauchen und am Ende umbringen, wird jeder registriert. Fein säuberlich. Damit man auch weiß, wer all diese Opfer, diese lebenden Leichen früher einmal waren und wie viele von denen man schon geschafft hat. Und weil dort, wo die Juden hinkommen, solche Dinge wie Kleidung und Papiere nicht von Dauer sind, schreibt man jedem die richtige Nummer direkt in die Haut. Die hat jeder bis ganz zuletzt. Erst, wenn alles vorbei ist, geht auch sie in Rauch auf.«

Er schob den Ärmel wieder herab, sah wieder ins Leere. Erika forschte in seinen Augen, suchte nach Wut, Verzweiflung, nach Hass. Sie hätte ihn verstanden, seinen Hass, selbst wenn er sich gegen sie gerichtet hätte. Aber sie sah keinen Hass in Fritz' Augen. Gar nichts sah sie darin, so wenig wie in der Schwärze eines Tunnels, der ins Nichts führte.

»Wie bist du ihnen entkommen?«, fragte sie.

Der Ausdruck seiner dunklen Augen veränderte sich. Um eine Nuance nur, aber jetzt glaubte Erika, in zwei unendlich tiefe Brunnen zu blicken. »Unter den Haaren«, antwortete er.

Sie verstand nicht, musste aber auch nicht fragen.

»Sie schneiden den Frauen dort die Haare ab«, sagte er tonlos. »Nachdem man ihnen alles weggenommen hat, Gepäck, Schmuck, Kleider, Schuhe, nachdem sie nichts mehr haben, das ihnen gehört, schneiden die ihnen auch noch die Haare ab. Weiß der Teufel, was die damit vorhaben, Perücken draus machen vielleicht oder Tuch weben, jedenfalls sammeln die Nazis das Haar in großen Haufen, schnüren es zusammen und schaffen es nach Westen. Ich habe mich zwischen den Ballen versteckt.« Er stockte, musste schlucken. »Der Geruch hat mich fast wahnsinnig gemacht. Der Geruch all dieser Frauen, die inzwischen längst tot waren! All diese Bilder in meinem Kopf, diese Gesichter vor meinen Augen.

Keine davon habe ich retten können, weil ich alle Kraft für mich selbst brauchte.« Er schüttelte den Kopf. »Wie wohl die Mörder damit leben können? Vielleicht sind sie ja wirklich eine ganz besondere Rasse.«

Nur für den Bruchteil einer Sekunde musste Erika an den toten Janssen denken. Dann war sie wieder ganz bei Fritz. »Wenn sie dich nun entdeckt hätten!«, sagte sie.

»Tja, das wäre dann Pech gewesen.« Fritz zeigte ein unerwartetes Lächeln – eher ein hartes, böses Grinsen. Langsam zog er seine rechte Hand aus der beuligen Tasche seiner weiten Hose. Ein stählernes, geripptes Ei mit einem Griff an der Seite lag darin. »Pech für alle Beteiligten, würde ich sagen. So eine Eierhandgranate haut ganz schön was weg.«

Beim Anblick der Granate war Erika zusammengezuckt. »Du hättest dich selbst …?« Die Frage blieb unvollendet. Sie war müßig, das war Fritz' Miene deutlich abzulesen. »Ist dir dein Leben denn so wenig wert?«, fragte Erika stattdessen.

»Mir? Eine ganze Menge ist es mir wert«, erwiderte Fritz ganz ruhig und ernst. »Mir schon. Aber denen nicht. Denen ist höchstens das eigene Leben wertvoll. Das ihrer Leute schon nicht mehr so, und eures« – er zeigte auf Erika – »ist reine Manövriermasse. Natürlich trotzdem noch viel wertvoller als unseres! Das wird verbraucht wie Schmieröl und Putzwolle, wie Pulver und Kohle. Wenn's gründlich ausgequetscht ist, wird der Rest entsorgt. Glaub mir, ich habe das tausendfach gesehen. Alles ist besser als das. Gegen den sicheren Tod ist jedes Risiko ein Witz. Wenn schon sterben, dann lieber aus eigenem Entschluss. Und einen von denen nehme ich mindestens mit.«

Er sagt nicht mehr *euch*, er sagt *die*, registrierte Erika. Trotzdem spürte sie ihre Gänsehaut.

Fritz betrachtete die Granate in seiner Hand, als sei sie ein Edelstein, ein Schatz, sein behüteter, ihn behütender Augapfel. Plötzlich lachte er schallend los. »Weißt du, was Stinus über diese Dinger gesagt hat, als er noch ein Pimpf war?« Er imitierte die Stimme des frechen Blondschopfs, verlieh ihr einen schnarrenden Ton: »Die Handgranate. Harmlos, wenn im Grase liegt; Scheiße, wenn in Fresse fliegt.« Sein Lachen erstarb, er schaute hoch zu Erika: »Wie geht es Stinus?«

»Gut, glaube ich.« Sie nickte wie zur Bestätigung ihrer eigenen Worte, als hätten sie das nötig. »Sein letzter Brief ist noch nicht alt, seitdem gab es, glaube ich, im Westen keine großen Kampfhandlungen. Luftangriffe, natürlich. Die werden hier ja auch immer häufiger.«

Fritz presste die Lippen aufeinander. Muskelstränge wölbten sich rund um seinen Mund, als verbeiße er sich eine Frage. »Das ist erst ein Vorgeschmack«, sagte er dann. »Die Amis und die Tommys bauen Flugzeuge wie die Wilden. Und die Russen haben all ihre kriegswichtige Schwerindustrie hinter den Ural verlegt, ehe die Invasionstruppen sie zerstören konnten. Jetzt produzieren sie Unmengen von Panzern, Kanonen und Granatwerfern. Die Nazis werden sich noch wundern, wozu diese angeblichen Untermenschen in der Lage sind.«

»Woher weißt du das alles?«, fragte Erika. Und sie dachte: Vielleicht wünscht er sich das ja auch nur.

Fritz schien ihre Gedanken von ihrem Gesicht ablesen zu können. »Vergiss nicht, woher ich komme«, sagte er leise. »Dort gibt es sehr viele russische Juden. Sehr viel Russisch verstehe ich ja nicht, hier ein Wort und da eins, aber viele von den Russen können Jiddisch, genug, dass ich mir ein Bild machen konnte. Zumal alle in den wesentlichen Punkten das Gleiche sagen. Mag ja sein, dass die Nazis immer noch glauben, sie könnten den Russen den Zahn ziehen. Tatsächlich haben die schon furchtbar bluten müssen. Aber Stalin denkt langfristig und vollkommen rücksichtslos. Der Gegenschlag wird vorbereitet, er wird kommen, und er wird furchtbar sein.«

Sorgfältig steckte Fritz seine Handgranate wieder in die Hosentasche. »Franzosen habe ich auch gesprochen in Auschwitz«, fuhr er fort. »Sie sagen, es gäbe im Westen so etwas wie eine Widerstandsbewegung. *Résistance* soll sie sich nennen. Es gibt Wege, sich mit diesen Leuten in Verbindung zu setzen. Das will ich versuchen.« Er schwieg. Das Ticken der Küchenuhr klang aberwitzig laut. »Kommst du mit?«, fragte er dann. »Auf dem Wasser, wie damals dein Großvater, das geht immer noch, heißt es. Papiere habe ich, auch für dich. Was ist?«

Mitkommen! Was für ein Gedanke! Raus aus dieser rheiderländer Enge, weg von ihrer nörgelnden Mutter, vom verzweifelnden Vater, raus aus der Nazi-Welt, die ihr so fremd war und ihr täglich fremder wurde. Hinaus ins Fremde, wo jeder Tag ein Abenteuer versprach! Und hin zu Fritz, zu dem Jungen, der jetzt so ein Mann war, ein Mann ... der Mann, den sie liebte.

Sie hatte es wohl schon immer gewusst. Was hieß immer – seit wann? Seit dem Kuss am Deich? Nein, früher schon. Unnütze Gedanken, entschied Erika. Was war, das war eben, egal seit wann. Was war, das war Tatsache, darauf kam es an.

Und es gab niemals nur eine Tatsache.

Fritz hatte sie genau beobachtet, den Umschwung ihrer Gefühle an ihrer Miene erkannt. »Hast du Angst?«, fragte er. »Das kann ich verstehen. Dort, wohin ich will, ist jeder Schritt gefährlich. Aber glaube mir, der Tod wird auch hierherkommen.« Wieder dieses Muskelspiel um seinen Mund: »Für mich sowieso.«

Angst? Natürlich, jeder Schritt hinaus aus der Enge bedeutete auch Verlust, den schwindelerregenden Verlust des Schutzes, den das Vertraute bot. Aber so weit dachte Erika nicht. Nein, es kam ja überhaupt nicht in Frage.

»Ich kann nicht«, flüsterte sie. »Weißt du denn nicht?«

»Natürlich weiß ich.« Seine Stimme klang ätzend. »Dein Versprechen. Sag, wie alt warst du, als du es gegeben hast? Willst du denn ewig daran gebunden sein? Ewig an Stinus gekettet?« Er stand auf, ging um den Tisch herum, stellte sich neben sie, strich ihr übers Haar. »Oder liebst du ihn etwa?«

Sie schaute zu ihm hoch, unfähig zu antworten. Tränen liefen ihr aus den Augen.

Er zog seine Hand zurück, schnupperte daran. Sie konnte spüren, wie er erschauerte. »Dieser Duft«, murmelte er. Dann fragte er: »Wann?«

»Was, wann?« Sie wischte sich über die Augen.

»Wann werdet ihr heiraten? Habt ihr das schon beschlossen?«

»Nach dem Krieg«, erwiderte sie stockend. »Wenn alles vorüber ist.«

»So. Dann also.« Fritz trat einen Schritt zurück. »Wer weiß, wann das sein wird. Und was dann sein wird. Vielleicht werde ich es erleben, vielleicht nicht. Falls ja, werde ich hier sein. Dann werde ich dich noch einmal fragen. Ja?«

Erika schluckte, starrte vor sich auf den Tisch. »Ja«, sagte sie. »Komm wieder. Bleib am Leben. Bitte.«

Sie schaffte es nicht, ihn noch einmal anzuschauen. Auch, als sie hörte, wie die Haustür leise zugezogen wurde, hob sie ihren Blick nicht.

33.

»Wo wollen Sie denn hin?«

Stahnke drehte sich um und erschrak. Die Frau war bestimmt eine Handbreit größer als er, trotz ihrer flachen Schuhe, ihre Schultern waren mindestens so imposant wie seine, und ihre Oberarme, die aus einem überfordert aussehenden Kittel ragten, stellten seine klar in den Schatten. Dass die Frau ihre Fäuste in die Hüften gestemmt und ihre scharfrückige Nase nur wenige Zentimeter von seiner entfernt platziert hatte, verstärkte den Gesamteindruck noch. Der Hauptkommissar war beeindruckt.

»Zu Frau Plöger«, antwortete er brav. »Die wohnt doch hier irgendwo, oder?«

»Wohnen? Na, wie man's nimmt.« Die Riesenfrau zog ihre Nase ein wenig von seiner zurück. »Da hinten ist ihr Zimmer, letzte Tür rechts. Weiß gar nicht, ob sie momentan ansprechbar ist.« Sie schien einen Augenblick zu überlegen. »Andererseits hat Frau Plöger gerade Besuch«, sagte sie dann. »Gehen Sie also ruhig mal schauen.«

Von Satz zu Satz hatte die Stimme der Riesenfrau an Schärfe eingebüßt, war weniger polterig geworden. Jetzt klang sie richtig freundlich, fand Stahnke. Pflegepersonal war chronisch überfordert, das wusste er, ein abweisender Tonfall war vermutlich nur Selbstschutz. Vermutlich trug dieses Trumm sein Herz am rechten Fleck. Er lächelte sie an. Solche Leute muss man sich warmhalten, dachte er, es kommt der Tag, an dem man selbst mal auf sie angewiesen ist.

Die Riesenfrau lächelte nicht zurück. »Wie gesagt, hinten rechts«, wiederholte sie barsch, drehte sich um und eilte auf quietschenden Sohlen davon.

Die letzte Tür hinten rechts war nur angelehnt. Gedämpfte Stimmen drangen durch den Spalt. Stahnke klopfte, schob die Tür gleichzeitig auf. Die Unterhaltung verstummte. Friedrich Plöger saß auf einem unbequem aussehenden hölzernen Stuhl an einem kleinen Resopaltisch, ein Wasserglas vor sich, ihm gegenüber ein schmaler, blasser Junge mit einer dieser merkwürdigen Frisuren, die nach viel Spray und Zeit vor dem Spiegel aussahen: lange, schräg gefönte Ponyfransen, die der Schwerkraft zu trotzen schienen, der Rest aufgeplustert wie eine Kugel, die den Kopf nahezu umschloss. Neben ihm saß ein etwa gleichaltriger Junge, dem Anschein nach türkischer oder arabischer Abstammung, mit einer buschigeren Frisur in Schwarz statt in Dunkelblond, aber ganz ähnlich gekleidet: Sweatshirt, Jeans, an den Füßen bunte Turnschuhe. Alle drei schauten überrascht zu Stahnke auf.

Die vierte Person in diesem Raum saß in einem Lehnstuhl und schlief. Sie war in sich zusammengesunken, und die hohe Rückenlehne machte sie noch kleiner, als sie war. Ihr weißes Haar war am Hinterkopf zu einem ordentlichen Knoten gerafft, nur zwei vorwitzige Strähnen hingen ihr um die runzligen Wangen. Ihre roten Hände hielt sie im Schoß gefaltet. Sie trug ein geblümtes, altmodisches Kleid und eine braune Wolldecke um die Beine.

»Herr Hauptkommissar.« Friedrich Plöger nickte ihm zu. »Welch unerwarteter Besuch«, fuhr er mit halblauter Stimme fort. »Was führt Sie her? Wollen Sie zu mir – oder etwa zu meiner Mutter?« Er nickte in Richtung der alten Frau im Lehnstuhl, dann deutete er auf die jungen Männer am Tisch: »Mein Sohn Max. Und Hadid, ein Schulfreund.«

»Guten Tag.« Stahnke betrat den Raum, Plögers Frage ignorierend. »Ich hoffe, ich störe nicht. Ihre Frau Mutter hält wohl gerade ein Schläfchen.«

Plöger schmunzelte. »Das tut sie immer mal wieder. Der Doktor meint, ihre Neigung dazu grenze schon an Narkolepsie. Aber das ist es nicht. Ihr gehen eben immer öfter die Kräfte aus, und dann nimmt sich ihr Körper eine Auszeit. Sie ist ja auch schon hoch in den Achtzigern.« Er rückte den vierten Holzstuhl, der neben dem Bett stand, zurecht und machte eine einladende Geste: »Setzen Sie sich doch. Möchten Sie etwas trinken?«

»Danke. Und, äh, danke nein. Nichts zu trinken.« Stahnke nahm Platz. »Tatsächlich bin ich Ihrer Mutter wegen hier. Wenn mich nicht alles täuscht, hat sie vorhin bei uns angerufen.« Der Hauptkommissar berichtete von dem Telefonat, dann zog er das Foto hervor. »Erkennen Sie dieses Foto?«

»Das ist meine Mutter. Als junges Mädchen.« Plöger runzelte die Stirn, wollte nach dem Foto greifen. »Woher haben Sie das?«

Stahnke zog das Plastiktütchen mit dem Foto zurück, hielt es neben seinen Kopf, außerhalb von Plögers Reichweite. »Tut mir leid, bitte nicht anfassen. Erkennen Sie sonst noch jemanden auf dem Bild?«

»Fritz!« Die Stimme kam von hinten. Nicht so geisterhaft hohl wie am Telefon, aber es war eindeutig dieselbe. Der Hauptkommissar drehte sich um. Die alte Frau im Lehnstuhl war erwacht. Ihre Augen waren geöffnet, sie waren blau und erstaunlich klar, ihr Blick hing an dem Foto. »Fritz«, wiederholte sie. »Fritz und Stinus. Und ich. Friedrich hat ganz recht – woher haben Sie das Bild?«

»Mutter!« Plöger klang überrascht. »Geht es dir besser?«

»Sie ist wieder völlig klar«, sagte Sohn Max halblaut. »Jedenfalls klingt sie so.«

»Und sie hört immer noch sehr gut, mien Jung!« Die alte Frau drohte schelmisch mit dem Zeigefinger. Ein Schmunzeln ordnete die Falten in ihrem Gesicht zu einem Gitternetz um. Der Blick, der auf Sohn und Enkel lag, war voller Liebe. Auch für Hadid hatte sie ein Lächeln. Dann nahm sie Stahnke ins Visier. »Wissen Sie, wenn man älter wird, dann ist das mal so, mal so. Wenn man Glück hat, kriegt man wenigstens noch mit, wie man gerade dran ist. Im Moment bin ich gut dran, glaube ich.« Sie richtete ihren schmächtigen Körper im Sessel ein wenig mehr auf. »Sind Sie von der Polizei?«

»Richtig«, bestätigte Stahnke. »Sie hatten uns ja angerufen, früher am Tag. Ich bin mir nicht sicher … da waren Sie nicht ganz so *gut dran*, stimmt's?«

»Das mag wohl angehen«, sagte Erika Plöger. »Die ganzen letzten Tage war ich nicht richtig bei mir. Hatte wohl einen neuen Schub, so nennen die Ärzte das. Demenz, wissen Sie? Nicht mehr lang, dann ist es ganz vorbei mit mir. Dann ist alles weg, und ich bin nur noch Gemüse.«

»Aber Mutter!«, intervenierte Friedrich Plöger, mehr tadelnd als besorgt. »Nun mal doch nicht so schwarz. Es gibt doch viele, die schlechter dran sind als du.«

»Klar«, sagte Erika Plöger spöttisch. »Aber die sind tot.« Sie seufzte tief. »Tja. Die alte Zeitung habe ich nur durch Zufall in die Finger gekriegt. Wollte nach Kreuzworträtseln gucken. Dann war da das Bild. Ich hab ihn sofort erkannt, trotz der vielen Jahre. Er hat sich ja gut gehalten, bis zum Schluss.«

»Wer?«, rief ihr Sohn alarmiert. »Sag mal, du sprichst doch nicht von Vater? Ist irgendwas mit Vater?«

Erika Plöger seufzte noch einmal, schloss die Augen. Dann schüttelte sie den Kopf. »Das wird mir jetzt rein ein bisschen viel«, sagte sie leise. »Friedrich, es ist wirklich ganz lieb von euch, dass ihr mich hin und wieder besuchen kommt. Aber vielleicht ist es besser, wenn ihr ein anderes Mal wiederkommt. Jetzt lasst ihr mich besser mit dem Herrn hier allein.«

»Aber Vater geht es gut?« Friedrich Plöger ließ nicht locker.

Seine Mutter nickte, die Augen immer noch geschlossen. »Mit Stinus ist nichts«, murmelte sie. »Der ist immer noch zäh wie Leder und hart wie Kruppstahl.« Sie lachte plötzlich: »Und ein Windhund wird er sein Leben lang bleiben!«

Plöger erhob sich, augenscheinlich verwirrt und ein wenig beschämt. Sein Sohn Max hielt den Blick gesenkt. Auf seinen blassen Wangen leuchteten rote Flecken. Hadid schaute betont unbeteiligt. »Na dann. Tschüss, Mama«, sagte Friedrich Plöger, beugte sich zu seiner Mutter herab und küsste sie auf die runzlige Wange. Dem Hauptkommissar nickte er im Hinausgehen zu. Max und sein Freund grüßten flüchtig und unbestimmt mit der Hand, ehe Hadid die Tür hinter ihnen zuzog.

Erika Plöger öffnete die Augen. Offenkundig hellwach inspizierte sie den Raum. »Jetzt hat er die Flasche wieder stehen lassen«, monierte sie. »Da, die Wasserflasche! Da ist doch Pfand drauf. Wenn der Pflegedienst nachher das Essen bringt, nehmen die bestimmt nicht nur die Gläser, sondern auch die Flasche mit. Dann ist das Pfandgeld weg.« Sie schaute Stahnke an, lächelte ironisch, aber selbstbewusst. »Alte Schule, Herr Kriminal. Rheiderländer Sühnigheit. Da kommt man nicht dagegen an, nicht einmal, wenn man wollte.«

Der Hauptkommissar lächelte zurück. »Wer den Pfenning nicht ehrt«, sagte er und nickte. »Ich bin auch so erzogen worden. Bücke mich heute noch nach jedem Pfennig, auch wenn die Dinger jetzt Cent heißen.« Er deutete auf die Flasche: »Soll ich die mal sicherstellen?«

»Ach, das wär nett«, rief Erika Plöger dankbar aus. »Tun Sie die man in die *Multi*-Tüte da und dann in den Wandschrank. Dann kann Friedrich die das nächste Mal mitnehmen.« Zufrieden musterte sie Stahnke, der ihre Anweisungen getreulich ausführte. »So, und dann nehmen Sie doch Platz und erzählen Sie mir, wie Sie an das Bild gekommen sind. Das hat doch Fritz gehört, nicht? Wo haben Sie es gefunden?«

Ihre Miene war ernst und gefasst, ihr Blick klar und fest. Was für Augen, dachte Stahnke, blauer als meine. Bestimmt war sie mal eine bemerkenswerte Frau. Das ist sie genau genommen immer noch. Und die soll dement sein? Nicht zu fassen. Er begann zu berichten, knapp, um die alte Frau nicht unnötig zu ermüden, aber ohne wichtige Details wegzulassen. Auch nicht die grausigen. Als er die Kiste erwähnte, die wassergefüllte Todeskiste, beobachtete er die Frau genau, sah, wie ihr Gesicht einen schmerzvollen Ausdruck annahm. Mehr aber nicht, kein Schreck, kein Entsetzen. Was konnte das bedeuten?

»Herr Kommissar«, fragte sie, als Stahnke zu Ende war, »glauben Sie an höhere Mächte?«

»Nein«, erwiderte Stahnke nach leichtem Zögern, das er sich selbst nicht erklären konnte. »Sie?«

»Diese Kiste«, sagte die alte Frau. »Mit ihr sind wir alle schuldig geworden. Als Täter, als Mitwisser, als Verschweiger. So wie alle Deutschen, fast alle, nur eben – ganz klein, auf engstem Raum. Als Modellfall, könnte man sagen. Und jetzt … stirbt einer von uns ganz genau so, in dieser Kiste. Das gibt einem zu denken. Verstehen Sie?«

»Nein«, sagte Stahnke. »Kein einziges Wort.«

»Dann passen Sie auf«, erwiderte die alte Frau und setzte sich bequemer in ihrem Sessel zurecht. »Ich erzähle es Ihnen. Vielleicht verstehen Sie ja dann.«

34.

Was für eine Erlösung, dachte Erika, als endlich die Mittagspause ausgerufen wurde. Langsam, ganz langsam richtete sie sich auf, löste ihre Rückenmuskeln aus ihrer schmerzhaften Verspannung, strich sich mit dem Handrücken die Schweißperlen von der Stirn. Es fühlte sich rau an, und Erika glaubte es knirschen zu hören. Sand, Schweiß und Mörtelstaub waren eine grauenhafte Mischung.

Zwei-, dreimal bog sie ihren Rücken nach vorne und hinten durch, ehe sie sich an den Abstieg machte. Stundenlanges gebücktes Stehen und Heben in diesem Trümmergebirge machte jeden mürbe, selbst sie, obwohl sie doch kräftig und noch jung war, kaum über Mitte zwanzig. Wie mochte es da erst den vielen älteren und alten Frauen gehen, die genauso wie sie von morgens bis abends Backsteine aus dem Schutt zogen, mit Hammerschlägen vom Mörtel befreiten, sie von Hand zu Hand weiterreichten und schließlich sauber aufstapelten? Angeblich sollten sie alle wiederverwendet werden, als Baumaterial zum Wiederaufbau der zerstörten Stadt Emden. Wiederaufbau! Wenn Erikas Blick über diese Trümmerwüste glitt, die kein Ende zu nehmen schien, kam ihr die Idee, hier könnten eines Tages wieder Menschen leben, wie schierer Hohn vor.

Sie stakste steifbeinig hinunter zu der bereits geräumten Fläche, hockte sich auf einen flachen Stapel Steine und wickelte ihr Brot aus. Obwohl sie Schwerarbeiterzulage bekam, befand sich kaum Butter auf den dunklen Scheiben. Großmutter war krank, sie benötigte Medikamente, die es nur auf dem Schwarzmarkt gab, und da brauchte man etwas zum Tauschen. Butter war neben Zigaretten eine gängige Währung.

Außerdem musste Erika zusehen, dass sie ihre Mutter mit durchschleppte. Die kam morgens nur noch mühsam aus dem Bett, verließ kaum das Haus und ließ alles verkommen. Selbst zum Abholen der Lebensmittelmarken musste man sie drängen, und da sie nicht arbeitete, bekam sie auch nur den Normalverbrauchersatz. Der reichte nun wirklich nicht zum Überleben. Dabei war ihre Mutter doch gesund! Na ja, körperlich, korrigierte Erika sich. Geistig schien sie umnebelt zu sein, seit dem Tag, als sie die Nachricht erhalten hatte. Die Nachricht, dass ihr Mann tot war. Gefallen bei Stalingrad, wie so viele andere auch.

So viele Männer tot, verwundet oder in Gefangenschaft! Auch deshalb müssen jetzt die Frauen ihre Arbeit tun, dachte Erika. Weil nicht genügend Männer da waren, um das, was bei ihrer Männerspielerei mit dem Feuer herausgekommen war, wieder aufzuräumen. Natürlich blieb das wieder an den Frauen hängen. War das nicht immer so? Frauen räumten hinter ihren spielenden Söhnen her, kühlten Beulen und verbanden Schrammen, bis die Kerle groß und stark waren und vorbereitet auf das große Spiel. Das Spiel, das angeblich echte Männer aus ihnen machte.

Oder Krüppel. Oder Leichen. Oder lallende Wracks.

Jedenfalls sind es die Frauen, die die Folgen tragen, dachte Erika, während sie ihr Brot kaute und mit kleinen Schlucken aus ihrer Wasserflasche herunterspülte. Arbeit war sie seit früher Jugend gewohnt, aber dass sie noch einmal derart hart würde arbeiten müssen, hätte sie sich nicht träumen lassen. Ihren Armen schien das zu bekommen, sie fühlten sich straff und muskulös an. Ihr Bauch aber war unweiblich flach wie noch nie zuvor, und ihre Beine schmerzten jeden Morgen dermaßen, dass sie kaum die Treppe hinunterkam. An die Folgen dieser Schufterei für ihren Rücken mochte sie gar nicht denken.

Jemand stupste sie an der Schulter, und als sie aufblickte, hielt ihr eine alte Frau einen Napf mit einer dampfenden Pampe hin. Ein zahnloses Lächeln zerteilte kurz ein wettergegerbtes, ledrig-rissiges Gesicht, dann ging die Frau mit ihrem Kessel auch schon schaukelnd weiter. Dankbar schnupperte Erika an der weißgrauen, dickflüssigen Masse. Graupensuppe. Früher hatte sie die nie gemocht. Kälberzähne! Aber jetzt störte es sie nicht einmal, dass sie keinen

Löffel hatte. Gierig schlürfte sie die sämige Masse direkt aus dem Blechnapf.

Nein, überlegte sie weiter, es waren wirklich nicht die Verursacher, die für die Folgen des Wahnsinns aufkommen mussten. Und diese Ungerechtigkeit betraf durchaus nicht allein die Frauen, nicht einmal in erster Linie. Hatten die den Nazis damals nicht ebenso fanatisch-blind zugejubelt wie die Mehrheit der Männer? Hatten sie sich nicht willig an den Herd, ins Ehebett und an die Wiege schicken lassen, als der braune Staat das so haben wollte? Später dann, als so viele Männer im Feld waren, hatte das alles plötzlich nicht mehr gegolten. Da waren die Frauen auf einmal die Reservearmee, die man in die Fabriken schicken konnte, Granaten drehen, mit denen dann Männer auf Männer schossen. Von wegen »unweiblich«! Heute schwarz, morgen weiß, heute war das eine wahr und morgen das Gegenteil – immer hatten alle brav genickt. Na ja, fast alle. Jetzt standen sie hier und klopften Steine, Weib hin, Mutter her. Geschah ihnen das nicht vielleicht doch recht?

Und sie selbst? Geschah ihr das etwa ebenso recht? Vielleicht, erwog Erika, während sie den Rest aus ihrem Napf schleckte, so weit ihre Zunge reichte. Schließlich hatte auch sie allzu lange den Mund gehalten. Genau genommen die ganze Zeit, auch als ihr nach Schreien gewesen war. Ja, doch, es geschah ihr wohl recht.

Aber die anderen! Diese Nazis und Nazissen, diese Heil-Schreier und Armhochreißer, diese Parolenbeter und Nachbarnverpetzer, diese … dieses Dreckspack! Was war mit denen? Sollten sie nicht jetzt die Gefängnisse füllen? Oder sollten sie nicht hier stehen, die Füße im Schutt, den schmerzenden Rücken gebeugt, um wenigstens ein bisschen von dem wiedergutzumachen, was sie alle zusammen verbrochen hatten? Wenn sie dafür schon nicht allesamt am Galgen baumelten?

Erika blickte sich um; dafür reichte die Kraft inzwischen wieder. Ein deutliches Zeichen, dass die Pause schon bald um sein würde. Ob eine dieser Frauen wohl eine Gauleitersgattin gewesen war? Eine BDM-Führerin? Ehefrau eines Gruppenleiters? Aussehen taten sie allesamt nicht so, entschied Erika. Obwohl, wissen konnte sie es nicht, schon gar nicht hier in Emden, wohin es sie zur Arbeit verschlagen hatte und wo sie kaum jemanden kannte. Hier haben die alliierten Bomber im September 1944 für reichlich Arbeit gesorgt, dachte sie bitter. Kaum ein Haus war verschont geblieben. Und doch, verglichen mit dem, was Städten wie Hamburg oder Dresden widerfahren war, konnte Ostfriesland im Nachhinein noch von Glück reden.

Sicher, hier in Emden kannte sie niemanden außer ihren direkten Arbeitskolleginnen und dem vierschrötigen Burschen, der ihr jeden Tag die geleisteten Stunden quittierte und sie dabei aus verkniffenen Schweinsäuglein dreist beglotzte. Hier nicht. Wohl aber zu Hause in Jemgum. Dort waren sie alle noch da, alle. All die Parteibonzen und die Goldfasane, die Hakenkreuz-Bonbon-Träger, die Prügler und Denunzianten, die Überläufer und die Hundertzehnprozentigen, die Schreihälse und die Duckmäuser. Gewiss, der eine oder andere war für ein Weilchen abgetaucht gewesen, andere hielten den Schwanz eingekniffen und den Kopf unten. Aber das begann sich bereits zu ändern. Sie merkten schon, dass es ihnen nicht ans Leder ging, dass die Sieger sie brauchten, um das Land funktionsfähig zu halten. In Nürnberg wurden ein paar Schauprozesse vorbereitet, dort sollten einige der höheren Ränge abgeurteilt werden, darunter der fette Göring, der im Heroinrausch wirklich geglaubt hatte, man werde ihn als Regierungsvertreter, als Verhandlungspartner akzeptieren. Dass er sich da mächtig geschnitten hatte, dass er am Ende wohl baumeln würde, war eine kleine Genugtuung. Bloß hatte Erika das Gefühl, dass es wohl auch genau so gedacht war. Und dass es bei dieser kleinen Genugtuung bleiben würde.

»So, genug gefaulenzt jetzt. Hoch mit euch, weiter geht's! Die Schüsseln hier vorne abstellen. Hopp, schwingt die Keulen!« Die Vorarbeiterinnen nahmen kein Blatt vor den Mund, wenn es galt, die Kolonnen anzutreiben. Einige hatte

Übung darin, das merkte man deutlich. Als was die wohl früher gearbeitet hatten? Als Kindergärtnerinnen wohl kaum. Man hörte so einiges von den Konzentrationslagern, vor allem von denen im Osten, nach wie vor hinter vorgehaltener Hand. Von Todesmärschen war die Rede, auf denen geschwächte KZ-Insassen angetrieben worden waren, bis sie leblos zusammenbrachen. Oder man hatte sie in Häuser gesperrt, selbst Kirchen, und die dann angezündet. Andere waren in Wehrmachtsuniformen gesteckt und den russischen Truppen entgegengetrieben worden. Alles, um Spuren zu verwischen, um die Beweise und Zeugen für den gigantischen Massenmord, der da verübt worden war, zu tilgen und zu vernichten. Ganz war das nicht gelungen. Aber die meisten, die sich an den Untaten beteiligt hatten, die KZ-Schergen, Männer wie Frauen, waren den Siegern durch die Maschen geflutscht. Erika hatte das deutliche Gefühl, dass viele von ihnen inzwischen neue Arbeit gefunden hatten. Einige davon hier.

Draußen, außerhalb ihres kleinen Atriums aus Steinstapeln und Schuttwällen, dröhnten Lastautos vorbei. Erika brauchte gar nicht hinzusehen, um zu wissen, dass es ein Militärkonvoi war. Besatzer. Warum nannte keiner diese Männer Befreier? Waren sie denn nicht genau das? Klar, Befreier auf Befehl, nicht aus eigenem Antrieb, aber immerhin, sie hatten das getan, wozu die Deutschen aus eigener Kraft nicht fähig gewesen waren. Und sie hatten, jedenfalls soweit es die Engländer und Kanadier betraf, nicht einmal großartig Rache genommen für die von den Nazis initiierten Gräuel. Warum also verhielten sich die Ostfriesen ihnen gegenüber nicht wie Befreite, sondern wie Besiegte?

Schlechtes Gewissen, was sonst. Mitschuldbewusstsein. Was natürlich keiner offen eingestand. Man verdrängte es, schob es beiseite, verleugnete alles, was in diese Richtung ging. Aber empfinden tat man es dennoch. Das war doch krank, fand Erika. So viel inwendige Verlogenheit konnte doch nicht gut sein für die geistige Gesundheit dieses Volkes. Irgendwann würde sich das rächen, da war sie sich sicher.

Rache. Tja, die Russen hatten sich die ihre wohl genommen, nach allem, was man hörte. »Uhri, Uhri!« und »Komm her, Frau, komm!« Schrecklich, schlimm, barbarisch. Aber wenigstens nur von kurzer Dauer, dann hatten die Offiziere auf Befehl von oben dem widerlichen Treiben ein Ende gemacht. Was war das schon gegen all die Jahre, die Russen, Polen und vor allem die Juden unter deutscher Willkürherrschaft gelitten hatten?

Was wäre wohl, wenn ich das jetzt und hier laut aussprechen würde, dachte sie, während sie sich stöhnend von ihrem steinernen Sitz erhob. Würden die anderen mich steinigen? Mich in der Luft zerreißen? Vielleicht nicht. Aber ich bin auch nicht scharf darauf, es herauszufinden.

Jenseits der Schutthaufen ertönten Männerstimmen; einer der Lkw hatte wohl angehalten. Vielleicht wurde mal wieder eifrig getauscht. Die meisten Städter hatten ja nicht mehr viel anzubieten. Silber, Leinen, Schmuck und andere Wertgegenstände hatten sie längst zu den Bauern getragen, um ein wenig Speck, Wurst oder Schmalz zu ergattern. Die Bauern waren die Herren der aktuellen Lage, und genauso benahmen sich viele von ihnen auch. Erika hatte ihre Erfahrungen gemacht. »Dieses Pack ist so gierig, die sind nicht eher zufrieden, als bis sie Teppiche im Schweinestall liegen haben!«, hatte sie nach ihrer ersten und einzigen Hamstertour geschimpft. Oma, der es damals noch besser gegangen war, hatte nur gelächelt. Sie hatte ihr Eingemachtes gerade noch rechtzeitig im Garten vergraben, und immer, wenn der Hunger gar zu groß wurde, gab sie eines ihrer Verstecke preis.

Hoffentlich wird sie nicht noch so tüdelig, dass sie die letzten Verstecke vergisst, dachte Erika. Ein Gedanke, über den sie erschrak. War sie denn auch schon so abgestumpft, dass sie mehr ans Fressen dachte als an ihre Oma? Immerhin hatte sie noch Skrupel. Wenigstens etwas.

Diese Engländer gingen einfach nicht weg. Liefen die dunklen Geschäfte doch so gut? Immerhin gab es hier viele Frauen, auch junge. »Frauleins« waren beliebt bei den Besatzern, und die Herrenrassenfrauen ließen sich meist auch nicht lange bitten. Kaffee, Zigaretten, Brot und Dosenfleisch – alles für ein bisschen Beine-breit-Machen. Erika hatte durchaus Verständnis für die Mädels, die das überwiegend Angenehme mit dem Nützlichen verbanden. Wem schadeten sie denn damit? Viele, die sich heute das Maul über solchen »Sittenverfall« zerrissen, hatten früher ganz andere Sachen getrieben.

Erika stellte sich vor, wie sie jetzt dort hinüberging, hinter den Schuttwall, dorthin, wo der Lkw-Diesel im Leerlauf bullerte. Wie sie sich den Männern näherte, sich einen hübschen herauspickte, einen jungen, am besten einen Offizier, sie kannte sich aus in englischen und kanadischen Uniformen und Rangabzeichen, das brachte die Zeit so mit sich. »Hello, Sir! How are you today?« Sie konnte besser Englisch radebrechen als die meisten hier, und besser aussehen als die meisten tat sie auch, selbst wenn sie momentan zerlumpt und staubbedeckt herumlief. Das war nur eine Sache von ein paar Handgriffen und etwas Vorbereitung. Bestimmt konnte auch sie so einen Vorratsschrank auf zwei Beinen abschleppen. Leicht.

Warum tat sie es nicht? Sie musste ja auf niemanden mehr Rücksicht nehmen.

Die Erinnerung an den Tag, als die Nachricht gekommen war, steckte ihr immer noch mitten im Hirn wie ein schwärender Splitter, der alles um sich herum zu formlosem Brei zermantscht hatte. Am Morgen dieses Tages, einem Freitag, hatte ihr Chef ihr eröffnet, dass er sie entlassen müsse, und zwar unverzüglich. Es gab kaum noch Textilien zu verkaufen, das meiste lief über Bezugsscheine, der Umsatz war eingebrochen, das restliche bisschen Geschäft könnten seine Frau und er alleine abwickeln. Vielen Dank, man sieht sich, vielleicht. Schon das war ein Tiefschlag gewesen. Sie hatte sofort ihre Sachen gepackt; ihre Zimmerwirtin, durch ihre unüblich frühe Rückkehr alarmiert, hatte ihr packen geholfen und auf ihre Frage nach der Kündigungsfrist nur abgewinkt. Ein Bauernfuhrwerk hatte sie mit nach Jemgum genommen. Und noch ehe sie ihrer Mutter alles erklärt hatte, war der Bürgermeister gekommen.

Der Bürgermeister verteilte im Krieg traditionell die amtlichen Schreiben, in denen Mitteilung über gefallene oder vermisste Soldaten gemacht wurde. Viele Dorfbewohner, vor allem Frauen, standen damals hinter der Gardine, wenn der Todesbote seine Runde machte, bebend vor Angst, ob er diesmal auf ihre Haustür zusteuern würde, und erleichtert aufseufzend, wenn er vorbeigelaufen war, ohne anzuklopfen. Erika erinnerte sich noch genau, wie ihre Mutter zusammengezuckt war, als es bei ihnen gepocht hatte und die Nachricht über ihren Vater kam. Der Umschlag enthielt einen gelblichen Vordruck, ausgefüllt mit dicker, flüchtig wirkender Tintenschrift. Es gab sehr viel auszufüllen in dieser Zeit. Der Adler mit dem Hakenkreuz schien seinen Schnabel höhnisch zu recken.

Seither hatte Erika nicht mehr an den Todesboten gedacht, und so löste das Klopfen nichts als Neugier in ihr aus. Auch als sie sah, wer da vor der Haustür stand, erschrak sie noch nicht. Vielleicht, weil der Bürgermeister keinen Umschlag in der Hand trug. Den hatte er bereits bei Stinus' Eltern abgegeben. Erika hatte als Unverheiratete ja gar keinen Anspruch auf eine amtliche Benachrichtigung. Im Dorf aber wusste mittlerweile jeder, dass ihre Hochzeit für nach dem Krieg fest geplant war; Stinus war in Jemgum bekannt wie ein bunter Hund, und er hatte aus seinen Plänen kein Hehl gemacht. Also war der Bürgermeister auch zu ihr gekommen. Um ihr mitzuteilen, dass Stinus als vermisst galt. Und dass es wenig Grund zur Hoffnung gab.

Im Sommer zuvor waren die Alliierten in Frankreich gelandet, in der Normandie. Nach der Katastrophe in Russland war damit praktisch jedem klar, dass dieser Krieg für Deutschland nicht mehr zu gewinnen war. Diese Ansicht zu äußern aber war lebensgefährlich, denn die Staats- und Parteiführung schien wild entschlossen, lieber das eigene Volk vollständig zu opfern, als die Möglichkeit einer Niederlage einzugestehen. Vermutlich, weil ihre Hände so voller Blut waren, hoch bis über die Ellbogen, dachte Erika. Sie durften nicht auf Milde hoffen – also sollte es auch sonst keiner dürfen.

Der Widerstand der deutschen Wehrmacht und der Waffen-SS machte den Vormarsch der Invasionstruppen zu einer langwierigen und verlustreichen Angelegenheit. Entsprechend erbittert gingen die alliierten Soldaten vor. Stinus war inzwischen einer Einheit der Waffen-SS zugeteilt worden, ob freiwillig oder unfreiwillig, wusste niemand. Es hieß, ein amerikanisches Armeekorps hätte seinen Trupp am Fuß der Ardennen in einen Hinterhalt gelockt und unter Einsatz mehrerer schwerer Maschinengewehre, sogenannter Hitler-Sägen, deren Geschossgarben menschliche Körper zerfetzen konnten, fast aufgerieben, ehe sie selbst von schnellen Panzerfahrzeugen in der Flanke gefasst wurden. Bei dem anschließenden Gefecht habe es auf deutscher Seite keine Überlebenden gegeben. Sehr wahrscheinlich war das nicht; eher war anzunehmen, dass die Amerikaner nach ihrem mörderischen Blutzoll nicht in der Stimmung gewesen waren, Gefangene zu machen, schon gar keine in SS-Uniformen. Sie wussten ja, mit wem sie es zu tun hatten.

Es hatte eine Weile gedauert, ehe Erika die Tränen kamen; der Schock hatte sie erstarren lassen. Dann aber weinte sie lange und bitterlich.

Sie weinte für zwei. Um Stinus und um Fritz, denn von dem hatte sie seit seinem überraschenden Auftauchen in der dunklen Küche nichts mehr gehört oder gesehen. Der Erdboden schien ihn verschluckt zu haben. Mit größter Wahrscheinlichkeit wortwörtlich.

Also hatte Erika geweint. Um die Liebe ihres Lebens.

Seither lebte sie ihr Leben wie in Trance. Vermutlich hatte sie ähnlich unter Schock gestanden wie ihre Mutter nach dem Tod ihres Vaters, aber sie war es gewohnt, ihre Pflicht zu tun, unabhängig von den Umständen. Diese Gewohnheit wurde zu ihrem Stützkorsett, das sie aufrecht und in Bewegung hielt, ganz egal, wie es in ihrem Inneren aussah. Das Leben war nicht leicht, es stellte seine Ansprüche, und Erika tat ihr Bestes, sie zu erfüllen. So einfach konnte das sein, wo doch alle um sie herum darüber stöhnten, wie viel schwerer es geworden sei.

An ihre eigenen Bedürfnisse dachte Erika gewöhnlich nur, wenn sie mit denen anderer zusammenfielen. Sie aß, wenn die anderen aßen, und damit die das konnten, schaffte sie Essen heran. Und als sich ihr ein junger Bursche vorstellte, der freundlich war und auch recht stattlich, der ihr Komplimente machte und nach angemessener Zeit den Vorschlag, mit ihm zu schlafen, da hatte sie es getan. Gefühlt hatte sie wenig, weder Befriedigung dabei noch Scham hinterher. Es bedeutete ihr einfach nichts. Fritz war fort, Stinus war fort, sie konnte tun und lassen, was sie wollte. Schön. Aber was wollte sie? Wer immer das wusste – sie nicht.

So langsam sie und die anderen Frauen auch gingen, irgendwann langten sie doch wieder an ihren Arbeitsstellen an, und dann galt es, den schmerzenden Rücken wieder zu beugen, die strapazierten Arme zu strecken und mit wunden Händen nach Steinen zu greifen, die von Stunde zu Stunde schwerer zu werden schienen. Wenn es doch nur Wunder gäbe, dachte Erika, ich würde Gott um eines bitten, das mir diese Schinderei erspart! Wenn es doch nur einen Gott gäbe, den ich bitten könnte. Aber darüber war sie hinaus. Glaube war Wunschdenken, und sie war kein Kind mehr. Manchmal bedauerte sie das.

Als sie sich bücken wollte, fiel ein Schatten auf ihre Hände und den Schutt, nach dem sie griffen. Als sie hochschaute, stand da eine Silhouette zwischen ihr und der Sonne, breit und stämmig, ein kräftiger Mann in einer englischen Uniform, dessen Gesicht von einem Mützenschirm beschattet wurde und unkenntlich war. Lass es ihn sein, dachte sie in verzweifelter Hoffnung, die sie selber lächerlich fand, bloß nicht zum Lachen. Lass es ihn sein! Und dann setzte sie noch hinzu: Einen von ihnen.

Der Mann trat auf sie zu, schob sich die Mütze aus der Stirn und drückte sie an sich. Sein Mund suchte den ihren, seine Lippen schmeckten nach Staub und Rauch und Graupensuppe, schmeckten süß, so unglaublich süß. Ein langer Kuss, der den Eispanzer schmolz, der sich zwischen ihr und der Welt gebildet hatte, der durch die Taubheit drang, die sie umgab wie ein Kokon. Ein Kuss wie der lange ersehnte erste Trunk eines Verdurstenden.

Ihre Finger gruben sich in seine Haare. Seine Mütze purzelte ihm vom Kopf. Sie lösten sich voneinander, und Erika schaute in sein Gesicht. In das Gesicht von Fritz.

Danke, dachte sie.

35.

Kaum saß Stahnke wieder auf seinem Fahrrad, da fiel ihm das zweite Fundstück ein, das er aus Hamburg mitgebracht hatte. Die Quittung über ein Paar Sportschuhe. Trekking-Sandalen. War Trekking nicht bloß ein Modewort für Wandern? Der Hauptkommissar hatte selbst ein Paar Wandersandalen zu Hause stehen, klobige Dinger mit dicken Riemen, Klettverschlüssen und einem Profil, das Straßendreck jeder Art magisch anzog. Solches Schuhwerk hatte man in dem Wohnmobil nicht gefunden und bei dem Toten schon gar nicht. Diese quittierten Sandalen waren fast neu; wie genau sahen sie aus? Längst hätte er sich darum kümmern müssen. Da drohte doch schon ein neuer Anpfiff von de Beer!

Der Zufall wies ihm einen Ausweg. Der direkte Weg zurück zur Polizeiinspektion in der Georgstraße führte ihn durch die Innenstadt; der Fußgängerzone wich er gewöhnlich nach rechts aus, über den Marktplatz Richtung Hafen. Oft genug fuhr er anschließend die Promenade entlang, was zwar illegal war, sein Gewissen aber kaum belastete. Diesmal nahm er die neue Fußgängerbrücke, die sich quer über den Freizeithafen spannte, hinüber zur Halbinsel Nesse, wo die neuen, teuren Häuser standen. Neben hochklassigen Wohnungen gab es dort auch ein paar Restaurants und Geschäfte. Eins davon steuerte er an. Es lag nur ein paar Türen vom Schauplatz des jüngsten Brandanschlags entfernt.

Edzard Wirtjes stand persönlich hinter dem Tresen seines Sportartikelgeschäfts, asketisch hager und sehnig, komplett reduziert auf den Ausdaueraspekt seines Athletenkörpers. Ähnlich reduziert fiel seine Begrüßung aus. Wirtjes' stoische Wortkargheit schien den Namen seiner beiden *Spaß-mit-Sport*-Läden ad absurdum zu führen. Wenn es jedoch um Langlauf oder Triathlon ging, dann konnte er auch ganz anders.

Wortlos reichte Stahnke das Plastiktütchen mit der Quittung über den Kassentisch. Wirtjes runzelte die Stirn, warf einen Blick darauf. »*Vibram new Balance*«, sagte er. »*H-2-Flow*, aha. Jetzt willst du's aber wissen, was?«

Stahnke und der Leeraner Ausdauer-Papst kannten sich seit Jahren, nicht erst, seit Wirtjes die Ausrichtung des alljährlichen Ossiloops übernommen hatte, jenes traditionsreichen Sechs-Etappen-Laufs quer durch Ostfriesland, bei dem Stahnke und seine Mordspezialisten auch schon einmal hatten ermitteln müssen. Wirtjes verfolgte Stahnkes periodische Bemühungen, seine Körperfülle in Grenzen und Form zu halten, mit freundlichem Spott. Der Hauptkommissar pflegte sich dann mit der von Bertolt Brecht abgeguckten Bemerkung, dass in einem ganz gesunden Körper nie ein gesunder Geist wohne, zu revanchieren.

»Wie meinst du das denn?«, fragte Stahnke zurück.

Wirtjes griente. »Guck dir die Dinger doch mal an«, erwiderte er. »Ich hab welche da.«

Auf den ersten Blick schienen diese *Vibrams* eher für den Weltraum als für den Wanderweg geeignet zu sein – wären da nicht die vielen Löcher gewesen. Von der Form her erinnerten die Schuhe eher an Sneakers als an Sandalen, von der Farbe eher an grelles Disco-Equipment als an Sportausrüstung. Oberhalb der Sohle waren längliche Lüftungsschlitze angeordnet, eingebettet in orangefarbenes Hartplastik. Ein Gummizug hielt den Schuh am Knöchel, die Kreuzverschnürung am Spann schien reine Dekoration zu sein. Die Innensohle war rutschhemmend geriffelt, die Hacke gepolstert. Alles in allem schienen diese Schuhe aus einem Dutzend verschiedener Materialien gefertigt zu sein.

»Diese Dinger sind es?«, fragte Stahnke. »Bist du sicher?«

Wirtjes zuckte nur die Achseln. Natürlich war er sich sicher.

»Sind die nicht eher was für junge Leute?«

»Tja, einerseits schon. Sehen schön hipp aus, nicht? Andererseits kosten diese Schuhe über siebzig Euro. Für junge Leute ziemlich teuer. Außer, die Eltern zahlen.«

»Siebzig Euro!« Stahnke wog einen der Schuhe in der Hand, strich über die Gitterstruktur der Spannabdeckung, zupfte an den verstärkten Nähten rund um die Aussparungen, die die

Bezeichnung »Sandale« annähernd rechtfertigten. »Warum sind die so teuer? Sind die das Geld überhaupt wert?«

Wirtjes griff sich den anderen Schuh. »Und ob! Die sind federleicht, das musst du doch merken. Erstklassiges Kunstfaserprodukt, atmungsaktiv. Und astrein verarbeitet. Von solchen Schuhen hat man lange etwas, auch wenn man sie stark strapaziert.« Er fasste den Hauptkommissar schärfer ins Auge und zog die linke Braue hoch: »Was willst du überhaupt damit? Auf dem Fahrrad braucht man so was nicht. Und zum Bierholen tun es doch auch deine alten Schlappen.«

»Wein holen, bitte, ja? Mal eben auf die Feinheiten achten.« Stahnke knuffte den Langläufer in die mageren Rippen. »Außerdem denke ich gar nicht daran, mir solche Papageienschuhe zu kaufen. Bin doch kein geschmacksgestörter Profifußballer! Ich recherchiere hier lediglich für einen aktuellen Kriminalfall.«

»So! Und mich missbrauchst du wohl als kostenlosen Gutachter.«

»Wenn du es so sehen willst. Jeder, wie er mag.« Stahnke gab Wirtjes den Schuh zurück. »Verkaufst du viele davon?«

»Eher nicht. Sind vom Einsatzbereich her zu speziell. Etwas für Wanderer eben. Meine Kunden sind in erster Linie Läufer. In Laufschuhen kann man eher auch mal wandern als umgekehrt.«

»Verstehe.« Stahnke tippte sich an eine imaginäre Mütze. »Danke. Man sieht sich. Spätestens beim nächsten Ossiloop.«

»Fährst du wieder mit dem Fahrrad vornweg?« Wirtjes griente wieder. »Falls du doch laufen willst, sag vorher Bescheid. Dann lassen wir dich eine halbe Stunde früher starten. Das machen wir gelegentlich für Senioren. Sonst müssen nachher bei der Zeitnahme alle Überstunden machen.«

»Und du mich auch!« Freundlich winkend verließ Stahnke den Laden. Während er sein Fahrrad aufschloss, schmunzelte er immer noch. Dieser zähe Knochen hatte gut spotten! Andererseits lebte er ja vor, wie es ging, das gab ihm ein gewisses Recht dazu.

Als er sich in den Sattel schwang, sah er aus den Augenwinkeln einen jungen Mann über die Fußgängerbrücke joggen. Buntes Schuhwerk wirbelte leuchtend an seinen Füßen. Waren das nicht genau die Schuhe, die er gerade in der Hand gehalten hatte? Offenbar waren sie doch verbreiteter, als Wirtjes dachte. Und sie wurden sehr wohl auch von jungen Menschen getragen.

So, dachte der Hauptkommissar, die Hausaufgaben waren gemacht, wenn de Beer jetzt noch meckerte, dann war das sein Problem. Höchste Zeit, mit Kramer die nächsten Schritte zu besprechen.

Die führten auf jeden Fall nach Jemgum.

36.

Ein leises Ratschen. Ein Streichholz flammte auf. Fritz steckte sich eine Zigarette an, eine von seinen Chesterfields. Der Gegenwert eines Hühnereis geht jetzt in Rauch auf, dachte Erika. Ein bloßer Gedankenreflex, der nichts in ihr auslöste. Alle Aufmerksamkeit galt dem Gesicht, das da für ein paar Momente der Dunkelheit entrissen wurde, diesem starken, kühn gezeichneten Gesicht, dem muskulösen Hals, der breiten, nackten Brust, der glänzenden Haut. Fritz nahm einen tiefen Zug, dann löschte er die Flamme mit der ausgestoßenen Rauchwolke. Erika hörte das abgebrannte Hölzchen auf die Dielen klickern, dann glühte die Zigarette erneut auf, lange und so hell, dass sie die Konturen ihrer beider Körper, die nebeneinander auf dem Laken ruhten, erschöpft und entspannt, in diesem Licht gut erkennen konnte. Fritz rauchte gierig, durstig, ausgehungert. Genauso hatten sie sich gerade geliebt.

»Auch einen Zug?«, fragte er. Sie nickte, und er langte herüber, legte ihr seine Hand vorsichtig ans Kinn, hielt ihr die Zigarette an die Lippen. Das Ende war feucht, Tabakfasern fusselten daraus hervor. Es störte sie nicht. Sie zog, füllte ihren Mund mit Rauch, ließ ihn durch die Nase wieder herausquellen. Rauchen gab ihr nichts, das hatte sie früher schon erprobt, als Zigaretten noch keine Währung gewesen waren. Sie tat es trotzdem, weil sie es zusammen taten. Ein angemessenes Zwischenspiel.

Er zog die Hand mit der Zigarette weg, wälzte sich zu ihr herum, küsste sie. Salzig, feucht, eine Assoziation von Räucherschinken. Sie musste lachen, er lachte mit, sie küsste in sein offenes Lachen hinein. Zähne, Zunge, wildes Begehren, keine Hemmungen mehr. Warum auch, für wen denn! Er löste sich noch einen Moment von ihr, tastete mit der Kippe nach der Untertasse, dann rollte er sich zurück, auf und über sie, nahm sie in die Arme, nahm sie, wie sie es wollte. Sie lauschte ihrem eigenen Stöhnen, dem Widerhall ihrer Schreie von der Dachschräge. Im Erdgeschoss unten lag ihre Großmutter im Bett, kraftlos, mutlos. Konnte sie sie hören? Sie wollte sie nicht beunruhigen. Aber sie wollte sich auch nicht zurückhalten. Nicht mehr.

Die Wärme stand unter dem Dach, es war schon wieder September, ein warmer diesmal, vielleicht konnte sie ihren Geburtstag endlich doch draußen feiern. Es gab ja etwas zu feiern und nichts zu verbergen. Solche Gedanken gingen ihr durch den Kopf, während Fritz' Gesicht über ihrem schwebte, seine schweißnasse Haut auf ihrer rieb und eine heiße Welle nach der anderen durch sie hindurchlief. Es dauerte länger als beim ersten Mal, viel länger, und jede Sekunde schien sich ihre Lust, schien sich ihr Glück zu verdoppeln.

Nachher wollte sie ihn noch halten, wollte noch ein bisschen unter ihm versteckt, unter seinem Körper begraben sein. Er aber lachte nur und löste sich keuchend. »Viel zu heiß jetzt, Mädchen!«, ächzte er. »Aber keine Angst, dazu kommen wir auch noch. Die Nacht ist ja noch lang.« Er zündete sich noch eine Zigarette an, und Erika genoss den bereits vertraut werdenden Anblick. »Und wir haben noch so viele Nächte vor uns«, fügte er hinzu.

Auch ihr wurde jetzt heiß. Ein Versprechen! Nichts anderes war das gewesen. Keine leeren Worte. Denn dass Fritz in dieser Hinsicht noch ganz der Alte war, glaubte sie nach den paar Stunden mit ihm schon sagen zu können. Ein Versprechen also, das ihre gemeinsame Zukunft betraf.

Dann wurde ihr kalt.

Solch ein Versprechen, ernst gemeint und ernst genommen, war für sie eng mit dem Tod verknüpft. Auch sie hatte einmal solch ein Versprechen gegeben. War dieses Versprechen inzwischen mit Stinus gestorben? Es konnte nicht anders sein.

»Ja«, sagte sie und tastete nach seiner Brust, fuhr mit den Fingerspitzen die Konturen seiner Muskeln und seines Rippenbogens ab. »Wir werden noch so viele gemeinsame Nächte haben.«

Seine Hand streifte ihre, seine Finger tasteten sich ihren Arm entlang, fanden ihren Körper, ihren Bauch, ihre Brust.

Sie schnappte nach Luft, als Daumen und Zeigefinger sich um ihre Brustwarze schlossen und sie sachte und zärtlich drückten und rieben. So viel herrliche Schamlosigkeit, so viel Lust, hoch willkommene Lust! Fast war sie enttäuscht, als er wieder losließ. Aber er hatte ja recht. So viele Nächte, gemeinsame Nächte würden sie noch haben.

Und diese war ja noch längst nicht vorbei.

»Wie bist du denn überhaupt zu den Engländern gekommen?«, fragte sie. Bisher hatte sie zu dieser Frage noch keine Gelegenheit gefunden. In Emden zwischen den Trümmern nicht, auch nicht in der Kabine des Lasters, eingekeilt zwischen Fritz und zwei neugierigen englischen Soldaten, und schon gar nicht auf dem Weg in die Dachkammer von Omas Haus, wo sie sich ungeduldig und gierig gegenseitig die Kleider vom Leib gezerrt hatten.

Fritz wälzte sich ganz zu ihr herum, bis sein Mund so dicht an ihrem Ohr war, dass die kleinen Flaumhärchen in seinem Atemstrom vibrierten. »Zwei Nächte, nachdem ich bei dir war, hat uns vor der holländischen Küste die Flaute bei Ebbe erwischt«, erzählte er. »Der Diesel sprang nicht an, der Anker war unklar, und als das Ding endlich aus der Klüse war, wollte es erst nicht greifen, und wir trieben mit dem Ebbstrom durchs Seegatt. Irgendwann kam die Ankertrosse dann mit einem Ruck steif – und war im nächsten Augenblick gebrochen. Steine oder ein Wrackteil, wer weiß. Jedenfalls dümpelten wir hilflos immer weiter von der Küste weg. Nach Mitternacht kam auch noch Nebel dazu. War schon gespenstisch.«

Sein Atem wurde wärmer, und plötzlich spürte sie seine Zungenspitze in ihrer Ohrmuschel. Es fühlte sich an wie kleine, ganz leichte elektrische Schläge, und ihr Körper reagierte sofort.

»Als der Strom dann kenterte, kam endlich wieder Wind auf«, fuhr er fort. »Auflandiger Wind, und wir setzten gerade Segel, als der Nebel auf einmal weg war – das kannst du dir nicht vorstellen, wie eine Theaterkulisse, die zur Seite gezogen wird! Und quer vor unserem Bug lag ein langer, schwarzer Schatten. Zu hoch für ein U-Boot. Wir standen da wie versteinert, alle Mann, die Fallen in der Hand. Dann wurden wir angemorst, mit einem Scheinwerfer. In der Aufregung schaffte es keiner, die Zeichen abzulesen. Der Skipper sagte nur: ›Bloß wieder runter mit den Lappen, ehe die ballern! Und dann Gott befohlen.‹ Wir haben die Taue losgelassen, und die Segel kamen an Deck gerauscht. Anschließend haben wir einfach nur gewartet, was kommt.«

»Und was kam?«

»Die Tommies. Es war ein englisches Vorpostenboot. Hatte sich in der Nacht unter die Küste gepirscht, um Vorerkundungen für eine Sabotage-Aktion zu machen. Schleusentore zerstören und so, kriegswichtige Anlagen lahmlegen. Waren aber nicht dicht genug herangekommen. Weiß bis heute nicht, wohin sie eigentlich wollten, nach Den Helder jedenfalls nicht, das wäre wohl das lohnendste Ziel gewesen. Wollten sie aber nicht sagen, klar. Haben überhaupt nicht viel gesagt, sondern uns eingesackt und mitgenommen. Die Tjalk wurde versenkt. Seeventil mit der Axt abgeschlagen, einfach so. Der Skipper war so sauer, Mann, der hat sich aufgeführt wie Rumpelstilzchen. Fast hätten sie ihn hinterhergeschmissen.«

Sie lachten beide über die Vorstellung eines tobenden Segelschiffskapitäns. Aus sicherer Distanz konnte man das lustig finden, dachte Erika, auch wenn es da um eine Existenz gegangen war. Wie viele solche Existenzen mochte dieser verfluchte Krieg wohl vernichtet haben?

»Wir wurden interniert«, fuhr Fritz fort. »Praktisch waren wir Kriegsgefangene. Schwarze Augenbinden und so, andauernder Ortswechsel, endlose Verhöre. Natürlich habe ich sofort alles erzählt, was ich wusste, fünf- oder sechsmal. Zum Glück waren die Engländer ziemlich schnell überzeugt, dass wir keine Spione waren. Danach wurden die Verhöre weniger, dafür wurden wir getrennt. Die anderen habe ich bisher noch nicht wiedergesehen. Schätze aber, es geht ihnen gut.«

Erika streichelte seinen Kopf, vergrub ihre Finger in seinen Locken. »Du warst aber doch in englischer Uniform. Wie kam denn das?«

»Freiwillig gemeldet«, erwiderte er. »Diese Herumhängerei im Lager ging mir furchtbar auf den Geist. Wusste ja nicht, wie lange der Krieg noch dauern würde. Außerdem …« Er zögerte einen Augenblick, fuhr dann fort: »Ich wollte etwas tun. Gegen Nazideutschland. Ich konnte es doch nicht ganz und gar den anderen überlassen, uns von dieser Pest zu befreien, verstehst du? Ich wollte dabei sein, mit einer Waffe in der Hand! Und das war ich dann ja auch.«

Sie hörte nicht auf, seinen Kopf zu streicheln. »Sie haben dir vertraut? Sonst sollen die Engländer doch immer so misstrauisch gewesen sein. Es gab ja auch viele angebliche Überläufer, die in Wahrheit Spione waren.«

»Stimmt schon. Aber für mich sprach, dass ich Jude bin. Und aus einem KZ entflohen war.« Er lachte leise: »Beides konnte ich beweisen.«

»Beweisen? Wie denn?«

»Das weißt du nicht?« Er lachte wieder. »Denk doch an die tätowierte Nummer auf meinem Arm! Das war Beweis Nummer zwei. Und Beweis Nummer eins … sag mal, weißt du das wirklich nicht?«

Längst war es ihr wieder eingefallen, hatte sie ihre eigene Frage als naiv bedauert. Aber sie ließ es zu, dass er ihre Hand ergriff und sie über seinen Körper nach unten führte, an sein Glied, das sich unter dieser Berührung sofort wieder aufzurichten begann. Deutlich fühlte sie die glatte Eichel, erahnte die fehlende, bei der Beschneidung entfernte Vorhaut. Sie fühlte ihr Herz schneller schlagen, hörte seinen Atem lauter werden. Sie hob ihr Gesicht, und ihre Lippen fanden sich auch in der Dunkelheit sofort.

Als er sich erneut über sie schieben wollte, hielt sie ihn zurück, ohne ihren Kuss zu unterbrechen, drückte ihn zurück auf das Laken, presste ihre Hände auf seine Schultern, schwang sich rittlings auf ihn. Er ließ es geschehen, keuchte noch stärker, küsste sie noch intensiver. Alles Weitere geschah wie von alleine. Sie bäumte sich auf, schrie ihre Lust heraus, die Lust auf ein neues, auf ihr neues Leben, das genau in diesem Augenblick begann.

Danach schliefen sie wie tot.

Als Erika erwachte, war es draußen schon hell. Das Licht, das durch die Dachluke fiel, war noch grau, aber immerhin war es bereits September, also höchste Zeit aufzustehen. Fritz schlief noch fest, sein Atem ging tief und regelmäßig. Erika erhob sich leise, suchte ihre Sachen zusammen und überlegte, wie sie aus den wenigen Vorräten, über die ihre Großmutter verfügte, ein vernünftiges Frühstück zubereiten konnte. Außerdem musste sie natürlich dringend nach der alten Frau sehen. Bestimmt machte die sich schon Sorgen. Erikas Gewissen begann sich zu regen.

Sie war noch nicht ganz die Treppe hinuntergegangen, als es an der Tür klopfte. Der Schreck kam unwillkürlich; fast hätte sie die letzte Stufe verfehlt. Unwillig schüttelte sie den Kopf wie über eine schlechte Angewohnheit. Die Macht der Nationalsozialisten mochte noch nicht lange gebrochen, die Nazis selbst noch zu Millionen unter ihnen sein. Aber sie klopften nicht mehr morgens an Türen, um Menschen zu drangsalieren, zu holen, zu foltern und zu ermorden. Nein, nicht mehr. Und noch nicht wieder. Erika drehte den Schlüssel herum, der von innen im Türschloss steckte, und machte auf.

Draußen standen zwei alte Männer. Der eine davon war ihr Großvater.

»Erika?« Eine tastende Frage. Erkannte er sie etwa nicht? Dabei hatte *er* sich gar nicht so sehr verändert, ähnelte dem stattlichen Großvater, den sie von früher her kannte, sogar mehr als das fiebernde, hustende Wrack, das sie bei Nacht und Nebel auf der *Talina* eingeschifft hatten, jener Tjalk, die jetzt vor Holland auf dem Grund des Meeres lag. Ein paar Falten mehr, der Haarkranz weiß und noch dünner als früher, die Haltung ein wenig gebeugter, aber sonst – eindeutig. Wie sehr mochte *sie* sich verändert haben, dass er fragte!

Ehe sie antworten konnte, huschte etwas an ihr vorbei, ein Bausch aus weißen, offenen Haaren über einer Wolke aus feinem Leinen. Ihre Großmutter, die zuletzt kaum noch aufgestanden war, musste geahnt haben, wer da klopfte. Er hob die Hände, sie flog förmlich in seine Arme, in eine Umarmung, die für Jahre der Entbehrung entschädigen musste.

Erika stand daneben und fühlte sich überflüssig, fast fremd. Das Gefühl der Peinlichkeit, das sie nach der vergangenen Nacht ein für alle Mal überwunden glaubte, stellte sich wieder ein, und sie wusste nicht, wohin mit ihren Augen.

Dem anderen alten Mann schien es ähnlich zu gehen. Auch der schaute weder den Mann an, mit dem er gekommen war, noch dessen Frau, die ihn innig umschlungen hielt. Stattdessen ruhten seine Augen auf Erika. Sein Auge, genauer gesagt, denn der schmuddelige Verband, den er um den größten Teil seines Kopfes trug, ließ nur eines, das linke, frei. Dieser Verband schien seit Tagen nicht gewechselt worden zu sein; die Mullbinden hatten sich gelockert und waren mit Pflasterstreifen notdürftig fixiert worden. Dunkle Stellen zeigten an, dass sie bereits durchfeuchteten. Auch der rechte Arm des Alten war von oben bis unten verbunden. Seine Uniform war schwarz und sah – trotz fehlender Hoheits- und Rangabzeichen – stark nach Waffen-SS aus. Unter der linken Achsel hielt er eine hölzerne Krücke, auf die er sich schwer stützte. Dieser Mann gehörte ins Krankenhaus, entschied Erika, nirgendwo anders hin. Warum nur hatte ihr Großvater ihn mit hierher geschleppt?

Der Mann war kaum mittelgroß und sah furchtbar ausgemergelt aus. Hohle Wangen, tief liegendes Auge, ein dunkler Schatten darunter, fahle Gesichtshaut. Aber war er wirklich so alt, wie sie auf den ersten Blick gedacht hatte? Heutzutage sahen viele Männer alt aus, unglaublich alt, auch junge. Wenn sie gerade aus der Gefangenschaft zurückkamen oder aus dem Lazarett. Vielleicht traf das auch auf diesen Mann dort zu. Sein sichtbares Auge jedenfalls blitzte blau, und als er den Mund öffnete, sah sie ein anscheinend vollständiges Gebiss.

»Erika«, sagte der Mann mit heiserer Stimme. Nicht so unsicher wie zuvor ihr Großvater, aber ebenso tastend. Er schien sich nicht sicher zu sein, ob er willkommen war.

Und plötzlich hatte sie ihn erkannt. »Stinus?!« Sie schrie es laut heraus. »Stinus! Du lebst! Wir dachten doch alle …« Sie ging auf ihn zu, streckte die Hände aus, zögerte angesichts der Krücke und der Verbände. Schließlich legte sie ihre Arme vorsichtig um seinen Oberkörper und legte ihre linke Wange an seine. »Wir dachten, du wärst tot.«

»Das dachte ich auch«, raspelte Stinus, während er die Umarmung erwiderte, so gut es mit einem gesunden Arm eben ging. »Schädelschussbruch. Ich muss ausgesehen haben wie ein Schwein im Schlachthaus. Die Amis haben mich zu den anderen Leichen geworfen und sind weiter vorgestoßen. Mein Glück, dass noch ein weiterer Trupp hinterher kam, zum Aufräumen. Strafkompanie. Und noch mehr Glück, dass die einen Sani dabeihatten.«

»Ich habe ihn im Krankenhaus Sanderbusch aufgelesen«, sagte Erikas Großvater, der seine Umarmung gelockert, aber noch nicht gelöst hatte. Er strahlte zu ihnen herüber, ebenso wie seine Frau, die so fröhlich und gesund aussah wie seit Jahren nicht mehr. »Habe ihn nicht sofort erkannt. Das muss man sich mal vorstellen, meinen Lebensretter!« Jetzt machte er doch eine Hand los und strich Erika übers Haar. »Ihr seid beide meine Retter. Ihr und Oma und dieser andere Junge, wie hieß er noch?«

»Fritz«, sagten Erika und Stinus wie aus einem Mund. Er mit einem Ausdruck freundlicher Erinnerung auf dem Gesicht, sie mit plötzlichem Entsetzen. Dieses Entsetzen konnte sich gut auf den Anblick von Stinus beziehen, weshalb es niemanden verwunderte, aber das tat es nicht. Erika wusste schließlich, wer da oben im Bett lag.

»Nun kommt aber erst mal alle rein, wir müssen ja nicht hier draußen stehen, so warm ist es auch wieder nicht«, war Erikas Großmutter zu vernehmen. »Und ich hier im Nachthemd, up Unnerst, wenn mich einer sieht! Da werden sich die Nachbarn schön die Mäuler zerreißen.« Trotzdem drückte sie ihren heimgekehrten Mann noch einmal demonstrativ, ehe sie alle in den Flur lotste und die Tür hinter ihnen schloss.

Sie setzten sich alle in die Küche, wo noch Glut im Ofen war. Erika heizte an und setzte Wasser auf, während ihr Großvater in knappen Worten von seiner Internierung in England berichtete. Im Prinzip war es ihm nicht anders ergangen als Fritz, stellte Erika fest, nur eine freiwillige Meldung zur Armee war für ihn natürlich nicht in Betracht gekommen, allein schon wegen seines Alters. Sie ließ ihre Großmutter die Fragen stellen und enthielt sich jedes Kommentars.

Eine Notration Tee fand sich noch in einer kleinen Blechbüchse ganz hinten in der Besteckschublade, unter den nie benutzten Weihnachtsservietten, ebenso wie ein paar verstaubte Kluntjes. Erika zitterten die Hände, als sie die Porzellankanne heiß ausspülte. Was für ein feierlicher Moment, dachte sie.

Und was für ein Dilemma.

Ihr Großvater hatte nach Kriegsende lange auf eine Transportmöglichkeit warten müssen; Schiffsraum war begrenzt, und deutsche Internierte hatten verständlicherweise die unterste Priorität. Briefe hatte er zwar geschrieben und aufgegeben, angekommen aber war nichts. Als er schließlich eine Passage auf einem ehemaligen *Liberty*-Schiff bekam, das völlig überfüllt war, war er im Gedränge gestürzt und hatte sich eine Rippe angebrochen. Daher sein Aufenthalt in Sanderbusch, wo er von anderen deutschen Soldaten auch vom Tod seines Schwiegersohnes bei Stalingrad erfuhr, und letztlich sein Zusammentreffen mit Stinus.

»Eigentlich wollte ich ihn ja bei deiner Mutter abgeben«, sagte ihr Großvater, nachdem er genüsslich sein erstes Tässchen Tee geschlürft hatte. »Ich dachte natürlich, dass du dort wärst, Erika, daher sind wir zuerst dorthin gegangen. Aber da warst du ja nicht, und deine Mutter hat nur geweint, als sie mich gesehen hat.« Seine Miene wirkte verschlossen, als er das sagte, und seine Stimme klang distanziert und verwundert. Sicherlich hatte er von seiner eigenen Tochter eine andere Begrüßung erwartet. Erika aber wusste, dass ihre Mutter in ihrem Schmerz jedem anderen noch das kleinste Fünkchen Glück missgönnte. Selbst ihren Eltern. Und ihrer eigenen Tochter, setzte sie in Gedanken hinzu.

Wenig später musste Stinus zum Klo, was nicht einfach war mit seiner Krücke. Erika half ihm hinaus in den Stall, und als sie zurückkamen, gingen sie wie in stummer Verabredung nicht zu den anderen zurück, sondern in die Vorderküche. Ächzend sank Stinus in das weiche rote Plüschsofa. Sein Blick fiel auf das Schiffsmodell unter dem Glassturz, das selbst die schlechten Zeiten überdauert hatte, ohne zum Tauschobjekt zu werden, und als seine Augen weiterwanderten zu Erika, lag zum ersten Mal wieder ein mattes Strahlen auf seinem erschöpften Gesicht.

»Ich bin wieder da!«, sagte er. »Jetzt bin ich wirklich wieder zurück. Und du bist noch hier und hast auf mich gewartet. Das ist so schön, Erika, so herrlich. Wenn du wüsstest, wie oft ich in den letzten Jahren an dich gedacht, wie sehr ich dich vermisst habe! Jetzt wird alles wieder gut.« Er schob sich die verrutschten Mullbinden aus der Stirn; tatsächlich lag nur seine rechte Augenbraue mit unter dem eigentlichen Verband, seine Augen waren beide unverletzt. »Erika, ich liebe dich so sehr«, sagte er ohne jedes Pathos. »Jetzt werden wir heiraten, wie wir es uns versprochen haben, und wir werden glücklich sein. Keine Macht der Welt kann uns davon abhalten.«

Er zog sie zu sich herab, küsste sie, und sie ließ es geschehen, erwiderte seinen Kuss, obwohl ihr Herz in einem Schraubstock zu stecken schien. Die vergangene Nacht stand ihr klar vor Augen, in aller Deutlichkeit und allen Einzelheiten. Das neue Leben, die neue Liebe – keine Scham mehr, keine Peinlichkeit oder Reue, Freiheit und Lust und jeder Tag ein Abenteuer! Die neue Erika eben. Tja.

Aber hier war ein altes Versprechen.

Behutsam löste sie sich aus seinen Armen. »Muss schnell noch nach oben, etwas für Oma holen«, sagte sie und lächelte Stinus verschwörerisch an. Er lächelte ebenso zurück. Ein Lächeln wie ein kleines Stück ihres früheren Lebens.

Sie eilte die Treppe hinauf, keuchend und bebend. Noch schneller rasten ihre Gedanken, versuchten Worte zu finden, mit denen sie Fritz erklären konnte, was sich da Unvorhergesehenes ereignet hatte. Es wollte ihr nicht gelingen. Trotzdem stürmte sie weiter hinauf. Kneifen galt nicht. Wenn sie erst

Aug' in Aug' vor ihm stand, würden ihr die Worte schon einfallen.

Die Kammertür stand offen. Fritz musste von oben alles gehört haben. Er war fort. Auch alle seine Sachen waren weg. Kein Zettel, keine Nachricht, nichts.

Erika nickte. »Dann ist es das also«, murmelte sie und machte sich daran, die Treppe wieder hinabzusteigen.

37.

»Hier etwa verlief früher die Deichlinie«, sagte Friedrich Plöger und zeigte auf das Straßenpflaster vor seinen Füßen. »Hier?« Stahnke schaute ungläubig. Für sein Empfinden befanden sie sich mitten im Ort; das Deichschart und dahinter der Hafen waren ein ganzes Stück weit entfernt. »Dann muss sich hier aber so allerhand verändert haben.«

»Klar, hat es auch.« Plöger ging mit kleinen Schritten, die Hände auf den Rücken verschränkt, den Blick regelmäßig nach beiden Seiten schwenkend, wie um sich nur keine Veränderung entgehen zu lassen. Jeder Zoll ein Geschichtslehrer, fand Stahnke.

»Veränderungen waren ja auch nötig«, fuhr Plöger fort. »Der Deich bestand früher teilweise aus den Fronten der Häuser, die hier standen, und das reichte einfach nicht mehr. Das hat die große Sturmflut Ende Januar 1953 allen mehr als deutlich vor Augen geführt.«

»1953? Ich dachte, die war 1962.« Der Hauptkommissar freute sich über die Chance, das eigene Wissen zur Geltung zu bringen. »Damals stand doch Hamburg unter Wasser. Ein großer Schock für die gesamte Küste. Danach wurde mächtig in den Küstenschutz investiert.«

»Davor auch schon«, korrigierte Plöger. »Und ja, ich meine tatsächlich die große Hollandflut von 1953. Seinerzeit hatten unsere Nachbarn an die zweitausend Tote zu beklagen, und in Belgien und England zusammen gab es noch einmal fast genauso viele. Die deutsche Küste bekam damals von der Sturmflut nicht so viel ab, aber trotzdem wurde es doch mehr als deutlich, dass die Küstenschutzwerke nicht mehr ausreichten. Der *Goldene Ring* ist zwar ein Jahrtausendbauwerk, aber wenn man ihn nicht ständig den Gegebenheiten anpasst, verliert er schnell seinen Glanz.«

Stahnke nickte, froh, dass die Zurechtweisung so milde ausgefallen war. Lehrer waren eben berufsmäßige Besserwisser, konstatierte er, kein Wunder, dass niemand sie mochte.

Dabei konnten sie nicht einmal etwas dafür. Besserwisserei gehörte sozusagen zur Jobbeschreibung, ebenso wie Kritik. Wie sollte man auch jemanden klüger machen, indem man ihn für jeden Mist lobte?

Froh war er auch, dass er sich noch erinnerte, was dieser *Goldene Ring* war. Nämlich keineswegs dieses kitschig-magische Ding aus der Tolkien-Verfilmung, sondern etwas weit Bedeutenderes: der geschlossene Ring von Schutzdeichen um die gesamte deutsche Nordseeküste einschließlich der Flussmündungen. *Golden* bezog sich dabei nicht zuletzt auf die Kosten. Eine wahrhaft herkulische Leistung war das für die damaligen technischen Möglichkeiten. Erst im frühen dreizehnten Jahrhundert, nach mehreren Hundert Jahren Schufterei, wurde das Werk vollendet. Vorläufig vollendet, denn immer wieder machten verheerende Überschwemmungen deutlich, dass die See nicht gewillt war, sich auf Dauer wegsperren zu lassen.

»Glauben Sie eigentlich an den Anstieg des Meeresspiegels?«, fragte der Hauptkommissar unvermittelt. »Ich meine, als Folge eines Klimawandels und so?«

Plöger hob die Augenbrauen. »Was heißt hier glauben? Das ist Fakt!«, erklärte er mit Nachdruck. »Seit dem Ende der letzten Eiszeit steigt der Wasserspiegel weltweit. Ist doch nur logisch, je weniger Wasser in Form von Eis dem Wasserkreislauf entzogen ist, desto mehr ist in flüssiger Form vorhanden, nicht wahr? Die Menge an Wasser bleibt insgesamt in etwa gleich, der Planet verliert nichts, sozusagen. Und je mehr sich dieser Planet erwärmt, desto mehr dehnt sich dieses Wasser aus, denn sein Volumen nimmt durch die Wärme zu. Dieses Wasser muss nun ja irgendwo bleiben. An Land bleibt es nur, wenn es fest ist, also Eis. Sowie das schmilzt, fließt es als Wasser in die Ozeane. Und die steigen dann eben.«

»Seit der letzten Eiszeit? Die ist schon ganz schön lange her.«

»Tja, da sagen Sie was! Damals war der Wasserspiegel auch ganz schön viel tiefer. Man konnte vermutlich trockenen Fußes nach England hinüberlaufen! Zuletzt hatte der Anstieg stark nachgelassen, die Kurve war deutlich abgeflacht. Aber jetzt, durch den künstlichen Treibhauseffekt, ändert sich alles.« Wieder schweifte sein Blick prüfend über die niedrigen Fassaden des kleinen Örtchens. »In ein paar Hundert Jahren ist das hier alles weg, futsch, Teil des Meeresgrunds. Und die Küstenlinie liegt irgendwo bei Osnabrück.«

Stahnke musterte den Lehrer, der für ihn Gastgeber und Fremdenführer spielte, seinen verschmitzten Blick hinter Brillengläsern, die strahlenförmigen Faltenfächer um seine schmalen Augen, den wirren Haarschopf und den graumelierten Bart. Er war bereits über sechzig Jahre alt, das wusste der Hauptkommissar inzwischen. Kurz vor der Pensionsgrenze. Stand in dem Ruf völliger Abgeklärtheit – bis hin zur Resignation. Wenn man wollte, konnte man seine Worte durchaus so deuten. Möglicherweise aber auch anders.

»Tut Ihnen diese Vorstellung nicht weh?«, fragte Stahnke. »Immerhin sind Sie doch hier aufgewachsen. Jemgum ist Ihre Heimat. Und Sie geben sie so ohne Weiteres verloren?«

Wieder dieses faltige Dauerschmunzeln. »Wieso ich? Wieso gebe ich Jemgum verloren?«, fragte Friedrich Plöger zurück. »Als ob ich daran etwas ändern könnte! Bin ja kein Deichbauer. Und, mal im Ernst, auch ein Ausbau der Deiche könnte diese Entwicklung niemals verhindern. Höchstens ein kleines bisschen aufhalten. Wie hoch sind die Deiche jetzt? Achteinhalb Meter vielleicht. Und schauen Sie sich die Breite an, die sie dafür schon haben müssen, um sicher zu halten! Wenn sämtliches Festlandseis geschmolzen ist, steigt das Wasser weltweit um etwa fünfundsechzig Meter. Welcher Deich sollte denn wohl dagegen etwas helfen?« Plögers Grinsen verstärkte sich. »Aber wozu sich Sorgen machen? Die anderen tun es ja auch nicht. Zu unseren Lebzeiten wird die große Flut ja noch nicht kommen. Vermutlich jedenfalls. Und wenn doch? Wie heißt es immer so schön: Neues Spiel, neues Glück! Sollen unsere Nachkommen doch woanders neu anfangen. Vielleicht machen sie es ja besser als wir.«

Tja, dachte Stahnke. Verbittert, politisch oder spöttisch – wie soll man das nehmen? Für jeden ist etwas dabei. Dieser Plöger lässt sich nicht gerne in die Karten schauen.

»Was sollten sie denn besser machen?«, fragte der Hauptkommissar scheinheilig. »Ist doch wunderhübsch hier! Schauen Sie nur, die historische Mühle, dieser wunderschöne Kirchturm, der idyllische Sportboothafen – vielleicht wissen Sie das als Einheimischer einfach nicht mehr richtig zu würdigen.«

Friedrich Plöger blieb abrupt stehen. »Sie verarschen mich, oder?«, fragte er leise, aber überraschend hart; es klang wie eine Feststellung. »Sie wissen doch ebenso gut wie ich, wie es hinter den Fassaden aussieht, hier wie anderswo! Und heute nicht anders als früher. Sie haben es doch sogar mit den extremsten Auswüchsen zu tun, rein beruflich. Bei mir ist es die statistische Mittellage, aber ich kann Ihnen sagen, was mir schon in der Schule geboten wird, das reicht allemal, um den Glauben an die Menschheit zu verlieren! Diese Rohheit, diese Verkommenheit, diese ... diese Abgestumpftheit! Keine Ahnung, ob es das Wort überhaupt gibt, aber das Phänomen gibt es, das können Sie mir glauben. Man hat den Eindruck, als ob die dünne Tünche der Zivilisation, die wir Deutsche uns nach 1945 haben verpassen lassen – und zwar ziemlich widerwillig! – als ob diese Tünche in den letzten Jahren rapide abgekratzt worden ist. Und was darunter zum Vorschein kommt, erinnert sehr stark an das, was nach 1933 aus allen Ritzen der zerbröselnden Kultur herausgequollen kam. Damit meine ich überhaupt nicht die Nazis selbst; dass es die immer noch oder schon wieder gibt, ist durchaus ein Skandal, aber vergleichsweise ein überschaubarer. Was ich meine, ist die allgemeine Verlumpung des Denkens an sich. Brutalität statt Nächstenliebe, Egoismus statt Gemeinschaftssinn, Ellbogen statt Solidarität. Und ein Großteil der Elterngeneration fördert diesen moralischen Abstieg auch noch! Erzählen Sie mir nicht, die wüssten davon nichts. Und fragen Sie mich bitte nicht, warum mich der Gedanke, dieses Land könnte eines Tages im Meer versinken, nicht sonderlich schreckt.«

Was für eine Philippika, dachte Stahnke, was für ein hochtrabendes Plädoyer! Sonderlich beeindruckt war er nicht. Plögers Beobachtungen waren ja durchaus richtig, seine

Schlussfolgerungen aber waren es nicht. Typisch Zyniker – wer alles verteufelte, machte es sich sehr bequem. »Genau genommen beklagen Sie den Verfall der christlichen Werte«, konstatierte er. »Sind Sie ein gläubiger Mensch?«

»Gläubig?« Plöger schnaubte verächtlich und nahm seinen gemächlichen Spazierschritt wieder auf. »Ich glaube, dass zwei Pfund Rindfleisch eine gute Suppe ergeben, weiter nichts. Fragen Sie meinen Sohn, der ist eher dafür zuständig, der interessiert sich für so was, spielt sogar Orgel in der von Ihnen so gelobten Jemgumer Kirche! Aber auch ihm ist der Glaube wohl eher peinlich, jedenfalls spricht er nicht gern darüber.«

Kein Wunder, wenn man derartige Repliken vom eigenen Vater zu gewärtigen hat, dachte Stahnke.

Aber Plöger fuhr bereits fort. »Wissen Sie, als Kind, da hatte ich diesen unschuldigen Glauben, wie man ihn eben so in sich aufsaugt, wenn man es noch nicht besser weiß. Den Glauben an einen gütigen, wundertätigen Gott, der alles weiß und alles sieht und alle seine Kinderlein liebt. Tja. Aber so ein unschuldiges Kind bleibt man ja nicht. Irgendwann gehen einem die Augen auf, man fängt an zu sehen und zu fragen und zu verstehen. Und dann – so war es jedenfalls bei mir – war es aus mit dem Glauben.«

Sie näherten sich inzwischen dem Deichschart; Stahnke konnte die Nähe des Hafens und der darin dümpelnden Yachten bereits erahnen. Wer hatte diese Richtung eingeschlagen, Plöger oder er? Vielleicht aber waren sie ja auch einfach nur dem Straßenverlauf gefolgt. Dörfer wie Jemgum waren eben ganz auf den Fluss ausgerichtet.

»Den Ausschlag gab die jüngere deutsche Geschichte«, erzählte Plöger weiter. »Zweiter Weltkrieg. Massenmorde und Massaker. Barbarentum und Räubermentalität, verkauft als rassische Überlegenheit. Und alle, jedenfalls so gut wie alle, machen mit, morden mit, bereichern sich mit, klatschen Beifall oder halten zumindest das Maul. Und der Himmel stürzt nicht ein. Alles bleibt ruhig. Keine Donnerstimme, kein brennender Busch, keine Strafen für die Bösen. Und auch keine Sintflut.« Er zuckte die Achseln: »Als ich alt genug war, das zu begreifen, als ich zum ersten Mal dokumentarische Filmaufnahmen aus Konzentrationslagern sah, da wusste ich, dass es einfach keinen Gott geben kann.«

»Und inzwischen? Jetzt, da Sie wissen, dass die Sintflut doch noch kommen wird, eines Tages?« Stahnke konnte sich diesen Seitenhieb einfach nicht verkneifen.

»Guter Einwand.« Plöger grinste, was seine Falten derart vertiefte, dass es aussah, als würde sein Gesicht jeden Moment in Scherben zerfallen. »Sintflut von Menschenhand, *selfmade* sozusagen. Und wen sollte ich anbeten? Hätten Sie einen Vorschlag? Das Auto, den industriellen Fortschritt, die menschliche Gier? Schuld am Klimawandel sind sie alle miteinander. Kann mir nicht denken, dass Sie das verehrungswürdig finden.«

Ob dieser Geschichtslehrer im Unterricht auch so war? Jeden Einwand seiner Schüler nutzte, um die eigene Position wortgewandt zu untermauern? Stahnke konnte sich das recht interessant vorstellen. Sofern die Schüler das Format hatten, damit umzugehen. Ansonsten konnte sie so viel Rhetorik schnell mundtot machen.

»Sie sind bestimmt etliche Jahre jünger als ich«, mutmaßte Plöger. »Auch wenn der Abstand sicherlich weniger als eine Generation beträgt. Aber als Sie klein waren, war der Krieg schon Geschichte. Jedenfalls hatten die Deutschen beschlossen, dass der Krieg und all seine Verbrechen bereits Geschichte waren und dass sie allesamt eigentlich auch gar nichts damit zu tun gehabt hatten! Ich dagegen war ein Nachkriegskind, für mich war das alles noch sehr, sehr nahe. Ich schätze mal, so was prägt.«

»Sie waren ein Sieben-Monats-Kind, stimmt's?«, warf Stahnke ein, während sie gerade das Deichschart durchschritten. Eine gezielte Provokation. Es wurde Zeit, mal auf den Punkt zu kommen.

Plögers Miene blieb undeutbar. »Sie beziehen sich auf Ihre Plauderei mit meiner Mutter, richtig? Tja. Ein kräftiges Sieben-Monats-Kind, so nannte man das damals. Ist ja nicht so, dass das etwa selten vorgekommen wäre.« Er verstummte, den Blick auf den Hafen gerichtet, der sich jetzt rechts vor ihnen ausbreitete. Immerhin hatte er das peinliche Thema nicht selbst angeschnitten, und er schien nicht gewillt, dem Hauptkommissar weitere Peinlichkeiten abzunehmen.

Was Stahnke überhaupt nichts ausmachte. »Ihr Vater, Herr Plöger, kam erst 1947 nach langem Krankenhausaufenthalt zurück nach Jemgum«, referierte er ungerührt. »Unmittelbar nach dem Wiedersehen mit Ihrer Mutter musste er sich erneut in ärztliche Behandlung begeben. Die beschwerliche Reise von Sanderbusch hierher hatte seine bescheidenen Kräfte aufgezehrt, und sein Zustand verschlechterte sich wieder. So ein Schädelschussbruch ist ja auch keine Kleinigkeit. Es dauerte fast zwei Monate, ehe er wieder aufstehen konnte.« Der Hauptkommissar blieb stehen und wandte sich frontal seinem Begleiter zu, die Hände auf dem Rücken verschränkt. »Die Hochzeit Ihrer Eltern fand wenige Tage später statt. Und sieben Monate später erblickten Sie das Licht der Welt.«

»Richtig«, erwiderte Plöger gelassen. Auch er war stehengeblieben.

»Gesund und kräftig.«

»Wieder richtig.« Plöger stemmte die Arme in die Seiten. »Hören Sie, was soll dieses Katz-und-Maus-Spielchen? Wollen Sie etwa meine Mutter der vorehelichen Untreue überführen? Ich bitte Sie, die Frau geht auf die neunzig zu! Außerdem wäre das sowieso kein Straftatbestand.«

»Wenn schon aufhören mit Spielchen, dann bitte wir beide.« Stahnke blieb ungerührt. »Ich weiß von Ihrer Mutter, also aus erster Quelle, dass Stinus Plöger, der Mann, der juristisch als Ihr Vater gilt, was bisher noch von niemandem angezweifelt wurde, nicht Ihr biologischer Vater ist. Dass er das gar nicht sein kann, aus den genannten Gründen, und weil Ihre Mutter das versichert, was ich ihr glaube.« Einige Sekunden lang wartete der Hauptkommissar auf eine Reaktion, die jedoch ausblieb. »Sie selbst wissen das auch, sagt Ihre Mutter. Sonst würde ich es Ihnen hier nicht so um die Ohren ballern.«

»Ja. Ich weiß das.« Plöger wies nach links, wo jenseits eines Parkplatzes ein Spazierweg am Hafenbecken und den Stegen der kleineren Boote entlangführte. »Da hinten sind freie Bänke. Kommen Sie, setzen wir uns.«

Sie gingen über den Platz, vorbei an einem Kran, der offenbar zum Setzen der Masten von Segelbooten diente, und ließen sich auf der ersten Sitzbank nieder. Plöger bewegte sich betont langsam, als wollte er einige zusätzliche Sekunden schinden, um seine Gedanken zu ordnen. Seine Miene jedoch blieb unlesbar.

»Es gibt frühe Eindrücke, die prägen einen«, begann er. »Manche fürs Leben. Zu den frühesten Eindrücken, an die ich mich erinnern kann, gehören die Streitereien meiner Eltern. Sticheleien, Zank und Krach waren Alltag. Jeder Grund, jeder Auslöser war recht. Ich gehörte natürlich auch dazu und später mein jüngerer Bruder Gerd. Selbstverständlich wurde die Fassade dabei immer schön aufrechterhalten. Vermutlich wusste kaum ein Außenstehender, was bei uns zu Hause los war. Geschlagen hat mein Vater dabei übrigens fast nie. Er wusste gut genug, wie man mit Worten wehtut. Ich war damals wirklich der Meinung, eine Ehe müsste nun einmal so ablaufen.« Er lachte bitter auf: »Ein Wunder, dass ich selbst überhaupt noch geheiratet habe! War ja auch spät genug im Leben, ich galt schon als alter Hagestolz. Die Ehe hat ja auch nicht sehr lange gehalten. Wenigstens ist Max bei mir geblieben. Manchmal denken Leute, er wäre mein Enkel.« Er verstummte, aber seine Gedanken schienen weiter in die gleiche Richtung zu laufen, denn er starrte vor sich hin und schüttelte in unregelmäßigen Abständen den Kopf.

Stahnke gab ihm eine Minute. Dann sagte er: »Sie sagten, jeder Grund sei für einen Streit recht gewesen. Demnach vermuten Sie, dass in Wahrheit etwas anderes dahintersteckte.« Eine Feststellung, die unwidersprochen blieb. »Glauben Sie, Ihr Vater wusste, dass Sie nicht sein biologischer Sohn sind?«

Plöger schaute starr geradeaus. »Er hat uns verlassen, als ich noch ein Kind war«, sagte er mit gepresster Stimme. »Für mich war das wie ein Schlag in den Nacken, so einer, den man im Abgehen erhält. Ich hatte schon immer gefühlt, dass er mich nicht liebte. Natürlich wollte ich geliebt werden, wie jeder Mensch und vor allem jedes Kind, jeder Junge von seinem Vater. Als diese Liebe so plötzlich, ohne Vorwarnung, entzogen wurde, war das eine Katastrophe. Für uns alle.«

Abrupt wandte er sich Stahnke zu, der vor dem Zorn, der aus Plögers Blick flammte, ein wenig zurückzuckte. »Um Ihre Frage zu beantworten: ja«, sagte der Lehrer. »Ich glaube, dass er schon vorher gewusst hat, dass ich rein biologisch gesehen nicht sein Sohn bin. Anders lässt sich sein Verhalten mir und meiner Mutter gegenüber kaum plausibel erklären.« Er überlegte kurz. »Sehr viel besser hat Gerd es aber auch nicht gehabt. Unser Vater, egal ob in biologischer oder allein in sozialer Hinsicht, war eine total egoistische, rücksichtslose Sau. Von wegen Sozialvater! Da kann man getrost ein A davorschreiben. So gesehen, war es besser, dass er gegangen ist. Aber glauben Sie mir, ich musste ziemlich alt werden, um das so zu sehen.«

»Wie alt waren Sie denn, als Sie erfuhren, dass Stinus Plöger gar nicht Ihr richtiger Vater ist?«

»Ist noch nicht lange her«, sagte Friedrich Plöger leise. »Ein paar Jahre erst. Meine Mutter lebte damals schon im Heim, und ihre Demenz nahm schubweise zu. Wissen Sie, sie ist nicht immer so klar wie bei Ihrem Besuch, das war schon ein glücklicher Zufall. In solchen Phasen ist ihr Verstand immer noch sehr scharf, und sie begreift auch, was da mit ihr passiert. In solch einer Phase hatte sie wohl beschlossen, reinen Tisch zu machen. Alles, was es noch zu erzählen gab, zu erzählen, ehe es dafür zu spät war.« Tief und pfeifend sog er Luft durch die Nase ein. »Bin nicht sicher, ob sie mir damit einen Gefallen getan hat. Statt einen Mann zu hassen, hasse ich jetzt zwei. Aber es entsprach wohl ihrem Gerechtigkeitssinn, nichts auf ewig für sich zu behalten, was auch mich anging.«

»Sie hassen jetzt zwei Männer? Inwiefern?« Stahnke spürte, wie sich die Härchen auf seinen Unterarmen aufrichteten. Plöger trug eine alte Verletzung mit sich herum, die ihn quälte, das wusste der Hauptkommissar, seit er mit dessen Mutter gesprochen hatte. Kam er dem Kern der Sache endlich näher?

»Den Vater, der mich verließ, als ich ein Junge war, hasse ich schon seit Jahrzehnten«, sagte Friedrich Plöger. »Und den Mann, der mich verließ, ehe es mich überhaupt gab, hasse ich, seit ich weiß, dass es ihn gibt.« Er zwang sich ein schiefes Lächeln ab. »Ich bitte Sie, das nicht misszuverstehen. Die Zeiten, in denen ich solchen Gefühlen auch Ausdruck verliehen hätte, sind lange vorbei. Ich gehöre ja schon selber zur älteren Generation, bin Vater, und vielleicht erlebe ich es noch, Großvater zu sein. Ich bin abgeklärt genug, um mit Kränkungen und Zurückweisungen umgehen zu können. Trotzdem« – er breitete die Arme aus – »die Tatsache an sich bleibt. Wie ein Dorn unter der Haut, den Sie einfach nicht loswerden.«

Du kannst mir viel erzählen, dachte Stahnke. Trotzdem, ein Widerspruch blieb ungelöst, und der war für ihn wie ein lästiger Dorn. »Ihre Mutter hat Ihnen doch sicher den Namen Ihres wirklichen, Ihres biologischen Vaters mitgeteilt?«

»Nein«, sagte Friedrich Plöger. »Das hat sie nicht.«

»Hat sie nicht?«

»Nein.« Er schüttelte langsam und nachdrücklich den Kopf. »Sie fragte, ob ich seinen Namen wissen wollte, und ich sagte nein. Dabei ist es geblieben.«

Danach hatte Stahnke die alte Dame gar nicht gefragt. Er hatte einfach vorausgesetzt, dass »meinem älteren Sohn die Wahrheit sagen« auch die Nennung des Namens seines wahren Vaters einschloss. Verdammt, dachte der Hauptkommissar, wieder nicht sorgfältig genug gewesen. Blöder Kramer, warum war er nicht dabei? Dem passierte so was nie. Na, Hauptsache, Dedo de Beer erfuhr nichts davon.

Abgesehen davon glaubte er Friedrich Plöger nicht. Jedenfalls in diesem Punkt.

»Ich habe allerdings einen Verdacht«, fügte der Geschichtslehrer hinzu.

Ach, sieh an, dachte Stahnke. »Von Anfang an?«, fragte er.

»Nein«, sagte Plöger. »Erst, seit Sie gefragt haben.«

»Wie das?« Stahnke hob die Augenbrauen.

»Nun ja, mir ist schließlich bekannt, an welchem Fall Sie gerade arbeiten«, erklärte Plöger. »Der tote Mann in der Wasserkiste. In dieser Sache war ich ja bei Ihnen, ich hoffe, Sie erinnern sich. Allerdings wegen der Kiste, nicht wegen des Mannes.« Forschend schaute er den Hauptkommissar an; die Falten um seine Augen ließen ihn plötzlich nicht mehr verschmitzt aussehen, sondern nur noch alt. »Das war er also, stimmt's?«

Sekunden vergingen, ehe Stahnke bestätigend nickte. Seine Mutter weiß es doch, fragte er sich, warum er nicht? Kann das sein, dass dieser Mann hier eines Tages erfährt, dass der Kerl, den er Zeit seines bisherigen Lebens für seinen lieblosen Vater gehalten hat, nur der gehörnte Ehemann seiner Mutter und der Vater seines jüngeren Bruders war, aber nicht seiner – dass dieser Plöger erfährt, dass sein wirklicher Vater ein anderer ist, und dass er dessen Namen dann nicht wissen will? Zweifelhaft, entschied er, sehr zweifelhaft. Aber irgendwie auch sehr praktisch. Für Friedrich Plöger.

Denn wie konnte man verdächtigt werden, jemanden ermordet zu haben, wenn man den Betreffenden gar nicht kannte?

»Er hieß Fritz, nicht wahr?«, fragte Plöger weiter.

Stahnke war wie elektrisiert. Aber gleich darauf wieder geerdet. Nein, keine selbstverräterische Frage. Immerhin hatte Friedrich Plöger das Foto gesehen mit seiner Mutter, Vater Stinus Plöger und diesem Fritz. Da konnte man von einem Lehrer schon annehmen, dass er eins und eins zusammenzählte.

»Haben Sie den Mann vorher schon einmal gesehen?«, fragte der Hauptkommissar. »Ich meine, Ihren biologischen Vater? Außer auf diesem Foto?«

»Nein«, sagte Plöger, ohne seinen Blick zu senken. »Vielleicht auf anderen alten Fotos, die man sich mal angeschaut hat, aber das meinen Sie ja wohl nicht. Nicht in natura, nein.«

»Möchten Sie wissen …«

»Nein!«, stieß Plöger so scharf hervor, dass Stahnke zusammenzuckte. »Nicht den Nachnamen! Ich will ihn nicht wissen. Ich will nicht. Er wollte mich nicht, in Ordnung, jetzt will ich ihn nicht. Lebend nicht, und jetzt, da er tot ist, auch nicht. Und ich will auch nicht, dass Sie meinem Sohn irgendetwas davon sagen! Ziehen Sie ihn nicht auch noch mit da rein. Für seinen Enkel hat mein Vater sich schließlich auch nicht interessiert.«

Plöger schnaufte, dämpfte seine Stimme: »Er ist doch tot, oder? Mein Vater? Ich meine, es stimmt doch, dass er der Mann ist, dessen Tod Sie untersuchen?« Noch leiser: »Dass er dieser Mann war?«

Was für ein Kind er doch ist, dachte Stahnke, im Inneren, echt ein Trotzkopf. Hat er sich das bei seinen Schülern abgeguckt? Umgang bildet. Für einen Moment erwog er, diese Information nicht so ohne Weiteres herauszurücken, ihn dafür bezahlen zu lassen. Aber womit? Mit einem Geständnis? So plump ging das wohl nicht, und etwas Eleganteres fiel ihm nicht ein. Also nickte er doch und sagte: »Ja, das stimmt.«

Sie schwiegen beide, minutenlang, sahen auf das trübe, schlickige Wasser des schmalen Hafens, dessen flache, träge Wellen einander Lichtreflexe zuwarfen. Einmal wurde das Wasser von einem kleinen Motorboot aufgewühlt, das auslief in Richtung Ems. Stahnkes Blick folgte ihm ganz automatisch; ein Jugendlicher saß am Steuerrad. Plöger schaute stur geradeaus.

»Er ist ja ganz schön alt geworden«, sagte der Lehrer unvermittelt. »Mitte achtzig, mindestens, oder Ende achtzig, vermutlich etwa so alt wie meine Mutter.« Er drehte dem Hauptkommissar sein Gesicht zu, versuchte mit einem angestrengten Lächeln zu signalisieren, dass er sich voll im Griff hatte. »Dann darf ich ja wohl hoffen. Was die Gene betrifft, meine ich. Langlebigkeit ist programmiert.«

»Ihr Vater wäre auch noch älter geworden«, erwiderte Stahnke. »Aber er wurde ermordet. Der Mörder läuft noch frei herum. Wir ermitteln. Ich wäre für jeden Hinweis dankbar.« Worte wie Senkbleie, hineingeworfen in undurchsichtiges Wasser, um die Tiefe auszuloten und Sedimentspuren ans Tageslicht zu fördern. Die blauen Augen des Hauptkommissars waren forschend und saugend auf sein Gegenüber geheftet.

Plöger aber zuckte nur die Achseln. »Ich würde Ihnen ja gerne helfen. Aber wie gesagt, ich kannte den Mann überhaupt nicht. Was sollte ich also wissen?« Blick und Lächeln waren wieder völlig unter Kontrolle.

Stahnke nickte. Hier und heute war wohl nichts mehr zu holen. »Sagen Sie, Ihr ... Ihr anderer Vater«, sagte er, als ob ihm das Wort *Sozialvater* nicht über die Lippen ginge, »der verfügt doch auch über solch langlebige Gene, nicht wahr? Dem Vernehmen nach soll es ihm gesundheitlich recht gut gehen. Ihre Mutter hat aber keinerlei Kontakt mehr zu ihm. Wie ist das mit Ihnen?«

»Ich auch nicht«, antwortete Plöger entschieden. »Sagte ich das nicht schon? Er hat uns damals verlassen, damit war er für mich gestorben. Ganz egal, wie alt er noch zu werden gedenkt.«

»Das ist schade«, sagte Stahnke. »Ich würde ihn gerne zu unserer Angelegenheit befragen. Vielleicht könnte er uns ja ein wenig weiterhelfen. Mal schauen, ob wir ihn ausfindig machen können.«

»Ach so.« Plöger lehnte sich zurück. »Wenn's weiter nichts ist! Wo er wohnt, weiß ich selbstverständlich.«

»Das wissen Sie!« Stahnke hob die Augenbrauen.

»Natürlich«, bestätigte Plöger mit größter Selbstverständlichkeit. »Informiert sein ist für einen Lehrer schließlich alles.« Er hob die Arme zur Siegerpose, blanke Selbstironie im Gesicht. Seine Laune schien wieder blendend zu sein. »Und ich weiß noch mehr. Nämlich, dass er sich im Moment nicht zu Hause aufhält.«

»Nicht?« Stahnke hielt sich bedeckt. Wer immer hier verspottet werden sollte, er würde es nicht sein.

Plöger beugte sich zu ihm. »Aber keine Bange«, sagte er vertraulich. »Ich kann Ihnen genau sagen, wo er sich herumtreibt.«

38.

»Weißt du, warum Fußball so erfolgreich ist? Warum so viele Menschen ihn sehen wollen? Weil Fußball von allen Sportarten am meisten dem Jagdverhalten der Urmenschenhorden ähnelt. Angriff, Kampf, Rückzug, Verteidigung. Dann das Spieltempo, nicht zu schnell und nicht zu langsam für unsere Urinstinkte. Und auch das Verhältnis der individuellen Leistung zu der des Kollektivs stimmt genau mit dem eines jagenden oder sich verteidigenden Stammes überein. Darum!«

»Wenn du das sagst. Ein echter Hordensport also.« Erika zupfte Stinus die Krawatte zurecht und wischte ihm ein paar Schuppen von Schultern und Revers, während er vor ihr auf und ab tänzelte und sich vor Ungeduld kaum beherrschen konnte. Viel fehlte nicht, und sie hätte ihn am Kragen gepackt und festgehalten, um ihr Reinigungswerk in Ruhe vollenden zu können. Oder gleich am Schlips. Bei ihren beiden Jungs hatte sie da weniger Skrupel – aber mit ihrem Ehemann mochte sie in der Öffentlichkeit denn doch nicht so umspringen.

»Herrgott, wo bleibt denn dieser Zug?« Stinus zerrte die Taschenuhr heraus, die er von Erikas Großvater geerbt hatte, und ließ den Deckel aufspringen, war dann aber viel zu nervös, um auf dem Zifferblatt etwas zu erkennen. »Der müsste doch längst hier sein! Ich sage dir, wenn ich hier das Sagen hätte ... Du, warte mal eben hier, ich gehe rüber zum Stationsvorsteher.«

»Nichts tust du!« Jetzt packte Erika doch zu, zwar nicht an Kragen oder Krawatte, sondern am Revers, aber nicht minder entschlossen. »Es sind noch drei Minuten bis zur planmäßigen Ankunft deines Zuges, und wenn mich nicht alles täuscht, sehe ich ihn da hinten schon herandampfen! Also gedulde dich bitte und spring hier nicht herum wie ein Irrwisch. Sonst ist nachher der Zug hier, aber du bist weg.«

Er schnappte nach Luft, wollte aufbegehren, sich gegen solche Behandlung verwahren. Aber dann gab er klein bei, steckte gehorsam die Uhr weg, strich sich die Jacke glatt, und sein Blick folgte Erikas, dorthin, wo eine schräg aufsteigende graue Säule aus Rauch und Dampf tatsächlich das Nahen eines Zuges anzeigte. Erika lächelte nachsichtig und zufrieden, mit mütterlichem Stolz. Eigentlich war Stinus ja ihr drittes Kind, größer und so viel erfahrener zwar als die beiden kleinen Jungs, aber doch ebenso impulsiv, ungebärdig, launisch und leichtsinnig wie die beiden anderen. Eine Ähnlichkeit, die nicht weiter verwundern musste, schließlich war Stinus ja der Vater …

Na ja. Erika unterband den Gedanken.

»Ja, ich glaube, du hast recht. Das ist der Zug.« Schon wieder hüpfte Stinus vor Aufregung, diesmal aber voll purer Freude. Nach seiner Nachtschicht hätte er eigentlich todmüde sein müssen, stattdessen wirkte er völlig überdreht. »Mensch, Erika, stell dir vor, wenn das klappt! Wenn die mich tatsächlich nehmen! Dann komme ich ganz groß raus. Dann ist es vorbei mit der Plackerei. Nie wieder nachts oder frühmorgens raus, nie wieder Schichtdienst!«

»Na hör mal, wie redest du denn von deiner Arbeit! Immerhin leben wir davon.« Erika schaltete ganz auf vernünftig, wie immer, wenn Stinus sich von seinen Sportlerträumen mitreißen ließ. Schließlich hatten sie beide eine Familie zu versorgen, und da war es ein großes Glück, dass ihr Mann eine Festanstellung bei der Bahn in Emden gefunden hatte. Sicher, vorerst nur eine bescheidene, ganz unten auf der Skala des mittleren Dienstes. Damit aber konnten sie mehr als zufrieden sein. Staatsdienst, man stelle sich vor! Da winkte der Beamtenstatus und damit dauerhafte Sicherheit. Worte, die für die meisten Angehörigen der Kriegsgeneration einen äußerst süßen Klang hatten. Andere mochten von Selbstständigkeit und Gewinnmöglichkeiten fabulieren; für Erika galt: Die Beamtenjacke war zwar eng, aber sie hielt wenigstens warm. Und zwar zuverlässig.

Dass die Deutsche Bundesbahn einen wie Stinus überhaupt akzeptiert hatte, war alles andere als selbstverständlich. Seine Nazi-Vergangenheit war nicht zu leugnen, und er machte auch gar keinen Versuch, dies zu tun. Ganz im Gegensatz zu den meisten anderen. Vielleicht, dachte Erika, weil ihm die Ideologie der Nationalsozialisten nie wichtig gewesen war. Ihm hatte gefallen, welche Möglichkeiten sich unter dem Hitler-Regime einem sportbegeisterten Jungen wie ihm boten; er hatte diese Möglichkeiten genutzt, alles andere war ihm ziemlich egal gewesen. Gewerkschafter, Jude, Oberbonze – Stinus hatte immer aus dem eigenen Bauch heraus entschieden, wem er zu gehorchen, wen zu bekämpfen und wen er zu unterstützen hatte. Eine Eigenschaft, die Erika ganz entschieden für ihn einnahm und ihr das Leben mit ihm erträglich machte. Auch wenn sie ihn nicht liebte.

Als Stinus erkannt hatte, wohin ihn der Körperkult der Nazis letztlich führte, nämlich in einen menschenverachtenden Krieg, da hatte er keinen Versuch gemacht, sich diesen Konsequenzen zu entziehen. Das tat er auch nach dem Krieg nicht. Das war nicht sehr klug, vor allem in den Augen seiner Mitbürger, und die ließen ihn spüren, was sie davon hielten, konsequent und ehrlich zu sein. Während andere Ex-Nazis mit sehr viel mehr Blut an den Händen längst neue Karrieren starteten oder alte neu in Schwung brachten, während keiner der Jemgumer Judenschinder um seine Freiheit oder auch nur sein Ansehen im Dorf hatte fürchten müssen, musste ein Stinus Plöger ganz kleine Brötchen backen. Immerhin, beim bahnseitigen Güterumschlag im langsam wieder zum Leben erwachenden Emder Hafen hatte man doch noch eine Verwendung für ihn gefunden. Schlecht bezahlt, mit unbequemem Schichtdienst, zudem Wind und Wetter ausgesetzt, aber immerhin, ein Anfang für den jungen Familienvater.

Stinus war es recht. Seine Leidenschaft investierte er sowieso anderswo. Zu Hause in Jemgum zum Beispiel, am Wochenende, wenn er seiner muffigen Mansarde in der Emder Dodo-Wiltfang-Straße tschüss sagen und zu Frau und Kindern heimkehren konnte. Aber nicht nur dort. Stinus hatte noch eine andere Liebe, die er so heiß verehrte, der er so viel Kraft und Zeit widmete, dass Erika richtig eifersüchtig wurde. »Du und dein verdammter Fußball!«, schimpfte sie dann. »Warum nimmst du das blöde Ding denn nicht auch noch mit ins Bett?!«

»Täte ich ja gerne«, pflegte Stinus zu erwidern. »Aber das Lederfett würde Flecken ins Laken machen. Und die machen wir doch lieber selber, oder?« Dann küsste er sie, so gut es eben ging, während sie lachte. Jedes Mal wieder.

Lange hatte Erika sich Sorgen um Stinus' Gesundheit gemacht. Große Sorgen. Der Schädelbruch, hervorgerufen durch einen Granatsplitter, der den Stahlhelm durchschlagen hatte wie Knäckebrot und dies beinahe auch mit der Knochenkuppel, die das Gehirn schützt, geschafft hätte, sorgte für eine Menge Komplikationen und mehrere Rückfälle. Erst nach und nach stellte sich die Hoffnung, dann die Gewissheit ein, dass Stinus seine Verletzung ohne bleibenden Schaden an Hirn und Verstand überstehen würde. Trotzdem war er zwei Jahre lang sehr schwach und wenig belastbar. Auch danach blieb ihm eine Folge der Verwundung erhalten, eine einzige, quasi zur Erinnerung – er vertrug praktisch keinen Alkohol mehr. Ein Handicap, mit dem er leben konnte. Mehr noch: Es spielte ihm in die Karten.

Denn Stinus entdeckte den Sport neu. Zunächst nur zur Rekonvaleszenz, ganz vorsichtig, streng nach ärztlichen Anweisungen und peinlich genau entlang der erschreckend engen Grenzen, die ihm sein geschwächter Körper steckte. Aber dann ging es doch erstaunlich schnell aufwärts mit ihm, und im selben Maße, wie seine Kräfte zurückkehrten, stellte sich auch die Lust an der körperlichen Hochleistung wieder ein. Er trainierte, wo immer es ging und wo die Sportanlagen entweder den Krieg halbwegs überstanden hatten oder bereits wiederhergestellt waren, in Borssum, in Wolthusen und in Conrebbi, wo sich viele Vertriebene aus dem Osten angesiedelt hatten. Schnell freundete er sich mit Gleichgesinnten an, denn mit der zurückgewonnenen Kraft kehrte auch seine fröhliche, unbefangen dreiste Art wieder zurück. Er spielte in verschiedenen Fußballmannschaften, bewies erstaunliches Talent. Das sprach sich herum. Bis ihn dann eines Tages die Nachricht erreichte, von der er insgeheim geträumt hatte.

»Stell dir vor, Erika! Ich bin eingeladen zum Probetraining. Beim 1. FC Kaiserslautern!«

»Kaisers – was? Wo soll denn das liegen? Und wie willst du da hinkommen?«

»Das fragst du einen Bahntjer doch wohl nicht im Ernst.«

Dass Kaiserslautern in Rheinland-Pfalz lag, einem jener zehn wiederhergestellten Bundesländer, aus denen das westliche Rest-Deutschland seit Kurzem bestand, West-Berlin nicht mitgerechnet, hatte Stinus selber erst kurz zuvor bei einem Kollegen vom Kartenschalter erfragt. Dass der FCK der amtierende deutsche Fußballmeister war, wusste er allerdings schon längst. Ausgerechnet dieser Verein war auf ein Talent im äußersten Nordwesten der neuen Republik aufmerksam geworden, zudem auf eines, das die Jugendjahre schon lange hinter sich hatte! Das grenzte an ein Wunder. Andererseits hatte der Krieg gerade unter den Männern der jüngeren Jahrgänge furchtbar gehaust, und während der Nachkriegswirren konnte von gezieltem Aufbau von Fußballtalenten natürlich keine Rede sein. Also nahm man, was man bekommen konnte, egal woher. Und sei es aus Ostfriesland.

»Stell dir vor, in Kaiserslautern spielen auch Mitglieder der Nationalmannschaft! Die stehen ständig unter Beobachtung des Bundestrainers. Mensch, wenn ich es schaffe, dort Stammspieler zu werden! Dann ist alles möglich.« Stinus hatte Erika angestrahlt; seine Augen leuchteten wieder so wie früher. »In knapp vier Jahren ist die nächste Weltmeisterschaft, diesmal in der Schweiz. Wer weiß, vielleicht bin ich dann schon dabei!«

Erika hatte gelacht. »Stinus, Stinus, das kommt mir aber mächtig bekannt vor. Wer wollte denn 1940 bei den Olympischen Spielen für Deutschland laufen und turnen? Erinnerst du dich? Und denk mal daran, wie es dann wirklich gekommen ist.«

Natürlich erinnerte sich Stinus noch seiner vergangenen Träume. Immerhin war er gerade dabei, sie zu neuem Leben zu erwecken. »Na was? Der Krieg ist dazwischengekommen, sonst nichts! So was passiert mir bestimmt nicht zweimal im

Leben. Oder glaubst du etwa, dass ein neuer Krieg bevorsteht? Wer denn gegen wen? Deutschland ist doch bis auf Weiteres ausgezählt.«

»Na, du interessierst dich wohl nur noch für Sport, was? Denk doch mal an Indochina, da schießen sie schon seit Jahren wieder. Oder an Korea. Dort hat es gerade eben angefangen! Natürlich stecken in Wahrheit Amerika, Russland und China dahinter. So viel zu deiner Frage, wer gegen wen.«

Stinus hatte nur die Schultern gezuckt. »Und? Sollen die sich doch kloppen. Geht uns hier doch nichts an.« Er ließ die Arme in den Schultergelenken rollen und seine wiedererstarkte Rückenmuskulatur spielen. »Mich schickt jedenfalls keiner mehr in den Krieg, das sage ich dir! Wenn Kampf, dann Wettkampf, und zwar sportlich. Dabei zeigt sich genauso gut, wer die Besseren sind.«

Daraufhin war Erika nur noch eines eingefallen: »Vergiss nicht, 1954 wirst du schon über dreißig sein.«

Das war nicht sehr nett gewesen, und Stinus hatte zwei volle Tage lang nicht mit ihr gesprochen. Erika hatte sich ein bisschen geschämt und versucht, die Kränkung wiedergutzumachen. Nicht zuletzt deshalb war sie von Jemgum nach Emden gefahren, um Stinus, der direkt nach Schichtende vom Bahnhof Emden-West gen Süden reiste, persönlich zu verabschieden und ihm Glück zu wünschen.

Nicht zuletzt deshalb.

Der Zug kam in den Bahnhof geschnauft und riss Erika aus ihren Gedanken. Was für ein Monstrum, dachte sie, schwarz, zischend und stinkend, urgewaltig, ein Drache der modernen Zeit, Symbol für den Aufschwung, dem Deutschland entgegenzugehen schien, nun, da die Amerikaner sich entschieden hatten, keine Rache für die Verbrechen der Deutschen zu nehmen, sondern sie lieber als Verbündeten und Prellbock für die kommenden Konflikte mit den Mächten des Ostens aufzubauen. Die Erinnerung an ein Märchen schoss ihr durch den Sinn, Hänsel, der gepäppelt wurde, nur um beizeiten geschlachtet zu werden. Ärgerlich schüttelte sie den Kopf, während Dampfwolken sie einhüllten. Was für Sprünge ihr

Verstand auch immer wieder machte! Da mussten andere Leute sie ja für wunderlich halten. Manchmal tat sie das sogar schon selbst.

»So, es wird Zeit.« Stinus fasste ihren Kopf mit beiden Händen, küsste sie eilig und doch hingebungsvoll, streichelte sie kurz über beide Wangen: »Wünsch mir Glück! Und grüß die Jungs schön von mir.« Er nahm seine Tasche auf und eilte zur nächsten Waggontür.

»Mach ich. Mach ich beides«, rief sie ihm nach. Dann suchte sie mit den Augen die Reihe der Wagenfenster ab. Hier und dort wurde eins heruntergeschoben, winkende Hände und Arme erschienen, Köpfe mit strahlenden oder mahnenden Gesichtern, Münder, die lächelten oder besorgt riefen. Der Zug schien ziemlich voll zu sein. Dann setzte er sich auch schon wieder in Bewegung, zischend und stampfend, dass Gleis und Bahnsteig erbebten. Langsam nahm das Tempo zu, das Knirschen der eisernen Räder auf den Schienen wurde zum Rumpeln, dann zum Donnern. Kurz bevor der letzte Wagen mit den roten Laternen aus dem Bahnhof rollte, glaubte sie Stinus gerade eben noch an einem der offenen Fenster zu entdecken, winkend und rufend wie all die anderen. Dann verschwand der Zug in Wolken aus Dampf und Rauch wie ein Zauberwesen aus einem wilden Traum. Zurück blieben nur der Geruch von erkaltetem Dampf und der Geschmack nach Ruß und Kohlenstaub auf der Zunge.

Kohlenstaub. Erika musste sich beherrschen, um nicht auszuspucken.

Sie starrte den verwehenden Wolken noch einige Sekunden lang nach, während um sie herum ein allgemeiner Aufbruch stattfand und all die Menschen, die Angehörige oder Freunde zum Zug begleitet und verabschiedet hatten, sich auf den Weg zum Ausgang machten. Zweimal wurde sie angerempelt, dann wandte auch sie sich um und fügte sich in den Menschenstrom ein.

Vor dem Bahnhofsportal fächerte sich dieser Strom auf. Erika ging geradeaus, Richtung Innenstadt, ruhig und scheinbar antriebslos, schritt die Abdenastraße entlang, vorbei an

Trümmergrundstücken und neu erstandenen Gebäuden, den Blick schweifend, als hätte sie kein konkretes Ziel. Ehe sie jedoch Agterum und Neutorstraße erreichte, bog sie nach rechts ab zum Neuen Markt. Das Treiben zwischen den Marktständen ignorierte sie völlig, ging weiter zur entgegengesetzten Häuserzeile, bis zum Hotel *Deutsches Haus*. Ein Herr in Hut und Mantel verließ gerade das Gebäude, nickte ihr grüßend zu. Sie erwiderte den Gruß knapp und betrat die noch rotierende Drehtür. Ein leichter Druck nur, und sie trat ein.

Von irgendwoher dudelte gedämpfte Musik; *Die Caprifischer* von Rudi Schuricke. Hinter dem Empfangstresen stand ein mittelgroßer Mann in schwarzem Anzug, das dunkle Haar mit Brillantine diagonal über die Stirn gekämmt, das Bärtchen unter der Nase wie zwei angeklebte Kaffeebohnen. Jedes Mal wieder zuckte Erika vor diesem Anblick zurück, obwohl sie ihn mittlerweile doch zur Genüge kannte.

»Guten Tag, Frau Hinrichs«, sagte der Mann und zeigte ihr ein routiniertes Lächeln. »Nummer zwölf, wie immer. Ihr Mann ist schon oben. Hier, Ihr Schlüssel.«

Erika nickte dem Mann zu und griff nach dem Zimmerschlüssel, achtete darauf, dass der Ehering an ihrer Hand dabei gut zur Geltung kam. »Danke«, sagte sie so kühl und damenhaft, dass sie sich selber fremd vorkam. Sie wandte sich der Treppe zu.

»Kein Gepäck?«

Sie vermied es, sich umzudrehen. Hatte er eine Tasche oder einen Koffer dabei? Sie wusste es nicht, also besser nicht festlegen. »Ist noch am Bahnhof. Schließfach«, gab sie über die Schulter zurück. »Wir holen es später.«

»Wenn Sie möchten, kann ich den Jungen schicken.« Der Rezeptionist ließ nicht locker. Wusste er etwas? Solche Leute kannten ihre Pappenheimer.

»Danke. Wir geben dann Bescheid, Herr Krallmann.« Sie stieg die Treppe empor, gemessen und ruhig, geradezu hoheitsvoll, wie sie selbst fand.

»Selbstverständlich, wie Sie wünschen.« Der Mann mit dem

Kaffeebohnenbärtchen deutete eine Verbeugung an. Dann war er endlich außer Sichtweite.

Nummer zwölf. Trotz der schummerigen Flurbeleuchtung steuerte sie die Tür direkt an, trommelte kurz und leise mit den Fingernägeln an, drückte die Klinke. Die Tür schwang auf. Drinnen saß ein Mann in einem plüschigen Cocktailsessel, die Beine lang ausgestreckt, die rechte Hand auf einem dreieckigen Tischchen, unter dem eine Reisetasche stand. Aha, das Schließfachmärchen hätte sie sich also sparen können. Das Gesicht des Mannes war unter dem Schirm einer Schiebermütze verborgen. Auch als er den Kopf hob, lag es noch im Schatten.

Der Mann erhob sich und kam ihr einen Schritt entgegen. Sie drückte die Tür ins Schloss, eilte auf ihn zu und warf sich in seine Arme.

»Erika.«

»Fritz!«

Sie küssten sich. Er umschlang ihre Taille, sie wühlte in seinem Haar. Die Schiebermütze rutschte herunter. Sie lachten in fröhlicher Erinnerung. Dann lösten sie sich voneinander; er ging zur Tür und drehte den Schlüssel herum, sie trat zum Fenster und zog die Vorhänge zu. Auch das Ablegen der Kleidung auf dem Weg zurück war eingespielt, ging flott von der Hand. Nackt fielen sie nebeneinander aufs Bett.

Ende des Drehbuchs, dachte Erika, während er ihren erhitzten Körper mit Küssen bedeckte und sie mit den Fingerspitzen seinen Rücken streichelte. Ab hier hieß es improvisieren. Immer war es anders, mal sanft, mal wild, immer zärtlich, mit wechselnden Rollen. Gott sei Dank war das so. Zu Hause war es immer gleich. Obwohl, nicht wirklich gleich, korrigierte sie sich. Stinus gab sich redlich Mühe, und sie war sich sicher, dass er sie von Herzen liebte. Wenn ihr mit ihm also etwas fehlte, lag es bestimmt nicht an ihm.

Erika bäumte sich auf, riss eine Hand zum Mund und biss sich auf den Zeigefinger. Sie war nicht bei der Sache gewesen, Fritz hatte mal wieder etwas Neues probiert, und die heiße, brausende Welle war ihr ganz unverhofft durch

Körper und Kopf gefahren. Bloß nicht das ganze Hotel zusammenschreien!

Fritz' wolliger Kopf tauchte über ihren Brüsten auf, während sich seine Schenkel zwischen ihre drängten. Offenbar hatte er sich entschieden, heute den dominanten Part zu spielen. Erika war es recht. Sie behielt den Fingerknöchel gleich zwischen den Zähnen. Die ganze Zeit.

Später küsste er behutsam die Kerben, die ihre Zähne in ihrer Haut hinterlassen hatten. »Ich weiß ja, dass du gut schmeckst«, flüsterte er grinsend. »Trotzdem, ich dachte immer, es wäre meine Sache, dich zu vernaschen.«

Sie schnappte nach seinem Ohrläppchen, biss spielerisch hinein, ließ ihre Zungenspitze über die Ohrmuschel wandern. »Wie du willst«, gab sie neckend zurück. »dann stelle ich meine Ernährung eben um. Aber beschwer dich nicht, wenn ich davon zu dick werde. Ist ja Kraftnahrung.«

»Von wegen zu dick! Wo denn? Etwa hier? Oder hier?« Fritz schien so viele Arme wie ein Tintenfisch zu haben, und Erika schaffte es beim besten Willen nicht, sie alle abzuwehren. Zumal ihr rechter Zeigefinger schon bald wieder zwischen ihren Zähnen steckte.

Die Mittagszeit über schlummerten sie. Der Lärm und die Rufe der Marktleute beim Abbauen ihrer Stände drangen nur gelegentlich zu ihnen durch, wenn ihre träge, nur halb bewusste Wahrnehmung abwechselnd die Oberfläche ihres leichten, wohligen Erschöpfungsschlafs durchbrach, wie die Sehrohre zweier U-Boote in umstrittenen Gewässern, die sich pflichtgemäß vergewisserten, dass auch kein Unheil drohte. Jedes Mal, wenn ein Lieferwagen unter dem Fenster vorbeirumpelte, fühlte sich Erika an jenen herrlichen Moment erinnert, in dem sie erfuhr, dass Fritz noch lebte, dass er bei ihr war und dass er sie liebte, alles im Bruchteil einer Sekunde. Sie träumte diesen Augenblick wieder und wieder, wild verzerrt und phantastisch verbogen, aber immer so glücklich, dass sie sich mit aller Macht dagegen wehrte, vollständig aufzuwachen, auch, als sie ihre Träume im Traum längst als Träume erkannt hatte, was ihr Ende eigentlich unausweichlich machte.

Als sie sich ausgiebig räkelte, die Augen noch halb geschlossen, fand sie ihn bereits auf der Bettkante sitzend und rauchend. Enttäuscht stellte sie fest, dass sein Blick nicht auf ihr ruhte, dass seine freie Hand nicht die wohlbekannten Hügel und Täler ihres Leibes erkundete, immer und immer wieder aufs Neue. Stattdessen starrte er die undurchsichtigen Vorhänge an, die sachte in der Zugluft pendelten. Beunruhigt öffnete sie die Augen vollständig, stützte sich auf die Ellbogen und musterte kritisch die Konturen ihres eigenen Körpers, von Brust, Bauch und Schenkel. Zwei Schwangerschaften, zwei Geburten. Aber sie war doch eine kräftige Frau, die Muskeln von Arbeit gestählt, das Bindegewebe widerstandsfähig und straff. Man musste schon sehr genau hinschauen, um die feinen Streifen, die Spuren des Austragens, Gebärens und Stillens zu erkennen.

Hatte er das getan? Tat er es deshalb jetzt nicht mehr?

Fritz tupfte seine Zigarette aus und wandte sich zu Erika um. Seine Miene wirkte gespannt, geradezu angestrengt. Nichts zu sehen von der fröhlichen Gelöstheit, die ihre geheimen Treffen ansonsten prägten und die ihr den Mut und den Willen gaben, dieses Risiko immer wieder einzugehen. Erika erschrak. Was war passiert? Etwas musste passiert sein.

Wie um sie vom Gegenteil zu überzeugen, schwang er seine Beine zurück ins Bett. Statt sich jedoch an Erika zu kuscheln, legte er sich nur neben sie, ihr zugewandt, aber mit ein paar Zentimetern Abstand, die ihr wie eine riesige Kluft vorkamen. Lediglich seinen linken Arm legte er über ihren Bauch. Sie griff danach wie eine Ertrinkende, umklammerte seine Hand, strich über die Haut seines Unterarms, als gelte es, einen schlafenden Geist zu wecken.

Etwas war anders. »Du hast sie wegmachen lassen«, sagte Erika. Vorsichtig fuhren ihre Fingerspitzen über einen Streifen heller, narbiger Haut nahe der Armbeuge. »Die Nummer. Warum hast du sie wegmachen lassen?«

Er zuckte die Achseln, wollte ihr den Arm entziehen. Als sie festhielt, gab er nach. »Vergangene Zeiten«, sagte er. »Das war einmal. Jetzt heißt es nach vorne blicken.«

»Was war einmal?« Sie begriff nicht. »Die Nummer, das war doch – ein Stück Geschichte. Deutscher Geschichte, deiner Geschichte. Warum wolltest du das löschen? Hast du denn nicht selbst gesagt, wir dürften niemals vergessen, was passiert ist?«

Er nickte, die Lippen aufeinandergepresst, einen bitteren Zug um den Mund. »Klar. Aber du siehst doch, was die anderen tun, rund um uns her. Die haben sich doch längst alle auf einen gemeinsamen Text geeinigt. Wir waren es nicht, wir wussten es nicht, wir haben auch nichts gesehen! Hitler hat alles alleine gemacht, und Hitler ist tot. Vielleicht hatte er noch ein paar Helfer, aber die wurden ja in Nürnberg abgeurteilt, und damit basta. Man würde es nicht glauben, wenn man es nicht mit eigenen Augen sähe, mit eigenen Ohren hörte! Für die Deutschen sind doch längst nicht mehr die Täter schuld – falls sie das je so gesehen haben. Schuld sind jetzt nur noch die Opfer. Und von denen vor allem die, die nicht das Maul halten.« Er schüttelte resigniert den Kopf. »Maul halten, wieder einmal. Manche Dinge in Deutschland ändern sich einfach nie.«

»Aber – du machst doch mit dabei! Du hast einen Beweis vernichtet, einen Beweis für den barbarischen Massenmord, organisiert mit deutscher Gründlichkeit. Warum tust du das? Du hättest die Nummer in Ehren halten sollen. Stolz darauf sein!«

»Stolz!« Jetzt lachte er laut, und sie rückte noch ein paar Zentimeter von ihm ab, denn er klang so eisig, dass sie die Kälte zu fühlen glaubte. »Stolz auf den Beweis, ein Opfer gewesen zu sein? Nein danke. Weißt du« – er atmete tief durch, beruhigte sich wieder – »weißt du, wenn ich meine Handgranate noch hätte, du erinnerst dich, die von damals, *die* würde ich in Ehren halten! Die habe ich auch nicht mehr. Längst nicht mehr.«

»Was ist denn eigentlich daraus geworden?«

Er drehte sich weg, tastete nach seinen Zigaretten, überlegte es sich anders, rollte sich zurück. »Wenn du es unbedingt wissen willst: Sie liegt im Watt, vor der holländischen Küste.

Hab sie über Bord geworfen, als klar war, dass wir es mit Engländern zu tun hatten.« Er lächelte sie an, streichelte ihr über die Wangen: »Enttäuscht? Ich hätte dir gern etwas Heroischeres erzählt. Aber so war's nun einmal.«

Enttäuscht? Erika hätte es nicht sagen können. Manchmal fühlte sie solch einen Zorn auf ihre feigen, bigotten, verlogenen Landsleute, dass ihr das Schlimmste, das sie ihnen wünschen konnte, gerade schlimm genug erschien. Zum Beispiel, von der Handgranate eines wütenden Juden zerrissen zu werden. Aber das war natürlich Unsinn. Der Krieg war vorbei, jetzt hieß es, sich mit den Verhältnissen zu arrangieren.

»Der Krieg ist vorbei«, sagte Fritz. »Jetzt heißt es, sich mit den Verhältnissen zu arrangieren. Alles andere ist Unsinn.«

Ungläubig starrte sie ihn an.

»Ich habe nachgedacht«, sagte er. »Und ich bin zu einem Entschluss gekommen.« Er wühlte seine bloßen Füße unter die Decke; sie waren kalt, und als sie ihre berührten, zuckte sie zurück. »Ich will mein Leben neu ordnen«, fuhr er fort. »Diese halben Sachen, das geht so nicht weiter. Deshalb muss ich einen klaren Schnitt machen.« Er schluckte. »Vielmehr müssen *wir* den machen.«

Sie erstarrte. Er hat eine andere, dachte sie. Er macht Schluss mit mir und geht zu einer anderen. Weg von hier, weit weg. Vielleicht nach Israel. Wir werden uns nie wiedersehen. Eine nie gekannte Angst zog ihr Inneres schmerzhaft zusammen. Nicht einmal, als sie Fritz und Stinus für tot gehalten hatte, hatte sie sich so verlassen gefühlt wie in diesem Augenblick.

»Lass uns zusammenleben«, sagte Fritz. »Richtig zusammen, ich meine, nicht so wie jetzt, verstohlene Treffen in einem spießigen Hotel, immer in der Furcht, dass jemand Stinus etwas steckt. Nein, ganz offen. Hier in Deutschland!« Er hielt ihr den Arm mit der frisch vernarbten Stelle vors Gesicht: »Darum habe ich die Nummer entfernen lassen! Damit wir hier in Deutschland leben können, zusammen, ohne aufzufallen. Ohne dass einer dumme Fragen stellt. Jetzt können wir reinen Tisch machen. Sag Stinus die Wahrheit! Sag ihm, dass Friedrich mein Sohn ist und nicht seiner. Sag ihm, dass du mich liebst und nicht ihn. Lass dich scheiden! Und dann heiraten wir. Werden eine Familie. Eine richtige Familie.« Seine Hand fuhr ihr über Brust und Bauch, er rückte wieder näher an sie heran. »Wo Fritz hergekommen ist, da kommen bestimmt noch ein paar Kinder mehr her, was? Jedenfalls können wir es versuchen, darin sind wir doch richtig gut.«

Sie griff nach seiner Hand, umklammerte sein Gelenk so fest, dass ihre Köchel weiß wurden. »Das geht nicht«, sagte sie. »Du weißt, dass das nicht geht.« Mit großen Augen starrte sie ihn an, als hoffte sie, er selbst könnte die Unmöglichkeit seines Wollens darin erkennen.

Aber das wollte er nicht. »Wegen Gerd? Mach dir keine Sorgen um Gerd«, widersprach er eifrig. »Natürlich könnte der Kleine auch bei uns leben. Ich würde ihn aufziehen wie mein eigenes Kind, das verspreche ich.« Er starrte ebenso intensiv zurück, in der Hoffnung, ihre Abwehr wanken zu sehen. Vergebens.

»Du weißt, warum«, sagte sie. »Nicht wegen Gerd. Klar, Stinus würde auf Gerd wohl nicht verzichten wollen. Es gäbe einen hässlichen Streit um den Jungen. Sicher würde er am Ende mir zugesprochen werden, Kinder gehen fast immer zur Mutter. Aber darum geht es nicht.« Sie lockerte ihren Griff, weil ihre eigene Hand zu schmerzen begann. »Ich gehöre nun einmal zu Stinus. Das ... ist eben so. Daran ist nicht zu rütteln. Das steht nun mal fest.«

Er nickte langsam, und seine Augen wurden schmal. »Das Versprechen«, murmelte er. »Dieses verfluchte Versprechen. Was ist das, dein Gott? Dein Götze? Und wer bist du, dass deine Versprechen für die Ewigkeit sind? Erzengel und Papst in einer Person?«

»Ich bin ich«, erwiderte Erika. »Und nachdem ich das nun einmal bin, will ich auch ich bleiben. Das Versprechen gehört dazu. Zu mir. Was wäre denn, wenn ich es bräche? Wer wäre ich denn dann? Hast du darüber schon einmal nachgedacht? Wer wäre es denn, die dann zu dir käme? Die Frau, die ihr

Versprechen gebrochen hat. Stell dir vor, diese Frau würde dir dann die Treue versprechen. Wie würdest du das finden? Was wäre das denn noch wert?«

»Mir würde es reichen«, sagte er ruhig.

»Vielleicht jetzt«, sagte sie. »Aber sicher nicht für immer.« Sie senkte ihren Blick. »Vor allem aber würde es mir nicht reichen.«

Sie schwiegen, und das Schweigen lastete schwer auf dem Zimmer und auf ihnen. Irgendwo tickte eine Uhr, ein Geräusch, das sie zuvor gar nicht wahrgenommen hatten. Jetzt schien es sie vollkommen auszufüllen.

Als er sich räusperte, klang es laut wie Kanonendonner. »Also, was sagst du?«

»Ich habe nichts mehr zu sagen«, entgegnete sie. »Ich habe alles gesagt.«

Sie wartete auf eine Reaktion. Er wartete auch. Worauf, fragte sie sich. Auf ein Wunder? Aber es gab doch keine.

Als er sich endlich aufrichtete, war das schon wie eine Erlösung. Er griff nach Wäsche und Socken, zog sie an, streifte Hemd und Hose über. Langsam, als warte er immer noch auf ein Wort, das ihn aufhielt.

»Wohin gehst du jetzt?«, fragte sie. Dass aus der geplanten gemeinsamen Nacht nichts mehr werden konnte, war ihr klar.

»Fort«, antwortete er.

»Fort? Wohin fort?«

»Fort aus Deutschland.«

»Zu einer anderen Frau?«

Er lächelte ein neues Lächeln, das sie traf wie ein Schlag mit dem Handrücken. Mitleidig, herablassend. »Was du dir gleich wieder denkst! Blödsinn. Ich liebe dich, das weißt du doch.«

»Warum gehst du dann fort?«

Derselbe Blick, diesmal mit einem Kopfschütteln. »Das weißt du doch auch.«

»Und wann kommst du zurück?«

Er war fertig angezogen, hatte seine Sachen aus dem Bad geholt und in seine Reisetasche gestopft, die Windjacke übergestreift, trug die Tasche in der einen und seinen Zimmerschlüssel in der anderen Hand. »Ich werde unten die Rechnung bezahlen«, sagte er. »Bleib ruhig noch die Nacht, wenn du willst.«

»Wann kommst du zurück?«, fragte sie mit leicht erhobener Stimme.

Er stand schon in der Tür, drehte sich noch einmal um. »Ich komme nicht mehr zurück«, sagte er.

39.

»Sie ist in Zimmer«, sagte die Frau im hellblauen Kittel. Es klang polnisch. »Ist aber nicht gut. Kann nicht ansprechen.« Die Frau sah zart, energisch und sehr gestresst aus. Jede Frage, jede Antwort hielt sie nur von ihrer Arbeit ab.

»Danke«, sagte Stahnke, winkte grüßend und ging. Nicht zum Ausgang, sondern den Gang hoch, zum Zimmer der alten Frau Plöger. In einer Glastür konnte er das Spiegelbild der gestressten Frau erkennen, die ihm nachschaute, dann die Achseln zuckte und verschwand. Gut so, dachte er. Wer einfach macht, den lässt man machen. Meistens jedenfalls.

Eine Putzfrau kam ihm entgegengeschlurft, breit und prall in ihrem überforderten Kittel, dunkler Teint, Kopfputz straff gebunden, bis unters dreifache Kinn. Wer arbeitet eigentlich noch in Deutschland, dachte der Hauptkommissar zum wiederholten Male. Deutsche offenbar kaum. Obwohl – er selbst ja nun doch.

Dabei war er schon zu Hause gewesen, hatte die Weinflasche bereits entkorkt. Ein Gedanke aber hatte ihn nicht losgelassen. Eigentlich mehr ein Gefühl. Nasenfaktor. Dann war ihm eine Idee gekommen, wie er diese vage Möglichkeit verifizieren konnte, ohne unnötiges Aufsehen zu erregen; blamieren konnte man sich ja am besten ganz für sich allein. Mit der Idee war die Sorge gekommen, es könnte zu spät sein, die gute Gelegenheit schon verpasst. Also hatte er sich gleich sein Fahrrad geschnappt.

Im Pflegeheim herrschte abendliche Ruhe; das *Haus Friede* machte seinem Namen alle Ehre. Kaum ein Bewohner ließ sich blicken. Schliefen die etwa alle schon? Oder saßen sie im Fernseh- und Gemeinschaftsraum, spielten Canasta und guckten Heinz-Rühmann-Filme? Kurz durchzuckte ihn eine Vision von pergamenthäutigen Greisen, die bewegungslos zwischen fleckigen Laken vegetierten, ruhiggestellt per Tropf. Unwillig schüttelte er sich das aus dem Kopf.

Die Tür zu Frau Plögers Zimmer war nur angelehnt.

Stahnke steckte seinen Kopf durch den Spalt – und zuckte kurz zurück, so sehr ähnelte der Anblick, der sich ihm bot, seiner Schreckensvision. Die alte Frau lag im Bett, angeschlossen an einen Tropf, und was da seitlich am Bett hing, sah stark nach einem Katheterbeutel aus. Seit ihrem ersten Treffen schien Erika Plöger rapide gealtert zu sein. Ihre Haut sah weniger nach Pergament als nach trockenem, rissigem Waschleder aus. Obwohl ihre Augen halb geöffnet waren, schien sie nicht bei Bewusstsein zu sein. Ihr Kopf lag schräg auf der Seite, ihre Lippen klafften, und unter ihrem Mundwinkel hatte sich auf dem ansonsten tadellos sauberen Laken tatsächlich ein unangenehm aussehender Fleck gebildet.

So leise wie möglich betrat der Hauptkommissar den Raum. Ein paar Sekunden lang verweilte er neben dem Bett, lauschte dem röchelnden Atem der Greisin, dann huschte er zum Wandschrank und öffnete ihn behutsam. Die zerknitterte *Multi*-Tüte war noch da, stand auf ihrem ansonsten leeren Regalbrett, gehalten von der leeren Wasserflasche darin. Stahnke griff nach dem Hals der verhüllten Flasche und nahm sie an sich, bemüht, unnötiges Knistern zu vermeiden. Auf Zehenspitzen machte er sich auf den Weg zurück zur Zimmertür.

Die alte Frau im Bett stöhnte. Stahnke erstarrte.

Dann fiel ihm etwas ein. Er tappte noch einmal zurück, stellte die Tüte wieder ab, zog sein Portemonnaie aus der Gesäßtasche, öffnete das Kleingeldfach, zählte fünfzehn Cent ab und legte die Münzen auf das Regalbrett. Dann schlich er abermals in Richtung Gang.

Diesmal stöhnte Erika Plöger nicht.

Nachdem der Hauptkommissar erledigt hatte, was er sich vorgenommen hatte, radelte er zurück in die Altstadt, getrieben vom Hunger und vor allem vom Durst. Unwillkürlich schlug er eine gewohnte Route ein, bremste aber so abrupt ab, dass ihn die bissigen Hydraulikbremsen seines neuen Fahrrads beinahe über den Lenker katapultiert hätten. Das *Taraxacum*, sein altes Stammlokal, war ja geschlossen. Wohin also? Ohne das einst so beliebte Kulturcafé fühlte er sich quasi heimatlos. Der *Kulturspeicher* lag in der Nähe, nur eine schmale Lohne entfernt – aber in dessen an sich gemütlichem Café war er unlängst beinahe vereinsamt. Stahnke blickte sich um. Allerhand Kneipen gab es hier, aus einigen quollen schon am frühen Abend trunkenes Stimmengewirr, Qualm und Bierdunst. Diese Lokale aber mied der Hauptkommissar gewöhnlich, aus Sorge, dort auf den einen oder anderen seiner Stammkunden zu treffen. Schließlich wollte er niemandem den Feierabend verderben, am allerwenigsten sich selbst.

Hinter ihm hupte es, und er schob sein Rad auf den Gehweg. Von wegen Fahrradstraße! Dann entdeckte er die Lösung, denn er stand direkt davor. Schmunzelnd schloss er sein Fahrrad ab und öffnete die Tür des *Dionysos*. Appetitlicher Knoblauchduft ließ seinen Magen augenblicklich rumoren. Die Begrüßung war gewohnt familiär, der erste Ouzo kam ungefragt. Wohlige Wärme im Magen signalisierte beginnende Entspannung. Endlich! Die schwierigen Entscheidungen, die jetzt noch auf ihn warteten, boten nur willkommene Probleme. Überbackenes Giros in Metaxasoße, Lammfleisch mit dicken Bohnen oder doch lieber wieder die Odysseusplatte? Ach, am besten erst mal die hausgemachten Dolmadakia vorweg.

Als Stahnke sein Fahrrad wieder aufschloss, war es längst dunkel, und die freundliche Bedienung hatte angesichts einer umfangreichen Rechnung gleich zwei Felder auf seiner Rabattkarte markiert. Der Hauptkommissar schwankte ein wenig, was seiner Zufriedenheit aber keinen Abbruch tat. Die Grundlage war massiv genug, da konnten Wein und Schnaps ja wohl keinen Promille-Schaden anrichten, sagte er sich. Was scherte es ihn, dass er es besser wusste?

Dass ihm in der Brunnenstraße kein Auto entgegen kam, war gut. Danach hatte der Hauptkommissar seine wohlgefüllte Mitte wieder gefunden, seine trainierten Beine stampften gleichmäßig wie Kolben in die Pedale, die Reifen surrten, seine kräftigen Hände lagen fest auf dem Lenker und hielten das Rad sicher auf Kurs. Stahnke pfiff fröhlich, während er die Heisfelder Straße entlangsauste, und in Höhe des Friedhofs mischten sich leise Rülpser in die undefinierbare Melodie. Hier, da war er sich sicher, würde das niemanden stören.

Auf dem Logaer Weg waren nur wenige Autos unterwegs, und die Bahnschranken waren einladend geöffnet. So viel Glück hatte man bei Tage selten. Vor dem zweiten, etwas höher gelegenen Bahndamm schaltete der Hauptkommissar kurz herunter. Sein leichtgängiges Rad schoss nur so über die kleine Erhöhung, die im flachen Ostfriesland schon als Hügel durchging. Die nicht unerhebliche Investition für das neue Fahrrad hatte sich wirklich gelohnt.

Jetzt nur noch links in den Böcklinweg, dann war er fast zu Hause. Da war der Bahndamm schon wieder; die Gleisstrecke nach Oldenburg beschrieb hier einen Bogen, auf dem Weg zu Stahnkes Siedlung kreuzte man ihn zweimal, und so hatten die rot-weißen Sabotagebalken eine doppelte Chance, einem den Weg zu verlegen. Stahnke schaltete wieder, nahm Schwung, den Blick auf die Warnleuchten an den Andreaskreuzen geheftet. Würden sie flackern, ehe er über die Schienen hinweg war? Egal, einfach ignorieren, forderten Rotwein und Ouzo im Chor.

Jetzt war es fast geschafft, der Blick reichte schon über den erhöhten Bahndamm hinweg. Tatsächlich begann es jetzt zu flackern. Treten oder bremsen? Weder noch, entschied der Hauptkommissar und ließ das Rad ausrollen. Denn was da flackerte, waren nicht die Warnleuchten. Links hinter dem Bahndamm brannte etwas. Und daneben bewegte sich jemand.

Sich über den Lenker zu beugen und das Licht auszuschalten, war eins. Denn was da brannte, war ein Altkleidercontainer, und die beiden Schatten, die davor herumzappelten, sahen sehr nach Jugendlichen aus. Einer von beiden hielt eine Flasche mit klarer Flüssigkeit, der andere beugte sich darüber, Lappen und Feuerzeug in der Hand. Die Jungen waren viel zu beschäftigt, als dass sie das lautlos und unbeleuchtet heranrollende Fahrrad bemerkt hätten. Stahnke schwang das rechte Bein über den Sattel. Hier bot sich offenbar die ebenso zufällige wie willkommene Gelegenheit, der Serie nächtlicher Brandanschläge und Sachbeschädigungen ein

Ende zu bereiten. Und vielleicht sprangen dabei ja noch ein paar andere Erkenntnisse heraus.

Jetzt war der Hauptkommissar heran. Er sprang vom Pedal, stellte sein kostbares Rad rasch auf den Ständer. Etwas zu rasch. Rasselnd fiel es um.

Die Köpfe der Jugendlichen flogen herum. Die Flasche fiel klirrend zu Boden, ohne zu zerbrechen. Der Junge mit dem Feuerzeug sprang davon, verschwand im Schatten der Büsche, die hinter den Containern und entlang des Bahndamms wuchsen. Dort verlief der Ostfriesland-Wanderweg entlang der alten Kleinbahn-Trasse. Der Bengel hatte freien Fluchtweg und beste Deckung, war in der Dunkelheit unmöglich zu packen; Stahnke musste sich auf den anderen konzentrieren. Der stand ohnehin näher und günstiger. Mit einem Satz war der Hauptkommissar bei ihm, fasste routiniert nach seinem Handgelenk, drehte den Arm mit oft geübtem Griff herum.

Der Junge drehte sich so schnell aus dem Griff heraus, dass Stahnke es kaum registrierte, geschweige denn reagieren konnte. Eine Faust traf seine Nase, ehe er seine Deckung oben hatte; sofort quoll Blut hervor. Ein blitzartiger Tritt zuckte heran und erwischte ihn hart in seinem ungeschützten, übervollen Bauch. Stahnke stieß einen unmenschlich klingenden Laut aus und krümmte sich. Ein weiterer Tritt seitlich gegen das Gesicht zwang ihn endgültig in die Knie.

Schade drum, dachte der Hauptkommissar, während er würgend seiner Übelkeit nachgab, und er wusste selber nicht, worauf sich das mehr bezog, auf die entflohenen Brandstifter oder auf sein opulentes Abendessen, dessen flüssige Bestandteile gerade im Gras versickerten. Hinter ihm erklangen Schritte; ein Mann mit einem Feuerlöscher, offenbar ein Anwohner, blickte ihn ratlos an. Stahnke nickte ihm zu, während er sich das Gesicht abwischte. »Ja, löschen Sie, löschen Sie! Ich rufe die Polizei«, krächzte er und zückte sein Handy.

Vielleicht war ja doch noch etwas zu retten, dachte er, während der Pulverlöscher zischte und sein Notruf herausging. Wenn er sich gerade eben nicht getäuscht hatte, dann standen die Chancen gar nicht schlecht.

40.

»Sitzt meine Krawatte ordentlich? Und die Fangschnüre? Wie sehen die Schultergeflechte aus? Mann, Erika, nun komm doch, hilf mir doch mal!«

Er quengelt wieder, dachte Erika. Mein drittes Kind quengelt wieder einmal. Himmel, wird der Mann denn niemals erwachsen? Früher hatte sie das lustig gefunden, richtig sympathisch; ein Mann, der sich Auszeiten von der Männlichkeit nimmt. Inzwischen aber fand sie das nur noch nervig und peinlich. Vermutlich, weil ihre beiden richtigen Kinder schon genügend quengelten.

Seufzend ging sie über den Flur zum Wohnzimmer. Die neue Wohnung in der Dodo-Wiltfang-Straße war alles andere als luxuriös, aber die drei Zimmer waren wenigstens ausreichend groß, und in die Küche passte ein Esstisch gut mit hinein. Dazu noch ein Kellerraum und eine Mansarde; sie hätten es wirklich schlechter treffen können. Zumal der düstere Block, in dessen Hochparterre ihre Wohnung lag, dem Emder Beamten-Bau- und Wohnungsverein gehörte. Das bedeutete moderate, sichere Mieten und regelmäßige Wartung des Gebäudes. Das war längst nicht allgemein üblich, jetzt, da in Deutschland das große Geldverdienen begonnen hatte.

Geldverdienen, tja. Leider nicht bei Stinus Plöger, setzte sie in Gedanken hinzu.

Stinus stand im Wohnzimmer und drehte sich um sich selbst, als versuchte er verzweifelt, ohne Spiegel einen Blick auf die eigene Rückfront zu werfen. Bei seinem Anblick wusste Erika nicht, ob sie lachen oder weinen sollte. Dieser alberne Aufzug! Halb Oberförster, halb Karnevalsprinz, und zur dritten Hälfte ein müder Abklatsch von Großmaul Göring. Was hatte sich ihr Mann nur dabei gedacht, in den Schützenverein einzutreten?

Nun ja, eigentlich wusste sie das genau. Stinus hatte mit seinen Absichten ja nicht hinterm Berg gehalten. »Da sind fast alle Honoratioren der Stadt drin, alle Geschäftsleute, alle, die etwas auf sich halten. Wer da drin ist, hat die guten Kontakte!«, hatte er geschwärmt. »Jetzt sind wir mal nach Emden umgezogen, da dürfen wir uns auch nicht verstecken. Und schießen kann ich ja. So was verlernt man nicht so schnell. Wer weiß, vielleicht werde ich ja sogar mal König!«

Erika hatte nichts gesagt, obwohl sie ziemlich genau wusste, wie man Schützenkönig wurde; bestimmt nicht durch Treffsicherheit, das war in Emden sicher auch nicht anders als in Jemgum. Auch, als Stinus diese Uniform angeschleppt hatte, wusste Erika sich zu beherrschen. Dass er es überhaupt ertragen konnte, keine zehn Jahre nach diesem Wahnsinnskrieg schon wieder in Uniform herumzulaufen! Wenigstens stammte das Ding aus zweiter Hand, sonst hätten sie es sich wohl kaum leisten können.

Denn Geld war nach wie vor knapp bei den Plögers. Stinus' Fußballerträume waren wie Seifenblasen zerplatzt, obwohl er beim Probetraining in Kaiserslautern durchaus überzeugt hatte. Oft, so quälend oft hatte er ihr davon erzählt, und sie glaubte ihm. »Zu alt! Alles gut, alles stimmt, Technik, Kondition, Ballgefühl – aber was nützt es, haben sie gesagt, ich wäre zu alt!« Danach hatte er es noch bei anderen Vereinen versucht, aber das Resultat war jedes Mal das gleiche gewesen: »Zu alt!«

Auf seine Stimmung hatte sich das nicht gut ausgewirkt. Auf seine Arbeitshaltung auch nicht. Immer wieder bekam Stinus Plöger Ärger. Unpünktlichkeit, Ungenauigkeit, einen unangemessenen Ton warf man ihm vor. Aus der erhofften Beförderung wurde so natürlich nichts. Stinus kam aus dem zermürbenden Schichtdienst nicht heraus. Dabei fiel es ihm schwer, den entgangenen Nachtschlaf tagsüber nachzuholen, vor allem, wenn die Jungs zu Hause waren und spielten. So leise konnten sie gar nicht sein, dass ihre Stimmen und Geräusche in der plötzlich sehr kleinen Wohnung nicht bis ins Schlafzimmer gedrungen wären. Immer wieder wurde ihr Vater wach, und dann setzte es ein Donnerwetter mit Gebrüll und Geheule. Erika immer mitten dazwischen.

Noch schlimmer wurde es, als die Fußball-Weltmeisterschaft in der Schweiz näher rückte. »Da hätte ich dabei sein können!«, knirschte Stinus jedes Mal, wenn wieder ein Sieg der deutschen Elf gemeldet wurde. Selbst die 3:8-Niederlage gegen Ungarn konnte seinen Zorn nicht dämpfen. »Wir schaffen es trotzdem ins Finale«, prophezeite er düster, »und ich bin nicht dabei!«

Das Endspiel am 4. Juli 1954 erlebte Stinus im *Faldernpoort*, wo ein Fernseher lief, an der äußersten Ecke des Tresens. Als der deutsche 3:2-Sieg feststand und alles in ohrenbetäubendem Jubel versank, stellte jemand ihm einen Schnaps hin. Stinus nahm ihn und trank. Daran konnte er sich später noch gut erinnern. Auch an den zweiten Kurzen. Dann riss der Film.

Früh am nächsten Morgen hielt ein Wagen der Bahnpolizei vor dem düsteren Wohnblock in der Dodo-Wiltfang-Straße. Zwei Beamte lieferten einen völlig verdreckten, verschrammten und nach Alkohol stinkenden Stinus ab und erklärten der entsetzten Erika, ihr Mann habe letzte Nacht in diesem Zustand seinen Dienst antreten wollen. Als der Kollege der Spätschicht sich weigerte, im Wachbuch die Übergabe abzuzeichnen, sei Plöger ausfallend und gewalttätig geworden, so dass man ihn in Gewahrsam nehmen musste. Jetzt sei er vorläufig suspendiert und müsste mit Rückstufung und einer empfindlichen Geldstrafe rechnen.

Erika entschuldigte sich vielmals bei den Polizisten, half ihrem Mann beim Waschen und Umziehen und hielt ihm anschließend in der Küche bei einem starken Tee eine Standpauke. Stinus, noch längst nicht nüchtern, begehrte auf, fing an zu brüllen. Die Jungs, die aufgewacht und dazugekommen waren, fingen an zu weinen. Stinus brüllte auch sie an, dann riss er den Schrank auf, nahm das Haushaltsgeld aus der Porzellandose mit dem kitschigen Huhn auf dem Deckel und stürmte aus der Wohnung. Zurück kam er erst volle vierundzwanzig Stunden später, wieder dreckig, mit neuen, blutverkrusteten Schrammen im Gesicht und ohne einen Pfennig.

Es war nicht leicht, Stinus wieder in ein halbwegs sicheres Fahrwasser zu bringen. Die Geldstrafe fiel so saftig aus, dass sie ihre Großmutter anpumpen musste, was Stinus gar nicht passte. Seine Eltern um Geld anzugehen, dazu war er ohnehin zu stolz. Weit schlimmer aber war die Degradierung. Er musste bei der Bahn fast von vorne anfangen, mit einigen seiner früheren Kollegen und Untergebenen als Vorgesetzte. Erika flehte ihn an, sein Mundwerk im Zaum zu halten und die Finger vom Schnaps zu lassen, um nicht alles noch schlimmer zu machen. Stinus hielt sich daran; seine unvermeidlichen Zornesausbrüche fanden dafür zu Hause statt. Auch die Jungen bekamen ihr Teil davon ab. Mehr als einmal musste Erika dazwischengehen, einmal schlug er ihr ein blaues Auge. Zwar war es keine Absicht, es tat ihm hinterher leid, und die Spuren des Schlages verblassten schon bald. Ungeschehen zu machen aber war das nicht mehr.

Erika dachte wieder oft an Fritz.

Und sie las immer öfter etwas von Fritz.

Angefangen hatte es mit einer mysteriösen, geradezu unheimlichen Begegnung. Eines Tages, als sie durch die Neutorstraße schlenderte und mit ungläubiger Begeisterung bestaunte, was die Folgen der Währungsreform alles in die Schaufenster gezaubert hatten, war ihr ein Mann aufgefallen, der ebenfalls die Auslagen bestaunte, ohne ein Geschäft zu betreten, der die Einkaufsstraße ebenso betulich entlangflanierte wie sie und sich für die gleichen Waren zu interessieren schien. Spätestens bei Damennachthemden war ihr das komisch vorgekommen. Auch, dass er des Öfteren seine Handfläche zu betrachten schien.

Ehe sie sich entscheiden konnte, ob sie Schutz suchen oder den Mann zur Rede stellen sollte, hatte der sie angesprochen. »Madame Erika?« Mit französischem Akzent. Herrjeh, ein Ausländer! Und wie aufregend ihr Name auf einmal klang, mit der Betonung auf dem »a«! Dann hatte er ihr das Foto gezeigt, das er in der Hand trug. Ein Porträt von ihr, das sie noch nie zuvor gesehen hatte. Fritz musste es aufgenommen haben, als sie sich zum ersten Mal nach dem Krieg wiedergetroffen hatten. Sie strahlte darauf. Und nachdem sie bestätigend genickt und etwas in die Hand gedrückt bekommen hatte, das sich als Brief entpuppte, hatte sie ebenfalls gestrahlt. Ein Brief von Fritz! Dann war der also in Frankreich?

Sie wollte den Überbringer fragen und sich bedanken, sich erkenntlich zeigen. Doch der war bereits wie vom Erdboden verschluckt.

Sie war nach Hause geeilt, beinahe gerannt. Kein Gedanke mehr an Einkäufe. Stinus war bei der Arbeit gewesen, die Kinder spielten draußen mit einer Bande Nachbarjungs auf einem nahe gelegenen Trümmergrundstück. Mit fliegenden Fingern hatte sie das Couvert aufgerissen, seine Worte förmlich verschlungen. *Liebste Erika!* Schon davon war ihr ganz heiß geworden, heiß und kribbelig. Beinahe hätte sie sich dafür geschämt, aber das wollte sie ja nicht mehr.

Was er zu berichten hatte, jagte ihr eher kalte Schauer über den Rücken. Bis Marseille war er also gefahren, in Güterzügen oder auf Lastwagen, hatte sich am Hafen herumgetrieben, nach einem Schiff gesucht, auf dem er anheuern konnte. War von einem Werber angesprochen worden: »*Du willst zur See? Willst du nicht lieber zu uns kommen?*« Achselzuckend war er mitgegangen. Und bei der französischen Fremdenlegion gelandet.

Unser Bataillon wurde nach Indochina entsandt, hieß es weiter. Erika hatte den Brief sinken lassen, den Blick ins Irgendwo gleiten lassen. Hitze, Wasser, Götterbilder, scharfe Speisen, geheimnisvolles Lächeln … Herrgott, wie sie ihn beneidete! Bis sie weitergelesen hatte. *Wir kämpfen hier für die Vorherrschaft Frankreichs, meistens im Dschungel. Ich bin also wieder einmal mitten im Krieg gelandet! Wir haben die besseren Waffen, aber die Schlitzaugen sind wie die Ameisen. Wo immer wir können, setzen wir Napalm ein, das ist ein wahres Teufelszeug. Du glaubst gar nicht, was das manchmal für ein Braten und ein Brennen ist. Einmal habe ich selbst etwas davon abgekriegt. War kein Spaß, das kann ich dir versichern.*

Erika hatte ihren Augen nicht geglaubt. Das sollte Fritz

sein, das sollte er geschrieben haben? Tränenblind hatte sie zu Ende gelesen, ohne den Inhalt recht wahrzunehmen. Einem verwundeten Kameraden, Nachfahre von Hugenotten mit Verwandten in Ostfriesland, werde er den Brief mitgeben, hatte Fritz noch geschrieben. Und künftige Briefe an das Hotel *Deutsches Haus* in Emden schicken, zu Händen Frau Hinrichs, mit dem Vermerk *Wird abgeholt*. Ganz unten hatte gestanden: *Tausend Grüße und Küsse, für immer Dein*. Sie hatte auf das Datum geschaut: An die vier Monate war dieser Brief unterwegs gewesen. Ob Fritz überhaupt noch lebte?

Aber diesem ersten Brief waren weitere gefolgt. Einmal pro Monat, wenn die Kinder spielen waren und Stinus bei der Arbeit, hatte sich Erika seitdem schick gemacht, die Frisur gerichtet und ihre neue Sonnenbrille hervorgekramt, war mit klopfendem Herzen ins *Deutsche Haus* gegangen, um nach Post zu fragen. Fast jedes Mal war ein neuer Brief von Fritz da gewesen. Und meist war es Herr Krallmann gewesen, der ihn ihr ausgehändigt hatte. »Die Kaffeebohne«, wie sie ihn im Stillen nannte.

Jedes Mal hatte sie Freude und Furcht zugleich gefühlt. Angst und Lust. Ein bisschen hatte sie das an ihre früheren Treffen mit Fritz erinnert.

»So, ich glaube, jetzt sitzt alles.« Erika strich noch einmal mit beiden Händen über Stinus' uniformierte Schultern, dirigierte ihn mit den Fingerspitzen um die eigene Achse und musterte ihn noch einmal eingehend. Noch einmal und noch einmal, einmal mehr als nötig. Stinus' Eitelkeit war noch eine seiner angenehmsten Eigenschaften, sie machte ihn so leicht lenkbar.

Es läutete an der Wohnungstür. Stinus nahm Haltung an; seine Hacken knallten. »Das ist Kamerad Konrad. Holt mich ab. Mach's gut, Schatz, und drück mir die Daumen, dass ich heute einen guten Eindruck mache.« Er drückte ihr einen flüchtigen Kuss auf die Wange und eilte zur Tür.

Erika schaute ihm nach, die Mundwinkel hängend. Tja, einen guten Eindruck machen, das konnte ihr Stinus sehr wohl. Sofern er die Finger von Alkohol ließ, denn dann war es damit vorbei. Ob er das schaffte, ausgerechnet beim Herrenabend, dem fröhlichen Gelage kurz vor Eröffnung des Schützenfestes? Das durfte zumindest bezweifelt werden. Nachdenklich durchquerte sie auf dem Weg zur Küche den Korridor.

»Tschüss, Erika!«

»Schönen Abend wünsche ich, Frau Plöger!«

Stinus stand noch in der offenen Tür, winkend, sein Kamerad hinter ihm im dunklen Flur. Kannte sie die Stimme? Die Wohnungstür fiel ins Schloss, ehe Erika ihr »Danke, viel Spaß!« ganz heraushatte. Wenig später knallte unten die Haustür. Erika zuckte zusammen. Dabei hatte sie Stinus doch so gebeten, den Schlüssel zu benutzen, um die Tür lautlos einzuklinken! Jetzt würde sich die blöde Ziege von oben wieder beschweren.

Sie stand immer noch im Flur, versunken in Gedanken, die unscharf blieben wie hinter Milchglas. Aus dem Kinderzimmer drang leises Murmeln. Natürlich schliefen die Jungs noch nicht, erzählten sich lieber spannende Phantasiegeschichten. Sollten sie ruhig, jedenfalls noch ein Weilchen, solange sie keinen Krach machten.

Erika ging in die Küche, blickte sich unschlüssig um. Zu tun gab es immer etwas für eine Hausfrau. Ja, das war sie wohl, eine Hausfrau und Mutter, eine ostfriesische. Und Fritz? Fernes Indochina, wilder Dschungel, geheimnisvolles Lächeln.

Und doch schrieb er ihr immer noch. Erst letzte Woche wieder. Den Brief hatte sie erst zweimal gelesen, kannte ihn noch nicht auswendig. Jetzt wäre doch eine gute Gelegenheit.

Sie ging zurück in den Flur, an ihr Nähtischchen. Ein filigranes Möbelstück mit unglaublichen Schnitzereien, gedrechselten Beinen und einem Fresko in der Deckplatte, das eine Jagdszene zeigte. Reh und Kitz, von Jägern und Hunden bedrängt. Natürlich stammte es von ihrem Opa, eins der Stücke, die er ihr vermacht hatte. Auch das Schiffsmodell unter dem Glassturz gehörte dazu, jetzt die Zierde ihres Wohnzimmers.

Ein Segelschiff unter Glas. Ein Symbol der Freiheit – geschützt, aber gefangen.

Sie öffnete die unterste der drei Schubladen, zugleich die tiefste, mit dem Schlüssel, den sie an einem Kettchen um den Hals trug. Die Lade war voller Wollknäuel, Reste zumeist, in den verschiedensten Farben. Darunter lagen gefaltete Schnittmusterbögen. Und darunter ... Erika musste lächeln. Ja, genau so, nämlich im Nähkasten, hatte Effie Briest einst auch Liebesbriefe versteckt, die von Major Crampas. Ihr Ehemann war ihr am Ende draufgekommen. Ein böses Omen? Wohl kaum, dachte Erika. Stinus hatte bestimmt noch nie eine Zeile von Theodor Fontane gelesen.

Sie nahm das Bündel Briefe heraus und ging damit ins Wohnzimmer, setzte sich in die Sofaecke unter die Leselampe, den Packen auf dem Schoß, und zog den obersten unter dem roten Geschenkband hervor. *Liebste Erika!* Es war wie eine Droge. Nach jedem Satz schloss sie die Augen, genoss das Kribbeln. Wie intensiv konnten Erinnerungen sein, wenn sie so aufgefrischt wurden! Und nein, keine Scham.

Da waren Schritte. Etwa die Ziege von oben, die sich beschweren kam? Aber die Schritte erklangen schon aus dem Flur. Wollten die Kinder etwas zu trinken, musste sie vielleicht aufs Klo? Nein, das waren schwerere Schritte.

Erika raffte die Briefe zusammen. Die Wohnzimmertür flog auf, ehe sie aufspringen konnte. Unter dem Türsturz ein zorniger Stinus mit offenem Kragen und schief hängender Schützenkrawatte. Und hinter ihm ...

Die Kaffeebohne. Herr Krallmann aus dem Hotel *Deutsches Haus*. Das also war Stinus' neuer Schützenkamerad!

Mit zwei langen Sätzen war Stinus bei ihr, riss ihr die Briefe weg, warf einen Blick darauf, schleuderte den Packen zu Boden. »Du ... du Miststück«, fauchte er sie an. »Du Hure! Du hast mich mit ihm betrogen. Du tust es noch! Schäm dich! Wie lange geht das jetzt schon?«

»Lange!« Das war Krallmann. Sein blasiertes Gesicht erglühte in Schadenfreude. »Wenn du willst, Stinus, suche ich's dir aus den Gästebüchern raus. Herr und Frau Hinrichs!« Er lachte fett.

Erika ignorierte ihn, hatte nur Augen für ihren Mann,

während sie sich erhob. »Es tut mir leid«, sagte sie. »Es tut mir sehr leid. Aber – ich schäme mich nicht dafür.«

Krallmann verschlug es die Sprache und das fette Lachen.

Stinus' Gesicht war eine rote, wutverzerrte Fratze. »Warum? Warum tust du das? Warum tust du mir das an?« Er schnappte nach Luft, würgte, schluckte. »Mir und den Kindern. Warum?«

»Weil ich ihn liebe«, sagte sie schlicht.

Zur Wut kam Leid, gesellte sich Qual. »Und ich? Liebst du mich denn nicht?«

»Irgendwie.« Sie zuckte die Schultern. »Ich hatte es dir versprochen. Dich zu heiraten, meine ich, und deine Frau zu sein. Das Versprechen habe ich gehalten. Oder etwa nicht?«

»Dein Versprechen gehalten?« Aus rot wurde grau. »Mehr nicht?«

Krallmann und seine Kaffeebohnen zogen sich zurück. Der Verräter verstand längst nichts mehr, nur, dass hier eine Explosion anstand, die alles zerreißen konnte.

»Mehr nicht? Ich finde, das ist viel. Sehr viel sogar.« Sie schüttelte den Kopf. »Mein Leben immerhin.«

»Das Versprechen! Bloß deshalb.« Alle Farbe war jetzt aus seinem Gesicht gewichen. »Lebst mit mir aus Pflichtgefühl, steigst mit mir ins Bett, weil du mir etwas versprochen hast. Ich fasse es nicht! Und die Kinder? Wie willst du das unseren Söhnen erklären?«

»Unserem Sohn«, korrigierte Erika leise.

Atemholen, scharf wie ein Drillbohrer. »Ich wusste es«, zischte Stinus. »Nutte! Ich wusste es.«

»Ja dann.« Erika legte den Kopf zurück, ihre Arme hingen entspannt herab. Sollte er sie schlagen, das würde auch nichts ändern.

Stinus schlug sie nicht. »Ich gehe weg«, sagte er stattdessen gefährlich ruhig. »Keinen Tag länger bleibe ich hier. Weg, hörst du?! Krallmann« – er drehte sich suchend nach seinem Schützenbruder um, der sich jedoch schon aus dem Staub gemacht hatte – »ein Kamerad wird meine Sachen holen. Ich gehe weg, und dann werde ich keinen Fuß mehr in diese Wohnung setzten. Hast du mich verstanden?«

Erika schloss die Augen. War sie es nicht längst gewohnt, dass ihre Männer sie verließen?

»Dann kannst du ihm ja meinen Platz in unserem Bett anbieten. Er weiß ja wohl schon, wie man da liegt. Der Mistbock! Wenn ich den in die Hände kriege, ich schwöre dir …« Er brach ab, beließ es beim Augenrollen.

Sie schüttelte stumm den Kopf.

»Oder du kannst zu ihm gehen. Ist mir auch ganz egal! Mach doch, was du willst.« Er drehte sich um. Zögerte, schaute zu Boden, gab dem Briefbündel einen Tritt, dass es hochflatterte wie eine zerrupfte Taube. Stand unschlüssig, blickte sie aus den Augenwinkeln an, als warte er auf ein »Halt«, ein »Bitte!«, irgendeine Aufforderung, doch noch zu bleiben.

Erika aber schwieg.

Also ging Stinus, längst nicht so effektvoll, wie er es vorgehabt hatte. Auch die Tür knallte er nicht hinter sich zu.

Erika stand, die Augen geschlossen, auf die Stille lauschend. Selbst aus dem Kinderzimmer drang kein Laut. Wie sollte sie es ihnen sagen? Aber hatten sie es nicht schon selbst gehört?

Vielleicht, dachte Erika, war es ganz gut, dass ihre Männer einmal beide gingen. Es wurde Zeit, dass etwas Ruhe in ihr Leben kam.

Sie seufzte, öffnete die Augen, bückte sich und hob die Briefe auf, die den Flurteppich sprenkelten wie weiße Blüten. Dann ging sie zum Nähtischchen und zog die unterste Lade auf. Zögerte.

Mit einem Ruck schob sie sie wieder zu, lief in die Küche, öffnete den Mülleimer und warf die Briefe hinein.

»Ich brauche Ruhe«, flüsterte sie. »Endlich Ruhe.«

41.

»Und hier soll er irgendwo sein?« Stahnke wischte sich den Schweiß von der Stirn.

»Angeblich ja.« Kramer sah natürlich wieder einmal untadelig aus in seiner naturleinenen, locker fallenden Hose und seinem kurzärmeligen Oberhemd, das nicht einmal Knickfalten aufwies. Rund um seine extrem coole Sonnenbrille war keine Spur von Schweiß auszumachen, während sein Vorgesetzter in der frühsommerlichen Wärme schier zerfloss. »Die Vermieter sagen, um diese Zeit wäre er immer hier«, ergänzte der Oberkommissar.

»So.« Stahnke kniff die Augen zusammen und plierte über den weißen Strand. Dass Kramer ihn auch nicht an die Notwendigkeit eines Augenschutzes erinnert hatte! »Unser Mann scheint ja einer mit festen Gewohnheiten zu sein.«

»So heißt es.« Auch Kramer observierte die Umgebung, schaute die Langeooger Höhenpromenade hinauf und hinab; der Blick seiner wohlbeschirmten Augen wanderte über buschbewachsene Dünenhänge, über Strandkorbansammlungen, Sandburgen und Volleyballfelder bis hin zur sanften Brandung jenseits des Spülsaums. Eine Menge Betrieb, konstatierte Stahnke, dem Blick seines Kollegen folgend, allerhand Menschen. Würde wohl nicht leicht werden, den Gesuchten herauszupicken.

»He, kommt, kommt schnell! Da ist er wieder!« Helle Teenager-Stimmen, rasch von hinten näherkommend. Eine Horde Jungvolk drängte sich eilig an den beiden Beamten vorbei, ohne sie mehr zu beachten als lästige Hindernisse. Viel straffe, glatte Haut glänzte ölig in allen Schattierungen zwischen Vanille und Karamell, von winzigen Bikinis und Badehosen kaum bedeckt. Die Gruppe strebte dem holzbewehrten Pfad zu, der hinab zum Strand führte.

»Wer ist da wieder?« Eine Nachzüglerin rannte mit wehender Mähne ihrer Clique hinterher. Stahnke fiel es schwer, seine Augen von ihren hüpfenden Brüsten zu lassen.

»Na wer wohl?«, schallte es aus der Gruppe zurück. »Die ausgewickelte Mumie!«

Stahnke gab Kramer einen Wink. »Da sollten wir dran bleiben.«

»Im Ernst? Findest du die nicht etwas zu jung? Ich meine, selbst für mich?«

»Sehr witzig. Komm schon.«

Ehe sie den Strand erreicht hatten, war Stahnke schon wieder schweißgebadet. Im tiefen Sand war das Gehen noch viel anstrengender, und er war froh, anhalten zu können, um sich die Schuhe auszuziehen. Er trug stabile Lederschuhe mit dicken Schnürbändern, wie immer, und saugfähige Socken darin. Kramers sehnige Füße dagegen steckten sockenlos in Trekkingsandalen, die ganz ähnlich aussahen wie die, die Edzard Wirtjes ihm gezeigt hatte. Blitzschnell hatte der Kollege sie abgestreift, federleicht hingen sie an zwei Fingern, während Stankes Ganzjahrestreter eine echte Last darstellten.

Die Teenie-Gruppe war zum Glück leicht im Auge zu behalten. Und in den Ohren. Alles am exaltierten Gebaren dieser selbstverliebten Hochglanzfiguren schrie förmlich nach Beachtung, und sie selbst schrien auch. Vor Vergnügen, vor Schadenfreude, vor Hohn? Letztlich lief es wohl auf ein und dasselbe hinaus.

Der kreischende Trupp zog eine Schneise durch die Menge der sonnenbadenden Urlauber, die den Strand mit bunten Tupfen aus Stoff und gegarter Haut sprenkelte, bis er zum Stillstand kam, ohne einen von hinten ersichtlichen Grund. Andere Neugierige gesellten sich dazu, bildeten eine kleine Zuschauerfront. Das Sehenswerte musste sich davor abspielen. Stahnke kämpfte sich durch den pudrigen Sand, der sich unter seinen Fußsohlen zu verflüchtigen schien und aus jedem Schritt gefühlte drei machte. Der Hauptkommissar schnaufte. Längst zählte er zu den leuchtendsten der roten Tupfen, und er keuchte schwer, als er sich durch die Barriere der glitschigen Körper tankte, Kramer cool an seiner Seite. Endlich hatten sie freie Sicht.

Vor ihnen tanzte ein Mann. Ein alter Mann. Einer mit

runzligem Gesicht, faltigen Armen und hautlappiger Brust. Erbärmlich wenige weiße Haarsträhnen baumelten rund um seinen ansonsten kahlen Kopf. Die Glatze war mit braunen Flecken übersät, zwischen denen eine dicke, bösartig aussehende Narbe leuchtete. Das Kinn stand knochig vor, der fast lippenlose Mund war so weit eingezogen, dass Zähne einfach keinen Platz mehr haben konnten. Die Wangen waren hohl und schrundig, Nase und Ohren riesig. Der Rest des Gesichts war hinter einer übergroßen Sonnenbrille verborgen, die verwegen auf und ab wippte, während der alte Mann in skurrilen Sätzen durch den Sand federte.

»Ausgewickelte Mumie«, murmelte Stahnke vor sich hin, vom lauten Kreischen rings um ihn her übertönt. Gar keine so schlechte Beschreibung, das musste er zugeben. Dieser Greis sah wirklich so aus, als bräuchte er Binden, um die zaddernden Restbestände seines ausgemergelten Leibes zusammenzuhalten. Oder war das, was da um seinen Oberkörper herumschlenkerte, etwa gar keine Haut? Früher, vor den beiden Weltkriegen, hatten sich bessere Kreise doch gerne damit amüsiert, als Höhepunkt einer wilden Party gemeinsam eine illegal aus Ägypten geschmuggelte Mumie »auszuwickeln«. Vielleicht war man bei dieser hier ja etwas schlampig vorgegangen …

Dann fielen ihm zwei Dinge gleichzeitig auf. Zum einen nämlich, dass dieser alte Mann gar nicht tanzte. Seine Sprünge, die hochgezogenen Knie, die weit und hoch pendelnden Arme mochten zwar diesen Eindruck vermitteln, tatsächlich aber trieb der Mann Sport. Wenn auch auf sehr altmodische Weise; als diese Übungen gelehrt worden waren, hatte Sport noch »Leibesübungen« geheißen. Und zum anderen, dass dieser Mann unterhalb der Körpermitte, die in einer dunkelblauen Schwimmhose steckte, ganz anders aussah als oberhalb. Seine Beine waren bemerkenswert muskulös und ausdefiniert, und seine glatten, etwas zu großen Füße sahen geradezu jugendlich aus. Auf den zweiten Blick also überhaupt kein Grund zu spotten, entschied der Hauptkommissar. Hier hielt sich lediglich jemand fit. Offenbar seit Jahrzehnten. Und seit Jahrzehnten mit Erfolg.

Mehrmals schnellte sich der fitte Greis den Strandabschnitt auf und ab, mal nahe der Wasserkante, wo der Inselsand hart und fest war, mal weiter oben, wo der Pudersand nur so flog, aber immer dicht vorbei an der lauten Zuschauergruppe, die inzwischen das Kreischen eingestellt hatte und zu ironischem Applaus übergegangen war. Scheinbar beachtete er die Leute gar nicht. Je länger aber der alte Mann seine Übungen machte, die Füße fliegen und die Hände kreisen ließ, desto mehr Betrachter verloren das Interesse und wandten sich ab, bis es schließlich auch dem Jungvolk zu langweilig wurde und die Gruppe geschlossen von dannen tobte, auf der Suche nach neuen Opfern, über denen man all die hochmütige, rücksichtslose Verachtung der Jugend ausschütten konnte.

Und kaum waren die jungen Leute fort, da beendete der sportliche Alte sein Ertüchtigungsprogramm, so, als hätte er es einzig und allein für die kreischende Meute aufgeführt. Nun doch schwer atmend, die Hände in die Hüften gestützt, stapfte er zu einem Badelaken, auf dem ein altertümlicher Campingbeutel lag, zog ein Handtuch heraus und begann sich abzutupfen, obwohl sich kaum Schweiß auf seiner welken Haut zeigte. Den beiden Kriminalbeamten, die sich ihm näherten, blickte er neugierig und erwartungsvoll entgegen, als ob sich da ein neues Publikum für die nächste Darbietung versammelte.

»Guten Tag. Herr Plöger?«

Der Greis nickte hoheitsvoll. »Jawohl, meine Herrn, Plöger mein Name, Stinus Plöger. Mit wem habe ich das Vergnügen?«

Stahnke stellte sich und seinen Kollegen vor, beobachtete Plöger dabei scharf. Zeigte er eine Reaktion auf das Wort »Kriminalpolizei«? Oh ja, das tat er durchaus. Aber nicht durch ein Stirnrunzeln, ein Erbleichen oder gar ein schuldbewusstes Zusammenzucken. Vielmehr ging ein Leuchten über Stinus Plögers Gesicht, ein Ausdruck freudiger Überraschung, als hätte man ihn einer Auszeichnung für würdig befunden. Einer verdienten, längst überfälligen Auszeichnung. »Meine Herren!«, wiederholte er zackig, während seine Schultern sich strafften. »Wie kann ich Ihnen helfen?«

»Wir würden uns gerne mit Ihnen unterhalten«, erwiderte Stahnke.

»Vielleicht an einem … etwas weniger exponierten Ort«, ergänzte Kramer.

»Aber gern. Warten Sie nur kurz, damit ich gerade mal …« Er bückte sich nach seinen Sachen. Hatte er die ironische Anspielung in Kramers Bemerkung überhört? Offenbar, entschied der Hauptkommissar, jedenfalls reagierte er nicht darauf. Vielleicht aber hatte er, Stahnke, seinen Kollegen auch überinterpretiert. Möglich war alles. In diesem Fall sowieso.

Er hatte damit gerechnet, dass Plöger sich etwas überziehen würde, sah sich darin aber getäuscht; der Greis schien sich in seiner knappen Schwimmhose absolut gesellschaftsfähig gekleidet zu fühlen. Er nahm lediglich seinen Campingbeutel auf, faltete das Badelaken akkurat auf Kante, steckte es in den Beutel, zog die Kordel zu und hängte sich das altmodische Ding über die Schulter. »Ich schlage vor, wir gehen zur *Strandhalle*, da können wir schön im Freien sitzen«, sagte Plöger und stapfte los, ohne eine Entgegnung abzuwarten. Stahnke und Kramer schauten sich an, zuckten synchron die Achseln und folgten widerspruchslos.

Wie ich wohl aussehe, wenn ich über achtzig bin, sinnierte Stahnke, während er sich bemühte, mit dem alten Mann Schritt zu halten. Falls ich überhaupt so alt werde. Um seine kräftigen, wohlgeformten Beine war Plöger jedenfalls zu beneiden. Der Hauptkommissar bemühte sich, nicht allzu auffällig auf das agile Spiel der Muskeln unter der spröden Haut zu schauen; was sollten die Leute denken! Dabei war Stahnke mit seinen eigenen Beinen noch am ehesten zufrieden. Das viele Fahrradfahren zahlte sich eben aus. Auch für den oberen Teil seines Torsos hatte er in letzter Zeit viel getan, ohne mit dem Resultat wirklich glücklich zu sein. In diesem Punkt brauchte er wenigstens nicht auf Plöger neidisch zu sein. Jedenfalls, was die Mängel in der Optik betraf. An der Beweglichkeit des Alten dagegen war nichts zu beanstanden.

Die *Strandhalle* kam in Sicht, und mit ihr der Anstieg zur

Höhenpromenade. Plöger schien der nichts auszumachen, Kramer ebenso wenig. Stahnke biss die Zähne zusammen. Nur keine Schwäche zeigen!

Der sportive Greis schien auf Langeoog bekannt zu sein wie ein bunter Hund, jedenfalls wurde er von rechts und links gegrüßt und grüßte stets formvollendet und mit viel Kopfnicken und Handschwenken zurück.

Stahnke war froh, als sie endlich an einem Tischchen saßen und ihre Bestellungen abgegeben hatten; Plöger hatte stilles Wasser geordert, »ohne Eis, bitte achten Sie darauf, aber mit einem Schnitz Limone.« Es war dem Hauptkommissar, der doch einiges gewohnt war, richtig peinlich, in Begleitung dieses halbnackten, alterswelken Pfaus gesehen zu werden.

Plöger hob das Kinn und schaute ihn und Kramer abwechselnd auffordernd an, neue Zuwendung heischend. Stahnke gab den Impuls an Kramer weiter. Der reagierte, ohne sich irgendetwas anmerken zu lassen. »Es geht um einen Jugendfreund von Ihnen«, begann der Oberkommissar. »Sie wissen schon.« Hochgezogene Augenbrauen, fragender Blick. Plöger, übernehmen Sie.

Stahnke beobachtete den Alten genau. Die freundliche Miene blieb. »Nein«, kam es höflich zurück. »Wen meinen Sie?«

»Wir meinen Fritz«, antwortete Kramer. »Der damals mit Ihnen in der Schule war.«

»Ach, Fritz!« Verstärktes Lächeln, bestätigendes Nicken. Nichts konnte unverdächtiger sein. »Dann lebt er also noch?«

Stahnke übernahm, ohne Plögers Frage zu beantworten. »Wann haben Sie Fritz zum letzten Mal gesehen?«

Der alte Mann zuckte die Achseln, lehnte sich zurück, schenkte der Serviererin, die ihm gerade das Wasser mit der verlangten Limone hinstellte, ein charmantes Lächeln. »Das muss ja ewig her sein. Vor dem Krieg! Wann genau, das kann ich gar nicht mehr sagen.« Jetzt verdüsterte sich sein Gesichtsausdruck doch. »Vielleicht am 9. November, die Nacht auf den 10., Sie wissen schon, Reichskristallnacht. Da habe ich ihn gesehen, das weiß ich genau. Aber danach?«

»Vielleicht in den letzten vierzehn Tagen?«, fragte Kramer.

Plöger hatte auf Stahnke geschaut, behielt diese Blickrichtung auch zunächst bei, nachdem die Worte bei ihm eingeschlagen waren. Es schien einen Moment zu dauern, bis der Alte sich darüber im Klaren war, was diese Frage alles bedeuten mochte. Seine blauen, weit offenen Augen waren erstaunlich klar, und Stahnke glaubte durch sie tief in sein Gegenüber hineinblicken zu können. Aber er vermochte nichts zu erkennen.

»Nein«, antwortete Plöger schließlich. »In den letzten vierzehn Tagen nicht und in den letzten Jahrzehnten auch nicht. Meine Herren, wäre es nicht an der Zeit, sich zu erklären? Da Sie mich hier in meinem Urlaubsdomizil aufgestöbert haben, nehme ich einmal an, dass Sie Kontakt zu Mitgliedern meiner ehemaligen Familie hatten. Dann wissen Sie sicherlich auch, dass meine Freundschaft mit Fritz eine, nun ja, ehemalige Freundschaft ist. Es gab da einen mehr als unangenehmen Vorfall, der mich veranlasste, die Weichen neu zu stellen und mein Leben in andere Geleise zu lenken. Gehe ich recht in der Annahme, dass Sie aus dieser Tatsache nun gewisse, wie soll ich sagen, Mutmaßungen ableiten?«

Hier stelle ich die Fragen, dachte Stahnke, behielt es aber für sich. »Wie heißt Ihr *ehemaliger* Freund Fritz denn mit Nachnamen?«, erkundigte er sich wie zur reinen Kontrolle.

Plöger schmunzelte und breitete theatralisch die Arme aus. »Wenn ich das wüsste!«, rief er. »Zuerst nannte er sich Fleischhauer, aber das war natürlich nur Tarnung. Er hatte sich seinerzeit bei einer Familie dieses Namens in Jemgum versteckt, wissen Sie? Ach, Sie wissen das. Damals habe ich nie nachgefragt, erst recht nicht, nachdem ich wusste, dass er Jude war. Wir waren Kumpels, Stinus und Fritz, da spielte das keine Rolle. Glaube nicht und Nachnamen auch nicht. Später nannte er sich dann Hinrichs, aber ich glaube nicht …«

»Sie sagen *war*«, unterbrach Kramer. »Warum?«

»Dass wir Kumpels waren? Ich sagte doch schon …«

»Nein. Sie sagten, er *war* Jude.« Kramers Gesicht blieb steinern. Er blinzelte nicht. »Warum *war*?«

»Ach so, das. Das hat nichts ... Also, viele Menschen haben doch seinerzeit ihren Glauben an Gott verloren, ganz egal von welcher Fakultät, nicht wahr? Nach all den schrecklichen Dingen, die damals passiert sind.«

»Fritz auch?« Stahnke beschattete seine Augen mit der Hand.

»Ich denke.« Plögers Blick irrte unschlüssig zwischen den beiden Beamten hin und her. »Allzu gläubig ist er ja sowieso nie gewesen. Meine ich.«

»Woher wissen Sie das?«

»Erika hat sich mal dahingehend geäußert.« Plögers Gesicht, trotz Sonne und Anstrengung bisher auffallend bleich, begann sich zu röten. »Das ist meine ehemalige Frau. Sie lebt jetzt in Leer.« Er wischte sich über die trockene Stirn, verdeckte dabei seine Augen, hielt inne, schaute wieder hoch: »Aber vermutlich kennen Sie sie ja.«

Wieder vermied Stahnke eine Bestätigung. »Sie haben mit Ihrer Frau über Fritz gesprochen? Wann war denn das, bitte?«

Plöger schwieg einen Moment. Er atmete schwer, schwerer als kurz nach seiner Sportdemonstration. Mit seiner leutseligen Souveränität war es vorbei. »Ich glaube, das ist ganz lange her, damals war sie noch gar nicht meine Frau«, murmelte er dann, den Blick auf sein Wasserglas geheftet, das er zwischen den Händen drehte. »Später ... mag sein, dass wir auch später gelegentlich über Fritz gesprochen haben. Aber Sie wissen ja vermutlich, dass es dann zu diesem Vorfall kam, ich meine, dass da etwas zu Tage kam, das unsere Ehe ... scheitern ließ. Kurz, meine Frau hat mich betrogen, ich habe sie verlassen, später haben wir uns scheiden lassen, alles über die Anwälte, hatten nie wieder Kontakt. Ich habe sie aus meinem Leben verdrängt, ebenso wie Fritz. So war das, und das ist alles.« Er hob den Kopf, schaute Stahnke ins Gesicht, die Augen ebenso klar wie zuvor, nur dass sie jetzt irgendwie dunkler wirkten. »Könnten Sie mir jetzt bitte sagen, was Sie wirklich von mir wollen? Ist etwas mit Erika? Oder mit meinem ... meinen Söhnen?«

Stahnke überlegte ein paar Sekunden, seinen Blick in den

Plögers gehakt. Versuchte abzuwägen. War dieser komische Vogel da, dieser tanzende Exhibitionist, ein naiver Greis oder ein gewiefter alter Fuchs? Was sollte er ihm glauben, was sollte er ihm sagen?

Nichts.

»Ich muss Sie bitten, mich zu begleiten«, sagte der Hauptkommissar.

Plöger erstarrte. Seine eingefallenen, geröteten Wangen wurden wieder bleich. »Ja, aber ... wieso ... wohin? Wessen beschuldigen Sie mich?«

»Zunächst einmal zum Polizeibüro An der Kaapdüne«, erwiderte Stahnke, die anderen Teile der Frage ignorierend. »Wir benötigen Ihre Fingerabdrücke. Danach sehen wir weiter.« Er wandte sich an Kramer: »Begleiche bitte unsere Rechnung und komm dann nach. Du kennst ja den Weg.«

Der Hauptkommissar erhob sich, den mumienhaften Greis vor sich her dirigierend. Aus den Augenwinkeln registrierte er, dass auch der Stoiker Kramer nicht verhindern konnte, dass zumindest Spuren seines Erstaunens bis auf sein gewöhnlich ausdrucksloses Gesicht vordrangen. Gewiss hätte er viel darum gegeben, zu erfahren, was sein Vorgesetzter jetzt vorhatte.

Stahnke konnte das nachvollziehen. Ihm ging es ja ganz genauso.

42.

Da ist sie wieder, die alte Fregatte. Hört nicht auf zu nerven. »Wollt ihr denn gar nicht wissen, wer meinen Mann auf dem Gewissen hat?« Ein Maul wie ein Haifisch, rot vom Fressen. »Ist euch das so egal?« Weiße Hauer, reihenweise, scharf, bestimmt nicht echt. »Oder wisst ihr es längst?« Augen wie Glasmurmeln, aber Blicke wie Dolche. »Ja, bestimmt wisst ihr es. Ihr deckt doch nur den Mörder!« Klingt wie eine Stalinorgel. »Wohl, weil ihr meinen Mann tot sehen wolltet. Warum? Habt ihr ihn so gehasst? Wart ihr neidisch, weil er so ein Kerl war?« Arme wie wabbelige Keulen. »Oder hattet ihr Angst vor ihm? Bestimmt hattet ihr Angst, dass es euch an den Kragen gehen könnte. Weil er was gewusst hat, weil er euch in der Hand hatte. Darum musste er weg, jämmerlich ersaufen in dieser Kiste.« Dicke Ringe schneiden ins Fleisch, Halskette zum Zerreißen straff. »Und ihr deckt den Mörder! Schweine. Oder wart ihr es vielleicht sogar selbst? Ist der Mörder einer von euch?«

Sie hört und hört nicht auf. Geht herum, belämmert alles und jeden, jammert, heult allen die Ohren voll. Oder sie droht. Alle haben die Nase voll von dieser Witwe Janssen, keiner will mehr ein Wort hören. Aber einfach wegschicken kann man sie nicht, ist ja eine Parteigröße, Ortsführerin der NSDAP-Frauenschaft. Also verdreht man die Augen und tut so, als täte man was. Nur so ein bisschen, zum Schein, aber es wird gestochert. Hört das denn nie auf? Irgendwann, wenn es der Teufel will, stoßen sie doch noch auf etwas. Verflucht.

Hört das denn wirklich nie auf?

Diese Frau Janssen ist riesig, und sie wächst immer weiter, bläht sich wie ein Ballon, drohend überragt sie alle und alles. Wird dabei unscharf, beginnt an den Kanten zu zerfließen. Wie Gas.

Gas!

Aber die Janssen ist doch tot. Lange schon tot. War ein zähes Luder, ist alt geworden, hat nie Ruhe gegeben, und die

Leute haben schon getuschelt: Wenn die mal in die Grube fährt, dann muss man ihr das Mundwerk extra totschlagen. Alte Nazisse! Und das fette Lachen dazu. Tja, alte Nazisse, alter Nazi, wer war das nicht, irgendwie? Ist doch weiter kein Problem hier. Nur das Maul halten muss man können.

Ein Stöhnen, ein Röcheln. Kurzes Hochschießen, Durchstoßen des Spiegels, Auftauchen aus der erstickenden Tiefe, Schnappen nach Luft. Ein Flackern, ein Schimmer. Und wieder hinab.

Wieder eine Frau, aber nicht die Janssen. Mutter! Mutter, warum warst du so? Konntest du nicht anders? So wenig Liebe, außer für ihn und für dich. Vor allem für dich selbst. Was war ich für dich? Nur eine Aufgabe, die zu erledigen war, ein Plan, eine Enttäuschung? Ach Mutter. Wie muss er dich verletzt haben, dass du so geworden bist.

Aber Mutter ist das auch nicht. Oma! Meine wahre Mama. Deine Liebe hat auch für mich gereicht. Und wie schwer haben sie es dir gemacht! Nicht erst die Nazis, aber die vor allem. Haben dir den Mann genommen, weil er einen Glauben hatte, den an Gerechtigkeit. Und den Sohn, weil er an sie glaubte. Zu lange. Das hat dich deinen Glauben gekostet. Wie so viele andere auch. Oma, wir wollten dir helfen, dir deinen Mann wiedergeben. Aber dann musste er noch weiter weg. Am Ende hattet ihr dann nur noch ein paar Jahre. War es das wert?

Was für eine Frage.

Alles verweht, alles fließt zusammen, flackernde Farben wie in einem Kaleidoskop. Bewusstsein schält sich in Schichten ab. Aus Wänden werden Tunnel. Neben dem Kind steht die junge Frau, steht die Ehefrau und Mutter, steht die Geliebte, die verlassene Ehefrau und Mutter. Und die alte Frau. Schau, Mädchen, auch das wirst du sein.

Oma hatte drei. Hat sie das nicht erzählt, sogar ein wenig damit geprahlt? Drei Verabredungen am selben Abend, mal schauen, wer der Erste ist. *Dates* nennen die jungen Leute das heute, klar, wer den Krieg gewonnen hat, der bestimmt auch Denken und Sprache. Oma hatte drei, ich nur zwei.

Oma hat sich entschieden, klar entschieden. Warum konnte ich das nie?

Entscheidungen. Weggabelungen. Abzweigungen. Versprechungen. Hatte ich mich denn nicht jedes Mal entschieden, war ich denn nicht immer wieder konsequent? Oma helfen. Opa retten. Alles dafür riskieren. Hilfe annehmen und dafür eine Gegenleistung versprechen. Das Versprechen halten. Habe ich das denn etwa nicht getan?

Aber Fritz. Aberwitz. Was kannst du tun, wenn du liebst? Lieben. Wenn du aber etwas anderes versprochen hast? Verdammt. Verdammt bist du dann. Verdammnis.

Schatten. Ein Riesenschatten. Diese Frau ist wieder da, ist hier, im Zimmer, ist ganz nah. Das Riesenweib. Die Janssen, die nach ihrem Mann fragt, seinen Mörder will, die so lange bohrt, bis etwas gefunden ist, das zu uns führt, zu Stinus und zu Fritz und zu mir. Ist sie das?

Nein, ist sie nicht. Die Pflegerin ist es, wirklich eine Riesin, aber nett. Grob und manchmal mufflig, aber nett. Kann zupacken, und wenn was ist, dann ist sie da. Jetzt schwebt sie über mir wie ein zweiter, dunkler Himmel. Noch mehr aus dem Tropf? Vielleicht kann ich dann ja endlich schlafen.

Und jetzt? Jetzt ist da Jemgum. Die Mühle, der Deich, die Kirche. Orgelspiel dringt bis auf die Straße. Max übt wieder. Ach, Max, mein lieber kleiner Max. Und mein lieber kleiner Friedrich. Zwei Väter hattest du, von einem nur wusstest du – und dann gab es plötzlich keinen mehr für dich. Weil ich eine Entscheidung getroffen hatte und dadurch verdammt war. Euch hat sie ebenfalls getroffen, die Verdammnis. Meine Schuld? Ich bin doch nicht weggegangen, das war doch er! Aber doch, sicher, meine Schuld. Klarer Fall. Verdammt bin ich.

Was, wenn es sie doch gibt, die Hölle? Wenn ich nun brennen muss für das, was ich getan, was ich gefühlt, was ich entschieden und getan und wen ich geliebt habe? Brennen für die Ewigkeit? Die Ewigkeit ist echt lang, hat Max mal gesagt. Aber wenn, dann habe ich das nicht zu entscheiden. Das tut dann ein anderer, als Strafe, weil ich nicht an ihn geglaubt, weil ich ihn nicht geliebt habe. Einer entscheidet, ein anderer vollzieht die Strafe, ich muss leiden. Wie im Himmel also auch auf Erden also auch in der Hölle. Amen. Erbarmen.

Wenn ich nun in die Hölle komme, wen werde ich dann treffen? All die anderen, die Entscheidungen getroffen haben in gutem Glauben, die sich als falsch erwiesen? Vielleicht wird es ja all diese treffen, dann wird es voll, dann wird es in der Hölle auch nicht viel anders sein als auf Erden. Und was ist mit denen, die nur eine einzige Entscheidung getroffen haben, nämlich die, alles mitzumachen, was ihnen Vorteile verschafft, ganz egal, wer dabei leiden und sterben muss, wer versklavt, ermordet und verbrannt wird? Was ist mit denen? Werde ich die selbst in der Hölle nicht los?

Oder gibt es für die eine Extrahölle, eine braune, wo die Seelen ihrer Opfer die Aufsicht führen? Mein ist die Rache, sagt er doch, heißt es. Aber haben die Überlebenden, haben die Angehörigen der Ermordeten denn je nach Rache geschrien? Führt Leid zu Weisheit und die zu Barmherzigkeit? Dann hätten diese Nazischweine ja schon wieder Glück. Wie auf Erden.

Wie in Jemgum. Damals. Nie werde ich das Gefühl vergessen. Als ich zurückkam aus Emden. Verlassen, verachtet, was sollte ich da noch. Lieber Flucht, lieber zurück ins heimatliche Dorf, mit meinen Kindern. Heimat, Geborgenheit. Das Elternhaus, Omas Haus, mein Erbe, ich konnte es mir aussuchen. Wieder eine Entscheidung, aber diese fiel mir leicht. Omas Haus natürlich, das andere verkauft, so mussten wir uns um Geld erst mal nicht sorgen.

Aber um alles andere.

Weißt du noch? Ja ich weiß noch, auch wenn gerade alles wabert und schwillt und verwischt und schmiert. Spießruten laufen, Tag für Tag. Schau mal, da ist die, die ihren Mann betrogen hat! Die, der ihr Kerl weggelaufen ist! Und recht hatte er, was? Sie hat's nicht besser verdient, hat ihn nicht verdient, so einen Aufrechten, so einen Anständigen, jawohl, und selber keinen Anstand! Ratatatata, Hackhackhack, Münder wie Messerwerke, MG-Feuer, Flak. Gut, damit musste sie rechnen, eine Zeit lang, sie hatte sich drauf eingestellt.

Aber nicht darauf, wer da über sie herzog.

Es hatte sich nichts geändert. Sie waren alle noch da. Gerade mal, dass sie die Uniformen abgelegt hatten, die braunen wie die schwarzen, und die bunten Bonbons, die Parteiabzeichen. Alle waren sie noch da, der Kohlenhändler, der Dorfgendarm, die Schläger und die Schwätzer, die Totmacher und die Totschweiger. Klar, einige fehlten, viele sogar, aber kaum welche von denen. Die gefallen oder verwundet worden waren, die der Krieg zu Krüppeln oder Wracks oder Witwen und Waisen gemacht hatte, das waren andere. Rote vor allem und Feldgraue. Die anderen, die Braunen, die waren alle noch da, bloß dass sie nicht mehr braun waren und Nazis hießen. Aber was hieß das schon?

Was etwas hieß: Dass keiner spuckte auf die. Dass die einhergehen konnten, breit und brammig, bräsig und behäbig, ohne dass einer mit dem Finger auf sie zeigte, ohne dass einer nach ihnen schlug oder trat oder nach der Polizei rief. Geachtet, geschätzt, respektiert waren sie. Kein Wort von Blut und Gülle, die an ihren Händen klebten. Man schüttelte sie ihnen ohne jede Spur von Ekel, und in ihre Verbrecherfratzen lächelte man.

Es war unglaublich.

Sicher nicht nur in Jemgum. Überall sonst in Deutschland war es natürlich auch so, kein bisschen anders, ganz bestimmt. Aber eben auch hier.

Nur: Wer wollte das wahrhaben? Die Wahrheit sagen galt als Nestbeschmutzung. Wahrheit war also Schmutz.

Einmal habe ich drei Kerle gesehen, die sonntags vom Frühschoppen nach Hause schlenderten, nicht allzu betrunken, gut gekleidet, die Bäuche rund, die Schlipse und die Sprüche locker. Sie haben mich gesehen und ihre Sprüche gemacht, haben mich angeplärrt: Junge Frau, noch Termine frei?

Drei von denen, die die beiden Juden gequält und in das Auto gesteckt hatten. Die sie auch hinter das Boot gebunden und ertränkt hätten, wenn man sie nicht daran gehindert hätte.

War das der Tag, an dem ich an den Menschen verzweifelt bin?

Oder war es der, als Fritz für immer ging?

War es der, als Stinus mich verließ?

Ein Brennen und Singen, ein Braten und Sengen. Angstschreie wie Dolche, Schmerzgebrüll wie Kreissägen. Fritz? War es so im Dschungel von Indochina? Oder in den Duschen von Auschwitz? War es so, Stinus, als die Amerikaner über euch kamen? Oder bin ich es, jetzt und hier, ist es in mir, heult und tobt es durch meine Adern, durch meine Knochen, durch mein Hirn?

Alles hat zwei Seiten, sagt der Arzt, auch die Demenz. Was ich an Heute verliere, gewinne ich an Gestern zurück. Schicht um Schicht, Schale um Schale. Aber ist das ein Gewinn?

Wieder der große Schatten, die Riesenfrau. Will mit ihr reden. Wie lange es dauert, den Mund zu öffnen! Keine Chance.

Ein Zischen, Brausen, Tosen gegen das Sengen und Brennen. Ich bin ein Schlachtfeld, in mir ist der Krieg. Opfer bin ich, ob ich nun kämpfe oder nicht.

Verbündete bräuchte ich. Meine Söhne? Die verachten mich. Mein Enkel? Ach Gott. Und meine Männer? Ja, die könnten kämpfen. Aber sie sind fort.

Gut haben wir gekämpft, damals, alle miteinander. Gesiegt haben wir. War uns das überhaupt klar? Stinus, Fritz und ich. Opa!

Janssen. Fritz oder Stinus. Wer von ihnen war es? Oder waren sie es beide? Ich habe es nie erfahren. Sie haben es mir nie gesagt. Dabei waren wir eng, so eng. Aber dafür? Niemals eng genug.

Stinus oder Fritz?

Und jetzt? Stinus den Fritz? Nach all den Jahren? Wahnsinn.

Aber die Welt ist wahnsinnig, und wenn in ihr irgendetwas niemals stirbt, dann sind es Wahnsinn und Tod.

Der Tod. Ich hätte nichts dagegen. Aber so?

Warum nicht.

Ein Sengen, ein Brennen, ein tiefer Fall. Schwarz da vorne. Schön. Ein schwarzer Schwan.

Ja, komm.

43.

»Ich verlange Resultate! Und zwar noch heute!« Dedo de Beer wippte derart energisch auf den Fußballen, als wollte er jeden Moment abspringen. »Innerhalb der nächsten, äh, fünf Stunden! Der Fall muss endlich vom Tisch. Die Presse sitzt uns im Nacken. Hier ist mir lange genug geschludert worden!«

Tja, schon blöd, wenn man so klein ist, dachte Stahnke. Er könnte es ja mal mit Plateausohlen versuchen. Wie Prince. Oder wie dieser andere zwergwüchsige Sängerknabe, wie hieß er noch? Terence Trent D'Arby? War bloß ein One-Hit-Wonder. Na ja, mit etwas Glück würde de Beer in Leer vielleicht auch eins bleiben.

»Und ich weiß wirklich nicht, was es da so dreist zu grinsen gibt!« Leitender Kriminalrat de Beer trat drohend dicht an Stahnkes Schreibtisch heran, und weil der Hauptkommissar mit weit gespreizt aufgestützten Ellbogen auf seiner Schreibunterlage lümmelte, schaffte sein Vorgesetzter es tatsächlich, auf ihn herabzuschreien. De Beers übliches Gesichtsgrau war mit rosa Sprenkeln durchmischt, was entfernt an den neuen Fußbodenbelag in den Umkleideräumen der Sporthalle erinnerte. Stahnke hatte große Mühe, an sich zu halten, und diese Mühe gab er sich nicht.

»Sie wissen manches nicht«, gab er glucksend zurück, seinen Kopf in den Stiernacken gelegt, die Zähne gebleckt.

»So eine Impertinenz!« De Beer wippte immer näher. Gleich hopst er mir in den Kaffeepott, schoss es Stahnke durch den Sinn, und er platzte brüllend heraus. De Beer brüllte Unartikuliertes zurück.

»Aber meine Herren!« Eine massige Gestalt war in der Tür zu Stahnkes Büro erschienen, und wenn der Hauptkommissar es nicht besser gewusst hätte, dann hätte er womöglich gedacht, er wäre es selbst, nur knappe zehn Jahre älter. Kriminaldirektor Manninga war ebenso breit und schwer gebaut wie er, seine Hände waren ebenso kräftig und dickfingerig wie seine, und das Altersweiß von Manningas kurzen Haaren war Stahnkes weißblonden Stoppeln sehr ähnlich. Nur seine väterliche Art unterschied den Inspektionsleiter gewöhnlich von seinem Untergebenen. Wie ein Vater wirkte er auch im Moment, allerdings wie ein erzürnter, bereit, seinen ungezogenen Sprösslingen die Hosen strammzuziehen. »Was geht hier vor? Man hört Sie bis zum Fahrstuhl! Ich erwarte eine Erklärung.«

»Stahnke ... verweigert die Kooperation ... statt dessen ... Insubordination!« De Beer stieß die Worte atemlos hervor, völlig außer sich, aber mit einem hämischen Grinsen, weil er es als Erster geschafft hatte, das Wort zu ergreifen. »Der Mann bringt nichts zustande, aber frech werden, das kann er!«, schickte er noch hinterdrein.

Manninga wandte sich dem Hauptkommissar zu. Eigentlich kannte er ihn zu lange und zu gut, um de Beers Anschuldigung ernst zu nehmen, trotzdem waren seine Augenbrauen angehoben, seine Stirn lag in Falten. Stahnkes letzte Worte hatte er schließlich mitbekommen. »Was weiß der Herr Kriminalrat nicht?«, fragte er bedrohlich ruhig.

Stahnke öffnete den Mund.

»Die Resultate der Daktyloskopie«, erklärte eine andere Stimme gelassen.

De Beer riss die Augen auf, sein Kopf zuckte suchend hin und her. Manningas Stirnfalten vertieften sich. Stahnke klappte den Mund zu.

Oberkommissar Kramer tauchte in der schmalen Tür auf, die sein verschlagartiges Zimmerchen mit Stahnkes Büro verband. Den dünnen Ordner in seiner Hand hielt er wie einen Fächer, und seiner Miene war nicht zu entnehmen, ob er etwas Verwertbares enthielt. Stahnke konnte sich das nur wünschen. Wieder einmal hatte er gewagt spekuliert. Hatte er sich verpokert?

»Unsere KTU hat die verschiedenen Abdrücke, die wir in den letzten Tagen zur Untersuchung eingereicht haben, digitalisiert und abgeglichen«, erläuterte Kramer so ruhig, als hingen nicht gerade drei teils hochrangige Vorgesetzte an seinen Lippen. »Im Falle der zeitlich gesehen jüngsten

Anfrage war das Resultat negativ. Die Abdrücke, die wir dem alten Stinus Plöger haben abnehmen lassen, sind nicht deckungsgleich mit dem einzelnen Fingerabdruck, den wir in der Dichtung der Wasserkiste, in der unser unbekannter Toter gestorben ist, entdeckt haben. Die Vermutung, Stinus Plöger könnte sich an seinem alten Rivalen um die Gunst seiner Ex-Frau Erika gerächt haben, lässt sich also nicht erhärten.«

Stahnke zerbiss einen Fluch. Wie viel hatte er auf diese Karte gesetzt? Er hätte es nicht sagen können; jedenfalls hatte sie nicht gestochen. Er sah, wie de Beer zu frohlocken begann und sich Manningas Stirn zu einem Waschbrett umformte. Zeit für den Reservetrumpf.

»Wenigstens ist unser Toter nicht mehr unbekannt«, sagte er und zog einen Beweissicherungsbeutel aus seiner Schreibtischschublade. Der Inhalt erinnerte an ein verdorbenes und halb verkohltes Fertiggericht. Trotzdem langte er wohlgemut hinein, wühlte kurz und zielsicher in dem unappetitlichen Gemenge, erwischte ein paar miteinander verklebte Pflaster, die er angewidert zurückwarf, und zog endlich etwas Flaches, Viereckiges heraus. Vorherrschender Farbton grün-weiß. Stahnkes Zuschauer aber waren Profis, und so verzog keiner eine Miene. »Ein Personalausweis«, erklärte der Hauptkommissar überflüssigerweise, während er flüchtig Reste von Löschschaum und Brandrückständen von der Kunststoffoberfläche wischte. »Gefunden in dem Altkleidercontainer, den die beiden Rabauken in Brand gesteckt haben. Offenbar hatten die vorher etwas entsorgt, das sie im Nachhinein lieber doch noch gründlich vernichten wollten. Hat zum Glück nicht geklappt, sondern das genaue Gegenteil bewirkt. Es ist wohl mehr als zweifelhaft, ob wir das Dokument und die Reste der Kleidung des Toten sonst jemals entdeckt hätten.« Er hielt seinen Kollegen die Plastikkarte hin: »Ausgestellt auf einen gewissen Friedrich Hinrichs, Baujahr 1922. Laut Foto unser Mann.«

»Vorname Friedrich«, wiederholte Kramer. »Kurzform Fritz. Sein richtiger Name?«

Stahnke hob die Schultern. »Wer weiß das schon. Dieses Dokument jedenfalls ist echt, alle Daten darauf stimmen mit den gespeicherten überein.«

»Wie auch immer.« De Beer wedelte ungeduldig mit den Händen. »Alles gut und schön. Aber bringt uns das dem Mörder auch nur einen Schritt näher? Das sehe ich nicht! Ihr Ausflug nach Langeoog, Stahnke, war ein Schuss ins Blaue. Nur auf Verdacht und, wie die Fingerabdrücke klar erwiesen haben, prompt voll daneben. Und mehr als das!« Sein Zeigefinger stach nach Stahnkes Nase. »Wie wir natürlich wissen, residiert Ihre Lebensgefährtin auf dieser schönen Nordseeinsel! Ihre angebliche Dienstreise nach Langeoog war also nichts anderes als eine private Vergnügungstour auf Kosten des Steuerzahlers. Dafür, mein Lieber, werde ich Sie zur Rechenschaft ziehen.« De Beers Zeigefinger richtete sich ebenso triumphierend auf wie der ganze kleine Mann.

»Herr Kollege!« Es passierte nicht oft, dass Kriminaldirektor Manninga unangenehm wurde. Wenn es geschah, dann polterte er gewöhnlich heftig, laut krachend und donnernd wie ein Gewitter, das schnell vorüber war. Jetzt blieb er leise, sprach aber so ungewohnt scharf, dass alle zusammenzuckten. »Ich muss Sie bitten! Sie gehen entschieden zu weit. Ihr Verhalten verstößt gegen jedes Gebot der Kollegialität, und wer weiß, wogegen sonst noch. Herrgott, so geht es einfach nicht! Selbst wenn Stahnke tatsächlich ...« Er zögerte, schaute irritiert zur Seite, brach dann ab. Stahnke hatte einen Computerausdruck auf den Tisch gelegt. »Was ist das?«

»Das«, erklärte Stahnke in großer Ruhe, »ist der aktuelle Dienstplan der Psychotherapeutischen Abteilung der Klinik *Waterkant*, Langeoog. Hier der Name Sina Gersema. Wie Sie sehen, steht darunter für die gesamte laufende Woche das Wort *Lehrgang*. Frau Gersema ist diese und nächste Woche zur Fortbildung am Bodensee.«

Sechs Augen richteten sich auf de Beer, der rosagrau anlief.

Dann schaute Manninga wieder zu Stahnke. »Und warum hast du, äh, haben Sie diesen Dienstplan hier vorliegen?«

Stahnke entließ de Beer nicht aus seinem Blick. »Weil ich wusste, dass ich ihn brauchen würde«, erwiderte er.

De Beer hielt nur noch zwei Sekunden lang stand. Dann drehte er sich auf dem Absatz um und flüchtete aus dem Büro. Manninga starrte ihm mit runden Augen hinterher.

Stahnkes Gesicht blieb ernst; der kleine Sieg über seinen peinlichen Vorgesetzten bedeutete ihm wenig. Reine Selbstverteidigung. Wichtiger war der Fall, und dessen Ermittlungsstand unterdrückte jedes Lächeln. »Wie auch immer«, sagte er, unbewusst de Beer zitierend, »das negative Resultat der Daktyloskopie ist ein Rückschlag, keine Frage. Umso mehr müssen wir uns auf unsere zweite Spur konzentrieren. Friedrich Plöger. Allerdings scheint ja wohl auch in diesem Fall die Untersuchung seiner Fingerabdrücke ...«

Der Hauptkommissar unterbrach sich. Er kannte seinen langjährigen Mitarbeiter Kramer gut genug, um in seinem Gesicht lesen zu können, auch wenn es in dieser Stoikermiene selten mehr als Andeutungen zu lesen gab. Wie auch jetzt. Kramers Augenbrauen hatte sich gehoben, um einen oder zwei Millimeter. Der hat noch etwas in petto, dachte Stahnke. »Was?«, blaffte er ihn an.

»Die Kollegen von der Kriminaltechnik haben nicht nur die verkohlten Klamotten samt Ausweis aus dem Kleidercontainer gefischt, sie haben die Einwurfklappe auch auf Fingerabdrücke untersucht«, berichtete Kramer ungerührt. »War nicht einfach, da gab es natürlich etliche, aber ein paar brauchbare konnten sie isolieren. Und bei einem ergab sich tatsächlich eine Übereinstimmung.«

»Womit?«

»Mit einem der Abdrücke auf der Wasserflasche, die du zur Untersuchung gegeben hast«, antwortete Kramer. »Und außerdem mit dem Abdruck in der Silikon-Abdichtung der Wasserkiste.«

»Plöger? Friedrich Plöger?« Stahnke war wie vor den Kopf geschlagen. »Wie kann das angehen? Die beiden Männer, die ich gestern Abend beim Kokeln überrascht habe, waren eindeutig jung. Jugendliche, fast noch Kinder! Auf gar keinen Fall war Plöger dabei, den hätte ich doch erkannt.«

»Er muss ja auch gar nicht dabei gewesen sein«, sagte Kramer. »Vielleicht hat er die Kleidung von Hinrichs ja vorher dort eingeworfen, und die Brandstiftung dieser Jungs steht in gar keinem Zusammenhang damit. Die wollten einfach nur Blödsinn machen. Das würde dann wiederum mit dieser anderen Serie von Brandstiftungen gut zusammenpassen.«

Stahnke starrte seinen Kollegen schweigend an, ohne ihn zu sehen. Stattdessen stand ihm die Situation des vergangenen Abends plastisch vor Augen. Die beiden Figuren beim Container – ja, eindeutig Jugendliche. Die ganze Gestalt, die Art, wie sie sich bewegten. Wie schnell der eine, den er packen wollte, ihm ausgewichen war! Und wie blitzartig dieser Tritt angezuckt kam, wie ein bunter Blitz aus dem Nichts! Anschließend hatte er sich …

Moment.

»Kramer«, unterbrach Stahnke seinen eigenen Gedankenstrom, »sind in diesem Container eigentlich auch Schuhe gefunden worden?«

»Nein, davon steht hier nichts«, erwiderte der Oberkommissar.

»Keine Sportschuhe? Trekkingsandalen, auffallend farbig und modern gestylt?«

»Nein, keine Schuhe.« Auch bei überflüssigen Nachfragen verriet Kramers Stimme keine Spur von Ungeduld.

Stahnke öffnete den Mund. Und schloss ihn wieder. War das wieder einer von seinen verrückten Einfällen, eine seiner wirren Ideen? Friedrich Hinrichs hatte sich ein paar bunte, für ihn lächerlich jugendlich gestylte Wandersandalen gekauft, die aussahen wie Turnschuhe ohne Schnürbänder. Diese Schuhe, praktisch neu, waren verschwunden und blieben es auch, nachdem der Rest von Hinrichs Kleidung samt Ausweis wieder aufgetaucht war. 43 war eine gängige Größe, die konnte auch einem Jugendlichen passen; deren Füße hatten ja oft einen Wachstumsvorsprung, wie Welpenpfoten. Was, wenn ein Jugendlicher, der sich solche Schuhe selbst nicht leisten konnte, ein Auge darauf geworfen hatte?

Blödsinn, schalt sich der Hauptkommissar. Wegen so was begingen manche zwar durchaus einen Diebstahl oder einen Raub, aber doch niemals einen Mord!

Trotzdem. Da war dieser dunkelhaarige Junge, den er hatte laufen sehen, auf der Nesse, in der Nähe des letzten Brandanschlag-Tatorts. Schnellfüßig in bunten Schuhen. Da war dieser Tritt gestern Abend. Hatte der Schuh, der ihn traf, nicht genau so ausgesehen?

Und da war dieser Junge, dieser Schulfreund von Plögers Sohn Max, der ihn zum Besuch bei seiner pflegebedürftigen Großmutter begleitet hatte …

Eine Wasserflasche, drei Gläser. Ein passender Fingerabdruck.

Eine passende These. Aber eben nur eine These. Wo war das Motiv? Die Schuhe taugten dazu jedenfalls nicht.

Am besten, er behielt erst einmal alles für sich. Versuchte sich Klarheit zu verschaffen, ehe er sich mit seinen Mutmaßungen womöglich blamierte. Aber wie? Wo konnte er ansetzen?

Ein Schulfreund von Max. Natürlich.

Stahnke schaute auf die Uhr: schon wieder fast Mittag. Er stand auf, kramte in der Hosentasche nach seinem Fahrradschlüssel. »Danke«, sagte er, in Kramers Richtung nickend. »Leg den Bericht doch bitte auf meinen Schreibtisch, ja? Wir reden später weiter. Hab noch einen dringenden Termin.« Ein weiteres Nicken in Richtung Manninga und ab auf den Flur. Keine Zeit für den Fahrstuhl. Er sprang die Treppe hinunter, zwei Stufen auf einmal nehmend. Die Vorstellung, dass Manninga und Kramer wohl immer noch wie angewurzelt dastanden und sich ratlos anblickten, trieb ihm ein Grinsen ins Gesicht.

44.

Stundenausfall! Wegen Krankheit, und weil es keine Vertretungslehrer gab. Mist. Verbissen trat Stahnke in die Pedale. Er hatte gehofft, Max Plöger noch in der Schule zu erwischen und ihn in einer ruhigen Ecke, in der Schülerbücherei vielleicht, unauffällig befragen zu können. Seine Klasse aber war schon nach Hause entlassen. Alle weg, nur dieser Justin schlurfte noch bei den Kickertischen herum, Kopf gesenkt, Unterlippe herabhängend, Ohren verstöpselt. Seit de Beer ihn in die Mangel genommen und zum Reden gebracht hatte, verhielt sich der Junge betont unauffällig. Angst vor dem Prozess, der ihn erwartete? Wohl eher vor seinen Mitschülern, die er verpfiffen hatte.

Stahnke hatte kurz überlegt: zurück zur Inspektion und einen Wagen holen oder mit dem Fahrrad weiter nach Jemgum? Etwas Training konnte nicht schaden, das Wetter war schön, und allzu weit war es auch nicht von hier ins Rheiderland.

Während er noch nachdachte, hatte ihm die Schulsekretärin noch einen Tipp mit auf den Weg gegeben: »Versuchen Sie es doch in der Jemgumer Kirche. Max geht nach der Schule gerne eine bisschen üben.«

Warum ging ein Jemgumer Junge überhaupt auf eine Leeraner Schule, überlegte der Hauptkommissar, während er die Jann-Berghaus-Brücke überquerte. Und warum ging ein Lehrersohn nicht aufs Gymnasium? Das war doch Standard. Als Gymnasiast hätte Max natürlich jeden Tag nach Leer pendeln müssen, über eine Realschule aber verfügte Jemgum selbst. War es Friedrich Plöger peinlich, dass sein Sohn nicht gut genug war für die Höhere Schule, wollte er das vor Freunden und Nachbarn verbergen? Als ob das in einem Dorf möglich wäre.

Vielleicht wollte er ihn einfach so oft und so viel wie möglich in seiner Nähe haben. An ihm wiedergutmachen, was sein eigener Vater, was seine beiden Väter bei ihm selbst versäumt hatten. Vielleicht war es das. Und nach einem guten Abschluss der zehnten Klasse war ein Übergang aufs Gymnasium immer noch drin.

Stahnke schwitzte. Die Sonne schien, ein kräftiger Gegenwind wehte und ließ die Brücke noch länger und die Steigung bis zur Mitte steiler wirken, als sie waren. Endlich, da war die große Brückenklappe. Und auch die zusätzliche, nachträglich für die überbreiten Schiffe der Meyer-Werft eingebaute Klappe, mit der es nichts als Ärger gab. Bloß gut, dass sie nicht schon wieder blockierte. Mit dem Fahrrad hätte er schlecht durch den Emstunnel ausweichen können.

Jetzt ging es leicht bergab, genug, um den Gegenwind auszugleichen. Hinter der Brücke bog er rechts ab, nach Bingum. Der steife Westwind traf ihn jetzt nur noch seitlich, und es ging leichter voran. Stahnke durchquerte die enge Bingumer Ortsdurchfahrt und bog in Höhe Soltborg nach rechts zum Deichweg ab; die Schafsperren mit ihren glatten Eisenstangen in den Durchfahrten waren weniger störend als der Autoverkehr auf der Straße.

Der Hauptkommissar schaltete hoch, trat gleichmäßig, freute sich am leichten Lauf seines Rades und dem Zischen der Reifen auf dem Beton. Den herumliegenden Schafsköttteln wich er zunächst aus, bis sie dafür zu zahlreich wurden. Teile des Maschendrahtzauns am Wegesrand fehlten; so hatten viele Schafe ihren Weidegrund am Deich verlassen und lagerten jetzt auf dem sonnenwarmen Asphalt. Als Stahnke an ihnen vorbeisauste, blickten sie nicht einmal auf.

Was für ein Idyll, dachte Stahnke. So viel Grün, Hammrich, Deich und Bäume, etwas roter Backstein dazwischen, dazu der blaue Himmel, alles weißlich gesprenkelt von Schafen und Schäfchenwolken. Das wirkte so ursprünglich und war es doch eindeutig nicht. Eine Landschaft, von Menschen gemacht, der Natur abgerungen, damit Menschen darin wohnen konnten. Was für ein Pathos, dachte der Hauptkommissar. Und doch eindeutig wahr.

Dann aber kamen die Baustellen in Sicht, große, hässliche, abgezäunte Areale, von denen ein widerlich chemischer

Geruch ausging. Richtig, die Kavernen. Von wegen Idyll! Salz wurde hier ausgespült, natürlich ohne Rücksicht auf den Fluss, um unterirdische Lagerstätten zu schaffen. Wofür? Man munkelte so allerhand. Die Menschen hier waren in Sorge. Aber was kümmerten sich Wirtschaft und Politik schon um ein paar Menschen?

Jemgum kam in Sicht, früher als vermutet, aber noch weit entfernt. Ach ja, das platte Land. Windmühle und Kirchturm ragten aus einem Gürtel grüner Bäume heraus. Gab es ein ostfriesischeres Panorama? Zumal der Kirchturm mit seiner runden Kuppel und seinem laternenartigen Glockenaufsatz einem Leuchtturm sehr ähnlich sah.

Je näher Stahnke dem Dorf kam, desto tiefer duckten sich Mühle und Turm zwischen die Bäume und die anderen Dächer. So leicht, wie es aus der Distanz gewirkt hatte, würde die Kirche nicht zu finden sein, stellte Stahnke fest. Andererseits war Jemgum nicht groß, allzu viele Irrwege gab es also wohl nicht.

Der Deichweg führte seitlich auf das Schart zu, die Öffnung im Deich, der nach dem Krieg vorverlegt worden war. Hier ging es direkt zum Yachthafen. Für einen Bootsnarren wie Stahnke quasi die natürliche Richtung. Aber dorthin wollte er jetzt nicht, also bog er nach links in den Fährpatt ein, der weiter hinten in die Oberflethmer Straße überging. Da, jetzt stand der Turm links von ihm. Er war schon zu weit. Der Hauptkommissar wendete. Marktstraße, dort musste es sein. Und hier gab es auch einen schmalen Zugang mit Klinker- und Katzenkopfpflaster, links eine Backsteinwand, rechts eine Wiese, besetzt von einer Armee Gartenzwerge. Stahnke hielt an, stellte sein Rad auf den Ständer, schloss ab.

Zeit, sich zu überlegen, was er den Jungen eigentlich fragen wollte. Wie direkt konnte er werden? Immerhin waren Max und der verdächtige Junge befreundet, und er, Stahnke, war ein Erwachsener. Als Polizist stand er auf einer Stufe mit Lehrern, und im Umgang mit denen galten eherne Gesetze. Lieber nahm man schlimmes Unrecht hin, als zu petzen. Ob das auch für Lehrerkinder galt? Klar. Bestimmt ganz besonders. Einfach würde es also nicht werden.

Aus der Nähe sah die Kirche merkwürdig verbaut aus. Klotzige Seitenflügel verliehen dem Gebäude einen annähernd kreuzförmigen Grundriss. Das einzig Elegante daran war der Turm. Stahnke legte den Kopf in den Nacken, musterte das Kupferdach und die Wetterfahne, die die Form eines Segelschiffs hatte. Klischee, aber angemessen, fand er. Fühlten sich nicht gerade Seeleute auch heute noch in Gottes Hand, ausgeliefert seinen Gewalten und Launen?

Von drinnen ertönte gedämpft das stürmische Brausen der Orgel. Eine passende Ergänzung zu Stahnkes Gedanken, zugleich aber eine Erinnerung daran, weshalb er eigentlich hier war. Ohne weitere Verzögerung steuerte er die nächstgelegene Tür an und fand sie unverschlossen.

Eine erstaunliche Farbenvielfalt empfing ihn. Blau, Rot, Braun, sogar Gold. Waren die Reformierten nicht eigentlich für farblose Schlichtheit? Andererseits hieß dieser Bau nicht von ungefähr St.-Sixtus-Kirche, stammte also wohl ursprünglich aus dem Mittelalter. Aber seither war das Gebäude mehrfach abgebrannt und neu errichtet worden, zuletzt im Jahr 2004 und davor 1930. Der Stil war also gewollt. Art Déco, hatte Stahnke mal irgendwo gelesen. Ihm sagte das nichts.

Die Orgel, die auf ihrer Empore thronte, war ebenfalls nach dem letzten Brand neu eingebaut. Allerdings handelte es sich um ein restauriertes englisches Exemplar, das schon über 150 Jahre alt war. Der Klang war eindrucksvoll. Ebenso wie die Melodie, die gerade gespielt wurde. Kein Choral, eher ein Präludium, vermutlich von Bach. Wenn das der junge Max war, dann hatte der wirklich etwas drauf. Zu sehen war er von unten nicht; die Balustrade versperrte die Sicht. Links gab es eine Treppe zum Orgelboden. Stahnke erstieg sie, ganz vorsichtig, um den Organisten nicht zu stören.

Es war tatsächlich Max, der da spielte, und er tat es mit Hingabe. Eine schmale Gestalt, fast zerbrechlich, mit schlanken, aber kräftigen Fingern. Er hielt seine Augen halb geschlossen, schien die aufgeschlagenen Noten gar nicht zu benötigen. Rechts und etwas oberhalb von seinem Gesicht baumelte ein kleiner Spiegel. Wozu sollte der denn gut sein –

etwa als Rückspiegel? Ach, bestimmt, um die Einsatzzeichen zu erkennen, die der Pastor ihm während der Predigt gab. Gut kombiniert, Stahnke war richtig stolz auf sich.

Das Stück brach abrupt ab. Max hatte ihn also doch bemerkt, konstatierte Stahnke. Der Blick des Jungen war auf ihn gerichtet, erstaunt, defensiv, ein wenig besorgt. Nun, er war ein Teenager, das musste nichts heißen.

»Hallo.« Der Hauptkommissar nickte freundlich. »Ich würde gerne ein paar Sätze mit dir reden. Ob das wohl geht, hier und jetzt?«

»Ich mache gerade meine Übungen.« Max vermied eine direkte Antwort, während seine Haltung ein so klares *Nein* ausdrückte, dass der Hauptkommissar es deutlich zu hören glaubte. Weil er auf Glauben aber nicht viel gab, entschied er sich, es zu ignorieren. Neben der Orgelbank, die die Pedale überspannte, stand ein hölzerner Klappstuhl. Stahnke setzte sich.

»Es dauert auch nicht lange.«

Max blieb ablehnend und schweigsam. Saß kerzengerade, die Hände auf den Knien.

Jetzt die Eröffnung. Stahnke hatte sich ein paar Unverfänglichkeiten zurechtgelegt, etwas Smalltalk über die Großmutter, den Vater, die Schule, die Mitschüler – Bingo. Aber das konnte er vergessen. An dieser Situation war nichts unverfänglich. Offenbar hatte er einen von Max' inneren Kreisen gestört, hatte Misstrauen und Abwehr geweckt. Eigentlich hätte er sich jetzt zurückziehen müssen. Es ein andermal versuchen. Aber wozu sollte das gut sein? Max war kein kleines Kind, das Misstrauen würde bleiben. Außerdem war da noch de Beer.

Die andere Möglichkeit war Offenheit. Klar und direkt.

»Es geht um deinen Freund Hadid«, sagte er also.

Kein Nicken, keine Geste der Bestätigung. Max blieb stocksteif, den Blick seiner gerundeten Augen starr auf den Besucher gerichtet, als hinge sein Leben davon ab.

»Diese Schuhe«, fuhr Stahnke fort. »Diese bunten Sportschuhe. Du weißt, wovon ich spreche?«

Immer noch keine Regung. War das noch normal? Irgendwie muss dieser Junge doch mal reagieren, dachte Stahnke frustriert. Und sah im selben Moment doch eine Reaktion. Eine kleine Veränderung. Der Junge, ohnehin hellhäutig, war noch blasser geworden. Oder nein – er war ergraut.

Schocksymptom, dachte der Hauptkommissar. Ich bin auf der richtigen Spur. Aber wo genau verläuft sie? Und wo führt sie hin? Was weiß er von diesem Hadid?

»Diese neumodischen Dinger. Ich glaube, er hatte sie auch neulich an, als er mit euch bei deiner Großmutter war.« Er behielt den Jungen im Auge. Nach wie vor keine Regung, aber er schien sich wieder in den Griff zu bekommen. Kälter, das war wie beim Topfschlagen. »Die Marke ist ziemlich teuer, nicht?«

Nichts.

»Weißt du, wo er die Dinger herhat?«

Jetzt schüttelte Max den Kopf, übertrieben heftig. Immer noch gab er keinen Laut von sich. Seine Hände auf den Knien begannen zu zucken. Kratzgeräusche waren zu hören, als er seine Finger krümmte, seine Nägel über die Jeans schabten.

»Komm, Junge.« Mal die väterliche Tour versuchen. »Du weißt, dass das nicht stimmt. Er hat sie geklaut, nicht wahr?«

Zum ersten Mal nahm Stahnke wahr, dass Max atmete. Zugleich begann sein Gesicht wieder eine natürliche Färbung anzunehmen. Dieser Schuss war also danebengegangen. Also kein schlichter Diebstahl, kein Raub. Leichenfledderei? Oder gar …

»Dieser alte Mann.« Der nächste Blindschuss.

Max' Atem stockte.

»Hat er ihn umgebracht?«

Grau. Mit etwas Rosa, fast wie bei de Beer. Wie war das möglich?

»Hat Hadid ihn deswegen umgebracht? Wegen der teuren Schuhe?«

»Hadid … nein. Nein!« Max keuchte vor plötzlich empfundener Atemnot, die Hände zur Abwehr erhoben. »Nein! Hadid hat ihn nicht … Wie kommen Sie darauf? Wieso –

wieso beschuldigen Sie ihn überhaupt? Wie bescheuert ist das denn?!«

Er fängt sich, dachte Stahnke, er reißt sich zusammen. Dabei hat er es fast schon rausgelassen. War es Hadid wirklich? Aber Max wird ihn nicht preisgeben, dazu scheint sein Kumpel ihm zu viel zu bedeuten. Nachstoßen, ehe er sich wieder im Griff hat! »Weißt du, wer dieser alte Mann war?«, fragte er, die Stirn in scheinheiligen Sorgenfalten. Dieser Stoß würde hart werden für Max, das wusste der Hauptkommissar. Das musste jedoch sein, wenn der Junge endlich kippen sollte.

Der Junge aber nickte nur. »Ja«, erwiderte er mit heiserer Stimme. »Mein Großvater. Vaters Vater. Sein leiblicher Vater.« Noch ein Nicken. Keine Tränen.

»Du hast es gewusst?« Jetzt war der Hauptkommissar wie geplättet. »Hat dein Vater es dir doch erzählt?«

»Nein«, flüsterte Max. »Er selbst.«

»Also habt ihr euch getroffen.« Das war ein Ding. Stahnke nahm in Kauf, dass das Gespräch eine andere Wendung nahm. Egal, Hauptsache, der Junge redete.

»Ja«, sagte Max.

»Wo?«

»Na, in Leer. Am Denkmalsplatz. Nach der Schule.« Er schluckte, stockte, fuhr fort: »Manchmal hängen wir da ab. Wenn es warm genug ist. Da kam er dazu, quatschte uns an.« Max lachte auf; es klang wie ein Schluchzen. »Hadid dachte erst, es wäre so ein Schwuler, und hat ihn schon voll angepampt. Aber dann hat der Alte mir erzählt, wer er wirklich ist.«

»Hast du ihm geglaubt?«

Achselzucken: »Klar.«

»Einfach so?«

»Das Foto, das er hatte. Hab's gleich erkannt. Wir haben auch solche.«

Stahnke lehnte sich zurück; der Klappstuhl unter ihm ächzte kläglich. Das Foto, das sie im Wohnmobil des Toten gefunden hatten! Aber das bedeutete ...

»Ihr habt euch mehr als einmal getroffen, stimmt's?«
»Ja, stimmt.«
»Auch bei euch zu Hause?«
»Nein, da nicht. Das wollte er nicht. Überhaupt hat er sich immer nur kurz in Leer aufgehalten. Und nie in Jemgum. Hat erzählt, er würde Urlaub machen in einem Wohnmobil, das gerade in Hamburg stand. Kam immer mit dem Zug nach Leer. Verrückt, nicht? Hat sich wohl nicht getraut, viel mit dem Wagen zu fahren. Klar, in seinem Alter! Er meinte, man hätte ihm deswegen eigentlich auch gar kein Wohnmobil vermieten wollen. Also hätte er eine Nachbarin vorgeschoben, den Mietvertrag unterschreiben. Er fand das unheimlich clever!«
Er plaudert plötzlich, dachte Stahnke. Warum? Zur Ablenkung? Klingt so. Also hakte er ein: »Warum nicht bei euch zu Hause?«
Max hob die Achseln, verzog den Mund. »Auf keinen Fall, hat er gesagt. Weil mein Papa nicht gut auf ihn zu sprechen sei. Von wegen abgehauen damals, nie gemeldet und so. Er sagte, er bräuchte erst mal *einen Verbündeten*.« Er schnaubte durch die Nase. »Echt.«
»Und das solltest du sein.« Benutzen wollte er ihn also, dachte Stahnke. Als Schlüssel zu seinem Sohn, um noch alles gerade zu rücken, solange es noch ging. Jedenfalls für ihn. Keine gute Idee. Hat die Intelligenz dieses Jungen unterschätzt. »Wo habt ihr euch denn dann getroffen?«, fragte er weiter.
»In dem alten Haus in der Altstadt. Wo unsere Clique sich im Winter manchmal trifft, wenn es im Park zu kalt ist. Er wusste gleich, welches wir meinten. Kannte es wohl irgendwie.«
Stahnke nickte. Inzwischen kannte er es auch. »Und worüber habt ihr geredet? Was hat er so erzählt?«
Wieder Achselzucken. »Haufen Kram. Kriegserlebnisse und so. Wirres Zeug. Was solche Gruftis eben erzählen.« Max schaute auf seine Hände.
Jetzt blufft er, dachte Stahnke. So dumm ist er nicht. Die

Geschichte seines Großvaters ist auch seine eigene Geschichte. Der Sohn eines Geschichtslehrers weiß das. »War Hadid dabei?«, fragte er.

Keine Antwort. Die Fingernägel schabten wieder.

»War er dabei? Hat er zugehört?«

»Nicht immer.« Das kam widerwillig.

»Aber manchmal?«

»Ja, manchmal.«

»Hat er mitgekriegt, dass dein Großvater Jude war?«

Stahnke sah noch, wie Max erneut die Fäuste ballte. Im nächsten Moment lag der Hauptkommissar auf dem Rücken, die Beine in der Luft, die Lehne des hölzernen Klappstuhls im schmerzenden Kreuz. Etwas Warmes ließ seinen Atem blubbern und spritzen. Max stand über ihm, die Beine gespreizt. »Hadid war es nicht!«, brüllte er ihn an. »Hadid hat es nicht getan! Glauben Sie mir das! Hören Sie endlich auf!«

»Max!« Der Hauptkommissar wischte sich das Nasenblut von den Lippen, spuckte seitlich aus. Schon wieder! »Max, Junge, mach doch keinen Quatsch! Ich will dir doch bloß helfen.« Er versuchte, sich vom Dielenboden aufzurappeln, ohne einen weiteren Angriff zu provozieren, aber der lästige Klappstuhl geriet ihm immer wieder zwischen die strampelnden Füße. »Max, wenn Hadid es nicht war, dann hat er auch nichts zu befürchten, glaub mir! Ich will deinem Kumpel doch nichts anhängen, ich will nur den Mörder, verstehst du? Den wahren Mörder. Du hilfst Hadid am meisten, wenn du mir hilfst. Wenn er es nicht war, wer war es dann?«

Max stand nur da, die Fäuste erhoben im stummen Kampf mit sich selbst, am ganzen Körper zitternd wie unter einer Riesenlast. Seine Lippen öffneten und schlossen sich wie die eines Fisches. Dann machte er plötzlich einen Satz zur Seite.

Stahnke kickte den Klappstuhl weg und warf sich im Liegen zur Seite wie ein Torwart. Die Treppe, einziger Zugang zur Orgelempore, befand sich hinter ihm, Max musste also an ihm vorbei. Aber er angelte vergeblich nach den Füßen des Jungen, denn der sprang zur Balustrade, stützte eine Hand auf und setzte mit einer eleganten Flanke darüber hinweg.

»Nein!«, krächzte Stahnke entsetzt und stemmte sich hoch. »Tu's nicht!« Selbstmord war der ihn beherrschende Gedanke. Als er aber die Barriere erreicht hatte, sah er Max mit langen Schritten in Richtung Kirchentür laufen, völlig unverletzt. Der Orgelboden mochte zweieinhalb Meter hoch liegen, vielleicht drei; dazu die Höhe der Balustrade. Nicht wenig, aber für einen jungen, sportlichen Menschen durchaus machbar, sofern dieser wusste, wo genau sich der Gang befand und wo das hölzerne Kirchengestühl. Aber dafür hatte Max ja immer seinen Spiegel gehabt.

Stahnke fluchte lästerlich, dass die Kirche davon widerhallte. Mit seiner Masse traute er sich solch einen Sprung nicht zu, also blieb ihm nur die Treppe. Seine Sohlen berührten kaum die Stufen, trotzdem sah er, endlich unten angekommen, nur noch die Kirchentür langsam zuschwingen. Er wischte sich noch einmal übers Gesicht und sprintete hinterher.

Draußen war Max nirgends zu sehen. Wohin war er gelaufen? Nach Hause? Das wäre das geringste Problem, überlegte der Hauptkommissar. Dumm war der Junge nicht. Wohin also?

Wohin würde er selbst laufen?

Stahnke preschte los, durch den schmalen Durchgang, durch den er gekommen war, hinaus auf die Marktstraße. Schaute sich schwer atmend um. Grobe Richtung: Hafen. Tatsächlich, da war Max! Gerade verschwand er am Ende der Straße nach rechts in den Fährpatt. Dort ging es zum Hafen, zur Ems.

Besaß der Junge vielleicht ein Boot?

Stahnke stoppte ab, rannte zurück, griff sich sein Fahrrad, schloss es mit fliegenden Fingern auf, schob an, sprang in den Sattel, trat wuchtig in die Pedale. Zwei Passantinnen kreischten auf, als er zum zweiten Mal aus dem Durchgang zur Marktstraße herausgeschossen kam, diesmal schneller als zu Fuß und mit mehr Kurvenlage. Er spürte, wie das im Fahrtwind trocknende Blut die Haut seiner Wange spannte. Er musste grausig aussehen. Kein Wunder, dass die Frauen so geschrien hatten.

Hoffentlich ist Max wirklich zum Hafen gerannt, dachte er, während er bereits wieder abstoppte. Das Rad gab ihm zwar einen Geschwindigkeitsvorteil gegenüber dem Jungen, den er zu Fuß niemals hätte einholen können. Aber wenn der ihn hakenschlagend abhängte, nützte das auch nichts.

Stahnke holte weit nach links aus und legte sich in der Kurve. Links quietschten Autobremsen. »Ich hab Vorfahrt, Blödmann«, knurrte der Hauptkommissar, ohne sich umzudrehen. Sein Rad surrte bereits den Fährpatt entlang. Wo war Max? Weg. Futsch. Nicht zu sehen. Was, wenn er irgendwo seitlich zwischen den Häusern verschwunden war? Dann wäre er fürs Erste entkommen. Na schön, dann Plan B, erst mal bei ihm zu Hause auf ihn warten, ein Jugendlicher hatte ja nicht so viele Möglichkeiten, unterzutauchen. Oder etwa doch?

Aber erst mal zum Hafen. Stahnke sauste durchs Deichschart; zwei Männer in Skipperkluft kamen ihm entgegen und schüttelten missbilligend die Köpfe. Schon musste er wieder Fahrt wegnehmen, weil sich das Hafenbecken rechts vor ihm öffnete. Der große Parkplatz, der Kran, links lagen kleine Boote mit dem Bug zur Kaimauer, rechts waren die Stege mit den größeren Yachten. War Max irgendwo? War da irgendwer? War irgendwo Bewegung?

Links Spaziergänger, ältere Leute auf dem Weg zum Restaurant im Clubhaus von *Luv up*, kein Max, keine Verwechslung möglich. Rechts zwei oder drei Skipper, die auf ihren Booten werkelten, einer davon trug einen alten Overall mit der Aufschrift *Middent Manssen*. Kleine, ringförmige Wellen gingen von den Booten aus, die sich unter ihren Füßen bewegten, kräuselten die glatte, schlickgraue Wasserfläche des Hafenbeckens, kreuzten sich mit Wellen, die von gegenüber kamen. Von links, von den kleinen Booten. Dort wurden die Wellenringe gerade heftiger; jemand zog die Persenning von einem offenen Motorboot. Ein junger Mann, ein Junge.

Max!

Stahnke riss sein Rad nach links herum, passierte das Hafenbecken, umkurvte die Autos auf dem Parkplatz. Irgendwo vor ihm wurde ein Motor gestartet, wie es schien, ein Außenborder, kein ganz kleiner. Das konnte Max sein; dann wäre er jetzt startbereit. Der Hauptkommissar wedelte zwischen parkenden Autos hindurch, nahm Kurs auf den Betonsteinweg, der direkt an der Kaimauer und den Anlegern entlangführte, und fädelte sich verbotswidrig ein. Die Fußgänger vor ihm drehten sich bereits besorgt nach ihm um.

Max' Boot war ein recht altmodisch anmutendes Motorboot mit langem Vordeck aus glänzendem Mahagoni und einer fünfteiligen Windschutzscheibe. Auch das Steuerrad, angebracht wie in einem Auto, war aus Edelholz. Das ganze Ding sah mit seinen roten Sitzen wie ein schwimmendes Cabrio aus. Nur der Außenborder, der sich in seiner Aussparung am Heck im Leerlauf schüttelte, passte nicht ganz in das Bild, das sich Stahnke aufdrängte: Italien, Adria, Luxus der fünfziger Jahre.

Max hatte die Achterleinen schon gelöst, als Stahnke von seinem Rad sprang und es ins Gras fallen ließ. Jetzt streifte er die gespleißten Augen der Vorleinen von den Pollern, ließ sie einfach ins Wasser rutschen und senkte seine linke Hand auf einen weißen Griff. Achtern verkündete ein Klacken, dass der Rückwärtsgang eingerastet war; der Motor heulte auf, der Propeller begann zu quirlen. Max setzte sein Boot rückwärts aus der Box.

Stahnke war noch anderthalb Schritte vom Ufer entfernt, als sich der hölzerne Bug zu entfernen begann und die grau glitzernde Wasserfläche zwischen Boot und Ufer zügig breiter wurde. Zeit genug, um noch abzustoppen. Aber das tat er nicht. Stattdessen beschleunigte er noch, stemmte den rechten Fuß ein und drückte sich mit aller Kraft ab. Er ruderte mit Armen und Beinen, als könnte er den Molekülen der Luft so noch etwas zusätzliche Beschleunigung abringen, und landete tatsächlich mit beiden Fußsohlen auf dem hölzernen Stabdeck. Die Massenträgheit schob seinen schweren Körper weiter nach vorn, gerade genug, um die Rückwärtsbewegung des Bootes auszugleichen. Genau darauf hatte er gesetzt. Auch mit dem Wegtauchen des schlanken Bugs unter seinem

Gewicht hatte er gerechnet. Mit ausgebreiteten Armen hielt er die Balance. Vom Ufer aus musste er wie eine grotesk riesige Gallionsfigur aussehen. Oder wie ein Racheengel. Genauso fühlte er sich, als er sich anschickte, mit einem Sprung über die Windschutzscheibe hinwegzusetzen und sich auf den fliehenden Jungen zu stürzen.

Nur die Drehbewegung des Motorboots hatte er nicht einkalkuliert. Dieser Fehler wurde ihm zum Verhängnis.

Das Vordeck schien sich unter seinen Füßen zu verflüchtigen, als das Boot mit dem Heck zum Deich hin einschwenkte. Der Bug vollzog die Bewegung nach, huschte dicht an einem eisernen Dalben vorbei und visierte die Hafenausfahrt an wie ein Dartpfeil die dreifache Zwanzig. Ein letztes Mal kämpfte der Hauptkommissar um sein Gleichgewicht. Dann aber schaltete Max in den Vorwärtsgang und gab Gas. Sein Boot bäumte sich auf und nahm Kurs auf die Ems. Eine Bewegung, die Stahnke nicht mehr nachvollziehen konnte. Schwer klatschte sein Körper ins graue, schlickige Brackwasser.

Plötzlich war die Welt wie weggeblendet, alle Geräusche auf ein Minimum gedämpft bis auf das Gluckern des Wassers und das Perlen der Luft, die er mit sich hinab unter den Wasserspiegel gerissen hatte und die sich jetzt ihren Weg nach oben suchte, schneller als er es vermochte. Orientierung hatte er keine; die Augen hielt er fest geschlossen. Salziges Wasser brannte furchtbar, und in der trüben Brühe der gepeinigten Ems konnte man sowieso keine fünf Zentimeter weit gucken. Sein Auftrieb würde ihn schon früh genug wieder an die Oberfläche bringen. Das Verfolgungsrennen war sowieso verloren. Wo der Junge nur hinwollte? Zum ersten Mal, seit er den Orgelboden verlassen hatte, schoss ihm dieser Gedanke durch den Kopf. Ausgerechnet jetzt, in dieser Lage!

Als ob Flüchtlinge ein Ziel bräuchten. Flüchtlinge wollten immer vor allem weg.

Stahnke spürte, wie sein Körper sich drehte. Er war mit dem Rücken voran ins Wasser gestürzt, das konnte kaum mehr als eine Sekunde her sein; das Adrenalin ließ seine Gedanken rasen. Wenn er auch rücklings auftauchte, getragen von der Luft in seiner Kleidung, sollte ihm das recht sein, dann konnte er gleich ohne viel Aufhebens zum nächsten Boot schwimmen, sich an Bord stemmen und von dort an Land verschwinden. Hoffentlich war sein Fahrrad ...

Verdammt, die Schraube! Zu spät warnte ihn das nahe Sirren vor der Gefahr. Eine Bootsschraube konnte einem üble Wunden zufügen, einen verstümmeln oder gar töten! An ausweichen war nicht mehr zu denken – das Sirren jedoch passierte ihn ohne Folgen. Im selben Moment durchbrach Stahnkes Kopf die Wasseroberfläche. Noch mal Glück gehabt, dachte er prustend, die Nase voller Flusswasserbrühe, geschwängert mit dem Aroma halbverbrannten Benzins, und das tiefliegende Heck des flüchtenden Bootes vor Augen.

Etwas berührte ihn am rechten Bein. Eine schleifende Bewegung war zu spüren, als schlängelte sich etwas Längliches dort vorbei. Ein Fisch, ein Aal vielleicht? Das musste aber ein ordentliches Exemplar sein. Solche gab es hier doch gar nicht mehr, seit ...

Das längliche Ding packte seinen Fuß mit brutaler Gewalt, quetschte ihn und riss ihn unter seinem Körper hindurch nach vorne. Der Ruck ging durch seinen ganzen Körper. Vor Schrecken und Schmerz schrie der Hauptkommissar auf. Etwas wirbelte ihn herum, zog ihn durchs Wasser, Füße voran, unwiderstehlich. Sein Kopf tauchte unter. Stahnke schluckte Wasser, widerliches, brackiges Schlickwasser. Hustend und röchelnd tauchte er wieder auf, spuckte und schnappte keuchend nach Luft. Aber einen Sekundenbruchteil später ging es schon wieder abwärts.

Ein Tau! Es musste ein Festmachertau sein, eine Achterleine oder die Spring, die Max beim überstürzten Ablegen achtlos an Deck geworfen hatte. Das harte Ruderlegen, das Stahnke den Halt auf dem Vordeck gekostet hatte, hatte auch das Tau von Bord rutschen lassen, ein Ende noch am Deckspoller belegt. Am anderen, losen Ende musste sich ein gespleißtes Auge befinden. Darin steckte jetzt Stahnkes Fuß.

Das Motorboot strebte weiterhin der Ems zu. In den Sekundenbruchteilen, in denen sich sein Gesicht oberhalb des schäumenden Wassers befand, konnte Stahnke erkennen, wie viel Mühe Max hatte, sein Boot auf Kurs zu halten. Der Körper im Schlepp wirkte wie ein Treibanker, zudem wie ein seitlich angebrachter, der das Boot ständig nach Backbord ausbrechen ließ. Der Hauptkommissar ruderte mit den Armen, versuchte sie als Tragflügel zu nutzen, um sich an der Oberfläche zu halten. Immer wieder zog es ihn hinab, unerbittlich und schmerzhaft. Die Gelegenheiten zum Atemholen schienen immer kürzer zu werden – und die Pausen dazwischen immer länger.

Ich ertrinke, schoss es Stahnke durch den Kopf. Der Kerl lässt mich hier jämmerlich ersaufen! Irgendwann geht mir die Kraft aus, nach oben zu kommen. Erst die Kraft und dann die Puste. Er schleift mich zu Tode wie ... wie ... Es wollte ihm kein Vergleich einfallen. Junge Hunde und Katzen wurden manchmal ersäuft, ja, schlimm genug, aber doch nicht so.

Einen Augenblick lang hatte er nicht aufgepasst. Schon riss es ihn wieder hinab, tiefer als zuvor. Er glaubte schon den schlammigen Hafengrund am Rücken zu spüren, was aber sicher nur Einbildung war. Das Wasser hier war sowieso wie Pudding, der Unterschied zwischen fest und flüssig reine Ansichtssache. Ertrinken aber konnte man in dem Zeug auf jeden Fall. Musste er sich so langsam mit dem Gedanken vertraut machen?

Stahnkes Trotz rührte sich, gab ihm die Kraft, seine Füße anzuheben, seinen Rücken ins Hohlkreuz zu werfen. Schon trug es ihn wieder aufwärts, bis er durch den Wasserspiegel brach, Gesicht nach oben. Wasser, Schlick und Rotz liefen ihm aus Mund und Nase, er spuckte und würgte, ehe er endlich wieder Atem holen konnte, köstliche, kühle Luft, die trotzdem in seinen Bronchien und Lungen brannte wie Feuer. Ehe es wieder hinab ging, schaffte er es, die linke Hand zum Gesicht zu bringen und sich die Nase zuzuhalten. Keine Erleichterung, denn die Gewichtsverlagerung drückte ihn postwendend nach unten.

Ein Mörder, dachte der Hauptkommissar. Ich dachte, ich gehe einen verstockten Jugendlichen vernehmen, der aus falsch verstandener Kameradschaft einen guten Freund, der Mist gebaut hat, deckt, ohne zu wissen, dass er sich damit selbst mitschuldig macht. Ihn zur Kooperation bewegen, goldene Brücken bauen. Stattdessen stoße ich auf einen Mörder. Renne hinter ihm her und tappe buchstäblich in die Schlinge. Und jetzt bringt dieser Mörder mich um.

Panik erfasste ihn. Diesmal schien es endlos zu dauern, ehe er wieder Luft schöpfen konnte, und der Moment war so kurz, dass Stahnke beim Atmen schon wieder abtauchte, Wasser in Mund und Hals bekam und das krampfhafte Luftholen nicht rechtzeitig stoppen konnte. Er spürte den Wasserpfropf in der Luftröhre und begann zu würgen und zu husten, all das unter Wasser. Seine Panik steigerte sich und verflog in derselben Sekunde. Jetzt war es auch egal. Gleich war es vorbei.

Wann der Zug an seinem Fuß nachgelassen hatte, konnte der Hauptkommissar nicht sagen. Auf einmal hatte er seinen Kopf wieder aus dem Wasser heraus, seinen Kopf, nicht nur sein Gesicht. Während er spuckte und würgte und röchelte und keuchte, strampelte er mit den Beinen, die plötzlich nach unten zeigten, und zappelte mit Armen und Händen, um nicht doch gleich wieder unterzugehen. Aber das tat er nicht, jedenfalls lange genug für drei, vier tiefe Atemzüge, die ihn daran glauben ließen, dass er doch noch einmal mit dem Leben davonkommen würde.

Und als seine Kräfte erlahmten, als seine tauben Finger an der spiegelglatten Bordwand des nun gestoppt daliegenden Bootes, die ihm jetzt so viel höher vorkam als zuvor, immer wieder abglitten, als er doch noch einmal abzusacken drohte, waren da diese Hände, die schlanken, aber kräftigen Orgelspielerhände, die von oben zu ihm herabkamen, die ihn am Kragen packten und ihn hielten, ihn über Wasser hielten, während der Skipper einer weißen Segelyacht mit seinem Dingi herangepullt kam, der mit dem *Middent-Manssen*-Overall, um ihn aus dem Bach zu fischen. Die Hände hielten ihn, hoch genug und lange genug, um ihn vor dem Ertrinken zu bewahren, und die Stimme des Jungen, die er hörte, ohne sein Gesicht sehen zu können, würde Stahnke im Leben nicht mehr vergessen können. Ebenso wenig wie seine Worte.

»Nein«, rief, stöhnte und flüsterte die Stimme ein ums andere Mal. »Nein. Nicht schon wieder. Nicht noch einmal. Nein. Nein.«

45.

»Und wie hast du's gemacht? Erzähl mal, aber genau, wenn ich bitten darf!« Kriminalrat Dedo de Beer saß kerzengerade mit durchgedrücktem Kreuz, die Unterarme exakt ausgerichtet vor sich auf der Tischplatte. Ihm gegenüber hing Max Plöger wie hingegossen auf seinem Stuhl, das Kreuz auf der Sitzfläche, die Beine weit unter den Tisch gestreckt. Sein Kinn lag fast auf der Brust, und sein Blick schien die Kerben in der Kante der Resopalplatte des Tisches zu inspizieren. Er antwortete nicht; vermutlich hatte er die Frage nicht einmal wahrgenommen.

Stahnke hielt sich im Hintergrund, stand mit dem Rücken an die Wand gelehnt, Beine leicht gespreizt, Kopf herabhängend, ähnlich wie Max. De Beer hatte keine Absprache mit ihm getroffen, keine Vernehmungsstrategie, nichts. Typisch, nicht einmal das brachte der zuwege, dachte der Hauptkommissar. Wenigstens war die Rollenverteilung keine Frage. So, wie der Beer die Sache anging, blieb für Stahnke ja nur der *gute Bulle*.

Egal, wie es der Kriminalrat machte, ob er brüllte, zischte, polterte oder sachlich insistierte, der Junge blieb stumm. Einmal nur hob er kurz den Blick – zu Stahnke. Das konnte selbst der Beer nicht verborgen bleiben. Abrupt erhob er sich, stieß seinen Stuhl zurück und eilte aus dem Raum. Die Tür warf er nicht hinter sich ins Schloss; so gut hatte er sich immerhin noch im Griff.

Stahnke stieß sich mit den Schultern von der Wand ab, ging zu dem frei gewordenen Stuhl, zögerte einige Augenblicke, als wollte er noch abwarten, bis die Körperwärme seines Vorgesetzten verflogen war, und ließ sich dann darauf nieder. Längst nicht so gerade wie die Beer, aber auch nicht so schlunzig wie Max.

Der Hauptkommissar hatte lange überlegt, wie er beginnen sollte. Jetzt aber sagte er einfach nur: »Danke.«

Max schaute verwundert hoch. Ein verlegenes Lächeln huschte über sein Gesicht. »Ach, Sie meinen … nee, echt.«

Er wusste nicht, wohin mit seinen Händen, und klemmte sie schließlich in seine Achselhöhlen. Trotz dieser defensiven Haltung wirkte er jetzt viel aufgeschlossener als zuvor.

»Doch«, bekräftigte Stahnke. »Ich saß echt in der Falle, konnte nichts machen. Wenn du nicht gestoppt hättest, wäre ich jetzt tot.«

»Ja, aber ... wenn ich nicht abgehauen wäre, dann hätten Sie nicht ... dann wäre das alles nicht ...« Die Hände waren wieder frei, gestikulierten eifrig, als gäbe es etwas zu erklären. Er setzte sich gerader hin. »Letztlich war das ja alles meine Schuld. Und ich wollte eben nicht ...« Seine eben noch so lebhafte Stimme erstarb.

»*Nicht noch einmal*, was?«, soufflierte Stahnke.

Max nickte. »Nicht noch einmal. Bloß nicht noch einmal.«

»Wie kam es denn überhaupt dazu?«

»Er hat mir gar keine andere Wahl gelassen.« Max' Blick klebte wieder an der Tischkante, seine Hände ruhten auf den Unterarmen, seine Stimme war nur ein Hauchen, aber diesmal verstummte sie nicht. »Ich mein', wer war er denn für mich? Bloß 'n fremder alter Mann, erst mal. Gut, plötzlich einen Opa zu haben, irgendwie hatte das auch was. Nicht, dass ich so was echt vermisst hätte. Mein Vater, meine Oma und ich, das war schon immer ganz okay für mich. Jedenfalls, solange Oma noch fit war.« Jetzt klemmte er seine Hände doch wieder unter die Achseln. »Andererseits, mein Vater wollte ja nie etwas von Omas beiden Männern wissen, weder von ihrem Ehemann noch von seinem richtigen Vater. Da gab es ja nie eine zweite Meinung.« Er schnaubte ärgerlich, wurde etwas lauter. »Schon gar nicht meine! Also, erst war das ja normal für mich, ich meine, wenn Dad das so will, bitte schön. Aber irgendwie hat mich das in letzter Zeit manchmal doch geärgert. Und als dieser Mann plötzlich ankam und sagte, hallo Junge, ich bin dein Opa – da hat mich das doch irgendwie neugierig gemacht.«

Stahnke nickte. Klar, spätpubertärer Widerspruchsgeist, dachte er. Hauptsache Gegenteil. Wie auch immer, sprich nur weiter.

»Also hab ich mich wieder mit ihm getroffen«, fuhr Max fort. »Wollt' das aber nicht so in der Öffentlichkeit, beim Denkmal oder im Park und so, ich meine, was sollten meine Leute sagen? Also sind wir in dieses alte Haus gegangen. Hinten durch den Keller. Wenn es draußen schon wärmer ist, geht da ja von uns sonst keiner hin.«

»Außer Hadid.«

»Ja, Hadid war mit«, bestätigte Max. »Sagte, weil es ihn interessiert. Familie wär ja wichtig.« Er schnaubte wieder. »Darum war er auch dabei, als es passierte.«

»Was, passierte?« Jetzt kommt's, dachte Stahnke. Der Mord.

Aber er täuschte sich.

»Dass der alte Mann mich zum Juden gemacht hat«, sagte Max tonlos.

Stahnke schwieg. All seine Routine befähigte ihn dazu, seinen Unterkiefer oben zu halten und seine Miene unter Kontrolle. Worte aber wollten sich keine einstellen. So schaute er Max nur an mit seinen wasserblauen Augen, vertraute auf deren saugende Wirkung. Die ließ ihn auch diesmal nicht im Stich.

»Das kam einfach so raus«, fuhr der Junge fort. »Einfach so, zusammen mit total unwichtigem Zeug, das er so dahergeplappert hat. Wir waren wieder mal in dem ollen Haus, obwohl schönes Wetter war. Der Alte erzählte was vom Wandern, er wollte jetzt ganz viel wandern, vor allem an der Küste, weil er hier früher mal gelebt hatte, und er wollte sich seine frühere Heimat, wie war das noch? Ach ja, *neu aneignen*, hat er gesagt. *Neu aneignen*. Genau wie seine Familie, die ihn damals verstoßen hätte. *Neu aneignen*, ich meine, hallo, wie klingt das denn?! Als ob er hier alles in Besitz nehmen wollte. Auch uns, meinen Vater und mich! Da ist mir plötzlich klar geworden, dass er mich in Wahrheit gar nicht meinte, sondern dass ich für ihn nur ein Mittel zum Zweck war. Dass er mich nur benutzen wollte, um an meinen Vater ranzukommen. Mann, da war ich schon ganz schön angepisst.«

Stahnke nickte und schaute. Max war ganz schön ins Erzählen gekommen, aber er hatte sich vergaloppiert. Jetzt guckte er sich ratlos um, verwirrt und erschöpft vom eigenen Redestrom. Wäre er schon ein Großer, würde ich ihm jetzt eine Kippe anbieten, dachte Stahnke. Stattdessen schob er Max die Wasserflasche hin. Der aber schüttelte den Kopf.

»Der Alte erzählte also, dass er sich neue Wanderschuhe gekauft hätte, die würden leider nicht so richtig passen, hätten ihm Blasen an den Hacken gemacht, er hätte sie aber trotzdem an, um sie richtig einzulaufen, dann würde das schon gehen. Überhaupt, sagte er, was soll die Anstellerei, früher hat man noch ganz andere Sachen ausgehalten. Ich dachte noch: Jetzt kommen wieder diese ollen Kamellen, von wegen früher war alles besser. Aber dann hat er uns vor den Latz geknallt, dass er mal im KZ gewesen wäre, dann geflüchtet und untergetaucht, anschließend für die Engländer gekämpft, später in der Fremdenlegion für die Franzosen. Was er dabei alles ausgehalten hätte. Und alles, weil er ein Jude sei.« Max hob seine Hände brusthoch und starrte in seine Handflächen, als gelte es, etwas zu greifen, das nicht zu begreifen war. »Dann grinste er so, guckte mich an und sagte: Wenn 's nach den Nazis ginge, dann wäre mein Sohn ein Halbjude. Und du – damit meinte er mich! – wärst immer noch ein Vierteljude.« Seine Handflächen klatschten auf seine Schenkel. Fassungslos schaute der Junge den Hauptkommissar an.

Der verweigerte jede Reaktion. »Was geschah dann?«, fragte er nur.

»Dann«, sagte Max, »ist der Alte pissen gegangen. Und Hadid hat sich ausgeschüttet vor Lachen! Der ist nämlich dabei gewesen. Schallend gelacht hat er. ›Jetzt hast du aber 'n Problem, Alter‹, hat er gesagt. ›Da sieh mal zu, wie du das geregelt kriegst!‹«

»Wieso ein Problem?«, fragte Stahnke.

»Wieso?!« Max schrie auf vor Empörung. »Plötzlich war ich Jude, eh! Wissen Sie nicht, was das bedeutet? Haben Sie nicht mitgekriegt, wie das jetzt läuft? Hadid ist Moslem, und er stammt aus dem Libanon. Er und seine ganzen Leute. Juden sind Todfeinde für die! Viele andere an der Schule und in meiner Klasse sind auch Moslems und denken genauso. Und die ganzen Rechten, die sowieso. Alle hassen Juden! Wissen Sie eigentlich, wie schwer das heutzutage ist, bei den Leuten akzeptiert zu werden? Wenn man nicht dazugehört, wenn man 'ne *Kartoffel* ist? Mann, ich hatte es gerade eben so geschafft. Und jetzt das!« Er schnaufte tief, wölbte die Brust, atmete pustend aus. »Ganz zu schweigen von Dunja.«

»Dunja? Wer ist Dunja?«

»Ach.« Unwillig schüttelte Max den Kopf: »Is' nix. Echt nich', Mann.« Nicht nur seine Ausdrucksweise, auch sein Tonfall hatte sich verändert. Er spricht Stammeldeutsch, stellte Stahnke fest. Straßendeutsch. Passt sich an. Integration findet also doch statt.

»Was habt ihr nun gemacht, Hadid und du?«, fragte er.

»Hadid hat nichts gemacht«, sagte Max eilig und betont. »Hat oben Wache gehalten, während ich mit dem Alten runter bin in den Keller. Wollte ihm was zeigen.« Er schluckte.

»Was wolltest du ihm zeigen?«

»Eigentlich nicht wirklich was. War nur so gesagt.«

»Hadids Idee? Um ihn runterzulocken?«

Er wand sich, nickte dann kaum merklich. »Aber als wir unten waren, hat der Alte plötzlich runde Augen gekriegt. Ich hatte nämlich die Deckenlampe angeknipst, und zum ersten Mal hat er den Keller bei Licht gesehen. Hat auf die Kiste in der Ecke gezeigt und angefangen zu jammern. ›Die Kiste, oh Gott, die Kiste! Wie kann das sein? Wie kommt die hierher?‹ Die Kiste hat da schon immer gestanden, mit so Gartensachen drin, und er hat so getan, als ob die direkt vom Teufel käme. ›Sie verfolgt mich!‹, hat er geschrien. Übergeschnappt, völlig wahnsinnig! Und dann hat er mich plötzlich am Hemd gepackt und mich so komisch angeguckt und gesagt: ›Max, ich habe Schuld auf mich geladen. Große Schuld. Und jetzt wird mir die Rechnung präsentiert. Jetzt muss ich dafür bezahlen.‹ Total irre.« Max schüttelte den Kopf. »Dann hat er behauptet, er hätte in genau dieser Kiste mal einen umgebracht. Ertränkt! ›Er hatte es verdient, Junge, glaub mir‹, hat er gesagt. ›Aber trotzdem, ein Mord bleibt ein Mord.‹« Der Junge stockte, den Blick wieder gesenkt.

»Was hast du dann getan?«

»Ich habe ihn von mir weggestoßen«, sagte Max tonlos. »Er ist hingefallen, Hinterkopf auf den Kistenrand. Hat da gelegen und geröchelt. Da ist Hadid runtergekommen.«

Schweigen. Saugender Blick.

»Hab ihm alles erzählt«, fuhr Max fort. »Er hat wieder gelacht. ›Dann hat er 's doch verdient!‹, hat er gesagt. ›Was willst du? Ist doch alles bestens!‹ Hat mir ein Gartenwerkzeug aus der Kiste geholt, so 'ne Harke oder Hacke mit kurzem Stiel, aus Eisen. ›Hier, damit gibst du ihm eine‹, hat er gesagt. ›So!‹« Max machte die Ausholbewegung vor. Ein Schluchzen erschütterte seinen schlanken Körper.

»Du hast ihn also endgültig bewusstlos geschlagen?«

Schluchzen. Nicken.

»Und dann?«, fragte Stahnke weiter. »Die Kabelbinder? Das Silikon? Der Bohrer?«

»Hadid.« Laut zog Max den Naseninhalt hoch.

»Woher hatte er die?«

Achselzucken. »Keine Ahnung. Hat er wohl oben im Haus gefunden. Es waren ja früher schon Handwerker im Haus gewesen, hatten das Zeug wohl liegen lassen, was weiß ich? Jedenfalls hat er die Sachen nachher alle verschwinden lassen. Die Harke, die Silikonspritze, alles eben. Für die Klamotten war ich zuständig. Hab sie erst mal in den Container geworfen. Na ja, das wissen Sie ja.«

»Wie kamt ihr denn auf die Idee mit dem Silikon?«

»Weil die blöde Kiste nicht dicht war! Als wir den Kram, der da drin war, rausgekippt hatten, konnten wir von außen durch die Ritzen gucken. Die Bretter waren total ausgedörrt. Ich meinte schon, dann würde das ja nicht gehen mit dem Wasser, aber Hadid sagte nur, er wüsste schon was, und ist losgeflitzt, nach oben, die Silikonpistole holen.«

»Aber die Arbeit, die hast du gemacht?«

»Ja«, sagte Max.

»Und du hast sie gut gemacht, denn dann hat es ja auch wirklich geklappt«, sagte der Hauptkommissar mit beherrschter Stimme.

»Ja.«

»Mit dem Ersäufen.«

»Ja.«

»Ist der alte Mann denn noch einmal zu sich gekommen?«

»Weiß ich nicht.«

»Wieso weißt du das nicht?«, fragte Stahnke, wusste aber schon selber die Antwort: »Ach, der Deckel.«

»Ja.«

Eine Weile war nichts zu hören außer Atemgeräuschen. Dann fragte der Hauptkommissar: »Warum musste das denn überhaupt sein? Ich meine, warum auf genau diese Weise?«

»Auge um Auge«, sagte Max. »Jedem das Seine.«

»Wie du mir, so ich dir?«, soufflierte Stahnke.

»Ja.«

»Sagt Hadid?«

Max reagierte nicht.

»Und warum habt ihr deinen Großvater ausgezogen? Nur, um die Spuren zu verwischen? Oder weil man das früher mit den Juden auch so gemacht hat?«

Max verknotete seine Arme und hielt den Blick gesenkt. Er schwieg.

Ein paar Sekunden später öffnete sich die Tür, und de Beer erschien wieder. Stahnke erhob sich, und ohne ihm ein Wort oder einen Blick zu gönnen, setzte sich der Kriminalrat auf seinen Stuhl. Natürlich hat er von draußen alles verfolgt, dachte Stahnke, wird ja alles aufgezeichnet. Er könnte wirklich eine Spur Anerkennung zeigen. Der Pinscher.

In der Tür schaute er sich noch einmal um, aber weder Max noch de Beer erwiderten seinen Blick.

Stahnke stoppte vor der übernächsten Tür, lauschte kurz, trat ein. Der Raum war das genaue Ebenbild des Zimmers, das er eben verlassen hatte. An genau dem gleichen Resopaltisch standen zwei identische Stühle, und darauf saßen ein Kriminalbeamter und ein etwa sechzehnjähriger Junge. Nur war dieser Beamte nicht de Beer, sondern Kramer. Und der Junge war Hadid.

Kramer schaute zu Stahnke hoch, die Augenbrauen leicht angehoben. Mit einem Nicken bedeutete der Hauptkommissar ihm, sitzen zu bleiben.

Hadid saß wie hingegossen, Kopf im Nacken, Kinn oben, Arme lang herabhängend, beide Beine breit ausgestreckt. Seine Füße steckten in Frotteesocken.

»Warum die Schuhe?«, fragte ihn Stahnke ohne Einleitung.

Hadid grinste breit. »Praktisch neuwertig. Und herrenlos. Sonst wären die doch nur weggeworfen worden.« Das Grinsen wurde breiter. »Die Wegwerfgesellschaft lehnen wir doch ab, nicht wahr?«

»Ohne die Schuhe wären wir vielleicht gar nicht auf dich gekommen«, sagte Stahnke.

»Und worauf sind Sie mit den Schuhen gekommen?« Hadid steckte die Hände in die Taschen, machte sich noch breiter. »Ich habe nichts gemacht. Ich bin vollkommen unschuldig.«

»Nichts? Von wegen. Du bist der Hintermann«, erwiderte Stahnke. »Du hast Max aufgehetzt. Du hast ihm das Motiv für die Tat eingeredet. Und du hast ihm dabei geholfen. Du wirst als Mittäter belangt werden.« Stahnke bemerkte, dass Kramer ihn von der Seite anblickte. Fragend, wenn man seine steinerne Miene zu deuten wusste. Aber nein, er hatte keine neuen Informationen. Jedenfalls keine handfesten. Alles Bluff.

Hadid schien das genau zu wissen. »Gar nichts werde ich«, höhnte er. »Und wenn, dann haut der Staatsanwalt Ihnen Ihre blöden Anschuldigungen um die Ohren. Oder unsere Anwälte. Ich hab Familie in Berlin, die haben sehr gute Anwälte.«

»Mäßige dich«, sagte Kramer ruhig.

»Sicher?«, fragte Stahnke. »Vergiss nicht, wir haben den Fingerabdruck. Den aus der Kiste, vom Silikon. Da hast du nicht richtig aufgepasst.«

Diesmal kein Seitenblick von Kramer. Er pokerte mit.

Hadid lachte. »Gar nichts haben Sie!«, sagte er großkotzig. Wenn er verunsichert war, dann wusste er das gut zu verbergen.

Recht hat er ja, dachte Stahnke. Jedenfalls in diesem Punkt. Die Fingerabdrücke, die wir gefunden haben, stammen von Max. In der Kiste wie am Container. Der war eben nicht so gewieft wie dieser Bursche hier.

»Und ob wir was haben«, erwiderte der Hauptkommissar trotzdem. »Eine ganze Menge haben wir! Du hast Max angestiftet. Du hast ihm das Motiv geliefert. Du hast ihn beim Mord unterstützt, hast Tatwaffe und Werkzeug geliefert! Ohne dich hätte er die Tat doch gar nicht begangen. Von wegen, wir hätten nichts in der Hand! Du wirst dich wundern.«

Hadid schüttelte den Kopf, zeigte blendend weiße Zähne, verziert mit einer Zahnspange. »Hat Max das gesagt? Der spinnt doch«, sagte er leichthin. »Außerdem, der Typ ist ein Mörder, wer glaubt so einem? Der will sich doch nur selber da rausholen. Aber das wird nicht klappen, da bin ich ganz sicher.« Er verschränkte die Hände hinter dem Kopf und grinste noch breiter: »Außerdem, selbst wenn ich was gesagt hätte – *so what?* War doch alles nur Spaß!« Seine eigenen Worte schienen ihm ungeheures Vergnügen zu bereiten. »Sie, hören Sie, kennen Sie *Bass Sultan Hengszt*? *Es ist alles doch nur Spaß, boy*!«

Plötzlich stand Stahnke ganz dicht vor Hadid, der erschrocken seine Füße zurückzog und die Hände vors Gesicht hielt. Plötzlich waren seine Fäuste geballt. Im Raum hing ein Geräusch, das wie ein Knurren klang. Kramer stand auf einmal hinter seinem Vorgesetzten, die Hände in dessen Armbeugen, und er drückte zu, dass es schmerzte.

Das Knurren verstummte.

Stahnke wischte sich über die Stirn, wandte sich ab. »Du regelst das hier alleine, ja?«, fragte er Kramer über die Schulter. Der nickte ihm bestätigend zu, blieb aber neben dem Tisch stehen.

Hadid war schon wieder obenauf. »Und wissen Sie, was das Schärfste ist?«, rief er Stahnke hinterher. »Der Max hat ja geglaubt, als Vierteljude ist er bei seiner Tusse untendurch, also bei dem Mädel, das er so verehrt. Dunja. Weil ja alle Muslime die Juden so hassen. Was ich nur bestätigen kann. Also, wenn der Max davor nicht solche Angst gehabt hätte, dann hätte er bestimmt keinen Finger gerührt, diese weiche Kartoffel.«

Stahnke hatte schon die Tür erreicht, drehte sich noch einmal um. »Und?«

»Und? Das sag ich Ihnen. Die Dunja ist gar keine Muslima. Die ist Jesidin! Die Jesiden interessieren sich gar nicht für die Religionen anderer. Das hat der Max überhaupt nicht gewusst. Tja, dumm gelaufen, was? Ganz schön dumm gelaufen!«

Stahnke warf die Tür hinter sich zu. Hadids Gelächter verfolgte ihn noch bis zum Fahrstuhl.

Er fuhr hoch bis zum obersten Stockwerk und stellte sich an das nächstbeste Fenster mit Blick auf den Hafen. Unten glänzte trübes Wasser in der Sonne. Da lagen Boote und Schiffe. Da hinten war die Schleuse, dahinter die Ems, die zur Nordsee führte. Weg, dachte Stahnke, nichts wie weg von hier! Die sind doch alle irre. Wie soll ich denn hier meinen Job machen, wie soll ich hier für Sicherheit sorgen, wenn die, die nach mir kommen, dermaßen wahnsinnig sind? Welchen Zweck hat denn das alles noch?

Zum ersten Mal überhaupt verspürte er den dringenden Wunsch nach einer Zigarette. Das überraschte ihn sehr, denn er hatte noch nie ernsthaft geraucht. Wohl ein Anzeichen dafür, dass ich jetzt auch durchdrehe, dachte er. Tja, man passt sich eben an. Integration findet doch statt.

Hinter ihm öffnete sich die Fahrstuhltür. Ein hohles, geisterhaftes Keuchen erklang, rasselnd wie von größter Anstrengung. Stahnke wandte sich um und sah Gerd Plöger auf sich zu schlurfen.

»Meine Mutter ist gestorben«, keuchte Plöger. »Letzte Nacht.«

»Das tut mir leid«, erwiderte Stahnke ernst.

»Und du hast meinen Neffen verhaftet?«

»Tja.« Der Hauptkommissar breitete die Arme aus. »Er

hat gestanden. Wenn ich sein Anwalt wäre, würde ich auf verminderte Zurechnungsfähigkeit plädieren. Wäre wohl die einzige Chance. Sonst sieht es schlecht aus.«

Plöger nickte, um Atem ringend, aber beherrscht. »Ich weiß nicht, wie mein Bruder das wegstecken soll«, stieß er mühsam hervor. »Sein Vater. Unsere Mutter. Sein Sohn im Knast.« Er schüttelte den Kopf.

Stahnke dachte an den selbstgefälligen Jungen, der ihm seine Verachtung ins Gesicht gelacht hatte. Dieser Hadid hatte Max gegen seinen Großvater gelenkt wie die Attentäter des 11. September ihre Flugzeuge gegen das World Trade Center, hatte seinen vermeintlichen Freund zum Mörder gemacht, zum Mörder an einem Menschen, der ihm nie im Leben etwas getan hatte. Um einer anonymen Rache zu frönen, deren Antrieb nichts anderes war als religiös verbrämter Rassismus.

»Nur Gott allein kann ihm helfen«, keuchte Plöger.

»Was?« Stahnke schreckte auf. Er brauchte eine Sekunde, um zu begreifen, dass Gerd Plöger immer noch von seinem Bruder sprach. »Gott«, murmelte er. »Wenn der bloß noch Zeit für ihn hat! All diese Religiösen, die haben ihn doch schon vor so viele Karren gespannt – wie soll der sich da noch um die Menschen kümmern?«

Plöger lachte. Es hörte sich an, als zerreiße es ihn innerlich. »Stahnke, du ungläubiger Thomas«, sagte er pfeifend. »Du verwechselst wieder mal alles. Nämlich Gott und die Religionen. Glaub mir, das sind völlig verschiedene Dinge.«

»Dir will ich's glauben«, erwiderte Stahnke. »Wenn es stimmt, ist das ja auch ein schöner Trost.«

Gerd Plöger hob die Hand zum Abschied und wandte sich dem Fahrstuhl zu, dessen Tür sich gerade wieder einmal öffnete. Kramer trat heraus, grüßte seinen ehemaligen Vorgesetzten und wartete, bis sich die Tür hinter ihm geschlossen hatte. Dann wandte er sich Stahnke zu, eine bekritzelte Umlaufmappe in der Hand.

»Laborbericht«, erklärte er knapp. »Außen an den Sohlen der geklauten Trekkingschuhe konnten Spuren von Blut nachgewiesen werden. DNA-Analyse läuft noch, aber vermutlich ist es dein Blut.«

Stahnke hieb seine Faust in die linke Handfläche. »Na bitte, wenigstens etwas! Tätlicher Angriff auf einen Polizisten im Dienst, das wird ihn etwas kosten. Außerdem mindestens Mitwisserschaft und Mitwirkung am Versuch der Verschleierung eines Kapitaldelikts. Ganz ohne Knast kommt dieser Hadid uns also nicht davon.«

Kramer guckte skeptisch. »Das freut dich? Obwohl er als Anstifter vermutlich der wahre Hauptschuldige ist – und damit durchkommt?«

»Was willst du?«, fragte Stahnke. »Man wird bescheiden. Bescheidenheit ist doch etwas Gutes, oder?«

Kramer zog sich schweigend zurück, vorsichtig darauf bedacht, seinem Chef nicht den Rücken zuzukehren.

Aber da ist was dran, dachte Stahnke. Man sollte bescheiden sein, gerade in seinen Zielen. Das tun, was machbar ist, und sich nicht am Unmöglichen verheben. So erreichte man mehr – nämlich wenigstens etwas.

Was machte Menschen zu Mördern? Von wegen Wahnsinn. Ideologien taten das! Religionen taten das! Wenn schon Wahn, dann hatte er dort seine Wurzeln. Konnte er, Stahnke, etwa mörderische Religionen und Ideologien unschädlich machen? Schön wär's. Er musste sich auf die Menschen beschränken, die solchen Rattenfängern zum Opfer fielen und dadurch zu Tätern wurden.

Und daran würde, wie es schien, auf absehbare Zeit kein Mangel herrschen.

Ende

Danksagung

Viele liebe Menschen haben mich bei der Arbeit an diesem Roman unterstützt; ihnen gilt mein Dank. Vor allem meinem ehemaligen Kollegen Christian Köller, Konrektor, Lehrer und Wetterforscher aus Leidenschaft, ohne dessen Berichte und Erzählungen von den Ereignissen in Jemgum während der Nazizeit die Idee zu diesem Buch gar nicht erst entstanden wäre.

Dank auch an den Jemgumer Liedermacher Jan Cornelius, der die plattdeutschen Passagen des Romans dem rheiderländer Sprachgebrauch anglich, wichtige Information über das einstige und heutige Jemgum lieferte und mich auch sonst mit kritischen Anmerkungen unterstützt hat.

Ebenso danke ich Menna Hensmann, Archivarin der Stadt Leer, für wichtige lokalhistorische Informationen.

Dem Lyriker Johann Voß danke ich dafür, dass er sich den Titel »Zorn und Zärtlichkeit« einfallen ließ – wenn auch für ein ganz anderes Projekt …

Meiner Tochter Julia Gerdes danke ich für ihre fachkundige Beratung in Sachen deutschsprachiger HipHop. Ohne ihre Hilfe wären mir die schlimmsten Auswüchse dieser Szene womöglich entgangen.

Ein großes Dankeschön geht an meine Frau und Verlegerin Heike Gerdes und an Lektorin Maeve Carels, die dem Text den gebührenden Schliff gaben.

Ganz herzlich danke ich meinen Eltern, Marie und Schweer Gerdes, für die zahllosen Gespräche über vergangene Zeiten und die vielen Informationen und Anekdoten aus Vorkriegs-, Kriegs- und Nachkriegszeit. Sollte es mir gelungen sein, die historische Zeitebene meines Romans authentisch zu gestalten, so ist das zu einem großen Teil ihr Verdienst.

Danken möchte ich auch den Verfassern der Broschüre »Wir wollen den Wolf in seiner Schlucht ausräuchern …«, herausgegeben 2001 von der Stadt Leer, die mir bei der Nachzeichnung der Ereignisse der Pogromnacht 1938 sehr geholfen hat. Auch die Dokumentation »Een Markt tho Lehr up Galli« (Stadt Leer, 2008) war sehr hilfreich.

Peter Gerdes, Juni 2011

Peter Gerdes

geboren 1955 in Emden; Studium der Germanistik und Anglistik, anschließend als Redakteur und Lehrer tätig. Literarische Anfänge Ende der 70er Jahre; schreibt seit 1995 vor allem Kriminalliteratur. Mitglied im *Verband deutscher Schriftsteller (VS)* und im *Syndikat*, seit 1999 Leiter der *Ost-Friesischen Krimitage*. Zahlreiche Anthologieherausgaben und Kurzgeschichten. Im Leda-Verlag erschienen unter anderem *Ein anderes Blatt* und *Thors Hammer* als Doppelband, *Ebbe und Blut, Der Tod läuft mit, Fürchte die Dunkelheit, Solo für Sopran* (auch als Hörbuch erhältlich), *Sand und Asche, Wut und Wellen* sowie *Der siebte Schlüssel*, dem die Jury des Literaturpreises *Das neue Buch* das Prädikat »Bemerkenswertes Buch« zuerkannte. Außerdem sind die Kurzgeschichtensammlungen *Stahnke und der Spökenkieker* und *Kurz und schmerzlos* lieferbar.

Peter Gerdes
Der siebte Schlüssel
Ostfrieslandkrimi
978-3-934927-99-5
9,90 Euro

Peter Gerdes
Ebbe und Blut
Ostfrieslandkrimi
978-3-934927-56-8
224 Seiten
8,90 Euro

Peter Gerdes
Der Tod läuft mit
Ostfrieslandkrimi
978-3-934927-86-5
8,90 Euro

Peter Gerdes
Fürchte die Dunkelheit
Kriminalroman
978-3-934927-60-5
11,90 Euro

Peter Gerdes
Wut und Wellen
Inselkrimi
978-3-939689-34-8
9,90 Euro

Peter Gerdes
Sand und Asche
Inselkrimi
978-3-939689-15-7
9,90 Euro